W0205840

HEYNE BÜCHER

SCIENCE FICTION

Herausgegeben
von Wolfgang Jeschke

Von **Paul J. McAuley** erschienen in der Reihe
HEYNE SCIENCE FICTION & FANTASY:

ALIEN-ZYKLUS:
Vierhundert Milliarden Sterne · 06/5306
Verborgene Harmonien · 06/5307
Ewiges Licht · 06/5308

Roter Staub · 06/5351
Die Herren der Erde · 06/5462
Feenland · 06/6373

Paul J. McAuley

FEENLAND

Roman

Aus dem Englischen von
BIRGIT RESS-BOHUSCH

Deutsche Erstausgabe

WILHELM HEYNE VERLAG
MÜNCHEN

HEYNE SCIENCE FICTION & FANTASY
Band 06/6373

Titel der englischen Originalausgabe
FAIRYLAND
Deutsche Übersetzung von Birgit Reß-Bohusch
Das Umschlagbild ist von Stephen Youll

Umwelthinweis:
Dieses Buch wurde auf
chlor- und säurefreiem Papier gedruckt

Redaktion: Wolfgang Jeschke

Erstausgabe 1995 by Victor Gollancz, London,
a division of the Cassell Group
Mit freundlicher Genehmigung des Autors
und Thomas Schlück, Literarische Agentur, Garbsen
(# 40 446)

http://www.heyne.de
Deutsche Erstausgabe 12/2000
Printed in Germany 10/2000
Umschlaggestaltung: Nele Schütz Design, München
Technische Betreuung: M. Spinola
Satz: Schaber Satz- und Datentechnik, Wels
Druck und Bindung: Ebner Ulm

ISBN 3-453-17933-1

Die Göttin beginnt ihr Endspiel in England,
wo keiner zuschaut ...

FRASER CLARK, August 1994

INHALT

TEIL EINS

Randgleiten 9

1. King's Cross 11
2. Home Run 20
3. Billy Rock 29
4. Dealing 42
5. Genhacken 56
6. Der Traum von Alfred Russel Wallace 69
7. Neue Verbindungen 73
8. Taifun im Anzug 80
9. Künstliches Leben 97
10. Leroy 102
11. Dr. Luther 110
12. Machtmißbrauch ist ein alter Hut 123
13. Des Feuers Macht 129
14. Delbert 135
15. The Killing Fields 139
16. Zur Flucht geboren 157
17. Das weiße Zimmer 164
18. Kein besonders großer Vorteil 173

TEIL ZWEI

Liebesbomben 177

1. Europa 179
2. Der Saloon zur Letzten Chance 191
3. Verlorene Kinder 200
4. Das Nest 217
5. Nachwirkungen 225
6. Der dicke Mann 237

7. Der Beginn eines großen Abenteuers 244
8. Der arme Ritter 256
9. Verschwörungstheorien 260
10. Der Agent 280
11. Erste Strahlen der Neu Aufgehenden Sonne ... 285
12. Die wilde Jagd 295
13. Informationsfluß 311
14. Das Interface 334
15. Wieder oben 343
16. Das Magic Kingdom 349
17. Die Feenkönigin 359
18. Gerettet 371

TEIL DREI

Die Bibliothek der Träume 375

1. Der flammende Mann 377
2. Billige Ausflüge in das Elend anderer Leute ... 383
3. Frankensteins Bräute 398
4. Probleme in Tirana 410
5. Jenseits der Grenze 425
6. Neue Probleme 445
7. Die Zornigen 452
8. Die Party 462
9. Die wilde Jagd 471
10. Antoinette 483
11. Fieber 490
12. Zu Ihrer eigenen Sicherheit 499
13. Keine Befreiungsaktion 507
14. In einem anderen Teil des Waldes 512
15. Milenas letztes Geschenk 519
16. Leskoviku 539
17. Der Gehörnte Mann 555
18. Weises Blut 561
19. Feenland 566

TEIL EINS

Randgleiten

1 *King's Cross*

Der Raum ist voll von Geistern. Durchscheinend wie Quallen, ausstaffiert in der Mode des Zeitalters von Edward, schlendern sie durch den jüngst restaurierten Damen-Rauchsalon des Grand Midland Hotel am Bahnhof St. Pancras, einzeln oder zu zweit, immer im Kreis, geschickt den Passagieren ausweichend, die auf die Ankunft des Vier-Uhr-Transeuropa-Expreß warten. Alex Sharkey ist der einzige Mensch im Raum, der den Geistern auch nur eine Spur von Beachtung schenkt; um sich die Zeit zu vertreiben, versucht er den Algorithmus herauszufinden, der ihr scheinbar zufälliges Promenieren steuert. Er war zwanzig Minuten zu früh da, und jetzt zeigt die Uhr, die er unterwegs gekauft hat, zwölf Minuten nach drei, und sein Kunde läßt ihn warten.

Alex fühlt sich nervös und unbehaglich und schwitzt in sein nagelneues Cordhemd aus ungebleichter afghanischer Baumwolle. Der grobe Stoff ist mit kleinen Knoten aus eingewebten Spelzen durchsetzt, die auf der Haut scheuern. Die Jacke seines Tweed-Anzugs spannt in den Schultern; obwohl ihm der Verkäufer versichert hat, daß ihr grünes Karomuster gut zu seinem roten Haar paßt, findet Alex, daß er darin ein wenig wie Oscar Wilde aussieht. Für den das liebevoll auf Tradition getrimmte Ambiente des Damen-Rauchsalons – mit seinen Wänden in Lachsrosa und Crème, seinen Marmorsäulen und roten Plüschsesseln, seinen Topfpalmen und lustwandelnden Geistern der Edward-Ära – wohl eher der passende Rahmen gewesen wäre.

Alex hat sich in einen niedrigen, zu hart gepolsterten Lehnstuhl gequetscht, raucht Kette und spürt nach der zweiten Tasse Espresso das Summen seiner Lebensgeister. Eines hat er heute in Erfahrung gebracht – daß sie hier einen wunderbaren Espresso machen, ölig bitter und brühheiß serviert, in dicken fingerhutgroßen Tassen, wie es sich gehört, mit einem Zitronenschnitz in der Wölbung des zierlichen Silberlöffels, daneben ein Täfelchen Pfefferminzschokolade und ein Glas blitzgefilterten Wassers.

Koffein ist eine so schlichte, elegante, *notwendige* Droge. Alex erinnert sich an einen von Gary Larsons Cartoons aus der Far Side-Serie: Um einen Baum geschart ein paar schläfrige, bescheuert dreinblickende Löwen, und in der Ferne ein Nashorn, das seinem Gefährten eine Tasse Kaffee einschenkt, bis der genüßlich: »Halt, das reicht!« sagt. Die Überschrift hieß *Morgen-Grauen in Afrika*. Alex muß lächeln, als ihm in den Sinn kommt, wie er beim ersten Betrachten dieser Szene losprustete. Wie lange liegt das zurück? Es war ein Weihnachtsfest kurz vor dem Ende des zwanzigsten Jahrhunderts. Er muß damals fünf oder sechs gewesen sein, und sie lebten in dieser feuchten, von Ameisen wimmelnden Wohnung im zwölften Stock eines Sozialblocks auf der Hundsinsel, mit Blick auf die Themse. Irgendwie hatte ihm Lexis zu Weihnachten immer ein Buch besorgt. Um ihn zu fördern.

Und jetzt sitzt er hier und wartet auf seinen Mann, umgeben von Hologramm-Geistern und sorgsam darauf bedacht, sich nicht von den Anzugtypen und reichen Touristen abzuheben, die nur eines im Sinn haben – den Expreßzug zu besteigen und diesem beschissenen Land den Rücken zu kehren. Die meisten von ihnen parlieren in Französisch, der *Lingua franca* der feinen Leute in der zunehmend isolationistischen Europäischen Union. Die Frauen sind herausfordernd gebräunt, gekleidet in durchsichtige Blusen und sehr kurzen Shorts oder kunstvoll ausgefransten Miniröcken. Einige tragen den allerletzten Schrei der Bodi-Con-Mode, Tschadors aus mehreren Schichten durchsichtigen Chiffons, in die bewegte Bilder und Muster eingewoben sind; sie enthüllen und verbergen die Brüste, die Rundung eines Schenkels, die glatte braune Haut in der Mulde des Schlüsselbeins. Die Männer bevorzugen klobige Anzüge in Erdfarben, schweres Gold an den Handgelenken und ein diskretes Make-up. Ohrringe blitzen, wenn sie sprechen oder sich in den hohen vergoldeten Spiegeln hinter der Bar betrachten. Irgendwie zerrt es an den Nerven, daß die Spiegel nicht auch die Geister reflektieren. An der Mahagoni-Theke der Bar lärmen ein halbes Dutzend Ukrainer in abgewetzten schwarzen Anzügen, die eine Runde Malz-Whisky nach der anderen bestellen und sich zuprosten.

Eine Frau hat ein Schoßpüppchen. Es sitzt still neben seiner Herrin, mit einer von Goldtressen gesäumten Uniform in Rosa und Purpur und einem nietenbesetzten Hundehalsband, an dem eine Kette festgehakt ist. Das blaue Gesicht mit dem negroiden Profil ist unbewegt. Nur die Augen wandern umher. Dunkle, feuchtschimmernde, traurige Augen, als ahnte es, daß tief im Innern seiner Zellen nichts so ist, wie es sein sollte, als wüßte es um die ihm auferlegte Last der Sünde.

Alex tut das Püppchen leid – verstoßen aus der Natur, betäubt durch die Gewalt, die seinem Genom angetan wurde. Ein elendes Geschöpf, denkt er, und der schlagende Beweis für seine These, daß es keinen Sinn hat, höher entwickelte Organismen als Hefe gentechnisch zu verändern, denn je komplexer das Lebewesen, desto unberechenbarer die Nebenwirkungen.

Alex steckt sich noch eine Zigarette an und sieht wieder nach der Zeit. Er hat das unbehagliche Gefühl, daß ihm die Dinge entgleiten. Rechtzeitig da sein und dann warten zu müssen, war ihm schon immer verhaßt. Er hat sich eigens für diesen Anlaß des pünktlichen Erscheinens eine Uhr gekauft, und nun bringt sie nichts, außer daß sie seine Nervosität steigert. Es ist ein Stück, das man einstampfen und wiederverwerten kann, polnischer Straßen-Ramsch, der ihn weniger als ein Espresso gekostet hat, ein Hexagon aus klarlackierter Holzfaser mit aufgedampfter Grafik und orangefarbenem Stoffband. Die Zeiger werden von dem schwachen myoelektrischen Feld seiner Handgelenk-Muskeln angetrieben – ein Parasit, der die Zeit bindet. Auf dem Zifferblatt ist ein schwarzer Adler abgebildet, der die Schwingen spreizt und Feuer spuckt, wenn Alex die Uhr schräg hält, um die Zeit abzulesen. Die Zeiger sind schwarze Splitter, angetrieben von dem gleichen Chip, der den Adler bewegt. Der Grafikfilm schrumpelt bereits; der Adler hat einen gebrochenen Flügel, und der Stundenzeiger ist geknickt. Es ist achtzehn Minuten nach drei.

Alex hatte früher mal eine echt antike Rolex aus rostfreiem Stahl – mitsamt Zertifikat, aus dem hervorging, daß die Zwiebel 1967 in der Schweiz gefertigt worden war. Sie stammte vom Zauberer – der Zauberer hatte ihm oft solche Sachen geschenkt, damals, als Alex noch sein hellster und geschicktester Lehrling war. Aber Alex vermißte die Rolex, seit sie ihn zusammen mit dem Zauberer und dem Rest der Mannschaft hochgenommen hatten. Entweder war sie bei den Bullen hängengeblieben oder bei einem dieser halbwüchsigen Arschlöcher, die sich Lexis ins Bett holte. Alex verlor damals noch sehr viel mehr als die Uhr, und das ist einer der Gründe, weshalb er bei Billy Rock in der Kreide steht und riskante, verzweifelte Deals mit zweitrangigen indonesischen Diplomaten macht.

Achtundzwanzig Minuten nach drei. Scheiße. Alex winkt dem Ober und bestellt noch einen Espresso, langsam und deutlich, weil der hochgewachsene, silberhaarige Mann ein albanischer Flüchtling ist, der zur englischen Sprache kein vertrautes Verhältnis hat.

Es ist zwanzig vor vier, eine Durchsage hat die Passagiere des Trans-Europa-Expreß zum Einsteigen aufgefordert, und allmählich leert sich der Raum, als der Ober Alex seinen Espresso bringt. Alex zahlt mit einer Kreditkarte, die nicht seinen Namen trägt, kippt den Kaffee und schlendert auf die Frau mit dem angeketteten Schoßpüppchen zu. Er bleibt stehen und starrt sie an. Es ist albern, und er weiß, daß es ihm nichts bringt, aber er kann nicht anders.

Als sie endlich aufschaut, eine gebräunte Frau um die vierzig, mit der gewissen Straffheit um Kinn und Hals, die auf ein Facelifting schließen läßt, sagt Alex: »Mir ist eben erst klar geworden, wer das Tier am Ende der Leine ist. Es läßt sich gerade mit Campari volllaufen.« Damit geht er, mitten durch zwei Geister-Damen in Wespentaillen-Kostümen, die sich in einem Geflitter von gebrochenem Laserlicht auflösen.

Über Gilbert Scotts breite, geschwungene Treppe begibt sich Alex in das geschäftige Treiben des Foyers. Er schüttelt seinen schwarzen, breitkrempigen Hut aus (yeah, Oscar Wilde!), klatscht ihn sich aufs Haupt und macht auf lässig, trotz des säuerlichen Klumpens, der ihm den Magen zusammenzieht. Ein Türsteher in pflaumenblauer Livree und Zylinder öffnet das Spiegelglas-Portal, und Alex tritt hinaus in bronzenes Sonnenlicht und den Lärm des Verkehrs, der die Euston Road entlangtobt.

Im Norden brauen sich schwarze Regenwolken zusammen, strömen geballt heran wie im Zeitraffer. Die Luft wirkt aufgeladen; die Leute gehen schneller, trotz der lastenden Hitze. Jeder zweite trägt einen Schirm. Es ist Monsunwetter.

Alex nimmt die Fußgänger-Unterführung zum Bahnhof King's Cross. Ein paar Telefonkabinen stehen am Rand des Gehsteigs aufgereiht, gehütet von einer Vettel in einer Art Umhang aus schwarzen Plastik-Abfallsäcken. Alex gibt ihr ein Trinkgeld und wählt seine Kontaktnummer, eingeklemmt in der Enge einer Zelle, die nach einem Gemisch aus Pisse und Billig-Raumspray stinkt und deren Wände mit den Rufnummern des horizontalen Gewerbes vollgekritzelt sind. Der Zauberer hat ihm eingeschärft, Kunden niemals per Mobiltelefon anzurufen: Die Standorte eingeschalteter Mobiltelefone werden ständig überprüft, die Knotenpunkte angezapft, die Paßworte von geduldigen Abhöranlagen registriert, und jeder im Umkreis von fünfzehn Kilometern, der einen handelsüblichen Scanner besitzt, kann dein Gespräch mithören.

Der Bildschirm ist gesprungen, und über den unteren Bereich hat jemand eine Flasche schwarzen Nagellack ausgekippt. Auf dem Boden liegt eine blutverschmierte Kanüle. Alex rollt sie mit dem Fuß hin und her, während das Telefon vergeblich klingelt, und verläßt die Zelle mit einem merkwürdigen Gefühl der Heiterkeit, einer schwebenden Leichtigkeit, als befände er sich im freien Fall. Er sitzt echt und tief in der Scheiße. Früher oder später wird ihn der Gedanke einholen, aber im Moment hat er das Empfinden, daß er einer Gefahr entronnen ist.

Eben als er zur U-Bahn will, setzt der Regen ein.

Der Wasserschwall prasselt mit solcher Wucht herunter, daß er vom Pflaster einen Meter zurück in die Luft geschleudert wird. Alex rettet sich halb durchweicht in den Bahnhofseingang. Von der Hutkrempe läuft ihm das Naß über den Rücken. Der Regen ist so heftig, daß man darin ertrinken könnte. Die Temperatur sinkt auf einen Schlag um fünf Grad. Das Wetter spielt in jüngster Zeit verrückt. Es hat eine tiefgreifende Veränderung vor und will sie mit Gewalt durchziehen.

Auf schwarzen Taxis leuchten plötzlich die orangefarbenen Besetzt-Schilder. Laster pflügen Bugwellen in der überfluteten Straße auf, die über pastellfarbenen Kleinwagen schwappen. Alex sieht ein blaues Blinken weit vorne an der Pentonville Road und spannt sich an. Nein, es ist vermutlich nur ein Unfall.

Windböen stülpen Regen- und Sonnenschirme von innen nach außen und reißen Hüte von den Köpfen. Auf der Verkehrsinsel an der Kreuzung King's Cross haben Flüchtlinge ihr Lager aufgeschlagen. Die mit Stricken an Geländern und Verkehrszeichen-Pfosten festgezurrten Leinwand- und Plastikbahnen der Zelte und Biwaks blähen sich im Sturm und reißen an ihren Befestigungen. Eine große schwarze Kunststoff-Folie löst sich plötzlich durch den strömenden Regen, segelt über den Verkehr hinweg wie eine Fledermaus und senkt sich dann auf die Windschutzscheibe eines Lasters. Der Wagen stellt sich auf der überschwemmten Straße quer und kommt zum Stehen, stößt gewaltige schwarze Rauchwolken aus, die nach uraltem, verbranntem Speiseöl stinken, und blockiert beide Fahrspuren in Richtung Osten. Hupen, wütend aufblitzende Bremslichter; rote Messer, die durch die dicke, dunkle Luft schneiden.

In der Ferne kreisen Blaulichter durch den Regen. Sirenen heulen auf und schweigen frustriert. Alex sieht jemand durch den Stau rennen, einen kleinen Mann, verfolgt von zwei bulligen Typen in Anzügen, die ihn an den Armen packen und zurückreißen. Einer der Kerle schwenkt einen Plastikausweis vor einem hupenden Taxi hin und her.

Heiland, da verschwindet sein Kontaktmann. Alex ist plötzlich sicher, daß Perse seine Finger im Spiel hat. Perse hat den Deal spitz gekriegt und ihm die Tour versaut.

Zwei Polizeifahrzeuge stecken im Stau hinter dem querstehenden Laster fest. Bei einem davon werden die Türen aufgerissen, und Bullen in gelben Regenmänteln klettern ins Freie.

Plötzlich kommt Alex zu Bewußtsein, daß ihn von allen Seiten die Augen der Sicherheitskameras anstarren. Er zieht den Hut tiefer in die Stirn und betritt die überfüllte Bahnhofshalle. Ein Penner in einem verdreckten bodenlangen Mantel, der nur von einem Strick zusammengehalten wird, grinst ihn an. Auf seiner Stirn prangt eine rötlichgelb verkrustete Wunde. Er merkt, daß er die Aufmerksamkeit von Alex erregt hat und sagt: »So'n Typ hat mir heute morgen was zum Abdecken geschenkt, und ich hab's selber aufgetragen, ohne einen Tropfen in die Augen zu kriegen. Sieht gut aus, was?«

Alex zieht das Kästchen aus der Innentasche seiner Anzugjacke – die Riefen auf dem schwarzen Plastikdeckel scheinen sich anzuspannen, während sie seine Fingerabdrücke abtasten – und hält es dem Mann hin. »Vor einer Viertelstunde wäre ich um ein Haar ein reicher Mann gewesen. Ich sag dir eins: Trau niemals einem Bullen!«

Der Penner starrt das Kästchen an, das Ähnlichkeit mit einem mattschwarzen Mini-CD-Player hat, und sagt: »He, glaubst du, ich will tanzen?«

Aber er greift danach, und das reicht. Der Kontakt mit unbekannten Fingerabdrücken aktiviert die Selbstmord-Sequenz, und Sekunden später wird das Kästchen seinen Inhalt erhitzen und zerstören.

Alex rennt bereits weiter. Der Regen trommelt auf dem hohen Glasdach wie die ungeduldigen Finger Gottes – *taramm – taramm*. Er drängt sich durch eine Schlange von Fahrgästen, die auf einen der neuen strahlungssicheren Züge nach Schottland warten, und nimmt die Treppe zur U-Bahn-Station. Er macht sich nicht die Mühe, mit einem der vielen Anbieter um eine Secondhand-Zonenkarte zu feilschen, sondern wirft eine Fünf-Pfund-Münze in den Automaten, packt sein Ticket und hastet die Rolltreppen hinunter in die gefliesten Korridore. Ozonbeladener Wind schmirgelt ihm die Kehle, während er dahinrennt, ein übergewichtiger junger Mann in einem schrillen, grünkarierten Anzug, der ihm eine Nummer zu klein ist, das Gesicht rosig wie ein gehäuteter Seehund, den breiten schwarzen Hut am Kopf festhaltend, angestrengt bemüht, so schnell wie möglich von hier zu verschwinden.

2 ■ *Home Run*

Als Alex Sharkey endlich eine Halteschlaufe in der klapprigen alten Metropolitan Line zu fassen bekommt, muß er erst mal eine Weile verschnaufen. Schweiß tränkt sein Hemd; er spürt, wie sich das knotige Material am Rücken festklebt und wieder löst, während der Zug durch das Dunkel rattert. Das Abteil ist überfüllt, und Alex wird gegen eine der Türen gepreßt. Das Warnschild über seinem Kopf lautet: *Ausgänge bitte von Hindernissen freihalten.* Ein Witzbold hat die ›*Hindernisse*‹ zu ›*Kinderpisse*‹ umgestaltet. Dem Gestank nach ist die Mahnung berechtigt.

Alex steigt in Whitechapel um. Er nimmt die East London Line für die kurze Strecke rüber nach Shadwell, geht die Treppe hoch und wartet ewig auf dem nassen, windigen Bahnsteig, bis einer der kleinen Dockland-Züge einfährt. Seit dem Bombenanschlag der Radikalen Monarchisten-Liga auf die Jubilee-Verbindung ist die Fahrt zwischen Zentrum und East End wieder sehr umständlich geworden.

Vorne im Abteil beugt sich ein Anzug-Typ in mittleren Jahren über einen Bookman; vermutlich ein Journalist. Abgerackerte Frauen aus dem East End sitzen auf den Bänken, ihre Einkaufstüten zwischen den Knien. Ein halbwüchsiger Schwarzer, die Kapuze seines Ponchos hochgezogen und die obere Gesichtshälfte von einer riesigen Spiegelbrille verdeckt, führt ein endloses Handy-Gespräch. Hin und wieder legt er einen Arm über die Sitzlehne und dreht sich zu Alex um; vielleicht hält ihn der Junge für einen Bullen.

Alex muß lachen, ein kleines, halbersticktes Kichern,

das ihn am ganzen Körper zittern läßt. Heiland, wenn das Kerlchen ahnte, wie tief er in der Scheiße steckt! Er weiß nicht einmal, ob es sicher ist, jetzt seine Wohnung aufzusuchen, aber wohin soll er sonst gehen? Leroy wird nicht begeistert sein, wenn er ihm Theater in die Bude bringt, und seine Mutter will er nicht noch einmal in seine Geschäfte hineinziehen. Als die Polizei den Zauberer hochnahm, schlug ein bewaffnetes Kommando die Wohnungstür von Lexis mit einem Preßlufthammer ein.

Alex steigt an der Westferry-Station aus. Es hat zu regnen aufgehört. Grelles Sonnenlicht erhitzt die Luft. Vom Asphalt steigt Dampf auf. Der Geruch erinnert an frischgebackenes Brot. Überall zersplittern Wasserfilme das Licht. Moskitos surren, und obwohl er gegen Gelbfieber und Malaria und Schwarzwasserfieber geimpft ist, zieht Alex den Schleier seines großen Schlapphuts nach unten.

Er erinnert sich an die Jahre kurz nach dem großen Vogelsterben, an die Heuschrecken-, Blattlaus-, Ameisen- und Fliegenplagen, an die Nahrungsmittel-Knappheit und die langen Warteschlangen vor den Supermärkten. An die kleine, geschützte Welt, die Lexis damals für sich und ihn errichtete – er muß sie endlich wieder mal besuchen, wenn das hier vorbei ist, wenn er sie nicht mehr in Gefahr bringt. Sie kommt gut zurecht, und ihr derzeitiger Freund ist jünger als Alex, verdammt noch mal. Sobald die Sache hier ausgestanden ist, wird er sie besuchen. Er schickt diesen Vorsatz nach oben wie ein Gebet. Daheim, sicher und frei. Beim Fangenspielen in den Treppenschächten der Hochhäuser hatte Alex immer Angst, ausgeschlossen zu werden, hinten zu bleiben – er war schon damals füllig, obwohl er genauso schnell rennen konnte wie die meisten anderen Kids und beim Zweikampf fast alle unterkriegte. Sein Gewicht verschaffte ihm damals Ansehen – daran denkt er immer noch gern zurück. Er erinnert sich an das einzige Mädchen, das allen davonflitzte, an die lange, X-beinige Najma mit dem dicken schwarzen Zopf, der nach hinten abstand, wenn sie wie ein Pfeil dahinschoß. Fort. Weggezogen. Die ganze Familie erwischt bei einer Repatriierungsaktion und zurückgeschickt nach Indien, obwohl sie alle hier geboren waren. Wie Najma heute wohl lebt – wenn sie noch lebt? Eigentlich sollte er dankbar sein, daß ihn das Schicksal besser behandelt hat.

All das geht ihm durch den Kopf, während er verkehrsreiche Straßen unterquert und ein zertrampeltes Stück Wiese zwischen den Tiefgaragen-Einfahrten der Wohnsilos entlanggeht, wo die Kids zwischen ausgebrannten Autowracks Fußball spielen – so viele verlassene Autos, daß es fast nach Parkplatz aussieht. Der pyramidengekrönte Monolith von Canary Wharf verschwindet hinter den Hochhäusern und taucht wieder auf. Die Sonne brennt Alex auf den Kopf, und die Hitze unter seinem schwarzen Hut wird unerträglich.

Er hat seine Schrecksekunde in der vergammelten Gasse, die an einem Schrottplatz unter der Ausleger-Brücke der Docklands Line vorbeiführt, aber die beiden Gestalten am anderen Ende des Durchgangs sind nur ein Crack-Dealer und einer seiner Kuriere. Alex kennt den Dealer flüchtig, einen muskelbepackten Nigerianer, der Tag und Nacht seinen Sonnenschild trägt. Er hat sich einen Baseball-Schläger unter den Arm geklemmt, als schlagendes Argument für streitsüchtige Kunden. Der Dealer nickt Alex lässig zu, fragt, wie es so geht und ob er immer noch diesen komischen Shit herstellt.

»Warum, willst du was für mich verhökern?«

»He, Mann, da ist doch null Gewinnspanne drin! Meine Kunden wissen genau, was sie wollen. Da solltest du einsteigen, Mann, aber echt! Du spezialisierst dich auf STP*, ich bring's unter die Leute – kein Problem. Du hast immerhin für den Zauberer gearbeitet, Mann. So was zieht bei den Abnehmern. Die schätzen einen guten Stammbaum.«

Sie haben dieses Thema schon öfter durchgekaut, aber Alex ist weder bescheuert noch verzweifelt genug, um sich auf diese Art von Deal einzulassen. Bis jetzt zumindest nicht. Er schiebt sich an dem Dealer vorbei und meint: »Die Industrie-Chemie ist nun mal nicht mein Ding!«

»Überleg's dir noch mal, Mann!« rät ihm der Dealer gönnerhaft. »Wär zumindest eine sichere Sache. Soviel ich höre, kommt dieses irre Zeugs, das du zusammenkochst, in nächster Zeit sowieso auf die Verbotsliste. Aber ich muß jetzt los, Mann, die Leute haben Feierabend und brauchen ihren Fix. Bis später, eh?«

Hinter der Hochbahn taucht die Rückfront der vergammelten Werkstatt-Hallen auf, in denen Alex Unterschlupf gefunden hat, ein halbes Dutzend in einer Reihe, überragt von der ausgeschlachteten Ruine eines Spielzeugstadt-Büroblocks aus den achtziger Jahren, gelber Backstein, die blauen und roten Kunststoffrahmen verblaßt und gebrochen, die Scheiben samt und sonders eingeworfen. Unkraut bahnt sich seinen Weg durch den Teer der Zufahrtsstraße, und auf den Flachdächern haben sich Buddleia-Sträucher angesiedelt. Der scharfe Geruch von Lösungsmitteln aus dem Chip-Montage-Schuppen am Ende der Gasse steigt ihm in die Nase. Frank, der kauzige Alte, der gebrauchte Büromöbel verkauft, sitzt auf einem schwarzen Leder-Drehstuhl in der Sonne und nickt ihm zu. Alex denkt, daß er nicht mehr als zehn Worte mit Frank gewechselt hat, obwohl sie seit drei Monaten Nachbarn sind. Von

---

* Serenity, Tranquility, Peace (Heiterkeit, Ruhe, Frieden), auch DOM oder DOA (Dimehtoxyamphetamin) genannt, führt zu extrem langem Speed-Trip. – *Anm. d. Übers.*

der anderen Seite dringt der eifrig summende Chor von Malik Alis Industrie-Nähmaschinen herüber: Drei der Hallen sind von Bangladeschi besetzt, die ihr Geld im Altkleiderhandel verdienen.

Wieder ein mulmiges Gefühl, als Alex die kleine Tür im hohen Doppeltor vor seinem Hallenteil öffnet – jemand könnte im Dunkel auf ihn warten – aber dann schaltet er die Neonlichter ein, und natürlich ist keiner da. Er wirft sich zur Beruhigung zwei Tabletten Cool-Z ein und spült mit dem Tages-Karton Pisant nach, diesem Orangen-Zimt-Gesöff, das er in einer Verkaufs-Arkade an der Tottenham Court Road entdeckte. Pisant war etwa eine Woche lang der Renner im rasant wechselnden Angebot der Novitäten-Haie, vermutlich des exotischen Namens wegen, aber Alex gelang es, den Lieferanten aufzuspüren, bevor das Zeug aus den Regalen verschwand, und nun stapeln sich die letzten Weltvorräte an Pisant in einer seiner drei Industrie-Kühlschränke.

Sonst gibt es noch eine Edelstahl-Küchenzeile, leer bis auf eine große Cappuccino-Maschine und die Mikrowelle, in der Alex die Mitnehmgerichte von Hong Kong Gardens oder seine gefriergetrockneten malaysischen Armee-Rationen aufwärmt – er hat im hinteren Teil der Werkstatt Kisten mit etwa tausend etikettfreien Dosen rumstehen. Ein Bett ist auch da, hinter einem chinesischen Wandschirm aus Lackpapier, und in einem ehemaligen Büroraum hat er eine kleine Toilette und eine Duschkabine installiert. Den übrigen Platz nehmen mit Glaszeug vollgestellte Labortische ein, ein geschlossener Abzug für die Chemiedämpfe, eine Ultra-Zentrifuge, ein Gefriertrockner und ein PCR, ein Second-hand-Bioreaktor, ein Schreibtisch mit einem Metallrack für den Computer, an dem Alex die DNS-Segmente rekombiniert und das Ökosystem für sein künstliches Leben steuert – und mitten auf dem nackten Beton-Fußboden die Maschine, für die er seine

Seele verkauft hat: Black Betty, das Argon-Laser-Superding von Nuclear Chicago, ein Nucleotiden-Sequencer und -Assembler nach dem neuesten Stand der Technik.

Der Geruch der Werkstatt, dieser kräftige Cocktail aus Lösungsmitteln und einer Spur von Salzsäure-Dämpfen, beruhigt sein Kleinhirn. Alex lebt nun schon ein Vierteljahr hier, und es gefällt ihm immer noch. Black Betty schnurrt und klickt, während die Mini-Cray, die sie steuert, das Assembler-Programm Zeile um Zeile weiterscrollt. Sie produziert gerade den nächsten Schwung von dem Zeug, das er am Bahnhof King's Cross in Müll verwandelt hat, aber er bringt es nicht übers Herz, sie abzuschalten. Natürlich hätte er sie niemals kaufen und sich so hoch verschulden dürfen – ausgerechnet bei Billy Rock. Aber was soll's? Es war Liebe auf den ersten Blick, und niemand außer der Mafia hätte ihm das Geld vorgestreckt.

Alex geht seine Post durch, aber es ist nichts Persönliches dabei. Sein Online-Dämon meldet, daß er in zwei vielversprechende Diskussionen eingeloggt ist, und will wissen, ob er eine neue Datenbank für Chemie-Bedarf laden soll, aber Alex entgegnet, daß er jetzt keine Zeit hat. Der Dämon – ein flinker roter Teufel mit Gabelschwanz und einem Dreizack in der Hand – senkt die Hörner und blendet sich langsam aus.

In diesem Moment könnte Alexs Kontaktmann seine Seele in einem Polizei-Verhörraum ausschwitzen – obwohl er vermutlich schlau genug ist, auf seine Diplomaten-Immunität zu pochen und nichts zu sagen, was ihn belasten könnte. Alex denkt darüber nach und weiß, daß er von hier verschwinden sollte, selbst wenn der Typ den Mund hält. Aber im Grunde hat er nichts Illegales getan, und außerdem kann er seine Ausrüstung nicht im Stich lassen.

Das Cool-Z beginnt zu wirken und umschließt ihn mit einem eisigen Futteral der Ruhe. Alex tut, was er schon am Bahnhof King's Cross hätte tun sollen, wenn er beim Anblick der Blaulichter nicht in Panik geraten wäre. Er ruft Detective Sergeant Howard Perse an.

Perse nimmt beim ersten Klingeln ab, als habe er nur auf den Anruf gewartet. Er sitzt so dicht vor der Telefon-Kamera, daß Alex sein fleischiges, pockennarbiges Gesicht verzerrt auf den Bildschirm kriegt.

»Sie sehen geschafft aus, Mann«, sagt Perse.

»Und warum wohl?«

»Ich hab was von einer geplatzten Übergabe in King's Cross läuten hören.« Er scheint zu lächeln, aber bei Perse weiß man das nie genau. »War das Ihr Ding, Sharkey?«

»Fragen Sie nicht so scheinheilig, Mann!« Trotz des Cool-Z läßt sich Alex hochbringen.

»Aber, aber!« Perse amüsiert sich, das steht fest. »Ich könnte jetzt sagen: Vergessen Sie's, Sharkey, Sie finden immer wieder neue Kunden! Haben Sie angerufen, um das zu hören? Was wollten Sie den Ausländern übrigens verhökern? *HyperGhost?* Sie sind ein ganz Schlimmer, Sharkey! Die Schlitzaugen ziehen sich doch genug Fernsehen rein.«

»Das Zeug ist völlig legal.«

»Aber nicht mehr lange, das wissen Sie ganz genau. Das Gesetz geht in spätestens zwei Wochen in die letzte Lesung. Hatten Sie es deshalb so eilig, den Scheiß loszuwerden?«

»Yeah, und Sie warten nur darauf, bis das Verbot amtlich ist, damit Sie mich wie gewohnt in der Hand und unter Kontrolle haben! Aber vielleicht spiel ich nicht mehr mit, Perse!«

Perse gibt keine Antwort.

»Ich werde mit Billy Rock reden müssen«, fährt Alex fort. »So wie es aussieht, kann ich diesen Monat meine Rate nicht bezahlen.«

»Man tut immer gut dran, es sich mit Billy Rock nicht zu verderben«, meint Perse.

Und Alex sieht den Zusammenhang und ärgert sich,

daß er ihn nicht von Anfang an gesehen hat. Der kaputte Fuß von Perse! Er darf es ausbaden, daß Perse über seinen verdammten Fuß nicht wegkommt!

»Es geht nicht nur darum, mich zu erpressen, stimmt's? Sie kochen da eine ganz miese Sache aus, Perse, um über mich an Billy Rock ranzukommen. Weil Sie selbst die Finger von ihm lassen müssen, auf Befehl von oben. Weil Sie ihn nicht länger belästigen dürfen. Deshalb spannen Sie mich vor Ihren Karren.«

Perse macht sich nicht die Mühe, den Vorwurf abzustreiten. Jeder weiß, daß er Billy Rock festzunageln versucht, seit der kleine Bastard ihm den Fuß verkrüppelte – auch wenn es ein Unfall war. Er fragt: »Wie tief stecken Sie bei Billy in der Kreide?«

Alex wippt auf seinem Drehstuhl hin und her. Die pneumatische Federung seufzt unter seinem Gewicht. »Den Kredit und das Schutzgeld gab es nur im Zweierpack«, sagt er. »Ich hatte keine andere Wahl.«

Mit seinem aufreizenden Lächeln direkt vor dem Telefon-Auge meint Perse: »Schon mal überlegt, daß Billy Rock was mit Ihrer Pechsträhne zu tun haben könnte?«

»Er kann mir zwei Streifenwagen auf den Hals hetzen? So war das nämlich vorhin bei King's Cross.«

»Sharkey, er kann Ihnen einen echten Chef-Inspektor auf den Hals hetzen, wenn er will. Seine Familie hat mindestens zwei davon auf ihrer Gehaltsliste stehen. Sie wissen, wie die Dinge laufen, also hören Sie auf, mich anzugiften!«

Alex weiß, wie die Dinge laufen. Es ist ein ewiges Dreieck. Triaden-Familien wie die von Billy Rock haben sowohl die Yardies wie die Bullen in der Hand. Die kleinen Gauner von den Docks machen die notwendige Dreckarbeit, und die Bullen behalten die Gauner im Auge. Alles, was dieses Verhältnis stören könnte, wird ausgelöscht oder dem System einverleibt.

Alex hat auf einmal einen schlechten Geschmack im

Mund. »Und was kann ich tun, wenn er mir die Tour tatsächlich versaut hat?« fragt er.

»Warum klopfen Sie nicht mal auf den Busch? Dann ist er am Zug und läßt vielleicht die Katze aus dem Sack.«

»Yeah.« Und wenn es Billy Rock war, denkt Alex, dann weiß ich immer noch nicht, wer ihm diesen Deal gesteckt hat.

»Mann, wenn Ihnen ein Billy Rock Geld zur Geschäftserweiterung vorstreckt, verlangt er selbstverständlich ein Stück von Ihrem Kuchen. So ist das!«

»Ich will mein Geschäft gar nicht erweitern!«

»Wie heißt das Gesöff, das Sie in Ihrem Kühlschrank horten?«

»Pisant?«

»Yeah, genau. Schon mal dran gedacht, daß Ihnen der Stoff eines Tages ausgehen könnte?«

Und dann unterbricht Perse die Verbindung. Alex weiß noch immer nicht, wer ihm den Deal vermasselt hat, aber in einem Punkt hat Perse recht. Er sollte Billy Rock anrufen.

3 ▪ Billy Rock

Ein Expertensystem, am Telefon getarnt als schick gestylte Empfangsdame mit beachtlichen, von der dünnen Bluse kaum verhüllten Brüsten, nimmt die Botschaft entgegen und verspricht, sie an Mister Rock weiterzuleiten. Während Alex auf Billy Rocks Rückruf wartet, befaßt er sich eingehend mit den neuesten Veränderungen in seinem K-Leben-Ökosystem und noch eingehender mit dem speziellen Web Bulletin Board, das K-Leben-Freaks für ihre Konferenzen benutzen. Mit einem Biologie-Professor der Universität von Hawaii plaudert er lange über das Phänomen des Randgleitens. Allem Anschein nach kennt jemand unter dem Pseudonym Alfred Russel Wallace einen neuen Dreh zur Lösung des Parasiten-Problems, das dem Randgleiten ein Ende bereitet.

Immer noch keine Antwort von Billy Rock, der um diese nächtliche Stunde vermutlich bereits higher als der Mond ist. Verdammtes Arschloch, denkt Alex. Es ist spät genug für einen Besuch bei seinem Freund Ray Aziz, der einen Techno-Laden namens Ground Zero führt, und Alex braucht einen Deal, um die Schlappe von King's Cross wenigstens notdürftig wieder auszubügeln.

Alex kommt gerade recht für den zweiten Einschlag des Abends – eine feurige Eruption und ein markerschütterndes Dröhnen, gefolgt von einem Hologramm-Rauchpilz, der über die riesigen Videoschirme und Scheinwerferbrücken des Clubs aufzuquellen scheint, während die Tänzer inmitten des grellen Lichtscheins wie verdammte Seelen zu den wilden Pulsschlägen des

Technoraga-Beats zucken. Der Schuppen heißt nicht umsonst Ground Zero.

Alex unterhält sich mit Ray in der Misch-Kabine hoch über der Tanzfläche, wo drei Tech-Jockeys die Musik und die Scheinwerfer und die Spezialeffekte in hektischem Trab halten. Ray ist ein gereifter Fünfziger mit mäßigem IQ und einem so geringen Serotoninspiegel, daß ihn nichts aus der Fassung bringen kann, aber er arbeitet schon eine Ewigkeit in der Clubszene und weiß sich zu behaupten, wenn es eng wird. Er ist außerdem ein guter Kunde von Alex, noch aus der Zeit vor der großen Razzia gegen den Zauberer und seine Lehrlinge. Alex war einer der ersten Genhacker,. die den *Serenity*-Code knackten, und das von ihm selbst entwickelte psychoaktive RNS-Virus – das abwechselnd unter den Bezeichnungen *Ghost*, *Fade* oder *Firelight* läuft – ist bei den Technos sehr beliebt, weil es den Flacker-Effekt von TV- und Holosystemen verstärkt und den Eindruck erweckt, das elektronische Geflimmer enthalte verschlüsselte Botschaften oder die vagen Umrisse von Geistern. Wer in den Club kommt, steht auf geballte Informationsdichte und das Gefühl, in eine andere Dimension getragen zu werden – und *Ghost* bringt die Freaks auf den Weg dorthin. Wäre Alex in der Lage gewesen, seine Erfindung patentieren zu lassen, hätte er wohl ein Vermögen gemacht, aber als Genhacker kann er dieses Risiko natürlich nicht eingehen. Und dank Perse oder Billy Rock ist seine Chance, noch vor dem Verbot psychoaktiver Viren in Großbritannien mit einer neuen Version von *Ghost* auf dem internationalen Markt zu landen, vor wenigen Stunden den Bach hinuntergeschwommen.

Der Deal mit Ray nimmt eine Weile in Anspruch. Er muß auf Befindlichkeiten Rücksicht nehmen und Rituale beachten, die fast so kompliziert wie die japanische Teezeremonie sind. Es ist zu spät, um auch nur an Schlaf zu denken, als Alex in sein Labor zurückkehrt und die Nachricht von Billy Rocks Expertensystem vorfindet. Sie besagt, daß ihn morgen vormittag um zehn Uhr eine Limousine abholen wird. Offenbar hatte Billy Rock damit gerechnet, daß Alex Kontakt zu ihm aufnehmen würde. Er will ihn persönlich sprechen.

Getrieben von Amphetaminen und Paranoia, ruft er Alice an, seine Favoritin unter Ma Nakomes Teilzeit-Nutten, die verschlafene, pummelige Alice, die ihm gekonnt zur Entspannung verhilft und bis zum Frühstück bei ihm bleibt. Er mag Alice – obwohl ihre Beziehung rein geschäftlich ist, geben sich beide den Anschein einer intimen Vertrautheit.

Während er auf die Ankunft der Limousine wartet, erwischt Alex eine Wiederholung der BBC-Morgennachrichten und schaltet zwischen den drei Kabel-Kanälen der Metropole hin und her, aber keiner der Sender bringt etwas über die Verhaftung eines indonesischen Diplomaten in King's Cross. Nicht daß er sich großen Illusionen hingegeben hätte. Anstatt die Ladung *HyperGhost* in Paris abzuliefern, befindet sich der Typ jetzt sicher in einer Stratomaschine mit Kurs auf Djakarta – eine glücklose Randfigur in dem Spiel, Alex Sharkey das Geschäft zu vermasseln.

Alex ist zu rastlos, um stillzusitzen. Er bereut inzwischen, daß er Billy Rock angerufen hat, aber daran läßt sich nichts mehr ändern. Also tritt er hinaus in das grelle, heiße Sonnenlicht und plaudert bis zur Ankunft der Limousine mit dem alten Frank, der bereits auf seinem Drehstuhl vor dem Laden mit den Secondhand-Büromöbeln Platz genommen hat.

Billy Rocks Botenjunge ist dieser etwa sechzehnjährige Schwarze. Er hat einen kahlrasierten Schädel, ein weißes T-Shirt, weite Bluejeans mit transparenten Einsätzen an den Schenkeln, ladenneue Turnschuhe und schlechte Manieren. Alex ist dem Burschen schon ein paarmal begegnet: Er nennt sich Doggy Dog, nach irgendeinem toten Rap-Sänger, und ist ein drahtiger kleiner Mistköter, der in den tiefblauen Büffelleder-Sitzen lümmelt, als gehörte der Schlitten ihm, obwohl seine Nikes nicht mal den hübschen blauen Teppichboden berühren. In den Sohlen seiner Schleicher sind LEDs eingebaut, kleine rote Pulse, die einander im Kreis jagen. Der Bursche merkt, daß Alex das Lichterspiel anstarrt, und grinst. In einem seiner Vorderzähne funkelt ein Brilli.

Die Limousine gleitet los. Alex zieht eine Zigarette aus der Tasche und zündet sie an, ohne um Erlaubnis zu fragen.

»Du holst dir bloß Krebs«, sagt der Bursche und streift Alex mit einem verächtlichen Blick aus verhüllten Augen. Was er sieht, ist ein fetter Typ mit angehender Glatze, blauer Latzhose über einem verknitterten, an den Ellbogen durchgescheuerten dunkelroten Pullover und abgeschabten orangegelben Bauarbeiter-Stiefeln.

Alex bläst eine Rauchkaskade aus und erwidert den Blick des Jungen. »Vielleicht nehme ich dich mit ins Grab.«

»Keine Chance, Mann. Ich bin geimpft.«

»Seit wann hat Billy Rock ein Vorsorge-Programm für seine Stricher?«

»Stricher, daß ich nicht lache! Das war mal, Mann! Du hast echt null Ahnung, sonst würdest du ganz anders mit mir reden.«

Der Schlitten biegt in die East India Road ein. Alex sinkt in den weichen Sitz zurück, raucht seine Zigarette und beobachtet, wie sich die Sonne in der Wolkenkratzer-Formation der Docklands fängt. Die getönten Scheiben der Limousine lassen alles in einem gedämpften Blau erscheinen. Alex hat vergangene Nacht kein Auge zugetan. Sein Motor läuft auf Kaffee und Amphetaminen, und er spürt ein unheimliches, irgendwie überreiztes High. Am liebsten würde er Doggy Dog fragen, wie es ihm Billy Rock besorgt – oral oder rektal und ob er deshalb Doggy Dog genannt wird –, aber der Junge lümmelt auch deshalb so cool in den Polstern, weil im Bund seiner Jeans eine Pistole steckt.

Der Wagen jagt durch den Rotherhithe-Tunnel, biegt an der Norwegischen Kirche ab und erreicht eine kleine Straße, die zwischen hohen Lagerhäusern eingezwängt in der Nähe des Canada Dock liegt. Er fährt erst längs und dann quer zu einer schlammigen Baugrube, in deren Tiefe kleine gelbe Bulldozer ackern, und hält dann im Schatten einer abgewrackten Lagerhalle.

Doggy Dog wartet großspurig ab, bis der Fahrer ausgestiegen ist und die Tür öffnet. Alex muß auf die andere Seite rutschen, um ins Freie zu gelangen, und folgt Doggy Dog in die klebrige Hitze der Straße. Der Fahrer, ein bulliger, gelassener Typ in einem ärmellosen T-Shirt, das die Kohlefaser-Implantate in seinen muskulösen Oberarmen betont, schiebt sich wieder hinter das Lenkrad und düst ab, während Doggy Dog und Alex die Lagerhalle betreten. Alex hat das häßliche Gefühl, daß er zur Schlachtbank geführt wird, und vielleicht spürt das Doggy Dog, denn er packt Alex dicht über dem Ellbogen am Arm, als wolle er ihn an der Flucht hindern.

Das Innere der Lagerhalle besteht aus einem einzigen hohen Saal. An der Stirnseite beleuchten gleißend helle, auf Gerüsttürmen montierte Bogenlampen eine kreisförmige Arena, die durch eine Bretterbande von den schräg ansteigenden Zuschauerrängen getrennt ist. Billy Rock sitzt am Rande der Manege, die Stiefel auf die Brüstung des hölzernen Schutzzauns gelegt.

Billy Rock – er ist um die fünfundzwanzig, schmal, drahtig und kaum größer als Doggy Dog. Er trägt einen Rohleinen-Anzug, einen tief ins Gesicht gezogenen Panama-Hut und einen Spazierstock, den er zwischen die Knie geklemmt hat. Dazu weiße Handschuhe und Straußenleder-Stiefel mit hohen Blockabsätzen. Die Jacke hängt ihm um die Schultern, und er scheint sich förmlich darin zu verkriechen, während er in die Arena hinunterstarrt. Sein glattes, verdrießliches Gesicht wird von einer großen Sonnenbrille verdeckt. Alex hat den Verdacht, daß Billys hohe Wangenknochen das Ergebnis einer Schönheitsoperation sind, aber natürlich käme kein Mensch auf die Idee, ihn danach zu fragen.

Alex tritt an die Bande, um einen Blick nach unten zu werfen, und das Ding in der Arena knurrt, macht einen Satz nach vorn und landet hart auf dem Rücken, als das Ende der Kette seinen Schwung jäh stoppt.

Alex weicht erschrocken zurück, und Doggy Dog lacht, verächtlich und eine Oktave zu hoch.

Der Boden der Manege ist mit Sägemehl bedeckt. Im Zentrum steht ein Eisenpfahl mit einer Kette. Das Ding am Ende der Kette hat tiefe Rillen in das Sägemehl gepflügt, bis hinunter in den grauen Sand. Jetzt kommt es wieder auf die Beine, sehr schnell, sehr geschmeidig. Es ist eine Puppe, kenntlich an der blauen Hautfarbe, aber ansonsten extrem verändert, entweder durch chirurgische Eingriffe oder durch selektive somatische Mutation. Vermutlich beides, denkt Alex. Es ist nackt – und weiblich, obwohl seine Titten wenig mehr als vergrößerte Brustwarzen sind. Die breiten, kräftigen Kiefer erinnern an dieses Zeug, das sich manchmal an einem alten, vom Blitz gespaltenen Baumstamm bildet, Schichten von Schwamm und Moder, die wie knorrige Krebsgeschwüre wuchern. Die Puppe hat in Scheitelhöhe einen Muskelkamm, mit dem sie die gewaltigen Kiefer auf- und zuschnappt, eine Nase, die so flachgedrückt ist, daß ihre Löcher Schlitze bilden, und winzige schwarze Augen unter stark vorspringenden Brauen.

Billy Rock beobachtet Alex. Seine mandelförmigen Augen sind vage hinter der Sonnenbrille zu erkennen. »Gefällt sie dir?« fragt er. »Wenn du Lust hast, kannst du ein paar Runden gegen sie antreten.«

Die Puppe stampft mit ihren kurzen, breitgestellten Säbelbeinen und zerrt an der Kette, die an einem Eisenring um ihren linken Knöchel festgeschweißt ist. Die Zehen- und Fingernägel sind dick, gelb und scharf gezackt. Um den Hals trägt sie eine Krause aus Kohlefaser-Stacheln; eine Art Mähne aus den gleichen Stacheln zuckt und rasselt das Rückgrat entlang, während sie sich zischend aufbäumt und mit den Händen in die Luft schlägt. Zähflüssiger Speichel tropft von spitzen Zähnen.

Alex sieht, daß Blutspritzer die Innenseite der Holzbande dunkel verfärbt haben. Er sucht nach einer Zigarette und fragt: »Ist das vielleicht die Freundin deines Laufburschen?«

Doggy Dog runzelt die Stirn. »Sag das nicht noch mal, du Fettsack!«

Billy Rock lacht. »Die würde jedem, der sie zu ficken versucht, die Gedärme aus dem Leib reißen. So schnell kannst du gar nicht gucken! Sie weiß einfach nicht, wann sie aufhören muß. Aber gerade das macht sie unschlagbar. Sie hat jetzt drei Kämpfe hinter sich und jeden in weniger als zwei Minuten gewonnen. Noch drei Siege, dann ziehe ich sie aus dem Wettgeschäft und benutze sie zur Zucht.«

Das schockt Alex mehr als der Anblick des Dings. Er hustet einen Schwall Rauch aus. »Sie ist fruchtbar?« fragt er.

»Noch nicht«, entgegnet Billy Rock, »aber es gibt eine Möglichkeit, das zu ändern. Vielleicht könntest du aushelfen, wenn ich sie anbinde, häh? Aber jetzt setz dich erst mal. Du siehst blaß aus.«

Er mustert Alex mit einem hinterhältigen Lächeln. Die Sache mit Billy Rock ist die: Seine Blödheit und seine Gemeinheit halten sich die Waage. Er ist der jüngste von fünf Brüdern, aber drei davon kamen in der Vendetta um, die seiner Familie die Kontrolle über den Süden von London verschaffte, nachdem sie von Hongkong hierhergezogen war. Der vierte überlebte mit einem Kopfschuß, der ihm das Großhirn zerfetzte; seitdem verbringt er seine Zeit in einem Kellerraum des Familienbesitzes, wo er imaginäre Feinde verfolgt und wie ein Hund heult. Was bedeutet, daß Billy Rock *de facto* das neue Familien-Oberhaupt ist, seit sein Vater an der Kreutzfeld-Jakob starb.

Aber Billys Onkel kümmern sich um das Geschäftliche, und ihm selbst bleibt wenig mehr zu tun, als sich die Droge seiner Wahl reinzuziehen. Crack, in der Regel, gepaart mit einer Vorliebe für harte Musik. Daher auch sein Spitzname. Als Alex das letzte Mal mit Billy Rock zu reden hatte – die vielleicht schlimmste halbe Stunde in seinem Leben – lag Billy Rock platt auf dem Rücksitz seiner Limousine, rauchte Crack und ritzte sich mit einem Taschenmesser Muster in die nackte Hühnerbrust, während die verrückten Rock-Klänge der LSD-Babies aus der Anlage dröhnten, daß der große Schlitten auf seinen stoßgedämpften Federn hin und her schaukelte.

Aber jetzt scheint Billy Rock klar, um nicht zu sagen, hellwach zu sein. Er verbreitet sich etwa eine Viertelstunde lang über Kampfpuppen, die jüngste Goldgrube seiner Familie, wie sich herausstellt, oder zumindest die eine Seite davon. Billy Rock kontrolliert seit einem Jahr das Kampfpuppen-Geschäft und hat den Daumen auf einem nicht zu knappen Prozentsatz der Wetteinnahmen, aber nun ist er dabei, eine große Arena zu errichten, in der Freiwillige mit normalen Puppen kämpfen und sie echt zur Strecke bringen können. Er erzählt Alex, daß er sein Unternehmen gern *Tödlicher Zweikampf* nennen würde, nach einem alten Computerspiel, das er in seiner Jugend heiß geliebt hat – obwohl die Sache natürlich nur für die Puppen tödlich sein wird. Sie sollen lediglich Laser-Markierpistolen erhalten, während ihre Gegner sich voll austoben können.

»*Tödlicher Zweikampf* fänd ich supercool, aber meine

beknackten Onkel haben sich für so'n Filmtitel von anno dunnemals entschieden.«

»*Killing Fields*«, hilft ihm Doggy Dog auf die Sprünge.

»Genau. Ätzender Name. Obwohl wir damit vielleicht auch so Gladiator-Zeug bringen könnten. Kampfpuppen gegen Kerls mit Schwertern und Netzen und all dem Mist. Würde den Kampf irgendwie fairer machen, oder was denkst du?«

Alex zündet sich die nächste Zigarette an. Jemand muß Billy Rock geimpft haben, überlegt er. Keine Chance, daß der von selbst auf den Dreh gekommen ist. Diese Kanalratte Doggy Dog beobachtet Billy mit der Miene eines Lehrers, der einen geistig minderbemittelten Schüler das kleine Einmaleins abfragt. Alex nimmt sich vor, Doggy Dog in Zukunft mit mehr Vorsicht zu begegnen.

Drunten in der Manege sticht und schlägt ein Wärter mit einer langen Bambusstange auf die Puppe ein. Der Wärter trägt dick gepolsterte Schutzkleidung, Kettenpanzer-Handschuhe und eine Art Schutzhelm mit einem Gitter-Visier. Nachdem der Mann die Puppe etwa eine Minute lang gereizt hat, entwindet sie ihm plötzlich den Stab und schlägt die spitzen Zähne in das eine Ende. Das drei Zentimeter starke Bambusrohr zersplittert mit einem Geräusch, das an einen Pistolenschuß erinnert. Die Puppe schleudert die Stange zur Seite, spuckt Holzstücke aus und starrt den Wärter mit dumpf triumphierender Bosheit an.

»Ich denke, die Puppen würden in jedem Fall gewinnen«, sagt Alex.

Billy Rock scheint die Antwort zu gefallen. »Klar«, entgegnet er nachdenklich. »Die Frage ist nur, wie viele einer umlegen könnte, ehe er selbst dran glauben muß. So was sorgt für Spannung und bringt Massen von Zuschauern, oder?«

»Wenn du Leute findest, die bescheuert genug sind, um gegen diese Bestien in den Ring zu steigen.«

»Da sehe ich kein Problem«, meint Billy Rock.

Doggy Dog wird ungeduldig. »Hör mal, Boss, sag ihm endlich, worum es geht, okay? Ich muß dir nämlich noch was draußen auf der Baustelle zeigen.«

»Hey!« Billy Rock dreht sich um und fixiert Doggy Dog mit seiner Spiegelbrille. »Wer schafft hier an, du oder ich?«

»Es geht um den Beton, den sie verwenden ...«

»Scheiß auf den Beton! Siehst du die Stiefel da?«

Alex und Doggy Dog werfen einen Blick auf die Stiefel, die Billy Rock immer noch gegen die Brüstung der Holzbande stemmt.

»Die Dinger kosten tausend Pfund«, erklärt Billy Rock, an Alex gewandt, »und dieser kleine Blödian erwartet allen Ernstes, daß ich damit in die Baugrube steige und mir seinen beschissenen Beton ansehe! Das sind echte Straußenleder-Stiefel, Mann! Die gibt es heute nicht mehr! Glaubst du, daß ich die trage, weil ich durch den Matsch waten will? Wenn ich das wollte, Dog, dann hätte ich mich so angezogen wie du!«

Doggy Dog ist gereizt. »Die zocken dich voll ab, Mann!« faucht er. »Aber ich hab dich gleich vor diesen Billig-Firmen gewarnt. Bei dem Preisangebot können die nur dann Profit machen, wenn sie dich an allen Ecken und Enden bescheißen! Und genau das tun sie! Verladen dich, wo es geht, und scheren sich einen Dreck um deine Anweisungen! Du mußt endlich was dagegen unternehmen.«

»Sag ihnen, sie sollen sich gefälligst an den Vertrag halten, oder ich lasse sie mit in die Fundamente einbetonieren!« erklärt Billy Rock dem Jungen. »Wozu zahle ich meine Leute, wenn ich mich um jeden Furz selber kümmern muß?« Er wendet sich an Alex: »Verstehst du, alle behaupten, ich hätte keine Ahnung vom Geschäft. Aber das hier wird der Knüller auf dem Freizeit-Sektor! Ich sehe schon Familien mit Kind und Kegel in die Arena strömen und Popcorn, T-Shirts, Deppenkappis und all den Shit kaufen. Vielleicht vergebe ich sogar Konzessionen. Was hältst du davon? Soll ich dir einen Stand im Kassenbereich reservieren?«

»Ich werd mir's überlegen.« Alex ist ein wenig erleichtert. Billy Rock braucht ihn vermutlich irgendwie für dieses Projekt. Damit kann er leben. »Glaubst du wirklich, daß sich Puppen züchten lassen?« fragt er.

»Es ist gegen das Gesetz«, gibt Doggy Dog zu bedenken.

»Stimmt«, sagt Billy Rock, »aber das heißt noch lange nicht, daß man es nicht machen könnte. Versteh mich recht, dieses Ding hat nichts mit der *Killing Fields*-Arena zu tun. Es ist ein ganz privates Vorhaben, von dem meine Onkel nichts zu wissen brauchen.«

»Das wird was für Sportsfreunde, die ihr eigenes Material in den Ring bringen wollen – so ähnlich wie Rennpferde«, erklärt Doggy Dog. »Züchten ist eine Kunst, verstehst du, und für Kunst zahlen die Leute 'ne ganze Stange mehr als für die blanke Technik. Die Puppen, die diese blöden Koreaner verhökern, sind alle männlich und alle garantiert steril. Aber sie haben das Zeug in sich, das uns weiterhilft. Es muß nur entwickelt und in Gang gebracht werden.«

Alex hat sich bereits den Kopf zerbrochen, woher die weibliche Puppe stammt, aber unter den gegebenen Umständen erscheint es ihm nicht ratsam, diese Art von Fragen zu stellen. »Und du hast dir gedacht, daß ich deine Idee in die Tat umsetzen soll? Die Lösung dieses Problems wäre eine Menge Kies wert.«

»Wenn du unbedingt über Geld reden willst«, meint Billy Rock lässig, »dann fangen wir doch mal bei deinen Schulden an. Wie ich höre, ist dir gestern ein Deal geplatzt, und es wäre durchaus möglich, daß du diesen Monat nicht zahlen kannst. Ein Mann in deiner Lage sollte froh um jedes Geschäft sein, das ihm angeboten wird.«

Also hat ihm doch Billy Rock die Tour versaut. Und

Alex ist sicher, daß der Tip irgendwie von Perse stammt. Vielleicht macht Doggy Dog hinter dem Rücken von Billy Rock seinen privaten Handel mit Perse.

»Du streichst den Betrag, den ich deiner Familie schulde, wenn ich dir diesen Gefallen erweise?« fragt Alex.

Er muß an Billy Rocks Onkel denken, nüchterne, würdevolle Herren mit piekfeinen seidenen Nadelstreifen-Anzügen aus der Jeremy Street. Sie könnten Anwälte oder Banker sein und mißbilligen den ordinären Umgang und Stil ihres Neffen. Aber wenn diese Sache schiefgeht, wird es nicht Billy Rock sein, der auf die Schnauze fällt.

Billy Rock fegt den Einwand mit einer Handbewegung beiseite. Kleinkram. »Wir wollen *Killing Fields* in ein paar Tagen ganz groß auf den Aktienmarkt bringen«, sagt er. »Dafür schmeiße ich eine Riesen-Party. Du kommst doch auch, oder?«

Alex läßt die Zigarettenkippe fallen und tritt sie mit dem Absatz seines Bauarbeiter-Stiefels aus. »Klar«, sagt er vorsichtig. »Wenn es irgendwie geht …«

»Das Hauptproblem, das du zu knacken hast, ist diese Hormon-Synthese«, erklärt Doggy Dog. »Wir kommen ohne weiteres an Weibchen ran, verstehst du, aber die sind genauso steril wie die Männer. Dein Job besteht darin, das Zeug zurechtzuschneidern, das sie in Hitze bringt. Klar, Mann, wir würden auch lieber zu einer richtigen Biotech-Firma gehen, aber diese Drecksäcke hängen uns sofort bei den koreanischen Puppen-Herstellern hin.«

»Mit den Hormonen allein ist es sicher nicht getan«, sagt Alex.

»Das laß mal unsere Sorge sein«, bremst ihn Doggy Dog. »Du machst das Hormon – und sonst nichts!«

»Zum einen sind die Eingriffe, mit denen ihr das Ding da unten in eine Kampfpuppe verwandelt habt, allesamt somatischer Natur«, fährt Alex ruhig fort. »Mit anderen Worten – sie gehen nicht ins Erbgut ein.«

Doggy Dog grinst amüsiert. »Es gibt Mittel und Wege, die Veränderungen bereits im Blastula-Stadium vorzunehmen, noch vor der Unterteilung in somatische Zellen und … wie heißt das Zeug?«

»Generative Zellen.« Alex fragt sich, woher der kleine Gangster sein Wissen hat.

»Yeah, genau. Auf diese Weise werden die Veränderungen weitergegeben.«

»Es ist illegal, generative Zellen genetisch zu verändern«, sagt Alex. »Selbst hier in diesem Land. *Echt illegal,* meine ich.«

Doggy Dog kriegt einen Lachanfall, der ihn fast von den Beinen wirft. Endlich hat er sich so weit beruhigt, daß er sagen kann: »Mann, das soll die kleinste *deiner* Sorgen sein!«

»Du hast nichts zu befürchten«, meint Billy Rock, »so lange du genau das tust, was ich von dir verlange.«

4 ■ Dealing

Am nächsten Tag trifft sich Alex mit Howard Perse in einem Pub abseits der Whitechapel Road. Perse bearbeitet gerade einen Doppelmord, zwei Usbeken, die man am Morgen in einer Ecke des Friedhofs von Bethnal Green gefunden hatte – Rücken an Rücken gebunden und beide durch Kopfschüsse getötet.

»Wir fahnden nach den Tätern, um sie bei uns einzustellen«, meint Perse mit müdem Sarkasmus. »Die Opfer waren zwei ganz miese Schweine, die mit Heroin aus der alten Heimat dealten. Aber mit derart primitiven Drogen geben sich Leute wie Sie nicht ab, Sharkey, stimmt's?«

»Für Sie immer noch Mister Sharkey«, sagt Alex. Er kauert müde und gereizt auf einem unbequemen Hocker vor einem kleinen runden Tisch mit gesprungener Marmorplatte und einem schweren gußeisernen Gestell und schwitzt in seinen grünen Tweed-Anzug. Auf dem Tisch stapeln sich die leeren Biergläser. Eine schläfrige Wespe summt von einem Glas zum anderen und wieder zurück. Über ihnen rührt ein Deckenventilator die Zigarettenrauch-Schichten durch, aber gegen die Hitze kämpft er vergeblich an. Die Sonne, die durch das verschmierte Fenster einfällt, brennt grell auf die nikotinfleckige rote Velourstapete und umgibt die Köpfe der Kneipenbesucher mit einem hellen Schein, als seien sie Heilige, die sich hier zusammenfinden, um einen Blick auf den Messias zu erhaschen.

Alex ist früh aufgestanden und hat bereits seine Mutter besucht, um das Versprechen einzulösen, das er sich selbst gab – für den Fall, daß er aus dem geplatzten

Deal mit heiler Haut davonkäme. Lexis hat einen neuen Freund, ein schmächtiges Bürschchen, das sicher noch nicht volljährig ist. Während seiner gesamten Anwesenheit sitzt der Kleine im anderen Zimmer, säuft Dosenbier und guckt Football im interaktiven Fernsehen, wobei er ständig von einem Standpunkt zum anderen zappt und den Ton so laut dreht, daß die papierdünnen Wände der Wohnung wackeln. Und das um zehn Uhr morgens, verdammt noch mal!

Als Alex Geld hatte, als er noch für den Zauberer arbeitete, kaufte er seiner Mutter den Fernseher samt Satellitenschüssel, neue Möbel fürs Wohnzimmer und die summende Klimaanlage über der Glasschiebetür, die auf den engen Balkon hinausführt. Er wollte ihr sogar ein Haus am Stadtrand kaufen, aber sie sagt, das East End sei schon immer ihr Zuhause gewesen und sie würde nie woanders hinziehen. Hier spielt sich das wahre Leben ab. Die draußen in den Vororten sind tot und wissen es nicht einmal.

Lexis Sharkey. Seine Mutter. Eine Wasserstoff-Blondine, die, so scheint es Alex, immer volles Make-up trägt: Puder, Lippenstift und Wimperntusche, an diesem Morgen in einen billigen Nylon-Kimono gehüllt, so lässig gebunden, daß er die sommersprossigen, von schwarzer Spitze umrahmten Brüste freigibt. Sie hält sich in Form, die temperamentvolle Achtundvierzigjährige. Und sie weiß sofort, daß Alex Ärger hat – sie konnten einander noch nie was vormachen.

Die Hochhaus-Wohnung, in der Alex aufwuchs, hatte so ähnlich ausgesehen wie die von Lexis, mit schwarzem Schimmel an den Wänden, Pharaoameisen in der Küche und einem im Wind klappernden Panoramafenster, das einen Ausblick über die glitzernden Schleifen der Themse bis hin zur *Terra incognita* von South London bot. Das Hochhaus mußte später einer Zufahrtsstraße zum City Airport von London weichen, aber die schäbigen Billigmöbel seiner Kindheit sind geblieben, dazu Dutzende von eingestaubten Keramikfiguren, kitschigen Souvenirs und künstlichen Blumen in geflochtenen Plastikkörben, der leere Wellensittich-Käfig mit Spiegel und Glöckchen, ein Zugpferd aus Porzellan, dessen abgebrochenes Hinterbein mit Sekundenkleber repariert ist – Alex stieß es von einem Holzbord über dem elektrischen Kaminfeuer, als er vier oder fünf war – und ein ledernes Sitzpolster, das seit dem Tag, da Alex sich einbildete, in dem Ding sei Geld versteckt, von einem Taschenmesser-Schlitz verunstaltet wird. Er erinnert sich noch lebhaft, daß er nichts außer gelben und grünen vergammelten Schaumstoffbrocken fand. Sie hatten nie Geld besessen, aber irgendwie waren sie immer durchgekommen. Lexis ist eine Kämpfernatur.

Lexis sagt, daß er nur ein Wort zu sagen braucht, wenn er in der Klemme steckt, und Alex beruhigt sie und erzählt, daß er gerade dabei ist, einen Deal abzuschließen, und sie lächelt und zündet sich die nächste Zigarette an – er hat ihr eine Stange Benson & Hedges mitgebracht, verpackt wie ein goldener Ziegelstein, dazu eine Flasche Lamb's Navy Rum.

»Du brauchst nur ein Wort zu sagen«, wiederholt sie und stößt eine Rauchwolke aus. »Und wenn dir jemand Verdruß macht, komm einfach zu mir. Die Jungs drunten im Club erledigen das schon. Dafür hat man schließlich Freunde.«

Der Club ist Leroys Spielsalon, derzeit im Keller eines leerstehenden Büro-Hochhauses untergebracht, wo sich Horden in die Jahre gekommener Jamaikaner die Nächte mit Pool-Billard, Domino und alten Reggae-Melodien vertreiben. Bob Marley und die Wailers. Burning Spear. Max Romeo. Lexis dealt auch, allerdings in kleinerem Rahmen, inzwischen vorwiegend mit selbst angebautem Weed, aber damals in den neunziger Jahren, als die Sozialhilfe für alleinerziehende Mütter immer mickriger wurde, war sie in den Techno-Clubs und Rave-Schuppen unterwegs, um Ecstasy und Whizz zu verkaufen. Alex hat sich geschworen, seiner Mutter nicht einen Posten der ansteckenden psychoaktiven Viren zu überlassen, die er in seinem Labor maßschneidert und klont – nicht daß sie ihn je darum gebeten hätte.

»Dein Problem ist, daß du keine Freunde hast«, erklärt Lexis ihrem Sohn. »Du denkst, daß du allein klarkommst, aber das schaffst du nicht. Und nun sag schon, was los ist!«

Alex hat Freunde, aber die sind sicher in der Hyperlink-Geographie des Webs verteilt. Er liebt es wie jeder Gen-Hacker, im Netz zu chatten und Sprüche zu klopfen, aber er möchte die Leute, mit denen er plaudert, nicht unbedingt persönlich kennenlernen. Der Gedanke an echte Mensch-zu-Mensch-Kontakte, an Live-Konferenzen mit anderen Gen-Hackern, jagt Alex einen Schauer über den Rücken.

Alex entgegnet vage, daß kein Anlaß zur Sorge besteht, auch wenn die Geschäfte im Moment besser gehen könnten. Was soll er sonst sagen?

Aber Lexis sieht ihn nur an und meint: »Alex, du hast nicht geschlafen. Glaub ja nicht, daß mir das entgeht! Und dieser Anzug ist zum Kotzen häßlich. Du siehst darin aus wie Oscar Wilde. Wie kommst du nur auf die Idee, solche Klamotten zu kaufen? Wenn du mich fragst, bist du völlig verändert aus dem Bau zurückgekommen.«

Alex kann es nicht leugnen. Als er im Morgengrauen wach wurde, fand er sich an der Computer-Konsole stehend, schweißgebadet und mit dem unbestimmten Gefühl, daß er eben mit jemandem gesprochen hatte. Irgendwie glaubte er das Echo einer Stimme zu hören. Er knipste sämtliche Lampen an und durchsuchte die ganze Wohnung – für den Fall, daß eine Ratte eingedrungen war. Er überprüfte sogar die Sicherheitskameras, aber sie zeigten nichts außer einem mondhellen Teerstreifen.

Und jetzt, in dem heißen, vollen Pub, drückt Detective Sergeant Howard Perse eine Zigarette in den überquellenden Aschenbecher, zündet sich die nächste an und sagt: »Was immer Sie mich fragen möchten, Sharkey, tun Sie's besser sofort! Ich muß sehen, daß ich in meinem neuen Fall Ergebnisse auf den Tisch lege, sonst kriege ich Ärger von weiter oben.«

»Wegen zwei toten Dealern?«

»Zwei Dealer, die sich ihre Ware mit Elektronik-Hardware bezahlen ließen. Die Sorte von Elektronik, die man für intelligente Waffen braucht – Geschosse, die nach dem Abfeuern ihren Weg zum Ziel praktisch von allein finden. Was ich Ihnen hier erzähle, ist im übrigen streng geheim!«

»Alles, was Sie mir erzählen, ist streng geheim.«

Perse nimmt einen langen Zug an seiner neuen Zigarette und spült mit Guinness nach. Er ist ein untersetzter Mann Mitte vierzig, mit einem von Aknenarben übersäten Gesicht und einem beachtlichen Bierbauch, über dem sich ein gestreiftes Hemd spannt. Mit dem aus der Mitte der Stirn straff zurückgekämmten schwarzen Haar und der finsteren, etwas aufsässigen Miene wirkt er wie ein Billigverschnitt von Graf Dracula. Wenn er sein Glas hebt, verrutscht die Jacke und gibt das Schulterholster mit der Pistole frei. Er starrt an Alex vorbei, und Alex dreht den Hocker, um zu sehen, was Perses Aufmerksamkeit fesselt.

Die Kneipe ist voll von alten Männern in Strohhüten und hellen Freizeit-Klamotten. In einer Ecke wartet der Dealer des Viertels. Alle fünf Minuten schlendert jemand an die Bar und legt dem Typen ein paar Scheine vor die Nase; der schiebt ein Päckchen rüber, der Kunde dreht sich um und bahnt sich seinen Weg zurück durch das Gewühl und hinaus in den Sonnenschein. Ganz hinten haben sich ein paar überständige Rasta-Typen breitgemacht, alle mit Dreadlocks, Holzperlen und sonstigem Ethno-Klimbim. Hunde an langen Leinen wickeln sich um die Beine ihrer Besitzer. Die Rasta-Gangsta rauchen Blow und schnüffeln lang und theatralisch an einer kleinen Flasche mit einer klaren Flüssigkeit, die sie von einem zum anderen reichen. Aber Perse achtet nicht auf den Ameisenhandel – wenn er damit anfangen würde, alle Klein-Dealer die Whitechapel Road rauf und runter zu verhaften, wäre er an Weihnachten noch nicht fertig. Er starrt vielmehr in den schräg über der Bar angebrachten Fernseher und betrachtet eine Helikopter-Aufnahme mit schwarzen Rauchwolken, die von einer Wolkenkratzer-Gruppe mit verspiegelten Fassaden in einen gleißend blauen Himmel aufsteigen.

»Wo ist das?« fragt Perse. »In Houston?«

»Atlanta, glaube ich. Aus Houston hat sich das Militär schon vor zwei Wochen zurückgezogen.«

»Wir können dem Herrgott für unser System danken«, sagt Perse. »Diese Yanks mit ihrer verdammten Laschheit! Eine starke Zentralregierung, das ist es, was ihnen fehlt.«

Dampfplauderer, denkt Alex. Hier bei uns gibt es die gleichen Unruhen wie drüben in den Staaten. Der einzige Unterschied besteht darin, daß die amerikanische Bevölkerung besser organisiert und bewaffnet ist. In Houston beispielsweise setzte die Koalition Strenggläubiger Christen Nervengas und Kampfhubschrauber ein.

»Gesetz und Ordnung – das Paradies der Bullen!« sagt er, obwohl er weiß, daß Perse darauf nicht anbeißen wird.

Perse lächelt säuerlich. »Das hier ist nicht mein erster Prachtfall heute. Ich war gerade bei den Ermittlungen, als man mich nach hierher abkommandierte. Irgend so ein armes Schwein wurde in den frühen Morgenstunden übel zugerichtet, als er an einer Tankstelle Benzin nachfüllen wollte. Drei Kerle in einem Lieferwagen fielen über ihn her, stachen auf ihn ein, hieben ihm einen

Pflasterstein über den Schädel und fuhren ihm dann zwei- oder dreimal mit seinem eigenen Wagen über die Beine. Einer der Schläger haute mit dem Mercedes seines Opfers ab, die anderen folgten ihm mit ihrem Lieferwagen. An der Chiswick-Überführung verloren die beiden die Kontrolle über den Lieferwagen und wurden eingebunkert. Von dem Mercedes und dem dritten Mann fehlt bis jetzt jede Spur.«

»Und was haben Sie damit zu tun?«

»Der Typ, den sie fertigmachten, hatte die Hälfte eines STP-Codes bei sich. Aber das war nicht der Grund dafür, daß sie ihn plattwalzten. Wollen Sie wissen, warum sie's getan haben? Weil er ein Schwarzer war und weil die Drecksäcke seine weiße Freundin aus der Tankstellen-Toilette kommen sahen! Was für eine Scheißwelt, Mann! Also habe ich alle Hände voll zu tun, Sharkey. Erzählen Sie mir von Ihrem Treffen mit Billy!«

»Sie haben mir den Deal versaut, stimmt's? Selbst wenn der Chef-Inspektor in Billy Rocks Diensten die Einsatzwagen höchstpersönlich auf die Reise schickte – jemand mußte erst mal den entscheidenden Tip liefern. Sie haben es getan, damit ich nicht von Billy freikomme. Geben Sie's doch zu, Perse, Sie sind immer noch hinter ihm her!«

»Selbst wenn Sie den Kredit abstottern, Sharkey – die Schulden werden Sie damit nie los! Das wissen Sie ganz genau. Und dann ist da noch das Schutzgeld. Warum also winseln Sie mir die Ohren voll?«

»Jeder weiß, daß Sie Billy Rock ans Leder wollen.«

Perse mustert Alex mit seinem patentierten Eisblick, und Alex weiß, daß er auf den richtigen Knopf gedrückt hat. Er steht mitten in der Schußlinie dieses Krieges, den Plattfuß Perse seiner zerquetschten Zehen wegen führt.

»Immer langsam, Sie kleines Arschloch!« sagt Perse. »Soll ich Ihnen aufzählen, welche Gefallen ich Ihnen schon erwiesen habe? Nun hören Sie endlich zu jammern auf, und verraten Sie mir, was Billy Rock von Ihnen will!«

Also erzählt ihm Alex von Billy Rocks Plan, Puppen zu züchten, und von dem Job, der ihm dabei zugedacht ist. Zum einen hat er keine andere Wahl, und zum anderen bereitet es ihm kaum Gewissensqualen, Billy Rock zu verpfeifen. Bullen gehören zum Informationsnetz wie alle anderen Leute auch – es gibt sogar ein Bulletin Board mit der Bezeichnung CopWatch, das Daten und Fakten über die Einsätze und Techniken der Polizei verbreitet. Nach Angaben der Anarcho-Befreiungsfront, die das System eingerichtet hat, fragen es die Bullen häufiger ab als jeder Normalbürger.

Perse überlegt und meint dann: »Da muß ein anderes Gehirn dahinterstecken. Vielleicht eine illegale Biotech-Firma oder so was. Wie wir beide wissen, hat Billy Rock noch nie im Leben einen eigenen Gedanken hervorgebracht.«

»Natürlich ist das nicht auf seinem Mist gewachsen. Das hat er mir mehr oder weniger verraten.«

Oder zumindest Doggy Dog, sein kleiner Wasserträger. Alex erzählt Perse nichts von seinen Vermutungen hinsichtlich Doggy Dog.

»Mal sehen, was ich herausfinden kann«, sagt Perse. »Vielleicht ergibt sich ein Ansatzpunkt. Wenn Sie dann Kontakt aufnehmen – von Hacker zu Hacker ...«

»Warum sollte ich Ihnen helfen?«

»Wieviel zahlen Sie Billy? Fünf Riesen pro Monat?«

»So um den Dreh.« Alex fängt zu schwitzen an, weil Perse ziemlich ins Schwarze getroffen hat. Nach einer Pause setzt er hinzu: »Mit dem, was Sie von mir wissen, können Sie Billy Rock dem Staatsanwalt auf dem Tablett servieren. Reicht Ihnen das nicht? Die Hyundai Magic Doll Corporation wird nicht gerade begeistert sein, wenn jemand versucht, in den patentierten Genomen ihrer Puppen rumzuhacken. Das ist eine klare Verletzung des Urheberrechts. Dazu kommen jede Menge Verstöße gegen die Biotech-Gesetze.«

»Der Knackpunkt ist, daß ich Beweise brauche.« Perse steckt sich die nächste Zigarette an. Er raucht Craven As, wohl zum Zeichen, daß er Kompromisse ablehnt. Zeige- und Mittelfinger seiner rechten Hand sind nikotingelb verfärbt. Er grinst spöttisch, als Alex eine Benson & Hedges hervorholt, und sagt: »Für die Anstiftung zum Genhacken kriegt Billy bestenfalls eine Geldbuße und einen Klaps auf die Finger. Aber wenn Sie an die Leute rankommen, die Billy auf diese Idee gebracht haben, dann ist das ein Hinweis auf Verabredung zum Betrug. Ich bin nur ein Straßen-Cop, dem Herrgott sei's gedankt, aber unsere Experten für Wirtschaftskriminalität hätten ihre helle Freude an dem Fall.«

»Und ich wäre der Hauptzeuge. Nicht mit mir, Perse!« Alex weiß, was mit Leuten passiert, die gegen die Triaden aussagen.

»Sie müßten nicht vor Gericht erscheinen«, entgegnet Perse cool.

Alex zündet sich die Zigarette an. »Das sagen Sie jetzt. Außerdem stünde ich weiterhin bei Billys Familie in der Kreide – oder bei sonst jemand, dem sie meinen Schuldschein überlassen. Mit anderen Worten – welchen Nutzen hätte ich davon?«

»Ich habe Sie noch nie hängen lassen, Sharkey. Ihnen wird in dieser Sache kein Haar gekrümmt.«

»Ich muß ja nicht unbedingt hierbleiben und warten, bis mich Billys Familie fertigmacht«, sagt Alex. »Ich kann überall arbeiten. Alles, was ich brauche, ist ein kleines Startkapital.«

Alex hat bereits alles gründlich durchdacht. Die Hormon-Synthese ist Genhacker-Alltag. Sie bereitet ihm wenig Kopfzerbrechen. Was ihn weit mehr beunruhigt, ist die Vorstellung, daß Billy und seine Hintermänner ihn für entbehrlich halten könnten, sobald sie haben, was sie für ihr Projekt brauchen.

»Sie sind ein Londoner Gewächs wie ich«, meint Perse. »Wohin wollen Sie denn gehen?«

»In eine Gegend, wo es kühler ist«, sagt Alex. »Nach Finnland vielleicht.«

»In Finnland holen Sie sich heutzutage Malaria.«

»Dann eben nach Schweden oder Island. Ist doch egal.«

»In Schweden haben sie Lepra. Ein Erbe aus dem Mittelalter. Die einzige Gegend, in der diese Krankheit nie ausgerottet wurde. Dazu kommt die Radioaktivität.« Perse drückt seine Zigarette aus. »Keine Angst, ich kümmere mich um Sie, Sharkey. Aber jetzt muß ich endlich was tun. Hier drinnen fängt es zu stinken an.«

Alex begleitet Perse an den Schauplatz des Verbrechens. Die Sonne ist brutal, und als Alex seinen großen schwarzen Hut aufsetzt, lacht Perse und sagt, nun würden alle denken, er hätte eine Nonne im Schlepptau. Perse humpelt leicht, weil er den rechten Fuß entlastet. Der wurde damals überrollt, als Perse knapp einen Monat nach seiner Versetzung zum Drogen-Dezernat Billy Rocks Limousine stoppte, um sie zu filzen. Billy Rock lachte nur und befahl seinem Chauffeur, weiterzufahren. Der Chauffeur war ein nervöser Ex-Kaufmann auf der Flucht vor den Behörden, der so schnell durchstartete, daß er eine rauchende Gummispur auf dem Asphalt hinterließ. So schnell, daß Perse den Fuß nicht mehr zurückziehen konnte. Das Hinterrad des Schlittens rollte drüber und zermalmte ihm zwölf Knochen. Dann kam Wundbrand dazu, und Perse verlor zwei Zehen. Schlimmer noch, Perse verlor soviel von seinem Prestige, daß er sich nur noch an Billy Rocks Fersen heftete, um ihn irgendwie festzunageln – bis einer von Billys gekauften Chef-Inspektoren der Sache ein Ende bereitete und ihm eine Ladung ungelöster Morde aus dem Drogen-Milieu auf den Schreibtisch knallte. Und jetzt, zwei Jahre später, fängt die Jagd offenbar von vorne an, mit Alex als Köder.

Autos parken an beiden Straßenrändern, ihr Warenangebot auf den Motorhauben ausgebreitet: Fernseher, Handys, Raub-CDs und -Kassetten, Klamotten, Kartons mit Computern, Videorecordern, CD-ROM-Spielern. Es gibt Schieber, die einen Karton öffnen, die Plastikfolie aufschlitzen, die Waren entnehmen, sie durch einen Betonklotz des gleichen Gewichts ersetzen und die Hülle samt Karton so geschickt wieder versiegeln können, daß du den Beschiß erst merkst, nachdem du das teure Stück gekauft und heimgeschleppt hast. An der Ecke steht ein weißer Lieferwagen, dessen Tür nur einen Spalt breit hochgeschoben ist. Die Leute stehen Schlange, bücken sich, um ihr Geld durch den Schlitz zu schieben, erhalten dafür ihr Briefchen oder Röhrchen und begeben sich auf die Suche nach einem Platz, wo sie sich das Zeug ungestört reinziehen können. Ein ausgemergelter Typ torkelt auf sie zu, einen Ledermantel unter dem Arm, und sagt, sie könnten ihn für zehn Pfund haben, für fünf Pfund, er braucht nur das Fahrgeld, um heimzukommen, das ist alles ... Auf dem orangefarbenen Kunstpelz des Kragens klebt Blut, das noch nicht eingetrocknet ist.

»Einer Ihrer Kunden?« fragt Perse.

»Vielleicht ein Exkunde des Zauberers.«

»Sie sind im Grunde nicht der harte Typ, den Sie mimen, Sharkey. Sie sollten die Finger von dem Spiel lassen.«

»Ich tue nichts Ungesetzliches.«

»Momentan vielleicht nicht, aber in ein paar Wochen können Sie psychoaktive Viren nur noch unter dem Ladentisch verhökern. Und es gab mal eine Zeit, da erprobten Sie in Ihrer Giftküche neue Wirkstoffe für einen stadtbekannten Giftmischer, der heute noch eine längere Strafe wegen Besitzes und illegaler Weitergabe von Drogen absitzt. Sie hatten Glück, daß Sie nichts bei sich hatten, als man Sie erwischte, und ein Mordsglück, daß keiner Sie hinhängte.«

»Ich wurde sechs Monate im Knast festgehalten und ohne Verhandlung freigelassen.«

»Das ist nicht gleichbedeutend mit erwiesener Unschuld, Sharkey. Sie wissen das.«

»Ich weiß, daß Sie nichts und niemanden für unschuldig halten.«

»Wie geht es dem Zauberer überhaupt?«

»Stellt aus Haushalts-Chemikalien Methamphetamine her. Wenn der rauskommt, ist er reicher als je zuvor. Er erzählte mir mal, daß er in der Anfangszeit seine Kunden immer warnte. ›Das Zeug bringt dich um!‹ sagte er ihnen. ›Es zerstört dein Leben und macht deine Welt kaputt!‹ Sie kauften es trotzdem. Sie kaufen selbst heute noch STP, obwohl es sie tatsächlich umbringt, wenn es nicht entsprechend gestreckt wird, weil es zu einem irren High führt. Bei dem Namen glaubt eben jeder an die ewige Seligkeit. Aber mit solchen Sachen habe ich nichts am Hut.«

Alex mag ganz im Ernst keine harten Drogen. Das Problem ist, daß Stoffe wie Heroin nur bei Leuten mit klinischen oder subklinischen Depressionen wirken. Jedem normalen Menschen wird nach dem ersten Schuß kotzübel, oder er fühlt sich total schlapp und kann nicht begreifen, weshalb jemand das Zeug ein zweites Mal probieren möchte; von einem kleinen Mädchen erfuhr Alex dagegen, daß sie sofort dieses Klicken im Kopf spürte, wie eine Tür, die sich in eine Welt des Sonnenscheins öffnet. Die psychotropen Viren, die Alex hackt, sind subtiler; sie verstärken ganz spezifische Bewußtseinszustände und machen auf keinen Fall süchtig. Leider sieht das die Regierung anders.

Perse hebt die Schultern. »Wie auch immer, es geht das Gerücht, daß jemand großes Interesse an Ihnen zeigt. Soviel ich höre, sind die Geister auf Ihren Fall angesetzt. Sie haben sich Ihre Gefängnis-Akte besorgt und durchgeschnüffelt – aber keine Sorge, die verrät nichts.«

Alex lacht. Das erscheint ihm die einzig vernünftige Reaktion. »Was für Geister? Gute oder böse, oder was?«

»Fragen Sie mich was Leichteres!« Perse kann sich nicht einmal ein Lächeln abringen. »So, da wären wir.«

Sie haben den Schauplatz des Verbrechens erreicht. Zwei uniformierte Polizisten stehen neben einem Krankenwagen mit weit offenen Türen und unterhalten sich. Gleich hinter dem Friedhofs-Portal hat jemand zwischen geschwärzten Grabsteinen mit gelbem Band ein in etwa quadratisches Feld abgesteckt. Stevie Cryer, der jugendliche Partner von Perse, sieht zu, wie ein Gerichtsmediziner die beiden auf einer Plastikfolie ausgestreckten Toten untersucht.

»Die Kolumbianer versuchen wieder mal bei uns Fuß zu fassen«, sagt Perse. »Ich habe keine Ahnung, warum jemand an einem Schmalspur-Künstler wie Ihnen interessiert sein könnte, Sharkey – es sei denn, Sie hacken gerade an einer Neuheit herum. Was haben Sie mir verschwiegen?«

»Was könnten die denn wissen, wenn meine Akte nichts verrät?« fragt Alex.

»Da gibt es ein paar üble Tricks. Zum Beispiel den: Jemand ruft Sie an und richtet ein Signal auf Ihren Bildschirm, das Sie nur unbewußt wahrnehmen. Sie wachen mit irren Kopfschmerzen auf und erinnern sich nicht mehr, daß Sie Ihre Seele blankgelegt haben.«

Alex fällt wieder ein, mit was für einem merkwürdigen Gefühl er an diesem Morgen aus den Federn gekrochen ist. »Wenn Sie wollen, daß ich Ihnen Billy Rock ans Messer liefere, dann versuchen Sie mehr über diese komischen Geister herauszufinden.«

»Das nenne ich den wahren Tatendrang, Sharkey. Und geben Sie mir einen Tip, falls Ihnen nebenbei zu Ohren kommt, daß jemand einen halben STP-Code anbietet. Ich bin nämlich immer noch hinter diesem Mistkerl her, der mit dem geklauten Mercedes rumbrettert.«

Perse taucht unter dem gelben Absperr-Band durch

und läßt Alex neben Stevie Cryer stehen. Cryer ist ein freundlicher, hoch aufgeschossener Typ, hart im Nehmen und direkt im Austeilen. Alex findet ihn viel netter als Perse. Heute hat sich Cryer gegen die Hitze gerüstet. Er trägt weite blaue Shorts, ein langärmeliges graues T-Shirt und einen eleganten Strohhut, der schräg auf seinem dünnen blonden Haar sitzt. »Ich höre, Sie bringen was Neues auf den Markt, Alex. Können Sie sich deshalb diese schicken Fummel leisten?«

Alex sagt: »Ich habe ein Problem mit Ihrem Partner.«

Cryers wirft Alex einen Blick aus seinen verwaschenblauen Augen zu. Seine Miene wirkt wie immer ein wenig gelangweilt und belustigt, so als könnte ihn nichts von dem beeindrucken, was die Welt zu bieten hat. »Dann müssen Sie das mit ihm klären.«

»Es geht um Billy Rock. Perse ist schon wieder hinter ihm her.«

»Darin sieht er nun mal sein Lebensziel.

»Hat er mit Ihnen darüber gesprochen?«

»Also, das geht nur ihn und mich was an«, meint Cryer.

»Ich möchte nicht, daß er Sie da mit hineinzieht.«

»Sie drücken sich nicht gerade deutlich aus, Alex. Wollen Sie mir etwas Bestimmtes sagen?«

»Ich wäre ruhiger, wenn ich wüßte, daß ich Sie anrufen kann – falls die Dinge aus dem Ruder laufen.«

»Wir sind immer für Sie da, Alex. Aber jetzt entschuldigen Sie mich bitte. Ich muß mich um die beiden Toten kümmern.«

5 ■ Genhacken

Alex verbringt den restlichen Tag damit, alles aufzulisten, was er braucht, um Billy Rocks Auftrag durchzuführen. Der beste Weg, so entscheidet er nach einem Paarigkeitsvergleich der mutmaßlichen Puppen-Hormone mit einer Bibliothek äquivalenter Substanzen, besteht wohl darin, im Handel erhältliche Bakterien zu kaufen, die gentechnisch so aufbereitet sind, daß sie als Grundlage der Hormonsubstitutions-Therapie verwendet werden können, um dann die in sie eingefügten Plasmide mit Hilfe einer Punkt-Mutagenese zu verändern. Darin liegt übrigens das Geheimnis für die postklimakterische Vitalität der Premierministerin.

Es ist eine altbekannte Technik, mit der sich die grenzenlose Mutabilität des bakteriellen Stoffwechsels nutzbar machen läßt. Bakterien, die niedrigsten Lebewesen der Biosphäre, sind leicht zu manipulieren, da sie eine einfache genetische Struktur haben. Im Gegensatz zu Pflanzen und Tieren, die ihre genetische Information in bis zu hundert separate Chromosomen packen, von denen wiederum jedes einzelne einen immens langen, komplex gefalteten DNS-Strang darstellt, besitzen Bakterien eine einzige DNS-Schleife, die durch kleinere Satelliten-Schleifen, die sogenannten Plasmide, verstärkt werden kann. Bakterien tauschen Plasmide wahllos aus. Natürlich vorkommende Plasmide bewirken Eigenschaften wie die Resistenz gegen Antibiotika; künstliche Plasmide werden übertragen, um Bakterien in sich selbst vervielfachende Fabriken zu verwandeln, die ein bestimmtes Produkt auf Befehl clonen. Mit Hilfe der Punkt-Mutagenese kann Alex die Plasmid-DNS der genmanipulierten Bakterien selektiv verändern, so daß sie anstatt menschlicher Hormone puppenspezifische Hormone herstellen.

Die Punkt-Mutagenese und das Wiedereinsetzen der Plasmide werden etwa einen Tag in Anspruch nehmen. Sobald Alex das Material gesichtet und ausgesondert hat, kann er in seinem kleinen Bioreaktor den ersten Schwung transformierter Bakterien züchten; drei bis vier Tage später dürfte er genug gereinigte Hormone für den ersten Test besitzen.

Es wird spätabends, bis Alex seine Vorbereitungen abgeschlossen hat, aber verglichen mit seiner eigenen Arbeit ist das hier ein Klacks. Im Prinzip ist Genhacken nichts weiter als das Verändern von Nucleotiden-Basen entlang einer DNS-Helix. Sobald du die Gene kennst, die du modifizieren möchtest, besteht der Rest aus simpler Naßgewinnung – chemischen und technischen Verfahren, die so alt und erprobt sind wie die Herstellung von Enzymen für bioaktive Waschpulver. Dagegen ist die Produktion von psychoaktiven Designer-Drogen und -Viren um ganze Größenordnungen komplexer.

Alex hat als Kind George Gamows Klassiker *Mister Tompkins Explores the Atom* gelesen. Ein Lehrer lieh es ihm, weil er irgendwann einen Funken in dem mürrischen dicken Jungen, der kaum mit den anderen sprach, der sich die meiste Zeit in seine eigene Gedankenwelt zurückzuziehen schien, glimmen sah. Das Buch öffnete eine Tür. Es wies Alex einen Weg in die Zukunft. Um sich in die zenähnliche Trance zu versenken, die ihm das Genhacken erleichtert, benutzt er eine Bildassoziation: Er sieht sich als fetten, zufriedenen und starken Nukleus im Innern eines Atoms, der seinen Elektronenschwarm an sich bindet und die Reaktionen ringsum beobachtet.

Organische Synthese ist immer noch eine Schwarze Kunst, die insofern Ähnlichkeit mit der Alchemie aufweist, als sämtliche Prozesse so exakt und präzise ablaufen müssen, daß sie einer Ritualisierung nahekommen, oft aus vielschichtigen, schwer verständlichen Gründen. Viele psychoaktive Moleküle sind groß und komplex, und häufig hängt ihre Wirkung entscheidend davon ab, wie und wo die einzelnen Phosphate oder Schwefelatome in die Ringe und Ketten aus Kohlenstoff, Sauerstoff und Wasserstoff eingebaut werden. Im Ersinnen von Mitteln und Wegen, diese Bausteine an genau die richtige Stelle zu befördern, im Erkennen der richtigen Stellen, im intuitiven Erfassen der subtilen Wechselwirkungen, die Molekülanordnungen auf eine ganz neue, raffinierte Weise verdrehen und verbiegen – darin ist Alex gut, besser als jedes der sogenannten Expertensysteme, die von den großen Chemiekonzernen eingesetzt werden. Und das ist erst die Hälfte der Geschichte, denn nach der Synthese muß der neue Stoff gereinigt werden. Jedes einigermaßen intelligente Schulkind kann aus frei verkäuflichen Chemikalien LSD herstellen – knifflig ist einzig und allein die Isolation der Sekundärprodukte, die von periodischen Flashbacks bis hin zu Pseudo-Parkinson praktisch alles hervorrufen können.

Das Interface zwischen psychoaktiven Molekülen und den verwirrenden Ionen- und Stoffwechselprozessen, die das Bewußtsein steuern, ist fraktal und in hohem Maße von einer kaum überschaubaren Fülle von Initialbedingungen abhängig. Vor der Jahrtausendwende konnte es durch Drogen wie Prozac, die das empfindliche Gleichgewicht des Serotonin-Stoffwechsels durcheinanderbrachten, brutal zerstört werden. Die Mehrzahl der psychoaktiven Drogen ist um keinen Deut besser. Erst seit kurzem gibt es psychoaktive RNS-Viren, die einzelne Punkte an der Fraktal-Oberfläche des Bewußtseins stimulieren.

Die psychoaktiven Viren haben, ähnlich wie etwa die HIV- oder Herpes-Erreger, eine sehr spezifische Wirkung. Verglichen mit der ungezielten, aber breiten Bombardierung der Drogen entfalten sie die eiskalte Präzision von Scharfschützen. HIV-Viren infizieren nur T-Lymphozyten, Herpes-Viren sind nur in den Epithelzellen um Mund oder Genitalien aktiv; psychoaktive Viren befallen nicht mehr als ein Dutzend hochspezialisierte Neuronen. Wie alle RNS-Viren injizieren sie einen RNS-Strang und ein Enzym, die sogenannte reverse Transkriptase, in die Empfängerzellen. Im Normalfall dient die RNS als Bote zwischen der DNS, die alle genetischen Informationen enthält, und den Zellfabriken, die diese Informationen in Proteine übertragen. Die aus einem Strang bestehende RNS ist ein Spiegelbild des Nucleotiden-Codes im aktiven Teil der DNS-Doppelhelix. Durch die reverse Transkriptase läuft der Prozeß in der Gegenrichtung ab, und aus viraler RNS entsteht DNS – eine DNS, die sich selbst in das Genom der Wirtszelle einschleust und dort lauert, bis sie aktiviert wird und ihre Wirtszelle so umfunktioniert, daß diese neue Viren produziert.

Die mittels psychoaktiver Viren entstandene DNS kann jedoch keine neuen Viren herstellen und wird nicht in das Wirts-Genom eingeschleust. Statt dessen bildet sie Enzyme, die ihrerseits chemische Substanzen aufbauen, welche im Normalfall nur dann entstehen, wenn das Wirts-Neuron aktiviert wird; sie verstärken den besonderen, minimal spürbaren Bewußtseinszustand, der von den infizierten Neuronen herrührt. Da sich die Viren nicht vermehren können und die freie DNS, die sie herstellen, rasch wieder zerfällt, müssen Kunden jedesmal, wenn sie sich antörnen wollen, eine neue Dosis kaufen. Falls es demnach ein Hacker schafft, ein psychoaktives Virus auf den Markt zu bringen, das auf eine interessante Komponente des *Gestalt*-Bewußtseins abzielt, kann er in kurzer Zeit eine Menge Kohle machen.

Bis jetzt hatte Alex nur mit zwei Sorten von Viren

Erfolg. Eine davon, *Serenity*, stammte eigentlich von einem anderen Genhacker; Alex knackte lediglich den Code und stellte Raubkopien her. Bei dem von ihm entwickelten *Ghost* lief die Sache umgekehrt: Der Code wurde schnell von Kollegen entschlüsselt, und deshalb hat Alex die Details mit der Bitte um Überweisung eines kleinen Beitrags in den Shareware-BBs veröffentlicht. Etwa die Hälfte der User, die solche Informationen abrufen, zahlen. Es ist Kleinvieh, das aber bekanntlich auch Mist macht – vor allem jetzt, da Alex sein Kapital mit der Entwicklung einer stärkeren Variante namens *HyperGhost* mehr als in den Keller gefahren hat. Und ausgerechnet zu diesem Zeitpunkt will die Regierung alle psychoaktiven Viren verbieten. Weshalb er sich auf diese bescheuerte Genhackerei für Billy Rock einläßt, anstatt die wahre Kunst voranzutreiben.

Alex sichert seine Notizen zur Hormon-Synthese und befiehlt seinem Dämon, ein Minitaxi zu bestellen. Der Fahrer ist ein Bengale, den Alex flüchtig kennt. Er hat das Innere seines Taxis in rotem Plüsch mit Goldkanten ausstaffiert. Kleine Amulette baumeln von Perlenketten am Armaturenbrett. Ein Hologramm von Shiva, dem Zerstörer, befindet sich dicht neben dem laminierten Ausweis-Foto des Fahrers, und am oberen Rand der Windschutzscheibe prangt der Slogan *God gives me Speed*. Der Zauberer hätte Gott für sein Geld ganz schön herumgehetzt, denkt Alex, als er den frommen Spruch liest.

Postkarten mit Heiligenbildern sind auf die trübe Plastik-Trennwand zwischen Fahrgast und Fahrer geklebt. Der Fahrer hat das kleine Schiebefenster in der Wand geöffnet, damit er sich mit Alex unterhalten kann. Im Taxi ist es so heiß wie in einem Brutofen, und ein auf der Fahrerseite in den Ventilatorschlitz geklemmtes Räucherstäbchen verbreitet ein schweres, süßes Aroma, das Alex an seine Kindheit erinnert. Als junge alleinerziehende Mutter – sie war damals etwa so alt, wie er heute ist – fuhr Lexis voll auf diesen postpsychedelischen Shit des New Age ab. Er könnte im Feenland sein, denkt Alex.

Der Fahrer berichtet Alex von der jüngsten Schießerei aus einem fahrenden Auto, die sich in der Whitechapel Road ereignet hatte. »Eine ganze Horde von Skinheads. Preschten in einem alten Cosworth Sierra an diesem Jugendtreff vorbei, wo jeden Abend die zugekifften Typen rumhängen. Sie kennen das Café?«

»Das *Gunga Din*?« Alex weiß, daß Billy Rocks Familie die Hälfte aller bengalischen Junkies mit Stoff versorgt. »Ich war selbst noch nie drin, aber der Besitzer hat offenbar einen gewissen Sinn für Humor.«

»Kein anständiger Mensch geht da rein«, sagt der Fahrer des Minitaxis. »Diese Jugend mit ihren Gangs ist verroht und schlecht. Wir verstoßen sie, wir verstoßen sie alle.«

»Ich weiß zwar nicht, ob ich ein anständiger Mensch bin, aber ich würde trotzdem nicht da reingehen. Es gibt Nächte, da könnte man ewig so dahinfahren, finden Sie nicht auch?«

Alex fühlt sich hellwach, aufgeputscht von der Tablette Whizz, die er sich eingeworfen hat, gutes altmodisches Methamphetamin-Sulfat, die Sorte, die schon seine Mutter herstellte. Und die der Zauberer jetzt in seiner Zelle produziert, um seine Knastgefährten anzutörnen, ihnen den grauen Alltag zu erhellen. Alex erinnert sich an den suchenden Blick des Zauberers, an die eisblauen Augen hinter den dicken Linsen seiner Brille, an seinen Verstand, überlegen, kalt und mitleidlos.

Alex hat manchmal Gewissensbisse, daß es den Zauberer erwischt hat, während er frei herumläuft – aber der Zauberer sagte immer, er fühle sich frei, egal, wo er sich gerade befinde, frei in seinen Gedanken. Nach seiner Verhaftung hatte er den Polizei-Experten seine Synthesen erklärt – er hatte ihnen sogar die richtigen Masken gegeben, als sie kamen, um ihn auffliegen zu lassen. Das gehörte mit zu seinem Spiel, er war stolz darauf, den beschränkten Bullen zu zeigen, womit er sie so lange ausgetrickst hatte.

»Meine Zuteilung ist leider so niedrig, daß ich nicht in dem Umfang fahren kann, wie ich gerne möchte, Mister Sharkey«, sagt der Minitaxi-Unternehmer. »Sie haben sicher bemerkt, wie vorsichtig und sanft ich beschleunige. Das mache ich, um Treibstoff zu sparen. Unsereiner fragt sich, woher dieses weiße Gesindel das Benzin für seine Blechkisten bezieht. Alles Verbrecher, und Verbrecher kriegen angeblich keine Benzin-Rationen. Aber sie haben mehr als ich, ein ehrlicher Mann, der sich seinen Lebensunterhalt durch harte Arbeit verdient. Sie haben genug, um den ganzen Tag rumzudüsen und nach Opfern zu suchen.«

»Ich weiß«, pflichtet ihm Alex bei.

»Fünf Schüsse. *Peng, peng!* Einfach so!« Der Fahrer nimmt die Hände vom Steuer und klatscht zweimal. Er schaut Alex durch den Rückspiegel an. »Sie sagen, daß einer der Jungen vermutlich nicht durchkommt. Kopfschuß. Zwei weitere sind verwundet, aber nicht lebensgefährlich. Vielleicht lernen sie daraus und halten sich in Zukunft von dort fern, Mister Sharkey. Es ist kein Ort für anständige Weiße.«

»Ich bin ein Mensch mit festen Gewohnheiten«, sagt Alex.

Der Fahrer setzt ihn gegenüber Ma Nakomes Etablissement ab.

»Ich warte in der Nähe von Aldgate auf Kunden«, sagt er, nachdem Alex bezahlt hat. »Sie kommen rüber und fragen nach mir, ja?«

»Klar«, verspricht Alex, obwohl er weiß, daß er sein Taxi direkt bei Ma Nakome bestellen wird. Obwohl es auf Mitternacht zugeht, herrscht Hochbetrieb. Leute sitzen an den Plastiktischen draußen auf dem Gehsteig, und die kleine Bar ist überfüllt, während die Stimme von Hi Life Dub über die Köpfe der Kunden hinweg in das heiße Dunkel dröhnt.

Alex ist hier Stammkunde, und Ma Nakome kommt persönlich aus der Küche, um ihn zu begrüßen. Sie gibt ihm einen Tisch im Hintergrund des Lokals, am Rand der Estrade, einen Vorzugsplatz, an dem man sieht und gesehen wird. Ma Nakome ist eine dicke Matrone, noch schwerer und runder als Alex, in ein Wickelgewand aus rotgoldenem Kattun gehüllt, mit einem goldblitzenden Lächeln in ihrem glänzendschwarzen Gesicht. Wie die Hälfte ihrer Kunden stammt sie aus Somalia und ist Teil einer Gemeinde, die sich im Lauf der letzten zwanzig Jahre in East London etabliert hat. Inzwischen gibt es hier noch jüngere Immigranten-Gemeinden: aus Nigeria und Albanien, von den Tonga-Inseln und dem versunkenen Archipel Polynesiens. Die Flüchtlinge kommen, wie zu Beginn des letzten Jahrhunderts die Polen, Weißrussen und litauischen Juden kamen. Das East End ist und bleibt das Tor, durch das jede neue Vertriebenen-Welle über London hereinbricht.

Die Somalis haben es zu Wohlstand gebracht. Die meisten von ihnen waren Akademiker – Anwälte, Lehrer, Wissenschaftler, die geistige Elite ihres Landes. Auch wenn die Männer unter dem Einfluß von Khat in Apathie versanken, um der trostlosen Wirklichkeit von Brick Lane zu entrinnen, die Frauen rackerten und organisierten unbeirrt. Sie bilden mittlerweile eine festgefügte Gemeinschaft, die sich aber keineswegs nach außen abschottet – offen für britische Einflüsse und doch bemüht, das Beste der eigenen Kultur beizubehalten und zu integrieren.

Alex ißt eine große Portion Stew aus Lamm und grünen Bohnen, serviert auf gebackenen Bananenblättern; dazu gibt es Okra und Süßkartoffeln und ein Glas eiskaltes Sappora-Bier. Die Wirkung des Aufputschmittels läßt nach, gefolgt von der typischen Mundtrockenheit.

Er nimmt sich gerade eine Schüssel kalten, mit Kümmel gewürzten Ziegenmilch-Joghurt vor, als ihm jemand eine Hand auf die Schulter legt. Er dreht sich um und sieht Billy Rocks Botenjungen Doggy Dog. Der hünenhafte Fahrer steht dicht hinter ihm, die nackten Arme über einer schwarzen Lederweste verschränkt, so daß die Stachel entlang der muskelbepackten Oberarme gut zur Geltung kommen.

»He, du Wichser«, sagt Doggy Dog, »warum sitzt du nicht an deiner Arbeit? Tu was für dein Geld, anstatt dich vollzustopfen wie ein Schwein, Mann!«

Doggy Dog holt mit der bloßen Hand etwas Joghurt aus der Schüssel und probiert. Er trägt einen Ring aus schwerem Rohgold am Daumen, der an seiner Wange glitzert, als er sich die Finger ableckt.

»Schmeckt auch wie Schweinefraß«, sagt Doggy Dog betont laut.

Die anderen Gäste schauen her und wieder weg.

»Hast du eine Nachricht von Billy?« fragt Alex.

»Billy, Billy, ich kann den Namen nicht mehr hören! Der Typ ist wieder mal völlig weggetreten. Zappelt wie ein Wurm in seinen echten Büffelleder-Polstern und dröhnt sich mit dieser Satansmusik zu.«

»Bist du größenwahnsinnig, oder hast du was von seinem Stoff erwischt?«

Alex hat einen kühlen, ruhigen Tonfall, der noch unter der Angstschwelle liegt. Er vermutet, daß nicht einmal Doggy Dog hier etwas provozieren wird.

»Shit hab ich nicht nötig, Mann!« erklärt der Junge mit königlicher Herablassung.

Alex erkennt, daß er die Wahrheit sagt. Doggy Dog wird von seinem eigenen Größenwahn in höhere Sphären getragen. Er trägt ein langes T-Shirt mit grünen, roten und goldenen Streifen über den gleichen weiten Bluejeans, die er schon am Vortag anhatte. Eine kleine

Lederkappe sitzt schräg auf seinem struppigen Haar. Unter Doggy Dogs T-Shirt zeichnen sich die Umrisse einer Automatik ab, die im Bund seiner Jeans steckt.

Der Junge beugt sich vor, bis sein Gesicht nur noch Zentimeter von seinem Gegenüber entfernt ist. Alex zuckt nicht mal mit der Wimper.

»Ich weiß, daß ich dir Angst einjage«, sagt Doggy Dog. »Genauso soll es sein. Ich bin nämlich hier der starke Mann. Billy Rock kannst du vergessen. Total fertig, der Typ. Läßt sich von seinen Baufirmen voll über den Tisch ziehen, ob du's glaubst oder nicht!«

»Das Problem ist nicht Billy Rock.« Alex schaut Doggy Dog fest in die blutunterlaufenen Augen. »Das Problem ist seine Familie.«

»Was heißt da schon Familie? Ein Verein von Saftsäcken in teuren Anzügen, die in diesem großen alten Haus draußen in Hampstead leben! He, du Blödmann, die haben doch null Ahnung von der Straße! Genau wie du, stimmt's?«

»Stimmt.«

»Noch ein Wort zu deinem Deal mit Billy Rock«, sagt Doggy Dog. »Er will Puppen, die miteinander vögeln und Nachwuchs kriegen. Schon mal dran gedacht, selber Puppen zu vögeln? Menschen, die Puppen vögeln, das wär's doch!« Der Junge stemmt Alex drei Finger in die Brust und richtet sich auf. »Überleg dir's, Mann!« Mit diesen Worten wendet er sich zum Gehen.

Der unerschütterliche Fahrer nickt Alex zu und folgt ihm.

Ma Nakome kommt an seinen Tisch, um sich zu entschuldigen. Sie schwört Alex, den kleinen Skorpion nie mehr in ihr Haus zu lassen. Sie läßt frischen Joghurt und Kaffee kommen und setzt sich.

»Er war hier, um das Schutzgeld zu kassieren«, erklärt sie.

»Ich habe das Gefühl, daß er in die eigene Tasche arbeitet«, sagt Alex.

»Der Junge ist nicht ganz richtig im Kopf, wenn er glaubt, daß er Mister Rock austricksen kann.«

Alex gibt ihr recht. Das Problem mit den Yardies ist, daß sie zwar nicht dumm, aber völlig ausgeflippt sind. Sie haben keine Hierarchie, außer ihrer Alpha-Männlichkeits-Hackordnung, kein eigenes Territorium, außer da, wo sie ihre Frauen versteckt halten, keine echten, gut durchdachten Pläne. Gewalt entspringt in der Regel einem Impuls und richtet sich größtenteils gegen ihresgleichen. Ins Depot eines Drogendealers eindringen, aufs Geratewohl herumballern, den Stoff und die Kohle an sich reißen und verschwinden – das ist ihre Vorstellung von einem Plan. Ein Yardie wird selten alt, mal abgesehen von ein paar sehr brutalen, sehr reichen und sehr gerissenen Typen. Doggy Dogs Karriere beschreibt eine aufsteigende Kurve, und er wird sich den Weg nach oben freischießen, bis er von jemandem umgelegt wird, der etwas mehr Glück, Verstand oder Hunger hat als er.

Alex erzählt Ma Nakome von seinem neuesten Projekt, aber nicht, wozu es dienen soll. Das erzählt er ihr nie. Er hat zu große Achtung vor ihr. Sie war wissenschaftliche Mitarbeiterin im Queen Mary Hospital, bis die großen Versicherungsgesellschaften die Gesundheitsvorsorge übernahmen und die Forschungsgelder zu einem Nichts schrumpften. Sie schätzt sein Fachwissen. Sie hat früher die gleichen Verfahren verwendet wie er, und er bietet ihr einen Job an, den sie lachend ablehnt. Sie hat zu viele Kinder, sagt sie, und es wird höchste Zeit für ihn, sich nach einer Frau umzusehen, die ihn umsorgt – alle Männer tun das.

Alex stimmt ihr zu. Er denkt an seine Mutter und die Zeit in dem windgeschüttelten Mietblock hoch über der Themse. Ein Zwei-Personen-Staat, mit der Hauptstadt zu ihren Füßen. Im Dunkel sitzen und die Lichter beobachten, während sich Lexis langsam mit Rum-Cola vollaufen läßt. Feenland, erzählt sie ihrem Sohn. Da draußen ist alles, was du dir wünscht, einfach alles. Alex muß irgendwie dafür sorgen, daß sie diesen kleinen Schmarotzer von einem Bettgefährten rauswirft und sich einen richtigen Mann sucht, einen anständigen Kerl. Das zumindest hat Lexis verdient.

Ma Nakome fragt, ob er Kummer hat und ob sie ihm eines ihrer Mädchen vorbeischicken soll. »Heute, morgen, wann immer du willst, Alex.«

»Morgen«, wehrt Alex ab. Er fühlt sich vage bedrängt. Sex wird nie eine große Rolle in seinem Leben spielen, das weiß er, und deshalb versucht er, nicht zu oft darüber nachzudenken.

»Alice«, sagt Ma Nakome resolut. »Das ist die Richtige für dich. Ich weiß, daß sie erst kürzlich bei dir war.«

»Ja.« Alex nickt geistesabwesend.

Sicher, er liebt und pflegt seine Gewohnheiten, aber gerade jetzt spürt er eine Schubkraft, die sich hinter seinem Rücken zusammenballt wie ein Sturm, das gleiche Gefühl wie damals, kurz bevor sie ihn verhafteten – als würde er durch die nächtliche Stadt rasen, ohne daß ihn eine Ampel aufhält, und alles weicht ihm aus, während er schneller und schneller und schneller wird, unbezwingbar in seinem Tempo. Aber dann schnappten sie ihn doch und sperrten ihn ein, einfach so, ohne Prozeß. Die Welt ist unerbittlich – du kannst ihr nicht entrinnen.

Und doch, er mag Alice. Sie ist etwas älter als die meisten der halbwüchsigen Mädchen, die für Ma Nakome arbeiten. Alice bedient an einigen Abenden im Restaurant und hat nur wenige auserwählte Kunden. Er kann mit ihr reden, hinterher, und sie liegt da und hört ihm zu oder tut zumindest so, und das ist tröstlich.

»Manchmal würde ich am liebsten in einem Kloster leben«, sagt Alex.

Ma Nakome boxt ihm lachend in den Arm und

macht Anstalten aufzustehen, ein sommerlicher Berg, der sich erhebt. »Du bist ein verrückter Kerl«, sagt sie.

Alex bezahlt und nimmt ein Taxi ohne Lizenz. Es wird von einem jungen Armenier gesteuert, dem er den Weg zu seinem Schlupfloch genau beschreiben muß. Der Armenier versucht Alex einen STP-Trip zu verkaufen und kann nicht verstehen, warum sein Fahrgast sich vor Lachen nicht mehr einkriegt.

6 Der Traum von Alfred Russel Wallace

Alex kämpft gegen den Schlaf an. Er steht neben dem Computer, barfuß auf sandigem Beton, die Sohlen eiskalt. Er ist nackt bis auf ein T-Shirt. Schweiß rinnt ihm über die schwabbelige, unbehaarte Brust und die unförmigen Flanken. Es ist drei Uhr dreiunddreißig. Ein Omen. Er wird das Gefühl nicht los, mit jemandem gesprochen zu haben, und genau in diesem Moment klingelt das Telefon laut und schrill in die Stille und Schwärze der Nacht.

Alex nimmt den Anruf argwöhnisch entgegen, läßt die Fingerspitzen über den Tasten schweben, ehe er den Code eintippt. Zuerst empfängt er nichts außer einem griesigen Flimmern auf dem kleinen Bildschirm des Telefons und einer Art Meeresbrandung im Hörer, wie das Rauschen des Blutes, das durch die Arterien seines Innenohrs pulsiert. Dann beginnt sich der statische Schnee zu lichten und wirbelt davon, als treibe ihn ein elektronischer Sturm vor sich her, und dahinter erscheint das Gesicht eines jungen Mädchens, körniges Schwarzweiß, in das allmählich Farbe fließt.

»Ich kenne dich doch«, sagt sie. »Du bist Captain Marvel.«

Sie ist vielleicht zwölf, und ihr rundes, ernstes Gesicht wird von glattem schwarzem Haar umrahmt. Sie hat irgendeinen mitteleuropäischen Akzent.

»Miracle Man«, verbessert Alex. Das ist der Äthername, den er im BB K-Leben benutzt.

»Ich bin Alfred Russel Wallace«, sagt das kleine Mädchen. »Wir haben uns schon mehrfach in BB-Konferenzen unterhalten. Außerdem horche ich rein, wenn du mit anderen diskutierst. Daher kenne ich dich. Und deshalb bin ich zu dem Schluß gekommen, daß ich dein Wissen nutzen könnte.«

Alex kann nicht anders, er muß lachen. Alfred Russel Wallace, der Naturgelehrte, dessen Theorien über die natürliche Zuchtwahl Darwin letztlich dazu brachten, seine Forschungsergebnisse zu veröffentlichen, ist der Äthername eines brillanten und gefürchteten K-Leben-Hackers, der vor etwa einem Jahr in der Szene auftauchte und bei dem es sich aller Wahrscheinlichkeit nach um einen akademischen Einzelgänger handelt. Dieses kleine Mädchen stellt eine kühne Behauptung auf, die es erst mal beweisen muß.

»Manchmal glaube ich, daß du einem Traum entsprungen bist«, fährt das kleine Mädchen fort. Ihr Lächeln ist kaum zu erkennen. Ihre dunklen Augen sind ernst und gelassen, ins Unendliche gerichtet. »Einem Fiebertraum.«

Alex erinnert sich, daß Wallace der Gedanke einer natürlichen Auslese durch Überleben der am besten an ihre Umwelt angepaßten Arten kam, als er sich im Dschungel von Borneo in seiner Hängematte hin und her warf, weil er an Sumpffieber litt. Auch Darwin litt unter häufigen Fieberanfällen. Die Theorie der Evolution war ein Fiebertraum, der die versteinerten Hierarchien des Viktorianischen Zeitalters wegbrannte.

»Du hast Probleme mit den Randgleitern«, sagt das kleine Mädchen.

»Nun ja, jeder hat seine Probleme mit den Randgleitern.«

Alex hatte sich nach seiner Rückkehr von Ma Nakome in eine BB-Diskussion zu diesem Thema eingeschaltet. Das Zuhause von Randgleitern sind die Außenbezirke der Tafellandkarten, über die sich die traditionellen K-Leben-Ökologien erstrecken. Sie fristen ihr

Dasein am Rande des Vergessens, aber kürzlich wurde ihr marginales Habitat von einer Parasiten-Art überfallen, die sich an ihnen festhakt und mit der Zeit ihre Energie aufzehrt.

Die Parasiten haben sich aus Huckepack-Organismen entwickelt, welche die in großen Scharen auftretenden Clusterfucks infiltrieren, gefräßige, amorphe Kolonien, die sich von ihren eigenen Toten ebenso ernähren wie von der Informationsenergie, die alle K-Leben-Organismen brauchen, um die zum Überleben und zur Reproduktion notwendigen Algorithmen durchzuführen. Obwohl sie Gefahr laufen, von ihren Wirtszellen absorbiert zu werden, schnappen sich die Huckepack-Organismen lose Teilchen Informationsenergie an den unscharfen Grenzen der riesigen Clusterfuck-Ansammlungen.

Diese beiden Arten von K-Leben-Organismen haben im Lauf der Zeit ein stabiles Gleichgewicht erreicht, und das ist notwendig, wenn die Clusterfucks sich nicht so stark ausbreiten sollen, daß sie zusammenwachsen und das gesamte K-Leben-Ökosystem erobern – wie Algen, die das Wasser in einem Aquarium umkippen lassen. Aber die fragilen Randgleiter vermögen diesen Parasiten keinen Widerstand entgegenzusetzen, und bis jetzt hat noch niemand herausgefunden, wie man verhindern könnte, daß sie von den Huckepack-Organismen dezimiert werden, ohne zugleich die Clusterfucks und damit das komplexe Beziehungsgeflecht zu zerstören, das die K-Leben-Ökosysteme stabilisiert.

Das kleine Mädchen sagt zu Alex: »Ich könnte dir eine Datei rüberschicken, die das Problem beseitigt.«

»Wie kommst du ausgerechnet auf mich?«

»Betrachte das Ganze als Test«, entgegnet sie. Ihr Bild zerfällt in ein Gestöber weißer Pixels. »Willst du sie kopieren? Ich habe nur noch begrenzt Zeit auf dieser Leitung.«

Alex öffnet einen Zwischenspeicher und beginnt mit dem Downloaden.

»Betrachte das Ganze als Test«, sagt sie noch einmal. »Versuch herauszufinden, wie man das Programm benutzt. Ich werde erfahren, ob du es geschafft hast.«

Dann ist sie verschwunden.

7 Neue Verbindungen

Detective Sergeant Howard Perse reicht Alex ein gefaltetes Stück Papier und sagt: »Es war so leicht, daß ich es fast für eine Falle halte.«

»Was mache ich damit? Erst lesen und dann runterschlucken?«

Perse zieht ausgiebig an seiner Zigarette. »Machen Sie damit, was Sie wollen, aber seien Sie vorsichtig!«

»Sie wirken ja echt besorgt. Haben Sie mich deshalb hierhergeschleift?«

Sie stehen unter den Bäumen am flußseitigen Rand des großen Parkplatzes, im Schatten des Tower von London, und rauchen beide Zigaretten, die sie in der hohlen Hand halten, eine Gewohnheit, die sich Alex im Gefängnis zu eigen gemacht hat. Sie könnten zwei alte Knastbrüder sein, die gerade ein Ding aushecken – wie in einem dieser alten Ealing-Filme, die in jüngster Zeit wieder so populär sind, heraufgespült von einer Woge nostalgischer Sehnsucht nach dem Daumenlutsch-Trost einer sicheren, stabilen Vergangenheit, die es in Wirklichkeit nie gab. Jenseits des Parkplatzes stehen Touristen geduldig Schlange vor dem Metalldetektor des Sicherheitszauns. Eine Familie gruppiert sich steif um einen schwitzenden Beefeater, während der Vater sie auf Video bannt. Es ist zehn Uhr vormittags, aber bereits unerträglich heiß unter der Glocke eines milchweißen Himmels. Der Fluß führt Niedrigwasser, eine zähe braune Brühe zwischen stinkenden Schlammbänken. Am anderen Ufer flimmert die HMS *Belfast* in einem Dunstschleier.

Perse starrt das alte Gemäuer an, das über den Parkplatz aufragt. Seine verspiegelte Brille reflektiert das Sonnenlicht. »Waren Sie schon mal hier drin?«

»Im Tower? Du liebe Güte, nein. Was sollte ich da?«

»Genau.«

»Es ist ja nicht so, daß sie dort immer noch die Kronjuwelen verwahren. Glauben Sie, daß diese Geschichte mit den Raben echt passiert ist?«

Perse deutet ein Achselzucken an. »Sie sind nicht weggeflogen, sondern krepiert wie alle anderen Vögel. Tatsache ist, daß unsereiner da nicht mal reinginge, wenn sie den König zurückholen und ausstellen würden. Kein Londoner käme auf die Idee, den Tower zu besichtigen. Also ist er ein sicherer Treffpunkt.«

»Sie haben das schon öfter gemacht.«

Perse leugnet es nicht.

Eine schnatternde Touristenschar zieht an ihnen vorbei, die Fracht des Flußboots, das vor wenigen Minuten am Tower Pier angelegt hat. Es sind Amerikaner, alle im fortgeschrittenen Rentenalter – Alex unterdrückt den Impuls, sie zu fragen, was der Krieg daheim macht. Mindestens die Hälfte der Männer trägt karierte Schottenmützen, T-Shirts und Bermuda-Shorts, die nicht den geringsten Schutz gegen die UV-Strahlung bieten. Die Frauen sind vernünftiger; sie haben sich wie die ältlichen Schönen des Südens mit breitkrempigen Strohhüten oder Sonnenschirmen ausgestattet. Eine Matrone, die gut und gern ihre zweihundert Kilo wiegen dürfte und so ausladend ist, daß selbst Alex sie als fett empfindet, bewegt ihre Fülle mit Hilfe der Servos eines Exo-Gestells aus Kohlefaser-Streben. Während sie vorbeirollt, übertönt das Surren der Motoren einen Moment lang die lärmende Unterhaltung der Reisegruppe.

Alex nimmt einen letzten Mundvoll teerigen Rauch und drückt das Zigarettenende an dem grüngestrichenen Eisengeländer aus. »Woher haben Sie die Adresse?«

»Aus Billy Rocks File. Wir besitzen eine File über Billy Rock, ob Sie's glauben oder nicht.«

»Und Sie haben Zugang zu diesen Unterlagen?«

»Lehnen sich nicht zu weit aus dem Fenster, Sharkey. Und jetzt passen Sie auf! Diese Adresse ist das einzige Update, das im letzten Jahr auf die File kam, nur diese eine kleine Notiz zwischen all den alten Aufzeichnungen. Ich mußte danach suchen, aber nicht allzu heftig. Offenbar wollte jemand, daß ich fündig werde.«

»Machen Sie mir keine Angst, Perse. Ihre Paranoia ist allmählich ansteckend.«

Perse nimmt die Spiegelbrille ab und reibt sich mit Daumen und Zeigefinger die Druckstellen, die der Steg hinterlassen hat. Er ist müde, erkennt Alex. Seine Augen haben dunkle Ringe und liegen tief in den Höhlen.

»Ihre Angst ist nicht ganz unberechtigt«, sagt Perse. »Billy Rocks Familie sucht den Einstieg ins seriöse Geschäftsleben. Und wenn sie das schaffen, ist wohl eine Säuberungsaktion fällig.«

Alex schiebt den großen schwarzen Hut nach hinten und wischt sich mit dem Taschentuch über die Stirn. »Die schütten Sie mit Arbeit zu. Vielleicht sehen Sie deshalb Gespenster.«

Er denkt an Doggy Dogs große Sprüche bei Ma Nakome. Perse sagt er allerdings nichts davon – vielleicht braucht er einen kleinen Vorsprung.

»Ich habe vergangene Nacht etwa zwanzig Usbeken vernommen«, erklärt Perse. »Die meisten verstanden kein Englisch. Oder taten zumindest so. Jeder dieser Scheißkerle behauptete, er wüßte, wer die beiden Toten auf dem Gewissen hätte, und jeder nannte eine andere Tätergruppe. Außerdem fanden wir den Mercedes, den einer der Messerstecher geklaut hatte, aber er war ausgebrannt. Vom Fahrer keine Spur, und seine Kumpel machen den Mund nicht auf. Ich bräuchte dringend Unterstützung, aber die Chance, zusätzliche Leute zu kriegen, ist nach der Explosion in Heathrow gleich Null.«

»Was für eine Explosion?«

»Auf dem Dach von Terminal Vier detonierte eine mittelgroße Bombe. Ebenfalls vergangene Nacht. Ohne jede Warnung. Es war reines Glück, daß niemand dabei umkam. Bis jetzt haben sich bereits die Monarchisten und die Brigade der Tierbefreier zu dem Anschlag bekannt, und weil wir befürchten, daß noch mehr Verrückte aus dem Busch kriechen und sich als Trittbrettfahrer betätigen, haben wir die Meldung bis jetzt unterdrückt und wollen sie den Medien als Transformator-Defekt verkaufen. Aber wer immer dieses Ei gelegt hat, mußte es durch zehn Sicherheitskontrollen schmuggeln. Deshalb bin ich total platt und kann kein blödes Gequatsche mehr vertragen, Sharkey. Nicht, wenn ich Ihnen zu helfen versuche. Also, hören Sie zu! Ich bin mir verdammt sicher, daß jemand diesen Deal als eine Art Köder ausgelegt hat. Vielleicht steckt Billy Rocks Familie dahinter. Sie können Billy nicht so einfach abknallen. Sie müssen ihr Gesicht wahren, wenn sie ihn beseitigen. Eine Falle, in die er tappt, wäre genau das Richtige.«

Mit Daumen und Zeigefinger schiebt Perse die Haut an den Schläfen nach außen, um auf diese Weise Schlitzaugen anzudeuten. »Raffiniertes Chinesenpack!«

»Es paßt mir nicht, daß Sie mich vorschieben, um an Billy ranzukommen, Perse. Warum warten Sie nicht einfach ab, bis ihn seine Onkel kaltmachen – wenn sie das Ihrer Meinung nach ohnehin vorhaben?«

»Weil er mir gehört«, sagt Perse. »Ich will seine Ohren in meiner kleinen Sammlung.«

»Mann, Perse, nun kriegen Sie sich wieder ein! Ich spiele da nicht mit.«

»Und ob Sie mitspielen werden, Sharkey! Was bleibt Ihnen anderes übrig? Wenn Billy Sie nicht abserviert, rücke ich Ihnen auf den Pelz. Ich tauche jeden Morgen punkt acht in Ihrer Hobby-Werkstatt auf und lasse alles zerlegen, bis Sie selbst zu Billy rennen und ihn auf

Knien anflehen, daß er Sie von dieser Plage erlöst. Ich bitte Sie um ein Minimum an Kooperation, und das ist wirklich nicht zuviel verlangt, wenn man bedenkt, daß ich seit zwei Jahren über Ihren Fettsteiß wache und zuhöre, wenn Sie Ihre armseligen Hacker-Sprüche vom Stapel lassen!«

Alex öffnet das zusammengefaltete Papier und findet darauf eine einzige Zeile – einen Straßennamen und eine Hausnummer.

»Haben Sie das überprüft?« fragt er.

»Wofür halten Sie mich – für einen Privatdetektiv?« Perse setzt die Sonnenbrille wieder auf. »Seien Sie vorsichtig, Sharkey. Es geht um viel.«

Die Adresse führt ihn in die Bridle Lane, eine der engen kleinen Gassen hinter den Läden, Kinos und Theatern rund um den Piccadilly Circus. Alex schwitzt, weil er das Gefühl nicht los wird, daß sich über seinem Kopf ein Verhängnis zusammenbraut. Er bezahlt das Taxi – das Geld rieselt ihm nur so durch die Finger – und sucht zehn Minuten lang nach der Hausnummer.

Es ist ein hohes, schmales Gebäude, wie das letzte Stück einer Torte zwischen die Rückfronten und Lieferanten-Eingänge von Büros und Läden gezwängt. Drei Stockwerke mit weißen Sicherheits-Jalousien vor den Fenstern. Entlang der Dachkante verläuft ein Geländer, und Alex erspäht Grünpflanzen – wohl eine Art Dachgarten. Die geschwärzte Tür besteht aus Eichenbohlen mit Eisenbändern und wird zusätzlich von einem versperrten Scherengitter geschützt. Es gibt nirgends ein Namensschild oder eine Videokamera, nur eine altmodische Messingklingel.

Ein paar Obdachlose haben an der Straßenecke ihr Lager aufgeschlagen, wenig mehr als ein paar Platten aus Verpackungs-Schaumstoff, die gegen diese oder jene Wand lehnen. Keiner von ihnen kann ihm nähere Auskunft über das Haus geben, Nichtwissen, das Alex alle bis auf eine seiner Zigaretten kostet.

Ein kleines Stück entfernt befindet sich eine geschlossene Laderampe, und eine Weile sitzt Alex unter der dröhnenden Abzugsöffnung einer Klimaanlage. Schweiß läuft ihm in die Speckfalten des Nackens, und er fächelt sich mit dem Hut Kühlung zu. Von beiden Enden der kleinen Gasse dringt gedämpfter Verkehrslärm zu ihm herüber. Im ersten Stock eines Hauses auf der anderen Straßenseite, nicht mehr als zehn Schritte entfernt, sitzt ein Mann an einer Zeichenmaschine; sein Kinn ist von unten her in einen grünlichen Schein getaucht, so daß er aussieht, als befände er sich unter Wasser. Zögernd kommt eine alte Frau in Trauerkleidung aus dem Eingang eines kleinen Wohnblocks. Sie wirft Alex einen säuerlichen, argwöhnischen Blick zu, ehe sie mit gebeugtem Rücken davontrippelt.

Alex braucht dringend eine Zigarette, aber wenn er jetzt seine letzte raucht, muß er sich irgendwo eine neue Schachtel besorgen, und dann entgeht ihm vielleicht etwas. Eines wird ihm jedoch klar, während er im Eingang der Laderampe wartet: daß er in dem Interessen-Konflikt zwischen Billy Rocks verrückten Ideen, Perses Rache-Feldzug und der Falle, hinter der – wenn es sie überhaupt gibt – wer auch immer stecken mag, garantiert ein toter Mann ist, falls es ihm nicht gelingt, rechtzeitig und auf die richtige Seite abzuspringen.

Alex ist überzeugt davon, daß dieses kleine Mädchen, das ihn vergangene Nacht anrief, Teil des Verwirrspiels ist. Er müßte verrückt sein, wenn er auch nur einen Blick auf die Datei werfen würde, die sie ihm zum Kopieren rübergeschickt hat. Aller Wahrscheinlichkeit nach ist sie gar kein kleines Mädchen, sondern irgendein Expertensystem oder jemand, der mit Hilfe eines Morpho-Programms sein Aussehen auf dem Bildschirm verändert. Alex benutzt selbst ein solches Programm, das ihn schlanker und mit etwas vollerem Haar erscheinen läßt. Es gibt Programmpakete, die einen in Elvis oder Elle oder Fred Feuerstein verwandeln – in was oder wer immer man sein möchte.

Eine Limousine biegt in die enge Gasse. Sie prescht in einem Wirbel von Papierfetzen und Fastfood-Verpackungen an Alex vorbei – so nahe, daß sein Gesicht über die verspiegelten Scheiben und den schwarzen Lack huscht – und bremst vor dem hohen, schmalen Haus. Ein bulliger Mann steigt aus – Billy Rocks Chauffeur – und öffnet die Beifahrertür. Alex ist nicht sonderlich überrascht, als er Doggy Dog aussteigen sieht, ausstaffiert mit Bob-Marley-T-Shirt, Shorts und einer weiten, schlappen Strickmütze.

Alex preßt sich gegen die Metalltür unter der lärmenden Klimaanlage. Noch jemand verläßt die Limousine. Es ist das kleine Mädchen, das ihn in der Nacht angerufen hat.

Das kleine Mädchen und Doggy Dog wechseln ein paar Worte, und beide lachen. Während sie zuerst das Sicherheitsgitter und dann die Haustür aufsperrt, lehnt der bullige Fahrer mit verschränkten Armen an der Motorhaube des Schlittens. Das Mädchen wirft Doggy Dog eine Kußhand zu, und dann ist sie im Haus verschwunden, und der Junge und der Fahrer steigen wieder in die Limousine und düsen ab wie in einem kurzen, stummen Traum.

Alex verläßt sein unbequemes Versteck und schlendert hinüber an die vergitterte Tür. Er preßt den Daumen auf den Klingelknopf und hört in den Tiefen des Hauses ein volles, melodisches Läuten.

8 ■ Taifun im Anzug

Ein elektrischer Alarm ertönt, schrill und beharrlich. Alex steht vor einem großen Ölgemälde in einem schweren Goldrahmen, so nahe, daß seine Nase den Firnis und die klumpig aufgetragenen Farben fast berührt. Jemand nimmt ihn am Arm und bittet ihn höflich, aber bestimmt, ein paar Schritte zurückzutreten.

»Sie müssen den vorgeschriebenen Abstand einhalten, Sir«, sagt der Wärter und verstärkt den Druck auf seinen Arm. Seine freie Hand schwebt in Hüfthöhe dicht über dem Taser.

Alex murmelt eine Entschuldigung und zieht sich hinter das Messinggeländer auf den abgetretenen rotbraunen Läufer zurück. Die übrigen Besucher der von Deckenfenstern erhellten Galerie wenden sich schon wieder ab, schnell gelangweilt von dem kleinen Zwischenfall und diesem fetten Typ in Latzhose und orangegelben Bauarbeiter-Stiefeln, der wie betäubt dieses Bild anstarrt.

Es ist eines von Turners Seestücken, das vom Sturm aufgewühlte Meer, eine Sonne, die durch einen flammenden Abendhimmel in verschwommenen Rot- und Goldtönen sinkt, und verloren inmitten dieser Landschaft ein sich aufbäumendes Schiff.

Sklavenschiff wirft die Toten und Sterbenden über Bord – Taifun im Anzug.

Alex wendet sich mit seinem schleimigsten Lächeln an den Wärter und sagt: »Es ist aber auch ein wunderbares Bild.«

Der Wärter ist ein hochgewachsener, grobschlächtiger Mann um die fünfzig, sehr streng und aufrecht in seinem hellblauen Uniform-Hemd und der grauen Hose. Sein Taser gehört zu der Sorte von Waffen, die bleibende Brandnarben hinterlassen.

»Es entstand genau in der Mitte seiner besten Periode der Ölmalerei«, erklärt er. »Aber bleiben Sie auf dieser Seite des Geländers, Sir, sonst muß ich Sie rauswerfen.«

»Ich passe schon auf«, verspricht Alex.

Was ihm auf der Zunge brennt, ist die Frage, wie er hierherkam, aber damit würde er sich vermutlich echten Ärger einhandeln.

Als Alex die überfüllten Galerie-Räume verläßt, durchsucht er seine Taschen und findet den Fahrschein-Abschnitt. Er ist um 14 Uhr 32 abgestempelt. Verdammt, ihm fehlen mehr als drei Stunden.

Draußen ist es prügelheiß. In der Luft hängt die ganze Schwüle noch nicht entladener Feuchtigkeit, der Himmel hat die Farbe eines leeren Blatts Papier. Der Verkehr grollt in einem verdrießlichen Stop-and-Go-Tempo zu beiden Seiten des Trafalgar Square, vorbei am zertrümmerten Stumpf der Nelson-Säule, die immer noch die schwarzen Brandspuren der Explosion zeigt, die sie vor fünf Jahren in sich zusammensinken ließ. Ein gutes Dutzend Studenten hält unter einem der heiter dreinblickenden Bronzelöwen von Edwin Lutyens eine Protestkundgebung ab. Sie tragen Masken mit Karikaturen der Premierministerin oder sind durch schwarze und rote Stoffkapuzen getarnt, in die sie kurzerhand Sehschlitze gerissen haben. Die Polizei beobachtet sie, hält aber Abstand. Ein Constable filmt die Versammlung ganz offen mit einer Videokamera. Die Ordnungshüter sind den Protestierern zahlenmäßig etwa zwei zu eins überlegen. Alex ist zu weit entfernt, um die unverstärkten Sprechchöre der Studenten zu verstehen oder die Slogans auf ihren T-Shirts zu lesen. Dann hält einer der jungen Leute ein Transparent mit zerbrochenen Handschellen und dem blauen Affengesicht einer Puppe hoch, und Alex muß über die Ironie dieses Protests lächeln.

Die Kampfpuppe mit ihrer verstandlosen Aggressivität. Die von den Reichen gehätschelten Schoßpüppchen. Die ertrinkenden schwarzen Gestalten am Rand von Turners Gemälde, ein Arm oder ein Bein, aus schäumenden Wogen ragend, inmitten gespenstischer Fische, die um die Beute kämpfen. Verdammt, selbst Turner ist ihm verleidet.

Sein Magen ist übersäuert und knurrt, und so steuert Alex einen Pizza-Stand an, um sich sechs mit Zwiebeln, Anchovis und Pepperoni beladene Stücke reinzuschieben. Gegessen hat er in den verlorenen Stunden offensichtlich nichts, nur seine letzte Zigarette scheint er irgendwann verqualmt zu haben. Er kauft sich eine neue Schachtel, schlendert an den Sperren vorbei, die das West End abends sichern, schlendert in der Hitze und der Feuchtigkeit und dem Gestank die lange Strecke bis hinauf zur Charing Cross Road und dann wieder zurück, vorbei an den Secondhand-Buchläden, die ihre Ware in Kisten und auf Holzgestellen anbieten, vorbei am Cambridge Circus Theatre mit seinen heruntergelassenen Rolläden, vorbei an den Reihen brettervernagelter oder ausgebrannter Läden, wo die Obdachlosen und Zwangsgeräumten zwischen Decken und Einkaufswagen mit ihrer in zerfetzten schwarzen Plastiksäcken verstauten Habe hausen.

Jemand durchsucht die Taschen eines toten Kindes, das mit dem Gesicht nach unten im Rinnstein liegt. Eine Blutpfütze hat sich unter seinem Kopf gesammelt – irgendein Straßenkid, erschossen von der Bürgerwehr oder anderen Straßenkids. Der Mann behandelt den kleinen Leichnam mit einer sonderbaren Zartheit, als er ihn zur Seite rollt, um die Taschen zu filzen. Drei Penner haben eine Art Lager im verrammelten Eingangsbereich eines ehemaligen Ladens aufgeschlagen. Sie kauern in seinem mageren Schatten und beobachten die Passanten. Einer zeigt Alex den Stinkefinger, als sich ihre Blicke treffen. Ein anderer hustet keuchend in einen Fetzen Papier – virale TB.

In einem anderen zerstörten Laden hat jemand eine Kneipe aufgemacht. Aus dem Radio dröhnt der neueste Bejing-Pop. Alex kauft dem schmächtigen, nervösen Jungen, der an einem Ecktisch dealt, zwei Tabletten Cool-Z ab. Die Tabletten sind einzeln verpackt, in kleine Fetzen schmieriger Haftfolie. Alex schluckt sie beide ohne Flüssigkeit, schlendert weiter und wartet auf den Kick. Er braucht etwas, um seinen Kopf klar zu bekommen.

Er erinnert sich an Doggy Dog und das kleine Mädchen und erinnert sich, daß er nach ihrem Verschwinden aufstand, ein wenig schwindlig von der feuchten Hitze. Mit der Erinnerung an den Schwindel taucht das Bild eines Zimmers auf, ein Zimmer ganz in Weiß, Spielsachen, die immerzu im Kreis marschieren, und mittendrin eine Frau. Jemand hatte etwas gesagt. Einen Namen.

Er spricht den Namen laut aus, läßt die Silben auf der Zunge zergehen: »Nanny Greystoke!«

Niemand achtet darauf, nicht hier, wo im Umkreis von zwanzig Metern drei Marktschreier ihre Ware anpreisen, eine alte Frau ihre Faust gegen den lärmenden Verkehr schüttelt und ein Mann an einen Laternenmast pinkelt, wobei er unentwegt vor sich hin murmelt und sein Kopf so heftig zittert, daß die verfilzten Haarsträhnen vor seinen leeren Augen hin und her pendeln. Sein Gehirn ist vermutlich ein Schwamm, zerfressen von den letzten Stadien der Kreutzfeldt-Jakob.

Eine elegante Frau, in einen sündteuren Body-Schleier gehüllt, schiebt sich mit herablassender Gleichgültigkeit durch die Armut, gefolgt von einer angeleinten blauhäutigen Puppe und einem bewaffneten Bodyguard. Die Puppe trägt Pumphosen aus roter Seide und Goldpantoffeln mit hochgebogenen Spitzen wie aus

Tausendundeiner Nacht. Durch ihre flachen schwarzen Brustwarzen sind Ringe gezogen. Während sie hinter ihrer Herrin hertrottet, wandern ihre Blicke hierhin und dorthin. Sie hat braune, traurige Menschenaugen.

Ich bin nicht verrückt, denkt Alex. Verwirrt vielleicht, aber nicht verrückt. Er ist sich dessen sicher, denn er kennt den Wahnsinn von innen, den heiteren Temporausch und den gegen jede Gefahr gefeiten Vorwärtsschwung des Wahnsinns. Irgend etwas ist mit ihm geschehen, und er weiß nicht, was. Er war weg, und jetzt ist er wieder da.

Vielleicht hat man ihn mit einem dieser verbrecherischen Stämme von Buckminster-Fullerenen* infiziert, winzigen Roboter-Molekülen, die als Fembots bezeichnet werden und als Transportvehikel von Seltenerdmetallen dienen. Die wahre Nanotechnik, obwohl sie nicht so genannt werden darf, weil ein paar amerikanische Firmen, die plumpe, zehnmal größere mechanische Arbeitstiere herstellen, ein Patent auf diesen Begriff besitzen. Es gibt Fembots, die falsche Erinnerungen auslösen können. Vielleicht ist dieses vage Bild von dem weißen Zimmer und dem Spielzeug, das im Kreis um die Frau marschiert, eine falsche Erinnerung, erzeugt von RNS-Paketen, die in ganz bestimmte Cortikal-Neuronen eingeschleust wurden. Oder vielleicht ist es Teil eines Flashbacks, ausgelöst durch eine Droge, mit der er sich kontaminiert hat, als er noch für den Zauberer arbeitete – aber diesen Gedanken verwirft Alex, weil er weiß, daß er viel zu gut in seinem Job ist, um sich auf diese Weise kaputtzumachen. Der Zauberer hat ihn gründlich ausgebildet. Von einigen Substanzen, die er zusammengebraut hat, hätte ein einziges ungestrecktes

---

* Fußballähnliche Kohlenstoffmoleküle, deren Bauprinzip mit den geodätischen Kuppeln von Richard Buckminster Fuller übereinstimmt; je nach Form auch als Buckybälle, Buckybabies, Buckyriesen, Buckyröhren etc. bezeichnet. – *Anm. d. Übers.*

Stäubchen ausgereicht, um ihn zehn- oder zwanzigmal umzubringen. Er erinnert sich an die Vorsichtsmaßnahmen, die der Zauberer traf, um jede Charge individuell zu strecken und sie so mit Unreinheiten zu versetzen, daß der Stoff nicht zu einem einzelnen Labor zurückverfolgt werden konnte.

Ich sollte in eine Klinik gehen, denkt Alex, mich von einem PET-Scanner auf Atomgruppen von Seltenerdmetallen checken lassen und mir, falls mein Nervensystem tatsächlich mit Fembots verseucht ist, ein universal wirksames Gegenmittel spritzen lassen. Das Dumme ist nur, daß er sich momentan so eine aufwendige Untersuchung nicht leisten kann.

Er taucht am Leicester Square in das Gewühl der U-Bahn-Station und findet einen Dealer in der Menge, der ihm nach kurzem Schachern einen Secondhand-Fahrschein für zwanzig Prozent des Nennwerts verkauft. Hier unten stolpert man geradezu über Obdachlose – Arbeiter, deren Können nicht mehr gefragt ist; Leute, die nie einen richtigen Job bekamen, manche davon mittlerweile fast im Rentenalter; Angehörige der gehobenen Schichten, die durch das erbarmungslose Raster der Wohlanständigkeit fielen, weil sie krank wurden oder einfach nur Pech hatten. Viele tragen die schwarzgelben Abzeichen, die sie als Überlebende der Sellafield-Katastrophe ausweisen, aber trotz der realistisch offenen Wunden an den Armen und im Gesicht handelt es sich zum Großteil um gewerbsmäßige Bettler, die sich als Strahlungsopfer ausgeben.

Alex kämpft sich die defekten Rolltreppen hinunter. Er ist schweißgebadet, ehe er das erste Tiefgeschoß erreicht hat. Leicester Square war eine der ersten Stationen, die von den Obdachlosen in Besitz genommen wurde, und es gibt Leute, die permanent hier leben, in Baracken und Zelten, die sie entlang der Korridore und Bahnsteige errichtet haben.

Der Lärm ist unbeschreiblich, der Gestank noch

schlimmer. Alex atmet tief durch, um seinen Geruchssinn abzustumpfen. Die Passagiere müssen sich zwischen den U-Bahn-Bewohnern durchzwängen, die das Chaos ringsum nicht zu bemerken scheinen, als sei die Welt ein Fernsehprogramm, das in der Intimität ihres Wohnzimmers abläuft. Ein wilder Drahtverhau führt von ihren Behelfsheimen nach oben, durch Reparaturklappen und Noteinstiege zu illegalen Zapfstellen in den Schächten der Strom-, Telefon- und Kabel-TV-Leitungen. Die Geschäftstüchtigeren bieten Ferngespräche zu einem Bruchteil des Normalpreises an, oder sie verhökern Videokassetten von mieser Qualität und Raubkopien von Computerspielen und Datenbanken, die nur ein Verrückter in sein Gerät laden würde. Drüben in Richtung Temple säumen die Buden von Schwarzmarkt-Geldwechslern beide Bahnsteige der Circle Line.

Hier haben viele der U-Bahn-Bewohner provisorische Trennwände um ihre zwei Quadratmeter Bahnsteig errichtet, obwohl diese Schutzbarrieren kaum etwas von dem Leben verbergen, das sich hier in aller Öffentlichkeit abspielt: eine Frau stillt ihr Baby; eine alte Frau löffelt sich Brei in den zahnlosen Mund; eine Familie sitzt auf Plastikstühlen im Halbkreis um ein Fernsehgerät, als sei es ein Lagerfeuer; ein kleines Mädchen, das gerade in einer Plastikwanne gewaschen wird, hat eine so durchscheinend blasse Haut, daß man glaubt, die Organe in ihrem geschwollenen Bauch pulsieren zu sehen. Winzige schwarze Mäuse wuseln davon, als ein in Lumpen gehüllter alter Mann eine Abfalltonne durchwühlt; unterhalb des Bahnsteigs huschen noch mehr Mäuse zwischen den glitschigen Schienen umher.

Es dauert lange, bis der Zug kommt. Alex betrachtet die bunten Reklame-Poster, die an der Wand jenseits des Schienenstrangs kleben, und ignoriert die Kinder, die ihm hin und wieder ihre schmutzigen kleinen Hände entgegenstrecken. Gib einmal, und du gibst immer! Seit dem Zusammenbruch des Sozialwesens und dem Exodus aus dem Norden besteht etwa die Hälfte der Londoner Bevölkerung aus heimatlosen Flüchtlingen; sie hausen in U-Bahn-Röhren, auf der Straße, in verlassenen Hochhäusern und Ruinen, für deren Abriß kein Geld vorhanden ist.

Lexis und ihr Kampf, für sich und Alex ein Heim zu schaffen. Zwei Schiffbrüchige, die auf dem großen, feindlichen Meer dahintreiben. Alex spürt eine pathetische Woge der Dankbarkeit: das Cool-Z beginnt zu wirken.

Der Zug donnert herein und schiebt einen Schwall heißer, stinkender Luft vor sich her. Jeder Wagen ist gerammelt voll. Alex klammert sich an einer Deckenschlaufe fest und verliert selbst diesen Halt, als immer mehr Leute nachdrängen. Zusammengequetscht von der Menge, kann er nur noch mit den Zehenspitzen Kontakt zum Boden halten. Irgendwo im Gewühl beginnt eine Frau laut zu schreien. Vielleicht wird sie vergewaltigt oder beraubt, aber was kann man dagegen tun?

An der nächsten Station hält der Zug, aber die Türen gehen nicht auf. Die Fahrgäste beginnen zu murren, beschweren sich in der leisen, typisch britischen Art über das System, über die allmächtige gesichtslose Konspiration, die in jeden Aspekt ihres Lebens eingreift. Alex hört einen Mann sagen, in Aldgate habe es eine Explosion gegeben; ein anderer fügt hinzu, der BBC am Portland Place sei verwüstet worden, als ein mit Sprengstoff präpariertes Auto das Eingangsportal durchbrach.

Alex muß daran denken, was Perse ihm von dem Bombenanschlag in Heathrow erzählt hat, und dann zerrt draußen, kaum eine Handspanne von seinem Gesicht entfernt, ein total verängstigter Mann an den Gummileisten der Abteiltür, als könnte er sie mit Gewalt aufstemmen. Es folgt ein trockener Knall, und das Gesicht des Mannes wird gegen die Scheibe gepreßt, während aus seinem Hinterkopf das Gehirn spritzt. Das Cool-Z läßt Alex die Szene wie einen schlechten Spezialeffekt erleben, zu unvermittelt, um überzeugend zu wirken.

Ein Polizist, das Gesicht hinter einem dunkel verspiegelten Helmvisier verborgen, klopft mit dem Pistolenknauf an die Tür. Die Leute im Abteil zucken zurück, Alex eingeschlossen. Der Zug fährt mit einem Ruck an, und sein Dröhnen geht in ein hohes Winseln über, als er in den Tunnel eintaucht.

Etwa die Hälfte der Fahrgäste um Alex verbreiten die coole Resignation des Londoners, den nichts mehr erschüttern kann. Die anderen reden, entrüstet, entsetzt, aufgeheizt von den Gerüchten, die durch das Abteil schwirren. Jemand verkündet mit sonorer, gebieterischer Stimme, die standrechtliche Exekution sei für diese Terroristen viel zu human, kastrieren und dann dem Volk ausliefern, das wäre es.

Alex denkt an das tote Kind im Rinnstein. Die Blut- und Gehirnspritzer an der Türscheibe sehen im gelben Licht des Abteils schwarz aus. Es passiert bereits.

Alex steigt am King's Cross in die Metropolitan Line um. Der Zug ist genauso überfüllt und langsam wie der vorige, und er hält nicht einmal oder zweimal, sondern dreimal auf offener Strecke. Alex steigt erneut um, diesmal in die East London Line und bekommt in der kleinen Docklands-Bahn endlich einen Sitzplatz. Vor zwei Tagen fuhr er im strömenden Regen mit dem gleichen Zug heim, wütend und todunglücklich. Die Wut ist geblieben, vermischt mit Angst, und momentan gefangen unter einer dünnen kalten Schicht von Cool-Z.

Die Abendsonne taucht Canary Wharf in mattes Gold, als Alex durch Unterführungen und freies Gelände zu seinem Schlupfwinkel in den Werkstatt-Hallen zurückkehrt. Billy Rocks Schlitten parkt auf dem unkrautüberwucherten Asphalt. Alex ist nicht weiter überrascht. Im Moment kann ihn nichts aus der

Fassung bringen. Dröhnende Musik läßt die verspiegelten Fenster der Limousine erzittern. Als Alex einen Blick durch die Windschutzscheibe wirft, sieht er, daß Billy Rock auf dem Rücksitz liegt und mit den Beinen in der Luft strampelt wie ein umgekippter Käfer.

Sein Nachbar Malik Ali hat das Doppeltor seiner Schneiderwerkstatt weit geöffnet. Ein Stand-Ventilator verquirlt die Hitze im Innern. Malik sagt Alex, daß jemand zwei Männer in seine Räume gehen sah, eigentlich einen Mann und ein halbes Kind, eines dieser rotzigen Gangsta-Kids.

»Wie sah der andere aus?«

»Groß. Stark.«

Malik näht die Hälften einer Jacke zusammen. Er wird nach Stücklohn bezahlt und unterbricht deshalb seine Arbeit keine Sekunde. Alex spürt das Rattern der Industrie-Nähmaschine durch die Sohlen seiner Bauarbeiter-Stiefel. Ihr Lärm übertönt das gedämpfte Wummern, das aus den Lautsprechern der Limousine dringt.

»Du kennst sie?« fragt Malik.

»Yeah, ich kenne sie.«

»Alex, Mann, du bleibst auf eine Tasse Tee. Vielleicht gehen sie wieder weg. Sie sind schon eine halbe Stunde drinnen. Fast so lange wie die Frau.«

»Welche Frau?«

Dann fällt Alex ein, daß Ma Nakome versprochen hatte, ihm Alice vorbeizuschicken. Verdammte Scheiße!

»Du hast die Versicherung nicht bezahlt?« fragt Malik mit einem kleinen Lächeln.

Alex denkt, daß Malik sich in die Hose machen würde, wenn er wüßte, daß Billy Rock draußen in der Limousine wartet. »Etwas in der Art«, erwidert er. »Ich kümmere mich um die beiden – aber ruf die Polizei an, falls ich in einer Stunde nicht zurück bin!«

Alex gibt Malik die Nummer von Perse. Er glaubt zwar nicht, daß Perse im Ernstfall etwas für ihn tun würde, aber der Mann ist seine einzige Trumpfkarte.

Die kleine Tür ist unversperrt. Als Alex die Werkstatt betritt, sitzt Doggy Dog auf dem Stuhl neben dem Computer. Er zückt seine Pistole, schnalzt mit der Zunge und imitiert einen Rückstoß. »Jetzt bist du ein toter Mann!« Die Pistole ist eine 9-mm-Automatik, die erprobte und bewährte Waffe der Yardies.

»Hoffentlich hast du hier drinnen nichts angerührt«, entgegnet Alex, »sonst bist *du* ein toter Mann!«

»Hey, hört euch den Fettsack an!«

Der Fahrer lehnt mit verschränkten Armen an der Edelstahl-Arbeitsfläche der Küche. Er zuckt gleichgültig die Achseln.

»Ich meine es ernst«, sagt Alex. Er fühlt sich erstaunlich ruhig. »Ein Teil von dem Zeug hier kann dir das Lebenslicht ausblasen. Wo ist Alice?«

»Die Nutte? Ach, da hinten irgendwo!« Doggy Dog macht auf lässig. Er wippt auf dem Stuhl hin und her. Er trägt das gleiche Bob-Marley-T-Shirt und die gleichen knallroten Shorts wie am Morgen, nur die Strickmütze ist verschwunden. »Keine Sorge, Mann! Ich würde deine Freundin nicht anfassen – oder sonst was, das auch nur entfernt mit deinem krätzigen weißen Schwanz in Berührung kommen könnte!«

»Ich gehe jetzt nach hinten, um nach ihr zu sehen. Okay?« Alex wendet sich mit seiner Frage an den Fahrer, der wieder nur die Achseln zuckt.

Hinter dem chinesischen Wandschirm sitzt Alice aufrecht im Bett, den Rücken gegen die Stäbe des Messinggestells gepreßt. Über ihrem Mund klebt ein breiter Streifen silbernes Isolierband; mit dem gleichen Band haben sie ihre Handgelenke umwickelt und an die Gitterstäbe gefesselt. Alex schält vorsichtig das Klebeband von ihren Lippen. Sie spuckt zur Seite aus und sagt: »Die Mistkerle haben mich überfallen und gezwungen, die Tür zu öffnen.«

Alex hat vergessen, daß er ihr eine Kopie der Code-Karte für sein Türschloß gab. »Das tut mir leid«, sagt er.

Sie scheinen eine ganze Rolle Isolierband für ihre Hände verwendet zu haben; er muß etwas suchen, um das klebrige Zeug durchzuschneiden. »Ich werde mir die beiden vornehmen.«

»Der Kleine hat meine Titten begrapscht, aber das war alles. Der Muskeltyp sagte, mir würde nichts passieren, wenn ich den Mund hielte. Er hat mir den Notruf-Piepser weggenommen. Sieh zu, daß du ihn wiederkriegst. Ich brauche das Ding.«

Alice grinst, daß man die Lücke zwischen ihren Schneidezähnen sieht. Sie ist etwa zwei Jahre jünger als Alex und nicht gerade ängstlich. Jetzt spreizt sie die Beine und meint: »Komm nachher wieder her – vielleicht mach ich dir die Sklavin!«

»Törnt dich das echt an? Herrgott, Alice, diese Typen meinen es ernst!« Und doch spürt Alex, wie sich sein Schwanz gegen die Boxer-Shorts preßt. Die Situation hat tatsächlich etwas Erregendes an sich.

»Das sind doch Loser«, sagt Alice. »Außerdem weiß Ma Nakome, wo ich bin. Wenn ich mich nicht bald melde, kommt jemand vorbei, um nach dem Rechten zu sehen. Na, was ist? Bei dir mache ich gern mal eine Ausnahme, und es kostet dich nicht mehr als den doppelten Preis. Okay?«

»Wie lange wird es dauern, bis dein Beschützer hier ist?«

»Vielleicht zehn Minuten oder eine Viertelstunde. Halte sie hin, Alex! Rede mit ihnen! Das kannst du – darin bist du große Klasse.«

Doggy Dog durchwühlt einen der drei Kühlschränke, den mittleren, in dem Alex seine Pisant-Vorräte aufbewahrt. »Du hast nicht mal Cola im Haus«, sagt Doggy Dog vorwurfsvoll. Er hat die Automatik in den Gummizug seiner roten Shorts geschoben.

»Das nächste Mal denk ich dran.«

»Es muß kein nächstes Mal geben, wenn du tust, was wir dir sagen«, wirft der Fahrer ein.

»Mit anderen Worten – halte dich von dieser Kleinen fern!« Doggy Dog knallt die Kühlschranktür zu. »Woher weißt du eigentlich, daß sie da wohnt?«

»Sie hat mich angerufen«, sagt Alex.

»Erzähl uns keinen Scheiß!« knurrt der Fahrer.

»Dreh das Radio an, Delbert!« Er wartet, bis der Sender auf voller Lautstärke röhrt, und wendet sich dann dem Fahrer zu: »Siehst du, Delbert, ich hab dir gleich gesagt, daß sie so was versuchen würde! Die ist nicht wie normale Leute, kapier das endlich! Die will einfach alles wissen. Das sieht der ähnlich, unseren Fettsack anzurufen – nur um rauszukriegen, mit wem sie da zusammenarbeitet!«

»Ich weiß nicht, Dog«, sagt Delbert langsam und nachdenklich. »Irgendwie läuft die Geschichte aus dem Ruder.«

»Wer ist sie?« fragt Alex.

»Wer sie ist und was sie tut, geht dich einen Scheiß an«, erklärt Doggy Dog. »Du sollst einzig und allein dieses Zeug herstellen, das Billy Rock bei dir in Auftrag gegeben hat, okay?«

»Und es dann euch aushändigen? Wow! Entweder seid ihr beiden echt bescheuert, oder ihr habt größere Eier als ein Elefantenbulle! Billy könnte irgendwann genug von seiner Musik kriegen. Er könnte sich langweilen. Was würdet ihr sagen, wenn er plötzlich hier reinmarschiert käme?«

»Billy ist gut aufgehoben«, meint Delbert, der Fahrer. »Der hat sich eine Ladung reingezogen, die ihm mindestens eine Stunde lang glückliche Träume beschert. Ich arbeite jetzt seit drei Jahren für Mister Rock, und du darfst mir glauben, daß ich ihn besser kenne als du.«

Doggy Dog zieht wieder seine Pistole. Er richtet sie auf Black Betty, auf die drei Kühlschränke, einen nach dem anderen. Alex und Delbert beobachten ihn. Im Radio verstummt ein Pop-Song und wird durch einen flotten Werbe-Spot von Sanyo abgelöst, der ein virtuelles Unterhaltungssystem für Heim-Computer anpreist.

»Klugscheißer«, sagt Doggy Dog. »Typen wie dich kenn ich. Halten sich für was viel Besseres als unsereins. Delbert, zeig ihm, wie klug er ist!«

Der Fahrer stößt sich von der Küchenzeile ab, sagt: »Ist nicht persönlich gemeint!« und drischt ihm die Faust ins Gesicht.

Alex sieht den Schlag kommen, hat aber kaum Zeit, den Kopf zur Seite zu drehen. Funken tanzen in seinen Augen. Dann sitzt er am Boden und schmeckt Blut im Mund, weil seine Schneidezähne sich in die Unterlippe gegraben haben.

Doggy Dog steht über ihm. Alex schaut in die Pistolenmündung, ein kleines rundes schwarzes Loch in einem rechteckigen Profil. Doggy Dog hat den Finger am Abzug.

»Tu das Ding da weg«, sagt Alex.

»Vielleicht vergißt du jetzt endlich dein arrogantes Weißer-Mann-Getue! Wenn du vor mir auf dem Boden hockst, bist du nicht viel besser als jeder andere, kapiert?«

»Es reicht, wenn du nickst«, wirft Delbert großmütig ein.

Alex nickt. Er könnte Doggy Dog die Beine wegziehen, aber wenn es ihm nicht gelingt, die Pistole an sich zu bringen, hat er es Sekunden später mit Delbert zu tun. Alex ist vermutlich stärker als Doggy Dog, doch er wird den Verdacht nicht los, daß sich der bullige Fahrer einen der handelsüblichen Synapsenverstärker reinknallt. Die meisten Bodyguards tun das.

»Du stellst dieses Zeug her und sonst nichts!« sagt Doggy Dog zu Alex. »Aber du gibst es nicht an Billy weiter! Wenn er danach fragt, wimmelst du ihn ab. Erfinde irgendwas von Problemen oder Verzögerungen – Billy Rock ist so von der Rolle, daß er so ziemlich alles schluckt. Er gibt dir sicher einen oder zwei Tage Aufschub.«

»Hörst du zu, Alex?« fragt Delbert. »Tut mir leid, daß ich dir eine scheuern mußte, aber du hast den Bogen überspannt. Ich hätte dir ja einen Magenschwinger versetzt, aber bei einem Mann von deinem Umfang ist das riskant.«

»Kann ich jetzt aufstehen?«

Alex fragt sich, wann der Beschützer von Alice hier endlich aufkreuzt und ob der Typ überhaupt bewaffnet ist. Quatsch, *natürlich* ist er bewaffnet.

»Du bleibst, wo du bist!« erklärt Doggy Dog. »Ich find's Klasse, wenn du da unten sitzt und dein fetter Bauch auf und ab pumpt wie bei einer Frau, die gleich ihr Baby kriegt!«

»Ihr beide seid wahnsinnig«, sagt Alex. »Wenn Billy euch nicht umbringt, dann tun es seine Onkel.«

»Yeah, aber Billy wird nichts erfahren – außer von dir! Und sobald du ihm die Geschichte steckst, bist du ein toter Mann! Glaubst du vielleicht, daß ich und Delbert hier die einzigen sind, die dieses Ding auskochen? Wenn uns was zustößt, bist du dran! Du und deine Mutter, logo? Ich weiß genau, wo sie wohnt. Denk mal drüber nach!« Doggy Dog schiebt die Pistole in den Gummizug seiner Shorts. »Wir lassen dich nicht aus den Augen. Mach also keine Fehler, Mann!«

Dann sind sie verschwunden. Alex wartet eine lange Minute, starrt die staubigen Metallstreben unter den Betonplatten des Dachs an und wartet, bis sein Zittern nachgelassen hat. Dann erst kann er aufstehen und Alice von ihren Fesseln befreien.

Sie sieht ihn forschend an und meint: »Ich schätze, du bist momentan doch nicht in der richtigen Stimmung.«

»Du meldest dich jetzt besser bei deinem Beschützer«, entgegnet Alex, und während sie sein Telefon benutzt, schaut er kurz bei Malik Ali vorbei und sagt ihm, daß alles okay ist.

Alice macht eine Kanne Tee, und sie trinken ihn Seite an Seite auf dem Bett, genauso als hätten sie Sex gehabt. Alex preßt eine Plastiktüte mit zerstoßenem Eis an die wunde Unterlippe, die er jedesmal entfernt, wenn er einen Schluck von dem süßen Milchtee trinkt. Alice will wissen, in welchem Schlamassel er steckt, und Alex erzählt ihr einen Teil der Story, verschweigt aber, daß der kleine Schwule und der Fahrer in Billy Rocks Diensten ihren Boss austricksen wollen, und erwähnt erst recht nichts von den Leuten im Hintergrund. Alex glaubt zu wissen, mit wem sich die beiden eingelassen haben. Doggy Dog und Delbert sind einfach nicht helle genug, um so einen Coup allein zu planen.

Alice zupft den Kleber weg, den das Isolierband an ihren Handgelenken hinterlassen hat. »Für so 'ne Geschichte könntest du glatt die Filmrechte verkaufen«, sagt sie.

»Wenn du mittendrin steckst, kommt es dir weniger aufregend vor.«

Alice wirft ihm einen Blick unter halb gesenkten Wimpern zu. »Dann hast du immer noch keine Lust auf 'n Fick? Hey, Mann, törnt dich das nicht ein bißchen an?«

»Herrgott, ich seh immer nur die Pistole, die auf mich gerichtet war!«

Alice wird plötzlich wütend. »Echt, yeah? Dann hör mir mal gut zu! Ich mußte es *tun,* mit einem Ballermann an der Schläfe! Mehr als einmal! Das hier war doch gar nichts! Und dieser kleine Gangsta ist eine Null! Du hast nie auf der Straße gelebt, *du hast keine Ahnung!* Billy Rock würde nie zulassen, daß dich jemand ernsthaft verletzt. Der braucht dich dringend, und deshalb stehst du unter seinem Schutz.«

»Hier ging es nicht um Schutz!« widerspricht Alex.

»Vergiß es!« sagt Alice. Ihre Wut flaut so unvermittelt ab, wie sie gekommen ist. »Hör nicht auf mich, Baby«, fügt sie hinzu. »Vielleicht bin ich nur ein wenig durcheinander.«

»Ist schon vorbei«, meint Alex, aber es ist nicht vorbei, nicht wirklich. Der Schein eines trauten Zusammenseins läßt sich nicht mehr aufrechterhalten. Er bezahlt sie, und sie verspricht, Ma Nakome nichts zu erzählen. Dann verläßt sie ihn.

9 Künstliches Leben

Alex merkt, daß er nicht stillsitzen kann. Er tigert durch die große Werkstatt und bearbeitet unvermittelt die Kühlschrank-Reihe mit den Stahlkappen seiner Bauarbeiter-Stiefel, mit einem heißen Zorn, der aufflammt und gleich wieder verraucht. Er hat eine Menge Arbeit vor sich. Arbeit ist die Universallösung für Sorgen.

Er kontrolliert die Sequenzen der punktmutierten Gene und stellt dann den PCR-Blockinkubator ein. Bis morgen werden die Polymerase-Kettenreaktionen, in Gang gehalten von temperaturempfindlichen und in einem steten Kreislauf DNS-reproduzierenden Enzymen, Millionen Kopien von DNS-Strängen mit dem Code jener Enzymfolge hergestellt haben, die in der Lage sind, die Hormone zusammenzubauen. Er wird genug Kopien für ein erfolgreiches Einschleusen in ein Plasmid besitzen und dieses wiederum in Zellen des *Bacillus subtilis* einschleusen. Sind die Bakterien erst einmal mit einem aktiven Gen ausgestattet, verwandeln sie sich in chemische Fabriken, die das gewünschte Produkt herstellen. Das spezielle Plasmid, das Alex verwenden will, wird das Protein-Fließband der Bakterien zum Stillstand bringen, sobald Tryptophan in die Kultur eingeleitet wird. Anstatt Hunderte von verschiedenen Proteinen zu erzeugen, wie sie für die Produktion neuer Bakterien nötig sind, werden die Bakterien nur die Enzyme fabrizieren, welche die wenigen differenzierten Sexhormone der Puppen herstellen. Zwei Tage höchstens – und es ist geschafft.

Alex öffnet eine der malaysischen Armee-Rationen –

Bananen-Curry, pfui Teufel! – und erwärmt sie in der Mikrowelle. Während er Reis und eine süßsaure Soße mit Bananen-Aroma in sich hineinlöffelt, denkt er an das Datenpaket, das ihm die Kleine per Internet in seinen Zwischenspeicher geladen hat. Wenn es ihm gelingt, den Code zu knacken, wird sie wieder Kontakt mit ihm aufnehmen.

Es ist ein Risiko, aber er nimmt einen tiefen Schluck Pisant und macht sich an die Arbeit. Schließlich kann er kaum vor ihrer Haustür aufkreuzen und klingeln – nicht nach seinem jüngsten Erlebnis.

Genau genommen ist der Code des Programms eine Beleidigung für jeden Hacker. Nachdem er die Datei ausgepackt hat, läßt er einen Debugger über die dichtgedrängten Code-Zeilen, die eindeutig die schrittweise Gen-Entwicklung einer Art K-Leben beschreiben. In den Anweisungen versteckt befindet sich eine einzelne Zeile, die nicht zu dieser Algorithmus-Folge gehört. Er holt sie heraus und konvertiert den Bin-Hex-Code in ASCII-Zeichen. Es handelt sich um eine Web-Adresse.

»Alfred Russel Wallace, wenn mich nicht alles täuscht«, murmelt Alex.

Er kennt ein halbes Dutzend weit raffinierterer Methoden, um so eine Adresse zu verschlüsseln. Entweder ist das kleine Mädchen reichlich naiv, oder sie will zumindest diesen Eindruck erwecken. Er weiß nicht recht, welche der beiden Alternativen die weniger schlimme ist.

Immerhin ist sie momentan der einzige klare Wegweiser zum Zentrum seiner Probleme. Und falls ihr Wissen wirklich hält, was sie versprochen hat, dann wird dieses K-Leben, dessen Daten sie ihm übermittelt hat, die Schwierigkeiten mit den Randgleiter-Parasiten ein für allemal lösen.

Von Zweifeln geplagt, lädt Alex Kopien des neuen Geschöpfs in sein K-Leben-Ökosystem. Nur wenige davon, und nur in einen Speicherbereich, denn falls sich die Datei als Systemfresser entpuppen sollte, kann er die Kopien vielleicht eingrenzen und zerstören, bevor sie allzu großen Schaden anrichten. Dann setzt er die VR-Brille auf, lehnt sich zurück und sieht sich die Geschichte an.

Das K-Leben-System besitzt mehrere Beobachtungs-Level. Alex stellt die Global-Ansicht ein; sie stellt die diversen Organismen als unterschiedlich geformte Icons dar, deren Farbe verrät, wieviel Energie sie besitzen. Er scheint über einer grünen, verknitterten, zweidimensionalen Welt zu schweben, auf der es von leuchtend bunten Klecksen wimmelt. Die Ränder der grünen Welt heben sich scharf gegen das schwarze Nichts ab, in dem sie schwebt. Die Farbflecken pulsieren und flackern, da sich die K-Leben-Organismen mit jedem Ticken der Ökosystem-Uhr neu auf die Bitstrom-Dichte und die Konfigurationen anderer Organismen in ihrer Umgebung einstellen.

Es gibt über zweihundert Spezies – was für diesen Typ von K-Leben-Ökosystemen hart an der Grenze der Stabilität liegt. Der neueste Trend für K-Leben-Freaks sind PondLife-Systeme – simuliertes Wasser mit simulierten Protozoen, Bakterien, Algen und Viren – in denen Echt-Leben-Prozesse in molekularem Maßstab modelliert werden. Aber sein Computer hat nicht den Arbeitsspeicher, um derart komplexe Abläufe schneller als in geologischen Zeitaltern zu bewältigen, und außerdem genießt Alex die Illusion, wie ein gütiger Gott über seinem flachen Mikrokosmos zu schweben.

Ein Großteil seines K-Leben-Ökosystems hat sich als eine Art offene Prärie mit einer Fülle kleiner, dichtgedrängter Plantoiden stabilisiert, Organismen, die sich von der Bitstrom-Dichte des Systems ernähren, so wie sich reale Pflanzen von Sonnenlicht, Luft und Wasser ernähren. Hie und da ragen Inseln mit wildem, farnähnlichem Gestrüpp auf, und fast im Zentrum erhebt sich ein Dschungel mit drei Pflanzen-Stockwerken, wo eine kaleidoskopische Vielfalt von Riesengewächsen intensiv mit dem Recycling jener Bitstrom-Dichten befaßt ist, die nicht ausreichen, um die Prärie zu ernähren.

Global gesehen ist dieser Dschungel ein krauser Buckel in der Ebene des Ökosystems. Tier-Organismen, die an Käfer erinnern, sind auf Zwanzig-Bit-Icons reduziert. Manche bilden Herden und wandern langsam dahin – Herbivoren, die sich direkt von den Plantoiden ernähren. Die Karnivoren, die den Code-Informationsraum der Käfergeschöpfe fressen, bewegen sich auf einsamen Fährten. Da und dort befinden sich pulsierende Massen von Clusterfucks, deren Schattierung von Knallrot an den Rändern über Grün und Indigoblau bis zu einem stumpfen Schwarz im Zentrum reicht.

Die neuen Käferformen, gelbe, hakenbeinige Schneeflocken, vermehren sich nicht, wenigstens nicht sofort. Auch fressen sie nicht, wenigstens nicht sofort. Statt dessen verlassen sie den Fleck auf der Karte, den Alex ihnen zugewiesen hat, und steuern auf verschiedenen Wegen den nächstgelegenen Rand des K-Leben-Ökosystems an.

Alex holt vier aus dem Server. Einer rennt direkt in eine Clusterfuck-Kolonie und wird absorbiert. Die anderen erreichen den Rand, der in diesem System eine echte Grenze darstellt, und tasten sich dann die Barriere entlang. Mehrmals stoßen die neuen Käferformen auf schlappe Dödel, die dort draußen herumirren und die von den aktiveren Fressern verschmähten Reste auflesen, aber sie rühren die Dödel nicht an, obwohl einige davon sattrot vor Energie sind. Zweimal weichen die neuen Käferformen den länglichen Rauten gesunder Randgleiter aus – und dann schnappt ein Randgleiter zu, verschlingt sein Opfer und wechselt die Farbe von Grün in Orange.

Noch zwei. Alex fragt sich, was die Dinger eigentlich vorhaben, als eines davon den Weg eines Randgleiters kreuzt, der einen Huckepack-Organismus mitschleppt –

und die neue Käferform frißt den Randgleiter mitsamt seinem Parasiten, leuchtet rot auf und zerfällt in zwei Hälften.

Nachdem Alex eine halbe Stunde auf seinem Drehstuhl hin und her gerutscht ist, um jede Perspektive seiner K-Leben-Welt zu beobachten, ist er ziemlich sicher, daß er alles Wesentliche über die neuen Käferformen weiß. Sie können nur die Randgleiter absorbieren, die mit Huckepack-Parasiten infiziert und deshalb geschwächt sind. Umgekehrt können sie selbst von allen anderen K-Lebensformen gefressen werden. Und da die neuen Geschöpfe eine starke Vorliebe für die Außenbezirke der virtuellen Karte haben, wo Randgleiter die dominanten Karnivoren sind, ist die Wahrscheinlichkeit hoch, daß sie von gesunden Randgleitern erbeutet werden. Andererseits vermehrt sich die Population der neuen Käferformen auf Kosten erkrankter Randgleiter, und Alex hegt die feste Überzeugung, daß sich schon bald ein Gleichgewicht zwischen Randgleitern, Huckepack-Parasiten und neuen Käferformen einstellen wird, das in einer komplexen, aber dynamisch stabilen Wechselwirkung um einen unbekannten Attraktor oszilliert.

Alex streift seine VR-Brille ab und schickt eine Botschaft an die Web-Adresse, die sich in den K-Leben-Codes verbirgt. Er ist kaum mit dem Eintippen fertig, als das Telefon klingelt. Er hebt ab, und das kleine Mädchen sagt: »Na, endlich!«

10 ■ Leroy

Leroys Laden ist fast leer. Das Geschäft kommt erst in Gang, wenn die Kneipen ringsum schließen, und es ist noch nicht mal zehn. Im Hintergrund des schummrig beleuchteten Kellers lungern ein paar alte Männer um den Billardtisch, ihre Gesichter mal im Schatten und mal im Licht der dicht über dem grünen Viereck baumelnden Lampe. Zwei andere Kunden spielen an einem der quadratischen, resopalbeschichteten Tische Domino; das Klicken ihrer Steine ist lauter als das Gebrabbel des Fernsehers über der Bar.

Leroy Edwards steht hinter der Theke, und als er Alex die Treppe herunterkommen sieht, schüttelt er eine Flasche Tomatensaft, dreht den Verschluß ab und schenkt ungefragt ein kleines Glas voll.

»Deine Mutter kommt erst später«, sagt Leroy.

»Ich wollte mit dir reden.«

Das scharfe Aroma des mit Worcester-Sauce gewürzten Tomatensafts überlagert den Blutgeschmack auf der geplatzten Unterlippe. Sein Kiefer schmerzt immer noch.

Leroy blinzelt und meint mit übertriebenem Insel-Akzent: »Was führt dich in meine Lasterhöhle, weißer Mann? Auf der Suche nach Blow? Ich habe immer Dutch Dragon im Haus, aber für dich opfere ich vielleicht eine Prise echtes Kraut aus den Bergen Jamaikas. Willst du heute noch schick ausgehen? Das ist ein neues Hemd, oder?«

»Yeah, ich habe später noch 'ne Art Rendezvous.«

»Aber zuerst kommst du und besuchst deinen alten Onkel Leroy. Wo liegt dein Problem? Ich sehe, jemand hat dir eine aufs Maul gegeben. War allerhöchste Zeit.«

Leroy ist Anfang sechzig, fast so dick wie Alex, aber immer noch stark und hellwach und unter seinen Landsleuten immer noch so etwas wie ein Held. Er hat die Ärmel seines weißen Hemds hoch aufgerollt. Auf seinen Unterarmen sind verlaufene blaue Gefängnis-Tattoos zu sehen, eingestochen mit einer Nähnadel und fixiert mit Kugelschreiber-Farbe. Kurzgeschnittenes, graues Haar umgibt seinen Schädel mit einer Wollkrause, und seine Nase ist so flachgedrückt, daß die Nasenlöcher wie schmale Schlitze aussehen – das Werk eines Cricket-Schlägers. Aber Leroy hatte dem Kerl, der ihn überfiel, die Waffe entrissen, sich blutend und brüllend wie ein angestochenes Schwein auf ihn gestürzt und ihm beide Arme gebrochen. Alex kennt diese und hundert andere Geschichten; Leroy war mit Lexis befreundet, bevor Alex auf die Welt kam, und manchmal fragt sich Alex ... aber sein rotes Haar und die Höhlenbewohner-Blässe sprechen dagegen.

Lexis begann für Leroy zu arbeiten, als er seine Kneipe in der Brixton Road eröffnete, The Commercial Arms, ein nüchterner, in den Fünfzigern erbauter Backstein-Palast mit einer Bar aus Fertigteilen, blanken Holzfußböden und weißen Fliesenwänden. Leroy betrieb eine Sound-Anlage, ehe er Kneipier wurde, und er hat immer noch eine Kiste dieser 30-cm-Scheiben aus Vinyl, 45er Singles des einzigen Hits, den er je landete – ein Trinklied mit dem schwungvollen Backbeat im Stil von Lover's Rock, der ihn 1983 immerhin auf Platz 26 der Charts brachte. Von den Tantiemen, die ihm dieser Song einbrachte, kaufte Leroy das Commercial Arms.

Sein Pub war in den Siebzigern und frühen Achtzigern ein großer Punk- und Ska-Treffpunkt – Bands wie Clash und die Specials veranstalteten hier einige ihrer ersten Gigs – verlor jedoch seine Musiklizenz, kurz bevor Leroy den Laden übernahm. Mitte der Achtziger wurde es zum Schauplatz von Krawallen, als ein paar Betonköpfe der Nationalfront einen Protestmarsch durch Brixton abzuhalten versuchten. Und Ende der Neunziger kam es nach der Auflösung einer Demonstration gegen die Bewaffnung der Polizei erneut zu einem Tumult – fünftausend Bullen gegen zehntausend Marschierer. Das war die Zeit, in der Anhänger der britischen Nationalpartei in geklauten Autos durch Brixton kurvten und wahllos auf Passanten schossen. Die Kneipe wurde zweimal von Bewaffneten überfallen, und während der 2000-Jahr-Feiern versuchte jemand, den Bau abzufackeln, einer von zehntausend Brandanschlägen, die London in jener Nacht erlebte, ein Wende-Fieber, das um ein Haar zu einer Neuauflage des Großen Brandes geführt hätte.

Leroy hielt zwanzig Jahre lang durch dick und dünn an seinem Pub fest. Sein Vater war Anfang der Fünfziger ins Land gekommen, als man in Jamaika eifrig Leute anwarb, um Abhilfe für den Arbeitskräfte-Mangel der Nachkriegszeit zu schaffen, und er schuftete bei der U-Bahn, bis sie privatisiert wurde – zwei Jahre bevor er sein Rentenalter erreicht hatte. Leroys Vater wußte eine Menge über harte Arbeit und zähes Durchhalten, aber seine Rente wurde mitsamt dem Bahnbetrieb privatisiert und schwand rasch zu einer lächerlichen Pauschalsumme. Dann starb seine Frau, und wie so viele Jamaikaner damals kapitulierte er vor dem wachsenden Rassismus und packte für immer seine Koffer.

Leroy blieb. Auch er weiß eine Menge über zähes Durchhalten. Als es mit dem Geschäft abwärtsging, fiel es ihm immer schwerer, das Schutzgeld zu entrichten, das die Familien der Neuen Triaden forderten, die sich nach der Rückgabe Hongkongs an die Volksrepublik China im Süden Londons niedergelassen hatten. Letztlich gelang den Triaden, was die Brandstifter der Jahrtausendwende nicht geschafft hatten: Sie ließen die vollbesetzte Kneipe an einem Samstagabend abfackeln. Fünf Menschen fanden dabei den Tod, und Leroy wanderte für eine Weile hinter Gitter.

Solange Alex ihn kennt, schwört Leroy, daß er eines Tages auf die Inseln seiner Heimat zurückkehren wird. Aber nun ist er bald zweiundsechzig und hat London bisher nur zweimal in seinem Leben verlassen: einmal, als er nach dem Brand ins Gefängnis von Leeds verlegt wurde, und einmal, als er seinen Vater in Jamaika begrub.

Jetzt arbeitet Lexis für Leroy, der seine Kneipe mittlerweile ohne Konzession betreibt und in den letzten fünf Jahren dreimal die Adresse geändert hat. Bei jedem Umzug hat Leroy den Billardtisch mit der schweren Schieferplatte, die beiden Spielautomaten und die altmodische, in rotes Neonlicht getauchte CD-Jukebox mitgenommen. Seine Kunden sind hauptsächlich mittelständische Jamaikaner der zweiten und dritten Generation, die in Brixton ihre kleinen Unternehmen aufgebaut haben – Minitaxis, Textil- und Elektronikläden, Autowerkstätten, Imbiß- und Getränkebuden. Sogar ein Arzt und ein paar Anwälte sind dabei. Sie behandeln den Treff als ihren Privatclub und helfen Leroy, Ärger mit der Polizei zu vermeiden.

Leroy schenkt Alex noch einmal Tomatensaft nach und sagt: »Jetzt sag schon, woher du deine dicke Lippe hast, weißer Mann! Und erzähl mir nicht, daß du gegen die Kühlschranktür gerannt bist, denn ich sehe den Abdruck, den sein Schlagring hinterlassen hat. Hast du ihm einen Grund gegeben?«

»Sie versuchten mich einzuschüchtern. Kann ich ein paar von diesen Chips haben, die mit dem Garnelen-Geschmack? Soviel ich weiß, bist du der einzige Mensch, der die Dinger noch verkauft.«

»Hat deine geplatzte Lippe was mit einem geplatzten Deal zu tun? Alex, Alex, ich dachte, du machst die schnelle Mark mit diesem Zeug, das die Köpfe der reichen Nichtstuer vernebelt. Ich dachte, du hast endlich gelernt, dir Ärger vom Hals zu halten. Du brichst deiner armen Mutter noch das Herz!«

»Genau genommen bin ich hier, um mit dir über Lexis zu reden.«

Zögernd berichtet er Leroy von der Drohung, die Doggy Dog geäußert hat.

Leroy reagiert wütend. »Diesmal hast du echt Scheiße gebaut, Mann, und die lädst du jetzt vor der Tür deiner Mutter ab!«

»Es war nicht meine Schuld«, beteuert Alex und merkt selbst, wie schwach das klingt. »Aber vielleicht könnte sie ein paar Tage bei dir bleiben. Bis dahin ist alles vorbei, ich schwör's dir!«

»Du hast geschworen, daß du in Zukunft auf der sicheren Seite des Gesetzes bleiben wolltest! Ich erinnere mich noch genau daran, denn es war der Tag, an dem sie dich aus dem Knast entließen!«

Alex schiebt sich eine Handvoll Chips in den Mund und sagt mampfend: »Es ist nicht verboten, ehrlich nicht. Du weißt, daß ich noch nie was richtig Krummes gedreht habe.«

»Ich erinnere mich noch an die Zeit, als Blow illegal war«, sagt Leroy.

»Yeah, aber das Zeug, das ich herstelle, ist keine Droge. Es regt lediglich die Zellen in deinem Gehirn an, als hättest du eine Droge genommen. Außerdem – wann hast du zum letzten Mal Steuern gezahlt?«

»Spiel hier nicht die Intelligenzbestie, weißer Mann! Ich bin noch nicht zu alt, um dir deinen fetten Arsch zu versohlen!«

Alex fischt die letzten Chip-Krümel aus den Tiefen der Tüte, leckt sich das Fett von den Fingern und wischt sie am Hemd ab. »Ich bin nun mal intelligent. Ich war es von Anfang an. Sonst hätt ich's nicht so weit gebracht.«

»Wie weit hast du's denn gebracht? Daß dir jemand in die Fresse schlägt und deine Mutter bedroht? An solchen Tagen bin ich heilfroh, daß ich blöd bin!«

»Ich würde dich nie im Leben als blöd bezeichnen, Leroy!«

»Blow zählt heutzutage zu den natürlichen Anregungsmitteln. Es ist ein Heilkraut, das Gott selbst für uns wachsen ließ. Der Stoff, den du herstellst, Alex, ist Teufelszeug. Damit machst du die Welt kaputt.«

»Nun hör aber auf, Leroy! Die Welt war schon kaputt, bevor ich geboren wurde. Psychoaktive Viren bewirken nur, daß die Zellen das, was sie immer tun, etwas besser und wirksamer erledigen. Was soll daran unnatürlich sein? Schau dich an! Da stehst du und verkaufst Alkohol – und weißt du auch warum? Weil Mikroorganismen in deinen Eingeweiden Alkohol herstellen, als Nebenprodukt ihres Stoffwechsels, und wir deshalb im Lauf der Zeit die Fähigkeit entwickelt haben, das Zeug ebenfalls abzubauen. Und unsere Gehirne sind in der Lage, psychoaktive Drogen zu verarbeiten, weil sie natürlich produzierte psychoaktive Substanzen benötigen, um richtig zu funktionieren. Es gibt eine Theorie, der zufolge die Evolution der menschlichen Intelligenz und Sprache damit begann, daß unsere Affen-Vorfahren mit dem Pflanzenzeug, das sie fraßen, bestimmte Pilze aufnahmen, die sie high machten. Sie entwickelten Verstand, weil das ihre einzige Möglichkeit war, die Halluzinationen, die diese Pilze auslösten, richtig einzuordnen. Meine Viren tun absolut nichts Unnatürliches. Sie verstärken lediglich etwas, das bereits vorhanden ist.«

»Von diesem Kram weiß ich nichts«, sagt Leroy halsstarrig. »Ich weiß nur, daß du ein Klugscheißer bist und daß du mit all deinem Dampfgeplauder das Leben doch nicht besser machst. Du nicht und keiner sonst in diesem Land. Vielleicht sollte ich doch …«

»… irgendwann auf die Inseln zurückkehren. Wart's ab, Leroy, eines Tages werde ich die Welt verändern.«

»In deinen Träumen«, sagt Leroy. »Für einen, der so schlau daherredet, bist du ganz schön behämmert, Alex. Warst es immer schon. Du glaubst, du kannst dir nehmen, was du willst, ohne daß du jemals etwas gibst.

Du glaubst, daß du die Straße kennst, du cleverer weißer Mann, weil du mit ein paar Gangsta-Boys rumhängst. Du glaubst, du kannst Gott spielen, aber das hier ist die wahre Welt, in der du immer eine in die Fresse kriegen wirst, wenn du nicht aufpaßt! Die Welt pfeift auf deine Träume.«

»Aber nicht mehr lange. Wirst du Lexis im Auge behalten und dafür sorgen, daß sie okay ist?«

»Sie kann bei mir wohnen, so lange sie ihren Freund nicht mitbringt.«

»Yeah, ich hab den Typen gesehen.«

»Irgendwo hat er Ähnlichkeit mit dir, weißer Mann!«

»Hey!« sagt Alex gekränkt.

Leroy hebt einen Finger und schaut Alex bohrend an. Er hat seinen strengen und unversöhnlichen Rufer-in-der-Wüste-Blick aufgesetzt. »Ich werde auf sie achtgeben«, erklärt er, »aber ich kann nicht auf dich achtgeben. Und wenn dir was zustößt, bricht deiner Mutter das Herz. Du weißt nicht, was sie mitgemacht hat, als du im Knast warst.«

Alex trinkt den letzten Schluck Tomatensaft. »Ich muß jetzt weg. Hör zu, mach dir keine Sorgen! Und beunruhige Lexis nicht, okay? Ich schwöre dir, daß ich nichts Verbotenes mache. Vertrau mir, Leroy!«

»Das habe ich schon mal getan!« ruft der alte Mann ihm nach.

Leroy ist immer noch stocksauer, aber Alex weiß, daß er sich bald beruhigen wird. Leroy hat sich im Gegensatz zur Welt nicht verändert, denkt Alex, und deshalb geht er ständig hoch. Deshalb versteckt er sich hier unten in einem Keller, wo jede Nacht wie die vorherige abläuft und die Zeit sich zurückdrehen läßt zu jenen alten Tagen in der Brixton Road, als das Jahr 2000 noch nicht erreicht und er selbst ein angesehener Kneipier war, kein Knastbruder, der wegen zweifachen Totschlags im Bau gesessen hatte.

Nachdem sie ihm das Commercial Arms abgefackelt

hatten, tat Leroy nämlich etwas, das ihm zu einiger Berühmtheit verhalf: Er machte die beiden Yardies ausfindig, die sie als Brandstifter angeheuert hatten, schlug sie bewußtlos, sperrte sie in ihren silbernen Mercedes SL500 und zündete den Schlitten an. Leroy hat einen geraden, biblischen Sinn für Gerechtigkeit.

11 Dr. Luther

Alex kann jetzt nur Anweisungen befolgen. Das kleine Mädchen alias Alfred Russel Wallace ließ ihm in dieser Hinsicht keine andere Wahl. Es ist fast elf, und an der Sicherheitsschranke des U-Bahn-Ausgangs von Charing Cross wartet eine Menschenschlange. Zwei gelangweilte Posten mit kugelsicheren Westen über den kurzärmeligen Hemden kontrollieren die Ausweise. Ein dritter steht hinter dem Maschendraht, ein blitzendes kleines Automatikgewehr im Anschlag.

Alex, in seiner Biedermann-Kluft aus schlottriger Bundfalten-Hose und einem mit großen Vögeln bedruckten Hemd, reicht den Wachtposten einen seiner gefälschten Ausweise (heute ist er Evan Hunter) und schaut genauso gelangweilt drein wie sie, während sie das Ding überprüfen und ihn dann durchwinken. Samstagabend, und auf dem bewachten Abschnitt der Strand herrscht reges Leben inmitten grell flackernder Neonreklamen. Menschen schlendern von einem Elektronikladen zum anderen. Der Geruch nach Bratfett hängt schwer in der feuchtheißen Luft. Wolken von Moskitos wirbeln um die Leuchtschilder. Über den Eingängen der meisten Warenhäuser ist das violette Flimmern elektrischer Insektenfallen zu erkennen; das stete, eher vom Unterbewußtsein aufgenommene Zischen verbrannter Blutsauger vermischt sich mit dem Lärm der Passanten und dem rhythmischen Dröhnen der Soundanlagen, das aus den Kaufhallen quillt.

Alex geht an der Rückseite von St. Martin-in-the-Fields entlang und gelangt über die Charing Cross Road zum Leicester Square. Feenlichter glitzern in den

Plantanen des kleinen Parks. Menschen reihen sich vor den Metalldetektoren der Kinos und Clubs auf. Auf großen Videoschirmen wechseln Ausschnitte der neuesten Filme mit Werbeblöcken ab. Rudel von spießigen kleinen Angestellten wanken pfeifend und johlend an Prostituierten aller fünf Spielarten vorbei. Ein untersetzter Glatzkopf im Nadelstreifen-Anzug kniet im Rinnstein und kotzt laut röchelnd.

Die Wachtposten privater Sicherheitsdienste patrouillieren in Zweiergruppen, bewaffnet mit klobigen Haftschaum-Pistolen, die ihnen von der Hüfte baumeln. Die Hitze ist hier noch drückender, unter Kaskaden von goldenem, weißem und rosa Neonlicht, geschwängert von Abfallgestank, der aus schwarzen Plastiksäcken dringt. Eine Gruppe kreischender Sekretärinnen macht sich halbherzig an die Verfolgung eines geil aufgestylten Transvestiten, der mitsamt Stiletto-Absätzen an die zwei Meter groß sein dürfte. Er dreht sich um, hebt den Rock und zeigt ihnen sein Ding, ehe er die Warteschlange vor einem Kino durchbricht und hinter seinen Freunden herläuft. Ein Helikopter knattert über den Platz, und sein Suchscheinwerfer spießt die Menge auf wie der Finger eines unbarmherzigen Gottes. Leroy hinter seiner Bar, beharrlich und selbstgerecht. Trotz seiner großen Worte hat er weit weniger Ahnung von der Welt als Alex.

An der Ecke der Gerrard Street, unter dem roten Gittertor am Eingang zur Chinatown, hat sich ein dichter Kreis Neugieriger um zwei Männer mit nackten Oberkörpern geschart, die ihren Streit mit Messern austragen. Einer hat bereits ein paar böse Wunden davongetragen; Blut, vermischt mit Schweiß, rinnt ihm den Bauch entlang. Er täuscht erschöpft einen Hieb an, und sein Gegner weicht der Klinge ebenso träge aus; es hat den Anschein, als bewegten sich beide wie im Schlaf unter der schweren Dunstglocke.

Zwei Angehörige eines Sicherheitsdienstes beobachten die Szene aus dem Hintergrund, und Alex zieht den Kopf ein, als einer der beiden ihn mit einem gleichgültigen Blick streift. Plötzlich kommen ihm die an Gebäudefassaden und oberhalb von Verkehrsschildern montierten Kameras und Mikrophone quälend zu Bewußtsein. Es geht das Gerücht, daß die Triaden das Sicherheitsnetz anzapfen und mit Hilfe eines KI-Systems bestimmte Gesichter aus der Menge filtern. Und da ist er, unterwegs in das symbolische Herz ihres Territoriums, auf Geheiß eines kleinen Mädchens, das er nicht einmal kennt.

Das kleine Mädchen hat ihn zur Filiale des Pizza Express in der Dean Street bestellt, einem gehobenen Lokal, in dem vor allem Medien-Typen verkehren. Obwohl der Laden halb leer ist, bekommt Alex einen kleinen Tisch nahe der Küche zugewiesen. Eine Gruppe Schlipsis, die Anzugjacken lässig über die Stuhllehnen gehängt, sitzt lärmend an dem langen Tisch vor dem Panoramafenster. Alex bestellt eine Flasche Weißwein und verschlingt zwei große Stücke Heidelbeer-Käsekuchen. Er sieht sich eben suchend nach dem Kellner um, als sie aus dem Nichts auftaucht und ihm gegenüber Platz nimmt.

Sie wirkt älter als auf dem Telefon-Bildschirm. Sie trägt grüne Bermudas und ein weißes T-Shirt, das die dünnen Arme freigibt. Die Augen unter den dichten Brauen, die einen einzigen Strich quer über die Stirn bilden, sind so dunkel, daß sie schwarz wirken. Mediterrane Gene, denkt Alex. Ihr kräftiges schwarzes Haar ist am Hinterkopf zu einem Zopf geflochten. Sie bestellt lässig eine Pizza für zwei Personen und eine Pepsi, lehnt sich zurück und wirft Alex einen kühlen, abschätzenden Blick zu.

Alex will wissen, wie er sie ansprechen soll. Alfred Russel Wallace erscheint ihm ungeeignet. Sie sagt, Milena fände sie okay, und als er fragt, ob das ihr richtiger Name sei, entgegnet sie mit einem Lächeln: »Er ist so gut wie jeder andere.«

Da Alex schätzt, daß er nichts mehr zu verlieren hat, erzählt er ihr von Doggy Dogs Drohung, und sie versucht ihn zu beschwichtigen.

»Der Junge ist auf seine primitive Art ganz nett, aber er nimmt sich zu wichtig. Es gibt Tausende wie ihn. Mister Billy Rock täte gut daran, sein Personal sorgfältiger auszuwählen.«

Seine Neugier siegt über die Vorsicht. Er will alles wissen. Die Zusammenhänge kennen. »Er und Delbert tanzen nach deiner Pfeife, stimmt's?«

»Findest du?«

Milena wirft einen Blick über die Schulter, als am Tisch der Schlipsis schallendes Gewieher erklingt, und wendet sich dann mit einem koketten Lächeln wieder Alex zu – ein ungezogenes, kleines Mädchen, das längst ins Bett gehört, anstatt hier zu sitzen und mit einem fremden Mann zu flirten.

Alex gibt nicht so schnell auf. »Delbert und Doggy Dog sind viel zu beschränkt, um von selbst auf diese neue Verwendungsmöglichkeit der Puppen zu kommen. Du dagegen …« Er wechselt das Thema, weil ihm klar wird, daß er rein gar nichts über sie weiß. »Dieses Haus – lebst du bei deinen Eltern?«

»Aber nein!« entgegnet Milena ruhig. »Ich habe keine Eltern. Ich habe eine Firma.«

»Ich verstehe«, sagt Alex, obwohl das eine Lüge ist.

Die Pizza kommt, und Alex verschlingt den größten Teil davon, während das kleine Mädchen Milena geziert ein einziges Stück zu sich nimmt und hin und wieder einen Schluck Pepsi trinkt. Alex raucht eine Zigarette und schenkt sich das letzte Glas trüben Chardonnay ein.

Endlich tupft sich Milena die Lippen mit der Serviette ab und sagt: »Du bist sauer auf mich.«

»Ich möchte wissen, was gespielt wird. Deshalb bin ich hier.« Alex drückt die Zigarette aus. »Ich kann dir durchaus Ärger machen, wenn ich will.«

»Das bezweifle ich nicht – aber du bist viel zu smart, um es zu versuchen. Deshalb habe ich dich ausgewählt.«

»Du hast mich ausgewählt? Weshalb brauchst du mich überhaupt?«

»Weil ich keinen Zugang zu deinem Arbeitsgebiet habe. Ich benötige einen Genhacker. Meine Spezialität ist der Nanoware-Sektor. Haben sie dir schon mal ein Ding verpaßt?«

»Du meinst einen dieser Fembots?«

»So werden sie heute meist bezeichnet. Aus dem gleichen Grund, aus dem man einen Revolver als Colt bezeichnet. Du solltest dich mit Fembots befassen, Alex. Sie bewirken das gleiche wie deine Viren, nur sind sie reiner und viel intensiver, weil sie noch spezifischer angreifen. Ich habe die erste Spielart entworfen. Sie gibt dir eine Vision der Madonna – nicht des Popstars, sondern der Mutter Gottes. Die Hacker stürzten sich darauf, sobald ich sie losließ. Inzwischen sind, soviel ich weiß, achtundfünfzig Varianten auf dem Markt – alle innerhalb eines Jahres entwickelt. Manche zaubern dir ein Bild von Elvis Presley oder Prinzessin Di, andere zeigen dir Gottvater auf seinem Wolkenthron oder eine Schar KGM.«

»KGM?«

Alex denkt an das weiße Zimmer – sie hat ihn infiziert, ganz klar. Er spürt ein leises Kribbeln unter der Schädeldecke.

»Kleine Grüne Männchen«, erklärt Milena bereitwillig. »Du weißt schon – so etwas wie UFOs. Echte Hirngespinste. Da gibt es eine Variante, genannt Streiber, die vermittelt dir ein komplettes Erlebnis der Dritten Art – Entführung durch Aliens mitsamt verschwommenen Erinnerungen an eine Vergewaltigung. Es ist schon verblüffend, was du alles in ein paar supraleitende Buckyballs mit eingebauten Metalloxiden packen kannst.«

»*Klaata barada nikto*«, sagt Alex und wundert sich nicht, daß sie ihn verständnislos ansieht. Sie ist vermutlich der todernste Typ, der Bachs *Wohltemperiertes Klavier* hört – wenn sie überhaupt etwas hört – und noch kein einziges Mal im Leben im Kino war. »Aber sie richten keinen permanenten Schaden an, oder?« fragt er.

»Noch nicht. Ich habe einen Freßzellen-Stamm entwickelt, der sämtliche Fembots vernichtet, nicht nur die in deinem Blut, sondern auch solche, die es auf deine Neuronen oder ihre Synapsen-Knoten abgesehen haben. Die Gesellschaft war begeistert von dem Universal-Impfstoff. Ich muß ihnen ab und zu einen Knochen vorwerfen, damit ich wieder in Ruhe meiner eigentlichen Arbeit nachgehen kann. Verstehst du, wovon ich spreche?«

»Ich weiß einiges über die Fembots. Aber irgendwie empfinde ich das Ganze als ... Betrug. Und primitiv.«

Das kleine Mädchen lacht. »Du bist so altmodisch. Oh, ich mache mich nicht über dich lustig. Ich finde es echt Klasse.«

Alex bleibt hartnäckig. »Aber du brauchst mich«, sagt er.

»Eines Tages werde ich Fembots entwerfen, die alles selbst bewerkstelligen – Assembler, die in Leberzellen Fabriken errichten und Geschlechtsreife-Hormone herstellen, dazu die Effektor-Fembots, die man benötigt, um die neuronale Bindefähigkeit zu verstärken. Aber im Moment müssen die Veränderungen, die von Fembots hervorgerufen werden, noch chemisch gestützt werden.«

»Du könntest die DNS zur Herstellung der Hormone doch einfach mittels Gentherapie einsetzen.«

Das kleine Mädchen Milena wird mit einem Mal sehr ernst. »Gentherapie gehört mit dazu, aber sie ist langsam, und wenn die Umbildung von Dauer sein soll, hat sie den Umfang und die katastrophalen Auswirkungen einer Phasenveränderung. Es ist nicht einfach, Alex. Die Leute, die diese Puppen herstellen, haben alles Erdenkliche getan, um ihr Design gegen Eingriffe zu schützen. Allerdings machten sie einen grundlegenden Fehler: Sie erzielen die Geschlechtslosigkeit der Puppen durch Punkt-Tilgung. Das Zuchtmaterial, aus dem sie die Gameten gewinnen, besteht schlicht und einfach aus den Basismodellen. Was den geschlechtslosen Puppen entnommen wurde, kann wieder eingesetzt werden. Außerdem ist da noch das Problem der Geschlechtsumwandlung. Wußtest du, daß die meisten der verkauften Puppen in ihrer Grundanlage männlich sind? Ich hatte Glück, daß ich überhaupt ein paar weibliche Exemplare fand, aber genau genommen ist das eine nebensächliche Erwägung.«

Alex beugt sich über den Tisch. »Es geht doch nicht darum, Puppen als Sexspielzeug in Umlauf zu bringen, oder?«

»Natürlich geht es auch darum, aber das ist der *einfache* Teil. Ich möchte dir etwas zeigen. Es ist super. Du wirst übrigens die Rechnung bezahlen müssen. Ich bin noch zu jung für eine Kreditkarte, und so spät abends trage ich nicht gern Bargeld mit mir herum.«

Milena führt Alex durch die aggressive Neonwelt des nächtlichen Soho zu einem Laden, in dem Comics aller Art verkauft werden. Der gelangweilte, ältliche Skinhead an der Kasse winkt sie durch einen Vorhang aus Plastikstreifen, und Alex folgt Milena eine kahle Stiege hinauf, die von einer nackten Leuchtstoffröhre erhellt wird.

»Solche Häuser gibt es überall in Soho«, sagt Milena. »Aber Dr. Luthers Räumlichkeiten sind etwas Besonderes. Er hat sich spezialisiert.«

Sie gehen durch einen langgestreckten Korridor mit rissigem Linoleumbelag, der unter seinen Füßen knarrt. Alex spürt mit einem Mal sein plumpes Gewicht; er kommt sich vor wie ein schwerfälliger Ochse, der diesem kleinen Mädchen zur Schlachtbank folgt, benebelt und betäubt. Sie passieren Türen mit Milchglasscheiben, auf denen in verblaßten Goldlettern die Namen längst aufgelöster Import-Export-Firmen, privater Finanzierungsberater sowie zweifelhafter Aromatherapie- und Geistheiler-Praxen stehen.

Hinter einer der Türen am Ende des Korridors brennt Licht. Milena klopft leicht gegen die Glasscheibe; ein großer, leicht gebeugter Mann öffnet und läßt sie eintreten. Der Raum ist unmöbliert bis auf ein paar Plastik-Stapelstühle und einen Schreibtisch mit Metallrahmen, auf dem ein altmodischer Computer mit Tastenbedienung steht. Eine halboffene Tür führt zu einem zweiten Raum, der vom Boden bis zur Decke gefliest ist, weiße Kacheln unter einer Flut weißen Lichts. Alex glaubt zu wissen, was sich hinter dieser Tür befindet. Er will sehen, ob er recht hat – und doch wieder nicht.

»Dr. Dieter Luther«, sagt Milena. »Was er macht, könnte man als lebendes Sexspielzeug bezeichnen.«

»Man könnte, aber ich würde es nicht tun«, entgegnet Dr. Luther.

Dr. Luther ist Ende vierzig und hat ein leichenblasses, aber edel geschnittenes Gesicht, das ihm das Aussehen eines alternden, alkoholkranken Schauspielers verleiht. Er trägt einen grünen, am Rücken zugebundenen Arztkittel und Wegwerfhandschuhe aus Latex. Die Handschuhe quietschen und rascheln, als er die Hände unter dem Kinn verschränkt und Alex mit einem kalten, abschätzenden Blick mustert.

»Dr. Luther beliefert mehrere übel beleumundete Häuser«, sagt Milena. »Seine Arbeit genießt hohes Ansehen.«

Sie behandelt das Thema sehr sachlich, ein überaus altkluges kleines Mädchen, das gelassen die Abgründe des Sexgeschäfts erklärt.

Dr. Luther gestattet sich ein schwaches Lächeln. »Es

gibt eine Reihe von Kennern, die auf meine Dienste angewiesen sind, einige davon zum Glück in hohen Positionen. Ich bin, müssen Sie wissen, kein selbständiger Unternehmer, aber wer ist das heutzutage schon?«

»Du schaffst das noch, Dieter«, sagt Milena. »Davon bin ich überzeugt.«

Dr. Luther zündet sich eine Zigarette an, nimmt einen langen, tiefen Zug und hält sie dann geziert in Halshöhe, den Filter zwischen Daumen und Zeigefinger. »Ich habe meine Pläne, das ist wahr«, sagt er. »Amsterdam ist sehr liberal, sehr entgegenkommend. Hier gibt es mehr und mehr dieser sogenannten Moral-Gesetze. Nun, junger Mann, Sie wissen sicher, wovon ich spreche. Sie sind, wie ich höre, auch eine Art Künstler.«

»So könnte man es nennen«, meint Alex zustimmend.

»Dr. Luther steht in Diensten von Billy Rocks Familie«, sagt Milena.

Alex sieht Dr. Luther an, der seinen Blick mit einem amüsierten kleinen Lächeln erwidert. »Was willst du mir damit sagen?«

»Ich will dir gar nichts *sagen*«, erwidert Milena. »Ich gebe dir die Gelegenheit zum Dazulernen. Du kannst daraus deine eigenen Schlüsse ziehen.«

»Milena testet Sie«, sagt Dr. Luther. »Das ist die Abwechslung, die sie braucht. So ein kluges kleines Mädchen und so schnell gelangweilt!«

Dr. Luthers Lächeln wird um einen Millimeter breiter. Es ist kein angenehmes Lächeln. Es scheint anzudeuten, daß er Alex in die Seele schauen kann und von dem, was er sieht, nicht gerade beeindruckt ist.

»Das ist nicht wahr!« widerspricht Milena.

Dr. Luther wendet sich an Alex: »Aber sie *ist* ein kluges kleines Ding, finden Sie nicht auch? Wirklich einzigartig. Sie war mir eine wertvolle Hilfe bei der Modifikation des Steuer-Chips.«

»Du bist auch ohne mich gut vorangekommen.«

»Milena, Liebes, es gibt zwar Kunden, die mit – sagen wir mal – *passiven* Partnern zufrieden sind, aber die große Mehrheit bevorzugt Reaktionen auf ihre Aktionen.«

Er wendet sich erneut an Alex: »Milena zeigte mir, wie man den Chip umprogrammieren kann. Aber wenn Sie mich jetzt entschuldigen, ich habe eine Menge zu tun ... das Geschäft floriert, Sie verstehen.«

»Sie verwandeln Puppen in Sex-Spielzeug«, sagt Alex. Er möchte das hinter sich bringen. Schweiß kribbelt ihm auf der Kopfhaut.

»Da drinnen«, bestätigt Milena und nimmt Alex bei der Hand. Sie führt ihn in den weißgekachelten Raum, zu einem Stahltisch unter einem Gerüst mit gleißenden Scheinwerfern. Etwas liegt darauf.

Es sieht aus wie ein blauhäutiges Kind mit völlig kahlem Kopf. Es scheint einen grünen Verband über einem roten Lendentuch zu tragen, aber dann registriert Alex den süßlichen Geruch und sieht, daß von einer Kante des Tisches Blut in einen weißen Plastikeimer tropft. Der grüne Verband in Brusthöhe ist ein Tuch, auf dem chirurgische Instrumente aus Edelstahl ausgebreitet sind.

»Nichts Besonderes«, sagt Dr. Luther. »Eine ganz normale Vagina-Rekonstruktion – die Sorte, die jedem Transvestiten das Herz höher schlagen ließe. Sehen Sie, Puppen haben in der Regel nur eine Kloake, wie die farbenfrohen Vögel, die Sie auf Ihrem Hemd tragen, Mister Sharkey. Vom Standpunkt der meisten Kunden aus gesehen ist so eine Körperöffnung nicht befriedigend. Bitte, treten Sie näher, wenn es Sie interessiert!«

»Du hast darauf gelauert, daß mir schlecht wird oder daß ich in Ohnmacht falle!« faucht Alex Milena an. »Tut mir leid, daß ich dich enttäuschen muß!«

»Du, meine Güte!« wundert sich Dr. Luther. »Dieser Zornesausbruch, und so unvermittelt! Meine Hochachtung, Milena! Vielleicht möchte er gern dabei sein, während ich dem Ding ein neues Arschloch anfertige.«

Dann stolpert Alex den Korridor entlang, und Milena ruft hinter ihm her. Er stürzt beinahe die Treppe hinunter, und die Kunden, die in den Regalen mit den Comics stöbern, sehen ihn erschrocken an, als er vorbeirennt. Draußen übergibt er sich. Ein Schwall halbverdauter Käsekuchen und Pizza landet im Rinnstein. Er spuckt aus und wischt sich den Mund mit dem Handrücken ab. Die Schwüle der Nacht preßt wie ein straffer Verband gegen seine Schläfen.

Hinter ihm sagt Milena: »Ich habe nicht die Absicht, mich für Dr. Luther zu entschuldigen. Er ist notwendig.«

Alex dreht sich um.

Milena erwidert seinen Blick mit cooler Herausforderung – einer Gelassenheit, die nicht zu ihren Jahren paßt. »Wenn du wissen willst, warum ich ihn brauche, mußt du mit zu mir kommen«, fährt sie fort. »Oder du kannst heimgehen und warten, bis Billy Rock oder Doggy Dog dir den Hahn ganz zugedreht haben.«

Sie geht los, und nach einem kurzen Zögern folgt ihr Alex. Ohne sich umzudrehen, sagt sie: »Dr. Luther ändert Puppen nach den Wünschen seiner Kunden. Manche erhalten nur eine Vagina, andere dagegen sehr merkwürdig geformte Körperöffnungen. Einige seiner Kunden haben sehr exotische Gepflogenheiten.«

»Dr. Luther ist selbst ein mehr als exotischer Typ.«

»Er ist hochintelligent – und an der Grenze zur Psychopathie. Ich glaube, daß ihn nur die Arbeit mit dem Skalpell davor bewahrt, ganz durchzuknallen. Aber er hat einen ständigen Vorrat an Puppen, und er erlaubt mir, mit ihren Steuer-Chips zu experimentieren – im Austausch für mein Wissen, versteht sich. Er hat mir erlaubt, dich mitzubringen, weil ich ihm erklärte, du könntest einen Hormon-Cocktail herstellen, der die sekundären Geschlechtsmerkmale fördert – eine Fettschicht unter der Haut, echte Brüste und all das Zeug. Er hat die Absicht, ein eigenes Bordell zu eröffnen. Momentan ist er nur Lieferant.«

»Doggy Dog weiß nichts davon, oder?«

»Der Junge ist echt unterbelichtet. Das gleiche gilt für Delbert, obwohl der zumindest an sich arbeitet. Die beiden haben null Ahnung, wie weit die Geschäftsinteressen von Billy Rocks Familie reichen.«

»Was geschieht mit den Puppen? Mit denen, die Dr. Luther modifiziert.«

Endlich dreht sich Milena um und sieht Alex an. Sie stehen am westlichen Ende der Gerrard Street, neben dem Tor zum Chinatown. Die Messerkämpfer sind verschwunden, die Menge hat sich zerstreut. Außer einem Fleck blutgetränkten Sägemehls ist nichts mehr zu sehen.

»Die Puppen werden verbraucht. Die Kunden, die Dr. Luther beliefert, frönen in der Tat ziemlich abartigen Neigungen. Du bist geschockt. Hast du sonst noch Fragen?«

»Warum tust du das?«

Milena richtet sich auf. Die flimmernden Lichter aus der nahen Spielhallen-Arkade geben ihrer hellen Haut einen bläulichen Ton. »Um sie zu befreien. Du willst ein Utopia? Ich kann es dir zeigen. Die Elemente des Neuen Zeitalters sind überall, und ich setze sie zusammen. Manche müssen leiden, damit andere erlöst werden können, aber es ist auch nicht so, daß die Puppen die gleichen Eigenschaften besitzen wie Menschen. Das wird nie der Fall sein, denn ich habe die Absicht, sie besser zu machen. Willst du mir dabei helfen oder nicht?«

In diesem Moment weiß Alex, daß sie untrennbar miteinander verbunden sind, durch ihr Blut und durch ihren Wissensdurst. Er weiß, warum sie ihn erwählt hat, und weiß, daß er verloren ist. Natürlich kann es sein, daß sie ihn dazu brachte, so zu empfinden, in den Stunden, die ihm fehlen, nachdem er an ihrer Tür geklingelt hatte, aber der Gedanke ist nur ein Flackern, vorbei. Es macht keinen Unterschied.

»Ja«, sagt er. »Ja.«

»Gut.« Milena gähnt, unvermittelt und ungeniert wie eine Katze. »Ich muß jetzt gehen.«

»Ich bringe dich heim.«

»Das ist nicht nötig. Im Gegenteil, es wäre mir unangenehm. Ich werde beobachtet.«

»Von Doggy Dog?«

»Von meiner Firma. Die Leute dort trauen mir nicht. Ich lasse sie in dem Glauben, daß ich alles tue, um die Steuersysteme der Puppen zu verbessern. Die Kontroll-Chips, die Intelligenz simulieren – die Puppen dazu bringen, alles zu tun, was von ihnen verlangt wird. Ach, Alex, wenn die wüßten!«

»Wer bist du, Milena?«

»Etwas Neues, wie die Puppen. Man könnte sagen, daß ich ein Produkt meiner Firma bin, aber die Leute haben keine Ahnung, was sie da geschaffen haben. Ich bin klüger, als sie denken, und ich arbeite darauf hin, ewig zu leben. Wie weit bist du mit deiner Synthese?«

»Noch ein Tag, und ich kann dir alles geben, was du brauchst. Die Bakterien gedeihen. Der nächste Schritt besteht darin, ihr Produkt zu sammeln und zu reinigen.«

»Das ist gut«, sagt Milena, »denn es könnte sein, daß wir nicht mehr viel Zeit haben. Folge mir nicht!« setzt sie hinzu, ehe sie sich zum Gehen wendet und in der Menschenmenge verschwindet, die an den hell erleuchteten Spiegelglas-Fenstern der Chinatown-Restaurants vorbeischlendert.

12 Machtmißbrauch ist ein alter Hut

»Versteh mich nicht falsch, Mann«, sagt Ray Aziz zu Alex, »aber du siehst beschissen aus.«

»Kein Wunder. Ich habe die Nacht durchgearbeitet.«

Es ist Mittag. Alex hat eben eine Ladung *HyperGhost* auf den Weg gebracht. Er hegt den Verdacht, daß er schon bald eine Menge Bares brauchen wird.

»Was trinkst du?« fragt Ray. »Das geht auf Rechnung des Hauses. Ehrlich.«

»Wasser wäre mir am liebsten. Ehrlich.«

Ray lacht. »Wir haben zehn verschiedene Sorten. Die Kids schlucken einiges weg.«

»Was du gerade bei der Hand hast. Nur nichts mit Aromastoffen.«

Ray geht um die frei im Raum stehende Stahltheke herum. Im Tageslicht, das durch die halboffenen Jalousien sickert, wirkt das Ground Zero staubig und trostlos. Die Verstärker und Scheinwerfer der Anlage hängen wie riesige schwarze Insektenpuppen über Crash-Cars mit blutverspritzten, nach vorn geschleuderten Test-Dummies, brandfleckigen Betonwänden mit den Silhouetten verdampfter Menschen, Pfützen geschmolzenen und wieder erstarrten Gesteins.

Ray reicht Alex eine blaue Flasche in Form einer Miniatur-Hantel. Alex entfernt den Zitronenschnitz, mit dem Ray den Flaschenhals garniert hat, und nimmt einen tiefen Zug.

Er hat tatsächlich die Nacht durchgemacht. Mit der Gewinnung der modifizierten Östradiole und Thyrotropin-Hormone, die seine genetisch veränderten Bakterien mittlerweile absondern. Mit mehreren Testdurchläufen. Im Moment ist sein Chromatographen-System dabei, die Hormone zu reinigen, und bis gegen Abend müßte er mehr als fünfzig Gramm des fertigen Produkts haben. Er sollte sich eigentlich erleichtert fühlen, aber statt dessen lastet eine böse Vorahnung wie eine Zentnerlast auf ihm, eine undefinierte Furcht, verstärkt durch die postapokalyptische Dekoration des Ground Zero.

Als Ray fragt, ob er okay ist, entgegnet Alex: »Ich habe den Club noch nie so gesehen – bei Tageslicht, meine ich.«

Ray nickt. »Er wirkt echt gespenstisch, wenn du keine VR-Verstärkung hast ... irgendwie tot ohne die Feuerstürme und die Bombeneinschläge, was? Warum gehen wir nicht nach draußen, Mann, und setzen wir uns eine Weile in den Schatten?«

»Eigentlich muß ich wieder los. Nur noch eines ...«

»Auf ein paar Sekunden mehr oder weniger kommt es sicher nicht an. Hast du gewußt, daß ich heute abend mein bestes Material an Billy Rock verleihe?«

»Echt?«

»Für die Premiere seines neuen Projekts – *Killing Fields* oder so.«

»Ich dachte, du hättest nichts mit diesen Typen zu tun, Ray.«

»Ich verdiene soviel, daß ich nicht auf sie angewiesen bin, aber ich arbeite in der Show-Branche, im Grenzbereich zwischen Unterhaltung und Kultur.«

»Das hast du schon mal gesagt – vor ein paar Monaten in Radio Capital.«

Ray zuckt die Achseln. »Was ich damals nicht gesagt habe, ist, daß mir gelegentlich nichts anderes übrig bleibt, als mit Arschlöchern wie Billy Rock zusammenzuarbeiten. Aber ich will mich nicht beklagen. Immerhin erhielt ich eine Einladung zu seiner Party.«

Sie sitzen im Schatten der Betonplattform, die früher

mal eine Laderampe war, in der Zeit, da der langgestreckte, auf Stahlträger gestützte Bau noch als Lagerhalle eines Supermarkt diente. Ray kauert auf den Fersen, ein fünfzigjähriger Kobold in engen schwarzen Radlerhosen und einem losen T-Shirt mit dem Holzer-Aufdruck *Machtmißbrauch ist ein alter Hut*. Sein graues Haar ist zu einem Zopf geflochten, der ihm lang über den Rücken hängt.

»Gehst du hin?« fragt Alex.

»Rechne nicht mit mir.« Ray macht eine Pause, dann fügt er hinzu: »Wie ich höre, hast du Probleme mit Billy Rock.«

Alex nimmt einen Schluck Wasser. »Man könnte sagen, daß ich ihm aushelfe. Die Sache hat im Grunde auch mit diesem *Killing Fields*-Projekt zu tun.«

Ray starrt in die Ferne. Auf dem einstigen Parkplatz rund um die Lagerhalle warten endlose Reihen alter Autos auf die Schrottpresse und das anschließende Recycling. Jenseits eines Wasserarms müht sich ein Kurzstart-Fanjet damit ab, vom Terminal des London Airport wegzukommen, mal scharf und mal verschwommen sichtbar in den Hitzewellen, die über dem Beton wabern.

Nach einer langen Pause sagt Ray: »Es heißt, daß Billy Rock nach oben will. Allem Anschein nach kommen ein paar einflußreiche Typen, um sich dieses Ding anzusehen, das er auf der anderen Seite des Flusses baut.«

»Die *Killing-Fields*-Arena.«

»Wußtest du, daß Kubrick seinen Vietnam-Schinken hier in der Gegend gedreht hat? Ließ künstliche Palmen aufstellen, damit das Ganze echter wirkte.« Ray lacht. »Er hätte dreißig Jahre warten sollen, Mann, bis die Welt seine Kulissen eingeholt hatte. Wie ich höre, arbeitet Michelle Rocha seit kurzem für Billy Rock.«

»Yeah?« Alex drückt sich um das Eingeständnis, daß er keine Ahnung hat, wer Michelle Rocha ist.

»Erinnerst du dich an ihre Ausstattung für *Mao and Me?* Prima Numero Uno in Sachen Gruseleffekte. Billy Rock lernt dazu. Wie gesagt – der Junge will nach oben. Macht findet immer zu Macht.«

Alex denkt an die Telefon-Nachricht, die er vorfand, als er von seiner unheimlichen Begegnung mit dem kleinen Mädchen Milena heimkam. Howard Perse, der ihn bat, sofort zurückzurufen, egal zu welcher Uhrzeit. Und als Alex der Aufforderung nachkam, war Perse stockbesoffen und faselte etwas von einer großen Verschwörung.

Alex sagt zu Ray: »Ich glaube nicht, daß Billy Rock sich diese Sache selbst ausgedacht hat. Das ist eher die Handschrift seiner Onkel, aber die halten sich im Hintergrund, weil Billy Rock der Thronerbe ist. Da sie nicht zulassen können, daß er sein Gesicht verliert, muß es so aussehen, als habe er das Sagen.«

Perse hatte etwas in der Art angedeutet. Es gab Verbindungen zur hohen Politik. Ein Szenario, in dem Puppen bei echten Kampfspielen umkamen, war die ideale Gegenpropaganda zu den Argumenten jener beängstigenden Allianz militanter Christen, Moslems und Tierschutz-Aktivisten, die aus völlig unterschiedlichen Gründen versuchten, die Puppen-Arbeit per Gesetz abzuschaffen.

»Ich werde unter Druck gesetzt«, hatte Perse erklärt. Er sah schlimmer aus, als sich Alex fühlte. Obwohl Mitternacht längst vorbei war, hing er immer noch im Einsatzraum des Drogen-Dezernats herum. Er drückte eine Zigarette in den Plastikbecher, der verschwommen am Rand des Telefon-Bildschirms zu erkennen war, und zündete sich mit einem Einweg-Feuerzeug die nächste an. »Die fahren schwere Geschütze auf. Was mit Ihnen passiert, ist denen scheißegal!«

»Sie haben mich in Ihre idiotische Vendetta mit hineingezogen. Und jetzt wollen Sie einfach kneifen?«

»Passen Sie auf!« sagte Perse mit dem Ernst und der

Eindringlichkeit des Schwerbetrunkenen. »Ich weiß nur, daß dieses Dings – dieses *Killing Fields* von Billy Rock eine ganz große Presse kriegen soll. Diese Party, von der er Ihnen erzählte, wird seit Wochen vorbereitet. Angeblich kommt die halbe Schickeria von London. Und ein Kabinettsminister. Glauben Sie, daß ich da einfach losziehen und den kleinen Drecksack verhaften kann, wenn er auf höchster Ebene gestützt wird?«

»Sie haben die Hose gestrichen voll, Perse!«

Perse trat von der Kamera zurück, aufgelöst und wild entschlossen. »Wir werden sehen, Sharkey. Noch habe ich ein oder zwei Trümpfe im Ärmel, aber von jetzt an müssen Sie Ihren fetten Arsch selbst in Sicherheit bringen.«

Alex wollte ihm noch sagen: »Das ist doch leeres Gequatsche!« Aber er sprach bereits zu einem leeren Schirm. Das bedeutete, daß ihm nur eine Möglichkeit blieb – die ganze Nacht durchzuarbeiten und seine Synthese zu einem Ende zu bringen.

Beim Gedanken an dieses Gespräch wird Alex ernst. »Mit dieser Sache versucht Billy Rock den Sprung in die ehrenwerte Geschäftswelt zu schaffen«, sagt er zu Ray.

»Jemand sollte diese miese kleine Ratte umlegen«, entgegnet Ray mit einer Vehemenz, die Alex überrascht. Im allgemeinen ist Ray eine sanfte Seele, ein Freak fernöstlicher Weisheiten, dessen Synapsen durch das ständige Geplätscher von Frieden, Liebe und Verständnis total ausgefranst sind.

Der Kurzstart-Jet beschleunigt mit einem dumpfen Dröhnen durch das Hitzeflimmern. Plötzlich ist er in der Luft und fliegt in einer großen Schleife nach Süden, nach Europa. Ray und Alex schauen ihm nach, bis er nur noch als kleiner Punkt vor den weißen Kaminen des Themse-Atomkraftwerks zu erkennen ist.

Ray steht auf und klatscht sich auf die Lastex-Hüften. »London«, sagt er, »bringt einen irgendwann um, was? Ich muß jetzt wieder an die Arbeit, Mann. Nochmals vielen Dank für den Stoff.«

Alex hat bis zuletzt mit seiner Frage gewartet. »Hey, Ray?« meint er lässig. »Wenn mich nicht alles täuscht, hast du hier noch zwei alte Kleinbusse rumstehen. Könntest du vielleicht einen davon für eine Weile entbehren?«

13 Des Feuers Macht

Alex fährt den von Ray Aziz ausgeliehenen Transit – eine rostige Klapperkiste, die etwa so alt sein dürfte wie er selbst – zurück zu seiner Werkstatt und stellt ohne große Überraschung fest, daß Delbert und Doggy Dog bereits auf ihn warten. An die weiße Limousine gelehnt, sehen sie zu, wie er den Bus einparkt und ins Freie klettert.

»Schicker Flitzer!« sagt Delbert. Er trägt schwarze Leder-Jeans und eine schwarze Lederweste und kaut lässig auf einem Zahnstocher herum. Kohlefaser-Stachel rasseln, als er die Arme verschränkt. »Hast du 'ne längere Reise vor?«

»Ich hatte was abzuliefern.«

»Blödmann!« Doggy Dog stößt sich von der Limousine ab. Einen Moment lang ist sein glattes junges Gesicht unter dem breiten Schirm seines Kappis wutverzerrt. »Du arbeitest jetzt für uns – und zwar nur für uns! Wo, zum Henker, bleibt das Zeug? Du hast es uns für heute versprochen!«

»Es wird inzwischen fertig sein«, sagt Alex.

»Hey, Delbert! Ich schätze, wir stellen dem teigigen Fettsack die Bude auf den Kopf, um sicherzugehen, daß er uns nicht bescheißt!«

»Ich habe zu tun. Wenn ihr hergekommen seid, um mir zu drohen, dann erkläre ich mich hiermit feierlich als bedroht. Reicht das?«

»Billy Rock schickt uns her. Er läßt dir ausrichten, daß du heute abend auf seine Party kommen sollst.«

Doggy Dog wirft ihm einen Umschlag mit Goldrand vor die Füße, aber Alex denkt nicht daran, sich in seiner Gegenwart zu bücken und die Einladung aufzuheben.

»Sieh zu, daß du kommst und das Zeug mitbringst!« sagt Doggy Dog. »Bei diesem Ding, das wir vorhaben, kommt es auf exaktes Timing an, kapiert?«

»Und wenn das nicht klappt?« fragt Alex mit Unschuldsmiene.

»Es klappt, wenn du kommst!« entgegnet Doggy Dog, steigt in den Schlitten und versucht Alex mit einem harten Blick unter dem Kappi-Schirm hervor einzuschüchtern, ehe er die Tür zuwirft.

Delbert legt den Rückwärtsgang ein und donnert aus dem Hof; Hupen kreischen los, als er schwungvoll wendet und sich rücksichtslos in den Verkehrsstrom drängt. Der alte Frank, der auf einem kaputten Drehstuhl vor seinem Laden sitzt, klatscht langsam in die Hände. Alex nickt ihm zu, hebt den Umschlag auf und geht nach drinnen.

Er hinterläßt eine Nachricht auf dem K-Leben-BB, schiebt zwei Armee-Rationen in die Mikrowelle und macht sich an die mühevolle Arbeit, die fertigen Chargen puppenspezifischer Hormone zu testen. Als er endlich zufrieden ist und, nach längerem Nachdenken, verschieden hohe Dosierungen in Form von Lipotropfen abgefüllt hat, bricht der Abend herein, und Milena hat noch immer nicht angerufen.

Während er darauf wartet, daß das Telefon klingelt, steigt Alex in das K-Leben-Ökosystem ein, um nach den neuen Käfer-Organismen zu sehen. Die Veränderung ist verblüffend. Die Randgleiter beschränken sich nicht mehr auf die äußeren Grenzen des Habitats, sondern durchwandern den gesamten, in die Ebene projizierten virtuellen Raum. Als ein Randgleiter auf einen wirbelnden Derwisch trifft, begreift Alex, was sich hier abspielt. Der Randgleiter transportiert einen der selektiven, von Milena entworfenen Räuber. Die beiden Organismen sind eine Symbiose eingegangen: Der Räuber hängt sich an den wirbelnden Derwisch und entzieht ihm rasch soviel Energie, daß der Randgleiter mühelos mit dem Rest fertig wird.

Alex erkennt aus seiner Gott-Perspektive, daß es überall von Randgleitern wimmelt. Sie sind den anderen Organismen zahlenmäßig weit überlegen. Sie setzen sich an die Spitze. Der Rand frißt das Zentrum.

Das erscheint wie eine Botschaft in sich, wenn er sie nur ergründen könnte. Er kämmt gerade die K-Leben-BB-Nachrichten durch, in der Hoffnung auf einen raffinierten Dreh zu stoßen, mit dem Milena ihre Antwort verschlüsselt hat, als das Telefon klingelt.

Es ist Leroy, der von einer öffentlichen Telefonzelle anruft.

»Setz deine Pfunde in Bewegung und komm so schnell wie möglich hier vorbei«, sagt Leroy. »Diese Drecksäcke haben eben die Wohnung deiner Mutter abgefackelt.«

Das erste, was Alex sieht, als er mit dem klapprigen Transit angeprescht kommt, ist ein Sanka, der am Eingang des Wohnblocks wartet. Die rückwärtigen Türen stehen weit offen, und die beiden Sanitäter unterhalten sich mit einem hemdsärmeligen Polizisten. Keiner von ihnen beachtet Alex, als er an ihnen vorbeirennt und die Stufen hinaufhastet. Im Treppenschacht herrscht Backofenhitze. Es riecht nach Rauch und feuchter Asche.

Nachbarn stehen auf dem Gang hinter dem Absperrband und tauschen die neuesten Gerüchte aus, während sie einen Blick durch den geschwärzten Türrahmen in die Wohnung von Lexis zu werfen versuchen. Alex hört eine alte Frau sagen, daß sie eine Leiche gefunden hätten, und einen Moment lang hat er das Gefühl, ins Nichts zu fallen.

Er hebt das rotgelbe Band und schlüpft drunter durch. In der Wohnung durchsuchen Feuerwehrleute in Helmen und gelben Gummimänteln die nassen, verkohlten Zimmer. Der stechende Geruch von verbranntem Holz und Kunststoff reizt Nase und Augen. Ein Feuerwehrmann schreit Alex an, aber in diesem Moment kommt Leroy aus dem Wohnzimmer, einen Pappkarton in den Armen. Hier im normalen Tageslicht wirkt er älter, eingesunken.

»Es ist okay«, sagt Leroy zu Alex. »Es ist okay. Deiner Mutter geht es gut.«

Es war der Freund von Lexis, der in den Flammen umkam. Weder die Polizei noch die Feuerwehrleute zeigen großes Interesse an Alex, sobald sie erfahren, daß er nicht hier wohnt und den Toten kaum kennt.

Leroy führt Alex die Treppe hinunter. Der Pappkarton, den er trägt, stinkt nach Rauch; der gleiche Rauchgestank hängt in ihren Klamotten.

»Das hier sind die Sachen, die deine Mutter unbedingt retten wollte«, erklärt Leroy. »Die Plünderer werden alles wegschleppen, sobald die Polizei das Feld räumt.«

»Ich bringe das wieder ins Lot«, sagt Alex. Er schnieft heftig, und schluckt einen Klumpen von der Größe einer Auster. »Das schwöre ich dir. Ich weiß genau, wer das war.«

»Ich auch«, entgegnet Leroy wütend. »Deine Mutter war bei mir einquartiert, aber ich sorgte dafür, daß ständig jemand ihre Wohnung beobachtete. Dieser nichtsnutzige Typ, den sie fürs Bett brauchte, wollte partout nicht ausziehen, und so erlaubte sie ihm zu bleiben. Kann sein, daß ich insgeheim gehofft hatte, er könnte so blöd sein und irgendwas anstellen, ein Mädchen in ihr Schlafzimmer schleppen oder so. Stattdessen schlugen zwei Kerle das Fenster neben der Tür ein, verschütteten Benzin und warfen ein brennendes Streichholz hinterher. Mein Freund sah, was passierte, sprang in sein Auto und folgte ihnen. Hatte sein Handy dabei und rief mich an. Wir erwischten sie, als sie um die Ecke vor einem Laden hielten.«

»Delbert und Doggy Dog.«

»Du kennst sie. Hätte mich auch gewundert, wenn's nicht so wäre.«

»Erzähl mir den Rest, Leroy. Anscheißen kannst du mich später.«

»Der mickrige Stricher sah uns kommen und rannte weg, aber der andere versuchte zurück in den Wagen zu flüchten, und wir klemmten ihn ein. Er will uns seinen Namen nicht verraten. Droht nur, daß wir uns mächtig Ärger einhandeln werden. Wenn ich wieder Zeit für ihn habe, ziehe ich ihm die Spikes einzeln aus den Armen. Mal sehen, ob das seine Zunge lockert.«

Alex fragt entsetzt: »Du hältst ihn fest?«

»*Natürlich* halte ich ihn fest.« Leroy stellt den Karton ab und sperrt seinen Wagen auf. »Oder hast du was anderes erwartet? Das Schwein hat immerhin versucht, deine Mutter umzubringen, weißer Mann!«

Alex sieht das Porzellanpferd zuoberst auf dem Haufen angesengter, rauchgeschwärzter Souvenirs. Das Hinterbein ist an der Klebestelle wieder abgebrochen. »Du mußt mich unbedingt mit diesem Typen reden lassen«, sagt er.

Leroy richtet sich auf und fixiert Alex mit seinem strengen Patriarchen-Blick.

»Ich muß gar nichts. Ich habe das Wohl deiner Mutter im Auge – im Gegensatz zu dir, weißer Mann! Im Moment ist sie total zu. Du solltest wissen, daß man nicht auf die eigene Schwelle scheißt. Manchmal zweifle ich allen Ernstes daran, daß du … verdammt noch mal, du hörst mir überhaupt nicht zu!«

»Paß auf, ich habe dort drüben einen Bus stehen. Ich fahre hinter dir her, Leroy.« Alex merkt selbst, wie wenig überzeugend seine Worte klingen. »Es ist *wichtig*. Glaub mir doch …«

»Ich glaube dir aber nicht mehr«, entgegnet Leroy, und das kommt so leise, daß es Alex fast das Herz bricht.

»Leroy, nur noch diesen einen Gefallen! Ich kenne den Mann, den du festhältst. Ich kann ihn zum Reden bringen.«

»Das ist das letzte Mal, daß ich dir helfe, Alex. Ich schwör's dir!«

»Es *ist* das letzte Mal«, beteuert Alex. Milena. Wenn sie nicht anruft, kann er echt einpacken. Und doch spürt er ein Singen tief in seinem Herzen. Er ist frei und auf der Flucht, und er kann jetzt nicht mehr anhalten, bis er tot oder untergetaucht ist.

14 ■ Delbert

Leroy hat Delbert in den Lagerraum seines Clubs gesperrt. Der Bodyguard ist mit Elektrokabel an einen Plastikstuhl gefesselt. Er sitzt stolz und aufrecht unter dem flackernden Ring einer Leuchtstoffröhre, wie ein gefangener König in einer Rumpelkammer, zwischen Bierkästen und Kartons mit Chips und gesalzenen Erdnüssen, Lager-Fässern und schwarzen Kohlendioxid-Zylindern.

Alex geht direkt auf Delbert zu, schlägt ihm mit der flachen Hand über den Mund und sagt: »Ist nicht persönlich gemeint, aber ich kann nicht anders.«

Alex hat soeben eine schmerzliche halbe Stunde mit Lexis hinter sich. Sie wollte ihrem Sohn nicht die Schuld an dem Brandanschlag geben, aber Alex merkte, wie schwer es ihr fiel.

»Ich werde immer für dich da sein, Alex. Das weißt du.«

»Du bist immer für mich da gewesen. Erinnerst du dich noch, wie du mir früher die Lichter der Stadt gezeigt und gesagt hast, das sei Feenland? Ich glaubte daran, ganz fest.«

»Damals warst du ein kleiner Junge, Alex, und ich habe ziemlichen Schwachsinn geredet, wenn ich high war. Du solltest die Worte deiner alte Mama nicht ernst nehmen.«

»Aber ich nehme sie ernst«, entgegnete Alex, und obwohl Lexis nicht verstehen konnte, was er meinte, lächelte sie und nahm ihm das Versprechen ab, daß er nicht wieder im Knast landen würde.

»Du hast schon wieder diesen Blick«, sagte sie. »Wie damals, kurz bevor sie dich schnappten.«

»Wirklich? Mach dir keine Sorgen! Diesmal steht die Polizei auf meiner Seite.«

Lexis hörte zu, als Alex ihr versprach, alles wiedergutzumachen, und sie lächelte und nahm einen Schluck Rum-Cola und beschwor ihn, gut auf sich aufzupassen.

»Vertrau nie einem Bullen! Du stammst aus dem East End, Alex, du müßtest das wissen.«

Das Schlimmste war, daß sie noch nichts vom Tod ihres jungen Freundes wußte. Leroy meinte, er würde es ihr sagen, sobald Lexis den Schock des Brandanschlags überwunden hatte.

Nun, da Alex' Handfläche noch von der Wucht des Schlags brennt, erwidert Delbert seinen Blick. Beide Augen des Bodyguards sind verschwollen, und getrocknetes Blut verkrustet seine Nasenlöcher.

»Ich hatte eine höhere Meinung von dir«, sagt Delbert cool.

»Warum habt ihr die Wohnung abgefackelt?«

»Warum fragst du nicht Doggy Dog? Ich hatte nichts damit zu tun.«

»Man hat dich *gesehen*, Delbert!«

»Mann-o, du hängst zuviel bei den Bullen rum, weißt du das? Ich versuchte bereits dem Alten da klarzumachen, daß er ganz schön in der Scheiße sitzt – aber dir brauche ich das wohl nicht zu sagen, Alex! Wenn du schon über Recht und Unrecht labern willst, dann bleiben wir mal ein paar Takte bei Kidnapping.«

»Laß mich zwei Minuten mit ihm allein, Alex«, sagt Leroy. »Ich bringe ihn schon zum Reden.«

»Hey, Alex! Sag dem Alten, er soll sich verpissen!«

Alex schaut Delbert an. Dieser kindlich trotzige Riese, dem Elektrokabel die übertrieben ausgebildeten Armmuskeln abschnüren, scheint von Alex den nächsten Zug in diesem Spiel zu erwarten. Aber Alex spielt nicht Delberts Spiel.

Leroy lehnt an der Tür, und Alex ist sich dessen voll

bewußt, als er sagt: »Du weißt doch, womit ich meinen Lebensunterhalt verdiene, Delbert, oder? Ich stelle psychoaktive Viren her. Die meisten zur Entspannung, aber ich habe auch Dinge auf Lager, die dich für alle Zeiten fertigmachen. Ich kann dir ein paar Sachen verpassen, die dein Gehirn in Hüttenkäse verwandeln. Ein Schuß, und du traust dich für den Rest deines Lebens nicht mehr allein über die Straße! Und glaub mir, du bist dran, wenn du mir nicht genau erzählst, wie das mit dem Feuer war!«

»Wir dachten, die Wohnung sei leer, Mann. Verdammt noch mal, wir hatten eigens gewartet, bis die Alte fortging. Den halben Nachmittag lang. Was können wir dafür, wenn da noch jemand drin war?«

Alex geht um den Stuhl herum und versucht sich zu beruhigen. Er hat ein Cool-Z in der Tasche, aber Leroy beobachtet ihn. »Was ist los, Delbert? Was wollt ihr noch von mir? Habe ich etwa meinen Teil des Handels nicht eingehalten?«

»Mann-o, das war doch bloß zur Sicherheit! Daß du uns nicht an Billy Rock verpfeifst. Wir hatten dich gewarnt, Mann, aber das schien dir völlig egal zu sein. Wir wollten, daß du die Angelegenheit ernst nimmst!«

»Was heißt das alles, Alex?« fragt Leroy. »Kannst du mir das mal erklären?«

Also muß Alex mit der Sprache raus: daß er bei Billy Rock in der Kreide steht, daß er versprochen hat, ihm was von seinem Zeug zu liefern, und daß Doggy Dog und Delbert beschlossen haben, ihre eigenen Geschäfte hinter dem Rücken ihres Brötchengebers zu machen. Er rechnet damit, daß Leroy ihm eine saftige Predigt halten wird, aber Leroy schüttelt nur den Kopf. Was in gewisser Weise noch schlimmer ist, denn irgendwie hätte es Alex erleichtert, von anderen zu hören, daß er Mist gebaut hat.

Delbert versucht es mit Argumenten. »Es war eine rein geschäftliche Angelegenheit, kapierst du das nicht?

Warum also hältst du mich hier fest? Mann, wenn ich wollte, könnte ich dich echt wegen Entführung verklagen. Das ist das *mindeste,* was ich tun könnte. Wann schnallst du endlich, daß du bis über den Hals in der Scheiße steckst?«

»Erzähl mir alles, was du über dieses kleine Mädchen weißt«, sagt Alex.

Delbert denkt angestrengt darüber nach. Er schielt in eine Ecke des Raums und murmelt vor sich hin. Dann erklärt er mit einem Grinsen: »Shit, warum denn nicht? Du hast doch nicht den Mumm, mich umzulegen, stimmt's? Und früher oder später wirst du diese Sache noch bereuen, das schwöre ich dir! Also, los – was willst du wissen?«

»Erst mal ihre Telefonnummer.«

»Hey«, sagt Alex, als Milena sich meldet, und Milena entgegnet: »Sehr gut, Alex. Was gibt es?«

»Delbert und Doggy Dog sind aus dem Spiel«, meldet er. »Wenn du das Zeug haben willst, wirst du mir beweisen müssen, daß es funktioniert. Und zwar heute abend.«

»Schön und gut, Alex, aber ich habe kein Testexemplar. Es war nie geplant, die Umwandlung sofort vorzunehmen.«

»Entweder heute oder nie.« Alex erklärt ihr, wo sie sich treffen werden, und legt auf, ehe sie antworten kann. Es schadet gar nichts, wenn zur Abwechslung mal sie sich wundert.

Von der anderen Seite der Bartheke sagt Leroy: »Gib deiner Mutter zum Abschied einen Kuß, Alex. Ich bin nicht sicher, ob wir dich wiedersehen.«

15 The Killing Fields

Alex blendet kurz die Scheinwerfer des Transits auf, als Milena die Treppe der Aldgate-Station nach oben kommt. Sie überquert die Straße und klettert auf die Seitenbank des Busses. Sie trägt eine rosa Jacke aus Jeansstoff über einem braven, langärmeligen blauen Kleid mit einem großen weißen Kragen, die Art von Kleid, wie sie japanische Schulmädchen tragen, die Art von Kleid, die Sittsamkeit und treuherzige Unschuld signalisiert. Eine Schultertasche aus einem nahtlosen, silbrigen Material ist unter einen ihrer dünnen Arme geklemmt.

Alex kommt sofort zur Sache. »Du hast diese beiden Idioten beauftragt, mir das Hormon abzunehmen.«

»Es ist nicht so, daß ich dir persönlich mißtraue«, sagt Milena. »Ich mißtraue jedem. Was willst du, Alex? Dieses Treffen mit dir kostet mich einiges. Meine Firma erwartet, daß ich heute abend an einer Diskussion über unsere Zukunftsplanung teilnehme.«

»Du hast Angst. Ich kann das verstehen, denn ich habe ebenfalls Angst.«

Alex fädelt sich in den Verkehr ein. Es ist früher Abend, und die Hälfte der Autos hat die Scheinwerfer an, die andere Hälfte nicht. Wolken ziehen breite schwarze Striche über den roten Sonnenuntergang.

Milena wirft einen Blick auf die Voodoo-Puppen, die an dem rissigen Vinyl-Armaturenbrett festgeklebt sind, die Perlenschnüre und Kreuze, die vom Rückspiegel baumeln, die kitschige Hochglanz-Postkarte, die Jesus in Tridi zeigt, gekreuzigt und mit Dornenkrone.

»Das ist nicht dein Stil, Alex«, sagt sie. »Was ist bloß in dich gefahren?«

In ihrer Stimme schwingt ein nervöser Unterton mit – gut, ein wenig Angst kann nicht schaden.

»Wir gehen auf eine Party«, sagt Alex.

»Etwa auf Billy Rocks Party? Hast du dich deshalb in Schale geworfen?«

Alex trägt seinen grünkarierten Anzug über einem weißen Baumwoll-Rolli. Vermutlich herrscht auf der Party so was wie Schlipszwang, aber das war das Feinste, was er in der Kürze auftreiben konnte. Er steuert den Bus um einen zerlumpten Mann herum, der mitten auf der Straße steht und gegen den Verkehr anschreit. Im Auf und Ab entgegenkommender Scheinwerfer sieht er, daß der Mann einen Stock mit einem aufgespießten Hundekopf schwenkt. An der Hausfassade hinter dem Mann kauern Gestalten um ein Feuer. Sie braten vermutlich den Rest dieses Hundes über den Flammen.

Alex fällt wieder ein, wie er Delbert einschüchterte, und er lacht. Milena schaut ihn an, schaut wieder weg.

»Hast du den Steuer-Chip?« fragt Alex.

Milena tätschelt die silbrige Tasche auf ihrem Schoß. »Alles, was ich brauche, ist hier drin. Hast du die Hormone?«

Alex antwortet nicht sofort. Er biegt in die Commercial Street ein. Die Läden sind zum Großteil mit Brettern vernagelt oder durch Gitter gesichert. Ein bewaffneter Wachtposten steht vor dem beleuchteten Eingang eines Elektronik-Supermarktes. Ein Hologramm-Kreuz dreht sich langsam über der Kirche der Adventisten vom Siebten Tag, die früher mal ein Kino war. Alex wartet, bis sie in einer Schlange vor der Ampel stehen, ehe er sich Milena zuwendet und ihr erzählt, daß Delbert und Doggy Dog die Wohnung seiner Mutter in Brand gesteckt haben.

Milena starrt einen Obstverkäufer an, der dicht vor der Windschutzscheibe ein Netz Orangen hochhebt, die Achseln zuckt und zu dem Wagen hinter ihnen weitergeht. Schließlich sagt sie: »So war das absolut nicht ausgemacht.«

»Tja, die Welt ist nun mal kein Ort der Logik«, sagt Alex. »Sie funktioniert nicht wie ein K-Leben-Ökosystem. Sie ist die Realität. Du hast dich mit ein paar Verrückten eingelassen, und wenn Doggy Dog zu der Überzeugung kommt, daß du ihn reinlegen willst, wird er nicht gerade sanft mit dir umspringen.«

»Du meinst, er wird mich umbringen«, sagt Milena. »Ach, Alex, du weißt wirklich nicht sehr viel über mich, oder?«

Alex nennt ihr den Namen der Firma, bei der sie beschäftigt ist. »Das Haus, in dem du wohnst, gehört ebenfalls diesen Leuten.«

»Du könntest sagen, daß ich ihnen gehöre«, meint Milena leichthin. »Aber das stimmt nicht – obwohl *sie* das glauben.«

»Delbert deutete an, daß sie dich irgendwie manipuliert haben«, sagt Alex.

»Mein ganzes Leben«, erklärt Milena. »Du kannst dir überhaupt nicht vorstellen, wie das ist, Alex. Ich bin der einzige Erfolg des Programms – die anderen drehten durch.«

Die Ampel schaltet um. Alex legt den Gang ein und fährt los. »Sie haben dich klüger gemacht«, sagt er.

»Vielleicht. Vielleicht war ich aber auch von Anfang an klüger – es gibt kein spezielles Gen als Sitz der Intelligenz. Was die Firma nicht an dem Versuch hinderte, eine Gruppe von Baby-Superhirnen für ihre Forschungs- und Entwicklungsabteilung zu züchten. Ich habe keine Eltern, nur Gameten-Spender. Wer *die* sind, weiß ich. Das habe ich auf eigene Faust herausgefunden, als ich vier war. Ich habe außerdem herausgefunden, daß es mir egal ist, wer sie sind.

Meine Geschwister und ich wurden mit einer Neuronen-Wachstumssubstanz behandelt, noch während die Leihmütter uns austrugen. Die verstärkte Fähigkeit, neuronale Netze zu knüpfen – das ist es, was sie bewirkten, allerdings nur mit Hilfe äußerst plumper Eingriffe in den Chemie-Haushalt. Das befähigt mich, meine Aufgaben sehr viel effizienter zu bewältigen. Jedenfalls wuchsen wir in völliger Isolation auf, erhielten eine hyperkonnektive Ausbildung, die bereits vor dem Krabbelalter begann, und wurden unentwegt getestet. Tests, Tests und nochmals Tests. Die meisten meiner Geschwister entwickelten prächtige Neurosen. Sie errichteten Phantasiewelten und zogen sich im Lauf der Zeit völlig in ihr Inneres zurück. Die übrigen gelangten nie über eine durchschnittliche Intelligenz hinaus.

Ich bin als einzige übriggeblieben, Alex, und manchmal glaube ich, daß auch ich verrückt bin. Verrückt, aber funktionsfähig. Allerdings bin ich weit raffinierter, als die Firmen-Psychologen ahnen. Ich habe längst herausgefunden, wie man ihre Tests manipuliert. Ich habe die Leute in meiner Umgebung voll unter Kontrolle. Vor allem Nanny Greystoke.«

»Ich halte dich keineswegs für verrückt«, sagt Alex, aber dann erinnert er sich an seinen Dämmerzustand.

Das Weiße Zimmer. Die Frau im Weißen Zimmer, mit leerem Blick inmitten der Spielsachen. Vielleicht war es gar kein Dämmerzustand. Vielleicht war es real.

Er hofft, daß seine Stimme nicht allzu unsicher klingt, als er sich an Milena wendet und fortfährt: »Wir hätten es nicht bis hierher geschafft, wenn du verrückt wärst. Aber du hättest nicht auf derart unfaire Weise versuchen sollen, von mir zu profitieren.«

»Du bist klüger, als ich dachte, Alex. Ich bin froh, daß ich dich zu meinem Merlin gemacht habe.«

»Ich verbuche das mal als Kompliment.«

Milena schweigt eine Zeitlang. Alex verläßt die Commercial Street und fährt durch enge Hintergassen, bis er ziemlich sicher ist, daß ihm niemand folgt. Als sie in die Cable Street einbiegen und den Rotherhithe Tunnel ansteuern, fragt Milena, was er eigentlich vorhat. Er erklärt es ihr, und sie stellt lachend fest, daß sie vielleicht verrückt ist, er aber ganz bestimmt den Verstand verloren hat.

Alex parkt den Bus am Ende einer der schmalen Straßen beim Fluß, im Schatten eines verlassenen Wohnblocks, dessen Legoland-Stil den steilen Aufschwung und jähen Verfall der Wirtschaft in den Achtzigerjahren widerspiegelt. Auf dem Weg zu den Surrey Docks und Billy Rocks Party sehen Alex und Milena dünne Speere weißen Laserlichts, die sich in der Luft schneiden und eine Art Zelt in der Abenddämmerung bilden. Es beginnt zu regnen, dicke, glitschige Tropfen, die Alex gegen die Kopfhaut hämmern. Milena zieht ihre rosa Jacke über den Kopf und schützt ihre silbrige Tasche mit beiden Armen vor der Nässe.

Das Tor zur Baustelle ist von Scheinwerfern erhellt, in deren Licht die gelben Backstein-Fassaden der Pseudo-Lagerhäuser auf der anderen Straßenseite wie Butter glänzen. Von Chauffeuren gesteuerte Nobelschlitten der Marken BMW, Mercedes und Jaguar laden ihre Passagier-Fracht ab. Bewaffnete, uniformierte Lakaien kontrollieren die Einladungskarten. Als Alex und Milena sich in die Schlange einreihen, schlendert Perse auf sie zu.

Sein Gesicht ist bleich und unrasiert, und Schatten bilden dunkle Ringe unter den tief in ihren Höhlen eingesunkenen Augen. »Was, zum Henker, suchen Sie hier, Sharkey?« will Perse wissen.

Alex spürt eine seltsame Gelassenheit. »Hallo, Mister Perse! Darf ich Ihnen meine Cousine Milena vorstellen? Ich nehme sie mit auf die Party.«

Milena bedenkt den Polizisten mit einem strahlend doofen Grinsen, aber Perse beachtet sie kaum. »Sie stecken mit ihm unter einer Decke. Geben Sie es zu, Sharkey! Deshalb sind Sie doch hier, oder?«

Ein paar Leute in der Schlange drehen sich um.

»Was haben Sie hier zu suchen, Mister Perse?« fragt Alex.

Perse kommt ganz nahe. Er riecht nach Whisky. »Eine Stichproben-Überwachung, das ist alles. Wir sammeln nützliche Informationen. Passen Sie auf Ihren fetten Arsch auf, Sharkey!«

»Der ist total von der Rolle«, meint Milena nachdenklich, als Perse sich abwendet und schwankend durch einen Knäuel von Männern in Dinner-Jackets drängt.

Ein Sicherheitsposten schiebt die Einladung durch einen Scanner, der den eingebetteten Chip liest, ehe er Alex und Milena durch einen Metalldetektor schleust. Ein überdachter Gehsteig entlang der Baugrube endet am Lagerhaus, vor einem Torbogen aus echten tropischen Gewächsen und einem Spalier von Puppen in schwarzen Seidenanzügen und Kuli-Hüten, die sich beim Eintritt der Gäste tief verneigen.

Im Innern des Lagerhauses wummert und zuckt die Sound- und Lichtanlage von Ray Aziz. Laserlicht kreist in schmalen Fächern über den Köpfen der Menge. Männer mit schwarzen Schlipsen und Dinner-Jackets, Frauen in Cocktailkleidern – kreuz und quer geschlitzter Knittersamt ist in, aber viele tragen auch durchsichtige, knöchellange Tschadors über Bodystockings, Grafikfilm oder nackter Haut. Alex erkennt die Fernsehschauspielerin, die in den endlosen Folgen einer Seifenoper die Mutter spielt, ein hochtoupiertes Relikt aus der Zeit, als er noch MTV guckte. Ein Kabinettminister mit je einem Mädchen links und rechts wird gerade von einer TV-Crew interviewt. Der Leadsänger und der Keyboarder von *Liquid Television*, der Ästhetik-Trash-Band schlechthin, teilen sich drüben an der Bar eine Flasche Jack Daniels. Hartäugige Chinesen in geliehenen Dinner-Jackets, die Fußsoldaten von Billy Rocks Familie, haben sich unter die Schickeria gemischt. Alex schätzt, daß mindestens die Hälfte der Frauen zum Gewerbe gehört.

Puppen im Kellner-Frack tragen in unermüdlichen Zickzack-Bahnen Silbertabletts mit kleinen Köstlichkeiten durch die Menge. Alex wählt eine Scheibe dunkles Vollkornbrot mit weißem Kaviar, Tintenfisch-Bällchen in Aspik und Pfeffer, dazu Seetang-Püree auf überbackenem Toast. Milena beobachtet halb belustigt, halb verächtlich, wie er die Delikatessen verschlingt. Die Puppen kommen von irgendwo hinter der Arena am anderen Ende des Lagerhauses, und Alex schiebt sich langsam in diese Richtung.

Riesige Flüssigkristall-Schirme hängen schräg von der hohen Decke. Sie zeigen Menschen, die in weiten orangefarbenen Overalls und schwarzen Bomberjacken durch Licht und Dunkel und Regen laufen, sich hinter Autowracks ducken und in die Nischen von Mauerruinen pressen. Sie jagen Puppen in schwarzen Seidenanzügen. Eine der Puppen gerät ins Kreuzfeuer und stürzt getroffen und von Krämpfen geschüttelt zu Boden; die Kameras zoomen und zeigen in Nahaufnahme, wie Blut und Gehirn aus der Wunde quillt.

Kaum einer der Party-Gäste kümmert sich um das Geschehen auf den Schirmen.

Alex hält Milenas Hand fest, als er durch die Menge auf die Arena zusteuert. Er hat etwa die Hälfte des Wegs zurückgelegt, als er Doggy Dog entdeckt. Einen Moment lang treffen sich ihre Blicke. Dann schiebt sich ein Kellner zwischen sie, und Doggy Dog ist verschwunden. Ein kaltes Frösteln läuft Alex über den Rücken. Er bahnt sich seinen Weg wie ein Panzer mitten durch das Gewühl, während Milena ihn anfleht, langsamer zu gehen.

Billy Rock sitzt in der obersten der von der Arena aus schräg ansteigenden Sitzreihen, flankiert von zwei seiner Onkel in nüchternen Banker-Anzügen. Billy Rock ist ganz in Schwarz gekleidet, von einem Homburg mit schmissig gebogener Krempe bis hin zu den Cowboystiefeln aus Kobraleder. Eine verspiegelte Brille verdeckt sein halbes Gesicht. Unter ihm füllt eine neugierige Zuschauerschar die Ränge, umrahmt vom Gleißen der Scheinwerfer, die auf die Arena gerichtet sind.

Milena verblüfft Alex, als sie plötzlich vor ihm die Stufen hinaufrennt und sich zuerst vor Billy Rock, dann vor seinen Onkeln verbeugt. Billy Rock ist so high, daß er in den Wolken schwebt. Er klatscht grinsend in die Hände und deutet an Alex vorbei in die Arena hinunter.

An gegenüberliegenden Punkten des sägemehlbestreuten Kreises halten Wärter in wattierten Overalls, dicken Handschuhen und Helmen mit vergittertem Visier je eine Kampfpuppe in Zaum. Durch die Zuschauer geht ein Ruck, und Geld wandert von Hand zu Hand. Eine Glocke ertönt, kaum hörbar über dem Hämmern der Soundanlage, und im gleichen Moment lassen die Puppenbändiger ihre Schützlinge los.

Die Kampfpuppen prallen im Zentrum der Arena aufeinander. Sie rollen über den Boden, zerren und reißen mit Händen und Füßen. Die Menge ist aufgesprungen und kreischt unisono los. Plötzlich ist eine Puppe oben und zerfetzt der anderen mit einem raschen Biß ihrer scharfen Fänge die Kehle. Ein Blutstrahl schießt in die Höhe und trifft die Siegerin, ehe die beiden Wärter ein Lasso aus geflochtenem Draht über ihren höckerigen Kopf werfen und sie mit vereinten Kräften aus der Manege schleifen.

Billy Rock klatscht laut in die Hände und deutet dann auf die Bildschirme. »Los, Alex, versuch es selbst! Geh nach draußen, schnapp dir eine Puppe und bring sie um! Es ist gar nicht schwer und völlig ungefährlich. Eine supergeile Party, Mann-o! Die vergißt du bestimmt nicht so schnell!«

»Bestimmt nicht.«

»Wer is'n deine Freundin?« will Billy Rock wissen.

»Das ist nicht meine Freundin, sondern meine Nichte«, entgegnet Alex.

Er spürt mit Unbehagen die kühlen, unergründlichen Blicke von Billy Rocks Onkeln. Beide haben eine verblüffende Ähnlichkeit mit den Kröten von einst, wie sie so dasitzen, das schwarze Haar aus den altersfleckigen Stirnen gekämmt und mit Pomade an den Kopf geklatscht.

Billy Rock lacht. »Wenn du das sagst, Alex ... Laß sie ruhig auch mal ran! Die Einladung gilt für die ganze Familie!« Er blinzelt Milena an. »Komm, Kleine, ich nehm dich mit! Du sollst deinen Spaß haben!«

Der Onkel zur Rechten hält Billy Rock am Arm fest und murmelt etwas, aber Billy Rock schüttelt die Hand des alten Mannes ab und sagt patzig laut: »Ich will, daß sich mein Freund hier amüsiert. Da ist doch nichts dabei. Komm, Alex! Ich bring dich hin, dich und deine kleine Nichte!«

Hinter einem hohen Wandschirm aus Bambus und Lackpapier am Ende der Arena befindet sich ein langer, hell erleuchteter Umkleideraum mit ganzen Ständern voll Overalls, Helmen und Gewehren. Die tote Kampfpuppe wird in einer Stahlwanne vorbeigerollt. Erregt durch den Blutgeruch, springen drei ihrer noch lebenden Artgenossen die dicken Eisenstangen ihrer Einzelkäfige an. Dahinter kauern normale Puppen in schwarzen Seidenanzügen apathisch in einem Gehege. Der Geruch von Schweiß, tierischen Ausdünstungen und Sägemehl erinnert Alex an den schäbigen kleinen Zirkus, den er einmal im Southwark Park besucht hatte: an den alten, würdevollen Elefanten, der schwerfällig seine Nummer vorführte, ohne sich um den Applaus zu kümmern; an die halbherzigen Späße der Clowns; an die schwachen Trapezkünstler, die später nicht nur als Parterre-Akrobaten, sondern auch noch als Messerwerfer auftraten. Das war, kaum vorstellbar, noch vor der Jahrtausendwende gewesen – noch vor der Zeit, als ein organisierter Trupp von Obdachlosen den Park besetzt und in eine Zelt- und Hüttenstadt verwandelt hatte.

Milena schlendert zu den Käfigen hinüber und beobachtet, wie ein Wärter in wattiertem Overall die nächste Kampfpuppe für die Arena bereitmacht. Die schwarzgekleideten Puppen im Gehege drehen sich um und starren sie an. Alle haben genau das gleiche negroide Profil, die gleichen engstehenden braunen Augen unter dem vorspringenden Brauenwulst.

Mit hochgeklapptem Visier wirft der Wärter der Kampfpuppe eine Drahtschlinge über den Kopf, zurrt sie fest und öffnet die Käfigtür, indem er einen Code in das Schloß eintippt. Ein zweiter Wärter, der mit gezückter Pistole bereitsteht, bittet Milena höflich, den Käfigbereich zu verlassen. Sie setzt ihr nettestes Lächeln auf und sagt: »Aber die sind doch so süß!«

Alex beobachtet die Szene mit einem mulmigen Gefühl in der Magengegend. Er ist nicht mehr wütend. Der Zorn hat ihn bis hierher gebracht, und jetzt steht er da, leer und ausgelaugt, während Perse draußen am Tor und Doggy Dog irgendwo in der Menge warten.

Billy Rock gestattet einem Helfer, ihm einen orangefarbenen Overall überzustreifen. Er hat seinen schwarzen Homburg und die Spiegelbrille abgenommen. Er schnüffelt einmal tief an einer kleinen Flasche, die zur Hälfte mit einer klaren Flüssigkeit gefüllt ist, lächelt verklärt und fordert Alex auf, sich zu beeilen, damit ihm der Spaß nicht entgeht. Seine Pupillen sind nur noch stecknadelgroß.

»Ich habe nur mal kurz vorbeigeschaut, um Hallo zu sagen, Billy. Ehrlich!«

»Du sollst dich amüsieren!« Billy Rock putzt sich mit dem Handrücken die Nase. »Du amüsierst dich nie! Immer verkriechst du dich in diesem tristen, schäbigen Loch da draußen!«

Dann schießt er wieselflink vor, preßt Alex eine

Hand über den Mund und schiebt ihm die Flasche unter die Nasenlöcher.

Alex versucht ihn vergeblich abzuschütteln, muß Luft holen, und das ist wie eine grelle Explosion in seinem Kopf. Einen Moment lang kann er nichts sehen. Er wischt sich die Tränen aus den Augen und schneuzt. Allem Anschein nach hat er einen halben Liter Rotz in der Nase. Plötzlich fühlt er sich idiotisch glücklich, so glücklich wie noch nie im Leben.

Billy Rocks winkt gebieterisch. Ein Helfer setzt Alex auf einen Hocker, zwängt ihn in einen Coverall, zieht den Reißverschluß zu und streift ihm noch eine schwarze Bomberjacke über. Alex weiß, daß er sich zur Wehr setzen müßte, will sich aber lieber auf das schwindelerregende Glücksgefühl konzentrieren, das durch seinen Körper zittert und sich bis zu den Fingerspitzen ausbreitet.

Billy Rock hat jetzt eine Knarre in der Hand. Er zielt kichernd auf Alex, auf die Kampfpuppen in ihren Käfigen, auf die Menschen, die in Coveralls und Bomberjacken bereitstehen, um an den Spielen teilzunehmen.

Billy lacht, und Alex lacht ebenfalls.

»Ich mache bloß Spaß!« kreischt Billy Rock und hebt beide Arme über den Kopf wie ein Boxer nach dem Sieg. Ein Helfer nutzt die Gelegenheit und streift Billy ebenfalls eine Bomberjacke über.

Der Mann, der sich um Alex kümmert, schnallt ihm ein Pistolenhalfter um und erklärt mechanisch: »Ihre Waffe funktioniert nur im Spielbereich und nur dann, wenn sie auf ein Ziel mit einer Hauttemperatur von zweiundvierzig Grad Celsius gerichtet ist. Das ist die Hauttemperatur der Puppen. Die Waffe feuert nicht auf Personen, die eine Schutzweste tragen. Drücken Sie langsam und gleichmäßig ab; ein Abstand von fünf Sekunden pro Schuß ist vorgegeben. Die Puppen sind mit Schwach-Laserpistolen bewaffnet. Wenn Sie dreimal getroffen werden, sperrt Ihre Waffe automatisch. Das Visier bietet Ihnen vollen Schutz. Darüber hinaus bestehen die Kugeln aus Gel, so daß keinerlei Gefahr durch Splitter oder Querschläger entstehen kann. Viel Spaß bei der Jagd, Sir, und eine hohe Trefferquote!«

Alex lacht, weil das überhaupt keinen Sinn ergibt. Der Helfer schiebt ihn mit einem Klaps auf den Rücken weiter und wendet sich dem nächsten Kandidaten zu, einem Mann mit Bodybuilder-Figur, der nichts außer der Andeutung einer schwarzen Unterhose trägt.

Plötzlich steht Milena vor Alex. Sie schaut Billy Rock an und schreit: »Die haben keine Coveralls in meiner Größe!«

Alex sieht die Welt immer noch aus mehreren Blickwinkeln zugleich. Er sitzt da und starrt Milena glücklich an. Sein Herz wummert im gleichen Rhythmus wie die Soundanlage und das unruhige Geflacker der roten und grünen Laserlichtfächer.

Milena umklammert seinen Arm und flüstert ihm ins Ohr: »Ich habe die Käfigschlösser präpariert. Sieh zu, daß du wieder nüchtern wirst, und halte dich bereit!« Sie taucht weg, ehe er antworten kann.

Billy Rock, der mit lautem Grölen seine Knarre schwingt, wankt auf die Leute zu, die darauf warten, in den Spielbereich eingelassen zu werden. Alex macht einen Schritt, fällt auf Hände und Knie und fängt zu lachen an. Ein Teil seines Bewußtseins, der irgendwo weit weg schwebt, registriert, daß er sich in einer echt beschissenen Lage befindet. Ein Krachen und Splittern dringt an sein Ohr. Alex rollt sich auf die Seite, um zu sehen, was los ist.

Eine Kampfpuppe hat die Tür ihres Käfigs aufgestoßen.

Das Geschöpf tritt ins Freie und sieht sich um. Es schüttelt den massigen Schädel und reißt die schweren, mißgestalteten Kiefer zu einem gleichgültigen Gähnen auf. Speichelfäden glänzen zwischen den spitzen, scharfen Fängen. Helfer und Kandidaten weichen zurück und pressen sich gegen die Ständer mit den Coveralls und Bomberjacken, aber die Kampfpuppe würdigt sie mit keinem Blick. Sie dreht sich einfach um und läuft geradewegs in den Hauptbereich des Lagerhauses. Eine Frau beginnt zu kichern. Vielleicht hat sie das gleiche Zeug genommen, mit dem Billy Rock Alex außer Gefecht gesetzt hat.

Jetzt brechen zwei weitere Kampfpuppen aus ihren Käfigen aus. Ein Wärter tritt ihnen entgegen, schwerfällig und unbeholfen in seinem wattierten Anzug. Die Kampfpuppen sehen ihn an, als er seine Pistole hebt und drei Schüsse abfeuert. Eine der Puppen kippt nach hinten; die andere läuft direkt auf Billy Rock zu, der benebelt grinst und umständlich zielt.

Er drückt ab, drückt noch einmal ab – aber natürlich passiert nichts.

Die Kampfpuppe fegt ihn zu Boden und erwischt mit einem einzigen Biß den größten Teil seines Gesichts, schnellt hoch und nähert sich den Menschen, die darauf warten, in den Spielbereich eingelassen zu werden. Schreie, Panik. Der Wärter zielt und feuert zweimal. Die Kampfpuppe stolpert weiter, bis ihre kurzen Säbelbeine einknicken. Sie stürzt und rührt sich nicht mehr. Billy Rock liegt mit dem Gesicht nach unten da. Blut strömt in das Sägemehl.

»Komm jetzt endlich!« drängt Milena.

Sie packt Alex an der Hand und zerrt ihn weg. Hinter ihr kommt eine Puppe aus dem Gehege, genauso groß wie sie selbst. Milena führt beide durch einen Notausgang ins Freie.

Es regnet immer noch. Alex hebt den Kopf und läßt sich das Wasser übers Gesicht rinnen, atmet feuchte, warme Luft ein, atmet, atmet. Sein Herz rast, aber er fühlt sich ruhiger. Menschen rennen auf das Tor zu. Gezacktes Laserlicht zerfurcht den flüssigen Himmel. Sicherheitsposten kämpfen sich mit gezogenen Pistolen durch die Menge auf das Lagerhaus zu. In der Ferne erklingt dünnes Sirenengeheul.

»Jetzt hast du, was du brauchst«, sagt Milena. »Und wie soll es weitergehen?«

Die Puppe steht hinter ihr, gleichgültig, mit leerem Blick.

Alex öffnet die Schnallen der schweren Bomberjacke. »Das erkläre ich dir später. Wird sie uns folgen?«

»Natürlich. Ihr Steuerchip versteht Basic-Befehle.«

Alex läßt die Bomberjacke fallen, geht in seinem weiten orangefarbenen Coverall auf die Puppe zu, geht vor ihr in die Knie und zieht ihr den schwarzen Seidenanzug aus. Sie setzt sich nicht zur Wehr; sie ist wie ein schläfriges Kind, das alles über sich ergehen läßt. Ihre blaue Haut fühlt sich heiß an – zweiundvierzig Grad Celsius. Ihr Atem riecht wie bei Diabetikern schwach nach Aceton. Sie hat eine flache Brust, einen unbehaarten Körper und die verschwommen androgyne Figur eines kleinen Kindes.

»Mitkommen«, sagt Milena, und als sie und Alex sich durch die Menschenmenge zum Ausgang drängen, trottet die Puppe auf platten, langzehigen Füßen gehorsam hinterdrein.

Draußen blockieren teure Autos mit Scheinwerfergeblinke und zornigen Hupen die Straße. Eine Kampfpuppe springt plötzlich auf das Dach einer Limousine, stampft auf dem Blech herum und schwingt die Arme. Schaumflocken lösen sich von ihrer Schnauze und fliegen umher. Ein Schuß zersprengt die Windschutzscheibe, und die Hupe heult los. Die Puppe ist verschwunden. Jemand reißt die Tür auf, und der Fahrer kippt von seinem Sitz auf den Asphalt.

Alex, Milena und die Puppe gehen zu Fuß an dem Tumult vorbei in die Regennacht.

»Was wir brauchen, sind Fahrräder«, sagt Alex, aber Milena versteht ihn nicht.

Er spürt ein schwaches Zittern unter der Haut, die

Reaktion auf den Endorphin-Stoß, den Billy Rocks Droge ausgelöst hat. Im regennassen Halbdunkel, gestreift von den Scheinwerfern der Autos, die versuchen, dem Chaos zu entrinnen, überkommt ihn mit einem Mal Panik. Er ist in der Twilight Zone, allein mit zwei Aliens.

Alex rechnet fast damit, daß der Transit verschwunden ist, aber er steht noch da, am Ende der kleinen Straße. Vom Regen gedämpft, glitzern die Lichter von Wapping über den Fluß. Eben als in Alex die vage Hoffnung aufkeimt, daß sie es geschafft haben könnten, blenden ihn die Scheinwerfer des Transit.

Howard Perse öffnet die Tür und wankt mühsam ins Freie. Er sieht aus, als sei er randvoll zugeschüttet. »Jetzt sind Sie dran!« erklärt er Alex.

»Sie gehen jetzt am besten heim, Mister Perse.«

»Behinderung einer Polizeiaktion – das reicht für den Anfang!«

»Billy Rock ist tot.«

Perse reißt die Augen auf wie eine Eule und fängt dann zu lachen an. Er setzt einen Flachmann an und nimmt einen tiefen Zug Whisky. »Ich muß Sie trotzdem verhören, Sharkey«, sagt er. »Ich will wissen, was Sie vorhaben.«

»Ich habe getan, was Sie wollten. Das ist alles.«

»Äh … genau das möchte ich überprüfen.«

»So geht das nicht, Mister Perse! Wir sind quitt.«

»Ganz genau«, mischt sich eine andere Stimme ein, und Doggy Dog kommt hinter dem Transit hervor. Er grinst Alex an, hält ihm seine Pistole unter die Nase und sagt: »Jetzt ist Liefertermin, du Wichser!«

Perse wirkt mit einem Mal nicht mehr betrunken. Er richtet sich auf, bohrt seine Blicke in Doggy Dogs Augen und sagt: »Laß die Waffe fallen, Kleiner!«

»Sie kenne ich«, entgegnet Doggy Dog.

»Genau. Also laß die Waffe fallen, bevor du echten Ärger kriegst.«

Doggy Dog lacht, und Perse macht einen Schritt nach vorn. Ein lauter, trockener Knall peitscht durch die Gasse und hallt von den verlassenen Häuserblocks wider. Perse brüllt auf und hüpft auf dem rechten Bein, während er den linken Fuß mit beiden Händen umklammert. Blut quillt zwischen seinen Fingern hervor.

»Plattfuß Perse!« höhnt Doggy Dog. »Du kannst einem leid tun, du armes Schwein!«

Blitzschnell wie eine Schlange, die ihr Opfer angreift, dreht Doggy Dog die Pistole um und schmettert sie Perse gegen die Schläfe. Der Polizist kippt gegen den Transit, zu betäubt, um Doggy Dogs zweiten Schlag abzufangen.

»Hey!« sagt Alex, »jetzt reicht es aber, okay?«

Doggy Dog dreht sich um, fuchtelt mit der Waffe zwischen Alex und Milena hin und her und richtet den Lauf schließlich auf Milena. »Sie ist die Gefährlichere«, sagt er zu Alex.

»Sie versteht was von Magie«, entgegnet Alex. Er zittert plötzlich am ganzen Körper. Vielleicht schafft sie es, Doggy Dogs Pistole wegzuzaubern.

Aber Milena beachtet Doggy Dog überhaupt nicht. Sie schlendert an ihm vorbei, springt auf die kleine Mauer am Flußufer und schaut hinunter in das dunkle Wasser. Ringsum fällt leise der Regen. Die nackte Puppe trottet hinter ihr drein, und Milena dreht sich um und tätschelt ihr den kahlen Kopf.

»Du hast es geschafft«, sagt Doggy Dog. Er klingt so angstgeschüttelt, wie Alex sich fühlt. »Du hast es geschafft, direkt vor Billy Rocks Nase – obwohl ich keine Ahnung habe, was der ganze Zirkus sollte. Ich könnte dir jederzeit eines dieser Dinger besorgen, Tag und Nacht.«

»Das ist die Frage«, meint Milena. Sie hat eine Taschenlampe in der Hand.

Doggy Dog lacht gönnerhaft. »He, Kleine, du willst mich doch nicht mit einer Strahlenkanone wegputzen?« Im nächsten Moment flackert ein roter Blitz, und Alex liegt flach auf dem nassen Asphalt, das Gesicht dicht neben einer Pfütze, in die der Regen fällt.

Zunächst denkt Alex, daß Milena Doggy Dog erschossen hat, aber dann sieht er, daß der Junge mitten auf der Straße herumkriecht. Er sucht nach seiner Pistole, doch die hat Milena. Sie grinst Alex an und sagt: »Magie!«

Doggy Dog steht auf und streckt den Arm aus. Er hat ein Messer in der Hand. »Gib mir das Ding zurück, und ich tu dir nichts!«

»Hau ab«, erwidert Milena, »und ich tu *dir* nichts!«

Das ist die falsche Antwort. Doggy Dog hechtet mit gezücktem Messer nach vorn, und wieder flackert das rote Licht, und wieder liegt Alex flach auf dem Bauch. Er hat sich in die Zunge gebissen und spuckt Blut aus, als er sich hochrappelt.

Doggy Dog kauert am Boden und starrt Milena an. »Du Dreckstück!« kreischt er, aber seine Stimme ist schrill vor Angst.

Milena hält das Messer hoch. Die Klinge blitzt im Scheinwerferkegel des Transits, als sie das Ding achtlos wegwirft. »Dummer kleiner Junge!« sagt sie.

Mit einem Aufschrei, der zornig und entsetzt zugleich klingt, will sich Doggy Dog auf Milena stürzen. Sie hebt die Pistole. Ihre Miene ist kalt und angespannt.

Der trockene Knall des ersten Schusses peitscht durch die enge Gasse. Doggy Dog kracht gegen die Seitenwand des Transits. Milena feuert noch dreimal, im Abstand von genau fünf Sekunden, und Doggy Dog fällt nach vorn aufs Gesicht.

Alex kniet im Regen, beide Hände gegen den Bauch gepreßt. Er kämpft gegen einen Schüttelfrost an. Sie hat den Jungen gereizt, denkt er, damit sie ihn töten konnte.

Milena befiehlt der Puppe, in den Transit zu steigen. »Du auch«, sagt sie zu Alex. »Ich kann nicht fahren.«

»Was würdest du tun, wenn ich mich weigere? Mich erschießen?«

»Mach, was du willst – du bist ein freier Mensch«, erklärt Milena. »Ich werde überleben. Das weiß ich jetzt. Ich werde alles überleben. Du kannst aussteigen, Alex. Du kannst jederzeit aussteigen.«

Er weiß, daß er nicht aussteigen kann. Die Blutschuld bindet sie. Außerdem muß er alles sehen, alles wissen. »Komm«, sagt er, »verschwinden wir von hier!«

16 Zur Flucht geboren

Sie drücken Perse die Pistole von Doggy Dog in die Hand und lassen ihn halb bewußtlos neben dem Toten liegen, aber Alex weiß, daß es nicht so glatt gehen kann. Als er den Transit auf die Brunel Road steuert, sagt er zu Milena: »Du kannst nur hoffen, daß hier draußen keiner beobachtet hat, wie der Junge ums Leben kam.«

Milena starrt die rötlichgelben Straßenlaternen an, die draußen vorbeihuschen. Sie umklammert die silbrige Tasche auf ihrem Schoß. Die Puppe kauert zu ihren Füßen, unter dem Armaturenbrett. »Wenn dieser Polizist nur einen Funken Verstand hat, nimmt er die Tat für sich in Anspruch. Aber das spielt bald keine Rolle mehr. Du hast doch hoffentlich ein Versteck?«

Alex hat kein Versteck, zumindest kein richtiges, aber er denkt schon eine Weile über die Möglichkeiten nach, die sich ihm bieten. Er fährt eine Zeitlang nach Westen und bekommt jedesmal Herzjagen, wenn er einen Polizeiwagen sieht, überquert dann die Tower Bridge, umgeht die Square Mile, wo selbst um diese Stunde Lichtvorhänge zu Turmspitzen mit roten Blinklichtern aufsteigen, und fährt die Uferstraße entlang. Die Parlamentsgebäude schimmern in einem Kokon aus weißem Licht über ihrem Spiegelbild im schwarzen Wasser der Themse. Der Bogen der Westminster Bridge zur South Bank Plaza und Waterloo hin hebt sich gegen den Feenglanz ab.

Sie lassen den Victoria und Hyde Park hinter sich und umrunden Marble Arch, dessen Zuckerguß-Ornamentik von Scheinwerfern angestrahlt wird. Das Benzin geht aus, und nachdem Alex getankt hat, ersteht er an dem mit Panzerglas gesicherten Kassenraum, im bläulichen Schein des Schutzdachs, ein Dutzend Schokoladentafeln, Cola-Dosen, zellophanverpackte Sandwiches. Die Angst hat ihn hungrig gemacht.

Er streift den orangefarbenen Coverall ab, als Milena aus der Toilette kommt, weiß im Gesicht und mit wässerigen Augen. Ihr ist schlecht geworden, sagt sie. In gewisser Weise ist Alex über dieses Zeichen von Schwäche erleichtert. Also besitzt sie doch menschliche Regungen. Sie klettert wortlos zurück in den Bus. Die Puppe sitzt auf dem gleichen Fleck wie zuvor, still und ohne Murren.

Alex ißt, während er durch das enge Straßengewirr von Paddington kurvt, und steuert schließlich das Camp-Labyrinth unter den Viadukten der Westway Line an. Der Transit holpert im Schrittempo über eine schlammige Fahrspur, während Alex nach einem freien Platz in dieser wilden Siedlung sucht, welche die größte Enteigneten-Gruppe von ganz London beherbergt.

Es gibt Menschen, die seit der Mitte des letzten Jahrhunderts hier leben. Ursprünglich befand sich an dieser Stelle ein von den Behörden genehmigtes Zigeunerlager, das im Lauf der Zeit Ring um Ring von den Vertriebenen und Flüchtlingen der Sellafield-Katastrophe erweitert wurde. Man sieht immer noch ein paar Wohnwagen, aber die meisten Behausungen sind improvisiert: Busse und Autos, die Achsen auf Steinblöcke gestützt; Zelte aller Art; Blechhütten aus flachgedrückten Öltonnen; an den Brückenpfeilern abgestützte Holzbuden; unterteilte Frachtcontainer; riesige Betonröhren mit primitiven Lattenverschlägen an den Öffnungen. Ein Doppeldecker ohne Räder hat einen Gemüsegarten auf dem Dach.

Grüne Biolumineszenz-Lampen flimmern hier und da, einzeln oder in Gruppen. In der Luft liegt der beißende Qualm eines großen Lagerfeuers, wo hundert oder mehr Menschen zu den auf- und abschwellenden Rhythmen einer Gruppe Freestyle Drummer tanzen.

Nachdem Alex eine Lücke gefunden und eingeparkt hat, kommt ein kräftiger Schwarzer mit langen Dreadlocks und einem freundlichen Zahnlücken-Grinsen auf ihn zu und fragt im breitesten Birmingham-Dialekt, ob er einen Anschluß braucht, Pauschalbetrag pro Standplatz, Strom und Telekom inclusive. Alex lehnt ab, gibt dem Typen aber fünf Pfund und bittet ihn, die Augen offen zu halten. Es ist der Rest seines Bargelds; und Milena besitzt überhaupt nichts. Sie hat, wie sich herausstellt, noch nie im Leben etwas gekauft.

Der Mann wirbelt die Münze durch die Luft und steckt sie ein. Dann beugt er sich zum Seitenfenster herunter: »Hier paßt jeder auf den anderen auf. Habt ihr Ärger, du und die Kleine? Ist sie deine Tochter?«

»Ich bin seine Schwester«, sagt Milena. Sie scheint plötzlich den Tränen nahe. »U-unsere Eltern haben sich mit Drogen kaputtgemacht. Verrate ihnen ja nicht, daß wir hier sind – bitte!«

»Hier kriegt ihr keine Probleme«, beruhigt sie der Mann. »Außer ihr sucht selber welche. Klar?«

»Klar.« Alex nickt.

»Dort drüben ist ein Hydrant«, sagt der Mann und deutet die Schiene entlang. »Der Mann, der ihn betreibt, macht euch 'n fairen Preis. Dahinter findet ihr'n Abzugsgraben mit Toilette und Waschgelegenheit. Daß ihr mir ja nicht euren Dreck aus dem Fenster kippt und dann abhaut! Die Samariter kommen gegen zwei vorbei, wenn ihr was zu essen wollt und euch die Beterei nicht auf den Geist geht. Das Hilfskorps aus den Vororten ist schon durch, aber der Samariter-Fraß schmeckt sowieso besser.«

Alex bietet ihm eine Tafel Schokolade an, aber der Mann schüttelt den Kopf. »Da weiß kein Mensch, was in dem Zeug drin ist. Wenn ihr echte Naturkost sucht, dann fragt nach mir. Mister Benny. Ich verwende nur reine Zutaten. Alles, was unsere Mutter Erde hergibt. Mich kennen die Leute, die kommen sogar von draußen, um bei mir zu essen. Wenn ihr nach links anstatt nach rechts abgebogen wärt, hättet ihr das Schild sehen können. Guckt mal zum Frühstück vorbei, okay?«

Und damit verschwindet er in den Schatten zwischen einem Zelt aus schwarzem Polyethylen und einem aufgebockten Sierra, hinter dessen Windschutzscheibe eine Kerze flackert.

»Da geht er hin, der König seines Reiches!« stellt Milena trocken fest. Sie kurbelt das Fenster auf ihrer Seite runter, streckt den Kopf raus und sieht sich um. »Und was für ein Reich!« fügt sie hinzu. Sie scheint ihr Gleichgewicht wiedergefunden zu haben. »So, Alex, nun erzähl mir, was du vorhast!«

Alex hat mit einem Mal Angst. »Ich möchte sehen, wie du es machst«, sagt er.

Milena lacht und bückt sich, um die Puppe zu streicheln, die in den Schatten zu ihren Füßen kauert. »Ich habe es noch nie gemacht. Aber jetzt ist der Zeitpunkt wohl gekommen ...«

Also bringen sie die Puppe nach hinten in den Transit, unter das grüne Licht von Biolum-Stäben, die Alex halbiert und in eine der Dachstützen klemmt. Milena setzt eine Brille mit ausfahrbaren Zoom-Linsen auf, an der ein kleines Faseroptik-Licht befestigt ist. Sie weist die Puppe an, sich auf die Sperrholz-Verkleidung zu setzen, und fordert Alex auf, die Augen zum Schutz vor den Lichtpulsen zu schließen.

»Du hast mein Gehirn irgendwie verändert, damals, als ich zu deinem Haus kam«, sagt Alex. »Und das von Doggy Dog.«

»Es ist nicht mein Haus. Es gehört der Firma. Ihr gehört alles.«

»Bestimmt nicht alles. Die Firma ist nicht die Welt.«

»Mach jetzt die Augen zu, Alex! Das war deine Idee.«

Alex gehorcht. Die Entwarnung kommt etwa dreißig Sekunden später. Die Puppe liegt auf dem Rücken, die Augen weit geöffnet, den Blick verschwommen.

»Natürlich habe ich dich verändert«, sagt Milena. »Genauso wie Delbert und Doggy Dog. Sollte Delbert dir noch einmal Ärger bereiten, dann leuchte ihm einfach mit einem 200-Hertz-Blitzlicht in die Augen, und er wird alles tun, was du von ihm verlangst. Ich habe bei euch allen den gleichen Fembot-Stamm eingeschleust. Er infiziert die Sehrinde und reagiert auf Lichtreize – ganz ähnlich wie der Steuerchip der Puppe. Ich entwickelte ihn, um meine Bewacherin außer Gefecht zu setzen.«

»Nanny Greystoke.«

Das weiße Zimmer – die Frau – ihr leerer Blick.

Milena lacht. »Sagen wir mal so – Nanny Greystoke hat eine ungewöhnlich blühende Phantasie.«

Sie erklärt, daß sie ein Aerosol-Spray benutzt hat, als Alex durch die Tür kam, Buckyball-Fembots in einer Fluorkohlenstoff-Trägersuspension, die in die Blutgefäße hinter der Kehle eindrangen und die Blutschleuse zum Gehirn passierten, als er mit ihr Tee trank. Dabei veränderten sie nicht nur die Sehrinde, sondern löschten die Stunden ihres Zusammentreffens nahezu vollständig aus seinem Gedächtnis. Er werde sich nie daran erinnern, worüber sie sprachen, sagt Milena, oder welche Sorte Tee sie ihm servierte.

»Welche Sorte war es denn?«

»Earl Grey. Ist das so wichtig?«

»Nein – wohl nicht.«

Milena versichert Alex, daß sie keine Befehle in sein Unterbewußtsein gepflanzt hat, aber Alex traut ihr nicht so recht. Sie hat nun mal diesen ausgeprägten Drang, andere Menschen zu manipulieren, zu kontrollieren. Dazu gehört auch ihre Vorliebe für lange Erklärungen. Wie schwer muß es sie angekommen sein, ihr Wissen vor der Firma geheimzuhalten! Sie ist etwas völlig Neues, okay. Eigentlich sollte man ihr das Gefahrsymbol für genmanipulierte Produkte auf die Stirn tätowieren.

Die Behandlung der Puppe dauert drei Stunden. Milenas silbrige Tasche enthält alles, was sie für die Operation braucht. Sie errichtet eine Art Stützgerüst um den Kopf der Puppe und verankert es an einem Dutzend Punkten durch Mikrometerschrauben. Dann träufelt sie der Puppe C-Curarin in das rechte Auge, um es ganz ruhigzustellen, und schiebt eine Art Löffel zwischen Augapfel und Knochenhöhle. Das Gerüst ist mit Manipulatoren für mikrochirurgische Eingriffen ausgestattet. Milena beugt sich über die Puppe, fährt die Zoom-Linsen für die Feinarbeit aus und verwendet die Manipulatoren, um den Steuerchip abzuklemmen und zu zerlegen.

Alex fragt, warum sie das Ding nicht einfach umprogrammiert, und sie erklärt ihm, daß es sich um eine sogenannte PROM handelt, eine programmierbare ROM, die man nur einmal mit Daten beladen kann. Sobald der Code in den Chip eingebrannt ist, lassen sich die Informationen, die er enthält, nur noch lesen, aber nicht mehr verändern. Die Software wird so zur Hardware und steuert die Programmroutinen der Puppe. Sobald eine Puppe neue Aufgaben erhält, muß der Chip ausgetauscht werden.

Während Milena mit Alex spricht, nimmt sie mit einer winzigen Pinzette einen Chip von dem Mikrochirurgie-Gerüst und schiebt ihn in die Augenhöhle der Puppe. Alex halbiert den nächsten Biolum-Stab, und Milena verschaltet den neuen Chip. Sein Rücken und seine Oberschenkel schmerzen von der gebückten Haltung; Milena ist so in ihre Arbeit vertieft, daß sie sich in den letzten beiden Stunden kaum einmal aufgerichtet hat. Sobald der Chip eingepaßt ist, bricht sie die Spitze einer Ampulle ab, die eine milchige Suppe von Nanoware-Assemblern enthält, und träufelt nicht mehr als einen Tropfen in jedes Auge der Puppe. Dann injiziert sie eine massive Dosis des Cocktails künstlicher Hormone, die Alex hergestellt hat, und die Sache ist gelaufen.

Alex streckt sich, so gut es geht, auf der Sitzbank vorne im Transit aus, sein Jackett im Innern des orangefarbenen Coveralls zu einem Kissen zusammengerollt. Milena hat sich neben der Puppe schlafen gelegt. Es ist heiß und eng, und ein Moskito hat den Weg in die Kabine gefunden. Das Stuka-Sirren nähert und entfernt sich ein Dutzendmal, ehe der Quälgeist schließlich auf seinem Handgelenk landet. Alex wartet, bis er den nadelfeinen Rüssel in seine Haut gestochen hat, und zermalmt ihn dann. An seinem Daumen klebt braunes Blut – sein Blut. Die Drummer haben längst Schluß gemacht, aber der Verkehr rumpelt und seufzt immer noch über die freitragende Brücke. Ein Hund bellt monoton, als sei Bellen das einzige, was ihm noch in den Sinn kommt.

Alex fällt in einen unruhigen, erschöpften Schlaf. Einmal wacht er kurz auf und sieht den stumpf-rötlichen Nachthimmel, zerschnitten durch den Viadukt, von dem die Sternbilder kleiner grüner Biolum-Lichter hängen.

Feenland.

Hinten im Transit kauert die Puppe mit einem Watchman auf dem Schoß, die Blicke starr auf das bunt flackernde Viereck des Bildschirms geheftet. Sie hat sich den Hörknopf ins Ohr gestöpselt und murmelt Worte nach, die nur sie hört.

Milena sitzt mit überkreuzten Beinen da und beobachtet die in den Bildschirm vertiefte Puppe. Sie dreht sich um, grinst Alex im Halbdunkel des Transits an, und dann züngelt rotes Licht auf ihn zu.

17 ■ *Das weiße Zimmer*

Als Alex aufwacht, sind seine Augen verklebt, und er riecht nach altem Schweiß. Über dem Viadukt wölbt sich ein hitzeweißer Morgenhimmel. Die hintere Tür des Transits steht offen. Milena ist ebenso verschwunden wie die Puppe.

Was ihn geweckt hat, ist das Klingeln seines Handys. Alex setzt sich auf und holt das Ding aus der Gürteltasche. »Sie haben ganze Arbeit geleistet, Sharkey«, sagt Perse dicht an seinem Ohr.

»Ich kann im Moment nichts für Sie tun, Perse.«

»Das sehe ich anders. Wenn Sie glauben, daß Sie mit Billy Rocks Tod aus dem Schneider sind, dann haben Sie sich getäuscht. Dieser kleine Stricher namens Doggy Dog wurde erschossen aufgefunden, und die Reifenspuren passen zu einem Transit, der auf Ray Aziz zugelassen ist. Mister Aziz besitzt ein lupenreines Alibi, aber er behauptet, daß er Ihnen den Wagen geliehen hat.«

Alex schwitzt am ganzen Körper. »Er hätte Sie umgelegt, Perse«, sagt er. »Was wollen Sie eigentlich?«

»Ich will die ganze Story, Sharkey. Sie haben Mist gebaut. Aus Ihrem Geschäft ist nichts geworden. Ich brauche immer noch einen Kronzeugen, und es sieht so aus, als wären Sie mein Mann.«

Alex unterbricht die Verbindung. Zu spät fällt ihm ein, wie leicht sich die Spur von Handys zu ihrem Besitzer zurückverfolgen läßt. Er zieht seine Jacke an und macht sich auf die Suche nach Milena, in der Hoffnung, daß sie losgezogen ist, um der Puppe etwas Wasser zu besorgen. Er geht die Schiene entlang bis zu dem Hydranten, wo eine von Kopf bis Fuß in schmierige Lumpen gehüllte Alte einen blauen Plastikeimer füllt.

Milena ist nirgends zu sehen. Alex kehrt um und geht am Transit vorbei in die andere Richtung. Er spürt keine Panik, eher eine weiche, schwere Ruhe, als hätte er sich eine Tablette Cool-Z eingeworfen.

Ganz am Rand des Camps, gleich neben dem kaputten Drahtzaun, steht eine Hütte. Die Wände und das Dach sind mit flachgepreßten Öltonnen verkleidet. Bänke und Plastikstühle sind um einen Grillplatz mit Drehspieß verteilt; in einem Maschendraht-Gehege knabbern Ziegen friedlich an Kohlblättern. Ein in der Nähe des Ziegengeheges angeketteter Schäferhund fängt zu bellen an, als Alex näherkommt.

Ein Mann kommt aus der Hütte, kratzt sich die verfilzten Dreadlocks und blinzelt verschlafen. Es ist Mister Benny. Er scheint nicht erstaunt, daß Alex hier aufkreuzt, und sagt: »Deine kleine Schwester war schon vor 'ner Stunde hier.«

»Ohne Begleitung?«

»Klar, Mann. Hat 'ne Kleinigkeit gefrühstückt und zog dann los, um die Pendler mit Stoff zu versorgen. Nettes Kind. Wollte etwas Obst für ihren Affen, und ich fand tatsächlich noch 'ne Tatze Bananen. Du zahlst, hat sie gesagt. Seid ihr vom Zirkus abgehauen, oder was?«

Die U-Bahn-Station von Ladbroke Grove macht eben auf, als Alex ankommt, mit naßgeschwitztem grünem Tweedanzug und völlig außer Atem. Er gibt seine letzten beiden Fünf-Pfund-Münzen für eine Fahrkarte aus – er wagt es nicht, eine der Kreditkarten zu benutzen, die er bei sich trägt – und fährt auf direktem Weg ins Zentrum von London.

Ein schwarzer Elektrowagen in schnittiger Tropfenform parkt auf der gelben Doppellinie vor dem hohen, schmalen Haus in der Bridle Lane. Die Tür steht offen. Alex tritt ein, steigt eine Treppe hoch, die ihm vage bekannt vorkommt, und folgt dem Klang einer Männerstimme.

Das Zimmer am Ende der Treppe muß sich über die ganze erste Etage erstrecken. Es ist weiß gestrichen. Vor den Fenstern sind weiße Papier-Rollos heruntergelassen. Der Boden besteht aus heller Esche, ist auf Hochglanz poliert und mit Spielzeug übersät. Jede Fläche glänzt wie von innen erhellt.

Zwei Leute befinden sich in dem Raum. Ein Mann im schwarzen Anzug steigt zwischen den Spielsachen umher und gibt von jedem eine genaue Beschreibung per Handy durch. Eine hagere, ältliche Frau in einem schlichten weißen Kleid steht in einer Ecke und starrt den Mann mit leeren Augen an.

Alex weiß, daß er die Frau schon einmal gesehen hat, auch wenn er sich nicht daran erinnert. Er nennt ihren Namen, und der Mann in Schwarz wirbelt herum, schaltet das Handy aus und fragt: »Wo ist sie?«

»Ist sie nicht hier?«

»Nanny Greystoke glaubt, sie müßte hier sein, aber mit Nanny Greystoke stimmt irgend etwas nicht. Wo ist sie?«

»Ich habe keine ...«

Alex wird unvermittelt gegen die Wand gedrückt. Der Mann umklammert mit einer Hand seine Kehle. Er trägt schwarze Handschuhe, gesäumt mit myoelektrischer Pseudomuskulatur. Sein Griff ist eisenhart. Sein Atem riecht nach Knoblauch. Seine Augen sind grau. Die Pupille seines linken Auges hat im oberen Viertel ein paar braune Flecken.

Alex kann nicht umhin, all diese winzigen Dinge zu registrieren. Seine Nervenenden sind freigelegt, blankgescheuert von Angst.

»Wo ist sie?« Der Mann spricht laut und betont jedes Wort.

Alex macht eine Faust, und der Mann schaut ihm ruhig in die Augen und sagt: »Sie bringen eine Menge

Gewicht mit, aber keine Kondition – und ich tue hier meinen Job. Also vergessen Sie's lieber, Mister Sharkey.«

Alex lacht. Das klingt wie der Dialog aus einem alten Film. Dem Drehbuch nach muß er jetzt zuschlagen, und der Mann macht ihn daraufhin fertig. Aber er muß dem Drehbuch nicht folgen. Er ist frei. Milena hat ihn freigegeben, so wie sie die Puppe aus ihrem Gehege befreit hat. Er entspannt sich in der Umklammerung des Mannes und beobachtet an ihm vorbei Nanny Greystoke, die einen Punkt jenseits der Wand anzustarren scheint.

»Zweihundert Hertz«, sagt Alex. »Das ist mir auch passiert.«

Der Mann läßt Alex los und tritt zurück. Spielsachen weichen seinen teuren schwarzen Tretern aus.

Es gibt Dutzende von Spielsachen, alle amniotronisch. Ein Affe mit Goldjäckchen und rotem Fez schlägt Tschinellen, während er wackelnd auf und ab marschiert. Eine Schildkröte tastet sich vorsichtig entlang der Fußboden-Randleiste. Zwei Rennwagen verfolgen einander in Schlangenlinien und mit blinkenden Scheinwerfern.

Ein Teddybär sagt immer wieder mit brummig-kläglicher Stimme: »Komm zurück! Bitte, komm zurück! Komm zurück zu uns!« Als der Mann ihn auf den Arm nimmt, fängt er zu strampeln an und erklärt entrüstet: »Du darfst nicht mit mir spielen – du nicht!«

»Wir werden sie verhören«, meint der Mann und setzt den Teddybären ab, »aber ich glaube nicht, daß sie uns viel erzählen können. Vielleicht finden wir etwas auf ihren Chips. Sie speichern alle die visuellen und akustischen Daten von etwa einer Woche. Wo ist sie, Mister Sharkey?«

»Ich weiß es nicht.« Das Sprechen schmerzt.

Der Mann bewegt die behandschuhten Finger. »Ich muß achtgeben. Ein Stups mit dem Zeigefinger würde reichen, um Ihrem Gesicht ein brandneues Loch zu verpassen. Also seien Sie vernünftig, und sagen Sie mir, wo sie ist.«

Neben einem der weißverhängten Fenster beginnt ein Kanarienvogel in einem vergoldeten Käfig ein kurzes Lied zu schmettern. Die Trillerflut rührt etwas auf, das Alex Tränen in die Augen treibt. Er muß an den Wellensittich denken, den Lexis in der Wohnung hielt und der zwei volle Wochen überlebte, nachdem das Vogelsterben begonnen hatte und die Tauben, Spatzen und Stare aus dem Himmel fielen. Alex fand ihn eines Morgens tot auf dem Käfigboden. Er erinnert sich noch an die flaumige Leichtigkeit des kleinen Körpers, an die zarten korallroten Füßchen mit den winzigen transparenten Krallen. Der Kanarienvogel, gefangen in einem Lichtspeer, der durch die Ritzen des Rollos dringt, dreht den Kopf nach hinten und wieder nach vorne und singt und singt und singt.

»Es ist doch nur ein Spielzeug«, sagt der Mann. »Es ist nicht echt.«

»Die Spielsachen werden Ihnen verraten, daß ich hier war«, sagt Alex. »Sie werden Ihnen verraten, daß Milena etwas mit mir gemacht hat – vermutlich das gleiche wie mit Nanny Greystoke. Aber ich habe keine Ahnung, *was* es war. Wissen Sie es?«

»Ich gehöre nur zum Fußvolk, Mister Sharkey. Die Untersuchung der Spielsachen übernehmen Spezialisten. Meine Aufgabe war es, Sie hier abzufangen, bevor die Spur kalt wird. Wo ist sie?«

»Sie hat irgendwie mein Gehirn blockiert.« Er friert, ist wütend und den Tränen nahe. Es ist dieses Zimmer, dieses weiße, weiße Zimmer. Es weckt verschwommene Bilder, aber er kann sich nicht erinnern, was sie mit ihm gemacht hat. Er kann sich nicht erinnern.

Der Mann, unerbittlich in seinem anonymen schwarzen Anzug und den schwarzen Handschuhen, steht mitten in all dem Weiß und beobachtet ihn mit professioneller Geduld. Alex wandert in kleinen Kreisen umher und merkt, daß ihm die Rennautos folgen. Er will ihnen einen Tritt versetzen, aber sie trennen sich und flitzen in verschiedene Ecken des Zimmers.

»Ich muß es wissen«, sagt Alex.

Der Mann zuckt die Achseln.

»Sie wußten, was sie tat. Was sie mir antat.«

»Wir wissen alles bis zu dem Punkt, da sie die Kampfpuppen losließ. Ihr konntet in der Panik fliehen. Später wurde einer unserer Agenten tot aufgefunden.

»Doggy Dog hat für euch gearbeitet?« fragt Alex.

Der Mann nickt. »Er war nicht gerade ein Muster an Zuverlässigkeit, aber in diesem Stadium mußten wir nehmen, was wir bekamen.«

»Wer noch? Billy Rock? Dr. Luther?«

»Dr. Luther arbeitet für Billy Rocks Familie. Billy Rock war ein unberechenbarer Gangster mit schweren Drogenproblemen, bevor ihm eine Kampfpuppe das Gesicht wegriß.« Der Blick des Mannes wankt nicht. »Was ist mit ihr geschehen, Mister Sharkey? Sie waren bei ihr, als sie floh. Die Firma ließ das zu. Es war nicht meine Idee. Ich wollte sie gleich zurückholen. Aber ich bin ja nur der Typ, der die Scheiße putzt. Ich wurde überstimmt. Erleichtern Sie mir die Arbeit! Erzählen Sie, was passiert ist!«

Alex erzählt es ihm. Warum nicht? Er hat nichts zu verlieren. Es dauert nicht lang. Während er berichtet, kommen und gehen Männer. Sie schleppen alles Mögliche aus den oberen Räumen. Einer betritt das Zimmer und beginnt die Spielsachen zu verstauen; er braucht eine Weile, bis er die Rennautos eingefangen hat. Ein anderer führt Nanny Greystoke weg.

»Das ist nicht ihr richtiger Name, oder?« fragt Alex. »Greystoke, meine ich.«

»Einer von Milenas kleinen Scherzen«, entgegnet der Mann. Er bewegt die Finger im Innern der schwarzen Handschuhe. Oder vielleicht bewegen auch die Handschuhe seine Finger, denn der Mann hebt die Hände und betrachtet sie, während sich die Finger beugen und wieder strecken. »Sie liebte solche dummen kleinen Scherze«, fügt er hinzu.

»Was war sie?«

»Das kann ich Ihnen nicht sagen.«

»Sie deutete an, was ihr die Leute hier angetan hatten. Sie glaubte, sie sei uns überlegen. Sie hielt sich für ein hochintelligentes Wesen, das von primitiven Tieren aufgezogen wurde, wie Tarzan und die Affen oder wie Mogli und seine Wölfe. Aber sie war nur ein kleines Mädchen, sehr klug und, so fürchte ich, sehr instabil, und ihre Leute ließen sie auf die Welt los wie auf einen großen Spielplatz.«

Das zumindest erscheint Alex klar und logisch. Vielleicht stammt die Erkenntnis aber auch von Milena, die sie ihm ins Ohr flüsterte, nachdem sie ihn mit ihrem Lichtpuls außer Gefecht gesetzt hatte. Im Transit oder hier in diesem weißen Zimmer.

Er sagt: »Ich glaube, sie sehnte sich nach Gesellschaft. Deshalb wird sie wohl versuchen, die Puppen zu modifizieren. So wie sie modifiziert wurde.«

»Wir wissen nicht, wonach sie sich sehnt«, stellt der Mann fest.

Jemand betritt das Zimmer, ebenfalls ein glattrasierter, stämmiger Typ in einem teuren schwarzen Anzug. Er trägt eine Videokamera. »Einen Moment noch«, sagt der Mann, der vor ihm da war, und wendet sich an Alex: »Sie können heimgehen, Mister Sharkey. Wir melden uns, wenn wir Sie brauchen.«

»Einfach so.«

»Wir kennen Ihre Geschichte in groben Zügen. Die Details sind vielleicht nicht wichtig. Sie sind ein interessanter Mann, Mister Sharkey, aber gegenwärtig haben wir andere Sorgen. Gehen Sie jetzt, und machen Sie uns keinen Ärger mehr!«

Also gibt es für Alex nichts außer der Erkenntnis,

daß Milena ihnen entwischt ist. Sie ist skrupelloser und raffinierter, als selbst ihre Besitzer ahnen. Alex hat sie bei ihren Operationen beobachtet, und der Zauberer hat ihm alles über Skrupellosigkeit beigebracht. Außerdem glaubt er zu wissen, wohin sie sich begeben hat, als er herausfindet, daß Dr. Luthers Räume leer sind.

»Ist mir zwei Monate Miete schuldig geblieben«, beschwert sich der ältliche Skinhead aus dem Comic-Laden. Sein behaarter Bauch quillt unter dem T-Shirt hervor und wölbt einen Wulst über dem Bund seiner Jeans. »War er ein Freund von Ihnen?«

»Ich bin ihm nur ein einziges Mal begegnet«, sagt Alex und lehnt ab, als der Comic-Händler ihm Dr. Luthers Edelstahl-Tisch zum Kauf anbietet.

Alex muß den ganzen Weg bis zu Leroys Club zu Fuß gehen. Er bleibt ein halbes dutzendmal stehen, um sein Handy zu benutzen, und erwischt beim letzten Versuch Perses Partner Stevie Cryer.

Alex sagt: »Ich möchte diese Geschichte klären. Richten Sie das Perse aus.«

»Da kommen Sie am besten selbst vorbei und reden mit ihm.«

»Er will mir den Mord andrehen.«

»Welchen Mord, Alex?«

»Ich habe Doggy Dog nicht umgebracht. Ich meine, ich war dabei, aber umgebracht habe ich ihn nicht.«

»Schön, darüber können wir uns unterhalten.«

Alex erklärt Cryer, wo er ihn treffen möchte. »Geben Sie mir ein paar Minuten, und ich serviere Ihnen Doggy Dogs Partner. Er wird Ihnen sagen, was die beiden vorhatten.«

»Ich kann nichts versprechen«, meint Cryer.

Als Alex Leroys Club erreicht, wartet auf der Straße bereits ein Zivilfahrzeug der Polizei. Alex geht daran vorbei, ohne einen Blick ins Innere zu werfen.

Leroy ist schneller bereit, Delbert zu holen, als Alex

ein paar Worte mit Lexis wechseln zu lassen. Es ist kein einfaches Gespräch, vor allem deshalb, weil Lexis ihm so leicht verzeiht. Das mit der Wohnung wird schon wieder, tröstet sie ihn, und Alex leistet alle möglichen Versprechen, ohne genau zu wissen, ob er sie halten kann.

Am Ende sagt Alex: »Weißt du noch, wie du mir die vielen Lichter gezeigt hast? Mir ist jetzt klar, daß Feenland kein Ort ist, sondern eine Idee.«

»Du hast dir schon immer Sachen ausgedacht, Alex«, entgegnet seine Mutter. Sie steckt ihm Geld zu und bittet ihn, eine Postkarte zu schreiben.

Alex zappt den Bodyguard mit einem alten Flimmerlicht aus Leroys Soundsystem-Tagen an und befiehlt ihm, zu vergessen, was hier geschehen ist, ehe er ihn auf die Straße schickt.

Alex folgt ihm nach einer Minute. Drei Polizisten sitzen auf Delbert, während ihm ein vierter die Arme auf den Rücken dreht und Handschellen anlegt. Cryer steigt aus dem Zivilfahrzeug, und Alex schlendert zu ihm hinüber.

18 Kein besonders großer Vorteil

Alex wartet lange in einem schäbigen Verhör-Raum in den Eingeweiden des neuen Scotland Yard. Die übliche grüne Wandfarbe, der übliche große Spiegel, der, wie jeder weiß, ein Fenster zum Nebenraum verbirgt, die üblichen abgetretenen Teppichfliesen. Billige Plastikstühle, ein vergammelter Holzschreibtisch mit einem Kassettenrecorder und einem überquellenden Aschenbecher. Selbst der Tee ist so, wie ihn Alex in Erinnerung hat, trüb und lauwarm, mit einem staubigen Nachgeschmack.

Er raucht zwei Päckchen Zigaretten, während er wartet. Die Sachen, die er seit mehr als einem Tag am Leib trägt, fühlen sich klebrig feucht an. Die scharfen Falten in seinem grünkarierten Anzug sind längst schlapp. Er ist sich sehr wohl bewußt, daß Milena mit jeder Minute weiter und weiter entschwindet. Nach einer Weile humpelt Perse auf Krücken an der offenen Tür vorbei, den linken Fuß weiß bandagiert. Er würdigt Alex keines Blicks.

Alex wartet noch eine Weile, und schließlich kommt Stevie Cryer herein. Er nimmt eine von Alexs Zigaretten und sagt: »Sie haben genau einen Tag, um das Land zu verlassen.«

»Ich muß erst meine Geräte verkaufen.«

Cryer mustert Alex mit seinen müden blauen Augen. »Die Geräte wurden vermutlich mit Gewinnen aus dem Drogenhandel finanziert. Wir beschlagnahmen Ihr Labor morgen um die Mittagszeit. Das ist zugleich der Moment, in dem Ihre Frist abläuft.«

»Also gar kein besonders großer Vorteil«, stellt Alex fest.

»Wollen Sie sich beschweren?«

»Nicht direkt.«

»Das finde ich klug von Ihnen.«

»Vielleicht bin ich klüger, als Sie denken.«

Cryer bläst eine blaue Rauchkaskade in die Luft. Er wirkt erschöpft; das harte Neonlicht läßt sein klares, jungenhaftes Gesicht fahl aussehen. »Klug sein – das ist auch kein besonders großer Vorteil«, sagt er. »Erstens wird es immer einen geben, der noch klüger ist als Sie. Zweitens verleitet es Sie zu einer gefährlichen Verachtung. Sie bilden sich ein, Sie könnten andere Menschen benutzen. Und nun sind Sie benutzt worden. Willkommen in der Wirklichkeit, Alex!« Er drückt seine Zigarette aus. »Kommen Sie, ich bringe Sie nach draußen.«

Auf dem Weg zur Pforte kommen sie an einem Raum vorbei, wo ein halbes Dutzend Polizisten – darunter Perse – vor einem großen Fernseher sitzen. Sie lachen sich kaputt über den verstörten Dicken in seinem orangefarbenen Coverall, der durch das Dunkel und den Regen hinter einem kleinen Mädchen und einer nackten blauhäutigen Puppe herkeucht. Die Kamera schwenkt weiter, richtet sich auf einen verschwommenen weißen Kasten. Der Transit. Alex dämmert die Wahrheit: Geheimkameras müssen ihren Weg von A bis Z verfolgt haben.

Alex sieht Cryer an. Der lächelt und tippt sich an die Stirn.

»Ich bin neugierig«, sagt Cryer. »Was werden Sie jetzt tun?«

Alex erwidert das Lächeln. Vielleicht ist seine plötzliche Unrast, der Impuls, die Stadt zu verlassen, der Drang, Milena zu folgen, nichts als eine Infektion, die er mit einer Dosis Universal-Impfstoff bekämpfen könnte. Aber er weiß, daß er nichts dergleichen tun wird. Er hat ein Ziel – wenn er es finden kann, wenn es existiert. Vielleicht ist es nicht mehr als eine Idee, aber heutzutage sind Ideen so real wie eine ganz normale Erkältung. Die Zeit erscheint reif für diese Idee. Sie bahnt sich ihren Weg in die Welt.

»Ich mache mich auf die Suche nach Feenland«, sagt er.

TEIL ZWEI

Liebesbomben

1 Europa

Europa zu Beginn des Dritten Milleniums scheint nicht der beste Ort für die Suche nach einem abnormal intelligenten kleinen Mädchen zu sein, das mit voller Absicht untergetaucht ist. Alex Sharkey macht eine lange Reise daraus, quer durch Frankreich und Deutschland und durch die kleinen Königreiche und Republiken des Ostens. Er braucht dazu zwölf Jahre. Obwohl ihm die Produkte von Milenas Phantasie unentwegt begegnen, stößt er in all der Zeit nur ein einziges Mal auf eine wirklich heiße Spur.

Puppen sind längst nicht mehr der letzte Modeschrei der Reichen. Sie werden als billige, computergesteuerte Universal-Arbeitskräfte verwendet, mit Vorliebe in Bereichen, die ein hohes Risiko bergen – in Chemiefabriken und Kohlebergwerken, im Intensiv-Anbau und in Kernkraftwerken. Nach und nach ersetzen sie auch die Menschen in der aufstrebenden Nanotechnik: Auswechselbare Chip-Module und aus Fullerenen gesponnene neuronale Netze gewährleisten, daß Puppen zwanzig Stunden täglich exakte Primär-Fembot-Schablonen ätzen, die nicht größer als Bakterien sind. Städte wie Rotterdam, Hamburg, Budapest und Moskau haben *Killing-Fields*-Konzessionen erworben. Tagtäglich werden in der Europäischen Union mehr als tausend Puppen in die Sport-Arenen geschickt und getötet. Es gibt Arenen nur für Frauen, Arenen für Senioren, Arenen, wo die geistig und psychisch Gestörten den mörderischen Phantasien ihres Über-Ichs freien Lauf lassen können.

Es ist ein Zeitalter der Exzesse.

Im Europa der Ersten Welt erhalten die Menschen ein Standard-Einkommen aus staatlichen Kapitalrücklagen und genießen grenzenlose Freizeit durch einen Wirtschafts-Boom ohnegleichen; er ist die Folge neuer Techniken, welche die seit Henry Fords Tagen kaum veränderten Methoden der Massenproduktion endgültig verdrängt haben. Sie leben in sogenannten Arkologien am Rande der einstigen Ballungsgebiete, ausgedehnten Komplexen aus Wohnraum, Freizeitparks und Einkaufszentren, teils geplant, teils organisch gewachsen. Mehr als fünfzig Prozent der Bevölkerung im Europa der Ersten Welt sind über achtzig – die Babyboom-Generation des letzten Jahrhunderts, die ohne eigenes Zutun in ein Postmillenium-Paradies geschlittert ist – und Nanotechnik plus Gentherapie verheißen, daß zumindest die Hälfte dieser Menschen ihr zweites Jahrhundert erleben werden.

Aber es gibt auch das Europa der Vierten Welt, das Europa der Entrechteten, der Besitz- und Heimatlosen. Ganze Volksgruppen wurden durch die Bürgerkriege in den einstigen Ostblock-Ländern entwurzelt; dazu kommen Scharen von illegalen Einwanderern aus den ökonomischen und ökologischen Katastrophengebieten Afrikas und Asiens, die wie Zugvogelschwärme in Italien einfallen und von dort bis ins Herz Europas vordringen. Sie sind zahlenmäßig kaum zu erfassen, aber die an Schätz- und Rückführungsaktionen beteiligten UNO-Hilfstruppen gehen davon aus, daß sich die Bevölkerung Europas durch das Heer der Vertriebenen und Flüchtlinge mittlerweile verdoppelt hat. Manchmal, insbesondere im Sommer, scheint ganz Europa in Bewegung – eine Riesin, die im Halbschlaf um sich schlägt und dabei die Karten verschiebt und zerreißt, die sie bedecken.

Nach fünf Jahren Wanderschaft bleibt Alex eine Weile in der Café- und Bierkneipen-Kultur der Prager Demimonde hängen, wo zwei Generationen Exil-Amerikaner eine lockere Bohème-Atmosphäre geschaffen haben. Es gibt hier Feen – es gibt jetzt überall Feen, wenn man den richtigen Blick für ihre flüchtigen Spuren hat – aber sie sind launisch, wild und schwer zu fassen, und die Menschen, die sie erschaffen haben oder mit ihnen zusammenarbeiten, befinden sich immer noch weit in der Überzahl.

Alex tut sich mit einer Punklady zusammen, die sich Darlajane B. nennt. Unter diesem Namen stand sie in den Achtzigerjahren des letzten Jahrhunderts auf der Bühne, als Leadsängerin der Thalodomide Babies, einer ostdeutschen Thrash-Metal-Gruppe. Nachdem sie vier Jahre lang mehr oder weniger legal in den Clubs von Ostberlin aufgetreten waren, brachte die Stasi die Hälfte der Band hinter Gitter. Ein Jahr später kamen sie frei, gerade rechtzeitig, um den Fall der Berliner Mauer mitzufeiern. Darlajane B. hat ein verschwommenes Video, wie sie, von Scheinwerfern angestrahlt und von Wasserwerfern durchweicht, in T-Shirt und Lycra-Radlerhosen auf der Mauer tanzt.

Ein Jahr lang machte Darlajane B. das Geschäft ihres Lebens, als sie an leichtgläubige Amerikaner und japanische Händler Teile der Mauer verhökerte – »Mit dem Zeug, das wir verkauften, hätte man eine Mauer von Stockholm bis Peking bauen können!« – zusammen mit Stasi-Folterwerkzeug, russischen Uniformen, Rangabzeichen und sogar Waffen. Dieses Geschäft gab sie auf, als jemand auf einer Brücke in St. Petersburg mit einem Schnellfeuergewehr auf sie schoß – Minuten nach Verlassen eines Hotelzimmers, in dem einige Ukrainer ihr zwei Kilogramm waffenfähiges Plutonium angeboten hatten.

Mit einem feinen Gespür für den Zeitgeist der Jahrtausendwende war Darlajane B. kurz nach der Teilung der Tschechoslowakei nach Prag gezogen. Sie errichtete und betrieb den ersten Münz-Waschsalon in der Hauptstadt und verlor den Profit aus diesem Unternehmen bei dem mißglückten Versuch, tschechisches Bier zu exportieren, begann wieder ganz von vorne als Bardame in einem Folk-Rock-Café und ist heute Mitbesitzerin des In-Clubs Zone Zone, tief im Labyrinth der Gassen und Schlupfwinkel des Stare Mesto.

Außerdem entwickelt sie Chips, die Puppen in Feen verwandeln können.

Seit einem halben Jahr lang lebt Alex in zwei Zimmern über der Arena des Zone Zone. Notgedrungen schläft er tagsüber, aber das stört ihn nicht weiter. Er hat seinen Spaß, und er hofft, daß die Anziehungskraft, die Milenas Glanz auf ihn ausübt, allmählich nachläßt. Er entwirft psychoaktive Viren für die Clubbesucher und braut puppenspezifische Thyrotropin-Hormone für ein paar Leute von der Befreiungsfront, aber er erfährt weder schnell genug, wer Darlajane B.s Verbündete sind, noch entdeckt er rechtzeitig, wie sie zu ihren Fertigkeiten kommt und woher die Fembot-Schablonen stammen.

»Diese Dinge mußt du nicht wissen«, erklärt Darlajane B., als er sie endlich danach fragt.

Aber Alex bohrt beharrlich weiter. Schließlich gibt ihm Darlajane B. zu verstehen, daß sie Kontakte zu einer Zelle radikaler Moslems unterhält, die für die Sabotage von Unternehmen der Puppenbranche in ganz Osteuropa verantwortlich sind, einschließlich des Brandbombenanschlags auf eine Brutstätte in Budapest, bei dem neben Tausenden von neu- und ungeborenen Puppen auch der Produktionsleiter und vier Techniker ums Leben kamen. Diese Verbindung bereitet Alex mehr als Unbehagen. Es gibt Dutzende von Vereinigungen, die sich der Befreiung der Puppen verschrieben haben, von politischen Interessengruppen bis hin zu Untergrund-Organisationen, die sich Morlocks Töchter oder Blue Star Liner nennen, wenn sie nicht völlig namenlos sind. Aber den Moslems ist nicht daran gelegen, Puppen zu befreien und sie in Feen zu verwandeln; sie wollen diese blauhäutigen Teufel ein für allemal auslöschen.

Darlajane B. kann seine Besorgnis nicht teilen. Sie beharrt darauf, mit jedermann zu reden. Information sollte ihrer Ansicht nach frei zugänglich sein; nicht das Wissen zerstört, sondern der Mensch, der es falsch anwendet. Tatsächlich verbringt sie die Hälfte ihres wachen Lebens im Netz. Sie macht fast ein Evangelium daraus.

Schließlich lernt Alex zwei der Moslems persönlich kennen. Einer ist ein marokkanischer Student mit einem Wahnsinnswissen in Molekularbiologie, der andere ein langer, schlaksiger Schlagzeuger um die fünfzig. Alex wird mehr als high, als er mit ihnen in einer Huka über Pfefferminzöl das herbe, starke Haschisch aus den Bergen Tunesiens raucht, und er erfährt, daß der Schlagzeuger in seiner Jugend mit den Rolling Stones spielte und der Großvater des Studenten im Hotel Minzah im Tanger arbeitete, als Brian Jones dort abstieg.

»Verbindungen nach überall«, sagt Darlajane B. »Die Welt ist doch ein kleines Nest.«

Alle lachen – sie sind so hinüber, daß ihnen jedes Wort komisch vorkommt. Als der Student sagt, eines Tages würden sie alle Paläste von Sünden läutern, einschließlich des Zone Zone, lachen sie ebenfalls schallend.

»Bis dahin bin ich so alt, daß ich froh sein werde, wenn das Ding hochgeht«, sagt Darlajane B.

»Je älter man wird, desto mehr Neuronenverbindungen knüpft man«, sagt der Student. Er trägt einen teuren einteiligen Anzug und ist makellos gepflegt – Alex hat außer ihm noch keinen Mann mit manikürten Fingernägeln kennengelernt. »Auch die Zivilisation ist sehr alt. Viele, viele Verbindungen. Du bist ein Beweis dafür, Darlajane B., weil du so viele Leute kennst.«

Darlajane B. reicht die Wasserpfeife weiter und

meint: »Ich kannte doppelt so viele, als ich noch in Berlin lebte, aber die Hälfte davon waren Stasi-Spitzel. Jetzt wähle ich meinen Freundeskreis sorgfältiger aus.«

Später, als die Moslems gegangen sind, wirkt Darlajane B. plötzlich überhaupt nicht mehr high.

»Die beiden sind Arschlöcher«, erklärt sie Alex, »und ihre Gemeinschaft distanziert sich von dem, was sie tun, aber sie sind unsere Arschlöcher. Klar, sie wollen die Brutstätten und jede lebende Puppe vernichten, aber sie kommen an das Rohmaterial ran, das ich brauche, um meine Chips zu entwickeln. Außerdem verwende ich gern Puppen, die noch ohne Chips sind, und über diese Typen erhalte ich Zugang zu den Brutstätten. Puppen ohne Chips lassen sich am besten in Feen umwandeln, weil sich noch keine Gewohnheiten in ihr Gehirn eingegraben haben. Gewohnheiten sind eine Fessel für jeden, mein lieber Alex.«

»Du meinst – ich habe meine festen Gewohnheiten.«

»Du bist eigentlich ein Nesthocker, Alex, hältst es aber nie lange an einem Ort aus, weil du einem Traum nachläufst. Das habe ich längst aufgegeben. Ich bin nicht an diese Dinge gebunden.«

Darlajane B. macht eine weitausholende Geste. Ihr Zimmer ist niedrig und fensterlos, ein Bunker mit mattschwarz gestrichenen Wänden. Staubiger Antistatik-Belag. Blubbernde Aquarien mit bunten Fischen, die in Schwärmen durch violettes Licht ziehen. Dazu eine Reihe von Bildschirmen, auf manchen diverse Ansichten des Clubs, auf manchen eine Auswahl der tausendplus verfügbaren Fernsehkanäle, und auf einem der Nachthimmel, übertragen von einem auf dem Dach montierten Zwanzigzentimeter-Spiegelteleskop.

Darlajane B. lehnt sich in ihr Nest aus Kissen zurück, eine kleine ältliche Lady in schwarzem Leder, mit einem fünf Zentimeter hohen Kamm aus klebstoffversteiften Haarspitzen, der von der Stirn bis zum Nackenansatz ihres ansonsten kahlgeschorenen Schädels verläuft, die Augen mit schwarzem Kajal umrandet, die Finger knubbelig von all den Ringen. Sie legt eine Tarot-Patience und klatscht die großen bunten Karten energisch auf die Tischplatte.

»Eines Tages werde ich das alles hier zurücklassen und weiterziehen«, sagt sie. »Und wenn es die Bourgeoisie zweihundert Jahre in ihren hermetischen Zellen aushält – ich muß das nicht haben.«

»Willst du damit andeuten, daß ich endlich gehen soll?«

»Du bist jetzt seit zwei Jahren hier. Hast du deine dunkle Königin vergessen?«

Alex hat Darlajane B. kurz nach seinem Einzug in die Räume über dem Zone Zone von Milena und seiner Rolle bei der Erschaffung der ersten Fee erzählt, aber er ist sich nie sicher, wieviel sie ihm glaubt. »Vielleicht nimmt sie Kontakt zu mir auf«, sagt er.

»Wach auf!« Darlajane B. lacht ihr brüchiges, heiseres Lachen. Sie hatte vor zwei Jahren Kehlkopfkrebs, und obwohl Such- und Killer-Fembots das befallene Gewebe vollkommen zerstörten, war es für ihre Stimmbänder zu spät; sie klingt wie Marianne Faithfull nach einer halben Flasche Bourbon. »Du bist immer noch feucht hinter den Ohren«, sagt sie. »Du mußt die ganze Welt kennenlernen, wenn du am Rand überleben willst.«

»Ich habe nicht die Absicht, ewig hierzubleiben. Ich durchforste das Netz jeden Tag. Früher oder später wird Milena sich zeigen.«

»Pah! Ebensogut könntest du dein Schicksal aus den Eingeweiden einer Taube lesen!«

Alex sagt ernst, aus zärtlicher Zuneigung für diese kratzbürstige alte Frau: »Erklär mir deine Welt, Darlajane! Teile sie mit mir! Wie lang muß ich für diese Befreiungs-Aktivisten arbeiten, ehe du mir so weit vertraust, daß du mich mit ihnen bekanntmachst?«

»Wer sagt denn, daß ich für sie arbeite? Ich habe

meine Kontakte, das stimmt. Aber für sie arbeiten? Pah! Außerdem – wenn du wolltest, könntest du sie selbst finden. Sie sind überall. Wenn die Typen einfach alte Punks wie ich wären, hätte die Friedenspolizei keine Mühe, uns alle hochgehen zu lassen. Nein, die laufen rum wie Hausfrauen, wie Studenten ...« Darlajane B. lacht. »Wirklich, du hast nichts gecheckt! Weißt du, was du bist? Ein echtes Kind deiner Zeit. Immer stur geradeaus, immer unabhängig, mit Scheuklappen bis an die Grenze zum Autismus. Das ist die Krankheit des neuen Jahrtausends. Besessen von Selbstliebe, besessen von den Techniken der Entfremdung. Vielleicht wärst du glücklicher in einem dieser schicken Einzimmer-Apartments vor den Toren von München oder Paris.«

»Lies mir die Zukunft!«

Darlajane B. fächert die Karten auf, die sie noch in der Hand hält, und Alex zieht eine davon.

Ein Mann in der zweifarbigen Strumpfhose, dem Wams und der Schellenkappe eines mittelalterlichen Hofnarren ist im Begriff, über den Rand einer Klippe zu schreiten und in das strahlend blaue Nichts zu stürzen. In einer Hand hält er eine Rose, die er der Sonne entgegenstreckt, die andere ruht auf einem Ende des derben Wanderstabs, den er auf der Schulter balanciert. Am anderen Ende des Steckens hängt ein Lederbeutel, in den das Auge und die Pyramide der Gnostiker eingestanzt ist. Ein Hund schnappt nach den knautschigen Stiefeln des Mannes, aber der hat nur Augen für den schwefelgelben Schmetterling, der dicht vor seiner Nase flattert. Darlajane B. hält die Karte schräg, und die Figuren auf der beschichteten Oberfläche scheinen sich zu bewegen. Der Hund schüttelt den Kopf, der Schmetterling schlägt mit den Flügeln, auf deren Unterseite Menschenaugen sichtbar werden; der Mann lächelt und schickt sich an, den letzten Schritt in den Abgrund zu tun.

Darlajane B. erklärt Alex, daß er dieser Mann ist, der weise Narr, der Vagabund am Rande der Gesellschaft, verachtet, für verrückt erklärt und doch genial, ausgestattet mit dem Funken, der diese Gesellschaft verändern wird. Er ist der reine Impuls, weder gut noch böse, offen für alle Wunder der Welt und blind für ihre Gefahren; aber er ist auch der Joker, unentwegt auf der Jagd nach extravaganten Vergnügen, ohne das Chaos zu bemerken, das seine Suche anrichtet, weil er sich in der Freude des Augenblicks verliert.

Alex findet, daß diese Beschreibung mehr Ähnlichkeit mit Darlajane B. als mit ihm selbst hat. Er hält nicht viel von dieser Reduktion des Spektrums menschlicher Verhaltensweisen auf eine Handvoll Jungscher Archetypen, obwohl er mit einem leisen Unbehagen spürt, daß etwas Wahres in dem steckt, was sie sagt. Hat er nicht Milena geholfen, die erste Fee in diese Welt zu bringen. Hat er nicht darauf bestanden – und was kam dabei heraus?

Darlajane B. sagt, daß er in gewisser Weise recht hat – und daß sie ihn wohl deshalb toleriert.

»Aber ich bin am Ende meiner Reise, und du stehst erst am Anfang. Das verändert die Bedeutung.«

»Wie meinst du das?«

»Für mich ist die Karte auf den Kopf gestellt. Sie prophezeit Probleme durch impulsives, leichtsinniges Handeln. Dir dagegen verheißt sie einen unerwarteten Einfluß, der eine bedeutende Veränderung erzwingt.«

Später, wenn alles verloren und er wieder heimatlos ist, wird Alex denken, daß sie unrecht hatte. Im Rückblick erscheint alles klarer, weil man sich nur an das erinnert, was wichtig ist; das Gehirn findet immer einen Plan und ein Motiv, und selbst wenn diese Muster nicht stimmen, sind sie alles, was von der Vergangenheit bleibt.

Vielleicht erinnert er sich an dieses Gespräch, weil er durch den Haschgenuß jedes Detail intensiv aufnahm, oder vielleicht auch nur, weil zwei Wochen später die Friedenspolizei den Club stürmt und ihn verhaftet. Die Puppen-Schlafsäle einer Chemie-Anlage im Osten der Tschechischen Republik sind einem Brandbomben-Anschlag zum Opfer gefallen; die Moslem-Dschihad bekennt sich zu dem Attentat; Darlajane B. ist verschwunden.

Alex macht diese Tour nicht zum erstenmal mit. Jetzt ist ihm klar, warum Darlajane B. zögerte, ihn in ihre Geheimnisse einzuweihen, und warum sie ihn mit den beiden Moslems bekanntmachte. Er weiß so gut wie nichts über die Verschwörung selbst, aber er kann die zwei Männer der Friedenspolizei ausliefern. Nach sechs Wochen wird er an der Grenze freigelassen und mit gelöschtem Visum abgeschoben. Er verläßt die Tschechische Republik ohne Bedauern; er ist sich ziemlich sicher, daß die davongekommenen Dschihad-Leute nach ihm suchen werden.

Alex sieht Darlajane B. nicht wieder, obwohl sich sieben Jahre später ihre Wege um ein Haar kreuzen. Ironischerweise sichert ihm seine Verhaftung die Gastfreundschaft der internationalen Befreiungsfront. Er zieht fünf Jahre lang von Gruppe zu Gruppe, quer durch Frankreich und Spanien, stellt Thyrotropin-Hormone her und versucht sich alles verfügbare Wissen über die Umwandlung von Puppen in Feen anzueignen. In Barcelona verliebt er sich in eine junge, brillante Neurologin, die sich zu den Radikalen hingezogen fühlt. Alex lernt viel von ihr, aber sie verliert rasch die Geduld mit ihm. Sie will die Welt verändern, und er ist reif für dic Einsicht, daß er dies bereits zur Genüge getan hat.

In all den Jahren findet er keine Spur, keinen Anhaltspunkt, der ihn zu Milena führt.

Nach dem Bruch mit seiner Geliebten bricht Alex auch mit der Befreiungsfront, obwohl es schwer ist, sich den Leuten ganz zu entziehen. Er hat sich einen gewissen Ruf erworben, der zu einem nahezu legendären Status erhöht wird, sobald er die regelmäßigen Kontakte aufgibt. Er arbeitet für ein Biolabor des Grauen Marktes, aber als er in Albanien praktische Versuche mit psychotropen Viren macht, die zur Desorientierung feindlicher Truppen bestimmt sind, nimmt sein Fahrer eine falsche Abzweigung. Er verbringt zwei Monate als Kriegsgefangener in Mazedonien, in einem kleinen, tief in den Bergen versteckten Dorf.

Sommer, die braunen Gräser erfüllt vom Summen der Insekten, der Geruch von Thymian, der schwer über den blaugoldenen Tagen liegt. Die Leute, die ihn gefangenhalten, sind Schafhirten, deren Familien seit dreitausend Jahren hier leben, zähe Alte mit zerfurchten Gesichtern, die gern lachen, schnell aufbrausen und nie vergessen. Eher läßt sich ein Gletscher erweichen, als daß sie eine Schuld vergeben. Es gibt keine jungen Leute im Dorf: Die Männer kämpfen irgendwo, wenn sie nicht gefallen sind; die Kinder und jüngeren Frauen, häufig die Opfer verfeindeter Sippen, die Lösegeld erpressen, sie vergewaltigen oder aus Rache ermorden, verstecken sich in den Bergen und kehren erst im Winter zurück, wenn die Kälte einen Waffenstillstand erzwingt.

Alex, mit einer Manschette ausgestattet, die seinen Radius auf etwa hundert Meter jenseits der verfallenen, eng aneinanderklebenden Steinhäuser beschränkt, hat viel Zeit, über sein bisheriges Leben nachzudenken. Als er schließlich ausgelöst wird, für eine lächerlich geringe Summe, erfüllt er seinen Auftrag für das Biolabor und gerät nach Amsterdam, wo er auf Dr. Dieter Luther stößt. Der Mann betreibt eine Sex-Arkade, die ausschließlich chirurgisch modifizierte Puppen anbietet, dazu ein lukratives und absolut legales Nebengewerbe mit Schnüffel-Sex.

Dr. Luther gibt anfangs vor, Alex nicht wiederzuerkennen, aber dann stellt sich heraus, daß er ebenfalls nach Milena sucht – und ebenfalls vergeblich. Alex erfährt, was mit Dr. Luthers letztem Assistenten geschah, einem Straftäter auf Bewährung, der dem Feenzauber erlag. Es gibt eine neue Art von Feen-Gesellschaft, und was sie tut, trägt Milenas Handschrift.

Dann hört Alex, daß Darlajane B. in einem Wohnheim des offenen Strafvollzugs gearbeitet hat, drunten an der Küste bei Scheveningen. Obwohl er sie dort nicht mehr antrifft, als er dem Hinweis nachgeht, stößt er zu guter Letzt auf die Anfänge von Milenas neuem Plan, die Welt zu verändern. Das Gerücht von einem Jungen, einem Wechselbalg, der ein paar Wochen lang die Geschäfte in einem virtuellen Club namens *Ewige Brandung* geführt hat, praktisch Tür an Tür mit Darlajane B.s Wohnheim. Gerüchte von einem neuen Fembot, einer Art Liebesbombe, die permanente Verzükkung hervorruft.

Alex glaubt, daß er Milena endlich aufgespürt hat, entrinnt aber nur knapp dem Tod, als er versucht, ihre Feenhelfer zu stellen. Und dann hört er von einem Ort am Rande von Paris, wo sich Feenland erstmals als Realität manifestiert, wo es in die Landkarten drängt, in die Geschichte.

2 Der Saloon zur Letzten Chance

Die Zwillinge finden Armand in Grenzland. Er kauert hinter den Trümmern eines Pianolas, in einem Fastfood-Restaurant, das im nostalgischen Stil eines Wildwest-Saloons eingerichtet ist. Er hält sich hier fast den ganzen Vormittag versteckt, seit dem Moment, da die Ratten zurückkamen. Als sich ihre Pheromone durch das Nest verbreiteten, erwachte Armand aus einem schlimmen Traum. Er wußte, daß ein weiterer Wechselbalg geortet war, reif zum Einfangen, und er ging sofort in Deckung.

Es ist kalt in dem ausgebrannten Saloon, doch obwohl genug Holz herumliegt, kunststoffbeschichtete Spanplatten zumeist, will Armand kein Feuer anzünden. Die Zwillinge werden ihn finden, sie finden ihn immer, aber er tut jedesmal, was er kann, um sich so lange wie möglich vor ihnen zu verstecken.

Armand hat das Gefühl, als würde sich um ihn ein Gewitter zusammenballen. Etwas Böses wird geschehen. Mister Mike wird zum Vorschein kommen, und dann geschieht immer etwas Böses. Seine Zunge pocht, und wirbelnde Lichtfetzen verblassen am Rande seiner Aufmerksamkeit, die Reste von Feenland. Er braucht dringend Soma, aber so fängt es immer an, nachdem ihm einer aus dem Feenvolk diesen besonderen Trank von Mund zu Mund eingeflößt hat. Dann steigt Mister Mike aus Träumen auf, und seine Gier zerfrißt alles andere.

Armand spürt immer noch die psychische Struktur des Traumes, aus dem er erwachte. Er weiß, sie wird den ganzen Tag an ihm kleben, ihn benebeln wie ein

Kater. Manchmal denkt er, die Träume sind nur Flashbacks, hervorgerufen durch schädliche chemische Substanzen und zusammengestückelt aus Fernsehbildern über die Kriege in Somalia, in Liberia, im Sudan, in all diesen Ländern Afrikas, wo dem Vernehmen nach die Endzeit zwei Jahrzehnte nach dem neuen Millenium begonnen hat. Aber die Träume sind so real – und in den Träumen ist er immer ein anderer. In seinen Träumen weiß Armand, daß er Mister Mike ist.

Armand kauert hinter dem kaputten Pianola und versucht sich an den Traum zu erinnern, versucht ihn zu verstehen. Wenn es ihm gelingt, Mister Mike durch seine Träume zu verstehen, dann gelingt es Armand vielleicht, Mister Mike fortzuschicken. Er kann es nicht mit Sicherheit sagen – er kann momentan überhaupt nichts mit Sicherheit sagen – aber er kann hoffen. Hoffen ist alles, was ihm bleibt.

Er sitzt hinter dem Pianola, mit dem Rücken an die Wand gelehnt, den Kragen seiner verdreckten Steppjacke bis zu den Ohren hochgeschlagen, die Hände zum Erwärmen zwischen die Schenkel gepreßt. Und erinnert sich.

Erinnert sich an fliehende Gestalten. Merkwürdiges Licht, Bronze und schuppiger Stahl. Die Luft feuchtheiß, wie in einem Dampfbad. Lichtsäulen, die sich bewegen, verknäueln, weiterbewegen. Licht, das die zerstörte Straße streift, den Schutt von einstöckigen Lehmziegelhäusern, der sich über den gesprungenen Asphalt ergießt. Ladenschilder in Französisch und Arabisch. Ein loderndes Feuer in der Ferne, hochschießende Kaskaden orangeroter Flammen. Gestalten, die durch die Schatten am Rande des Feuerscheins huschen.

Im Traum ist Armand ganz nahe, mit hämmerndem Herzen, die Brust so eingeschnürt, daß er in keuchenden Stößen nach Luft ringt. Die Gestalten tanzen herausfordernd. Dinge schwirren aus dem Dunkel, taumeln durch die Lichtsäulen, zerspritzen und explodieren in Flammen auf der Straße, auf den Schuttbergen. Armand spürt ein Aufwallen von Zorn und hebt seine Pistole, und dann steht er über einem Bündel Lumpen und drückt ab, durchsiebt es mit Kugeln, und es tanzt hin und her wie vom Wind bewegt, und blutige Fetzen spritzen umher, und es rollt herum und enthüllt die Züge eines ausgemergelten Kindes, schwarze Haut straff über die Schädelknochen gespannt, zurückgezerrte Lippen, die lange Zähne freigeben, das krause Haar rötlich verfärbt, eine erste Folge von Kwaschiorkor.

Armand wird von der Vision übel. Wenn das Mister Mikes Erinnerungen und keine Alpträume sind, dann hat Mister Mike schreckliche Dinge getan, noch schlimmer als das, was er jetzt tut, wenn er in die Welt zurückkommt. Armand putzt sich die Nase mit seinem Halstuch – und erstarrt, weil er leise Schritte auf dem knarrenden Fußboden hört. Doppelte Schritte. Die Zwillinge sind hier.

Sie finden ihn immer, egal wo er sich versteckt. Es ist unheimlich. Er versteckt sich jedesmal an einem anderen Ort, und es gibt so viele Verstecke, droben und im Untergrund, aber die Zwillinge finden ihn immer. Armand hat sich hinter das schwere Pianola gequetscht, kauert im entferntesten Winkel des großen Raums, ganz und gar unsichtbar, aber die Zwillinge steuern direkt auf ihn zu und rufen leise:

»Loup Loup Loup!«

»Loup Garou!«

»Loup Loup Loup!«

Zwei Händepaare packen die Oberkante des Pianolas. Es kippt und stürzt mit einem schrillen Mißton nach vorn. Armand springt auf und würgt, halb erstickt von den Staubwolken, die ihn einhüllen.

Die Zwillinge sehen ihn an, wenden sich ab und sehen einander an, um dann in wortloser Übereinstimmung loszukichern. Sie sind klein und spillerig, und sie tragen wie gewöhnlich ihre zerlumpte Wüsten-Kombatkluft: viel zu große braungrau gefleckte Jacken und Hosen, anstatt Gürteln mehrfach um die Taille geschlungene Eisenketten, hohe Baseball-Stiefel. Ein Paar in Rosa, das andere in Blau. Das ist die einzige Möglichkeit, die Zwillinge auseinanderzuhalten. Sie haben die gleichen wilden Züge, halbverborgen hinter schulterlangem Zottelhaar. Ihre Gesichter sind blau bemalt, und die Augen blitzen erschreckend weiß unter dem dicken Strich ihrer Brauen. Armand weiß nicht, wie sie heißen – aber das spielt im Grunde keine Rolle, weil sie nie einzeln auftauchen. Die Zwillinge sind ein Wesen in zwei Körpern. Sie lächeln auf ihn herunter, fletschen grinsend kleine weiße Zähne, eingebettet in fahles Zahnfleisch.

»Du bist böse gewesen«, sagt einer.

»Du bist sehr böse gewesen«, fügt der andere hinzu.

Armand legt die Hände über die Ohren und stöhnt. Er will das nicht hören, aber die Zwillinge lachen nur, beginnen im Kreis zu hopsen und schadenfroh auf ihn einzukreischen, immer lauter und ausgelassener.

»Mister Mike kommt heraus ...«

»... kommt heraus aus seinem Haus ...«

»Sie ist nur ein kleines Mädchen ...«

»... ein armes, kleines ...«

»... ein süßes, kleines ...«

»... obdachloses schwarzes Mädchen ...«

»... doch Mister Mike, der tut ihr weh ...«

»... Mister Mike, der tut ihr schrecklich weh ...«

»... wenn wir ihn lassen. Und wir lassen ihn ...«

»... vielleicht nur dieses eine Mal ...«

»... wir lassen ihn vielleicht ...«

»... machen, was er will ...«

»... weil du nicht brav bist ...«

»... weil du uns nicht liebst ...«

»... und das ärgert uns ...«

»… und deshalb ärgern wir dich auch!«

Die Zwillinge treten nach Armand und setzen ihren Singsang gemeinsam fort:

»Kein Soma mehr, wenn du nicht brav bist!«

Armand rappelt sich hoch. Selbst wenn er sich eisern bemüht, ruhig zu bleiben, die Zwillinge reizen ihn stets so lange, bis er die Nerven verliert und losrennt. Sie jagen gern hinter ihm her, und wenn sie dieses Spiel satt haben, schicken sie die Kobolde, um ihn wieder einzufangen.

Armand rennt die Hauptstraße hinunter auf die Burg zu. Ihre geschwärzten Turmspitzen zerkratzen einen grauen Himmel. Er läuft vorbei an zerstörten Ladenfronten, vorbei an verschalten Gebäuden, von denen die Farbe abblättert. An den Gehsteigkanten hat sich schwarzes, feuchtes Laub angesammelt. Überall Graffiti, grelles Geschmier, immer wieder der Slogan *A bas les Mouches!*, die wirbelnden Muster des Feenvolkes, die Armand nicht anzusehen wagt, weil sie ihm sonst die Seele aus dem Leib saugen würden.

Die Zwillinge rufen ihm etwas zu. Er bleibt stehen, dreht sich um und sieht, daß sie Schußwaffen haben. Echte Schußwaffen. Auf der anderen Straßenseite geht ein Fenster klirrend zu Bruch, und von einem morschen Holzbalken fliegen die Splitter. Was seine Panik verstärkt, ist die Tatsache, daß die Zwillinge so miserable Schützen sind; es könnte leicht geschehen, daß sie ihn eher aus Versehen als absichtlich abknallen.

Die Zwillinge stellen sich in Pose, pusten den Rauch von der Mündung ihrer Pistolen und kreischen vor Vergnügen, als sie sich gegenseitig betrachten. Armand rennt weiter. Sie können ihn nicht verwunden, zumindest nicht schwer, weil sie Mister Mike brauchen. Eines Tages werden sie ihn umbringen, aber nicht jetzt.

Es ist sinnlos, sich zu verstecken, aber Armand rennt dennoch weiter, rennt, bis er stehenbleiben muß, verzweifelt bis ins Herz, mit stechenden Lungen. Sinnlos, sich zu verstecken, aber er beschließt, die Algerier zu besuchen, die seit einem Jahr draußen in einem der ausgetrockneten Seenbecken leben.

Sie hausen in dem U-Boot, das für immer in seiner Schiene steckengeblieben ist. Mit seinen Fensterreihen zu beiden Seiten erinnert es im Grunde eher an eine U-Bahn als an ein U-Boot, obwohl es echte Sägezahnflossen und einen Kommandoturm samt Periskop besitzt. Aus irgendeinem Grund hatten es die vorigen Bewohner, eine Horde alternder Raver, gelb angestrichen. Sie leben nicht mehr hier, seit sie beim Feenvolk in Ungnade gefallen sind. Aber Armand findet, daß das U-Boot lustig aussieht, eine Tropenfrucht, die sich in das kleine Bassin schmiegt, inmitten von bleichen Gipskorallen, unechten Riesenmuscheln und Plastik-Seetang.

Es beherbergt etwa ein Dutzend Algerier, obwohl nie alle gleichzeitig da sind. Wie die meisten, die unter dem Bann des Feenvolks stehen, gehören sie zu den Randgruppen. Vom staatlichen Standard-Einkommen ausgeschlossen, überleben sie mit Hilfe des Roten Kreuzes und der eigenen Erfindungsgabe. Die Algerier machen Schmuck aus Kupfer- und Stahlabfällen, die sie im Magic Kingdom-Erlebnispark außerhalb der Stadt sammeln, und verkaufen ihn im Zentrum, obwohl das natürlich nicht der wahre Grund für ihren Aufenthalt in der Stadt ist. Sie sind berührt, verändert. Sie stehen jetzt auf der Seite des Feenvolks.

Manchmal dürfen sie eine oder zwei Frauen bei sich aufzunehmen, aber nie für sehr lang. Sie sagen wehmütig, daß es nicht genug Frauen gibt, weil in ihrer Heimat Jungen bevorzugt werden. Es geht gegen Allahs Gebot, das Geschlecht eines Kindes im voraus zu bestimmen, aber jeder tut es, so ist das nun mal. Dennoch sind sie glücklich. Der Zauber des Feenvolks zwingt sie, glücklich zu sein. Sie basteln ihren Schmuck, rauchen

Kif, haben einen Fernseher, dessen Programme über den Satelliten Saudi Makkah II ausgestrahlt werden, oder hören im Radio die Rai-Sänger, die ihre Stimmen in die Höhe schrauben und verdrillen wie feinen Silberdraht. In manchen Nächten schlagen die Algerier ihre Trommeln, stundenlang, und ihre scheckigen Hunde heulen dazu, bis der verlassene Erlebnispark von dem Lärm widerhallt.

Die Algerier nehmen Armand auf, bewirten ihn mit Linseneintopf aus einem ständig am Herd blubbernden Kessel und servieren ihm in einer winzigen Kupferschale starken, süßen Mokka. Armand hat gelernt, die Schuhe auszuziehen, ehe er den engen Wohnraum im Innern des U-Boots betritt, nur mit der rechten Hand zu essen, den Kaffee laut zu schlürfen, um seinem Behagen Ausdruck zu verleihen, und immer mehr als eine Tasse zu trinken, selbst wenn ihm nicht danach zumute ist. Er kommt schließlich als Gast und sollte sich entsprechend benehmen. Das kostet ihn nichts, und die Algerier wissen es zu schätzen.

Armand hatte eine Zeitlang einen besonderen Freund unter den Algeriern – Hassan, den jüngsten, mit seinen traurigen braunen Augen und dem dichten, herunterhängenden Schnauzbart. Es war Hassan, der dahinterkam, daß Armand in der Fremdenlegion gedient haben müsse – der rote Punkt auf Armands Handgelenk ist ein Militärausweis-Chip. Hassan, ein begeisterter Elektronikbastler, las die Chipdaten mit einem umgebauten Supermarkt-Scanner in den Minicomputer der Algerier ein. Aber die meisten Informationen waren geschützt; das einzige, was der Chip preisgab, war Armands Geburtstag und Geburtsort. Er stammt aus der Nähe von Lyon, aus einer kleinen Stadt namens Chambéry. Er hat keinerlei Erinnerung daran. Und er ist genauso alt wie das neue Jahrtausend, eines der Mitternachtskinder. Obwohl, wie Hassan zu verstehen gab, das wahre Millenium noch fast fünfhundert Jahre entfernt ist, betrachten die Algerier dieses Zusammentreffen als ein gutes Omen. Das und vielleicht auch Armands Höflichkeit trägt dazu bei, daß sie ihn tolerieren. Hassan meinte, wenn er bessere Dechiffrier-Nöglichkeiten hätte, könnte er noch mehr Details herausfinden – aber dann verschwand Hassan.

Hassan fehlt Armand sehr. Es ist nicht gut, im Magic Kingdom Freundschaften zu schließen, denn die Leute kommen und gehen so schnell, aber Hassan fehlt ihm auch deshalb, weil Armand mehr über sich selbst in Erfahrung bringen möchte. Er weiß fast nichts von seinem Leben vor dem Magic Kingdom. Er erinnert sich, daß er sehr krank war. Daß er hier lebte. Daß die Frau kam, die Zwillinge mitbrachte und das Feenvolk versammelte. Und jetzt ist sie fort, und die Zwillinge haben ihren Platz eingenommen.

Als nach einer Weile die Rituale der Gastfreundschaft vollzogen sind, wenden sich die Algerier wieder ihrer Arbeit zu. Armand schläft traumlos, bis ihn das Heulen der scheckigen Hunde weckt.

Der älteste der Algerier sagt: »Sie kommen dich holen.« Auf der Schulter des Mannes sitzt eine weiße Ratte. Ihr Kopf zuckt flink umher, während sie prüfend nach allen Seiten schnuppert; ihre Krallen haben sich in dem roten Strickjumper des Alten verhakt. Armand würde diese Ratte am liebsten packen, am Schwanz durch die Luft schleudern und ihr das Genick brechen. Spione und Verräter, das sind sie, die Ratten.

»Dämonen«, sagt ein anderer Algerier. Er lächelt, aber gleichzeitig zittert er, und Tränen glitzern auf seinen Wangen. Und mühsam, immer noch mit dem gleichen starren Lächeln, fügt er hinzu: »Wir sind froh, daß du uns besucht hast, Armand, aber jetzt mußt du gehen.«

Armand dankt den Algeriern für ihre Gastfreundschaft und klettert mit einem Gefühl der Verzweiflung aus dem Kommandoturm ins Freie. Es ist fast Sonnenuntergang. Die Hunde heulen und jaulen zwischen den falschen Korallen und dem unechten Seetang und versuchen sich von ihren Leinen loszureißen. Sie bellen die Gestalten an, die den Rand des Bassins säumen. Das Feenvolk ist gekommen, um seinen Werwolf zu holen.

3 ■ *Verlorene Kinder*

Der Mobile Hilfstrupp stößt spät am Winternachmittag auf das Bidonville der Recycler. Mit heulenden Sirenen und eingeschalteten Blaulichtern pflügen ein halbes Dutzend Autos und Kleinbusse durch die tiefen, matschigen Fahrrinnen. Dr. Science hat zwei Lichtblitz-Stroboskope auf dem Dach seines alten methanbetriebenen 2CV montiert; ihr weißes Flackern läßt die Kinder erstarren, die den Einsatzfahrzeugen entgegenlaufen. Als er am Rand des Bidonville anhält, feuert Dr. Science seine Leuchtpistole durch das zurückgeklappte Sonnendach des 2CV, und grünes Licht explodiert in der Abenddämmerung.

Morag Gray öffnet die Hecktür der Feldapotheke und zuckt beim Anblick des grünen Scheins instinktiv zusammen. Leuchtmunition am Nachthimmel hinter dem Stacheldraht-Zaun des Flüchtlingslagers war fast immer der Auftakt zu Gewehrsalven gewesen, mit denen Grenzwächter die loyalitätsinfizierten Menschen zurücktrieben, die den Fluß zu überqueren suchten.

Die Kinder drängen sich bereits um die Mitglieder des Hilfstrupps. Morag drückt Lutscher in gierig schnappende Seestern-Finger, bis die Taschen ihres knöchellangen wattierten Mantels leer sind. Die zerlumpten Kinder atmen Dampfwolken in die Luft und plappern aufgeregt. Dr. Science, der mit seinen roten Haaren, der Schaffelljacke und den engen blauen Jeans wie ein Pirat aussieht, wirft nach links und rechts Bonbons in die wachsende Menge, während er mit langen Schritten auf den jungen Priester zugeht, der im beleuchteten Eingang der Behelfskapelle steht und ihn erwartet.

Jules und Natalie klappen die Hecktür der Feldapotheke hoch und schalten die Dachscheinwerfer ein. Jules wirft Morag eine schwarze Tasche zu, und gemeinsam bahnen sie sich einen Weg über den schmalen Trampelpfad, der quer durch die Barackensiedlung führt.

Schmutzwasser fließt unter Laufplanken, die aus Plastikabfällen zusammengestückelt sind. Buden und Hütten stehen dichtgedrängt, manche stabil aus Pappkartons und flachgedrückten Chemikalienfässern errichtet, andere nicht mehr als Plastikplanen oder Sackleinen über wackligen Gerüsten. Biolum-Lampen und Kerzen beleuchten Szenen schäbiger Häuslichkeit: ein Mann, der erschöpft an einem Tisch sitzt und mit Genuß eine Zigarette raucht; eine Frau, die ein nacktes, vor Kälte zitterndes Kleinkind in einer Plastikschüssel wäscht; Kinder-Silhouetten, umrahmt vom bläulichen Flickern eines Fernsehgeräts.

Und überall die Spuren der Fulleren-Viren, die Auswüchse von hundert Kulten und Verrücktheiten, codifziert in Fembots und durchgespielt von infizierten Flüchtlingen, die zu arm sind, um sich mit einer Universal-Impfung gegen die bösen Streiche von Genhackern und die Fischzüge der Seelenfänger zu schützen. Es gibt Heiligtümer für den Ungeborenen Heiland und den UFO-Getreidekreis-Kult; ein Schild preist E-Messungen an; Graffiti verkünden, *Elvis lebt!* oder *Bob weiß alles!* (die an die Bretterwand einer Hütte gesprühte Silhouette von Papa Zumi mit dem spitzen Hut und den Hängebacken löst bei Morag einen Schauder des Wiedererkennens aus); das ferne Dröhnen eines Trommel-Rituals.

Der Modergestank der nahen Abfallhalden durchdringt die kalte Luft; überall flattern Papierschnipsel. Lärmende Bulldozer, die schwarze Rauchwolken in den Himmel blasen, arbeiten an einem Müllberg, der über die Dächer der Behelfssiedlung aufragt. Menschen stolpern vor den Maschinen rückwärts und durchwühlen hastig den Plunder, den die großen Schaufeln lockern und umpflügen. Es ist ein gefährliches Arbeiten. Die Bulldozer-Fahrer hoch droben in ihren klimatisierten Kabinen halten nicht an, wenn jemand stürzt. Erst vergangene Woche mußte Morag mithelfen, einem Fünfzehnjährigen, der unter einen Muldenkipper geraten war, beide Beine zu amputieren. Hinter den sanft gerundeten Kuppen der Müllberge stechen die Türme des Magic Kingdom in den Neonglanz des Interface, jener Freihandelszone zwischen den Welten, in der die Firmen-Schnüffler, die Neugierigen, die Verrückten und die Händler des Grauen Marktes auf die Gelegenheit lauern, ein paar Brocken von dem zu erhaschen, was die Feen verhökern oder wegwerfen.

Morag und Jules trennen sich und bleiben stehen, wo immer jemand nach ihnen ruft. Viele hier kennen sie mit Namen; manche wollen sogar bezahlen, was immer sie können, und Morag nimmt solche Angebote stets an, weil das wichtig für das Selbstwertgefühl dieser Leute ist. Die meisten Bewohner dieses Bidonville stammen aus Afrika; jene, die wissen, daß Morag im Sudan gearbeitet hat, witzeln manchmal, daß sie ebenfalls den Fehler begingen, hierher zu flüchten, um dem Loyalitäts-Virus zu entgehen.

Es ist Sonntag, und sie bekommen viel zu tun. Da sind die üblichen Kinderkrankheiten, die Diabetiker, die sich keine Gentherapie leisten können, die Leute mit fortgeschrittenem Krebs oder voll ausgebrochenem Aids, mit Tuberkulose oder behandlungsresistenten Rückenmarks- und Blutinfektionen. Augen- und Hautentzündungen sind hier ebenso an der Tagesordnung wie Asthma. Obendrein hat sich in den Bidonvilles ein besonders hartnäckiges TB-Virus breitgemacht, und eine von Morags Aufgaben ist es, möglichst viele Bewohner der Elendssiedlungen zu impfen, notfalls auch gegen ihren Willen.

Das kostet manchmal große Überredungskünste. Die Ängstlichen und psychisch Gestörten halten alles, was aus einer Spritze kommt, für eine Art Fembot, der ihr Gehirn zerstören wird – nicht ganz unberechtigt, denn es gibt eine Menge illegales Zeug, das schweres Unheil anrichten kann. Morag selbst wurde erst vor wenigen Wochen, bald nach ihrer Ankunft in Paris, von einem Liebesbomber überrumpelt: Sie sah plötzlich eine goldene Kugel in die Tiefe schweben, die sie in einen Schwarm von Lichtern und ein Gefühl überwältigenden Friedens hüllte. Die Woge der Befriedigung verebbte nach dreißig Sekunden, und sie stand mit verzückter Miene da. Der Anblick hatte dem Blödmann, der ihre Lustgefühle anzappte, sicher feuchte Träume beschert.

All das, und dazu die Samstagnacht-Spezialfälle. Die Einnahmen der Bettler sind samstags am höchsten, und neben den ganz normalen Problemen gibt es kleinere Stich- und Schußwunden, Knochenbrüche, Alkoholvergiftungen, die Nachwehen eines Alptraum-Trips, und neurologische Schäden durch Infektionen mit Fulleren-Viren.

Ein halbwüchsiges Mädchen windet sich in Krämpfen, weil jemand in der Grenzzone sie für Liebesdienste kaufte und statt dessen mit einem neuen Fembot bombardierte, der das Interface in einer Nußschale ist. Morag heftet dem Mädchen eine Nummer an, telefoniert mit dem Fahrer des Ambulanz-Taxis, einem schlaksigen, wortkargen Polen namens Kristoff, erklärt der Mutter des Mädchens, daß in etwa zwanzig Minuten jemand hier sein wird, um ihre Tochter in die Klinik zu fahren, und eilt weiter.

Es ist jetzt dunkel, und zwischen den Baracken ziehen Frostnebel, vermischt mit dem Rauch von Kochstellen. Als Morag ins Freie tritt, teilt sich der Nebel wie ein Vorhang, und sie sieht ein kleines Mädchen mitten in der Gasse stehen.

»Jemand hat mich aufgeweckt«, sagt das kleine Mädchen.

Sie ist nicht älter als drei oder vier, hat eine glänzendschwarze Haut, und in ihre strammen kleinen Zöpfe sind Perlen, Gummiringe und Reste von Kupferdrähten und Platinen eingeflochten. Sie hat eine orangefarbene Wohlfahrtsdecke um die Schultern hängen, deren Zipfel sie nicht losläßt.

»Du hast geträumt«, sagt Morag.

Die Kleine schüttelt den Kopf. »Ich habe Angst«, erklärt sie ernst.

»Du hast geträumt«, wiederholt Morag. »Ich bringe dich zurück zu deiner Mutter.«

»Zu meinem Vater«, widerspricht die Kleine energisch. »Und zu Gabriel.«

»Komm, wir suchen sie!« Morag nimmt die warme, klebrige Hand des Mädchens.

Ein junger Mann mit kurzgeschorenem Haar sitzt auf einer umgedrehten Kiste, den Kopf in den Nacken gelegt, den Blick in unendliche Fernen gerichtet. Als Morag und das kleine Mädchen in sein Gesichtsfeld kommen, sagt er verzückt: »Sie sind da. Ich habe ihre Lichter gesehen.«

Das kleine Mädchen führt Morag in eine niedrige, höhlenartige Hütte. Vor dem Eingang steht eine Art Handwagen mit einem Stapel säuberlich gefalteter Kartons. Im Innern schläft der Vater der Kleinen in einem Nest aus Pappschachteln. Er ist voll bekleidet. Nicht einmal die Stiefel hat er ausgezogen; Fußbrand ist in den Bidonvilles weitverbreitet. Ein pausbäckiger kleiner Junge in einem zerlumpten grauen Jumper kuschelt sich in seine Armbeuge.

Morag weckt den Mann. Er ist betrunken oder high und weiß kaum, wo er sich befindet, aber er gibt ihr bereitwillig seine Ausweiskarte. Er muß sie täglich mindestens ein Dutzendmal herzeigen, manchmal sogar öfter, wenn die Bullen beschließen, den Recyclern das

Leben schwerzumachen, weil sie sonst nichts zu tun haben.

Morag schiebt die Karte durch ihr Lesegerät und erfährt, daß das kleine Mädchen Grace heißt; Gabriel, der Junge, ist ihr Zwillingsbruder. Es handelt sich um Tutsi-Angehörige, die nach dem vorletzten Staatsstreich aus Burundi geflüchtet sind. Die Mutter der Kleinen starb letztes Jahr. Morag bettet das Mädchen neben ihren Vater und Bruder und deckt sie bis ans Kinn zu.

Die Kleine schaut mit großen, ernsten Augen zu ihr auf. »Sie wollten mich mitnehmen«, wispert sie trotzig.

»Wer, Liebes?«

»Die Feen.«

Morag lächelt. »Das hast du nur geträumt, Liebes.«

»Sie sahen wie Affen aus.« Die Kleine gähnt und entblößt weiße Milchzähne, umgeben von rosa Zahnfleisch. »Zuerst schickten sie Ratten her. Kleine weiße Ratten.«

»Dann hast du wirklich geträumt, Liebes. Es gibt hier keine weißen Ratten. Schlaf jetzt weiter!«

Und träum von putzigen weißen Ratten mit flinken roten Äuglein, süßen rosa Näschen und winzigen Pfötchen. Träum etwas Schönes!

Morag und Jules treffen sich eine Stunde später in einer Hütte am anderen Ende des Viertels. Jules, ein lockerer Algerier, der eben erst das Medizinstudium hinter sich gebracht hat, näht die Kopfwunde des Hüttenbesitzers – ein alter Schwarzer, der sich einbildet, er hätte einst die Welt regiert. Wahnvorstellungen dieser Art sind die Folgen eines Fembots, das im letzten Jahr gehäuft auftrat.

Der Alte sitzt auf einem Flechtstuhl und blättert in einer *Vogue*, während Jules im Licht der kleinen Stablampe, die in seinem Stirnband steckt, die Wunde mit engen, sauberen Stichen schließt. Er legt Wert darauf, keine Narben zu hinterlassen. Das ist bei ihm eine

Frage der Ehre. Die Stimmen der Werbung wispern und locken, als der alte Mann in den Seiten des Heftes herumraschelt. In der Hütte liegen ganze Stapel solcher Hochglanz-Zeitschriften, dazu dicke Packen flachgedrückter, mit leuchtend blauem oder gelbem Nylonband verschnürter Folien. Abgesehen von dem Stuhl gibt es nur noch ein Bett – eine verzogene Sperrholzplatte auf Schlackesteinen – und einen von der Decke hängenden Fernseher ohne Ton, der die jüngsten Bilder der Mars-Expedition zeigt. Der langgestreckte Pfeil des Raumschiffs, der in einer Tangente über der rußigen Phobos-Oberfläche hängt; eine Aufnahme des rosa getönten, narbigen Mars-Antlitzes; eine hagere Frau mit kurzgeschnittenem Haar, die im Coverall vor einem Instrumentenbord sitzt und im Zeitlupentempo in die Kamera winkt. Der Plastikschirm des Fernsehers ist stark verkratzt, und farbige Lichtbänder säumen alles, was sich bewegt.

Aus dem gammeligen Radiogerät, das sich in den Falten des zerknitterten Schlafsacks auf dem Bett versteckt, tönt eine Art Rai-Musik. Der alte Mann wippt mit den Füßen im Fünfachtel-Rhythmus, ohne ein einziges Mal aus dem Takt zu geraten; für ein paar Münzen trommelt er manchmal neben dem Metro-Eingang von Les Halles komplexe Rhythmen auf einem alten Pappkarton.

Morag hütet sich, auf dem Bett Platz zu nehmen – die Läuse warten nur darauf – und kauert sich statt dessen im Eingang nieder. Sie bräuchte dringend einen Schluck Kaffee aus ihrer Feldflasche, aber da der Inhalt nicht mehr reicht, um ihn mit dem alten Mann zu teilen, will sie lieber warten, bis Jules fertig ist.

Der alte Mann zuckt zusammen, und Jules sagt: »Ruhig, mein Freund, gleich haben wir es geschafft.«

»Ich hätte ins Krankenhaus gehen können«, nörgelt der Alte. »In früheren Zeiten … Aber ich verzeihe dir, mein Sohn. Ich werde alle belohnen, die mir ihre Hilfe zukommen ließen, sobald ich meinen rechtmäßigen Himmelsthron zurückerobert habe ...«

»Wir fühlen uns geehrt, Euch zu dienen«, sagt Jules und blinzelt Morag zu. Er scheint nie müde zu werden.

Der alte Mann sticht mit dem Finger auf das Foto einer Frau mit einem anmutigen Profil und einer eleganten Nackenlinie. »Das war meine Gemahlin. Wir lebten unter den Wolken, in einem Palast aus Marmor und Perlen.«

Es ist eine Aufnahme von Antoinette, dem Supermodel des Elend-Trends, das vor zwei Jahren in einem Bidonville knapp zwei Kilometer von hier entfernt entdeckt wurde und seinen Kontrakt mit InScape aufgab, um sich an einer vagen politischen Kampagne zu beteiligen. Die Meldung ging vor einem halben Jahr durch alle Medien, aber seither hat man wenig von Antoinette gehört.

»Sie ist eine Perle, okay. Die Königin der Müllkippen.« Jules schneidet den schwarzen Faden ab, klopft dem alten Mann auf die Schulter und rät ihm, er solle jetzt schlafen und das nächstemal gleich in die Klinik gehen, wenn ihm in der Stadt etwas zustößt.

»Ich hasse Warteschlangen«, entgegnet der alte Mann. »Ich habe ein Gesetz erlassen, das Anstehen verbietet, aber die Feinde des Reiches machen alle meine guten Taten zunichte. Außerdem wußte ich, daß ihr heute hierher kommen würdet.«

»Das Infektionsrisiko ist hoch, mein Freund, selbst wenn die Wunde nur einen Tag offen bleibt«, mahnt Jules. Er wendet sich an Morag: »Ein paar Kids schlugen ihn nieder und nahmen ihm die paar Münzen ab, die er verdient hatte. Es ist nicht zu fassen ...«

»Anfänger«, sagt der alte Mann verächtlich. »Alles, was sie erwischten, waren die Einnahmen einer Stunde. Der Rest war gut versteckt, aber sie filzten mich nicht mal. Das nächstemal habe ich ein Messer dabei.«

»Und was ist, wenn sie ein Messer dabei haben?«

Jules' Stimme klingt jetzt ernst. »So, meine Freundin hier wird dir noch eine Spritze verpassen, dann sind wir fertig, und du kannst in aller Ruhe die Expedition auf ihrem ruhmreichen Weg in die Geschichtsbücher beobachten.«

»Ist das echt? Ich dachte, das sei ein alter Film.«

Draußen herrscht jetzt Eiseskälte. Morag ist froh um die Thermalhaut, die sie unter ihren Jeans und dem wattierten, silbrig glänzenden Mantel trägt. Der eklige Geschmack der Müllkippen liegt auf ihrer Zunge. Sie spült ihn mit lauwarmem Kaffee hinunter und verdrängt den Wunsch nach einer Zigarette.

Jules hat ein Flugblatt. Er schüttelt es, und ein dünn quäkender Lautsprecher verkündet die primitive Drohung, die mit tropfenden roten Lettern in Französisch und Arabisch auf die glänzendschwarze Oberfläche gedruckt sind:

Wir geben hiermit bekannt, daß der Unrat noch in dieser Woche von den Müllhalden entfernt wird.

»Die Dinger tauchten am Freitag überall in der Siedlung auf«, sagt Jules. »Die Leute haben die meisten davon eingestampft. Sie behaupten, das Zeug käme aus dem Interface, aber wie soll man das beweisen?«

»Ich nehme an, Dr. Science verständigt die Polizei?«

»Sicher, aber die Polizei hat das Zeug vermutlich verteilt.«

Morag erzählt Jules von dem Mädchen, das gezappt wurde, und Jules zuckt die Achseln. »Das ist nichts Neues.«

»Hätte ich mir denken können.«

»Sie dringen nachts ein«, sagt Jules, »um ihre neuesten Produkte an diesen armen Menschen zu testen. Und wir dürfen anschließend die Dreckarbeit erledigen. Je komplexer die Fembots, je tiefer sie in die weitverzweigten Gedächtnisstrukturen eindringen, desto mehr Schaden richten sie an. Die entwickeln mittlerweile die raffiniertesten Sachen. Vergangenen Monat, kurz vor deiner Ankunft, hatte ich einen Typen, der fest daran glaubte, daß Paris von Dinosauriern bevölkert ist.«

»Das Mädchen, mit dem ich zusammenwohne, hat einen dieser süßen Mikrosaurier«, erzählt Morag.

Jules nickt. »Man findet sie manchmal im Park. Die Kids verlieren die Lust, sie zu versorgen, und setzen sie einfach aus. Leider brauchen die Tierchen Spezialfutter und überleben deshalb nicht lange in der freien Natur.« Er sieht sie besorgt an. »Gehen wir zum Auto zurück! Du mußt am Erfrieren sein.«

»Es ist zwar nicht so kalt wie in Edinburgh, aber Afrika hat mein Blut dünner gemacht.«

Jemand steht mitten auf der Straße, umgeben von Rauch- und Nebelfetzen, und schreit laut ins Dunkel. Zunächst denkt Morag an den jungen Mann, der nach UFOs Ausschau gehalten hat, aber nein, es ist der Vater des kleinen Mädchens, ein Bär von einem Mann mit einem schwarzen Mantel, der so steif vor Schmutz ist, daß er wie eine Glocke um ihn absteht.

Er entdeckt Morag und ruft: »Wo sind sie?«

»He, immer sachte!« sagt Jules. »Was gibt es, Mann?«

»Meine Kinder!« Seine Augen sind rot gerändert und blutunterlaufen; eine helle Narbe auf der linken Gesichtshälfte zieht das Augenlid schräg nach unten. Sein Atem riecht scharf nach Aceton. »Meine Kinder!« wiederholt er. »Wohin haben Sie die beiden gebracht? Meine Grace und meinen Gabriel! Ich will sie wiederhaben!«

Nachbarn kommen ins Freie, angelockt von dem Spektakel, Schatten in den hellen Eingängen der Baracken. Einer redet auf den Mann ein, sagt ihm, daß die Leute da in Ordnung sind, daß sie Gutes für die Siedlung tun.

»Sie haben mir die Kinder weggenommen!« erklärt der Mann trotzig, aber sein erster Zorn scheint verebbt.

»Das kleine Mädchen hatte vorhin einen bösen

Traum«, sagt Morag, halb an Jules und halb an den Schwarzen gewandt. »Ich helfe Ihnen suchen. Vielleicht hat sie im Halbschlaf noch einmal die Hütte verlassen und diesmal ihren Bruder mitgenommen.«

»Wir suchen alle nach ihnen«, sagt Jules und nimmt den Mann am Arm.

Morag empfindet noch keinerlei Panik; schließlich können sich die Kleine und ihr Bruder nicht sehr weit von der Hütte entfernt haben. Aber dann taucht der UFO-Betrachter mit den kurzgeschorenen Haaren aus dem Nebel auf und erklärt: »Die haben sie geholt!« Er deutet auf die Müllberge und fängt zu lachen an.

Morag und Jules wechseln einen Blick und rennen los, ohne auf den Mann zu achten, der zwischen den Hütten umherstolpert, weinerlich die Namen seiner Kinder ruft und jeden anbrüllt, der ihn zu beschwichtigen versucht.

Im Laufen stellt Morag den Kegel ihrer Taschenlampe breiter und schickt den Strahl über Berge und Täler des zusammengepreßten Mülls, in das Sternengefunkel unzähliger Glas- und Metallsplitter. Sie bemerkt im Augenwinkel vage Schatten, schwenkt die Taschenlampe herum und sieht weit weg ein paar kleine Gestalten durch das Dunkel und den Rauch huschen.

Jules rennt bereits auf sie zu. Morag folgt ihm, ruft im Laufen den Namen des kleinen Mädchens. Lange Strähnen lösen sich aus ihrem Zopf und peitschen ihr ums Gesicht.

Obwohl Bulldozer und Kipper den Müll eingeebnet haben, ist die Oberfläche trügerisch und holprig. Morag stolpert durch Abfallschichten, die unter ihren Füßen nachgeben, rutscht auf einer losen Plastikplane aus und schlittert in eine matschige Mulde, die einen erstickenden Methangestank verströmt. Sie versucht sich hochzurappeln, versinkt mit den Händen in feuchtem Unrat und schüttelt fettige Batzen von den Fingern. Weiter vorn laufen zwei, vier, sechs Gestalten durch den Widerschein eines brennenden Reifenstapels. Dann dringt beißender schwarzer Rauch auf Morag ein, und sie sieht nichts mehr.

»Laß dir helfen!« sagt Jules ruhig.

»Danke.« Morag grinst, als er ihr die Hand reicht und angeekelt zurückzuckt.

»Ich habe sie gesehen«, meint er.

»Ich auch.«

»Sie könnten uns allerhand Probleme bereiten.«

»Sie haben die Kinder, Jules! Los, wir müssen weiter.«

Ein Stacheldrahtzaun grenzt die Müllhalde ab, doch Jules findet rasch eine Lücke. Morag zwängt sich vor Jules durch und stolpert eine steile Böschung hinunter, die an zwei Schienensträngen endet.

Es ist die alte Schnellbahn-Linie ins Magic Kingdom, ins Zauberreich. Morag hastet über die Betonschwellen und läßt den Strahl der Taschenlampe über die Doppelgleise wandern. Vor ihnen tut sich ein Tunnel auf.

Morag wartet, bis Jules sie eingeholt hat, und sagt: »Vielleicht sind sie gar nicht in diese Richtung gelaufen.«

»Sollten wir nicht besser die Polizei verständigen?«

»Die rücken doch nicht aus, um zwei obdachlose Kinder zu suchen, Jules!«

»Was haben wir zu verlieren? Außerdem kommt ein Zug. Spürst du die Druckwelle?«

Ein kalter Wind bläst ihnen aus dem Tunnel entgegen. Er riecht nach Öl und Elektrizität. Morag und Jules haben sich eben zur Umkehr entschlossen, als sie den Schrei hören. Er ist schrill und grauenhaft. Er hat nichts Menschliches an sich.

Morag rennt in den Tunnel, auf den Laut zu. Jules ist dicht hinter ihr. Das Licht ihrer Taschenlampe schwankt die mit Abfall übersäten Gleise entlang, streift die fettigen Kabelbündel an der gekrümmten Tunnelwand. Kleine Mäuse fliehen vor der Helligkeit, wuseln über vergilbte Zeitungsfetzen und nasse Blätterklumpen. Eine Coladose glitzert wie ein Juwel.

Morag rennt dem wachsenden Sturm entgegen. Papierschnipsel tanzen um ihre Füße und wirbeln davon. Jules packt sie an der Schulter und preßt sie gegen die Wand, als der Zug aus dem Dunkel hervorbricht und einen Moment lang die Szene mitten auf dem freien Schienenstrang erhellt.

Der Zug dröhnt vorbei, dröhnt und dröhnt in einem endlosen Flickern leerer, heller Fenster, reißt Morags Atem mit. Sie schreit in sein Dröhnen.

Der Lärm zerfasert in Windböen. Der Zug ist vorbei.

Auch Jules knipst nun seine Lampe an. Der Strahl erfaßt gerade noch ein paar Gestalten, die auseinanderstieben, und ein regloses Bündel, das zwischen den Schienen liegt. Ein halbes Dutzend Kinder, gefolgt von einem Mann. Die Kinder wirken bucklig und bewegen sich in einer merkwürdig hüpfenden Gangart. Der Mann dreht sich um. Seine Züge leuchten weiß im Kegel der Taschenlampe. Ein trockener Knall, eine Schiene schlägt Funken, und etwas pfeift den Tunnel entlang.

Morag hat oft genug Schüsse gehört, um die Gefahr richtig einzuordnen. Sie wirft sich in den ölgetränkten Schotter zwischen den Schienensträngen. Jules kauert neben ihr. Er hat seine Taschenlampe ausgeschaltet. Wieder ein Schuß, dann eine lange Stille.

»Neun Millimeter Halbautomatik«, wispert Jules, der in La Gouette d'Or aufwuchs, mitten in den Straßenkriegen, die zwischen den Gangs der bereits eingebürgerten Algerier und den neuen Dschihad-Flüchtlingen tobten.

»Wir müssen hingehen und nachsehen«, wispert Morag zurück.

Das Bündel zwischen den Schienen ist das kleine Mädchen. Sie ist entkleidet und liegt wie weggeworfen unter einem Symbol, das jemand mit weißer Farbe an den schmutziggrauen Beton der Tunnelwand geschmiert hat. Eine kleine Ewigkeit lang fesselt dieses Symbol Morags Aufmerksamkeit. Es ist eine Art Spinnenklecks aus zwei gezackten, raffiniert verschlungenen Mandalas, die sich zu drehen und wie eine Spirale ins eigene Zentrum zu stürzen scheinen.

Morag zwingt sich, den Blick von dem Symbol zu lösen. Über den Kopf der Kleinen ist die orangefarbene Decke geworfen, und auf ihrem nackten Bauch breitet sich ein roter Stern aus. Blut sammelt sich unter dem Körper, schwarz und glänzend im Halbdunkel des Tunnels.

Jules beginnt mit Herzmassage und künstlicher Beatmung. Morag läßt ihn allein unter dem weißen Spinnensymbol und läuft weiter. Aus ihrem Handy kommt ein gestörtes Signal, als sie das andere Ende des Tunnels erreicht. Atemlos berichtet sie Dr. Science, was geschehen ist, gibt ihre Position durch und bittet ihn, die Polizei zu verständigen.

Auf der einen Seite der Bahnlinie krallen sich die Türme des Feenschlosses in das Grellorange des Himmels; auf der anderen Seite erstreckt sich der Lichtvorhang des Interface. Warme gelbe Vierecke von Hotelfenstern, die unruhig wabernden Pastelltöne der Firmenreklamen, der Geisterschein der Hologramm-Logos. Während sie die Schienen entlangstolpert, hört Morag das ferne Kreischen von einem Dutzend rivalisierender Soundsysteme und das weiße Rauschen der gigantischen Gebläse, die mit ihrer Luftbarriere das Interface gegen die verseuchte Atmosphäre des Magic Kingdom abschirmen.

Jemand ruft nach Morag. Sie streicht ihr Haar zurück und hebt den Kopf. Droben auf der Böschung steht ein junger Mann, der ihr zuwinkt. Während sie sich über den rutschigen Grashang nach oben arbeitet, schreit sie ihm zu, ob er ein paar Leute mit einem kleinen Jungen gesehen hat, die hier vorbeigekommen sind.

»Ich hab nicht aufgepaßt.« Sie steht vor einem hochgeschossenen, schlaksigen Teenager, dessen Züge unter der schwarzen Maske und der Riesenbrille kaum zu erkennen sind. Er trägt Lederjeans und eine schwarze Bomberjacke, in der er aussieht wie eine Handgranate, die jeden Moment explodieren kann. An seinem Gürtel ist ein Computer festgehakt, von dem ein Kabel zu seiner Brille führt. Der Junge ist eine Art Penetration-Jockey oder Perimeter-Peeper, der mit Hilfe eines ferngesteuerten Roboters heimlich die Barrieren der Feen zu überwinden versucht, entweder aus Abenteuerlust oder auf der Suche nach Informationen, die er verhökern kann. Viele probieren das aus, aber bisher hat es niemand geschafft, weiter als hundert Meter ins Magic Kingdom vorzudringen, nicht mal die ausgefuchsten Typen, die für die Großunternehmen arbeiten. Er mustert Morag durch seine Brille und fragt mißtrauisch: »Kontrolle oder wie?«

»Ich suche nach einem kleinen Jungen. Jemand hat ihn entführt.«

»Davon weiß ich nichts. Ich war schon ziemlich weit drin, über Big Thunder hinaus, als plötzlich nur noch Ausschuß reinkam. Irgendeine Kollision oder so ...«

»Du hast mit deinem Spielzeug da keine flüchtenden Personen gesehen?«

»Das Ding funktioniert nach dem Prinzip der letzten Mars-Rover-Generation. Ist zwar ein gutes Stück kleiner, schafft aber Steigungen und Gefälle bis zu vierzig Grad, kommt auf ebenem Gelände unheimlich schnell voran und besitzt eine sogenannte Küchenschaben-Schaltung, die auf bewegliche Schatten mit Zufalls-Ausweichmanövern reagiert. Nicht schnell genug, wie sich eben gezeigt hat.«

Morag würde ihn am liebsten schütteln. »Mann, kam irgend jemand durch diesen Perimeter?«

»Niemand kommt durch den Perimeter, das ist es ja.

Hey, Sie sollten hier nicht ohne Maske rumlaufen! Hier fliegen jede Menge Fembots rum, die Ihren Verstand in null Komma nichts verändern können.« Die Brillengläser des Peepers überziehen sich mit einem Film, wie kleine Spiegel, und sind gleich darauf wieder klar. Er murmelt: »Der Todesstern schütze mich auf allen meinen Wegen!« und rennt los, auf die Lichter des Interface zu.

Die Patrouille fängt Morag ab, als sie sich wieder die Böschung hinuntertastet. Ein halbes Dutzend Sicherheitskräfte, alle maskiert wie der Peeper. Sie tragen uniformähnliche Jacken unterschiedlichster Herkunft und sind mit Halbautomatiks, Tasern, Gaskanistern und Klebfäden-Sprays bewaffnet, aber nicht einer von ihnen besitzt eine Legitimation oder auch nur ein Namensschild.

Morag hält ihren Mediziner-Ausweis ins Licht und versucht den Leuten zu erklären, daß sie Feen verfolgt, die einen kleinen Jungen entführt haben, aber die Sicherheitsleute hören ihr nicht zu. Sie wissen Bescheid, sagen sie, und das Beste, was sie tun könne, sei eine Anzeige bei der Polizei. Morag, außer sich vor Wut und Verzweiflung, entgegnet, sie sollten lieber nach den Feen suchen als ihr den Weg versperren, worauf die einzige Frau in dem Trupp meint, sie habe die Wahl, freiwillig umzukehren oder eine Nacht im Kittchen zu verbringen.

Morag starrt die Wachtposten an, einen nach dem anderen. »Ich werde euch wiedererkennen«, sagt sie, »trotz dieser albernen Masken!«

»Suchen Sie eine Scanner-Schleuse auf, sobald Sie wieder daheim sind«, rät ihr die Frau. »Hier wimmelt es von allem möglichen Scheißzeug. Vielleicht haben Sie schon was abgekriegt und bilden sich diese Entführung nur ein.«

»Auf den Schienen liegt ein totes Mädchen, du verblödete Faschisten-Kuh!«

»Verpiß dich endlich, du Zicke, und zieh deine Sozialmasche anderswo ab!«

Es ist eine Sackgasse. Die Patrouille wartet, bis Morag im Tunnel verschwunden ist. Jules liegt mit gespreizten Armen und Beinen neben den Schienen, über sich einen bewaffneten Polizisten, während ein zweiter Polizist die Fingerabdrücke des toten kleinen Mädchens abnimmt.

4 Das Nest

Der kleine Junge will heim. Er will zu seinem Vater. Er will wissen, wo seine Schwester ist.

»Sie ist nicht hier«, sagt Armand zum ungefähr fünfzigsten Mal. »Mach dir keine Sorgen um sie. Guck dir lieber all die hübschen Pferde an!«

Dem kleinen Jungen sind die Pferde egal. Er mag keine Pferde, sagt er, und überhaupt seien das gar keine echten Pferde.

»Du hast recht«, seufzt Armand. Er fühlt sich so schwach, daß er jeden Moment damit rechnet, auf die Nase zu kippen. In dem verzweifelten Versuch, das Interesse des Jungen zu wecken und ihn von seiner Situation abzulenken, erklärt er: »Das sind keine Pferde, sondern Einhörner!«

»Sie stinken!« sagt der kleine Junge. »Der ganze Park stinkt. Es ist eklig und kalt hier. Ich will heim!«

Er kauert auf dem künstlichen Rasen und rührt sich nicht mehr von der Stelle. Er scheint die Fähigkeit zu haben, sich absichtlich schwer zu machen, und sitzt da wie angewachsen. Er ist vier Jahre alt, ein rundliches Kind mit glänzendschwarzer Haut, das in einer verdreckten Cordhose und einem weiten, bis zu den Knien schlappernden Pullover steckt. Um seinen Hals ist ein dünner, durchsichtiger Schal gewickelt. Der Junge heißt Gabriel. Armand nahm ihn aus dem Nest mit, als er aus Mister Mikes Träumen erwachte, mit Blut unter den Fingernägeln und dem dumpfen, schwarzen, schlimmen Gefühl, daß letzte Nacht etwas Schreckliches geschehen ist. Zum zweitenmal innerhalb von zwei Tagen versteckt er sich vor den Zwillingen.

Der kleine Junge quengelt weiter. »Es ist stinkig und kalt hier. Und ich habe eine Ratte gesehen.«

Armand spürt Schweißperlen auf der Stirn. »Nein. Nein, du hast dich getäuscht.«

Die einzigen Ratten, die es im Magic Kingdom noch gibt, sind Spione. Mit ihren wilden Artgenossen und den Katzen, die von ihnen lebten, hat das Feenvolk gründlich aufgeräumt.

»Eben nicht!« Der kleine Junge fängt zu weinen an. Armand versucht ihn zu trösten, aber der Kleine schluchzt nur lauter und erklärt, daß er heim will.

»Aber, aber«, murmelt Armand hilflos. »Aber, aber!«

Sie befinden sich in einem Feenwald, der letzten Station eines *Kinderwelt*-Freizeitparks, dessen künstliche Landschaften sich von Australien (ein Eukalyptusbaum, in dem eine Art grauer, ausgestopfter Bär hängt, vor dem gemalten Panorama eines Hafens mit einem muschelförmigen Bauwerk, dazu ein paar schwarze Puppen, die Speere und Bumerangs schwingen) bis zu den USA erstrecken (die Freiheitsstatue, eine Jungen-Puppe im Baseball-Dress, eine Mädchenpuppe in Cheerleader-Uniform). Der Park hat bessere Tage gesehen. Die von Wasserflecken verunstalteten Einhörner spähen verloren aus einem Dickicht staubiger Plastikvegetation. Die meisten Sterne der nachtblauen Dachkuppel sind heruntergefallen, die knallroten Fliegenpilze umgestoßen und die Feen, die über der künstlichen Blumenwiese schweben, angesengt – vermutlich von den gleichen Vandalen, die den abfallverstopften Kanal in Brand steckten, durch den einst die Tretboote fuhren.

Armand setzt sich neben den kleinen Jungen. Er ist so schwach. Immer wieder muß er den Speichel hinunterschlucken, der sich in seinem Mund sammelt. Sein Bauch ist aufgebläht. Der vergammelte Feenwald wird von einem grauen Lichtstreif erhellt, der durch einen Riß im Dach einfällt. Armand wird das Gefühl nicht los, daß sich die Dinge in ihre eigenen Schatten verwandeln. Er muß alles genau beobachten, damit ihn die Realität nicht austrickst, und das kostet soviel Kraft, daß seine Schläfen zu pochen beginnen. Selbst die Luft wirkt grau und körnig und scheint sich schwer auf seine Haut zu legen.

Der kleine Junge namens Gabriel schaut Armand an. »Ich habe Kopfweh«, sagt er.

Das kommt sicher von den Drogen, mit denen das Feenvolk Wechselbälge ruhigstellt. Nun läßt ihre Wirkung allmählich nach.

»Das bedeutet, daß es dir bald besser gehen wird«, sagt Armand.

»Wenn ich Kopfweh habe, gibt mir mein Vater immer Wasser, mit diesem Sprudelzeug drin.«

»Aspirin«, sagt Armand.

»Das will ich.«

»Ich habe keins.«

»Du taugst nichts. Du hast keine Ahnung von Gastfreundschaft. Ein Mensch, der was taugt«, sagt der kleine Junge selbstgerecht, »tut alles, was sein Gast will.« Mit der Würde einer vornehmen Matrone, die zum Tee empfängt, nimmt er einen Zipfel des dünnen Schals und putzt sich damit eine Rotzglocke von der Nase.

»Ich sorge doch für dich«, sagt Armand. »Sei still, oder sie fangen dich wieder ein!«

»Wer?«

»Monster«, sagt Armand.

»Was für welche?«

Gabriel kann sich nicht erinnern, wie er entführt wurde. Armand natürlich auch nicht. Armand weiß nur, daß Mister Mike zum Vorschein kam und daß etwas Schreckliches passierte.

»Das ist doch egal«, sagt er. »Sie sind hinter dir her. Sie werden dir weh tun.«

Gabriel glaubt Armand nicht, und das sagt er auch,

mit lauter, klarer Stimme. Dann fällt ihm ein, wo er ist, und er fängt wieder zu weinen an.

Armand wartet, bis sich der kleine Junge in den Schlaf geweint hat. Ein Teil seines Ichs hegt die vage Hoffnung, daß er Gabriel nach Einbruch der Dunkelheit irgendwie aus dem Magic Kingdom schaffen und dann sagen könnte, der Kleine sei ihm entwischt. Aber ein anderer Teil weiß, daß das unmöglich ist. Er wird ohne das Soma durchhalten, so lange er kann, und sich dann ausliefern. Aber versuchen muß er es. Armand ist einsam. Er sehnt sich nach Hassan. Er sehnt sich nach menschlicher Gesellschaft, und der kleine Junge ist ein Mensch. Noch.

Armand fällt in eine Art Betäubung und schreckt auf, als er irgendwo draußen das Gezanke der Kobolde hört. Er kriecht bis zum Ende der Führungslinie und späht in den kalten, grauen Nachmittag hinaus. Niedrige Wolken hängen über halbverfallenen Gebäuden und kappen die schroffen Gipfel von Big Thunder. Keine Spur von Kobolden, keine Spur von irgendwas, aber als Armand in die kleine Feenwald-Grotte zurückkehrt, ist der Junge verschwunden.

Erschöpft und mit einem Gefühl der Übelkeit erkennt Armand, wer den kleinen Jungen geraubt hat, und er weiß, daß er in den Untergrund zurück muß. Eine offene Luke hinter der zerfetzten Szenerie der Grotte führt in die Tunnel, die kreuz und quer unter dem Zauberreich verlaufen. Die Tunnel sind breit genug für kleine Geländewagen. Leuchtschwämme, die auf Holzstücken wachsen, sind zwischen die Rohre und Kabel geklemmt und verbreiten einen kalten blauen Schimmer. In den Räumen, wo die Angestellten des Freizeitparks einst in ihre Kostüme schlüpften, herrscht Grabesstille.

Armand bewegt sich so verstohlen, wie er nur kann, aber die Geschöpfe des Kleinen Volkes finden ihn bald. Das erste ist ein Fährtenleser. Seine Augen liegen wie kleine weiße Steine unter den vorspringenden Brauen, aber Sehen gehört hier unten zu den weniger wichtigen Sinnen. Seine Schnauze ist vergrößert und enthält ein Labyrinth von Furchen und Windungen; kleine Maden leben in den blauen Hautfalten. Es kommt mit einem feuchten Schnüffeln direkt auf ihn zu. Armand erstarrt, als es sein Gesicht mit langen, kalten Fingern abtastet.

Zwei weitere Feengeschöpfe tauchen aus dem Dunkel auf. Sie sind nackt, mit zarten Körpern, auf denen sich Spiralmuster aus Narben und Schwielen abzeichnen. Eines der Wesen schiebt ihm einen Finger in den Mund, und sein Nagel scharrt schmerzhaft über Armands geschwollene Zunge. Es steckt den Finger in den eigenen Mund und grinst. Es kann die Qualen des Entzugs schmecken.

Sie nehmen Armand in ihre Mitte, fassen ihn an den Händen und führen ihn tiefer in das Labyrinth. Ein feuchtwarmer Wind bläst ihm ins Gesicht, reich an Pheromonen. Sie kommen in einen Tunnel, wo die Körper von Arbeiterpuppen von Gestellen hängen, in einem Gespinst von Plastikschläuchen, durch die langsam eine klebrige, schwach rosa gefärbte Flüssigkeit tropft. Ihre Bäuche sind von den kontrollierten Wucherungen, die das Soma absondern, enorm aufgeschwollen. Pflegerpuppen lecken diese lebenden Bottiche unaufhörlich mit ihren Zungen ab, ständig high von den Soma-Spuren, die mit dem Schweiß der Arbeiterpuppen ausgeschieden werden. Ein durchdringend süßlicher Geruch erfüllt die Luft.

Es wird wärmer. Die Risse und Sprünge des Tunnels sind mit fauligen Holzstücken so vollgestopft, daß der kalte Schimmer taghell erscheint. Armand weiß, wo er sich jetzt befindet. Der Tunnel endet im Zentrum der Brutstätte.

Als das Magic Kingdom noch funktionierte, hatte es sein eigenes Not-Kraftwerk. Es wäre möglich gewesen, den Betrieb aufrechtzuerhalten, während ganz Paris im

Dunkel versank – die amniotronischen Roboter in ihrem ewig gleichen Trott, das Auf und Ab der Lifts in den vier Hotels, die Milliarden Glühbirnen und Neonröhren. Die Gasturbinen wurden zerlegt, nachdem man den Park aufgegeben hatte, und als die Königin ihr Volk hierherbrachte, errichtete sie ihre Brutstätte in dem Raum, der einst die Turbinen beherbergt hatte.

Armand wird auf einen Steg geführt, der quer durch die überflutete Kammer verläuft. Die Konstruktionen, die einst die vier lokomotivengroßen Turbinen stützten, ragen wie Flossenpaare aus dem schwarzen Wasser. Von der Decke baumeln Kabel, die an Dschungelgewächse erinnern. Eines der Wesen, die Armand eskortieren, springt plötzlich auf das Geländer des Stegs, umklammert mit Händen und Füßen eine dieser künstlichen Lianen, stößt sich ab und schwingt johlend von Kabel zu Kabel, bis es in einem Gang am anderen Ende der Kammer verschwindet.

Armand schmeckt die Spuren von frisch bereitetem Soma in der feuchten Luft. Seine Zunge prickelt in freudiger Erwartung, schwillt an, bis sie wie ein feuchtes Kissen zwischen seinen Zähnen liegt. Phosphene kritzeln zuckende Linien vor seinen Augen, lösen sich auf und bilden sich neu, wann immer er blinzelt. Er spürt ein quälendes Verlangen, hat fast vergessen, weshalb er hier ist. Sein Begleiter zwingt ihn, eine Leiter nach unten zu klettern, grapscht ihm ins Gesicht und dreht ihn um.

Die Zwillinge grinsen ihn an.

»Du bist böse gewesen …«

»… sehr böse gewesen …«

Sie räkeln sich auf einem Stapel Schaumstoff-Fetzen, die einst zur Isolation der Kühlrohre dienten. Der kleine Junge liegt zu ihren Füßen und schläft, den Daumen im Mund. Betonplatten fallen schräg in das schwarze Wasser ab, und hier liegen in einem dichten Knäuel etwa ein Dutzend Angehörige des Kleinen

Volkes, die sich träge übereinander bewegen. Einer schaut mit völlig entrückten Zügen zu Armand auf. Dahinter wälzt sich eine aufgedunsene Puppe im seichten Wasser. Ihr Atem geht mühsam und pfeifend. Plastikschläuche ragen aus verkrusteten Wunden in ihrem Bauch. Sie hat Soma gebildet; die klare, zähe Flüssigkeit quillt aus den Schläuchen und rinnt über die geschwollene blaue Haut ihrer Flanken. Bei dem Anblick füllt sich Armands Mund mit Speichel.

Ein Zwilling kichert. Der andere sagt: »Wir tun ihm nichts, Armand. Das Kleine Volk will ihn haben. Er wird keine Schwierigkeiten machen …«

»… so wie du …«

»… er wird einer von uns sein. Armer Armand, wie hungrig …«

»… wie hungrig du aussiehst! Aber du bist böse gewesen, und davor …«

»… davor war Mister Mike hier …«

»… Mister Mike war sehr böse …«

»Sie war nur ein kleines Mädchen …«

»… ein armes, kleines …«

»… ein süßes, kleines …«

»… obdachloses schwarzes Mädchen …«

»… doch Mister Mike, der tat ihr weh …«

»… der tat ihr schrecklich weh …«

»… weil er uns liebt.«

»Und weil er uns liebt, werden wir Babies haben …«

»… viele, viele Babies …«

»… und du wirst uns helfen …«

»… uns helfen und Mister Mike zurückholen …«

»… ihn zurückholen, damit er uns nochmals hilft …«

»… denn er wurde gesehen, als er das Böse tat …«

»… und das ist nicht sicher für uns …«

»… und auch nicht sicher für dich …«

»… deshalb mußt du uns helfen …«

»… zu deinem und unserem Wohl …«

»… mußt du uns helfen.«

Armands Begleiter läßt seine Hand los, geht die Betonrampe hinunter und watet zu der Puppe hinaus. Er beugt sich über sie und saugt an einem der Plastikschläuche, die aus dem geschwollenen Bauch ragen. Armand ist versucht, die Flucht zu ergreifen, aber wohin sollte er sich wenden? Das Feenvolk ist überall, eine wispernde Präsenz in der großen Höhle, und die Zwillinge finden ihn immer. Außerdem läßt ihn das Verlangen jetzt nicht mehr los.

Die Zunge liegt schwer in seiner Mundhöhle, und er versprüht Spucke, als er sagt: »Ihr tut mir nie etwas, weil ihr Mister Mike braucht. Aber eines Tages lasse ich ihn nicht mehr kommen. Dann werdet Ihr schon sehen …«

Die Zwillinge kichern, stoßen sich gegenseitig an und kreischen ihm ihren Spottvers entgegen:

»Loup Loup Loup!«

»Loup Garou!«

»Loup Loup Loup!«

»Sie wird zurückkehren! Dann werdet Ihr schon sehen! Sie wird uns alle für das bestrafen, was wir getan haben!«

»Armer Armand …«

»… armer, dummer Armand …«

»… sie kommt nie mehr zurück. Jetzt nicht mehr …«

»… denn jetzt herrschen wir …«

»… und wir werden ewig herrschen!«

Die Zwillinge schauen einander an und singen im Chor: »Nun iß, und sei dankbar!«

In Armand kribbelt die Erwartung, als die blauhäutige, säbelbeinige Fee die Rampe heraufkommt. Armand geht in die Hocke, und die Fee nimmt sein Gesicht in beide Hände. Ihr warmer Atem fächert über Armands Haut; dann küßt sie ihn voll auf den Mund. Ihre heiße, muskulöse Zunge schnellt heraus, gleitet zwischen Armands halbgeöffnete Lippen. Soma, aktiviert durch Enzyme im Speichel der Fee, schießt in Armands Blutstrom, süß, süß, und er ist verloren.

5 Nachwirkungen

Die Polizei läßt Morag und Jules zwei Stunden lang herumstehen, ehe sie endlich ihre Aussagen zu Protokoll nimmt, was ganz sicher damit zu tun hat, daß Morag Ausländerin ist und Jules, obschon in der dritten Generation in Paris ansässig, seiner Hautfarbe nach zu den *noirs* zählt. Die Bullen waren in der Tat drauf und dran, ihn zu verhaften, als Morag an den Schauplatz des Verbrechens zurückkehrte und sie in ihrem frostigsten Insel-Tonfall aufforderte, den Kollegen sofort freizulassen. Sie traten erst den Rückzug an, als Dr. Science auftauchte und sich mit heuchlerischem Gelaber ins Zeug legte, bestanden aber darauf, Morag und Jules zur Zeugeneinvernahme dazubehalten. Sie hatten bereits den Vater verhaftet, und die Fingerabdrücke der Kleinen brauchten sie, um ihren Flüchtlingsstatus zu überprüfen, als ob ein Flüchtlingskind mehr oder weniger einen Unterschied machte – insbesondere wenn es tot war.

Dr. Science bekommt Morag und Jules nach einer weiteren Stunde frei, gegen die stillschweigende Übereinkunft, daß sie die Presse aus dem Spiel lassen. Als Morag sich erkundigt, was die Polizei wegen des kleinen Jungen zu unternehmen gedenkt, fängt Dr. Science erneut mit seiner Dampfplauderei an, und Jules wendet sich angewidert ab.

»Wir müssen uns mit der Polizei gut stellen«, sagt Dr. Science. »Wir können den Leuten nicht vorschreiben, was sie zu tun haben ...« – er senkt die Stimme und legt Morag eine Hand auf die Schulter –, »selbst wenn wir wissen, daß sie uns Knüppel in den Weg werfen. So ist das nun mal. Das Wohl der Mehrheit steht gegen das Wohl des einzelnen.«

Morag schüttelt seine Hand ab. Ihrer Meinung nach ist Dr. Science ein verlogener Phrasendrescher. Vielleicht war sein Charme, der Honig, den er den Leuten ums Maul schmierte, früher mal Teil seines effektiven Handelns, aber inzwischen ist nur noch die Schau geblieben. Dennoch verspricht sie, den Mund zu halten, und Jules tut das gleiche. Sie haben kaum eine andere Wahl.

Morag schläft schlecht in dieser Nacht, fühlt sich jedoch besser, nachdem sie ihrer Mitbewohnerin Nina bei einem echt französischen Essen – es gibt *Bœuf gros sel* mit Lauch und *Navets*, dazu eine Karaffe mit rotem Landwein – einen Großteil der schrecklichen Geschichte erzählt hat. Die Wiederholung schwächt das Entsetzen ein wenig ab, und die Bidonvilles rücken in weite Ferne, während sie in dem vertrauten kleinen Lokal sitzen, wo Nina ihre eigene Serviette in einem Regal mit kleinen Fächern hat, wo die Unterhaltung von den anderen Tischen her eine fröhliche Geräuschkulisse *à la cantonnade* bildet und Raymonde, eine dicke Frau mit sehr langem, sehr blondem Haar, das Essen bringt.

Nina hört sehr aufmerksam und voller Mitgefühl zu. Sie ist ärztliche Assistentin am Hôpital Saint-Louis und hat die Gabe, sich auf ein Gespräch zu konzentrieren und genau das Richtige zu sagen. Als Morag ihr die Szene mit den Sicherheitsleuten schildert, zündet Nina den Zigarillo, der ihre Mahlzeit beschließt, mit einem typischen Schnippen ihres Feuerzeugs an und schlägt Morag vor, die Mistkerle zu verklagen. Nina ist eine kleine, kratzbürstige Frau, die einen Schlußstrich unter eine leidvolle Ehe gezogen hat und nun, wie sie es ausdrückt, gegen einen finanziellen Engpaß ankämpft. Sie ist doppelt so alt wie Morag und zehnmal so schick, ein schmales Geschöpf in einem blauen Etuikleid und jeder Menge Schmuck. Das vom Fenster her einfallende Licht wirft einen goldenen Schimmer auf ihr aschblondes Haar. Sie beugt sich vor und sagt: »Ich kenne einen guten Anwalt, wenn du so was brauchst.«

»Es geht nicht darum, wie sie mich behandelten, sondern darum, wie gleichgültig ihnen das Schicksal des kleinen Jungen war.«

»Du machst dir Sorgen um ihn, nicht wahr?«

»Irgendwie schaffe ich es nicht, meine Gefühle auszuschalten. Ich versuche es manchmal, weil es das Handeln erleichtert, aber dann frage ich mich wieder: Was bist du nur für ein Mensch?«

»Er ist vermutlich tot, oder?«

»Ich befürchte es. Aber das ist nicht das Kernproblem.«

»Natürlich nicht. Das Kernproblem ist, wie man so etwas in Zukunft verhindern kann. Willst du die Presse einschalten?«

»Der Fall würde einen Tag lang Schlagzeilen machen – wenn sie ihn überhaupt veröffentlichen. Das Interface ist politischer Zündstoff, nicht wahr?«

»Ja – aber es geht nicht um französische, sondern um europäische Politik.«

»Sicher. Ich wollte ganz bestimmt nicht ...«

»Was kann schlimmstenfalls passieren, wenn du dich an die Presse wendest?«

»Ich würde meinen Job verlieren. Doch darum geht es nicht.«

»Vielleicht solltest du ein paar Tage freinehmen und ausspannen, Liebes. Fahr in die Normandie. Wir haben dort ein Ferienhaus, in dem du wohnen kannst. Kazimir und ich benutzten es, weiß Gott, viel zu selten, als wir noch verheiratet waren, und seit die Kinder erwachsen sind, wollen sie auch nicht mehr hin. Geh am Strand spazieren, sieh zu, daß du den Großstadtdreck aus den Lungen kriegst, und genieße das kräftige Essen auf dem Land. Dann kannst du immer noch eine Entscheidung treffen.«

Morag erklärt Nina, daß sie darüber nachdenken wird, daß sie heute nacht aber unbedingt mit dem Team ausrücken muß.

»Andernfalls schaffe ich es nie mehr, an einem Einsatz teilzunehmen.«

»Gut, wie du meinst. Aber es ist dein zweites schlimmes Erlebnis in weniger als einem Jahr.«

»Ach das, das ist nicht so schlimm. Nicht so schlimm wie die Lager, und auch das habe ich einigermaßen verarbeitet, durch Gespräche mit all den anderen Helfern und psychologische Betreuung. Ich bin okay, Nina.«

»Daran zweifle ich auch nicht«, sagt Nina. »Aber es ist keine Schande, wenn du mal eine Pause einlegst. Denk darüber nach!« Morag verspricht es ihr.

Morag ist auf dem Heimweg zu ihrem Apartment, als das Handy-Signal ertönt. Es ist Dr. Science. Er will mit ihr über den, wie er es ausdrückt, bedauerlichen Zwischenfall der vergangenen Nacht sprechen, und bestellt sie für den Nachmittag ins Depot des Mobilen Hilfstrupps.

»Verdammt!« sagt Morag laut mitten auf der belebten Straße. Dann macht sie kehrt und steuert die nächste Métrostation an.

Das Depot liegt in der Flugschneise von Roissy-Charles de Gaulle und ist eigentlich eine stillgelegte Fabrik für Beleuchtungstechnik, die dem Konkurrenzdruck der Nanotechnik nicht standhalten konnte. Nur Gisèle Gabin ist da, als Morag eintrifft. Gisèle schweißt wieder mal den Rahmen eines der verbeulten Einsatzfahrzeuge, und die Funken, die vom Chassis des aufgebockten Wagens sprühen, erfüllen die kalte, hangarähnliche Halle des Depots mit grellem, orangeroten Licht. Sie sagt, daß sie Dr. Science heute noch nicht zu

Gesicht bekommen hat, und Morag fragt sich, was der alte Bastard von ihr will.

Müde und gereizt überläßt sie Gisèle ihrer Arbeit und schlendert umher, die Hände tief in den Taschen ihres Steppmantels vergraben, bis Dr. Science endlich auftaucht, zerstreut und ohne ein Wort der Entschuldigung. Er bittet Morag nicht in sein Büro, sondern spricht mit ihr an Ort und Stelle, zwischen Fahrzeugen, deren Batterien an Ladegeräten hängen; ihr Summen erinnert an Bienen, die im Winter ihren Stock warmhalten.

Als Teil des Teams, doziert Dr. Science, weiß Morag sicher, wie wichtig das öffentliche Image ihrer Organisation ist. Eine solche Geschichte, na ja, sie weiß schon, etwas bleibt immer hängen, das ist das Problem. Eine solche Geschichte könnte gegen das Team verwendet werden. Er schätzt die Art, wie sie sich einbringt, ihr Engagement. Das ist selten, und das ist sein schönster Lohn, die Zusammenarbeit mit so engagierten Leuten. Wenn sie also das Team weiterhin unterstützen möchte, hat er einen Einsatzort im Sinn, wo sie wirklich gebraucht wird. Außerdem ist es höchste Zeit, daß sie auch die anderen Aktivitäten des Teams kennenlernt. In der Klinik werden dringend Leute benötigt, und sie erweist ihm einen ganz persönlichen Gefallen, wenn sie dort einspringt. Zugleich wäre es sicher eine gute Therapie, ein Abstand von all den unangenehmen Ereignissen …

»Was? Was genau verlangen Sie von mir?«

Morag hat den Sinn seiner Rede nicht ganz mitbekommen. Sie ist müde, und ein Flugzeug, das über sie hinwegdonnert, läßt das Sägezahn-Dach der Fabrikhalle dumpf vibrieren.

»Es ist kein so harter Job und sehr viel weniger gefährlich als der Einsatz in den Bidonvilles.«

Dr. Science beherrscht den Trick, die Haut um seine Schläfen so in Fältchen zu legen, daß die Augen hinter den runden, goldgeränderten Brillengläsern zu blinzeln scheinen. Er ist ein derber, jovial-großväterlicher Mann mit kräftigem rötlichen Haar, das er zu einem buschigen Pferdeschwanz zusammenbindet. Es geht das Gerücht um, daß ein Schweineherz sein eigenes Pumporgan unterstützt, aber das könnte auch Verleumdung sein. Er gehört zu den Typen, die mit zunehmendem Alter über sich hinauszuwachsen und mehr und mehr von der Energie ihrer Umgebung aufzusaugen scheinen.

Er sagt: »Die Polizei möchte, daß Sie sich momentan vom Magic Kingdom fernhalten. Das ist eine ganz normale vorbeugende Maßnahme, für den Fall, daß die Slumbewohner Sie mit Ihren Gerüchten beeinflußt haben ...«

»Wenn Sie damit die Feen-Übergriffe meinen – das sind keine Gerüchte!«

»Ich verstehe durchaus, was Sie fühlen, aber wir sind auf die Kooperation der Polizei angewiesen.«

»Was ist mit dem kleinen Jungen?«

»Die Polizei sucht nach ihm«, sagte Dr. Science. »Sehen Sie, jedesmal wenn ich meine Leute in die Bidonvilles schicke, sorge ich mich um ihre Sicherheit. Sie müssen mir nicht beweisen, daß Sie Mut haben, Morag. Das haben Sie in Afrika zur Genüge bewiesen. Sie verdienen eine Pause, und angesichts Ihres Engagements ist das vermutlich das Beste, was ich für Sie tun kann.«

Seine Worte krallen sich wie kleine Haken unter Morags Haut, ein Mischmasch aus Pflichtgefühl und Zweckmäßigkeit. Ihr ist klar, daß er sie und ihr Gewissen unter Druck setzt, um sich die Arbeit zu erleichtern, aber sie weiß nicht, wie sie ihm das sagen soll, ohne undankbar zu erscheinen.

»Ich soll also ab jetzt in der Klinik arbeiten und ...«

»Ich erinnere mich, daß ich Sie dort einführte, kurz nachdem Sie zu unserem Team stießen. Ich weiß, daß Sie Ihre Sache gut machen werden, denn ich habe Sie bei der Arbeit beobachtet. Ich muß Sie nicht untersuchen lassen, oder? Nein, ich bin sicher, daß das nicht nötig ist. Finden Sie sich kurz vor Mitternacht dort ein, weil danach die Eingänge versperrt werden. Und Sie wissen, daß ich jederzeit für Sie da bin!« fügt Dr. Science mit seinem gönnerhaften Lächeln hinzu. Dann verschwindet er zwischen den Fahrzeugen, die zum Aufladen bereitstehen, und seine Stimme bricht sich in Echos unter dem hohen Dach, als er Gisèle ein paar Worte zuruft.

Morag kehrt in ihr Apartment zurück und schläft bis zum frühen Abend, ehe sie von Alpträumen erwacht, an die sie sich nicht erinnern kann. Sie nimmt ein ausgedehntes Bad und wäscht sich die Haare. In ihren Morgenmantel gehüllt und das nasse Haar in ein Handtuch gewickelt, schlendert sie in den Wohnraum, und das Apartment erkundigt sich, ob sie zufrieden ist. Sie wohnt jetzt seit fast einem Monat hier, lange genug für das Expertensystem, um ihre Körpersprache zu interpretieren. Als sie versichert, daß alles bestens ist, schlägt es eine Tasse Tee vor.

»Meinetwegen.«

Ninas Mikrosaurier patscht über die Fliesen und schmiegt sich an ihre Knöchel. Es ist ein Stegosaurier, nicht größer als eine Katze, mit weißem Fell über dem dicken Bauch und schwarzem Fell auf den rautenförmigen Panzerplatten des Rückens. Morag kitzelt ihn unter dem winzigen Kopf, und er summt vor Vergnügen.

»Ich helfe gern«, sagt das Apartment.

Morag fragt sich, ob das Apartment eifersüchtig auf den Mikrosaurier ist. »Das ist auch mein Problem«, erklärt sie.

Das Apartment gibt einen schwachen Piepton von sich, ein Zeichen dafür, daß ihre Antwort die Kapazität seines Expertensystems überfordert hat.

»Mach mir einfach eine Tasse Tee«, sagt Morag.

»Gern. Es ist übrigens eine Nachricht auf dem Anrufbeantworter.«

Morag schaltet das Gerät ein. Ein dicker Mann sagt in Englisch: »Dr. Gray? Ich würde Sie gern sprechen. Rufen Sie mich bitte zurück!«

Morag dreht den Ton weg, als er sich anschickt, seine Nummer durchzugeben. Obwohl Dr. Science behauptet hat, daß die Medien von dem Fall ferngehalten werden, wird Morag das Gefühl nicht los, daß der Dicke ein Klatschreporter ist. Aber wenn sie den Mord und seine Vertuschung öffentlich anprangern wollte, wäre dann nicht die englische Sensationspresse genau das Richtige, um den Skandal breitzutreten? Die Versuchung ist groß, besonders jetzt, da Dr. Science sie mit emotionaler Erpressung mundtot zu machen versucht – aber noch kann sie sich zu diesem Schritt nicht entschließen. Sie hätte gern mit ihrer Zimmergenossin über die Angelegenheit gesprochen, aber Nina hat Nachtschicht im Krankenhaus, und es geht gegen Morags Berufsethos, sie wegen eines privaten Problems zu stören.

Morag hält die Tasse mit dem allmählich abkühlenden Tee in beiden Händen fest, während sie an der Schiebetür des winzigen Balkons steht und nach draußen starrt. Die Lichter der Straßenlaternen, die wie Perlenschnüre über dem Mosaik der abendlichen Stadt liegen, verlieren sich in Richtung der flutlichthellen, dichtgedrängten Türme von La Défense. Ihre Wohnung befindet sich im zwanzigsten Arrondissement, Belleville-Ménilmontant; hier bilden Mietblöcke, in denen verarmte, entwurzelte Mittelklasse-Intellektuelle und Studenten der Pariser Universität leben, einen dichten Ring um unsanierte, ländliche Straßen, in denen Künstler und Subkultur-Freaks eine Bleibe gefunden haben.

Morag liebt die schäbige Eleganz des Arrondissements, in dem nichts auf die Jahrtausendwende oder die Flucht der Stadtbevölkerung in die Rand-Arkologien hindeutet. Es gibt stille Straßencafés, traditionelle *Boulangeries* mit Lettern im Stil des frühen 20. Jahrhunderts über den blitzblanken Schaufenstern, das altmodische Kino, wo Besucher Zettel mit ihren Wunschfilmen in einen Kasten neben der Kasse werfen, eine chinesische Kneipe, in der Nina und ihre Kollegen vom Krankenhaus sonntags Dim-sum bestellen. Morag lebt noch nicht lange hier, aber sie bekommt allmählich das Gefühl, daß sie ein Plätzchen gefunden hat, an dem sie glücklich sein könnte.

Nein, denkt sie, niemand wird sie von hier vertreiben, auch nicht Dr. Science. Sie ärgert sich weniger über die Vertuschung, wenn es eine ist, sondern eher darüber, daß der alte Bastard sie in eine Ecke gedrängt hat, wo sie schlecht nein sagen kann, ohne undankbar oder wortbrüchig zu erscheinen. Sie muß ihren beruflichen Verpflichtungen nachkommen. Tatsache ist, daß sie das Stadium der Verweigerung erreicht hat. Die zweite Phase des Schocks. Später wird die Trauer einsetzen, und ganz zuletzt die Akzeptanz. Ihr Leben wird weitergehen. Sie wird nicht vergessen, wie sie das kleine Mädchen zugerichtet haben, die furchtbare Verstümmelung, die fehlenden Eierstöcke, aber das Geschehen wird sie nicht verfolgen. Überleben heißt, das Böse zu bewältigen und das Gute in Erinnerung zu behalten.

Dann denkt Morag plötzlich an den armen kleinen Jungen und muß zugleich weinen und lachen. Sie hat ein Land hinter sich gelassen, in dem eine Million Menschen Selbstmord begingen, und sie hängt sich am Schicksal eines einzelnen kleinen Flüchtlings fest.

Der Tee ist kalt geworden. Sie spült sorgfältig die Tasse aus, trocknet sie ab, räumt sie auf. Sie stellt fest, daß sie alles sehr sorgfältig macht. Als sei die Welt mit einem Mal zerbrechlich wie eine Eierschale.

Sie trocknet ihr Haar, flicht es zu einem Zopf, zieht Jeans und einen Pullover an, bestellt bei ihrem Apartment eine Dose Bohneneintopf und ein Fladenbrot und ißt, während das Fernsehgerät im Wohnzimmer vor sich hinmurmelt und ihr das Gefühl gibt, nicht völlig allein zu sein. Sie bestellt ein Taxi, ein Luxus, den sie sich kaum leisten kann und doch dringend nötig hat. Wenn man sie schon in den entferntesten Winkel des Mobilen Hilfstrupps verbannt hat, muß sie ein wenig auf den Putz hauen und sich die kleinen Annehmlichkeiten des Lebens gönnen.

Alle Nachrichtensender sind voll von Berichten und Kommentaren über die Marsexpedition. Die Astronauten schlafen jetzt, nachdem sie den Lander-Einsatz vorbereitet haben. Eine Mobot-Kamera zeigt den Landeplatz, eine Ebene mit roten, halb vom Sand begrabenen Felsblöcken, die sich unter einem metallic rosa Himmel ausbreitet. Morag verfolgt das Ganze ohne besondere Anteilnahme, als ein Signal die Sendung unterbricht; der Fernseher verkündet, eben sei eine Meldung über die Bidonvilles hereingekommen, die sie interessieren könnte.

»Ich bin bereit.«

Sie rechnet mit Enthüllungen über den Mordfall, aber statt dessen bringen sie einen Kurzbericht über eine Protestdemo von Flüchtlings-Aktivisten zum Interface. Aufnahmen aus der Totale von Menschen, die eine dunkle, überwachsene Straße entlangmarschieren und selbstgefertigte Spruchbänder schwenken: *Wir sind keine Versuchstiere! Finger weg von unseren Gehirnen! Kindermörder!* Eine aufgebrachte Menge hinter einem Stacheldrahtverhau, angestrahlt von Scheinwerfern, Antiterror-Einheiten in Kampfanzügen und kugelsicheren Westen auf der anderen Seite der Barriere. Steine, die aus der Nacht in die Flutlicht-Helle fliegen, und plötzlich ein Sturmangriff der Polizei, angeführt von einem halben Dutzend Berittener; die Köpfe und Flanken der muskelbepackten, genmanipulierten Pferde sind durch Chitinpanzer geschützt. Ein kurzer

Kommentar informiert Morag, daß der Vorfall etwa zwanzig Minuten zurückliegt und die Demo mittlerweile aufgelöst ist.

Morag zappt durch die lokalen Sender und versucht Näheres über die Protestkundgebung zu erfahren, als das Apartment verkündet, daß ihr Taxi vorgefahren ist. Widerstrebend packt sie ihre Tasche, schlüpft in den Steppmantel und geht nach unten.

Der dicke Mann, der eine Nachricht auf ihrem Anrufbeantworter hinterließ, wartet vor dem Eingang des Wohnblocks. Als Morag sich an ihm vorbeizudrücken versucht, sagt er hastig und mit starkem Londoner Akzent: »Ich weiß, was geschehen ist, Dr. Gray. Aber deshalb bin ich nicht hier.«

»Ich kann und will nicht mit Ihnen sprechen«, erklärt Morag. »Sie verstoßen gegen das Gesetz, wenn Sie mich aufhalten und belästigen!«

Ihr Herz klopft plötzlich wie verrückt. Ihre frisch geschnittenen Fingernägel graben sich schmerzhaft in den Handballen, als sie den Riemen ihrer Tasche fester umklammert. Das verdammte Taxi parkt auf der anderen Straßenseite.

»Ich habe nichts mit den Medien zu tun«, fährt der dicke Mann fort und folgt ihr, als sie an den geparkten Stadt-Minis entlangrennt. Es gibt zwei Sorten von Dicken, die einen mit ausladenden Hinterteilen, die anderen ohne. Er gehört zur ersten Kategorie, das kann auch der teure Anzug aus anthrazitgrauem Wollstoff nicht verbergen. Das Doppelkinn wird durch ein rotes Halstuch kaschiert, und ein schwarzer, breitkrempiger Hut ist so tief in die Stirn gezogen, daß sein gerötetes rundes Gesicht wie der Mond bei einer partiellen Finsternis aussieht. Er fragt eindringlich: »Haben Sie die Täter gesehen, Dr. Gray? Waren es kleine Geschöpfe, aber keine richtigen Kinder? Waren es Feen? Sie wissen, was ich damit meine? Wenn die Feen Sie erspäht haben, schweben Sie in Gefahr! Ich möchte Ihnen helfen.«

Morag steigt in das Taxi und wirft dem Mann die Tür vor der Nase zu. Als der Wagen anfährt, beugt sich der Dicke vor und ruft durch die Glasscheibe: »Alex Sharkey! Mein Name! Rufen Sie mich an!«

6 Der dicke Mann

Armand beobachtet, wie der dicke Mann dem Taxi nachschaut. Armand drückt sich nervös in den Schatten der Topfpflanzen, die zu beiden Seiten des Wohnblock-Eingangs stehen. In diesem Teil der Stadt mit seinen ordentlichen Mietshaus-Reihen fällt er aus dem Rahmen. Seine Lederjacke ist an einer Schulter zerrissen, sein Haar hängt lang und fettig herunter, und er riecht nach dem Qualm der Holzfeuer. Er hat sich zu lange in der Randzone herumgetrieben. Die Adresse, die ihm die Zwillinge gaben, war nicht leicht zu finden, und als er ein Café betrat, um nach dem Weg zu fragen, wies ihm der Besitzer die Tür und drohte mit der Polizei.

Zumindest erkannte Armand die Frau sofort. Das Feenvolk hat ihr Foto aus dem Computer-Archiv der Polizei – sie ist Ausländerin und deshalb bei der Polizei registriert. Dort fand sich auch ihre Adresse und ihr Arbeitplatz, aber wie sollte Armand nahe genug an sie herankommen, wenn sie beim Verlassen des Hauses sofort in ein Taxi sprang? Und dann ist da noch der Dicke. Die Zwillinge sagten kein Wort von diesem dicken Mann.

Armand beschließt, ihm zu folgen. Die Zwillinge wissen nicht alles, und der Mann könnte wichtig sein. Außerdem kann Mister Mike, obwohl er ihm ständig im Nacken sitzt, nur dann auf den Plan treten, wenn Armand nahe genug an die Frau herankommt. Und das will er nicht, weil dann etwas Böses geschieht. Wenn Mister Mike auf den Plan tritt, geschieht immer etwas Böses.

Er geht schnell, dieser dicke Mann. Er scheint sein Ziel zu kennen. Armand folgt ihm in sicherer Entfernung. Die breiten Gehsteige sind holprig und von Schlaglöchern übersät, und auch die Straße weist Schlaglöcher auf, manche groß genug, um einen Stadt-Mini zu verschlingen. Ein Strom von Menschen und Geld ergießt sich in die Arkologien, und eines Tages wird der Rest der Welt leer und verlassen sein. Das zumindest glauben die Feen. Und wenn es soweit ist, wollen sie die Städte übernehmen und das Erbe der Welt antreten.

Nicht viele Leute sind um diese Zeit unterwegs. Sie sind alle daheim, in ihren kleinen, in den Himmel gestapelten Boxen, beim Abendessen, beim Fernsehen, basteln an den kleinen Phantasiewelten, die sie in der virtuellen Realität angelegt haben, oder verlieren sich in den interaktiven Primetime-Welten von *Neue Wunder* oder der *Geheimgeschichte des 20. Jahrhunderts*. Armand war mit den Zwillingen dort, aber er durfte nichts verändern, nur zuschauen. Die Zwillinge straften ihn mit Verachtung, als er nicht begriff, weshalb sie sich so brennend für eine bestimmte virtuelle Person interessierten. *Eines Tages,* sagten sie, *werden wir in dieser Welt umhergehen, wie es uns gefällt, aber erst, wenn sie von dort zurückkehrt.*

Eine alte Frau, die ihren kleinen Hund spazierenführt, mustert Armand im Vorbeigehen. Armand zeigt ihr den Stinkefinger und bereut die Geste sofort. Er sollte besser unsichtbar bleiben. Er weiß, daß so etwas möglich ist, wenn man fest daran glaubt, daß man nicht gesehen werden kann, wenn man wirklich ganz fest daran *glaubt*.

Er übt das Unsichtbarsein, während der dicke Mann an einem kleinen, eingezäunten Park vorbeigeht, dessen Rasen sattgrün im Schein der Biolum-Straßenlaternen leuchtet. Dahinter erstreckt sich eine Baustelle. Einer der alten Wohnblöcke wird mit Stromalith-Fassaden verschönert. Unter der Aufsicht eines gelangweilten Polizisten lassen zwei Männer mit gelben Schutzhelmen eine Gruppe Arbeiterpuppen in Reih und Glied antreten. Ein weißer Lieferwagen rollt heran, und der Dicke bleibt stehen. Zwei Typen mit dem Gehabe von Spezialisten steigen aus.

Armand überquert die Straße, um zu beobachten, was der Dicke beobachtet: Die Puppen werden eine nach der anderen zu den Technikern geführt. Einer der Männer hält eine Art Lampe, die rote Lichtstrahlen in die Gesichter der Puppen schießt; der andere bedient einen Handcomputer. Während der gesamten Prozedur dröhnt der Benzinmotor des weißen Lieferwagens im Leerlauf, und der Auspuff bläst Rauchwolken in die kalte Nachtluft. Die blauhäutigen Puppengesichter, jedes erhellt von einem kurzen roten Lichtblitz, sehen alle gleich aus – vorgeschobene Kieferknochen und kleine Augen unter Brauenbögen, die wie ein Dach wirken. Es sind die Züge, die viele Angehörige der ersten Feengeneration tragen, allerdings mit dem Unterschied, daß die Puppengesichter nicht von Intelligenz beseelt sind.

Armand verschränkt die Arme. Seine Lederjacke knirscht in der Kälte. Seine Zunge ist geschwollen, und er muß unentwegt den Speichel schlucken, der ihm im Mund zusammenläuft. Er braucht Stoff. Er muß zurück. Aber er kann nicht mit leeren Händen bei den Zwillingen auftauchen. Er muß ihnen erklären, warum es nicht möglich war, Mister Mike wie geplant vor dem Wohnblock auf die Frau loszulassen.

Noch ehe die Spezialisten mit den Puppen durch sind, wendet sich der dicke Mann ab und geht weiter. Armand folgt ihm in eine Straße, die steil bergauf führt. Die Umgebung verändert sich rasch. Es ist eine schmale, ländliche Gasse mit altem Kopfsteinpflaster und einer Mittelrinne zum besseren Ablaufen des Wassers. Ein- und zweistöckige Häuser mit bröckelndem Putz drängen sich aneinander. Viele sind mit Brettern vernagelt.

Dann ist der dicke Mann verschwunden. Armand bleibt verwirrt stehen, geht dann langsam bis zur Hügelkuppe weiter und entdeckt einen Torweg zwischen zwei Häusern. Armand betritt ihn vorsichtig und kommt in einen langgestreckten Hof, der sich im Dunkel verliert. Ein Lichtkegel aus einem der oberen Fenster erfaßt einen rostigen weißen Peugeot-Bus, der im Torbogen parkt. Armand bleibt stehen, bis sich seine Augen an die neue Umgebung gewöhnt haben, aber abgesehen von dem hellen Fenster ist keine Spur von Leben zu erkennen. Mister Mike würde losziehen und jeden Winkel erforschen, aber Mister Mike schläft. Vielleicht träumt er davon, daß er Armand ist, der frierend durch diesen feuchten, gespenstischen Hinterhof irrt.

Armand dreht sich um, und der dicke Mann steht vor ihm.

»Überraschung!« sagt der Dicke, und Armand hört ein leises Zischen. Ein feiner Nebel aus öligen Tröpfchen umhüllt einen Moment lang sein Gesicht. Er blinzelt, und langsame Pulse weißen Lichts zucken in seinen Augen.

Als Armand wieder sehen kann, sitzt er am Boden und schaut zu dem dicken Mann auf, der an der Seitenwand des Peugeot lehnt. Armand fühlt sich sonderbar schwebend und losgelöst. Sein Verlangen nach Soma ist abgeklungen. Er kann es zwar noch spüren, aber irgendwie gedämpft und weit weg, als gehörte es zu einem Fremden. »Was haben Sie mit mir gemacht?« fragt er.

Der Dicke öffnet die Faust und zeigt ihm das kleine Aerosol-Spray aus poliertem Aluminium, nicht länger als ein Finger. »Sie stehen unter dem Einfluß einer Liebesbombe, mein Freund«, sagt er. »Ich hoffe, wir können uns jetzt unterhalten. Fühlen Sie sich einigermaßen wohl?«

»Ja.«

»Sie sind mir gefolgt. Vermutlich nicht, um mich auszurauben, oder?«

»O nein. So was würde ich niemals tun, es sei denn, die Zwillinge verlangen es.«

Das rutscht ihm heraus, ehe er es merkt. Dieser Dicke, der ist gerissen. Armand muß auf der Hut sein.

»Das dachte ich mir«, fährt der dicke Mann fort. »Denn wenn Sie einen Überfall geplant hätten, wären Sie nicht so lange hinter mit hergelaufen. Sie spionieren mir nach, nicht wahr? Seit wann, wenn ich fragen darf?«

»Seit ich Sie vor dem Wohnblock sah.«

»Vor dem Wohnblock dieser Frau? Dieser Medizinerin?«

»Ich weiß nichts über sie.«

»Und doch ist sie unser gemeinsamer Nenner, hm?«

Das Lächeln des dicken Mannes ist im Lichtschein des Fensters über seinem Kopf vage zu erkennen. Er hat viel Zeit, dieser dicke Mann, aber das stört Armand nicht. Er fühlt ein großes Wohlbehagen, fast so etwas wie Glück. Nach einer Weile sagt der dicke Mann: »Wir wissen beide über die Feen Bescheid, nicht wahr? Verkehren Sie im Feenland, mein Freund?«

»Ich glaube nicht, daß Sie mein Freund sind.«

»Aber die Feenhelfer bringen Sie dorthin, stimmt's? Wann hatten Sie Ihren letzten Kick? Sie sehen so aus, als würden Sie unter Entzugserscheinungen leiden.«

»Noch kann ich es aushalten.«

»Ich habe Ihnen eine kleine Dosis Fembots verpaßt. Das hilft vorübergehend. Deshalb fühlen Sie sich im Moment gut. Das Verlangen wird sich einstellen, sobald ihre Wirkung nachläßt, stärker als je zuvor. Und die Wirkung läßt rasch nach. Wenn Sie mir helfen, helfe ich Ihnen. Ich werde Ihnen noch eine Dosis geben. Was halten Sie davon?«

»Ich fühle mich gut.«

»Aber nicht immer, stimmt's? Es ist ein hartes Leben im Grenzbereich. Ich weiß es, denn ich war selbst schon mal ganz am Rand. Vielleicht bin ich es immer noch. Erzählen Sie mir von Ihren Freunden!«

»Hassan ist mein Freund. Er fand heraus, daß ich mal in der Fremdenlegion war. Und wann ich geboren bin. Er hat meinen Chip untersucht.«

»Tatsächlich? Hat Ihr Freund sonst noch etwas entdeckt?«

»Chambéry.«

»Wie bitte?«

Armand lächelt, denn nun ist es ihm gelungen, den Dicken zu verwirren. Spucke steht in seinen Mundwinkeln, und er wischt sie mit dem Ärmel ab. »Da bin ich geboren«, erklärt er. »In Chambéry. Ein Mitternachtskind. Hat Hassan gesagt.«

»Das wußten Sie also nicht? Das hatten Sie vergessen. Warum sind Sie mir gefolgt?«

»Damit ich den Zwillingen über Sie berichten kann.«

»Die Zwillinge sind Menschen?«

»Vielleicht.«

»Eine Frau ist nicht dabei? Eine Frau namens Milena?«

»Nur die Zwillinge.«

»Und die haben auch Freunde?«

»Das Kleine Volk.«

»Und das Kleine Volk bringt Sie ins Feenland. Wo ist das? Wohin begeben Sie sich, um ins Feenland zu gelangen?«

Armands Zunge preßt sich gegen die Zähne und die gerippte Wölbung der Mundhöhle. Er kann nicht sprechen. Jemand ist hinter ihm. Er sieht, wie sich rote Erde in die Ferne erstreckt, eine ausgedörrte, gemarterte Ebene aus roter Erde, durchsetzt von Rauchsäulen, die in den riesigen Himmel aufsteigen. Punkte bewegen sich zwischen den Rauchsäulen, Helikopter, so klein wie Fliegen. Die Erde wankt.

Mister Mike ist hier. Er ist schwach wegen der Fembots, aber immer noch stark genug, um zu lachen, als der dicke Mann mit einem Sprung zurückweicht und einen Taser zieht, immer noch stark genug, um schrill zu lachen und sich auf die Suche nach seiner Beute zu begeben.

7 Der Beginn eines großen Abenteuers

Während der Taxifahrt ins Zentrum von Paris wird Morag wieder einmal klar, wie sehr sie diese Stadt liebt, die breiten Boulevards, die Prachtbauten, die Sehenswürdigkeiten. Ein Mann im knöchellangen Pelzmantel, der im Schimmer diffusen Laserlichts an einem Café-Tisch sitzt; ein Füllhorn im erhellten Schaufenster einer *Pâtisserie*, aus dem ein Berg von goldgelben Brioches quillt; Transvestiten-Nutten auf dem Boulevard La Villette, schrill aufgestylt in hautengen Pants und BH-Tops, die Haare aufgetürmt und die Augenpartie schillernd wie Pfauenfedern bemalt; eine Schar Puppen, bewacht von einem bewaffneten Führer und ausgerüstet mit ferngesteuerten Kamerahelmen; sie schwenken den Kopf hierhin und dorthin, jede unter der Kontrolle eines virtuellen Touristen, der auf diese Weise *Paris bei Nacht* aus zweiter Hand erlebt.

Am Horizont tauchen stets ein oder zwei der großartigen Bauwerke auf, die im letzten Jahrzehnt des vergangenen Jahrtausends entstanden, und als das Taxi in den Quai de la Mégisserie einbiegt, sieht Morag die mächtige gotische Kathedrale, von Licht umhüllt wie ein Insekt von Bernstein, und die Turmspitzen der Nationalbibliothek, die hinter dem Eiffelturm aufragen. Sie bittet den Fahrer, hier anzuhalten, weil sie den Rest des Wegs zu Fuß gehen möchte.

»Verpassen Sie ja nicht den großen Moment«, sagt der Fahrer, nachdem er den Betrag von Morags Karte abgebucht hat. »Sie sind fast unten.«

Erst als er losfährt, begreift Morag, daß er die Landung der Mars-Astronauten gemeint hat. Die Stadt bereitet sich allmählich auf die Nacht vor. Vom Fluß steigen kalte Luftschwaden auf; sie fühlen sich an wie Sprühregen. Es herrscht kaum Verkehr. Die Autos rollen mit einem verängstigten, einsamen Wispern durch die nassen Straßen. Jeder in seinen vier Wänden eingesperrt, um die Geschichte aus zweiter Hand zu erleben. Morag kommt am Museum vorbei. Ein riesiges, langsam rotierendes Hologramm des pockennarbigen Mars hängt blutigrot über der Glaspyramide im Zentrum des großen Museum-Innenhofs. Schlangen schwarzer Limousinen warten im Leerlauf auf der Straße und blasen Abgase in die Luft, bereit, ihre Passagiere einsteigen zu lassen. Die reichen Alten, die mit ihrer Macht protzen. Morag, tief in ihrem Steppmantel vergraben, bemerkt die Kinder erst, als eines sie anspricht.

Es ist eine pausbäckige Kleine, nicht älter als zehn oder elf, mit haselnußbraunen Locken, die ihr Gesicht einrahmen, und einem gewinnenden Lächeln. Sie schiebt Morag etwas zu, eine Art Buch, und einen Moment lang ist Morag versucht, es zu nehmen. Dann wird ihr klar, was hier läuft – eine Bekehrungskampagne des Kinder-Kreuzzugs.

Das Buch klappt auf, als es zu Boden fällt. Seine Stimme, dunkel, gemessen und eindringlich, beginnt mitten im Satz. Das kleine Mädchen bückt sich wieselflink, hebt das Buch auf, schüttelt es, um die Stimme zum Schweigen zu bringen, und will es erneut Morag in die Hand drücken.

»Warum bittest du nicht einfach um ein paar Francs für eine Tasse Kaffee?« fragt Morag. Die Kreuzzugsbewegung arbeitet mit Hormontherapie, und die erschreckend ernsthafte Kleine ist vermutlich doppelt so alt wie sie scheint.

»Bitte, Mademoiselle!« beharrt das Mädchen. Es hat etwas in Morags Zügen entdeckt, eine Schwäche, ein Zögern. Sein Gesicht glänzt, als sei es frisch geschrubbt.

Morag kann den Anblick kaum ertragen. »Bitte, Mademoiselle, ich sehe, daß Sie ein gütiges Herz besitzen. Öffnen Sie es weit für unsere Liebe! Legen Sie die Bürde Ihres Lebens ab, und kommen Sie zu uns!«

Morag gelingt es, sich von der Kleinen loszureißen. Am Eingang des Museums stehen ein paar Polizisten in weiten Umhängen, aber sie scheinen sich keine Gedanken über die Kinder zu machen, die entlang der doppelt geparkten Limousinen auf und ab wandern. Schließlich ist jeder, der zählt, mit einem Universal-Impfstoff gegen die vielfältigen Fembot-Plagen geschützt.

Was Morag Angst einjagt, ist jedoch weniger die Möglichkeit einer Infektion als das, was sie in den Augen des kleinen Mädchens, in der *Gestalt* seiner Körpersprache gelesen hat. Ähnlich wie die Flüchtlinge, die mit dem Loyalitäts-Virus angesteckt sind, ist die Kleine nicht mehr als ein hohles Gefäß, bewohnt und besessen von einer fremden, fernen Macht. Morag denkt mit besonderer Wehmut an die Kinder des Lagers, an ihre ernsten und doch verwirrten Mienen, an die Art und Weise, in der sie sich bewegten, vorsichtig und steif wie schlecht geführte Marionetten. Sie geht ein wenig schneller, als könnte sie dadurch ihren Erinnerungen entfliehen.

Selbst zu dieser späten Stunde schwärmen große und kleine Autos in verknäuelten Strängen um die Place de la Concorde. Gegenüber dem Métro-Eingang gibt es ein großes, rund um die Uhr geöffnetes McDonald-Restaurant. Ein weißer Lieferwagen parkt im Leerlauf vor den hell erleuchteten Glasfenstern. Zwei Männer in weißen Schutzanzügen schleusen eine Kolonne Puppen durch eine Art Türrahmen, wohl eine Sicherheitsschleuse mit Metalldetektoren. Die Puppen tragen die karierten Hosen und weißen Hemden der Küchenmannschaft. Ihre blauen negroiden Gesichter verschwinden halb unter den Schirmen der roten Käppis. Einer nach dem anderen passiert den Detektorrahmen unter den wachsamen Augen und der Computerkontrolle der beiden Männer.

An der Métro-Station halten die Obdachlosen und Enteigneten Einzug, um sich einen Schlafplatz zu sichern. Sie schlagen ihre Lager auf, noch während die letzten Kneipenbummler schwankend die Züge verlassen und die Treppen nach oben hasten, um in der Nacht zu verschwinden. Im Gegensatz zu vielen anderen europäischen Großstädten lassen die Pariser U-Bahn-Behörden die Obdachlosen erst um Mitternacht ein, wenn der Zugverkehr zum Stillstand kommt. Es gibt keine permanenten Camps in den Métro-Stationen, und so müssen die Ärzte und Pflegekräfte der Klinik an der Place de la Concorde notgedrungen nachts arbeiten.

Morag kommt zu spät, und der Einsatzleiter wartet bereits auf der Plattform vor der Klinik, um sie anzuraunzen. Morag lächelt und erklärt, daß sie an einem so schönen Abend einfach zu Fuß gehen mußte.

»Louis, nicht wahr? Dr. Science hat mir von Ihnen erzählt.«

Louis ist ein säuerlicher Typ mittleren Alters mit einem grünen Kittel und einer weißen Plastikschürze. Wie er so dasteht, die dicht behaarten Arme über dem ansehnlichen Bauch verschränkt, erinnert er eher an einen bärbeißigen Metzger als an einen Arzt. »Hat er?« knurrt er. »Ich weiß auch einiges über Sie und Ihren Freund. Um es gleich mal klarzustellen – das hier ist kein Sanatorium! Ihr beide werdet härter ran müssen als bei dieser läppischen mobilen Staffel!«

»Mein Freund?« Dann fällt Morags Blick auf Jules. Er steht bereits umgezogen im Eingangsbereich und unterhält sich mit einer alten Frau. Erst in diesem Moment wird ihr klar, daß Dr. Science sie beide ausgehebelt hat.

Im ersten Teil der Schicht haben sie viel zu tun; das hilft. Gegen drei Uhr morgens, als die Ambulanz der

Klinik endlich leer ist, zieht sich Louis zum Schlafen in eine durch einen Vorhang abgeteilte Ecke zurück. Wie er Morag und Jules zu verstehen gibt, holt er auf diese Weise immer seinen Schlaf nach, sobald der Nachmitternachts-Ansturm vorbei ist, und erwartet, daß sie ihn nur in wirklich dringenden Notfällen stören.

Jules und Morag sitzen Seite an Seite auf Plastikstühlen in einer Ecke der Klinik und trinken eine gräßliche Milchkaffee-Brühe, über sich ein Werbeplakat für Skiurlaub in den Französischen Alpen, auf dem ein paar lebensstrotzende, braungebrannte Achtzigjährige in einer Wolke künstlichen Pulverschnees davonstieben. Sie unterhalten sich flüsternd, um weder Louis hinter seinem Vorhang noch die unruhigen Schläfer draußen auf dem Plattformen zu stören. Jules erkundigt sich nach Morags Befinden und äußert seine Erleichterung darüber, daß sie den schlimmen Vorfall so gut weggesteckt hat.

»Was hast du erwartet? Daß ich weinend zusammenklappe? Bitte, Jules! Ich habe genug tote Kinder gesehen. In manchen Gegenden Afrikas wirst du das Gefühl nicht los, daß Kinder schneller sterben oder umgebracht werden, als sie auf die Welt kommen. Es gibt Rebellengruppen, die Fünf- bis Sechsjährige zu Soldaten ausbilden. Pumpen sie mit Fembots voll, die sie in psychotische Killer verwandeln, und lassen sie dann im Busch frei, damit sie andere Kinder aufspüren und töten.«

»Hey – deshalb brauchst du doch nicht auf mich wütend zu sein!«

»Ich bin nicht wütend. Ich leide unter Schuldgefühlen. Hast du diesen Protestmarsch zum Interface gesehen?«

»Klar – es war ja nicht der erste.«

»Ich hätte dabei sein sollen, Jules. Das ist es, was mich bedrückt.«

Morag merkt, daß ihr Kaffee kalt geworden ist, und

schüttet ihn in den Ausguß. Keine große Verschwendung. Es ist das gleiche Gesöff, das die Patienten bekommen, dünn, sandig vom Kaffeesatz und zum xten Mal in der großen Aluminium-Maschine aufgebrüht. Die Klinik besteht aus einem langgestreckten Raum mit niedriger Decke und kahlen Betonwänden, die mit einem Sammelsurium von Reise-Postern und Gesundheitsratschlägen zugepflastert sind. Auch der Heizlüfter, der über der Tür vor sich hin murmelt, kann die Feuchtigkeit nicht vertreiben. Grüne Vorhänge an fahrbaren Rahmen unterteilen ihn in provisorische Kabinen. Die Einrichtung beschränkt sich auf das Waschbecken und einige Stahlschränke mit großen Schlössern für die Medizinvorräte, einen Spind und die Kaffeemaschine. Der Fernseher dicht unter der Decke bringt die jüngsten Bilder der Marsexpedition. Die Marsoberfläche zeigt das gleiche verbrannte Rot wie der afrikanische Staub.

»Ich will dir mal was sagen«, murmelt Jules. »Das ist nicht der erste Mord dieser Art. Ein Freund von mir arbeitet in einer Abteilung des Ministeriums für Forschung und Technik. Er hat versucht, die Berichte in eine Wechselbeziehung zu bringen. Es gab eine ganze Reihe ähnlicher … Vorfälle.«

»Wie viele?«

Jules reibt sich die Augen. Er ist ebenfalls müde. »Sechs. Sechs, von denen sie erfahren haben. Immer sind es kleine Mädchen aus den Bidonvilles in der Nähe des Magic Kingdom. Und immer wurden ihnen die Eierstöcke entfernt.«

Morag setzt sich wieder. »Wann hat das angefangen?«

»Das erste Verbrechen geschah vor ziemlich genau zwei Monaten. Und Dr. Science, dieser Dreckskerl, weiß genau Bescheid – davon bin ich überzeugt!«

»Jules, es geht mich vielleicht nichts an – aber du nimmst diese Angelegenheit sehr persönlich.«

»Warum halten die Medien still, Morag? Sechs kleine Mädchen, grausam verstümmelt! Und weder die Polizei noch die Bürgerwehr hat ihre Finger im Spiel. Mein Freund arbeitet in einer Abteilung, die sich mit den Auswirkungen neuer Techniken auf die Gesellschaft befaßt. Es ist dieses verdammte Interface, wenn du mich fragst! Sechs kleine Mädchen sind ein Opfer, das man bringen kann, solange wir weiterhin mit all den Annehmlichkeiten überhäuft werden. Und nun der kleine Junge! Überleg doch, was er …«

»Sei still!« unterbricht ihn Morag.

»Warum?« zischt Jules wütend, und die dunklen Augen hinter den verschwollenen Wangenknochen brennen. »Weil du dann dein verdammt cooles Gehabe aufgeben müßtest?«

»Jeder von uns muß auf seine Weise mit den Dingen fertigwerden. Das weißt du ganz genau.«

»Ja«, sagt Jules bitter und preßt die Handballen in die Augenhöhlen. Morag würde ihn am liebsten in die Arme nehmen und trösten, aber sie zögert, und dann ist der Moment vorbei.

Blutige Wattebäusche liegen auf dem Boden neben dem großen Abfalleimer. Morag zieht ein Paar Latexhandschuhe an und macht sauber. Das dauert eine Weile, denn sie sucht zuerst alles nach Nadeln ab. Die Patienten legen sie nicht immer in eigens dafür vorgesehenen Behälter vor der Tür. Viele haben ihre Marotten und Geheimniskrämereien, insbesondere die psychisch Gestörten. Morag kann sie sogar verstehen. Ein Großteil ihres Lebens spielt sich unter den Augen der Öffentlichkeit ab. Sie essen und schlafen an öffentlichen Plätzen, benutzen öffentliche Toiletten, öffentliche Waschräume. Sie können sich nur in ihr Inneres zurückziehen – und selbst das ist oft genug den Angriffen halbwüchsiger Genhacker oder Liebesbomber ausgesetzt.

Jules lehnt sich in seinem Stuhl zurück und sieht

fern. Er redet seit Tagen über die Marsexpedition, und heute ist die Nacht, in der die Astronauten landen sollen. Morag schläft ein wenig. Beim Aufwachen hat sie ein sandiges Gefühl hinter den Augen, und Jules sagt: »Sie sind fast unten.«

Der Bildschirm zeigt ein verwirrendes Muster aus körnigen Rot- und Ockertönen mit einem gleißenden Punkt in der Mitte. Der Punkt ist der Mars-Lander. Er zündet sein Triebwerk, um das Tempo zu drosseln und den Orbit zu verlassen. Die Aufnahmen werden vom Basislager auf Phobos übertragen.

Jules erklärt: »Noch vier Umkreisungen, und dann beginnt das Abbremsmanöver. Sie werden kurz nach Ende unserer Schicht aufsetzen.«

Morag hat soviel Leid in Afrika gesehen, daß ihr dieses Unternehmen nebensächlich erscheint. Sie sagt das auch, und Jules zuckt die Achseln. Er spricht gern über die Mars-Mission: Das lenkt ihn ab.

»Leid wird es immer geben«, meint er. »Ich betrachte diese Marslandung als einen Schritt nach vorne, als Motivation für die übrige Menschheit.«

»Okay, und ich muß an die Wirtschaftsthesen des vorigen Jahrhunderts denken, die aus dem rechten Lager kamen – an all diesen Schwachsinn über die Schaffung einer wohlhabenden Elite, die der gesamten Gesellschaft zugute kommen würde. Wir kämpfen heute noch mit den Problemen, die daraus entstanden. Die ganze Welt kämpft damit. Es gäbe keinen Hunger in Afrika, wenn die Länder dort ihre Rohstoffe und Anbauprodukte selbst nutzen könnten, anstatt sie zu exportieren, um ihre Schulden zu begleichen. Und ein Großteil dieser Schulden entstand durch abenteuerliche High-Tech-Projekte, die ihnen aufgeschwatzt wurden, oder durch massive Waffenkäufe.«

»Ich gebe zu, daß unsere Welt alt und müde ist. Aber vor uns liegt ein neuer Planet. Vielleicht gewährt uns der Mars eine bessere Perspektive auf die Probleme der

Erde. Die halbe Weltbevölkerung sitzt heute vor den Bildschirmen. Sechs Milliarden Menschen.«

»Und die andere Hälfte hat keinen Platz zum Leben, geschweige denn ein Fernsehgerät. Wir haben so viele Schwierigkeiten auf dieser Welt, daß wir uns den Neubeginn auf einer anderen Welt gar nicht leisten können.« Das klingt hart, und Morag bedauert ihre Worte sofort. Sie wechselt das Thema. »Manchmal vergeht eine ganze Stunde, in der ich nicht an das kleine Mädchen oder an den kleinen Jungen denke. Ich weiß, daß ich überhaupt nicht an sie denken sollte. Die Menschen sterben wie die Fliegen. Wie viele waren es in diesem Jahr hier unten?«

»Vermutlich nicht mehr als zwanzig. Aber ich weiß, was du meinst. Dieser Fall war ganz anders. Die Brutalität, mit der dem Mädchen der Bauch zerfetzt wurde … Alessi hat große Angst.«

Alessi ist Jules' Frau. »Ach, Jules, das tut mir leid.«

»Auch die Kinder spüren etwas. Und dann stand heute morgen dieser Mann vor unserer Wohnungstür …«

»Ein Engländer? Mehr als fett?«

»Oh – du kennst ihn?«

»Ich glaube, er ist Reporter. Laß dich nicht von ihm ausquetschen, Jules! Verständige die Polizei, wenn er noch einmal auftaucht. Ich kenne diese Schmierfinken. Mich hat er gestern abend belästigt. Typen wie der würden die Verstümmelung in allen gruseligen Details schildern und kein Wort darüber verlieren, daß die Kleine in einer Baracke mitten auf den Müllhalden von Paris gelebt hat.«

»Wir in La Gouette d'Or haben unsere eigenen Methoden, solche Dinge zu regeln. Daran ließ ich keinen Zweifel, als ich mit ihm sprach. Ich bezweifle, daß er wiederkommt.«

»Du als Schläger – das ist nur schwer vorstellbar, Jules.«

Jules grinst und wirkt auf einmal sehr jung. »Das ist

eine Frage des Auftretens. Hör zu, ich mache jetzt eine Runde bei den Patienten. Das dauert nicht lange.«

Morag lächelt. Sie weiß, daß Jules auch hinausgeht, um eine Zigarette zu rauchen. Ihr ist ebenfalls danach zumute. In Afrika hat sie ständig geraucht. Alle haben geraucht. Aber sie will nicht wieder damit anfangen, nicht jetzt.

Sie döst wieder ein und erwacht mit steifem Hals. Auf dem Bildschirm ist ein halbes Dutzend Männer und Frauen zu sehen, die an einem Tisch sitzen und durcheinanderreden; dahinter erscheint der Mars in Großaufnahme, und in einer Ecke des Studios läuft eine Uhr rückwärts.

Der Kaffee ist um einiges kälter. Morag trinkt ihn dennoch und geht dann nach draußen, um Jules zu holen. Zunächst ist sie nicht beunruhigt, als sie ihn nirgends sehen kann. Sie geht die Plattform entlang, vorbei an den Patienten in ihren Schlafsäcken, und dann zurück bis ans andere Ende.

Dort entdeckt sie einen Mann, der sein Gewicht geübt von einem Fuß auf den anderen verlagert, in der Art derer, die fast den ganzen Tag irgendwo stehen und warten. Eine orangefarbene Decke ist um seine ausgemergelte Gestalt gewickelt. Er hat Schlagspuren um die Augen, die sich allmählich gelb verfärben, und eine frisch genähte Kopfwunde, grobe, schwarze Stiche, wie sie in öffentlichen Ambulanzräumen üblich sind. Die Haut um die offene Wunde ist mit einer blauen antiseptischen Tinktur eingepinselt.

Der Mann stiert Morag dumpf an und meint: »Ich habe ihn gewarnt. Der Zug muß jede Minute durchkommen.«

»Jules!«

»Ich weiß nicht, wie er heißt. Hat gesagt, da seien Kinder. Da… da is' er langgelaufen!« Der Mann umklammert die Decke mit beiden Händen und deutet mit dem Ellbogen in Richtung Tunnel.

Morag drückt so heftig auf den Alarmknopf, daß ein Stich durch ihr Handgelenk geht. Sie weiß nicht, wie sie zurück in die Klinik gelangt, ist so außer Atem, daß sie eine volle Minute braucht, um Louis zu wecken und ihm zu berichten, was geschehen ist. Draußen donnert der erste Morgenzug in die Station, und Morag schreit gegen den Lärm an.

Louis zwingt sie, sich hinzusetzen, und geht. Er bleibt eine ganze Weile verschwunden. Morag starrt den Bildschirm an. Er zeigt ein Gewirr pockennarbiger roter Felsbrocken in Nahaufnahme. Ein dumpfes Verharren. Nichts scheint verändert. Ihre Hände zittern. Sie preßt sie zusammen. Ihr wird kalt, immer kälter. Schockwirkung, denkt sie. Die periphere Zirkulation wird abgeschottet, damit mehr Blut zu den wichtigen Gefäßen gelangt. Adrenalin durchflutet ihren Körper. Sie nimmt wie aus weiter Ferne wahr, was mit ihr geschieht.

Nach und nach betreten einige der Obdachlosen den Raum, verhuscht wie Mäuse. Sie beobachten Morag mit verstohlenen Blicken und wenden sich dann dem Fernseher zu. Das Bild wackelt, als das Objektiv herumschwenkt. Man erkennt Felsbrocken aller Größen und dahinter Dünenketten, rot unter einem lachsfarbenen Himmel. Die Filmkamera hält dieses Panorama einen Moment lang fest und fährt dann zur Seite. Ein glitzerndes Segment klappt von irgendwo jenseits des Bildrands nach unten. Es ist eine Rampe. Einer der Obdachlosen hat die Fernbedienung gefunden, und mit einem Mal dröhnt eine Männerstimme durch die Klinik und erklärt, daß diese Aufnahmen genau zweiundzwanzig Minuten alt sind. Wir befinden uns, sagt die Stimme, bereits mitten in einem neuen Zeitalter.

Louis kommt zurück. Seine Miene ist düster. Die Obdachlosen mustern ihn kurz und wenden sich dann wieder dem Fernseh-Geschehen zu. Rotes Licht fällt auf die nach oben gerichteten Gesichter. Ein Schatten fällt über die Rampe, bewegt sich vorwärts. Es ist eine Gestalt in einem unförmigen weißen Druckanzug.

Louis kniet neben Morag nieder und sagt ihr, daß Jules tot ist. Morag hat es gewußt. Es ändert nichts, daß sie es gewußt hat. Louis umklammert ihre kalten Hände. Er will ihr nicht sagen, wie Jules umgebracht wurde.

»Die Polizei muß jeden Moment eintreffen«, sagt er. »Das ist eine schreckliche Geschichte.«

»Jemand hat ihn gesehen. Ein junger Typ mit kahlgeschorenem Kopf und einer Wunde – hier.« Morag faßt sich an den Hinterkopf. »Wir müssen ihn suchen.«

»Der Bahnhof ist wieder geöffnet. Die meisten Schläfer haben sich entfernt. Aber wenn Sie ihn genau beschreiben, spürt ihn die Polizei sicher auf.«

»Er könnte Jules getötet haben.«

»Das glaube ich nicht«, sagt Louis.

»Hey!« zischt einer der Zuschauer. »Seid mal still! Das hier ist Geschichte!«

Das Fernsehbild zeigt eine Astronauten-Gestalt am Fuß der Rampe, umgeben von zerklüfteten roten Felsen. Das mit einem Goldfilm überzogene Helmvisier reflektiert die eckige Form des Landers und die beiden anderen Astronauten, die am oberen Ende der Rampe stehen.

Der Sprecher ist mit seinem Kommentar fertig; das Rauschen der Trägerwelle erfüllt die Klinik. Dann ergreift die Astronauten-Gestalt das Wort. Es ist eine Frau, und ihre Stimme klingt verblüffend klar über die Millionen Kilometer brodelnder Leere zwischen den beiden Welten hinweg.

»Das hier ist der Beginn eines großen Abenteuers«, sagt sie.

8 ■ Der arme Ritter

Armand wandert mit dem kleinen Jungen durch Kaskaden weichen Safranlichts, am Rande eines kristallenen Gewässers, das von einem Ufer aus Perlen und Elfenbein gesäumt wird. Er fühlt sich sehr gelöst, auch wenn in einem Winkel seiner Wahrnehmung eine Stimme gellend schreit. Er führt den kleinen Jungen durch das Feenland. Der Junge ist verwirrt, weil er noch nie hier war. Er will wissen, wohin all der Beton verschwunden ist.

»Das hier ist echt«, sagt Armand. »Die andere Welt war nur ein Traum. Es gibt viele Wirklichkeiten. Siehst du denn nie fern?«

Der kleine Junge entgegnet, daß er natürlich fernsieht. Seine besondere Vorliebe scheint einer Serie namens Hopalong Frog zu gehören, und er breitet sie mit dem unermüdlichen, unkritischen Fanatismus der Kinder vor Armand aus. Offenbar spielt sie in einem Teich, der irgendwo im Wilden Westen liegt. Hopalong Frog ist der Sheriff.

»Die Dinge erscheinen ganz echt, wenn man sie im Fernsehen anschaut. Eigentlich noch besser als die echte Welt, bunter und schöner. Aber du kannst nie in dieser Welt leben.«

»Wenn ich am Einschlafen bin, sehe ich Hopalong Frog.«

»Das träumst du. Aber dieser Traum ist zugleich Wirklichkeit. Hast du noch nie daran gedacht, daß die Leute im Fernsehen auch dich beobachten könnten?«

»*Klar* beobachtet mich Hopalong Frog«, sagt der

kleine Junge mit seiner sturen Kinder-Logik. »Er redet nach jeder Sendung mit mir.«

Armand ignoriert die Antwort. »In deinem Kopf ist jetzt eine Art Schalter, wie die Taste auf der Fernbedienung, mit der du das Gerät ein- und ausschalten kannst. Also, was du jetzt besitzt, ist ganz ähnlich wie dieser Schalter. Damit kannst du die Dinge so sehen, wie sie wirklich sind. Es ist ein großes Geschenk. Die meisten Menschen kriegen nie im Leben die Gelegenheit, die wahre Welt zu sehen.«

Armand hat ein seltsames Gefühl. Es ist, als würde jemand durch ihn sprechen, ihm diese Gedanken eingeben. Die gellende Stimme ist sehr weit weg, aber sehr beharrlich. Sie verstummt nicht, weil sie weder nach Luft ringen muß noch heiser werden kann. Sie schreit und schreit ohne Unterlaß.

»Wohnt Hopalong Frog hier?« will der kleine Junge wissen. »Werden wir ihn sehen?«

»Vielleicht«, sagt Armand.

Dem kleinen Jungen geht es jetzt besser, das ist ganz deutlich zu sehen. Er mußte von Armand und einem der Zwillinge festgehalten werden, während der andere Zwilling ihm die lebende Kommunion auf die Zunge legte. Aber sobald das Ding die Bindung hergestellt hatte, gab ein Angehöriger des Kleinen Volkes dem Jungen eine erste Soma-Kostprobe, und er beruhigte sich sofort. Er wurde sehend.

Armand sagt: »Es ist eine riesige, seltsame Welt, voll von seltsamen und wunderbaren Geschöpfen. Ich bin sicher, daß Hopalong Frog hier wohnt, aber ich weiß nicht genau wo.«

»Dann suche ich ihn!« Der kleine Junge läßt Armands Hand los und rennt die Böschung aus lebendem Marmor hinunter, bis an den Rand des Teiches. Eines der scheuen, durchscheinenden Geschöpfe, das dort badet, flieht erschrocken tiefer in das kristallene Wasser. Muster aus silbrigem Licht huschen über den Teich, krümmen und brechen sich und gleißen so hell, daß Armand wegschauen muß. Das ist das Problem mit dem Feenland. Seine Schönheit geht so aufs Gemüt, daß Menschen nicht ständig hier leben können. Nur die Angehörigen des Feenvolks sind dazu imstande.

Armand kann den Jungen nicht mehr sehen – er hat sich im Licht aufgelöst. Statt dessen kommen die Zwillinge auf ihn zu. Ihre Schatten sind wie Tunnel, die in den Perlmuttschimmer führen, und äffen jede Bewegung der beiden nach. Wie schön sie sind! Wie prächtig gekleidet! Ihre Diener huschen und hasten um sie herum, mit glänzenden, klugen Gesichtern, und verneigen sich tief vor ihren Herrinnen, während der arme Ritter Armand niederkniet und ihre Befehle empfängt.

Er muß eine weite Reise antreten. Aus dem Schoß des Lichts in die kalte Nacht, über den grimmigen Schatten des Schlosses hinaus, durch ein Land, wo die Elfenfeuer der Randbewohner im samtigen Dunkel verstreut sind wie zur Erde gefallene Sterne.

Armand wandert eine Straße entlang. Ganze Flotten funkelnder Augenpaare spalten das Dunkel, Monster, die auf ihren eigenen Atemwolken heranzischen, mit kleinen Lichterketten quer über den mächtigen Aufbauten. Ihre sonoren Stimmen dröhnen und brüllen, und immer wieder preßt Armand die Hände gegen die Ohren und stolpert in den Graben neben der breiten Fahrbahn, während der Sog der Hover-Trucks an seiner Kleidung zerrt. Aber das gellende Geschrei begleitet ihn immer noch. Er kann sich nie weit genug entfernen, um ihm zu entrinnen.

Rauhreifbedecktes Gras knirscht unter seinen Stiefeln. Sein Atem bildet Dampfwolken, die ihm der dünne Wind von den Lippen reißt. Am Bahnhof geht er die Plattform auf und ab und wartet fröstelnd auf den Zug, der kurz vor Tagesanbruch kommen wird, um ihn in die fremde, schreckliche Stadt zu bringen. Die Soma-

Wirkung läßt nach, und dahinter kommt die abgenutzte Welt der Dinge zum Vorschein. Er erkennt die Stimme jetzt, auch wenn sie schwächer und schwächer wird. Es ist Mister Mike. Er kreischt vor Wut, weil nicht er das Kommando führt. Noch nicht. Noch nicht. Erst wenn die Frau gefunden ist.

9 Verschwörungstheorien

Alle sind betrunken und sitzen mit einem Affengrinsen um den Tisch. Sie prosten sich zu, kippen Brandy und knallen die Gläser so hart auf den Tisch, daß die Kerzenflammen tanzen. Morag ist so betrunken wie alle, die sich im Nebenzimmer der kleinen Kneipe eingefunden haben. Der Schnaps brennt sich einen Weg in ihren Magen, und ihr Kopf ist dunstvernebelt. Es ist der Abend des Tages, an dem Jules ermordet wurde, und die dienstfreien Mitglieder des Mobilen Hilfstrupps halten Totenwache.

Michel Guidon steht auf, hält sich mit einer Hand an der Stuhllehne fest und gießt mit der anderen Brandy in sein Glas. Die Kerzenflammen spiegeln sich in seiner Brille mit dem dünnen Drahtgestell wider. Er ist an der Reihe, einen Trinkspruch auf Jules auszubringen. Viele der Ärzte und Sanitäter der Klinik haben in Afrika gearbeitet und von dort den Brauch mitgebracht, noch einmal die guten Taten und die guten Eigenschaften des Verstorbenen aufzuzählen.

»Er spielte Schach wie der Teufel«, sagt Michel Guidon. »Ich weiß noch, daß wir an manchen heißen Sommerabenden, wenn seine Schicht vorbei war und es nicht dunkel werden wollte, in dieses kleine Café im Jardin des Plantes gingen. Dort sitzen immer ein paar alte Männer herum, die Schach spielen und dazu ihr Bier trinken. Ich habe selbst erlebt, wie Jules es mit drei von ihnen gleichzeitig aufnahm – und sie alle schlug.«

»Er spielte am liebsten mit den Polen«, wirft ein anderer ein.

»Auf Jules und sein Schachspiel!« rufen sie alle und trinken noch eine Runde.

Jetzt ist Morag an der Reihe. Sie kann noch klar genug denken, um ihr Glas nachzufüllen, ehe sie sich erhebt. Die Kneipe kippt ihr entgegen, und sie stützt sich mit einer Hand auf der feuchten Tischplatte ab. Alle Blicke sind auf sie gerichtet.

»Das All«, sagt sie nach kurzem Überlegen. Sie haben bereits von Jules' Jazz-Leidenschaft gesprochen, von seinen Kindern, seiner Arbeit in Afrika, seinem Verantwortungsgefühl gegenüber den Patienten, seinem Ehrgeiz, ihre Wunden so zu versorgen, daß keine Narben zurückbleiben. Jetzt sagt sie: »Er beobachtete die Marslandung. Er sah nicht mehr, wie die Frau den Boden des roten Planeten betrat, aber es gab andere, die diesen Moment erleben konnten, weil er sie gesundgepflegt hatte.«

Alle stehen auf und trinken darauf, alle setzen sich wieder und trinken weiter. Einer der anderen Gäste beschwert sich über den Lärm, und der Besitzer entgegnet dem Mann, hier werde einem guten Freund die letzte Ehre erwiesen, und er solle entweder den Mund halten oder verschwinden. Der Fremde gesellt sich zu ihnen, und am Ende nehmen alle Anwesenden an der Abschiedsparty teil. Michel Guidon spielt ein wenig holprig auf der Jazzgitarre, und die anderen klatschen mit, und dann singt Gisèle Gabin ein paar schwermütige Folkmelodien. Irgendwann hält ein Taxi vor der Tür, um Morag abzuholen. Es ist fast Mitternacht, und einige haben das Lokal bereits verlassen. Sie stolpert zum Ausgang, begleitet vom Abschiedsgejohle ihrer Freunde.

Die Fahrerin, eine kompakte, kräftige Frau in einer Lederjacke, hilft Morag beim Einsteigen. Morag hat jenes Rauschstadium erreicht, in dem sie alle Geschehnisse mit amüsierter Gleichgültigkeit beobachtet – so als sei die Welt eine virtuelle Spielwiese. Sie fragt nicht, warum die Taxilenkerin noch einen Fahrgast aufnimmt.

Es ist der dicke Mann. Im gleichen Moment, da Morag ihn erkennt, wird ihr bewußt, daß sie nie ein Taxi bestellt hat. Der Fremde hebt die Hand.

Ein eiskalter Sprühnebel hüllt ihr Gesicht ein. Elektrizität knistert in ihrem Schädel. Sie ist schlagartig nüchtern, kann aber ihre Bewegungen nicht mehr steuern und stößt sich heftig den Ellbogen an, als sie auszusteigen versucht. Die Tür ist verriegelt.

»Sie sind in Gefahr«, sagt der dicke Mann und zuckt zurück, als Morag ihren Taser schwingt.

Aber Morag hält ihn verkehrt herum, und im nächsten Moment umklammert die Taxifahrerin ihre Hand mit festem Griff.

»Sachte, Kleines«, sagt die Frau. »Wir wollen Sie in Sicherheit bringen. Wenn wir die Absicht hätten, Sie umzubringen, würden wir nicht mit Ihnen reden.«

Die Frau hat den Kopf bis auf einen schmalen, im Leoparden-Look eingefärbten Längsstreifen kahlgeschoren. Von ihrem rechten Ohr baumelt eine Schnur mit winzigen Totenköpfen.

»Jag ihr keine Angst ein, Kat!« sagt der Dicke. »Achte lieber auf die Straße!«

»Ich weiß, wer Sie sind!« erklärt Morag. »Aber ich sage kein Wort. Ich habe versprochen, kein Wort zu sagen.«

»Mein Name ist Alex Sharkey. Ich komme nicht von der Presse, Dr. Gray.«

»Ich bin keine Ärztin. Nur Medizin-Assistentin.«

Die Taxifahrerin – wenn sie eine Taxifahrerin ist – meint: »Sie wird nicht reden, Alex. Sie ist durch und durch Ablehnung. Ich schlage vor, du wirfst sie raus und suchst nach einem anderen Weg. Wir müssen jede Sekunde mit einem neuen Mord rechnen – wie lange haben wir noch bis zum nächsten Vollmond?«

»Wir wissen nicht genau, ob der Mondzyklus eine Rolle spielt.«

»Bis jetzt war es immer so«, erklärt die Frau energisch. Sie hat einen deutschen Akzent.

Ihre Blicke treffen sich im Rückspiegel. »Kat, was wissen Sie über diese Dinge?« fragt Morag.

»Für Sie Katrina, mein Täubchen. Nur meine engsten Freunde nennen mich Kat.«

»Bitte!« Der dicke Mann, der sich Alex Sharkey nennt, hebt die Hand. »Wo soll ich anfangen? Ich habe zu wenig Zeit. Ehrlich. Das gleiche gilt für Sie. Als Zeugin des Geschehens befinden Sie sich in Lebensgefahr, das müssen Sie begreifen! Wenn Sie uns genau berichten, was Sie sahen, können wir Ihnen helfen. Darauf gebe ich Ihnen mein Wort!«

Katrina, die Frau, zündet sich eine Zigarette an. »Erzähl ihr von den guten und den bösen Feen«, sagt sie.

»Wie viele dieser Morde hat es gegeben?« fragt Morag. »Sechs?«

»Sieben«, korrigiert der dicke Mann, der sich Alex Sharkey nennt.

»Sieben. Ich vergaß den Fall, in den ich verwickelt wurde. Und alles kleine Mädchen, nicht wahr? Mein Freund wurde ebenfalls umgebracht. Und Sie wissen, wer dahintersteckt, und gehen nicht zur Polizei?«

Alex beugt sich vor (er nimmt zwei Drittel der hinteren Sitzbank ein, und Morag denkt an einen Berg, der ins Wanken gerät) und sagt zu Katrina: »Fährst du bei einem Schnell-Restaurant vorbei?«

»Nun erledige erst mal die Sache mit der Kleinen! Es ist einfach zu riskant, wenn wir …«

»Keine Sorge, das schaffen wir! In der Nähe von Les Halles gibt es mehrere Fastfood-Filialen. Du hältst den Mund und fährst, Kat! Das war unser Deal.«

Katrina dreht sich um und sagt zu Morag: »Wenn der Typ was von Deal sagt, glauben Sie ihm kein Wort!« Damit steigt sie aufs Gas und fädelt das Taxi mit quietschenden Reifen in den Verkehr ein.

Selbst zu dieser späten Stunde wimmelt es auf den

Gehsteigen der Rue Berger von Menschen. Die vertiefte Doppelkurve des Forums strahlt von innen, erhellt durch Tausende von Lichtern und Spiegeln. Katrina muß sich mit der Hupe einen Weg durch die Bummler, Touristen, Prostituierten, Stricher, Taschendiebe, Dealer und Junkies bahnen. Kids auf Motorrollern, mit irisierenden Bomberjacken, deren Muster ständig wechseln, schlängeln sich geschickt durch das Gewühl. Die Werber des Kinder-Kreuzzugs sind unermüdlich im Einsatz: Sie betteln, verteilen Flugblätter und versuchen die Passanten schon mal mit Karma-Bomben zu bekehren, wenn gerade keine Polizei in der Nähe ist. Stets entdeckt man ein paar Leute, die unvermittelt erstarren, weil sich ihr Ich gerade in einem Nirwana-Meer auflöst, während andere wütend nach dem Bastard suchen, der sie angezappt hat. Musik dröhnt aus einer mobilen Soundanlage an der Fontaine des Innocents. Ein riesiger Bildschirm wirft Marslicht über die Köpfe der Menge. Er zeigt zwei Astronauten in weißen Druckanzügen am Rande eines breiten, gewundenen Tales, das sich, wären da nicht die abgeschliffenen Krater, irgendwo in Arizona befinden könnte.

Es gibt Restaurants an der Rue Berger, die durchgehend offen haben und ein beliebter Treffpunkt von Junkies sind. Es gibt nichts Besseres als eine Portion Fritten, um sich das Fett reinzuziehen, das sie nach einem Schuß so dringend brauchen. Morag sieht zwei Flics, einen mit einem hellwachen Schäferhund an der Leine, aber sie knöpfen sich gerade eine Meute Rollerfahrer vor, und nur der Hund zuckt mit den Ohren, als Morag an die Scheibe klopft.

»Es gibt hier einen Vietnamesen, der Kraftbrühe mit geschnetzelten Hoden auf der Speisekarte hat«, sagt Katrina. »Du hast keinen Hunger, Alex?«

»Bieg da vorne nach links ab«, entgegnet Alex. Seine Geduld scheint grenzenlos zu sein.

Ein weißer Lieferwagen steht vor einer Fastfood-

Arkade. Puppen in rotweißen Uniformen bilden eine Warteschlange. Katrina parkt in zweiter Reihe und zeigt einem Rollerfahrer den Stinkefinger, als er im Vorbeifahren zornig hupt.

»Sie haben solche Kontrollen sicher schon gesehen«, sagt Alex. »Aber ich bezweifle, daß Sie wissen, wozu sie dienen.«

Eine Puppe nach der anderen tritt vor zwei Techniker. Ein negroides Gesicht nach dem anderen leuchtet hell auf und verschwindet im Dunkel.

»Sie suchen nach Feen«, erklärt Alex.

»Ich beobachtete erst gestern abend eine ähnliche Szene.« Als Jules noch lebte. »Nur schickten sie die Puppen durch eine Art Metalldetektor.«

»Ein Bildwandler, der mit Magnetresonanz arbeitet. Das hier ist eine Stufe primitiver, aber von der Idee her das gleiche.«

»Keine ihrer Kontrollen taugt was«, wirft Katrina dazwischen. Sie zündet sich an ihrem Zigarettenstummel die nächste Fluppe an und bläst eine Rauchwolke gegen die Windschutzscheibe.

Alex überhört ihren Einwand. »Eine Fee ist eine Puppe mit verstärkter Intelligenz und freiem Willen. Um eine Puppe in eine Fee zu verwandeln, muß zunächst der Chip entfernt werden, der ihre genau vorgegebenen Tätigkeiten steuert. Man ersetzt ihn durch einen anderen Chip, regt die Synapsen zu verstärkter Knotenbildung an und leitet eine Hormontherapie in die Wege. Die Hormone dienen in der Hauptsache dazu, die Muskulatur zu kräftigen; Feen sind steril, solange man sie keiner Geschlechtsoperation unterzieht, und diese Mühe machen sich nur wenige Anhänger der Befreiungsfront. Die Sache ist die: Bei Feen der ersten Generation liefen diese Umwandlungsprozesse vorwiegend innerlich ab, und sie sahen kaum anders aus als unmodifizierte Puppen. Aber allmählich begreifen die Behörden das wahre Ausmaß der Veränderungen, und sie geraten in Panik. Das Ergebnis sehen Sie hier. Diese Techniker überprüfen den Chip jeder einzelnen Puppe und vergleichen ihn mit dem Serienmuster.«

»Das wird ihnen gar nichts nützen«, unterbricht ihn Katrina. Sie kurbelt das Fenster einen Fingerbreit herunter, wirft die halbgerauchte Zigarette durch den Spalt nach draußen und schließt das Fenster wieder. »Sie weiß jetzt Bescheid, Alex. Fahren wir?«

»Gleich«, sagt Alex. »Das Problem an der Geschichte ist, daß Feen und Puppen sich nicht vermischen. Das war der Fehler der Liberationisten – sie dachten, die Feen würden eine Art autokatalytische Befreiungsbewegung in Gang setzen und den Rest der Puppen in ihresgleichen verwandeln. Aber Feen sind anders als Puppen. Sie haben kein besonderes Interesse an Puppen. Deshalb ist diese Aktion zum Scheitern verurteilt.«

»Warum unternehmen die Behörden nichts gegen das Magic Kingdom?«

»Es gibt solche und solche Arten von Feen«, fährt Alex fort. »Die meisten davon sind harmlos und fallen deshalb nicht weiter auf. Sie dagegen hatten Kontakt mit einer Gruppe, deren Lebensstil – drücken wir es mal so aus – sich nicht länger im Verborgenen abspielt. Diese Feen treten an die Öffentlichkeit, sie bieten und feilschen um ihren Platz in der Welt, und das ist das Problem. Sie haben sich den Schutz der Mächtigen erkauft.«

»Sie haben den kleinen Jungen entführt und seine Schwester ermordet. Sie stehen auch hinter den Morden an den anderen kleinen Mädchen, nicht wahr? Und sie haben Jules umgebracht. Diese Wesen haben Jules umgebracht. Und Sie kennen die Hintergründe und melden sich nicht bei der Polizei!«

Alex gibt keine Antwort. Er beobachtet, wie die Techniker die Puppen am Ausgang des Fastfood-Restaurants abfertigen.

»Du hast zuviel gequatscht, du Blödmann!« faucht Katrina. »Warum muß sie das alles wissen?«

»Weil ich eure Fragen nur beantworte, wenn ich einen Sinn darin sehe«, entgegnet Morag an seiner Stelle. »Weil ich wissen will, ob wir den kleinen Jungen zurückholen können.«

»Wir haben es nicht nötig, mit ihr zu handeln …«

»Kat!« sagt Alex scharf. Zu Morags Verblüffung beherzigt die Frau die Zurechtweisung und hält den Mund. »Wir können uns hier nicht unterhalten«, fügt Alex hinzu. »Wollen Sie diese Dinge wirklich wissen, Miss Gray?«

»Gehören Sie zum Untergrund? Ich war der Ansicht, die Freiheitsbewegung hätte sich schon vor Jahren aufgelöst.«

»Größtenteils ja«, sagt Alex. »Manche der Liberationisten wurden verhaftet, manche gaben einfach auf, manche wurden von ihren eigenen Werken und Machenschaften verschlungen. Aber der evolutionäre Wandel geht weiter, und irgend etwas steuert ihn.«

»Du findest sie doch nicht«, sagt Katrina. »Nicht nach all den Jahren …«

»Vielleicht hast du recht«, erwidert Alex. »Fahren wir, ja?«

Katrina wendet mitten auf der Straße und schiebt sich mit wildem Gehupe durch die Menschenmenge. Ein Penner torkelt auf sie zu und fährt mit einem schmierigen Lumpen über die Windschutzscheibe. Katrina faucht und betätigt einen Schalter auf dem Armaturenbrett. Ein blauer Funkenregen spritzt von den Fingerspitzen des Penners, und er schüttelt fluchend die angesengte Hand, während er zurückweicht und sich in Sicherheit bringt. Katrina steigt aufs Gas und jagt das Taxi durch eine Lücke im Gewühl.

Morag versucht sich einzuprägen, welchen Weg das Taxi nimmt. Sie befinden sich irgendwo im Nordosten, was die Sache erleichtert, denn hier wohnt sie. Der

Dicke und die Frau erscheinen ihr weder besonders gefährlich, noch gehen sie übermäßig professionell zu Werke. Sie wissen allem Anschein nach einiges über die Liberationisten – vielleicht gehörten sie mal der einen oder anderen Zelle der berühmten Bewegung an, die in den Zwanzigerjahren des neuen Jahrhunderts alles daransetzte, um die Puppen vom Status genmanipulierter Tiere zu befreien und sie unter den Schutz der Menschengesetze zu stellen. Aber die Liberationisten scheiterten wie alle Revolutionsbewegungen, die ihren Kampf gegen den Staat nicht schnell und entschieden genug führen. Sie zerfielen in Splittergruppen, weil die Polizeiaktionen sie aufrieben, weil sie der Sache überdrüssig wurden, weil sie sich gegenseitig blockierten, weil sie erschöpft waren. Die Menschen werden älter und verlieren ihre Leidenschaft. Sie ergreifen einen Beruf, heiraten, gründen ein Zuhause, haben Kinder.

Auch Morag spürt diese bourgeoise Schwere von Zeit zu Zeit, den übermächtigen Sog, das zu tun, was die anderen erwarten, in der Versenkung des Ehelebens zu verschwinden. Sie weiß, daß sie deshalb aus Edinburgh geflohen ist.

Das Taxi steuert über eine Brücke des Canal Saint Martin in die dicht geschlossenen Reihen der Mietshäuser von Belleville-Ménilmontant. Sie sind etwa einen Kilometer von Morags Wohnung entfernt. Der dicke Mann namens Alex Sharkey geht pingelig die Daten in seinem Notepad durch. Das winzige Licht des Schriftfelds beleuchtet sein Kinn von unten und spiegelt sich als Funke in den kleinen runden Gläsern seiner Brille mit den Ohrenbügeln. Er erinnert Morag an ein Porträt von James Boswell und ganz sicher nicht an einen gefährlichen Untergrundkämpfer. Und Katrina wirkt trotz ihrer Kraftsprüche nicht wie eine eiskalte Killerin, sondern eher wie eine Punklady in der Sinnkrise.

Die beiden sind ein Paar, das zusammen alt geworden ist, denkt Morag. Selbst ihre Streiterei ist nicht mehr als eine liebevolle Gewohnheit. Bei dieser Vorstellung merkt Morag, daß sie keine Angst empfindet. Sie fühlt sich schwach und schwindlig nach diesem Sprühzeug, das sie auf einen Schlag aus dem Alkoholnebel holte, aber sie hat schon schlimmere Dingen hinter sich.

In den Camps etwa, wo sie mit dem Loyalitäts-Virus der Regierung infizierte Flüchtlinge betreute, waren die Schatten von Papa Zumis Geheimpolizei allgegenwärtig, smarte junge Männer mit Video-Brillen, gestärkten weißen Hemden und schwarzen Anzügen. Bewaffnet mit Macheten und Maschinenpistolen, machten sie Stichproben-Tests bei Männern, Frauen und Kindern und exekutierten jeden, der ihren Parametern nicht entsprach. Sie lebten nicht in den Camps, sondern kamen jeden Morgen mit ihren Nobelschlitten aus dem Fünfsterne-Hotel in der nahegelegenen Stadt herübergefahren. Die Lagerbetreuer mußten tagtäglich mit den Typen verhandeln, und es verging keine Woche, in der Morag nicht bedroht wurde. Bis zu jenem schrecklichen Tag, da alles zu Ende ging, herrschte die Geheimpolizei mit Willkür und extremer Gewalt.

Und davor, in der Zeit, als sie im Busch-Einsatz war, um Kinder gegen die Flußblindheit zu behandeln, hatte ein aufständischer Somali-Stammesfürst ihren Landrover gestoppt und sie fünf Tage lang als Geisel festgehalten. Er besaß Charme und ein Oxford-Diplom und behandelte sie nach außen hin sehr zuvorkommend. Morag erhielt ein eigenes Zimmer in seinem weitläufigen Kral, wurde gut verpflegt und hatte die Erlaubnis, mit seinen Frauen zu sprechen. Und doch befand sie sich in einem Zustand konstanter Todesangst.

Auf dem Gelände herrschte eine bedrückende Atmosphäre, beinahe so, als sei die Luft komprimiert und enthalte zu wenig Sauerstoff. Aus welchem Fenster sie auch schaute, immer erblickte sie zwei bis drei Leute in zerlumpten Kampfanzügen, mit Kalaschnikows made in

Malaysia, schweren Maschinengewehren, einschüssigen leichten Panzerabwehrwaffen. Dazu kamen die nächtlichen Geräusche jenseits der Umzäunung. Menschliche Schreie, schwach, aber unverkennbar, das trockene, harte Peitschen vereinzelter Schüsse, ein Lastwagenmotor, der eine halbe Stunde im Leerlauf dröhnte und dann abrupt verstummte.

Als Morag nach einigem Kräftemessen und Tauziehen zwischen hohen Politikern, von dem sie in ihrer Isolation überhaupt nichts mitbekam, endlich freikam und sogar die Erlaubnis erhielt, den Kral in ihrem eigenen Landrover zu verlassen, fuhr sie etwa zehn Kilometer die holprige rote Staubstraße entlang, ehe sie so heftig zu zittern begann, daß sie den Landrover um ein Haar umgekippt hätte; ihre Zähne klapperten wie bei einem Malariaschub, sie mußte sich übergeben und bekam einen ruhrähnlichen Durchfall. Nach einer Morphium-Dosis schaffte sie es bis zu einem von Regierungssoldaten bemannten Checkpoint und brach dort zusammen.

Das war Angst. Das war Terror.

Das Taxi rumpelt eine steile Straße hinauf. Hinter kahlen Bäumen zeichnen sich die Lichter von Mietshäusern scharf gegen die kalte Nacht ab. Eine Brücke führt über einen Schienenstrang, und dann mündet die Straße in einer kopfsteingepflasterten Sackgasse, wo sich hinter Gittern und verwahrlosten Gärten Häuser aus dem 19. Jahrhundert erheben, fünf oder höchstens sechs Etagen hoch.

Es ist eine der kleinen Nischen von Alt-Paris, die der großen Umstrukturierung im letzten Viertel des 20. Jahrhunderts entgingen und auch das neue Regime überlebten wie ins Exil vertriebene Königinwitwen, die ihr Dasein in Wohnungen ohne Warmwasser fristeten. Obwohl Morag in diesem Arrondissement lebt, hat sie nur eine vage Vorstellung, wo sie sich im Moment befindet.

Katrina stellt den Motor des Taxis ab, macht das Licht aus, steigt aus und öffnet die Tür für Morag, die ins Freie klettert und die feuchtkalte Nachtluft einatmet. Eine Woge von Übelkeit erfaßt jede Zelle ihres Körpers. Sie fällt nach vorn auf die Knie und kotzt einen Schwall nach dem anderen in die Regenrinne mitten auf der Straße.

Als sie endlich auf die Beine kommt, sich das Erbrochene vom Kinn und die Kältetränen aus den Augen wischt, sperrt Alex gerade ein hohes, schmiedeeisernes Tor auf. Katrina schiebt ihre Schulter in Morags Achselhöhle und stützt sie beim Gehen. Ihre Arme und ihr Oberkörper bestehen aus harten Muskelpaketen. Sie strahlt Wärme und einen scharfen Geruch aus, eine Mischung aus Zigarettenqualm und Räucherstäbchen.

Im Innern des Hauses, in einem Zimmer mit Holzdielen, deren Knarren durch ausgefranste Orientteppiche gedämpft wird, nimmt Morag auf einem Plastik-Klappstuhl Platz und trinkt schluckweise erwärmten Orangensaft mit eingerührtem Zucker, während Katrina mehrere Kerzen auf einem schweren Eichen-Sideboard anzündet. Das buttergelbe Licht der Kerzenflammen schimmert auf Katrinas kahlgeschorenen Schädelpartien zu beiden Seiten des Leopardenfell-Streifens – es ist echter Pelz, vermutlich das Produkt einer Genmod-Hautbehandlung.

Die Einrichtung besteht aus einem verknautschten Schlafsack in einer Ecke des Raums, Bergen von stockfleckigen alten Taschenbüchern, die an einer Wand gestapelt sind, ein paar Klappstühlen und einer Computer-Anlage mit VR-Brille und -Handschuhen. Der Computer ist mit einer Telefon-Steckdose verbunden; ein einziges rotes Licht verrät, daß er aktiv ist. Die Risse im Vinylmaterial der Handschuhe sind mit silbrigem Isolierband geflickt.

Alex kehrt von irgendwo aus den Tiefen des Hauses

zurück, beißt in ein Stück Kuchen und sagt mit vollem Mund: »Er kommt.«

»Wer?« will Morag wissen.

»Ein Freund«, erklärt Alex. »Das Haus hier ist wie für uns geschaffen. Abseits gelegen, unbeachtet und nach hinten durch den Schienenstrang abgeschirmt, auf dem vor allem die Nachtzüge unterwegs sind. Jeder, der einen Schlafwagen-Platz am Gare du Nord bucht, kommt hier vorbei, aber kaum jemand macht sich die Mühe, aus dem Zugfenster zu schauen.«

»Allem Anschein nach seid ihr nur vorübergehend hier«, sagt Morag.

Alex macht es sich bequem, nicht auf einem der Klappstühle, die vermutlich unter seinem Gewicht zusammenbrechen würden, sondern auf dem Teppich. Es dauert eine Weile, bis er sitzt, und er atmet schwer. »Ich habe Kat vor etwa drei Jahren in Amsterdam kennengelernt«, sagt er schließlich. »Sie hat mir damals aus einem Schlamassel geholfen.«

»Glaubst du wirklich, daß sie diese Dinge wissen muß?« fragt Katrina.

»Die Feen hatten Kats Bruder entführt«, fährt Alex fort. »Sie verfolgte ihre Spur. Ich ebenfalls, aber aus einem anderen Grund. Ich suchte nach der Frau, die das Magic Kingdom begründet hatte – wobei es mir immer noch schwerfällt, sie als Frau zu bezeichnen. Ich lernte sie in London kennen, und damals hatte sie das Aussehen eines harmlosen kleinen Mädchens. Sie schuf aus einer Puppe die erste Fee, und es gelang ihr, mitsamt dieser Fee unterzutauchen. Bald darauf folgten andere ihrem Beispiel, aber sie war die erste. Sie verbreitete die Idee, und sie brachte die Chips und die nötige Nanotechnik in Umlauf. Seither setze ich alles daran, sie zu finden.«

Katrina beginnt die Melodie von ›That Old Black Magic‹ zu summen.

»Das kann durchaus stimmen.« Alex zuckt die Achseln. »Ich glaube, sie hat mich mit irgend etwas infiziert, um sich meine Loyalität zu sichern. Verzauberung ist wie Liebe, nur sitzt sie tiefer, in jeder Zelle. Ich bin nie auf sie selbst gestoßen, nur auf Hinweise und Spuren. Aber ich bin jetzt sicher, daß sie in Paris lebt. Oder daß sie zumindest bis vor kurzem hier lebte. Was wissen Sie über diese Morde, Morag?«

»Welche Informationen bekomme ich von Ihnen?«

»Woran ist Ihnen denn besonders gelegen?«

»Erstens will ich den kleinen Jungen retten.«

Alex wechselt einen Blick mit Katrina und nickt dann. »Okay.«

»Ihr glaubt, daß er tot ist.«

»Nein, nicht tot. Eher – verändert. Aber vielleicht können wir ihn noch zurückholen. Sie haben ihn noch nicht lange in ihrer Gewalt.«

»Scheiße!« sagt Katrina. Sie verläßt abrupt den Raum und hämmert im Hinausgehen mit der Faust gegen den Türrahmen. Die Kerzenflammen tanzen auf und ab wie Boote im sturmgepeitschten Meer.

»Mit ihrem Bruder geschah das gleiche«, sagt Alex. Er zieht ein Gefäß aus einer Reißverschlußtasche in seinem Wams, dreht den Deckel herum, bis es knackt, fischt mit zwei Fingern Bohnen und Würstchen heraus und stopft sie sich in den Mund. Schmatzend fügt er hinzu: »Sie entführten ihn, als er drei war, und es vergingen vier Jahre, bis wir ihn fanden. Keine Chance ...«

»Aber den Kleinen haben diese Dinger erst seit ein paar Tagen.«

»Feen. Stellen Sie sich unter diesem Begriff niemals ›Dinger‹ vor. Sie sind lebendige, atmende, autonome Geschöpfe. Sie sind Feen. Von ihr wurden sie übrigens nicht so genannt. Daß sie heute so heißen, könnte meine Schuld sein.«

»Sie meinen – dieses Mädchen. In London.« Morag hat das Gefühl, im Kreis zu denken.

»Das Mädchen. In London.« Alex taucht die Hand

tief in das Gefäß, um die letzten Bohnen herauszuangeln, und leckt sich Tomatensauce von den Fingern. »Was wollten Sie noch wissen?«

»Die Polizei behauptet, daß Jules …«

Alex wartet, geduldig wie ein Berg.

Endlich stößt Morag hervor: »Mein Freund, der vor der Klinik der Metro-Station an der Place de la Concorde starb. Die Polizei behauptet, daß er Selbstmord beging.«

»Das stimmt nicht«, entgegnet Alex ruhig.

»Er war nicht der Typ, der einfach aus dem Leben scheidet. Ich wußte, daß er so was nie tun würde.«

»Er wurde umgebracht«, sagt Alex. »Sie lockten ihn in den Tunnel, fingen ihn ab und setzten ihn außer Gefecht. Den Rest besorgte der Zug. Es klingt brutal, ich weiß. Aber es ist die Wahrheit.«

»Und ich nehme an, Sie wissen, wer ihn umbrachte.«

»Feen. Die – und noch jemand. Ein Mensch, der ihnen half. Mindestens einer. Sie haben nämlich auch menschliche Agenten in ihren Diensten. Viele stammen aus den Reihen der Liberationisten, andere sind Einzelgänger, Verrückte – alle dem Zauber der Feen erlegen. Der Mann wurde beobachtet, mal hier, mal dort. Es steht fest, daß er sich in wenigstens zwei Fällen ganz in der Nähe des Tatortes aufhielt. Vorgestern abend sah ich ihn mit eigenen Augen vor Ihrem Wohnhaus herumlungern. Wir hatten ein kleines Gespräch, aber dann entwischte er mir.«

»Was wollte er da? Was sagte er?«

Alex hebt einen Finger an die Lippen. »Informationsaustausch, so war es abgemacht. Erzählen Sie mir von dem Mord, den Sie mitansahen!«

»Wir sahen ihn nicht mit an. Wir hörten nur die Schreie …«

Wieder wartet Alex geduldig, bis sie weitersprechen kann. Er hört aufmerksam zu, während sie erzählt, wie sie das Mädchen auf der Straße fand und heimbrachte, wie sie später alle nach den verschwundenen Kindern suchten, wie sie den Leichnam der Kleinen unter dem seltsamen Graffito entdeckten. Sie erzählt auch von ihrer Begegnung mit dem Perimeter-Peeper und der Sicherheits-Patrouille.

»Sie wissen Bescheid«, schließt Morag. »Sie wissen, was sich dort abspielt.«

»Ich verstehe Ihre Gefühle, aber es bringt nichts, wenn Sie Ihren Zorn an kleinen Befehlsempfängern auslassen.«

Morag atmet ein paarmal tief durch. »Also gut. Erklären Sie mir, weshalb die Feen dem kleinen Mädchen die Eierstöcke herausschnitten.«

»Weil sie noch mehr Wechselbälger brauchen. Sie haben zunächst mit der Konditionierung von Kleinkindern experimentiert, aber nun hat es den Anschein, als wollten sie die Umwandlung bereits im Embryonen-Stadium vornehmen. Das Sperma ist kein Problem. Sie finden in den Randgebieten genug arme Tölpel, die ihrem Zauber erliegen und sie verschwenderisch mit Samenzellen versorgen. Schwieriger ist es, an menschliche Eizellen heranzukommen. Ich schätze, sie könnten eine Frau entführen, sie mit Hormonen vollpumpen, um eine Art Menopause herbeizuführen, und dann erneut mit der Ovulation beginnen. Auf diese Weise würde sie jede Menge Eizellen auf einmal produzieren, oder?«

»Ja. Aber das dauert seine Zeit und ist vermutlich zu riskant.«

»Ich denke, daß sie ganz einfach die Mühe scheuen«, sagt Alex. »Deshalb nehmen sie unreife Eierstöcke. Einen Teil davon frieren sie sicher ein, andere bringen sie durch Hormonbehandlung zur Reife.«

»Und wozu brauchen sie die Wechselbälge?«

»Wozu brauchen wir Puppen?«

»Hm ...«

»Natürlich ist es nicht ganz so einfach. Im Grunde

gibt es drei Arten von Feen. Die Übersinnlichen, die meist für sich allein leben. Die Sinnlichen, die mit ihrem Zauber Menschen bannen, aber nur, um Sperma zu sammeln und damit künstliche Eizellen zu befruchten, die sie aus ihren eigenen Zellen herstellen, um ihre Art zu vermehren. Und dann gibt es noch die – anderen. Die sind vermutlich von ihr. Zumindest tragen sie ihre ganz besondere Handschrift. Ich erfuhr erstmals in Amsterdam von ihrer Existenz. Man hatte einen Wechselbalg am Strand aufgegriffen, aber als ich hinkam, war er bereits verschwunden. Und genau in dieser Gegend nahm der Kinder-Kreuzzug seinen Anfang.«

Morag lacht. Sie kann nicht anders. Es ist genau die Art allumfassender, paranoider Verschwörungstheorie, die in den Köpfen der drogengeschädigten Slumbewohner herumspukt, eine Zauberwelt verborgener Kräfte, häufig errichtet auf dem Fundament von Wahnvorstellungen der rechten Hirnhälfte oder von Visionen, die eine Folge von Fembot-Infektionen sind. Obwohl sie noch nicht lange beim Mobilen Hilfstrupp Dienst tut, hat sie alles gehört – von UFO-Entführungen, in denen meist ein berühmter toter Medienstar die Hauptrolle spielt, über prosaische Berichte von Gedankenstrahlen, die menschliche Erinnerungen aufsaugen und in einen Riesen-Computer speisen, der sich irgendwo im Bauch von Paris befindet, bis hin zu Menschen, die behaupten, die dreitausend Jahre alten Hohenpriester von Atlantis zu sein.

»Tut mir leid«, sagt sie, obwohl sich Alex an ihrem Heiterkeitsausbruch nicht zu stören scheint. »Ich finde nur, daß wir ganz schön vom Thema abkommen.«

»Was wissen Sie über entoptische Phänomene?« fragt Alex. »Hatten Sie je Erfahrung mit psychoaktiven Drogen?«

»Kif. Das war im Sudan leichter zu bekommen als Alkohol.«

»Unter entoptischen Phänomenen versteht man eine

Reihe von Leuchterscheinungen, die unabhängig von einer äußeren Lichtquelle auftreten, weil sie durch das menschliche Nervensystem erzeugt werden. Sie bilden die Grundlage von Visionen und Halluzinationen.«

»Oh«, wirft Morag ein, »Sie meinen Phosphene.«

»Ja, so werden sie ebenfalls genannt. Manche Leute bezeichnen sie auch als Formkonstanten. Fast jeder, der einen veränderten Bewußtseinszustand erlebt, unterliegt ihnen. Sie bestehen aus einem Satz geometrischer Grundfiguren, die der Einzelne nach Belieben mit Bildsymbolen ausschmückt. Sie bilden die Grammatik der Visionen, wenn Sie so wollen, obwohl der letzte Schritt oft ein Übergang von entoptischen Formen zu einer mehr halluzinatorisch ausgeprägten Metaphorik ist.

Das Wesentliche an der Sache ist jedoch, daß entoptische Phänomene unabhängig von jedem kulturellen Hintergrund sind. Alle Menschen haben diese Formen gemeinsam – Gitter, Parallelen, Flecken, Kreise, Zickzack-Linien, Spiralen und Filigranmuster. Sie lassen sich bereits in Höhlenmalereien nachweisen, wenn man weiß, wonach man Ausschau halten muß. Kein Wunder, denn die Steinzeit-Jäger befanden sich in Trance, wenn sie ihre Wandgemälde anfertigten. Entoptische Phänomene haben ihren Ursprung im limbischen System, der ältesten und primitivsten Schicht unseres Gehirns. Man könnte sagen, die Grammatik unserer Wahrnehmung ist per Schaltplan festgelegt. Aber die Fembots, die von den Anhängern des Kinder-Kreuzzugs eingesetzt werden, um Visionen in ihren Opfern hervorzurufen, besitzen eine Signatur, die wenig mit den entopischen Phänomenen der Menschen gemein hat. Ich habe mich eingehend mit der Materie beschäftigt, und ich bin auf völlig andere Grundmuster gestoßen.«

Morag erinnert sich an das seltsam wirbelnde Spinnen-Symbol, das sie an der Tunnelwand entdeckt hatte, über dem ausgeplünderten Leichnam des kleinen Mädchens.

»Wenn das stimmt, dann habe ich eines gesehen«, sagt sie.

»Ich weiß, was Sie meinen. Ich bestach einen Polizisten und konnte so einen Blick auf das Protokoll werfen. Es ist beunruhigend, nicht wahr? Irgendwie hypnotisch, auf eine bedrohliche Art und Weise. Hat Sie je eine Liebesbombe erwischt?«

»Ja, aber das war niemand vom Kinder-Kreuzzug.«

»Ich habe Beispiele gesammelt und gespeichert – wenn Sie einen Blick darauf werfen möchten ...«

»Lieber nicht.«

»Sie sind ungefährlich. Ich habe sie entschärft, alles entfernt bis auf die äußere Ikonographie. Es sind die unterschwelligen Botschaften, die den eigentlichen Schaden anrichten. Ich bin inzwischen so etwas wie ein Fembot-Hacker.« Alex hält den Kopf schräg und horcht auf ein Geräusch irgendwo im Haus. »Auch das geht auf ihr Konto. Die ersten primitiven Bildsymbole stammen von ihr.«

»Erzählen Sie mir mehr von diesem Mann, der vor meinem Wohnhaus wartete! Diesem Agenten, wie Sie ihn nannten.«

»Er ist ein armer Kerl, ziemlich verwirrt, wie mir scheint. Er weiß fast nichts über seine Vergangenheit, nur daß er eines der Mitternachtskinder war – geboren in Chambéry, genau um null Uhr, am 1. Januar 2000. Ich verschaffte mir Zugang in die Dateien der Stadtverwaltung. Der Zeitpunkt paßt auf einen gewissen Armand Puech; die Fremdenlegion meldete ihn nach einem Gefecht in Dschibuti als verschollen. Das ist alles, was ich in Erfahrung brachte. Nicht viel, ich weiß, aber er wird wieder auftauchen. Dessen bin ich mir ziemlich sicher. Er sucht nach Ihnen. Sie müssen etwas beobachtet haben – oder sie glauben, daß Sie etwas beobachtet haben.«

»Ich habe keine Ahnung, was das sein könnte.«

»Das ist schade. Es wäre eine große Hilfe, wenn Sie es wüßten.«

Morag gelangt gerade zu dem Schluß, daß der Dicke im großen und ganzen harmlos ist – ein Besessener zwar, der an leicht paranoiden Vorstellungen leidet, aber nicht gewalttätig, nicht *böse* – als sie hinter sich ein Knarren hört, einen Tritt auf einem losen Dielenbrett.

Sie dreht sich um und sieht zwei Reihen nadelspitzer Zähne, als die Puppe sie anlächelt.

10 ■ *Der Agent*

Armand wacht langsam auf. Bewußtseinsbrocken stoßen zusammen, treiben auseinander und stoßen wieder zusammen wie Eisschollen auf den schwarzen Wassern eines überschwemmten Stroms. Nacht. Es ist Nacht. Er liegt auf einem kalten, harten Boden, Nacken Rücken Beine steif. Eine fremde Zimmerdecke, ein fremdes Zimmer. Der grüne Schein von Straßenlaternen, zerschnitten von den Streifen einer Jalousie, fällt über ihn. Als er die Hände vor das Gesicht hebt, entdeckt er, daß sie mit getrocknetem Blut bedeckt sind. Es ist nicht sein Blut.

Es ist wieder etwas Böses geschehen.

Die Frau.

Mister Mike hat die Frau getötet.

Armand setzt sich vorsichtig auf.

Er befindet sich in einer Wohnung. Eine Couch ist umgekippt. Farbloses Gel quillt aus Schlitzen in ihrem Gewebe. Blutspritzer an einer Wand, Blutspuren über verrutschten Teppichen, die zu einer Tür führen. Sie ist nicht ganz geschlossen. Der schmale Spalt gibt den Blick auf weiße Badezimmerfliesen frei.

Im grünen Licht, das durch die Jalousien einfällt, sieht das Blut schwarz aus.

Armand vernimmt ein Geräusch. Sein Herz klopft schneller, und er dreht sich um. Ein Nest aus Kissen ist in einer Ecke zu erkennen, unter einem großen Farn, der in einem Makramee-Korb hängt. Einer vom Kleinen Volk sitzt dort und beobachtet Armand aus dunklen, glänzenden Augen. Er hält eine blutige Keule fest, die von irgendeinem Pelztier stammt.

Armand fragt, was geschehen ist, aber der Elf legt nur einen langen Zeigefinger an die Lippen. Er trägt einen losen Papier-Coverall und Plastiksandalen.

Armand sagt, daß er das alles nicht versteht. Der Elf deutet auf das Bad, ehe er mit seinen scharfen Zähnen ein Stück Fleisch aus der Keule reißt und mitsamt dem Fell verschlingt. Armand will nicht da hineingehen, noch nicht. Statt dessen schlendert er in die Preßform-Kochnische und wäscht sich sorgfältig die Hände. Blutiges Wasser läuft über die im Spülbecken gestapelten Tassen und Untertassen. Sämtliche Küchengeräte blinken die gleiche Botschaft, immer und immer wieder, in roten oder grünen Lettern:

System außer Betrieb. Bitte verständigen Sie den Service!

Armand findet auf der Arbeitsplatte eine halbe Stange altes Brot. Er bricht ein Stück ab und kaut darauf herum, während er durch die Wohnung schlendert.

Der Elf beobachtet ihn aus seiner Ecke.

Ein Decken-Fernseher, ein paar verstreute Zeitschriften aus glattem, wiederverwertbarem Papier, türkische Sitzkissen, ein raffiniert geschnitzter Wandschmuck aus Fischen und Seetang. Das Holz der Plastik duftet schwach nach Rosen. Von einem kurzen Flur zweigen zwei winzige Zimmer ab. Jedes riecht anders, eines wirkt ordentlich, im anderen liegen Kleidungsstücke herum. Etwas bewegt sich unter dem Bett, aber es ist nur ein kleiner Reinigungs-Mobot, die Sorte, die selbsttätig in Aktion tritt, wenn niemand im Raum ist. Neben der Tür am Ende des Flurs hängt eine Bedienungskonsole schief, geschwärzt von einem einzelnen Brandloch. Hinter den Jalousien im Wohnzimmer das Panorama der nächtlichen Stadt.

Die Fernseh-Uhr verrät Armand, daß es zehn nach fünf und der Morgen nicht mehr weit ist. Ein Holowürfel erwacht zum Leben, als er ihn berührt. Er kippt ihn von einer Fläche zur anderen, und die Szenen im Innern kommen und gehen: Ein Mann lächelt ihn an; die sonnenhellen Stroh- und Ockertöne einer ausgedörrten Landschaft; ein Haus mit Terrakotta-Ziegeldach unter einem tiefblauen Himmel; ein paar Leute auf dem Dach eines tropfenförmigen Stadtautos, das im sonnengefleckten Schatten einer Pappel geparkt ist. Fragmente eines Lebens. Armand hält den Würfel dem Elf entgegen. Der nimmt ihn und wirft ihn achtlos beiseite.

Armand setzt sich und versucht nachzudenken. Mister Mike kam zum Vorschein, um zu spielen. Wahrscheinlich ließ ihn der Elf in die Wohnung, damit er die Frau umbringen konnte, die mitangesehen hatte, was dem kleinen Mädchen Böses angetan wurde. Armand empfindet eine gewisse Erleichterung. Nun, zumindest ist es vorbei. Vielleicht kann er jetzt gehen.

Er fragt den Elf, ob die Sache damit erledigt ist, und diesmal springt der Elf auf und schiebt Armand in Richtung Badezimmer.

»Meinetwegen«, sagt Armand. »Meinetwegen.«

Grelles weißes Licht, das von den weiß gefliesten Wänden abprallt. Jemand liegt zusammengesunken in der Duschkabine. Eine Frau mit blutdurchtränktem Hemd. Blondes Haar verdeckt das Gesicht. Der Elf patscht näher, bleibt dicht hinter Armand stehen und reicht ihm eine Flach-Aufnahme in einem polierten Aluminiumrahmen. Eine andere, jüngere Frau in einem lindgrünen Taucheranzug, die direkt in die Kamera blickt, Maske und Schnorchel in ein nasses Gewirr langer schwarzer Haare hochgeschoben, im Hintergrund das Leuchten von salzweißem Sand und blauem Wasser.

Diese Frau hätte Mister Mike töten sollen, aber sie war nicht hier, und so brachte er ihre Mitbewohnerin um. Der Elf erklärt das Armand und befiehlt ihm streng, nie wieder etwas zu tun, das ihm keiner befohlen hat. Dann schärft er Armand ein, keinen Schritt aus der Wohnung zu tun, bis ihn jemand abholt, und küßt ihn voll auf den Mund. Ehe er das Apartment verläßt, überzeugt er sich, daß der Kuß wirkt, und wiederholt seine Anweisungen immer wieder, bis er sieht, daß Armand voll unter seinem Bann steht.

Der Hauch von Soma, den ihm der Kuß vermittelt hat, verwischt die scharfen Ränder der Dinge, aber das Licht ihrer wahren Beschaffenheit hat sich tief in die toten Hüllen eingebrannt. Allein in der Wohnung, wandert Armand auf und ab, verängstigt, aufgeregt, von Übelkeit geplagt. Er ist frei und doch nicht frei. Er denkt daran, die Tür zu öffnen und einfach zu gehen, aber er weiß, das wird er nicht tun. Das kann er nicht tun. Er steht unter einem Bann.

Armand plündert den Kühlschrank und verdrückt eine halbe Honigmelone, eine Pfefferwurst, drei Anchovis sowie einen wässerigen Tofuwürfel. Während er ißt, erhellt die Morgendämmerung allmählich den Himmel. Ketten grünlicher Straßenlaternen verblassen, als sich die grauen Straßen und Häuserblocks aus den Schatten lösen. Die Rand-Arkologien türmen sich wie Gewitterwolken am Horizont der Stadt.

Armand schaltet den Fernseher ein, um Gesellschaft zu haben, und stellt den Ton leise. Er verschiebt die Teppiche so, daß sie die Blutspritzer zudecken. Er durchwühlt die Schränke in den beiden Schlafzimmern, riecht an den Kleidern, wird erregt. Es ist nicht so, daß er vergessen hat, wie Frauen sind, aber er will nicht daran denken, weil dieser Teil in ihm zuviel Ähnlichkeit mit Mister Mike hat.

Er legt sich auf das ungemachte Bett und atmet den Frauenduft des Kissens ein, masturbiert mit einem Höschen, das er sich um den Schwanz wickelt. Er kommt sofort. Als es beim zweiten Mal nicht mehr klappt, schnappt er sich den kleinen Mobot, der unter dem Bett lauert, und stampft darauf herum, bis das Keramikgehäuse zersplittert. Er findet einen zweiten Mobot unter dem Rouleau des großen Aussichtsfensters im Wohnzimmer, ein Ding wie eine fahle Spinne, das sich mit Saugnäpfen an der Glasscheibe festhält. Armand bricht ihm die dünnen Beine ab, eins nach dem anderen, wirft es auf den Rücken und lacht, als es sich vergeblich aufzurichten versucht.

Später, als er pissen muß, hemmt ihn die anklagende Gestalt in der Duschkabine, aber nachdem er ihr ein Handtuch über den Kopf geworfen hat, geht es ganz leicht. Er grinst in den Badspiegel, und Mister Mike grinst zurück. Er ist bereit.

11 Erste Strahlen der Neu Aufgehenden Sonne

Der Elf trägt den Namen Erste Strahlen der Neu Aufgehenden Sonne. Alex nennt ihn Ray, den Strahl. Ray besitzt zwar die blaue Haut und die drahtige, kaum einen Meter hohe Statur einer Puppe, aber er hat auch große, goldgefleckte, sanft strahlende Augen und die hohen, betonten Wangenknochen, für die sich jedes Model freiwillig unter das Messer begeben würde. Rays abstehende Ohren sind so spitz wie die von Mister Spock, und die Spitzen ragen über die blaue Strickmütze auf, die seinen kahlen Schädel bedeckt. Die Ohren zucken hierhin und dorthin, als führten sie ein Eigenleben. Ihre Ränder sind eingekerbt, und links trägt er jede Menge Goldringe und Clips.

Ray ist ein Einzelgänger, der vor mehr als fünf Jahren aus einem Gehege bei Amsterdam befreit und mit einem neuen Chip ausgestattet wurde. Heute lebt er im äußersten Bereich des Randgebiets. Er ist entlang der Küste Europas bis zur Südspitze Spaniens vorgedrungen und auf der anderen Seite wieder nordwärts gezogen. Er befingert die Knoten eines langen, um seine Taille geschlungenen Stricks und erzählt, daß sich immer mehr Randbewohner dem Kinder-Kreuzzug anschließen. Sie nennen sich die Geretteten und versuchen jeden, ob Mensch oder Fee, für ihre Sache zu gewinnen.

»Sie sind im Kopf krank«, sagt Ray in einem ungemein gewählten Schulbuch-Französisch. Er kauert auf dem ausgefransten Orientteppich und grinst mit seinen spitzen Haizähnen um die Worte herum. »Ich halte mich von ihnen fern. Ich weiß, daß sie mich mit einem Blick verwandeln können.«

»Es ist ein Fembot-Bann«, erklärt Alex, als Morag die Augenbrauen hochzieht. »Eine von Fulleren-Viren übertragene Glaubensbotschaft. Feen werden noch leichter infiziert als Menschen.«

»Viele Feen gehören dazu«, bestätigt Ray und lächelt Morag an. »Eine Menge der Geretteten lebt in einem früheren Zivilschutzbunker von Brest. Feen und Menschen.« Sein Grinsen wird breiter. »Heute gibt es schon Menschen, die Feen dienen. Wenigstens eine Veränderung zum Guten.«

Morag fühlt sich erstaunlich ruhig. Vielleicht ist das noch die Nachwirkung des Mittels, mit dem Alex sie im Taxi von ihrem Rausch kurierte. Sie findet Ray ganz und gar nicht bedrohlich, trotz seiner spitzen Zähne. Er hat manchmal die Züge einer schönen Frau, manchmal die eines aufgeweckten, frühreifen Kindes, und doch ist er keines von beiden. Er ist weder Tier noch Mensch, sondern eine Synthese, die ihre Ausgangsprodukte übertrifft. Morag hat sich seine Geschichte wortlos angehört, aber nun fragt sie: »Was bezweckt dieser Kinder-Kreuzzug?«

»Sie alle haben ein gemeinsames Wissen und Ziel, aber nur wer sich ihnen aschließt, erfährt, worin es besteht.« Bei dieser Vorstellung durchläuft Ray ein schwacher Schauder.

»Das ist *ihr* Werk«, sagt Alex. »Das ist ihre Religion.«

Katrina fährt sich mit einer Hand über den Fellstreifen, der ihren kahlgeschorenen Kopf ziert. »Kinder«, sagt sie. »Sie holen gern Kinder in ihre Reihen. Genauso wie diese verdammten Feen!«

»Kinder eignen sich am besten, weil sie so schnell lernen«, entgegnet Ray arglos. »Sie müssen weniger vergessen als Erwachsene. Außerdem habt ihr so viele, und ihr behandelt sie so gleichgültig. Es überrascht mich nicht, daß es so leicht ist, Menschenkinder zu ermorden.«

»Ihr entführt sie, weil sie wehrlos sind«, sagt Katrina. »Die Schwachen verschleppen die noch Schwächeren.«

»Er meint es nicht böse«, versucht Alex sie zu beschwichtigen.

Der Elf lächelt Katrina an. »Ich gehöre nicht dazu«, sagt er.

»Aber du hilfst diesen Leuten«, wendet Morag ein.

»Die Leute helfen mir. Ich helfe ihnen.«

»Der kleine Dreckskerl schnappt überall Gerüchte und Klatsch auf«, sagt Katrina zu Morag, »und verschachert sein Wissen an jeden, der dafür bezahlt. So was wie Moral kennt der nicht.«

»Das stimmt«, bestätigt Ray und entblößt die spitzen Zähne zu einem Grinsen. »Von irgend etwas muß ich leben. Ich bin kein Tier, wie manche meiner Brüder. Sie essen, was immer sie erwischen können. Auch Babyfleisch – saftig, selbst wenn es roh ist!«

»Du Wichser!« Katrinas Stuhl kippt um, als sie aufspringt. Sie packt Ray am Revers seiner Jacke und reißt ihn von den Beinen.

Ray zappelt in ihrem Griff, bleckt die Zähne und schaut ihr in die Augen. »Ich reiße dir die Kehle auf«, sagt er. »Mit einem Biß. Ich sehe zu, wie du verblutest. Ihr habt es zu bequem und seid dadurch verweichlicht. Ich lebe draußen, ständig. Ich kämpfe Tag für Tag ums Überleben.«

Katrina stößt einen angewiderten Laut aus und läßt Ray fallen. Er nimmt wieder seine Hockstellung ein, ungerührt.

»Ray, du weißt etwas, stimmt's? Du weißt etwas über den kleinen Jungen.«

»Es heißt, daß er lebt, aber ich höre andere schlimme Dinge, und ich ziehe schnell weiter. Kleine Jungen gehen mich nichts an.«

Morag sagt: »Aber du könntest mich hinbringen. Ins Magic Kingdom.«

»Von dem würde ich mich nicht mal über die Straße bringen lassen«, faucht Katrina.

»Es ist nicht damit getan, dort hineinzugelangen«, sagt Alex. »Der Ort ist das reinste Labyrinth, eine von Tunneln und Kammern durchzogene Ruine. Sie würden entweder keiner einzigen Fee begegnen, oder die Bewohner würden Sie umbringen, ehe Sie bis ins Zentrum der Anlage vorstoßen.«

»Sie haben Wächter«, erklärt Ray. »Wesen, die Entsetzen einflößen.«

Morag erinnert sich, daß der Perimeter-Peeper etwas von Kobolden sagte. »Aber ich muß den kleinen Jungen finden«, beharrt sie. »Außerdem hast du gesagt, daß du überall hingelangen kannst, Ray.«

»Sie wissen nicht, worauf Sie sich da einlassen«, meint Katrina. »Bei meinem letzten Überfall auf ein Feen-Labyrinth wurde ich von einem Ding attackiert, das Ähnlichkeit mit einem Krokodilhund hatte. Ich kämpfte mich durch ein Gewirr von Gängen mit hundert Fallen – und alles, was ich fand, waren ein paar tote Puppen. Ich sah keine einzige Fee länger als einen Sekundenbruchteil.«

»Wir machen uns unsichtbar«, sagt Ray. »Das ist einer unserer Tricks.«

»Sie haben jede Menge Fluchtwege«, erklärt Alex. »Für jeden Eingang gibt es zwei Ausgänge. Sie müssen gar nicht unsichtbar sein.«

»Die Typen, die auf der Strecke blieben, als ich meinen Bruder rausholte, waren nicht unsichtbar«, sagt Katrina.

»Vielleicht waren das keine Feen«, gibt Ray zu bedenken.

»Vielleicht bist du kein Elf.«

»Puppen-Fickerin!« sagt Ray gelassen.

»Das hättest du wohl gern, was?«

Morag gibt nicht auf. »Ich brauche nur Hilfe, um die Barrieren zu überwinden. Was ist, Ray? Wieviel verlangst du, wenn du mich ins Magic Kingdom einschleust?«

»Er will kein Geld«, sagt Alex. »Er will etwas von mir.«

Ray nickt.

»Bestimmte Drogen«, erklärt Alex. »Hormone. Er verhökert sie.«

»Alex Nummer-Eins.«

»Stimmt. Ich war der erste, der die Dinger herstellte, aber ich hatte damals keine Ahnung, worauf ich mich einließ. Morag, das Eindringen ins Magic Kingdom ist wirklich nicht das Hauptproblem. Es geht vielmehr darum, daß wir eine Art Krieg gegen die Feen führen. Ich möchte, daß Sie das begreifen, denn wir brauchen Ihre Hilfe.«

»Alex, das ist eine ganz verrückte Idee«, warnt Katrina.

»Sie sind Drogendealer?« fragt Morag.

»Nicht ganz. Ich war mal eine Art Genhacker, spezialisiert auf psychoaktive Retroviren. Kennen Sie *Ghost*? Na ja, das liegt schon eine Zeit zurück, und Viren sind aus der Mode gekommen. Inzwischen designe ich Fembots.«

»Was erhoffen Sie sich aus dieser Geschichte?«

»Informationen – wenn ich sie bekommen kann. Es ist alles eng verzahnt, Morag. Es kommt alles aus einer Quelle. Ich versuche sie aufzuspüren.«

»Diese Frau?«

»Ja. Diese Frau.«

Alex sagt das mit so verzweifelter, sehnsuchtsvoller Stimme wie der schmachtende Liebhaber in einem Melodram, daß es Morag schwerfällt, ernst zu bleiben. Katrina wirft ihm einen betont kühlen Blick zu, der aber eine Welle von Mitgefühl verrät. Sie sind beide tief im Innern verletzt, denkt Morag. Sie verstehen sich ohne Worte.

»Und was erwarten Sie von mir?« erkundigt sich Morag.

»Sie sollen unser Köder sein.«

Morag begreift nicht, was er meint.

»Wir warten ab, bis ihr Agent versucht, auch Sie zu töten. Dann bringen wir ihn in unsere Gewalt und holen aus ihm alles heraus, was wir wissen müssen, um ins Magic Kingdom zu gelangen.«

»Das ist doch Wahnsinn.«

»Die sind total verrückt«, sagt Ray. »Loco. Die wollen Dinge wissen, die nicht für Menschen bestimmt sind.«

»Sie haben es auf Kinder abgesehen«, erklärt Katrina. »Täglich werden mehr entführt. Ich habe bis jetzt zwei ihrer Nester zerstört. Beim zweiten Mal hatte ich nicht die richtigen Informationen und wäre um ein Haar hops gegangen. Ich möchte in Kürze den nächsten Versuch wagen. Sie könnten meine Überlebenschancen verbessern.«

Morag wendet sich an den Elf. »Was ist nun, Ray? Ich bin Medizin-Assistentin. Ich kann dir Drogen beschaffen.«

»Nicht die Sorte, die er braucht«, wirft Alex ein.

»Das stimmt«, sagt Ray.

Alex wendet sich an Morag. »Sie bleiben am besten hier. Der Agent wird nach Ihnen suchen, und eine Begegnung mit ihm könnte Ihr Ende sein. Ich habe allen Grund zu der Annahme, daß er eine tödliche Gefahr darstellt.«

Morag nimmt ein ausgiebiges Bad in der alten Emailwanne mit den Klauenfüßen, die sich in einem kahlen Raum mit Stockflecken an den Wänden befindet. Durch ein Dachfenster mit verzogenem Rahmen dringt eiskalte Luft herein. Der Raum füllt sich mit Dampf, und sie schläft fast ein; deshalb läßt sie das Wasser ab, wickelt sich in ein Handtuch und nimmt eine kleine schwarze Weckpille. Sie weiß aus langer Erfahrung, daß sie mit ein wenig chemischer Unterstützung zwei Tage ohne Schlaf durchhalten kann.

Das Handy ist noch in ihrer Tasche, und sie versucht, Kontakt zu ihrer Wohnung aufzunehmen. Sie bekommt keine Verbindung. Nicht einmal der Hausmeister meldet sich. Morag spürt mit einem Mal eine Gänsehaut, und ein heftiges Zittern überläuft sie in dem kalten, dampfigen Bad. Sie ruft in der Klinik an, läßt sich die chirurgische Station geben und fragt nach Nina.

Vom Anrufbeantworter am Empfang erfährt sie, daß Nina Dienst hat, aber nur in einem dringenden Notfall gestört werden kann. Morag will eben erwidern, *daß* es sich um einen Notfall handelt, als ein Mann das Tonband ausschaltet und erklärt, daß Nina heute nicht zum Dienst erschienen sei.

»Ich bin ihre Wohnungskollegin. Ich muß sie sprechen.«

»Sie ist nicht hier«, sagt der Mann und legt auf.

Morag trocknet sich hastig ab, schlüpft in ihre Sachen, löst das hochgesteckte Haar und bürstet es aus. Sie tastet sich durch das dunkle, weitläufige Haus und findet Alex in der gefliesten Küche. Er steht neben der Anrichte und stochert in einem kalten, mit Käse und Schinken gefüllten Croissant herum.

Die Angst und die Amphetamine haben Morags Mund ausgetrocknet. Sie trinkt ein Glas Wasser und fragt, ob sie hier gefangen gehalten wird.

Alex scheint aus seiner Schläfrigkeit hochzuschrekken. »Natürlich nicht. Wollen Sie frühstücken?«

»Ich habe etwas Dringendes zu erledigen. Kann ich dazu das Haus verlassen? Ich verspreche Ihnen, daß ich nicht zur Polizei gehe.«

Alex sieht sie an und meint dann: »Selbst wenn Sie das täten – es würde nichts ändern. Aber seien Sie vorsichtig! Sie wissen nicht, was da draußen auf Sie wartet. Kat ...«

»Ich möchte lieber allein gehen. Ich komme ganz bestimmt wieder zurück.«

»Das geht schon in Ordnung. Wir wissen schließlich, wo Sie wohnen.« Er mustert sie scharf. »Hey, das sollte ein Scherz sein!«

»Zu viele Leute scheinen zu wissen, wo ich wohne.«

Morag zwingt sich, langsam zu gehen, als sie das Haus verläßt. Sie denkt nicht daran, den beiden Randbewohnern zu erzählen, daß mit ihrer Wohnung etwas nicht stimmt. Die Sache ist die, daß sie ihnen nicht traut. Sie will sich selbst um die Angelegenheit kümmern.

Die Morgendämmerung empfängt sie grau und freudlos. In manchen der hohen Häuser brennt Licht; mehr als die Hälfte ist vernagelt. Eine Frau in einem geblümten Kleid, die Schmutzwasser in den Rinnstein neben ihrer Tür schüttet, wünscht Morag einen guten Morgen. Ein langsamer Güterzug rumpelt das Gleisbett entlang, als Morag die Brücke überquert. Sie kämpft die Panik nieder und geht weiter. Eine halbe Stunde später steht sie vor ihrem Wohnblock.

Es dauert eine Ewigkeit, bis der Aufzug im Erdgeschoß ankommt, und ebenso lang, bis er sich wieder nach oben gequält hat. Leute auf dem Weg zur Arbeit oder in die Universität steigen in jeder Etage zu. Morag ruft in der Klinik an, versucht immer noch, Ninas Assistenten zu erreichen, als der Lift endlich in ihrem Stockwerk anhält.

Die Tür öffnet sich auf ihre Berührung. In der Wohnung herrscht völlige Stille. Morag ist sofort auf der Hut, denn das Apartment hat gelernt, sie zu begrüßen, wenn sie heimkommt. Dann sieht sie das Brandloch in der Bedienungskonsole und weiß, daß sie auf der Stelle umkehren und fliehen sollte. Aber sie weiß auch, daß sie ewig weiterlaufen wird, wenn sie jetzt die Flucht ergreift.

Kraftlos, verstohlen, geht sie den kleinen Flur entlang. Der Fernseher ist eingeschaltet, der Ton leise gedreht. Jemand hat die Teppiche verrutscht, und dunkle

Flecken verschandeln die Wände. Mit einem Schock erkennt Morag, was die Flecken bedeuten – und im gleichen Moment reißt ein Mann die Badetür auf und stürmt auf sie zu. Er stolpert über einen Teppich, und Morag rennt aus der Wohnung und drückt auf den Liftknopf, drückt ihn ein zweites Mal, ehe sie sich umdreht und den Mann in der Tür stehen sieht.

Ein großer, grobknochiger, unrasierter Mann Anfang zwanzig, mit einem ausgefransten Pullover und einer vor Schmutz starrenden Uniformhose. Seine Blicke wandern hin und her, aber er vermeidet es, Morag anzusehen.

»Helfen Sie mir!« sagt er. Er tut einen Schritt nach vorn, zuckt zusammen und weicht zurück, als sei er gegen einen unsichtbaren Draht gestoßen, eine Barriere, die er nicht überschreiten kann. »Helfen Sie mir!« wiederholt er. »Ich will hier raus. Helfen Sie mir bitte!«

»Arbeiten Sie für Alex? Alex Sharkey? Sie kennen ihn? Ist Nina da drinnen? Nina!«

Das Lächeln des Mannes flackert auf und erlischt, und Morag weiß alles.

Der verdammte Aufzug kriecht ihr entgegen, Stockwerk um Stockwerk. Morag drückt die Schwingtür zur Nottreppe auf, läuft so schnell wie möglich nach unten. Die Concierge ist nicht da, und so holt Morag ihr eigenes Handy heraus, um die Polizei anzurufen und ein Taxi zu bestellen.

Sie kauert in einer Ecke der Eingangshalle, am ganzen Körper zitternd, und kämpft gegen die Tränen an. Ein paar Studenten werfen ihr erstaunte Blicke zu, ehe sie zu ihren Vorlesungen weitereilen. Dann kommt eine Puppe im Wartungs-Coverall durch die Tür und starrt sie an. Um Morags Fassung ist es geschehen. Sie stürzt auf die Straße hinaus und läuft beinahe in das Taxi, das sie bestellt hat.

Als das Taxi anfährt, erklärt Morag dem Fahrer, daß sie es sich anders überlegt hat: Sie will nicht zum Depot des Mobilen Hilfstrupps draußen beim Flughafen, sondern in die Innenstadt. Der Fahrer zuckt die Achseln und wendet direkt vor den Polizeiautos, die am Eingang des Wohnblocks vorgefahren sind.

Morag hält während der gesamten Fahrt die Hände zwischen die Schenkel gepreßt und wartet, bis der Schüttelfrost das überschüssige Adrenalin aus ihrem Blut vertrieben hat. Sie ist einmal davongelaufen, und sie ist fest entschlossen, nicht wieder davonzulaufen, aber zuerst muß sie wissen, gegen wen sie überhaupt kämpft. Sie kann nicht zu den beiden Randbewohnern zurück, und sie denkt nicht daran, Dr. Science um Hilfe zu bitten, aber während ihrer kurzen Zeit beim Mobilen Hilfstrupp hat sie die Erfahrung gemacht, daß es eine Person gibt, die alles weiß, was auf den Straßen passiert.

Morag beugt sich vor und weist den Fahrer an, sie zum Jardin des Plantes zu bringen.

12 ■ *Die wilde Jagd*

Claude, der Koch, macht seine regelmäßige Runde von den Bidonvilles jenseits der Rand-Arkologien durch die halbverlassenen Vororte bis ins Zentrum der Stadt und wieder zurück. Die meisten Sozialarbeiter wissen, wo sie ihn täglich finden können. Heute hat er seine rollende Küche in einer baumbeschatteten Ecke des Jardin des Plantes aufgestellt, am Fuß des kleinen Hügels, auf dem sich die berühmte Jussieu-Zeder erhebt – von einem Herrn gleichen Namens als Keimling unter einem Dreispitz von London nach Paris geschmuggelt.

Claude hat ein wachsames Auge auf seinen Kochtopf, einen großen runden Eisenkessel, der in der kalten Morgenluft über einem Holzfeuer dampft. Wie immer enthält er Bohnen und Reis. An die zwanzig Männer und Frauen frühstücken von Papptellern. Die meisten beachten Morag gar nicht, aber Claude begrüßt sie gutgelaunt.

Er ist immer gutgelaunt, ein kräftiger Mann mit einem Schmerbauch und einem breiten Grinsen, das tausend Fältchen in sein wettergegerbtes Gesicht gräbt. Er hat den linken Arm in den amerikanischen Bürgerkriegen verloren, und der Ärmel seines karierten Flanellhemds ist mit einer Sicherheitsnadel an der Brust befestigt. Er ist kein Franzose, sondern ein Cajun aus den Bayous von Louisiana, und vermutlich heißt er auch nicht Claude. Jeder vom Mobilen Hilfstrupp kennt Claude, den Koch, und er weiß mehr über die Randgebiete als jeder andere in und um Paris.

Claude strahlt an diesem Tag noch mehr als sonst,

denn er hat eine Tonne Brot vom Vortag ergattert. Später, sobald der Lastwagen das Brot bei ihm abliefert, erwartet er eine Menge Gäste. Morag erklärt ihm, wen sie sucht, und während er nachdenkt, rührt sie die Reis- und Bohnenmasse mit dem schweren hölzernen Kochlöffel, der etwa einen Meter lang und unten schwarz verkohlt ist.

Schließlich sagt Claude: »Ich kenne den Burschen nicht, aber Justin dort drüben, der war in der Legion. Vielleicht weiß der etwas.«

Justin ist ein sehr schüchterner junger Mann mit wunden, rissigen Händen, die aus den zerfransten Manschetten seiner schmuddeligen Bomberjacke ragen. Er erzählt Morag, daß er eine Zeitlang mit ein paar Typen von der Legion unterwegs war und daß einer davon tatsächlich Armand hieß.

»Aber ich habe ihn jetzt mindestens ein Jahr lang nicht mehr gesehen.«

»Sie wissen nicht, wohin er ging?«

Justin zuckt die Achseln. »Vielleicht ist er tot. Vielleicht nicht. Er verließ die Legion, bevor seine Zeit um war. Kann sein, daß er deshalb untertauchen mußte.«

Morag fragt, ob Justin sonst noch etwas weiß, und Justin überlegt eine Weile. »Ich erinnere mich an seinen Kombat-Chip. Sein Verhalten im Einsatz, und so.«

»Eine Art Ausweis?«

»Mehr als das. Wissen Sie, wie das bei der Legion abläuft? Die setzen dir einen Chip ein, in dem eine partielle Persönlichkeit gespeichert ist. So nennen sie das jedenfalls. Es ist ein Programm, das so lange von dir und deinen Reaktionen lernt, bis es dich im Kampf steuern kann. Die Offiziere booten ganz einfach deine Software und verwandeln dich in einen Wolf. Was dann passiert, liegt nicht mehr in deiner Verantwortung. Das bist nicht mehr du, der da kämpft, das ist dein Chip.«

Justin schlingt die Arme um den Oberkörper und

schaukelt auf den Fersen hin und her. Sein Blick geht plötzlich in weite Fernen.

»Irgendwie bist du total weggetreten«, fährt er fort. »Die partielle Persönlichkeit benutzt dich. Sie zwingt dich, die Dreckarbeit zu machen, verstehen Sie? Sie setzt Reflexe ein, die du bewußt niemals beherrschst, und sie hat keine Skrupel, keine Spur von Moral. So was wie ein Zwangshandeln …«

»Psychopathisch?«

Justin lächelt. »Klar.«

»Ich dachte, sie würden lediglich die Reflexe der Soldaten verstärken.«

»Sicher, die Teilpersönlichkeit hat Zugriff auf fest verschaltete Chip-Prozeduren und all den Schrott. Aber du selbst bist offline, damit sie nicht von den Sozialisierungsmustern gehemmt wird, die dir im Lauf deiner Kindheit eingeprägt wurden. Sie will verhindern, daß deine Reflexe ihre Reflexe blockieren. Also betätigt sie den großen roten Schalter in deinem Gehirn, bootet die Software, und du bist weg. Wenn du deinen Job getan hast, kommst du wieder zu dir, denn die Legion hätte viel zu tun, wenn ihre Verrückten auf Dauer verrückt herumliefen. Du erinnerst dich an nichts. Das behaupten sie jedenfalls. Nur – manchmal ist es so, daß du träumst. Du träumst wirres Zeug, und es vermischt sich mit deinem normalen Leben. Das ist schlimm.«

»Kann ich mir vorstellen.«

»Können Sie sich *nicht* vorstellen!« sagt Justin ruhig. »Keine Ahnung haben Sie! Wenn sie dich entlassen, zerstören sie die Codes auf deinem Chip, damit deine Vergangenheit für immer gelöscht ist. Ich bin ihnen abgehauen, sozusagen durch die Maschen geschlüpft, aber ich habe selbst dafür gesorgt, daß mein Chip entfernt wurde. Du willst diesen Kram nicht länger als unbedingt nötig im Kopf haben. Die Träume bleiben nämlich, auch wenn dein Chip raus ist.«

Morag sieht dem gequälten jungen Mann in die Augen und murmelt: »Das tut mir leid.«

»Sie wollten wissen, was mit Armand los ist. Ich hab's Ihnen gesagt. Lebt er noch?«

»Ich glaube schon.«

»Wir nannten seine partielle Persönlichkeit Mister Mike. Weil er Funker war, verstehen Sie. Wenn seine Software gebootet wurde, dann unter dem Kennwort Mister Mike. Wissen Sie, warum ich Ihnen das alles erzähle?«

»Nein.«

»Es geht das Gerücht, daß Armand sich in einen Werwolf verwandelt hat. In einen Killer, verstehen Sie? Als ich ihn das letzte Mal traf, funktionierte sein Chip noch. Er habe Angst, ihn entfernen zu lassen, sagte er. Mister Mike habe ihm verboten, das zu tun. Armer Armand, er war stärker von der Rolle als die meisten von uns.« Justin steht unvermittelt auf und wendet sich zum Gehen. »Und jetzt entschuldigen Sie mich, Mademoiselle.« Morag ruft ihm ein Danke nach, aber er dreht sich nicht mehr um.

»Schauen Sie später noch mal vorbei!« rät ihr Claude. »Ich habe meine Leute, die sich umhören und mehr über diesen Kerl herauszufinden versuchen.«

Es ist möglich, daß die Polizei ihn geschnappt hat, aber Morag bezweifelt das sehr. Sie ist sicher, daß die Puppe – die Fee – die ihr in der Eingangshalle begegnet war, ihn von seinem Bann befreit hat. Schon jetzt könnte er wieder auf ihrer Spur sein.

Erstmals seit Afrika kauft sich Morag ein Päckchen Zigaretten. Die erste schmeckt furchtbar, und der Nikotinstoß wirkt so brutal, daß ihr schwindlig wird. Die zweite ist schon besser. Zum Henker mit den guten Vorsätzen! Die Krebsgefahr ist heute nicht mehr das größte Risiko der Welt.

Sie sitzt in einem kleinen Café. Allmählich wird ihr wärmer. Kaffee und Zigaretten. Wer probierte als erster diese segensreiche Kombination aus? Man sollte ihn oder auch sie heiligsprechen.

Als sie sich beruhigt hat, ruft sie Dr. Science an. Es dauert zwanzig Minuten, bis sie seine Abschirmung durchbrochen hat, und als sie Dr. Science endlich am Hörer hat, weigert er sich zunächst glatt, sie zu empfangen.

»Ich gehe an die Öffentlichkeit«, erklärt Morag. Und als sich Stille breitmacht, fügt sie hinzu: »Ich meine es ernst. So kann die Sache nicht weitergehen.«

»Welche Sache, Morag?«

»Nicht am Telefon. Können Sie vorbeischauen und mit mir sprechen?«

Dr. Science schlägt ein Treffen im Depot vor, aber sie lehnt ab und erklärt ihm, wo er sie treffen kann. Er stimmt zögernd zu, und das verschafft ihr eine vage Befriedigung, dünn wie eine Eisschicht über einem tiefen, kalten, schwarzen See. Endlich ist es ihr gelungen, das Steuer in die Hand zu nehmen.

Dr. Science kommt zu spät. Er ist sauer, weil er Mühe hatte, das Lokal zu finden, und will wissen, warum das Gespräch nicht im Depot oder zumindest in einem anständigen Restaurant stattfinden konnte. Der von Morag ausgewählte Treffpunkt hat ihn nervös gemacht. Gut. Es ist eine billige Kneipe, in der die Studenten der nahen Medizin-Fakultät essen, gut versteckt in einer kleinen, schmuddeligen Gasse mitten im Viertel des Linken Ufers. Die Guillotine wurde praktisch um die Ecke ersonnen, in unmittelbarer Nachbarschaft von Marats Druckerpresse, aber das Linke Ufer ist in Vergessenheit geraten, seit die schicken Läden zugemacht haben und kaum noch Touristen kommen. Sogar die Kneipe wird von einem bewaffneten Türsteher bewacht.

Morag sitzt Dr. Science an einem Schanktisch gegenüber, den sie mit einem halben Dutzend Studenten teilen. Die meisten der lärmenden Gäste ringsum tragen weiße Laborkittel, und ein Hauch von Formaldehyd überlagert den Zigarettenqualm. Die Bedienungen knallen Teller und Weinflaschen mit betont rauhem Charme auf die Tische und rufen dem Koch, der hinter einer spanischen Wand arbeitet, laut die Bestellungen zu.

»Das ist kein Beefsteak«, sagt Morag zu Dr. Science, als ihr Essen kommt. »Das ist echtes Pferdefleisch.«

Sie spürt ein leises Adrenalin-Hoch. Sie ist im Begriff, alle Brücken hinter sich abzubrechen, und es macht ihr nicht das geringste aus. Vielleicht wird sie diesen Schritt später bereuen, aber im Moment steigert sie sich in eine Art Begeisterungstaumel.

»So wenige Lokale haben heutzutage gutes Pferdefleisch auf der Karte«, entgegnet Dr. Science kühl.

Sein Unbehagen bleibt, auch wenn er sich äußerlich gefangen hat. Seine Denim-Jacke mit dem Harley-Davidson-Emblem auf dem Rücken, die engen Leder-Jeans und die Motorradstiefel, das alles ist zu neu, zu elegant. Er hat ein rotes Halstuch umgebunden, das in seinen Kreisen als Geste einstudierter Lässigkeit durchgehen würde, hier jedoch affektiert wirkt. Er ist ein Modegeck, der ein halbes Jahrhundert hinter dem Trend herhinkt, und in Morags Augen hat er noch nie so alt ausgesehen wie heute.

Morag hat keinen Appetit. Sie schiebt das Essen auf dem Teller hin und her, dann faßt sie sich ein Herz und bittet ihn um diesen einen Gefallen: Sie will, daß die Wahrheit über den Mord publik gemacht wird.

Dr. Science zuckt zusammen und sagt etwas, das sie im Lärm der Kneipe nicht verstehen kann. »Nein«, wiederholt er. »Das kommt nicht in Frage.« Seine Blicke weichen ihr aus.

»Es geht nicht nur um den Mord an dem kleinen Mädchen; ihr Bruder lebt vielleicht noch. Ich kann die Polizei verständigen. Niemand muß erfahren, woher der Hinweis stammt.«

»Es gibt … Bereiche.« Die Hand von Dr. Science zieht Trennwände durch die Luft. »Informationen aus dem einen Bereich dürfen nicht in den anderen gelangen. Das wäre problematisch. Mag sein, daß Sie das nicht verstehen, aber glauben Sie mir, es ist so! Um den Menschen in den Bidonvilles helfen zu können, haben wir keine andere Wahl, als uns mit einem Vakuum der Unwissenheit zu umgeben. Und wir wollen ihnen helfen, oder?«

»Zu welchem Preis?«

»Morag, Sie sollten versuchen, das Gesamtbild zu sehen. Sie betrachten nur eine winzige Facette.«

»Feen«, sagt Morag. »Eine neue Sorte von Feen. Sie haben den kleinen Jungen entführt. Und die kleinen Mädchen ermordet.«

»Begreifen Sie denn nicht? Dieses Wissen kann Ihnen gefährlich werden!«

»Jules ist tot. Die Ärztin, mit der ich die Wohnung teilte, ist vermutlich auch tot. Wenn ich nicht aufpasse, droht mir das gleiche Schicksal. Sagen Sie mir, daß Sie nichts von den Vorgängen im Magic Kingdom wissen. Sagen Sie mir, daß die Firmen im Interface nichts davon wissen.«

»Lassen Sie mich das erklären, meine Liebe. Die Einflüsse der Technik auf gesellschaftliche Trends sind nicht leicht vorauszusehen. Es ist keine exakte Wissenschaft, ebensowenig wie etwa die Wettervorhersage. Je mehr Sie ins Detail gehen, desto verschwommener werden die Daten. Und wenn wir die Feen mit unserer menschlichen Logik betrachten, ist das etwa so, als versuchten wir, das Wetter auf dem Mars durch Extrapolation der meteorologischen Verhältnisse hier bei uns vorherzusagen. Das ist sehr schwierig. Lange Zeit hatten wir keine Ahnung, daß die Morde Teil der Veränderungen waren, aus denen sich das Interface entwickelte. Nun, da wir Bescheid wissen, tun wir alles Erdenkliche …«

»Ich habe die weißen Lieferwagen gesehen. Aber es sind nicht die normalen Feen, die diese Verbrechen begehen. Die Morde gehen auf das Konto der Geschöpfe im Magic Kingdom.«

Dr. Science hebt beide Hände. »Sie besitzen nicht alle Informationen, das ist es. Sie kennen Teilaspekte, aber längst nicht das Gesamtbild. Deshalb dürfen Sie nicht vorschnell urteilen.«

»Ich habe einen Elf gesehen. Ich habe mit ihm gesprochen. Die Ereignisse lassen sich nicht mehr unter dem Deckel halten. Der Topf ist am Überkochen.«

Dr. Science zerschneidet das letzte Fleisch auf seinem Teller, kaut langsam das eine und dann das andere Stück. »Kommen Sie in mein Büro«, sagt er dann. »Vielleicht kann ich etwas tun.«

»Dazu reicht die Zeit nicht mehr.«

»Morag, Sie müssen mir vertrauen.«

Morag erkennt, daß sie ihm ganz und gar nicht vertraut. Plötzlich hat sie das Gefühl, daß sich ein Netz um sie zusammenzieht, und Angst schnürt ihr die Kehle zu. Sie wirft Geld auf den Tisch und bahnt sich einen Weg durch das überfüllte Lokal, ohne darauf zu achten, ob Dr. Science ihr folgt. Dann beginnt sie zu rennen.

Sie nimmt jeweils zwei Stufen, als sie zur Odéon-Station hinunterhastet, fährt mit der Metro bis zum Invalidendom und schlendert durch die kalte, etwas überladene Kirche, bis sie sich ruhiger fühlt. Eine von virtuellen Touristen gesteuerte Puppen-Schar drängt sich in der reich verzierten Galerie, die Napoelons Krypta und Sarkophag umgibt. Zum ersten Mal sieht Morag die Puppen als Sklaven, nach Lust und Laune herumkommandiert von Leuten, die womöglich bequem irgendwo am anderen Ende der Welt sitzen. Sie starrt die Gruppe so lange an, bis der bewaffnete Führer, der sie begleitet, zu ihr herüberkommt und sie zum Weitergehen auffordert.

Die Dunkelheit bricht herein, als Morag zum Jardin des Plantes zurückkehrt. Ein wahrer Strom von Menschen bewegt sich auf den Park zu. Er ist bei den Obdachlosen als Nachtquartier beliebt, und im allgemeinen läßt die Polizei sie gewähren, solange sie ihre Schlaflager bei Sonnenaufgang räumen.

Viele Leute haben Verkaufsstände unter den Laternen entlang der Wege errichtet – die Armen, die anderen Armen alles verhökern, von angebrochenen Lebensmittelpaketen bis hin zu brandneuen Fernsehgeräten. Ein paar Hacker haben eine Telefonzelle in Beschlag genommen und bieten verbilligten Zugriff auf das Netz an. Drogen- und Fembot-Dealer gehen unbekümmert ihren Geschäften nach. Ihre Kunden torkeln über den Rasen und führen eindringliche Gespräche mit Gott und mit Außerirdischen, wenn sie nicht staunend die leere Luft betrachten, wo sie Kathedralen oder Engel, Drachen oder tote Stars erblicken. In einem Teil des Parks hat sich eine mit dem Trommel-Virus infizierte Gruppe versammelt, und ihre polyphonen Rhythmen schwellen auf und ab wie eine ferne Brandung.

Im Gewühl der Obdachlosen weiß Morag plötzlich selbst nicht mehr, wo sie hingehört.

Die besten Stände unter Bäumen oder entlang Mauern sind bereits vergeben. Einzelne Männer und Frauen, manchmal auch ganze Familien, schlendern umher und suchen noch nach einem guten Platz für ihre Waren. Tragbare Fernseher murmeln. Ihre flakkernden Schirme, meist erfüllt vom rötlichen Licht des Mars, erwecken den Anschein, als sei der Park ein Sternenfeld.

Claude, der Koch, und seine Helfer haben alle Hände voll zu tun. Sie rühren in drei großen Kesseln und bedienen die Leute, so schnell sie können. Der Widerschein der tanzenden Flammen huscht über zertrampeltes Gras bis hin zu dem kleinen Hügel, erweckt den

Eindruck, als würden sich in dem baumbewachsenen Abhang Schatten bewegen. Im Hintergrund türmen sich Kartons mit geschnittenem Brot. Zwei Saxophonspieler geben ein Gratiskonzert; ihre Scat-Improvisationen wirbeln klagend durch die Nacht. Wenn Claude nicht gerade seine Helfer antreibt, hat er eine Mundharmonika zwischen die Lippen geklemmt, spielt eine Gegenmelodie und schlägt den Takt mit einem großen Holzkochlöffel, daß Reis und Bohnen nur so spritzen.

Morag raucht und wartet, bis Claude Zeit hat, sich mit ihr zu unterhalten. Als er herüberkommt, bietet sie ihm eine Zigarette an – ihre letzte, wie sie verblüfft feststellt. Hat sie das Päckchen tatsächlich so schnell leergemacht?

»Ich hab's aufgegeben«, lehnt Claude ab. »Asche im Essen, das geht schlecht, oder?«

»Das Treiben hier ist schon erstaunlich.«

»Ja. Wußten Sie, daß es unter den Obdachlosen Leute gibt, die durch Paris ziehen und auf brachliegendem Grund kleine Gärten anlegen? Vielleicht haben Sie die eine oder andere dieser grünen Oasen schon gesehen.«

»Das könnte sein. Auf einem ehemaligen Fabrikgelände, wenn ich mich nicht täusche. Ein Teich, Blumen, eine Bank aus Packkisten. Viel Efeu, der die Wände hochkletterte.«

»Genau. Wenn man weiß, wonach man suchen muß, findet man sie überall. Es bewahrt die Typen vor dem Durchdrehen und trägt dazu bei, die Stadt Stück für Stück neu zu beleben. Wir bilden eine unsichtbare Gemeinschaft, die versucht, die Zivilisation zurückzuerobern. Es gibt geheime Zeichen und Wege und Treffpunkte. Natürlich hat es immer schon Versammlungsorte für die Säufer gegeben, und auch die Junkies und Diebe ziehen es vor, unter ihresgleichen zu bleiben. Aber Sie können auch Gleichgesinnte treffen, um Schach zu spielen, sich zu unterhalten, oder sonstwas. Die beiden Saxophonspieler da drüben gehören zu einem Kollektiv, das in Kliniken auftritt und Jam-Sessions veranstaltet, wo Leute ihre Technik verbessern können. Sie verstehen, wovon ich spreche?«

»Ich habe einige dieser Dinge beobachtet.«

Claude grinst. Er schwitzt trotz der Kälte. Seine Kleider riechen stark nach Schweiß und Holzrauch. Ein rotes Tuch ist um seine Stirn gebunden, und über dem Coverall trägt er eine weiße Schürze.

»Wir schätzen eure Arbeit. Diese Suppenküche drüben am Haupteingang – auch das ist gut gemeint. Aber wir haben unsere eigene Organisation. Ich wollte mal seßhaft werden, mit einem festen Job und so. Ich war wirklich Koch, aber das ging verdammt in die Hose. Ständig gesagt zu kriegen, was man zu tun und zu lassen hat, immer für das System zu malochen. Nein, wir haben unser eigenes Ding aufgebaut.«

»Ich verstehe.«

»Unsere Leute haben sich umgehört. Ich sagte ihnen, daß Sie vom Mobilen Hilfsdienst sind. Es gibt da ein paar Typen aus Algerien, die auf der Straße Modeschmuck verkaufen, so Zeug aus Kupferabfällen. Sie kennen diesen Mann. Zwei von ihnen warten drüben, wo die Bäume anfangen. Hey, kriege ich nun diese Zigarette?«

Morag reicht ihm das Päckchen. Claude fischt die Zigarette heraus, hält sie hoch und zerbröselt sie dann zwischen seinen dicken Fingern.

»Rauchen ist schlecht für Sie.«

Und er schlendert lachend zu seiner Kochstelle zurück, um seine Helfer wieder anzutreiben.

Morag gibt sich den beiden Algeriern zu erkennen. Ja, er wisse, wer der Typ sei, den sie sucht, erklärt der ältere Mann, und seine Stimme klingt so trocken wie Staub. Er sei allen Bewohnern des Magic Kingdom gut bekannt.

»Sagen Sie das noch einmal!«

»Sie wissen es«, sagt der alte Mann. Die Kapuze seiner Jacke fällt ihm so ins Gesicht, daß nur das Ende seines weißen Bartes zu sehen ist.

»Sie leben dort?«

Morag entdeckt zu ihrem Unbehagen, daß der andere Algerier sie unentwegt ansieht – aber eher traurig als drohend. Sie erwidert seinen Blick, und er sagt: »Der Mann, den Sie suchen, hat einen verwirrten Geist, aber er hält die Dämonen von uns fern.«

»Dämonen?« Morag merkt, daß sie um so weniger versteht, je mehr sie erfährt. Dann dämmert ihr, was er meint. »Ach so – Feen!«

»Manche nennen sie Feen«, sagt der ältere Mann. Etwas bewegt sich in den Schatten seiner Kapuze. Es ist eine weiße Ratte. Die Schnurrhaare zu beiden Seiten ihrer rosa Schnauze zucken, als sie prüfend umherschnuppert.

Das Gespräch mit dem kleinen Mädchen kommt Morag in den Sinn, und ihre Haut beginnt zu prickeln.

Ein Helikopter zerhämmert die Schwärze über dem Jardin des Plantes. Sein Suchscheinwerfer ist ein gleißender Finger weißen Lichts, der hierhin und dorthin tastet. Das Astwerk der Bäume auf dem kleinen Hügel hinter dem Kochfeuer erzittert unter dem Windsog der niedrig fliegenden Maschine.

»Haben Sie je den Namen Mister Mike gehört?« fragt Morag.

Der zweite Algerier entgegnet ruhig: »Sie sind gleich da.«

»Wer? Wer denn?«

Aber keiner der Männer gibt darauf eine Antwort.

Der Helikopter kommt zurück. Er fliegt niedrig und sehr langsam, schwenkt mit abrupten Insektenbewegungen hierhin und dorthin. Der weiße Speer seines Laser-Scheinwerfers fährt nach unten, erlischt, erhellt einen anderen Fleck. Überall im Park bleiben Menschen stehen und starren nach oben. Jenseits des Haupttors blinken die Blaulichter von Polizeifahrzeugen.

Morag wird klar, daß Dr. Science sie irgendwie markiert hat. Der Helikopter streicht seitlich über Claudes Kochstand hinweg. Der Rauch von den Feuerstellen wirbelt in alle Richtungen. Kartonstapel fallen um, und es regnet Brotscheiben, als habe sich ein Wunder ereignet. Ein Lichtspeer schießt nach unten und läßt Claude mitten in einer Drohgebärde mit seinem hölzernen Kochlöffel erstarren. Sein Coverall flattert im Sturm, den die Rotoren entfachen. Claude brüllt zornige Flüche.

Der Scheinwerfer erlischt und flammt über einem Fleck zertrampelten Rasens wieder auf. Er erlischt und hat im nächsten Moment die beiden Algerier erfaßt. Sie achten nicht auf den Helikopter; sie sehen Morag an. Der jüngere Mann weint still vor sich hin. Tränen glitzern auf seinen Wangen und tropfen ihm vom Kinn. Sein Mund ist offen. Die Zunge zuckt und windet sich wie eine gefangene Schlange, aber er kann nicht sprechen.

Morag geht rückwärts, bis sie die Bäume erreicht hat, dann dreht sie sich um und rennt los. Der Helikopter steigt über dem Hang auf. Der Scheinwerfer geht an und aus, flackert wie Wetterleuchten zwischen dem Astgeflecht. Morag läuft mitten durch ein Obdachlosen-Lager, kann gerade noch einer Frau ausweichen, die in schmutzige Decken gewickelt am Boden liegt. Sie übersteigt einen niedrigen Zaun, reißt sich die Handflächen am Stacheldraht wund und überquert die asphaltierte Plattform auf der Hügelkuppe. Die Zweige der prachtvollen alten Zeder rauschen wie in einem Sturm, und ein Regen duftender Nadeln geht über Morag nieder.

Licht stößt in die Tiefe, bricht sich in den Baumkronen zu einem Moirémuster. Der Helikopter ist direkt über ihr. Eine Lautsprecherstimme dröhnt los, wird von elektronischem Rauschen übertönt. Morag umrundet den Baum und hastet die steile Treppe auf der anderen Seite des Hügels hinunter. Ein Mann taucht aus dem Dunkel auf und versucht sie am Arm festzuhalten, aber sie versetzt ihm einen Stoß und läuft weiter, ohne sich umzudrehen. Er ruft ihr etwas nach, aber sie ist schon außer Reichweite.

Am Ende der Stufen ist ein kleiner Garten mit einem Teich. Die runden Blätter von Seerosen liegen wie Fußspuren auf dem schwarzen Wasser. Morag wirft sich nach vorn und schreit unwillkürlich auf, als das eisige Wasser über ihr zusammenschlägt.

Triefend erhebt sie sich und taucht sofort wieder unter, als der Helikopter in niedriger Höhe vorbeiknattert. Der Lichtstrahl bohrt sich ein Dutzend Meter von ihr entfernt in das Gelände, erhellt die weiße Steinstatue einer nackten Frau und erlischt. Der Helikopter entfernt sich.

Fembots. Irgendwie ist es Dr. Science gelungen, sie mit Fembots zu markieren. Das erfordert nicht viel. Mit einer einzigen Berührung können Tausende von winzigen Tonaufnehmern, Transmittern und Einzelbild-Kameras mit Fischauge-Optik aufgebracht werden, deren digitalisierte Daten sich jederzeit abrufen lassen. Das Wasser hat sie weggespült, und die Spur, der die Helikopter-Besatzung folgte, ist nun verwischt.

Morag watet zum Rand des Teiches. Ihre Zähne klappern, und sie zittert am ganzen Körper, als sie das Ufer erklimmt. Ein Mann steht neben der Frauenstatue. Er scheint aus dem Nichts aufgetaucht zu sein, ein Gespenst, halb Schatten und halb grünliches Laternenlicht. Es ist der Mann aus ihrer Wohnung. Er umklammert zwei Plastikgriffe und zieht sie mit einem scharfen Ruck auseinander. Morag hört ein leises Schwirren und weiß, daß er der Werwolf ist, daß dieses Ding in seinen Händen eine Monofil-Würgeschnur ist.

»Armand!« sagt sie, erstaunt, daß sie trotz ihrer Furcht sprechen kann. »Tun Sie es nicht, Armand! Ich kann Ihnen helfen!«

Der Werwolf grinst und stürzt auf sie zu. Licht explodiert hinter Moragsy Schläfen. Sie wird gegen den Boden gedrückt. Der Werwolf packt ihr Haar und zerrt daran, versucht ihren Kopf zu heben. Sie wehrt und windet sich, weil sie weiß, daß er die Hauptschlagader mit einem Ruck durchtrennen kann, wenn er erst einmal die Schnur um ihren Hals geschlungen hat.

Und jemand schreit mit schriller, rhythmischer Stimme: »Sirius! Sirius! Sirius!«

Der Werwolf läßt ihr Haar so unvermittelt los, daß sie mit dem Hinterkopf hart gegen den Boden prallt. Morag liegt halb betäubt da, während der Mann zurückgerissen wird. Jemand hilft ihr auf die Beine. Es ist Katrina. Sie grinst wie bescheuert.

Armand, der Werwolf, liegt zwei Meter neben ihr lang ausgestreckt auf dem Rücken. Er schluchzt und stößt sonderbare, halb erstickte Laute aus. Alex Sharkey beugt sich über ihn und sagt unbeholfen: »Na, na! Ist ja wieder gut!«

Morag erkennt, daß die Sache von Anfang an geplant war. Die beiden haben sie seelenruhig in die Falle tappen lassen. »Ihr Arschlöcher!« zischt sie wütend. »Ihr verdammten Arschlöcher!«

Katrina kratzt sich den Leopardenfell-Streifen am Hinterkopf. Sie trägt schwarze Lederjeans und einen schwarzen Lederblouson mit rotem Fellfutter. »Es hat doch geklappt, oder?« meint sie.

Morag tritt Katrina gegen das Knie. Die Frau fällt nach vorn, und Morag versetzt ihr zwei Schläge gegen den Kopf, ehe Katrina sie am Handgelenk zu fassen bekommt und ihr den Arm nach hinten dreht.

»Wir hatten eigentlich mit mehr Dankbarkeit gerechnet«, sagt Katrina dicht neben ihrem Ohr. »Ich meine, immerhin steckten Sie eben noch ganz schön in der Scheiße.«

»Ihr Arschlöcher!« schreit Morag so laut, daß ihre Kehle schmerzt. Von dem kleinen Hügel kommt das Echo zurück.

Katrina lacht und läßt Morag los. »So – jetzt sind Sie wieder okay«, sagt sie.

Morag bewegt ihre Hand. Die Knöchel schmerzen. »Sie haben einen Eisenschädel«, stellt sie fest.

»Warum sind Sie so sauer? Sie zogen auf eigene Faust los und dachten nicht daran, unsere Bitte zu erfüllen.«

Katrinas betrübter Tonfall entfacht Morags Zorn von neuem. »Meine Freundin ist tot. Er da hat sie umgebracht. Und er lauerte schon, als ich meine Wohnung betreten wollte. Ihr habt gewußt, was mich erwarten würde, stimmt's? Aber ihr habt kein Wort gesagt!«

»Nun«, entgegnet Katrina sachlich, »Sie haben auch nicht gefragt.«

Alex Sharkey mischt sich ein. »Ich warnte Sie davor, in Ihre Wohnung zurückzukehren. Ich ahnte, daß so etwas passieren könnte.«

Morag wendet sich zum Gehen.

»Die Bullen suchen immer noch nach Ihnen«, sagt Alex.

Morag dreht sich um. »Haben Sie das arrangiert?«

»Bestimmt nicht. Genau genommen bereitet es uns sogar beträchtliche Umstände. Aber wenn Sie den Park verlassen wollen, ohne verhaftet zu werden, müssen Sie sich uns anvertrauen.«

13 ■ *Informationsfluß*

Katrina dreht die Wagenheizung voll auf, als sie den Fluß überquert. In Alex Sharkeys Mantel gewickelt, kauert Morag in dem heißen Dröhnen, das aus den Lüftungsschlitzen dringt. Ihr Schüttelfrost geht bis ins Mark, und sie achtet kaum darauf, wohin sie gebracht wird. Eisige Kälte hüllt ihren Nacken ein. Das hat seinen besonderen Grund: Um sie leichter an den Polizeikontrollen vorbeizuschleusen, hat Katrina ihr rasch, aber gekonnt die Locken abgeschnitten. Morag streicht immer wieder über ihre neue Frisur. Sie hat das Haar seit ihrer Schulzeit nicht mehr kurz getragen.

Alex teilt sich die Rückbank mit Armand, dem Werwolf. Er erzählt Morag, wie er das Kennwort entdeckte, mit dem die Offiziere die Tötungsreflexe in den Köpfen ihrer Soldaten wieder außer Kraft setzten.

»Die Überlegung war einfach«, sagt er selbstzufrieden. »Wenn es einen Codebegriff gab, der den Chip aktivierte, mußte es auch einen geben, der den Befehl wieder rückgängig machte. Ich holte ihn bereits vor einiger Zeit aus dem Web. Ein paar Hacker hatten das Sicherheitssystem des Verteidigungsministeriums geknackt, sämtliche Dateien über Werwolf-Chips kopiert, komprimiert und ins Netz geschaufelt. Nichts macht Hackern nämlich mehr Spaß, als mit dem Insider-Material anzugeben, das sie sich illegal beschafft haben. Das Kennwort war in den Standardbefehlen verborgen. Es hat Wunder gewirkt, finden Sie nicht?«

Morag findet eher, daß er keinen Deut anders ist als die Hacker, über die er sich so herablassend äußert. Sie hat sich inzwischen einigermaßen erwärmt und streift die Pseudoderm-Handschuhe ab, deren Fingerabdrükke passend zu dem Ausweis gefälscht sind, den sie am Kontrollpunkt vorwies.

»Es war der reinste Zauberspruch«, meint Katrina und stimmt ihr rauhes Lachen an.

Sie halten in einer schmalen Gasse vor einem Laden mit heruntergelassenen Jalousien. Eine junge Frau läßt sie herein. Sie ist ein nervöses, durchsichtiges Geschöpf mit strähnigem blonden Haar. Als Alex zu erklären anfängt, zuckt sie nur die Achseln, nimmt Morag an der Hand und führt sie an leeren Schaukästen vorbei zu einem winzigen Bad. Die Blondine bringt Morag ein großes, fadenscheiniges Handtuch und zieht sich wortlos zurück. Das Handtuch ist dunkelrot und mit gelben Meerestieren gemustert.

Morag zieht den Mantel von Alex und ihre eigenen durchweichten Sachen aus und wickelt sich in das Handtuch. Ihr abgeschnittenes Haar ist mittlerweile fast trocken. Der Klang von Stimmen führt sie über eine Wendeltreppe in eine Art Großraum-Büro. Die Schreibtische und rechtwinkligen Trennwände stehen noch an Ort und Stelle. In der Deckenverkleidung klaffen breite Risse, aus denen Kabelbündel hervorquellen. Die Fenster sind mit Alufolie abgedunkelt.

Einen Moment lang glaubt Morag, etwas um eine Säule schweben und dann in einen Schacht hinter den freigelegten Schläuchen der Klimaanlage verschwinden zu sehen. Sie blinzelt und schüttelt den Kopf: Das Ding war eine winzige Fee, mit Flügeln, einem weißen Gewand und einem Zauberstab, von dessen Spitze Sterne sprühten. Sie hat eine Spur von Silberstaub hinterlassen, die nach und nach verblaßt.

»Elegantes Outfit!« sagt Katrina spöttisch von hinten.

Morag dreht sich um. Katrina hat ihre Lederjacke ausgezogen und macht an einem Lüftungsrohr einhändige Klimmzüge. Dunkle Schweißflecken zeichnen sich unter den Achseln ihres grauen T-Shirts ab. Neben ihr liegt der Werwolf auf einer Schreibtischplatte, schlaff wie ein Leichnam, bei dem die Muskelstarre noch nicht eingesetzt hat.

»Wir haben ihm eine Dosis verpaßt«, erklärt Katrina gutgelaunt. Ihr Atem geht völlig normal. »Der Typ war so von der Rolle, daß er nur noch schluchzte. Sie können mit ihm machen, was Sie wollen – ich sage nichts.«

Morag wickelt das Handtuch enger um sich. »Wie meinen Sie das?«

»Also, ich ...« – Katrina setzt ihre Klimmzüge mit der anderen Hand fort – »ich würde ihm erst mal eine in die Eier landen, ihm dann die Rippen polieren und schließlich ein paar Dinger in die Nieren zünden, daß er zwei Tage lang Blut pißt. Damit wäre er eine Weile ausgeschaltet, und Sie könnten in aller Ruhe überlegen, wie Sie ihn dauerhaft aus dem Verkehr ziehen.«

»Ihn trifft doch keine Schuld. Ich meine, er stand doch unter der Kontrolle der Feen.«

»Haben Sie eine Ahnung, Baby! Wenn die Legionäre nach einer Weile nicht mehr zwischen gesteuerter und echter Persönlichkeit unterscheiden können, dann liegt das daran, daß ein Großteil ihres Charakters in die Chip-Merkmale mit einfließt. Der Rest besteht vorwiegend darin, Gewohnheiten umzuprogrammieren und Reflexe zu verstärken.«

»Selbst wenn das so ist, liegt mir nichts daran, ihm wehzutun.«

»Sie würden ihn wohl gern der Polizei ausliefern?«

»Nein.« Morag schüttelt den Kopf. »Nein, das auch nicht. Immerhin kennt er den Weg ins Magic Kingdom.«

Katrina zieht sich jetzt mit beiden Händen hoch, greift um und macht einen Felgaufschwung. Dann schaut sie auf Morag herunter und sagt: »Gute Idee, aber warten Sie damit, bis Alex Ihnen die Hiobsbotschaften verkündet hat. Na los, gehen Sie ruhig zu ihm! Ich tue Ihrem Liebling nichts.«

Morag riecht Kaffee, und ihr Stammhirn übernimmt das Kommando. Das Handtuch mit beiden Armen an den Körper gepreßt, folgt sie dem Aroma in die Mitte des staubigen Büro-Labyrinths. Alex lümmelt in einem Drehsessel mit vergammelter Polsterung, beleuchtet von einer senkrecht angebrachten Biolum-Röhre, die seinem Hamsterbacken-Gesicht eine Eidechsenfarbe verleiht, und erzählt seine Story einem Mann in einer himmelblauen Djellabah, der auf einem hohen Hocker kauert.

Auf dem Schreibtisch hinter dem Fremden taumeln durchscheinende Figuren über den Holo-Schirm eines Computerdecks. Ein gebündeltes Monofil-Glasfaserkabel, nicht stärker als ein Haar, aber leistungsfähiger als sämtliche in diesem Großraumbüro vorhandenen Leitungen, kommt aus der Computer-Rückwand und verschwindet in der Decke. Ein halbes Dutzend silberner Flaschen wird in einem Wasserbad auf konstanter Temperatur gehalten, und daneben nudelt ein Thermostat mit einem Stakkato klickender Geräusche ein Programm durch, das die Raumwärme reguliert. Im Hintergrund steht eine Kaffeemaschine mit halbvoller Glaskanne.

Der Fremde wirft Morag einen Blick zu, ehe er sich wieder an Alex wendet. »Sie hatten Glück, Mann, daß das Kennwort paßte!«

Alex bläst über einen Becher, der randvoll mit dampfendem Kaffee gefüllt ist, nimmt einen vorsichtigen Schluck und sagt: »Der Mann ist ein Deserteur, und der Chip wurde einfach stillgelegt. Wer immer ihn für seine Zwecke mißbraucht, hat den Code außer acht gelassen oder weiß nicht, wie man ihn verändert.« Er lächelt Morag an.

»Ich hätte gern etwas Kaffee«, sagt Morag.

»Das hier ist Max«, stellt Alex den Fremden vor. »Sein richtiger Name lautet natürlich ganz anders.«

Max reicht Morag einen Becher Kaffee. Er ist nicht

älter als zwanzig, hat dichtes Kraushaar und eine sehr dunkle Hautfarbe. Seine Pupillen erinnern an gehämmertes Gold; er trägt die Sorte von Kontaktlinsen, die Bilder direkt an die Netzhaut weiterleiten. Über den Wangenknochen bilden Stammesnarben ein Muster kleiner Halbmonde auf der Haut.

»Tut mir leid, Lady«, sagt Max. »Wir haben keine Milch.«

»Ich trinke ihn schwarz. Und was sind Sie? Noch so ein Spinner mit einer tollen Theorie?«

Ganz am Rand von Morags Gesichtsfeld glitzert etwas. Die kleine Fee schwebt dicht an sie heran, wirft ihr eine Kußhand zu und verschwindet in einer Wolke silberner Flocken.

»Max beschäftigt sich mit visueller Kunst«, erklärt Alex.

»Er ist ein Liebesbomber«, widerspricht Morag. »Er züchtet hier Fembots, ohne die nötigen Schutzmaßnahmen zu treffen. Eine seiner Schöpfungen hat mich eben gezappt.«

Max lächelt. »Tinkerbell? Die ist kein Fembot.«

»Dann eben ein Hologramm. Von verborgenen Projektoren auf meine Netzhaut geworfen. Hört mal, ich bin nicht so naiv, wie ihr zu glauben scheint! Also spart euch bitte die gönnerhafte Tour! Ich wäre längst weg von hier, wenn ihr Blödtypen nicht die Informationen hättet, die ich unbedingt brauche.«

»Es ist absolut unnötig, die Polizei einzuschalten«, sagt Alex und hebt beschwichtigend die Hände. »Wir haben unsere eigene Methode, dieses Problem zu lösen. Helfen Sie uns dabei, Morag! Auf diese Weise erreichen wir alle unser Ziel.«

»Bis auf Jules und Nina. Die sind tot. Und das arme kleine Mädchen, all die armen kleinen Mädchen.« Tränen brennen in ihren Augen. »Ihr könnt mich mal ...«, murmelt sie wütend.

Die Frau mit den gebleichten Strähnen kommt herein, Morags Sachen über dem Arm. Sie sind nur getrocknet, nicht gewaschen. Die Blondine reicht Max zwei Quadrate mit Klebeband in einer transparenten Hülle und sagt: »Positiv.«

»Jetzt werden wir gleich mehr wissen«, sagt Max.

»Wir haben nach Fembots gesucht«, erklärt Alex. »In den Sachen, die Sie anhatten. Und in denen des Werwolfs.«

Morag stellt den Becher ab und wischt sich mit dem Handballen die Tränen ab. »Armand. Er heißt Armand. Was haben Sie mit ihm vor?«

»Man könnte ihm erst mal den Chip entfernen. Würden Sie uns dabei helfen?«

»Ich dachte, er könnte uns ins Magic Kingdom führen.«

»Ich kann ihn fragen, aber ich garantiere nichts. Als ich das letztemal versuchte, etwas Überzeugungsarbeit zu leisten, kam der Werwolf in ihm zum Vorschein. Um ein Haar hätte er Kat erwürgt.«

»Die Legion will verhindern, daß ihre Leute Geheimnisverrat begehen«, erklärt Max. »Deshalb bringen Zwang und Verhöre die schlimmsten Züge der partiellen Persönlichkeit an die Oberfläche.«

»Vielleicht macht er mit, wenn wir ihn darum bitten.«

»Vielleicht«, sagt Alex, »aber wir sollten wirklich zuerst den Chip entfernen. Selbst ohne das Ding ist er noch schwer gestört, aber zumindest müssen wir nicht befürchten, daß wir seine Werwolf-Instinkte auslösen. Wären Sie bereit, ihm die Zähne zu ziehen?«

»Was geschieht, wenn ich nein sage?«

»Dann bleibt uns keine andere Wahl, als ihn zu beseitigen«, entgegnet Alex. »Aber das widerstrebt mir, ehrlich. Abgesehen von den moralischen Bedenken, ist es sehr teuer und läuft auf die Verschwendung eines Menschenlebens hinaus.«

Morag überlegt, ob moralische Bedenken jemals eine

Rolle in Alex Sharkeys Leben gespielt haben. In seinem weißen Anzug mit dem grün-orange karierten Hemd, die Hände über dem beachtlichen Bauch verschränkt und milde lächelnd, thront er wie eine Art Anti-Buddha auf dem Drehstuhl. Was immer er sich von dieser Angelegenheit verspricht, es ist mehr als die Story, die er abgeliefert hat – dieses Märchen, daß er einer Frau verfallen ist, genial und wahnsinnig in einem, die angeblich mit links die Feen erschaffen hat und sie heute noch für ihre ganz persönlichen Zwecke mißbraucht. Er steckt mindestens ebenso tief in der ganzen Sache wie der arme Armand, aber seine Motive liegen völlig im dunkeln. Morag weiß nicht recht, ob er wirklich gegen den Kinder-Kreuzzug arbeitet oder ob er nur versucht, diese Bewegung vor seinen eigenen Karren zu spannen. Sicher weiß sie dagegen, daß sie nicht aufgeben wird. Das ist sie Jules schuldig. Sie geht davon aus, daß Armand – oder zumindest der Werwolf in ihm – Jules und Nina getötet hat und daß auch die armen kleinen Mädchen auf sein Konto gehen. Wenn Armand ihr nicht helfen kann oder will, bleibt ihr immer noch die Möglichkeit, ihn bei der ersten sich bietenden Chance der Polizei zu übergeben.

Morag läßt sich all diese Dinge durch den Kopf gehen, während sie hinter einer Trennwand den steifen, verfilzten Pullover und die zerknitterte Hose über die klamme Unterwäsche zieht. Das Vliesfutter ihres Mantels weist häßliche Flecken auf, und in den Steppnähten des silberfarbenen Obermaterials kleben getrocknete Schlammreste. Aber zumindest friert sie nun nicht mehr.

Max hat eines der Quadrate mit der Klebeseite nach oben in einen winzigen Rahmen aus rostfreiem Stahl gespannt und schiebt es jetzt in ein Raster-Tunnel-Elektronenmikroskop, das extern mit einem der Computer gekoppelt ist. Die Vakuumpumpe der Anlage ächzt, und dann weichen die Figuren, die über den Holo-Schirm taumeln, einer welligen Landschaft in verschiedenen Leuchtgrün-Stufen, über deren Hügel und Täler kleine scharfkantige Rauten treiben. Max holt eines der Gebilde näher heran. Die Ränder verschwimmen, als das Ding den Schirm ausfüllt. Es ist eine Art Fembot, ein Trapezoid von etwa einem Mikron Seitenlänge, die Oberschicht eine Anordnung von lichtsammelnden Dioden, die an ein Facettenauge erinnern.

Max dreht die Cursor-Kugel, um einen Ausschnitt am Bildrand ins Blickfeld zu rücken, und stellt die Vergrößerung nach, bis der Schirm mit einem Muster fusseliger Sphären ausgefüllt ist: den dotierten Buckyball-Molekülen, aus denen die Fembots bestehen. Am unteren Rand des Schirms schnellen rote und rosa Linien vor und zurück, ehe sie sich stabilisieren.

»Germanium und Gold«, sagt Max. »Das ist die Konfiguration, die von der Polizei verwendet wird. Der Fembot macht aufs Geratewohl ein einzelnes Bild und speichert es, zusammen mit dem Zeitpunkt des Geschehens. Die Bullen holen die Daten von etwa zwei Millionen dieser Wanzen ein und stellen mit Hilfe heuristischer Methoden den richtigen zeitlichen Ablauf her. Primitiv, aber effektvoll.«

»Die haben jeden Ihrer Schritte beobachtet«, sagt Alex zu Morag, während Max das zweite Klebeband-Quadrat einschiebt. »Sie wußten das, nicht wahr? Deshalb sprangen Sie in den Teich.«

Die zweite Probe enthält einen anderen Fembot-Typ, klumpig und amorph wie eine Ansammlung von Seifenblasen. Alle besitzen einen Schlitz im vorderen Ende, mit dem sie an Zellribosomen andocken und ihre Wirte zwingen können, neue Proteine herzustellen. Außerdem sind sie mit paddelähnlichen Endgliedern ausgestattet, die Spannungsschwankungen nutzen, um sich durch flüssige Medien fortzubewegen.

»Echt cool«, sagt Max begeistert, während er einen Fembot nach dem anderen scannt und die Bilder in den Computer lädt.

»Feenstaub«, erklärt Alex. »Manche dieser Dinger scheinen gar nichts zu bewirken; andere rufen permanente Veränderungen im menschlichen Gehirn hervor, wenn sie die Chance dazu erhalten. Wie so etwas geht? Unser Gedächtnis ist in weitverzweigten Strängen überall im Gehirn verteilt. Diese Fembots suchen einen der Stränge auf und schreiben ihn um. Man verliert die betreffende Erinnerung und erhält dafür einen Glauben, eine Überzeugung. Ich vermute, daß so etwas mit mir geschah, als ich noch viel jünger war. Diverse Fembot-Klassen übermitteln unterschiedliche Glaubensbotschaften. Manche sind extrem stark, wie diese Loyalitäts-Viren, die in Afrika eingesetzt wurden …«

»Ich kenne ihre Wirkung«, unterbricht ihn Morag.

Sie sieht plötzlich die Flüchtlingslager vor sich, eine Million Männer, Frauen und Kinder mit einem einzelnen, verbunden durch einen myriadenfach verzweigten Gedächtnisstrang, den Papa Zumis Loyalitäts-Epidemie gewoben hatte. Die wenigen Menschen, die der Seuche entkamen oder spontan geheilt wurden, fielen den Häschern der Regierung mit ihren schwarzen Anzügen und Video-Brillen zum Opfer. Diese jungen Männer – sie waren nicht infiziert. Sie hatten die Abhängigkeit freiwillig gewählt. Das war es, was sie so schrecklich fand, was sie so traurig und wütend machte. Sie hatten einen wesentlichen Teil ihrer Persönlichkeit aufgegeben – für ihre Anzüge und blankpolierten Schuhe, für ihre Suiten in den Fünfsterne-Hotels, für den Zugang zu Satelliten-Fernsehen und VIP-Bars. Sie waren Träger der Macht, aber es war nicht ihre Macht. Zum gegebenen Zeitpunkt umstellten sie auf Befehl von Papa Zumis Exilregierung die Kliniken. Als die Verhandlungen zwischen UN-Vertretern und dem unerschütterlichen Papa Zumi abgebrochen wurden, stürmten die jungen Männer die Camps und vertrieben sämtliche Sozialhelfer mit Waffengewalt. Am nächsten

Tag waren die jungen Männer tot, zusammen mit einer Million von Flüchtlingen.

Alex mustert sie scharf. »Die Feen im Magic Kingdom verbreiten psychoaktive Viren und Fembots in zahllosen Varianten. Wir sind ziemlich sicher, daß die Dinger nicht gezielt entwickelt werden, sondern mehr oder weniger zufällig entstehen. Aus der großen Vielfalt wählen die Feen dann diejenigen Typen aus, die ihrem jeweiligen Zweck am ehesten entsprechen. Das gleiche geschieht im Interface: Die Bewohner nehmen Luftproben und versuchen die Sorten herauszufiltern, die sie verwerten können. Aber die Viren hier stammen nicht aus dem Interface. Die hat der Werwolf im Magic Kingdom selbst aufgeschnappt. Einige davon könnten eine Art Loyalitäts-Seuche der Feen übertragen.«

»Die meisten fallen in das übliche Interface-Spektrum«, wirft Max ein. »Aber es gibt ein paar bedeutsame Ausnahmen.«

Licht zuckt über die Holo-Anlage, und auf dem Bildschirm erscheint ein halbes Dutzend klumpig zusammengeballter Gebilde, die langsam rotieren.

»Die Fembots der Feen und der Kreuzzug-Anhänger sehen ganz anders aus als das Zeug, das Viren-Hacker verwenden«, sagt Alex. »Zum einen sind sie von Assemblern hergestellt, die eine geschlechtliche Fortpflanzung ermöglichen. Deshalb gibt es im Zusammenhang mit dem Kinder-Kreuzzug so viele unterschiedliche Arten von Fembots. Das ist wie die biologische Vermehrung einfacher Organismen, bei der die Eltern als Gameten fungieren. Die Assembler verschmelzen, tauschen nach dem Zufallsprinzip Teilstücke genetischer Informationen aus – in diesem Fall Algorithmen – und trennen sich wieder. Ich vermute, daß es auf dieser Stufe bis zu einem gewissen Grad auch zu künstlich herbeigeführten Mutationen kommt. Die beiden neuen Assembler sind Schimären aus der Summe der kombinierten genetischen Informationen beider Eltern. Die

Typen, die sich als besonders lebenstüchtig erweisen, können dann Menschen infizieren und sie zu loyalen Anhängern der Kinder-Kreuzzüge machen. Das ist gesteuerte Evolution ...«

»... deren Ziel wir leider nicht genau kennen«, ergänzt Max.

»Wir wissen nicht einmal, ob es ein Ziel gibt«, sagt Alex. »Die Assembler verbreiten sich wie HIV. Genau genommen noch schlimmer, da bereits ein Kuß zur Ansteckung führen kann. Aber hier haben wir keine Assembler, nur ihre Produkte, und selbst die sind alle tot – sie können nur in Serum überleben. Sehen Sie, deshalb wirken die Dinger so eingefallen und verschrumpelt ...«

Alex lächelt Morag an, aber sie läßt sich von seinem Fachchinesisch nicht beeindrucken. »Wir wissen bereits, woher er kommt«, sagt sie ruhig.

»Die hält das Ganze für eine Schau, Boss«, sagt Max. »Wir sollten sie gehen lassen.«

»Was ist?« Alex sieht sie fragend an. »Wollen Sie aussteigen?«

»Natürlich nicht. Und ich halte das hier auch nicht für eine Schau. Es kommt mir nur allzu bekannt vor.«

»Nun, wenn Sie bleiben wollen, dann können Sie uns vielleicht helfen«, meint Alex. »Haben Sie je einen Kontroll-Chip entfernt?«

Für Morag ist das Routine. Während ihrer medizinischen Ausbildung hat sie einen Monat lang in der Leith-Klinik für offenen Strafvollzug gearbeitet, wo sie Neuverurteilten Überwachungs-Chips einsetzen und nach Ablauf der Bewährungsfrist wieder entfernen mußte. Wie ein kleines unabhängiges Gewissen, wie eine Kopie von Pinocchios Ente Gina, sind solche Chips stets in Alarmbereitschaft, um jede unerlaubte Handlung des Trägers zu ahnden. Sie beschränken den Bewegungsraum von Straftätern auf einen bestimmten Radius und lösen kataleptische Reaktionen aus, wenn die betreffenden Personen psychoaktive Drogen nehmen oder in verbotene Aktionen verwickelt werden.

Der Chip des Werwolfs scheint sich von den Modellen des offenen Strafvollzugs kaum zu unterscheiden. Er sitzt auf einem schieferkleinen Stecker, der in die rechte Augenhöhle implantiert ist. Morag betäubt die Augenmuskeln mit einem Curare-Spray, schiebt den Augapfel leicht zur Seite und zieht den Chip mit Hilfe einer Mikro-Schablone, die sich an die Augenhöhlen-Konturen des Werwolfs anpaßt. Sie hat keine Möglichkeit, die Pseudoneuronen zu beseitigen, die Fembots spinnen, um die Hardware des Chips mit den Neuronen der Hirnrinde zu verbinden, aber ohne den Kontroll-Chip sind diese Bio-Verbindungen inaktiv. Der Chip ist nicht größer als eine Mikronadel. Max untersucht ihn im Scanner und verkündet, daß es sich um ein echtes Armee-Modell handelt.

Alex stemmt Armand die Kiefer auseinander und betrachtet aufmerksam seine Zunge, zuckt aber nur die Achseln, als Morag ihn fragt, wonach er sucht. »Wir holen ihn zurück«, sagt er. »Vielleicht gibt er uns ein paar Hinweise.«

»Darauf kannst du lange warten«, meint Katrina nüchtern.

Sie behält recht. Armand zittert und schluchzt erst mal eine Stunde lang, und danach sagt er ihnen nur das, was sie ohnehin schon wissen. Max breitet einen Plan des Magic Kingdom aus, aber Armand behauptet, er habe keine Ahnung, wo sich die Feen-Brutstätte befindet. Irgendwo unter der Erde. Bei näherem Befragen stellt sich heraus, daß sie im Turbinenraum eines Kraftwerks liegen muß. Max entdeckt die Energiezentrale im Freizeit-Park selbst, dazu eine Notstromversorgung unter dem Hotelkomplex der Ferienanlage.

»Die ist allerdings noch in Betrieb«, sagt Max.

Sonst erfahren sie nicht viel von Armand. Seine Stimmung wechselt von unterwürfig zu mürrisch-abweisend, bis er fast hysterisch wird und überhaupt nichts mehr mit der Sache zu tun haben will.

Schließlich beginnt er wild um sich zu schlagen. Katrina dreht ihm die Arme auf den Rücken und schubst ihn in das Labyrinth der Trennwände. Morag hört, wie sie ihn anschreit, endlich Vernunft anzunehmen. Es folgen zwei klatschende Hiebe, dann ist es still.

»Sie muß Dampf ablassen«, sagt Alex, wie um Morag zu besänftigen.

Aber Morag empfindet wenig Mitleid für den Mann. Er ist eine leere Hülse, von innen her verfault, armselig servil, verschlagen und gewalttätig. Das geborene Opfer, sicher. Doch anstatt ihm beizustehen, würde man ihn am liebsten aus dem Fenster werfen und einfach liegen lassen.

Katrina kommt zurück und erklärt, sie habe den kleinen Mistköter zum Schlafen gebracht. Es ist spät, nach Mitternacht. Morag macht sich in einer Ecke ein Nest aus Luftpolster-Packfolien und bettet den Kopf auf ihren zusammengerollten Mantel. Sie fällt in einen leichten, unruhigen Schlaf. Als sie irgendwann aus ihren Alpträumen aufschreckt, sieht sie den schwachen Schein von Biolum-Lampen und hört irgendwo im Raum vages Gemurmel. Die Kabelbündel wirken bedrohlich wie Schlangen, und die wahllosen Löcher in den Deckenfliesen ergeben fast einen Sinn, aber ehe Morag ihn ganz erfaßt, schläft sie wieder ein.

Die ungepflegte Blondine rüttelt sie wach und legt einen Finger auf die Lippen, als Morag protestieren will. Es ist kalt und still. Die Deckenleuchten werfen einen zeitlosen, grünlichen Glanz auf die Trennwände, die angesengten Schreibtische, die staubgrauen Teppichfliesen.

Als Morag sich aufrichtet, steif vor Kälte, dringt ein gedämpftes Hämmern vom Erdgeschoß herauf. »Schnell!« sagt die Blondine und rennt los.

Max ist verschwunden, obwohl seine Computer noch laufen, summend und blinkend wie eine Art elektronisches Geisterschiff. Der Rest des Gebäudes liegt im Dunkel, und Morag tastet sich vorsichtig die Wendeltreppe hinunter. Die Blondine drängt sie zur Eile.

»Was ist los?«

Im gleichen Moment verstummt das Hämmern.

»Sie sind im Haus!« flüstert die Blondine, packt Morag an der Hand und zerrt sie mit. »Hier entlang!«

Alex Sharkey wartet mit Katrina in einem winzigen Kellerraum. Armand liegt zusammengerollt auf dem ölfleckigen Betonboden. Alex grinst Morag an und sagt: »Ich wußte es doch! Da steckt der Kinder-Kreuzzug dahinter. Da steckt *sie* dahinter!«

Katrina hat ein kleines Flachbild-Fernsehgerät. »Sie sind jetzt auf der Rückseite«, berichtet sie. »Ein Lieferwagen steht bereit. Offenbar rechnen sie damit, uns dort in Empfang zu nehmen.«

»Sie läßt uns holen«, sagt Alex. »Ich wußte, daß sie so reagieren würde.«

Die Blondine schließt eine Art Feuertür, die an sämtlichen Kanten mit dicken Gummileisten abgedichtet ist. Es kostet sie einige Mühe, bis das Schloß einschnappt. Dann legt sie drei große Hebel vor, einen nach dem anderen.

»Also sitzen wir hier in der Falle«, stellt Morag fest. Sie ist immer noch im Halbschlaf und empfindet die Ereignisse irgendwie als irreal.

An der Wand neben der Tür sind zwei große Druckluftzylinder befestigt. Die Blondine öffnet die Ventile, und ein schrilles Pfeifen erfüllt den kleinen Raum.

Morags Ohren schmerzen und beginnen zu knacken, als sie schluckt. Jetzt begreift sie. Überdruck. »Max ist ein Liebesbomber«, sagt sie.

Katrina verzieht den Mund zu einem wölfischen Grinsen und schnippt die kleine Kontrollkugel des Flachschirms mit ruckartigen Schulter- und Ellbogenbewegungen hin und her, während sie von einer Überwachungskamera zur anderen schwenkt.

»Sie haben die Eingangstür geschafft«, berichtet sie. »Und die Treppe. Sie sind vorsichtig. Bewegen sich geduckt und warten eine Weile an den Türen und Ecken, ehe sie weiter vordringen. Die Kids sind ferngesteuert. Interessante Waffen. Klebfäden-Sprays. Taser. Offenbar sollen sie uns lebend einfangen. So, das ist gut, jetzt haben wir sie. Sie schauen sich um. Noch wollen sie nicht glauben, daß es sie erwischt hat. Aber jetzt – jetzt dämmert ihnen die Wahrheit. Sieht so aus, als würden sie sich zum Gebet versammeln.«

Die Blondine steht mit dem Rücken zur versiegelten Tür. Sie sagt mit leiser, klangloser Stimme: »Wir haben hier gute Arbeit geleistet. Dieses Haus existiert in keiner Datenbank, so gründlich waren wir. Eigentlich schade drum ...«

»Nur keine Wurzeln schlagen, würde Max jetzt raten«, sagt Alex.

»Weil er sich alles zusammenstiehlt, was er braucht«, entgegnet die Frau. »Für ihn ist die Welt ein riesiger Supermarkt – und wir sind die Mäuse, die in den Ritzen leben. Ihm reicht es voll und ganz, wenn er an seine Daten rankommt.«

»Er hat seinen Computer hiergelassen«, sagt Morag.

»Das ist nur ein Terminal«, erklärt die Blondine. »Die Daten sind über die ganze Welt verteilt, verschlüsselt in Web-Servern und kommerziellen Netzen. Wir hatten mal Zugriff auf ein halbes Prozent des russischen Börsensystems. Das ist eine Menge Verarbeitungskapazität.«

Plötzlich schwebt Tinkerbell dicht vor Morags Nase. Morag schlägt nach ihr, und die kleine Fee zeigt ihr den Stinkefinger, ehe sie nach oben schießt. Sie taucht in das grelle Licht des summenden, fluoreszierenden Ringes und zerplatzt in einem Schauer silberner Flocken.

»Außerdem entwickelten wir überall im Haus gute

Ware«, fügt die Blondine nüchtern hinzu. »Totale Verschwendung …«

»Es geschieht für das Wohl der Allgemeinheit«, widerspricht Alex.

»Quatsch!« fertigt ihn die Frau trocken ab. »Den Verlust bezahlen Sie uns, selbst wenn Sie Ihr Ziel nicht erreichen.«

»Aber sicher.«

»Andernfalls heften wir uns an Ihre Fersen.«

»Das wird nicht nötig sein.«

»Die meisten dieser Blödmänner beten doch tatsächlich!« berichtet Katrina. »Bis auf einen – der rennt durch die Gegend und preßt die Hände an die Schläfen. Der hatte vielleicht nie den rechten Glauben.«

»Oh, den rechten Glauben haben die alle«, sagt Alex.

»Jetzt überkommt sie der Zorn der Gerechten«, fährt Katrina fort.

»Wer sind diese Leute?« erkundigt sich Morag.

»Eine Einheit des Kinder-Kreuzzugs«, entgegnet Alex. »Ich habe endlich ihre Aufmerksamkeit erregt. Aber das hier ist nur ihr Fußvolk. Das nützt mir wenig. Noch jemand draußen, Kat?«

»Zwei auf dem Dach gegenüber der Vorderseite. Die an der Rückfront haben wir alle.«

»Dort gibt es keine Fluchtmöglichkeit«, meint die Blondine. Sie verteilt große durchsichtige Kunststoffbrillen und kleine Filtermasken, die Mund und Nase abdecken. »Die Fembots können nur über die Schleimhäute eindringen«, erklärt sie Morag. »Die Maske ist mit einem reaktiven Filter ausgestattet: Kleine Steuerventile unterstützen per Flipflop das Ein- und Ausatmen. Die Luftwege können sich nicht verstopfen, auch wenn sie sich bei längerem Gebrauch etwas erwärmen. Atmen Sie flach, dann geht es einigermaßen.«

Die Ränder von Maske und Brille fühlen sich feucht und glitschig an, aber sie sitzen fest auf Morags Haut. Katrina hat Armand eine Maske übergestreift; nun wirft sie ihn im Rettungsgriff über ihre Schulter, während die Blondine die Tür entriegelt.

Es sind zwei Kids im Treppenhaus und zwei weitere im Korridor, der zur Laderampe hinter dem Haus führt. Sie murmeln und schluchzen vor sich hin und starren dabei in unendliche Fernen. Ihre Blicke scheinen die Mauern zu durchdringen und dort furchtbare oder glorreiche Dinge zu sehen.

Morag schleicht an ihnen vorbei. Sie atmet flach, spürt keinen Widerstand von der kleinen Maske; allein der leichte Druck um Mund und Nase verrät ihr, daß es eine Barriere zwischen ihrem Nervensystem und den Milliarden Fembots gibt, die durch die Luft schwirren, jedes einzelne Träger einer blendenden Vision.

Ein Lieferwagen parkt an der Laderampe hinter dem Gebäude. Ein mit Schaumstoff und Baumwolle verkleideter Boden, Polsterbänke, Halteschlaufen, die vom Dach baumeln. Morag umklammert einen der Griffe, während Katrina den Wagen in die graue Morgendämmerung katapultiert. Armand rollt auf dem weichen Boden hin und her, als Katrina um eine enge Kurve fegt, ohne das Tempo zu drosseln. Sein Hinterkopf prallt mehrmals gegen Morags Stiefel.

Die wilde Fahrt dauert ein paar Minuten. Dann verkündet die Blondine, daß die Zeit um ist. Sie streift Maske und Brille ab. Die Versiegelung hat rote Striemen auf ihrer Haut hinterlassen. »Alles in Ordnung«, sagt sie zu Morag. »Die Dinger vermehren sich nicht, und sie enthalten eine Selbstmord-Uhr.«

Morag nimmt ebenfalls ihre Maske ab und entdeckt, daß es im Laderaum des Lieferwagens nach billigem Weihrauch riecht. Katrina hält an und springt ins Freie. Alex öffnet die Hecktüren, und Katrina packt Armand und schleppt ihn zu ihrem Taxi. Es steht noch an der gleichen Stelle, wo sie es am Abend zuvor verließen. Die Blondine klettert ins Freie und geht zu Fuß die Straße entlang, ohne die anderen eines Blickes zu würdigen. Sie dreht sich selbst dann nicht um, als Alex ihr nachruft, daß er seinen Teil des Deals halten werde und daß er das gleiche von Max erwartet. Sie biegt um die nächste Ecke und ist verschwunden.

»Was für ein Deal?« fragt Morag.

»Max überwacht den Kinder-Kreuzzug. Er hat es geschafft, in ihr Netz einzudringen. Deshalb wußten wir um die Möglichkeit eines Überfalls.«

»Und er ist einfach abgehauen.«

»Er muß einen neuen Knoten errichten.«

»Und das macht Ihnen Spaß, nicht wahr? Diese albernen Verschwörungen.«

Alex hebt die Schultern. »Ich habe kaum eine andere Wahl.«

»Beeilt euch!« ruft Katrina.

Eine Gang von Kids, alle in weißen T-Shirts und blauen Jeans-Coveralls, kommt auf sie zugestürmt. Während Morag neben Armand auf die Rückbank des Taxis hechtet und Alex sich in den Beifahrersitz plumpsen läßt, dreht Katrina den Zündschlüssel herum und prescht mit aufheulendem Motor los.

Etwas schlägt gegen das Dach. Im nächsten Moment hängt ein Kind mit dem Kopf nach unten über die Windschutzscheibe. Es besitzt die leere, vollkommene Schönheit eines Engels, mit rosigen Pausbacken und einer Fülle goldener Locken. Katrina drückt auf den Schalter, der die Autobatterie mit der Karosserie verbindet. Ein bläulicher Blitz zuckt auf. Das Kind rollt zur Seite und stürzt neben dem Taxi auf Hände und Knie. Katrina fährt mit Vollgas weiter.

Als das Taxi das Ende der Sackgasse erreicht, fesselt Katrina Armand mit Handschellen an den Rahmen des Beifahrersitzes und fordert Morag auf, sitzenzubleiben und ihn zu bewachen. Aber Morag weigert sich, allein mit dem Werwolf im Auto zu bleiben, obwohl er bewußtlos ist und sie ihm eigenhändig den Chip entfernt hat. So folgt sie Alex und Katrina im fahlen Morgenlicht über die Eisenbahnbrücke zu ihrem hohen, schmalen Domizil.

Jemand hat die Tür aufgebrochen und mit weißer Farbe ein Ewigkeitssymbol – eine Spirale, von deren einem Ende ein Kreuz herabhängt – über den Rahmen geschmiert. Im Innern des Hauses sind die schweren Vorhänge heruntergerissen. Die Eindringlinge haben versucht, sie zusammen mit dem Perserteppich in Brand zu stecken, aber Wasser aus den ebenfalls beschädigten Leitungsrohren hat die Flammen erstickt. Es stinkt nach Rauch und feuchter Asche.

Das Computerdeck ist verschwunden. Alex erklärt, daß es nur ein Terminal war, genau wie bei Max, und daß er seine Dateien anderswo gespeichert hat. Aber er hat etwas von seiner fröhlichen Gelassenheit verloren. Er setzt sich auf einen Plastikstuhl und starrt ins Leere, ohne Moragas Fragen zu beachten, während Katrina lärmend die Räume durchstöbert. Als sie zurückkommt, berichtet sie, daß die Zeichen überall sind.

»Dieser verdammte Ray hat uns reingelegt.«

Morag will wissen, ob die Feen hinter dem Anschlag stecken, aber Alex verneint. Er macht den Kinder-Kreuzzug dafür verantwortlich.

»Kein Zweifel – jetzt haben wir *ihre* Aufmerksamkeit«, sagt er. »Gehen wir! Sie lassen das Haus sicher überwachen, und ich weiß nicht, ob meine Roboter alle ihre Kameras aufspüren.«

Draußen sagt Katrina: »Dieser kleine Wichser! Ich hasse seine blaue Visage und sein blödes Grinsen. Am liebsten würde ich ihn umbringen.«

»Wir wissen aber nicht, ob er es war«, beschwichtigt Alex.

»Du bist viel zu vertrauensselig«, fährt sie ihn an. »Der Scheißkerl arbeitet für beide Seiten. Wie gewöhnlich. Er war von Anfang an ihr Geschöpf. Sie wird jetzt alles wissen.«

»Nein, nicht alles. Ich denke, daß wir noch eine Chance haben.«

»Ohne Ray?«

»Was willst du? Du hast ihm von Anfang an mißtraut. Immerhin haben wir Bloch, und wir haben den Werwolf. Das letzte Mal waren wir ganz allein.«

»Das letzte Mal hätten wir um ein Haar ins Gras gebissen«, faucht Katrina. »Und noch eins. Ich schlage vor, daß wir die Kleine hierlassen.«

»Abgelehnt«, mischt sich Morag ein.

Katrina wirft ihr einen eisigen Blick zu.

»Wir haben eine Abmachung«, sagt Alex. »Fang nicht wieder damit an, Katrina! Wir stecken auch so bis zum Hals in Schwierigkeiten.«

Armand ist im Taxi zu sich gekommen und hat versucht, die Fesseln abzustreifen. Er stinkt nach Schweiß, und seine Handgelenke sind blutig gescheuert. Wütend blitzt er sie durch die fettigen Haarsträhnen an, die ihm in das ausgezehrte Gesicht hängen.

»Das gibt Rache!« droht er. »Ich habe eine Menge guter Freunde.«

Er setzt seine verbalen Angriffe während der Fahrt aus der Stadt fort, und als Katrina sich umdreht und nach ihm schlägt, lacht er nur. »Ihr werdet schon sehen!« sagt er. »Ihr werdet schon sehen!«

»Sie sind von jetzt an auf sich selbst gestellt, mein Freund«, erinnert ihn Alex. »Der Killer in Ihrem Kopf existiert nicht mehr, und ohne ihn werden Ihre kleinen Freunde wenig mit Ihnen anfangen können. Denken Sie mal darüber nach!«

Das bringt den Werwolf für eine Weile zum Schweigen. Sie halten an einer Raststätte seitlich der Autobahn.

Katrina bleibt im Taxi, um Armand im Auge zu behalten. Morag trinkt muskatgewürzten Kaffee, während Alex drei Cheesburger verschlingt, einen nach dem anderen.

»Sie sollten etwas essen«, sagt er in Englisch. »Damit Sie bei Kräften bleiben.«

»Ich würde gern wissen, wofür Sie das alles machen«, entgegnet Morag.

Alex tupft sich mit einer Serviette das Fett von den Lippen. Er fühlt sich unbehaglich und nervös in der engen Nische, eingequetscht hinter der beschichteten Preßspan-Tischplatte. Jetzt, da er zum Handeln gezwungen ist, merkt er, daß er stärker auf diese zielstrebige, aber naive junge Frau angewiesen ist, als er sich eingestehen will. Und er kann ihr unmöglich den Bann erklären, den Milena ihm vor so vielen Jahren auferlegt hat, von dem er bis heute nicht loskommt, obwohl sie ihn ausgenutzt und dann verlassen hat.

Er sagt: »Da war dieser Typ, auf den ich in Amsterdam stieß. Ich erfuhr von ihm einiges über die neuen Feen, die das Magic Kingdom in ihre Gewalt gebracht hatten.«

»Lernten Sie damals nicht auch Katrina kennen?«

»Das war etwas früher. Dr. Luther betrieb eine Art Bordell und setzte Freigänger als seine Assistenten ein. Sie wissen, wie das läuft?«

»Ich habe eine Weile in einer Klinik des offenen Strafvollzugs gearbeitet.«

»Dr. Luther stellte spezielle Anforderungen. Er rekrutierte Straftäter mit medizinischen Kenntnissen als Helfer für die Umwandlung von Puppen in Sexobjekte, und das klappte, weil er sich darauf verstand, die Kontroll-Chips der Freigänger außer Kraft zu setzen. Außerdem handelte er mit Feen, als eine Art Nebenerwerb. Einer seiner Assistenten ließ sich mit den Feen ein, und sie gaben ihm etwas ganz Besonderes zu kosten.«

Morag beginnt die Zusammenhänge zu sehen. »Armand braucht etwas, nicht wahr? Etwas, das ihm die Feen geben?«

»Ich hörte, daß sie es Soma nennen, obwohl es sicher wenig mit dem gleichnamigen Göttertrunk des Rigveda zu tun. Es verändert die Sicht der Dinge und vermittelt ein tiefes Gefühl des Wohlseins, ohne das Denkvermögen zu beeinträchtigen. Man wird davon stark süchtig. Angeblich zerreißt es den Schleier und zeigt uns, daß selbst die geringsten Dinge vom Licht der Schöpfung durchdrungen sind. Jemand – sie hat gesagt, daß es die Tore zum Feenland erst richtig öffnet. Aber damit diese Droge wirkt, muß der Zungenmuskel mit irgend etwas infiziert sein, das sich ausbreitet und sich bis hinauf ins limbische System frißt. Das ist alles, was ich weiß.«

»Viele Leute würden ein Vermögen für so eine Droge ausgeben.«

»Natürlich. Drogen spiegeln den Zeitgeist am besten wider. Um die Jahrhundertwende, als die Menschen allesamt ein Ideal anstrebten, das sie nie erreichen konnten, war es Mode, zu Stimmungsaufhellern zu greifen. Heute dagegen erleben wir eine Reaktion auf die Massenpsychose des späten zwanzigsten Jahrhunderts. Gefragt ist der individuelle Trip, der Rückzug in die Innenwelt. Denken Sie nur an all die Opas und Babuschkas in ihren winzigen Zellen draußen in den Rand-Arkologien, deren einziger Kontakt zu anderen Menschen die künstliche Web-Intimität ist! Sie begnügen sich damit, in ihren eigenen Gedankenwelten zu leben. Zu den Dingen, die Max aufzeichnet, gehören auch gesellschaftliche Trends. Auf dem Mond und dem Mars wuseln jetzt schon Tausende von Mobots herum, in die sich die Erdbewohner jederzeit einklinken können – und bald wird es allein auf Mars Millionen dieser Dinger geben, weil die Astronauten gerade dabei sind, eine Fabrik vor Ort zu errichten. Zum Jupiter ist eine Sonde unterwegs, die sich nach der Landung selbst vervielfältigen soll. Die Menschen in den Rand-Arkologien verbringen zumindest die Hälfte ihres Daseins in virtuellen Welten oder an der Strippe einer Maschine, die für sie auf Entdeckungsreisen geht.«

Morag denkt an die Exkursionspuppen, die gehorsam im Gänsemarsch durch die Straßen und Museen von Paris ziehen und die Sehenswürdigkeiten der Stadt mit den Augen virtueller Touristen betrachten.

»Die nächste Stufe besteht darin, die Barriere zwischen Geist und Maschine zu überwinden«, fährt Alex fort. »Das ist seit fünf Jahren möglich, aber nahezu unerschwinglich. Dennoch streben immer Menschen dieses Ziel an. Wir befinden uns in einem Zeitalter der Solipsisten, und ich habe nicht schlecht damit verdient, ihre Bedürfnisse zu befriedigen. Ich begann mit psychoaktiven Viren für Raver und tat mich später mit Liebesbombern wie Max zusammen. Aber es gibt noch viel radikaleres Zeug als alles, was ich je hergestellt habe. Sogar noch radikaler als Soma, darauf gebe ich Ihnen mein Wort.«

»Was hat das alles mit der Rettung des Jungen zu tun?« fragt Morag ungeduldig.

»Armand braucht Soma. Es macht körperlich abhängig, und er wird ziemlich auf Entzug sein. Dann lassen wir ihn laufen. Er wird uns den Weg ins Magic Kingdom zeigen. Ich habe einen Kontaktmann im Interface, der uns helfen wird. Für einen bestimmten Preis.«

»Und dann?«

»Vertrauen Sie uns! Wir machen das nicht zum ersten Mal.«

»Sie sollen herausfinden, woraus dieses Soma besteht? Das ist Ihr wahres Motiv?«

»Mein wahres Motiv habe ich Ihnen bereits genannt. Das Soma dient nur der Finanzierung.«

»Diese Frau. Wenn ich nur glauben könnte, daß es so einfach ist!«

»Liebe ist nie einfach«, sagt Alex.

14 ■ Das Interface

Niemand hält sie auf, als sie das Interface ansteuern. Alex zahlt die horrende Mautgebühr mit einer Platin-Kreditkarte, und das Taxi wird auf den großen, nahezu leeren Parkplatz durchgewinkt.

Armand wirkt benommen; er ist schweißüberströmt und zittert am ganzen Körper. Morag erkennt die Entzugssymptome und würde ihn gern stabilisieren, weil sie ein Herzversagen befürchtet, aber Alex behauptet, er würde schon durchkommen, und sie muß ihm glauben. Dennoch flößt sie ihm etwas Orangensaft ein, ehe sie ihn bei Katrina im Taxi zurückläßt und Alex über den Parkplatz folgt.

Das Interface hat sich um den Haupteingang zum Magic Kingdom ausgebreitet, auf den Ruinen des größten Hotels, das einst zur Anlage des Freizeitparks gehörte. Der Bau war ursprünglich mit Außengerüsten und Türmen ausgestattet, alle dem Magic Kingdom zugewandt und nach oben strebend wie Pflanzen, die das Licht suchen. Es gibt sogar Kamera-Plattformen, die von kleinen Fesselballons hängen. Die plumpen, silbrigen Luftschiffe schaukeln und glitzern wie schwangere Guppys über dem regellosen Wirrwarr des Interface. An der Grenze zum Magic Kingdom saugen Filterfallen, die an riesige schwarze Sonnenblumen erinnern, die von den Feen freigesetzten Fembots und genmanipulierten Mikroben aus der Luft.

Von Firmen beauftragte Forschungsgruppen haben sich im Hotel selbst einquartiert und zahlen astronomische Preise für jedes Zimmer mit Blick auf das Magic Kingdom. Aber ein Großteil der Überwachungs- und

Sondierungsaufgaben wird von unabhängigen Abenteurern und Glücksrittern durchgeführt. Sie leben, arbeiten und spielen in Wohnwagen, Containern und aufblasbaren Zelten entlang der holprigen Straßen und Feldwege oder auf Hausbooten an den Ufern des langgestreckten Sees.

Das Interface ist eine Zone ohne Plan und Regeln, gepuscht von der Unsichtbaren Hand des freien Unternehmertums. Wie in einem Goldgräber-Camp des neunzehnten Jahrhunderts treffen hier Glanz und Elend auf engstem Raum zusammen. Es gibt ein Dutzend verschiedene Kommunikationssysteme und ein unüberschaubares Gewirr von Kabeln und Leitungen. Die Wände sind mit Botschaften vollgesprüht und mit Reaktions-Postern zugepflastert: Ein unbedachter Schritt, ein versehentliches Berühren – und schon hat man die volle Ladung Werbe-Fembots im Gesicht. Es gibt Fastfood-Stände und Kredit-Waschsalons, dazu Dutzende von kleinen Bars und Cafés. Hologramme hängen über Wohnwagen und den Flachdächern von Containern, von den bissigen, kleinen Slogans der Ein-Mann-Unternehmen bis hin zu den alles überstrahlenden Firmenzeichen der Mega-Gesellschaften. Virtuality, Sanyo, Sega-IBM, InScrape: Symbole aus elektronischen Träumen türmen sich in den Himmel, so groß und so unwirklich wie Götter, die Leucht-Ikonen, die Morag Nacht für Nacht sieht, wenn sie in den Bidonvilles im Süden und Osten des Interface arbeitet.

Alex führt Morag durch das Labyrinth enger Gassen. Das Tempo, das er vorlegt, ist für einen Mann seines Umfangs beachtlich. Der Asphalt weicht Kunstrasen, aufgeweichtem Erdreich und wieder Asphalt. Ein japanisches Fernseh-Team dreht ein Interview mit einem halbwüchsigen Späher, der lässig in schwarzen Jeans, schwarzer Lederjacke und Video-Brille posiert und von schwebenden Scheinwerfern in einen unwirklichen Glanz getaucht wird. Sägeböcke und ein quergespanntes Bio-Risiko-Band sperren eine Straße ab; ein paar Männer, die in ihren Dekonataminationsanzügen wie Mars-Astronauten aussehen, arbeiten in einer Plastikkuppel, die über einen Wohncontainer gestülpt ist.

»Manchmal geraten die Dinge außer Kontrolle«, sagt Alex zu Morag.

Ihn erregt der rasende Pulsschlag des Geschäftslebens, die spürbare Profitgier, die hier im Interface herrscht. Sein Gesicht ist gerötet, und sein Atem geht stoßweise.

»Sie hätten hier sein sollen, als alles anfing«, sagt er. »Mittlerweile haben die Großkonzerne die schwächere Konkurrenz längst an den Rand gedrängt, aber in der ersten Zeit herrschten hier Wettkampfbedingungen, aus denen jeder als Sieger hervorgehen konnte. Heute versuchen die meisten von den Abfällen der Mächtigen zu leben und geben sich mit Kleinkram zufrieden, für den sich der Einsatz kaum lohnt. Die Produktionsmethoden der Feen scheinen auf einer hyperschnellen Darwinschen Selektion zu beruhen. Sie geben sich nicht mit gezieltem Design ab, sondern schaffen eine maßgeschneiderte Umgebung und warten dann einfach ab, welche Erzeugnisse sich durchsetzen. Aus diesem Grund gibt es Millionen von Fembot-Varianten, die auf den ersten Blick gar nichts bewirken, von denen man jedoch hofft, sie könnten die eine oder andere neue Eigenschaft besitzen, die sich eines Tages kommerziell nutzen läßt. Ein Großteil dieses genmanipulierten Zeugs ist tatsächlich Schrott, und der Rest besteht in der Hauptsache aus harmlosen DNS-Strängen, die Informationen für Effektor-Proteine enthalten, aber ohne jeden Aktivator oder Regulator. Die Leute stürzen sich auf alle möglichen Transkriptionsanweisungen – fast immer vergeblich. Und wenn mal was in Gang kommt, dann erhalten Sie garantiert nicht das Produkt, das Ihnen vorschwebt. Eindämmung ist das einzige, wofür es hier feste Vorschriften gibt, aber selbst die helfen nicht immer. Vor allem dann nicht, wenn sie mißachtet werden.«

Morag fällt auf, daß etwa die Hälfte der Passanten die gleiche Brille und Maske tragen, die ihr die Blondine aushändigte, als die Truppe des Kinder-Kreuzzugs das Haus von Max überfiel. Das Risiko ist hoch: Zum einen besteht die Gefahr, daß vom Magic Kingdom Fembots herüberdriften, die kaum größer als bakterielle Sporen sind; zum anderen lauern die Produkte von tausend illegalen Bioware- und Nanotech-Labors. Jeden Monat fordert irgend jemand im Europa-Parlament mit Nachdruck, diesen größten unkontrollierten Bioreaktor der Welt zu schließen, das künftige Tschernobyl, das Sellafield von morgen. Bis jetzt hat sich keines der entwichenen, freigesetzten oder verhökerten Feenerzeugnisse als ansteckend erwiesen, aber diesen letzten Schritt kann jeder Genhacker vollziehen, entweder aus Versehen oder mit voller Absicht. Und wer sagt, daß die Feen nicht eines Tages eine Seuche auf die Menschheit loslassen, neben der HIV oder Ebola-Viren so harmlos wie eine Erkältung aussehen? Aber die schlichte Tatsache ist, daß Europa das Geld braucht; die Anforderungen seiner gigantischen sozialen Infrastruktur übersteigen bei weitem die schrumpfende Basis der Industrie.

Alles ist möglich im Interface, und doch kann Morag ihr Erstaunen nicht verbergen, als sie um die Ecke biegen und plötzlich auf eine Erweckungsversammlung des Kinder-Kreuzzugs stoßen. Von einer Sekunde zur nächsten sind die Fertigbeton-Mauern links und rechts der schmuddeligen Gasse verschwunden, und sie befinden sich mitten in der holografischen Vision eines pastoralen Jenseits, wie es John Martin in seinen chiliastischen Gemälden beschwor – mit einer Himmelsstadt, die wie goldene Seifenblasen in den verschleierten Fernen einer englischen Wiesen-Idylle schimmert. Engel, so schön und stumpf wie die Stars billiger Fernsehserien, kommen auf sie zugelaufen, und Alex packt Morag an der Hand und flüchtet mit ihr zurück in die Gasse, aus der sie gekommen sind, außer Reichweite der Bekehrungssensoren.

»Jeder, der es sich leisten kann, macht hier Werbung«, sagt Alex. »Und die Leute, die hinter dem Kinder-Kreuzzug stecken, haben mehr Grund dazu als die meisten anderen.«

Er führt Morag zu einem langgestreckten See, wo sich Hausboote an Flößen scheuern, verbunden durch Ponton-Stege oder einfach dicht aneinandergereiht, so daß man von Deck zu Deck springen muß, um an sein Ziel zu gelangen. Am äußeren Ende dieses schäbigen Archipels befindet sich eine fest auf dem schlammigen Grund des seichten Gewässers verankerte Stahl-Barkasse, die zu einer Kneipe umgebaut ist. Ihr Deck besteht aus einer schwankenden Kaskade von Plattformen, manche bepflanzt, andere mit Draht- oder Schüsselantennen bestückt, eine mit einer holografischen Miniatur von Eschers paradoxer Windmühle geschmückt, deren fröhliche Farben in den grauen Tag leuchten. An der höchsten Stelle ist ein Münzfernrohr montiert, eines der Dinger, die früher auf jeder Aussichtsterrasse in Europa standen. Es ist auf die fernen Türme des Magic Kingdom ausgerichtet. Piratenflaggen mit Totenschädel und gekreuzten Knochen flattern von einem skelettartigen Sendemast; die größte verkündet in Lettern aus Schädeln und Langknochen, daß der Ort den Namen *Oncogene* trägt.

Das Dekor ist eine Mischung aus altmodischem rotem Plüsch und Industriestahl. Blaue und bronzefarbene Schweißnähte bilden wulstige Narben auf spiegelblanken Flächen. An einem Ende befindet sich ein Billardtisch, der mit seiner schwarzen Bespannung und der Anordnung der Kugeln an Drucke von Bridget Riley erinnert. Am anderen Ende ist eine Theke mit einem riesigen Fernsehschirm im Hintergrund, über den – ähnlich wie auf den Info-Schirmen der Flughäfen – unentwegt Kürzel und Zahlenreihen nach oben verschoben werden.

Ein gelangweilter Barkeeper verfolgt eine Seifenoper auf einem handtellergroßen TV-Gerät. Der einzige Gast ist ein schlaksiger Mann, der mit überkreuzten Beinen auf einer Couch sitzt und das Schreibfeld eines Taschencomputers vollkritzelt. Er heißt Pieter Bloch und ist Alex Sharkeys Kontaktmann. Er hat ein langes, grämliches Gesicht und eine wirre graue Mähne, die an elektrisch aufgeladene Putzwolle erinnert. Als er Morag sieht, mustert er mit zusammengekniffenen Augen ihren wasserfleckigen Steppmantel, und sagt zu Alex: »Sie haben mit keinem Wort erwähnt, daß Sie eine fremde Person mitbringen. Wo ist Kat?«

»Die Dinge ändern sich«, entgegnet Alex liebenswürdig. »Sie wissen, wie das ist.«

Morag entgegnet Blochs prüfenden Blick, bis der Mann wegschaut. »Ich hasse unvorhergesehene Zwischenfälle«, erklärt er. »Erst die Massen-Freisetzung, und nun diese Frau, die ich nicht kenne.«

»Welche Massen-Freisetzung?« fragt Alex.

»Sie haben nichts davon gehört?«

»Trinken wir erst mal alle ein Bier«, schlägt Alex vor. »Dann können Sie mir die Geschichte erzählen.«

Der Barkeeper öffnet drei Heineken-Biere – Heineken hell oder dunkel ist alles, was hier ausgeschenkt wird – indem er die Kronkorken am Thekenrand hochbiegt. Bloch nimmt einen langen Zug, wischt sich den Mund ab und berichtet Alex, daß im Morgengrauen gewaltige Mengen eines einzelnen Fembot-Typs über dem Magic Kingdom in die Luft entwichen sind.

»Glauben Sie mir, es brodelt nur so von Gerüchten, was die Dinger bewirken sollen, aber bis jetzt weiß niemand etwas Genaues. Einigkeit herrscht nur in einem Punkt: Es handelt sich um Fembots, die eine Glaubensbotschaft übermitteln.«

»Und sie haben die Luft-Vorhänge überwunden?«

»Natürlich. Die Barriere war noch nie zuverlässig. Und der Wind wehte in Richtung Paris.«

»Kann das gefährlich werden?« fragt Morag.

Bloch hebt die Schultern.

»Also haben die Feen Paris mit Liebesbomben überzogen«, meint Alex nachdenklich. »Ein interessanter Zufall.«

»Sie wissen genau, daß das kein Zufall ist. Das Magic Kingdom steht entweder dicht vor dem Zusammenbruch, oder es findet ein drastischer Umsturz statt. Diese Fembot-Attacke ist ein Teil der Gesamtsituation. Sie haben den Agenten? Wo wird er festgehalten?«

»An einem sicheren Ort.«

Heißer Zorn steigt in Morag auf, als ihr klar wird, in welchem Ausmaß man sie benutzt hat. Offensichtlich war alles genau geplant, und nun, da sie ihre Rolle als Köder für den Werwolf gespielt hat, gibt es im Grunde keine Verwendung mehr für sie.

»Also können wir heute nacht eindringen«, sagt Alex zu Bloch.

»Machen Sie sich darüber keine Gedanken. Die Sache liegt jetzt in meinen Händen. Vertrauen Sie mir!«

Morag, die keinem von beiden vertraut, fragt: »Sind wir hier überhaupt sicher?«

Bloch schnaubt verächtlich, ohne sie einer Antwort zu würdigen.

Alex erklärt geduldig: »Jeder versucht, ins Magic Kingdom einzudringen, aber niemand verbindet damit die Absicht, es zu zerstören. Die großen Unternehmen schicken ständig ihre Schnüffler und Späher aus, bislang jedoch ohne nennenswerten Erfolg. Das spielt auch keine Rolle, solange die Feen laufend neue Produkte herstellen. Die Aufgabe der Sicherheits-Patrouillen besteht darin, Angriffe auf das Magic Kingdom und die Infrastruktur des Interface abzuwehren – alles draußen zu halten, was von draußen kommt. Deshalb brauchen wir die Hilfe von Insidern, um auf Schleichwegen die Kontrollen zu umgehen. Das Magic Kingdom wird streng bewacht, Zentimeter für Zentimeter – vermutlich schärfer als jeder andere Ort auf dem Planeten.«

Morag erinnert sich, wie schnell die Sicherheits-Patrouille zur Stelle war, und ihr dämmert, daß der Perimeter-Peeper nicht vor den Milizen die Flucht ergriff, sondern vor ihr. Schuld verbindet. Erst in diesem Moment kommt ihr die volle Wahrheit zu Bewußtsein: Dutzende von Kameras und sonstigen Überwachungsgeräten müssen den Mord – alle Morde – aufgezeichnet haben.

»Ich will eines wissen«, sagt sie. »Hatten Sie mich von Anfang an in Ihre Pläne einbezogen? Als Sie sahen, wie der Mord an dem kleinen Mädchen geschah, als Sie erkannten, wer dahintersteckte, als Jules und ich den Leichnam fanden – entwarfen Sie da Ihre neue Strategie? Oder setzten Sie ganz einfach darauf, daß so etwas geschehen würde?«

»Die Feen sind seit mindestens einem Jahr auf der Jagd nach Eierstöcken«, entgegnet Alex.

»Aber wir störten sie bei ihrem Morden, und sie wollten uns loswerden. Erst da entdeckten Sie Armand, nicht wahr? Erst da kamen Sie auf den Gedanken, mich als Köder zu benutzen.«

»Selbst wenn es so wäre«, sagt Alex, »was spielt das jetzt noch für eine Rolle? Sie erreichen, was Sie wollten. Wir nehmen Sie mit ins Magic Kingdom.«

»Wenn der kleine Junge noch lebt, finde ich ihn«, wirft Bloch ein.

Vielleicht will er sie mit diesen Worten beruhigen, aber die wegwerfende Art und Weise, in der er von dem Kind spricht, beweist, daß Morags Anliegen seine geringste Sorge ist.

»Pieter ist ein guter Späher«, meint Alex. »Er war von Anfang an hier.«

»Und es wird höchste Zeit, daß ich verschwinde«, sagt Bloch. Er wirft einen Blick auf das, was er niedergekritzelt hat, löscht es und schiebt den Minicomputer in eine Tasche seines Kittelhemds. »Es kommt einfach nichts Neues mehr durch. Die kleinen Scheißkerle sind am Ende. Die bluffen nur noch und hauen die Konzerne übers Ohr. Es ist sonnenklar, daß ihnen die Tauschwaren ausgegangen sind. Früher oder später verschafft sich jemand mit Gewalt Zutritt, und dann müssen sie Farbe bekennen.«

Alex nickt Morag zu. »Deshalb gehen wir jetzt hinein.«

»O nein«, widerspricht Bloch. »Deshalb geht ihr eben nicht hinein, denn wenn ihr das tut, folgt jedes kleine Arschloch eurem Beispiel, und davon hat niemand was. Setzen Sie sich, Alex! Und Sie auch, Mademoiselle!«

Morag erreicht die Wendeltreppe noch vor Alex. Bloch ruft ihnen nach: »Seid doch vernünftig! Ihr kommt nicht weit!«

Morag stolpert in die kalte graue Luft hinaus. Vier Sicherheitsleute bahnen sich einen Weg über das Hausboot neben der *Oncogene,* angeführt von der blonden Frau, die Morag vor drei Nächten abgewiesen hat. Sie trägt jetzt keine Maske, aber Morag würde sie überall wiedererkennen. Die Frau deutet auf Morag und ruft etwas; ihre Worte werden von dem eisigen Wind, der über den See weht, weggerissen.

Morag läuft zum Bug der *Oncogene.* Sie wirft sich mitten durch das Escher-Hologramm und klettert über die Stützen des Sendemasts. Schwarzes Wasser zwei Meter unter ihr; die Anführerin der Patrouille hat den Mast erreicht. Morag reißt sich den Mantel vom Leib. Die Frau will sie packen und erwischt nur noch einen Ärmel des silbrigen Steppmaterials, als Morag in die Tiefe hechtet.

15 Wieder oben

Morag taucht unter einem Ponton-Steg auf und ringt in einem winzigen Hohlraum schwarzer, fauliger Luft nach Atem. Schritte poltern und klappern über ihrem Kopf, entfernen sich. Sie hält auf einen schmalen Spalt grauen Lichts zu, läßt das eiskalte Wasser erneut über ihrem Kopf zusammenschwappen, und kommt zwischen den Bordwänden zweier Hausboote an die Oberfläche, inmitten von Treibinseln aus totem Laub, Einwickelpapier und blassen aufgequollenen Kartonresten.

Die Kälte hat ihre Finger gefühllos gemacht, und das Gewicht der Stiefel zieht sie nach unten. Sie schafft es, einen Arm durch ein Fender-Tau zu haken, und ein paarmal tief durchzuatmen. Dann schiebt sich ein kahlgeschorener Kopf vor den grauen Himmel, und Katrina beugt sich zu ihr herunter. Sie packt Morag unter den Achseln und hievt sie nach oben.

Das Hausboot erweist sich als leerer Schlafsaal. Katrina schaltet die Alarmanlage aus, schlägt eine Türfüllung ein und schleppt Morag in eine langgestreckte, von Kojen gesäumte Kabine. Sie findet ein Bettlaken und läßt Morag allein, damit sie ihre triefenden Sachen ausziehen und sich abtrocknen kann. Morag wickelt sich in das Laken und sitzt zähneklappernd da, bis Katrina mit einem orangefarbenen Coverall über dem Arm zurückkommt. Er trägt das Logo InScape auf dem Rücken, ist löchrig, voller Ölflecken und mindestens zwei Nummern zu groß, aber wenigstens trocken.

Katrina öffnet eine Packung Tomatensuppe, und

Morag hält den Karton umklammert, während sich der Inhalt erwärmt. Beim ersten Schluck verbrennt sie sich die Zunge, aber sie trinkt dennoch weiter, so schnell sie kann.

Katrina berichtet, daß die Patrouille kam, um Armand mitzunehmen. Sie steckte das Taxi in Brand und floh, während die Sicherheitsleute versuchten, die Flammen zu löschen und den Werwolf zu retten. Dann folgte sie Alex und Morag zur Oncogene.

»Dieser Bloch wußte über die Aktion genau Bescheid«, stellt Morag fest. »Er hat euch verraten. Alex befindet sich in ihren Händen.«

Katrina kratzt sich den Leopardenfell-Streifen am Hinterkopf. »Bloch muß einen Deal mit diesen Leuten gemacht haben«, sagt sie. »Oder mit der Firma, für die sie arbeiten. Ich habe mit Max gesprochen, und er denkt das gleiche.«

»Wie geht es jetzt weiter?«

Katrina zündet sich eine Zigarette an. »Was, zum Henker, kümmert Sie das? Ich war von Anfang an dagegen, Sie da mit reinzuziehen. Sie haben hier nichts zu suchen.«

»Geben Sie mir auch eine von den Dingern?«

»Ich hätte nicht gedacht, daß Sie rauchen.«

»Ich habe wieder angefangen.«

Der Nikotin-Stoß ist schwächer als erwartet, aber nach ein paar Zügen wird Morag ruhiger. »Ich hatte gehofft, Sie könnten mir helfen«, sagt sie. »Sie und Alex. Erzählen Sie mir mehr von Bloch und seinen Freunden. Was werden sie mit Alex machen?«

»Alex kann für sich selbst sorgen. Er wird versuchen, mit diesen Leuten zu verhandeln. Sein Wissen ist einiges wert.«

»Sie könnten ihn der Polizei übergeben. Und werden sie nicht nach uns suchen?«

»Schlimmstenfalls halten sie Alex fest, bis sie den Durchbruch geschafft haben, und lassen ihn dann frei.

Wenn sie erst mal drinnen sind, kann er ihnen nicht mehr schaden.«

»Sie scheinen Ihrer Sache sehr sicher zu sein.«

Katrina erklärt betont geduldig: »Die Sicherheits-Patrouillen wurden aus Angestellten der drei Großkonzerne gebildet – und zwar je einem von jedem Unternehmen. Sie mißtrauen einander, verstehen Sie? Das ist wie in Berlin oder Wien nach dem Zweiten Weltkrieg. Unsere Verfolger waren jedoch alle von einer Firma. Zumindest trugen sie die gleichen Uniformen und waren mit dem gleichen Taser-Modell bewaffnet. Sind Sie mit der Suppe fertig?«

»Was? Ach so – ja.«

Katrina reicht Morag einen Behälter mit Kaffee und öffnet einen zweiten für sich. »Wir warten hier zwei bis drei Stunden. Sie wärmen sich ein wenig auf. Dann gehen wir los. Keine Sorge, es wird uns schon nichts zustoßen. Ich habe meine Vorbereitungen getroffen.«

»Haben Sie immer noch die Absicht, ins Magic Kingdom einzudringen?«

»Natürlich. Max meint, daß die Typen, die Alex in ihrer Gewalt haben, ihren Coup heute abend landen werden – für den Fall, daß wir neue Pläne aushecken. Außerdem kam es bereits am Vormittag zu einem gewaltigen Fembot-Ausstoß. Die Festung bröckelt.«

»Ich weiß. Ich meine, Bloch erzählte Alex mehr oder weniger das gleiche. Katrina, wir müssen vor ihnen im Magic Kingdom sein.«

»Ihr Kampfgeist imponiert mir. Ich habe Sie unter anderem deshalb aus dem See gefischt, weil es verdammt mutig von Ihnen war, so einfach ins Wasser zu hechten. Sie konnten nicht wissen, daß die Leute nur mit Tasern bewaffnet waren.«

»Es war verdammt idiotisch. Ich kam bloß nicht zum Nachdenken.«

»Sobald man nachdenkt, ist es aus und vorbei. Aber jetzt, da wir ein wenig Zeit zum Reden haben, könnten

Sie mir eigentlich erklären, warum Sie diese Typen unbedingt stoppen wollen.«

»Weil sie das Leben des kleinen Jungen aufs Spiel setzen. Wenn sie ins Magic Kingdom eindringen, könnten die Feen damit drohen, das Kind umzubringen – und ich weiß, daß das für diese Leute kein Hindernis bedeutet.«

»Feen denken nicht wie wir«, sagt Katrina. »Wir erholen uns jetzt erst mal.«

Katrina legt sich auf eine der Kojen und schläft sofort ein. Morag entdeckt einen Spiegel im Bad des Schlafsaals und zupft ihre drastisch gekürzten Haare mit den Fingern zurecht. Dann setzt sie sich ans Fenster und raucht vier von Katrinas Zigaretten, eine nach der anderen, den Blick unverwandt auf den Abschnitt der Skyline gerichtet, die hinter den Aufbauten des Hausboots zu sehen ist. Drei riesige Hologramme von VR-Supermodels, erstarrt in heroischen Gesten, drehen sich langsam am Himmel. Eines davon ist Antoinette, die Heilige der Bidonvilles. Auch das zweite kommt ihr bekannt vor. Joey Irgendwas. Santano, Serpico, oder so. Den Mann, einen weißhaarigen Typen mit markant rauhen Zügen, hat sie noch nie gesehen. Sie hat wenig Zeit für die VR-Serien, in denen man sich den Körper eines dieser Heroen überstreifen kann wie ein neues Kleid, aber im Moment wäre das genau das Richtige für sie. Sie würde sich gern stark und selbstsicher fühlen, würde gern vergessen, daß sie friert und Angst hat, daß sie mehr als verwundbar ist. Sie hat zu oft die Nähe des Todes gespürt, um gelassen und furchtlos zu bleiben.

Die holografischen Gestalten scheinen an Leuchtkraft zu gewinnen, während es draußen dunkler wird. Als Katrinas Uhr losfiept, fährt Morag erschrocken hoch. Katrina richtet sich sofort auf und erklärt, daß es Zeit zum Aufbruch ist.

Katrina mietet eine abhörsichere Telefonleitung von einer fetten Holländerin, die in einem engen Container einen Büro-Service betreibt. Morag wartet vor der schalldichten Zelle, die Arme vor der Brust verschränkt, und beobachtet nervös die Passanten. Es ist kalt, und das Heizsystem des viel zu weiten Coveralls hat einen Defekt: Während ihr Rücken fast versengt wird, sind die Glühfäden an den übrigen Körperpartien ausgefallen. Außerdem rechnet Morag damit, daß jeden Moment ein Sicherheitstrupp um die Ecke biegt und sie festnimmt.

Katrina bleibt lange in der Zelle. Als sie herauskommt, wirkt sie grimmig entschlossen und befiehlt Morag, ihr zu folgen.

»Ich habe noch einmal mit Max gesprochen. Er veranlaßt alles Nötige. Und er schickt ein Auto, das Sie aufnehmen wird.«

»Sie werden etwas unternehmen, oder?«

»Alex hat vielleicht ein Abkommen mit Ihnen getroffen. Aber nicht mit mir. Sie gehen heim. Niemand wird es Ihnen verübeln.«

»Nicht ohne den Jungen.«

»Sie können nicht die ganze Welt retten!« faucht Katrina. »Ja, Sie sehen, ich weiß einiges über Sie. Lassen Sie die Sache! Es ist das Beste.«

»Heißt das im Klartext, daß Sie mir nicht helfen?«

»Aus welchem Grund sollte ich Ihnen helfen?«

Morag hält an. Sie befinden sich am Rand eines großen, dunklen, unkrautüberwucherten Parkplatzes. Er ist fast leer. Nur wenige Laternen funktionieren. Unter einer davon steht das ausgebrannte Taxi, umgeben von einem Tümpel aus erstarrtem weißem Schaum.

Morag versucht krampfhaft, ihre Haltung zu bewahren. »Ich werde diese Leute finden und mit ihnen den Preis aushandeln, für den sie mich mitnehmen. Dann suche ich nach dem kleinen Jungen. Es ist der gleiche Deal, den ich mit Ihnen und Alex geschlossen habe. Mir hängen die albernen Spielchen zum Hals heraus. Ich will nur das Kind – und ein Ende der Morde.«

»Darauf werden sie sich nicht einlassen. Warum auch?«

»Vielleicht nicht. Aber wenn Sie mir nicht helfen, habe ich keine andere Wahl.«

»Kommen Sie mit mir«, sagt Katrina. »Uns fällt schon noch etwas ein.«

»Sie hauen ab, stimmt's?«

»Denken Sie, was Sie wollen!« sagt Katrina. Sie sieht mit einem Mal wütend aus. »Entweder Sie kommen mit, oder Sie lassen es bleiben! Mir ist das scheißegal.«

Katrina marschiert los, schnurstracks auf den Haupteingang zu. Morag hält sie nicht zurück. Katrina dreht sich kein einziges Mal um, und nach einer Minute macht Morag kehrt und geht den spitzen Türmen des Magic Kingdom entgegen.

16 ▪ *Das Magic Kingdom*

Als sie Armand holen, versucht er einen der Männer niederzuschlagen und zu fliehen, aber ein anderer versetzt ihm einen Hieb mit einem Gummi-Totschläger, und Armand stürzt. Schmerz durchzuckt sein rechtes Knie. Sie müssen ihn in den Aufzug tragen, der zu den Wartungsräumen des großen Hotels hinunterführt, aber das merkt er kaum. Er lechzt so sehr nach Soma, daß sich alles andere, selbst der Schmerz in seinem Knie, weit entfernt abzuspielen scheint, in einer kalten, grauen, öden Welt.

Nervöse Wachtposten, die gereizt in ihre Kopfhörer-Mikros sprechen, winken die Gruppe mit Armand in der Mitte weiter. Ein Mann in einem Einteiler bildet den Schluß und treibt sie zur Eile an. Sie gelangen durch den Lieferanten-Ausgang ins Freie. Draußen ist es kalt und dunkel. Ein Jeep steht bereit, und Armand wundert sich nicht, daß der dicke Mann im Fond sitzt. Armand muß neben dem Fahrer Platz nehmen. Seine Handschellen werden am Überrollbügel festgemacht; eine blonde Frau in der Uniform der Sicherheits-Patrouille steigt nach ihm ein und faucht ihn an, er solle ja keine Zicken machen, sonst würde sie ihm den Taser in den Arsch jagen, daß er Funken spuckt.

Mister Mike wird dir die Innereien aus dem Leib reißen, denkt Armand und kichert in sich hinein. Sie wissen nicht, daß Mister Mike noch lebt. Er hat sich in Armands Schädel zusammengerollt wie eine Schlange.

Der Dicke fragt ihn, wie es ihm geht, und Armand entgegnet trotzig: »Immer gleich schlecht!«

»Was haben die Ihnen versprochen?«

»Ruhe!« sagt die blonde Frau scharf.

»Fahren wir endlich, Leute!« drängt der Mann im Einteiler. Er ist sehr jung, mit einem kahlrasierten Kopf und ausgezupften Augenbrauen. Rouge-Flecken auf den Wangenknochen verleihen ihm die hektische Röte eines Tuberkulose-Kranken. »Die Uhr läuft ab«, fügt er hinzu.

»Wir brauchen diesen Fettsack nicht«, erklärt die blonde Frau. »Das hier ist kein Ausflug für Touristen, sondern ein ganz normaler Zubringer-Service – hin und zurück. Ich trage die Verantwortung, und wenn was nicht klappt, machen sie mir Feuer unter dem Hintern!«

Armand grinst vor sich hin, als er begreift, daß sie auf dem Weg ins Magic Kingdom sind. Wenn er erst mal drinnen ist, wird das Feenfolk kurzen Prozeß mit diesen Idioten machen. Und dann kann sich alles noch zum Guten wenden.

»Wir sind doch alle dabei«, beschwichtigt der junge Mann. »Das ganze Team!«

»Ich komme mit, um euch zu helfen«, erklärt der Dicke nachsichtig. »Das ist mit euren Bossen so vereinbart.«

Die blonde Frau zieht den jungen Mann an sich, küßt ihn und schiebt ihn wieder weg. »Im Moment habe ich das Kommando«, sagt sie und befiehlt dem Fahrer, den Jeep zu starten.

Es ist nicht weit vom Interface zum Perimeter des Magic Kingdom. Der Jeep fährt nie schneller als im dritten Gang. Armand beobachtet alles mit großem Interesse. Er war noch nie zuvor im Interface. Er schaut hinauf zu den riesigen transparenten Figuren, die hoch über den Gebäuden am schwarzen Himmel schweben, und er mustert die Menschen, an denen der Jeep vorbeifährt. Einmal glaubt er die Frau zu sehen, die er eigentlich hätte töten sollen, aber als er sich umdreht, versetzt ihm die Blonde mit ihrem Taser einen Hieb gegen die Schläfe.

Vermutlich ein Geist, denkt Armand, aber ihm geht nicht aus dem Sinn, wie sie mit einem Ruck stehenblieb und ihn anstarrte. Sie trug einen weiten orangeroten Coverall. Ihr schwarzes Haar war abgeschnitten.

Der Jeep rumpelt über breite, in die Fahrbahn eingelassene Gitter, aus denen Luft strömt, vorbei an einem Wald von hohen, staksigen Filterfallen, und biegt schließlich von der Straße ab. Die blonde Frau löst die Fesseln vom Überrollbügel, kettet Armand an ihr Handgelenk und schiebt ihn einen Grashang hinunter, der an den Eisenbahnschienen kurz vor dem Tunnel endet. Im Schein der starken Taschenlampen, mit denen die Sicherheitsleute das Gelände erhellen, erkennt er vage die Konturen eines verschlungenen Feen-Symbols. Armand grinst und genießt Mister Mikes Erinnerungen an Blut und Gemetzel.

Ein Mann wartet auf der anderen Seite des Schotterbetts; er wirkt unförmig, weil er eine steife schußsichere Weste und darüber eine offene Bomberjacke trägt. An den Schlaufen seines Gürtels hängen alle möglichen Geräte und Täschchen. Schwarzes Zeug ist auf seine Wangen und Stirn geschmiert. Er gehört zu den Leuten, die sich an der Grenze des Magic Kingdom herumtreiben, einer der dreckigen kleinen Schnüffler, denen die Feen übel mitspielen, wenn sie ihnen begegnen.

Ähnlich wie die blonde Frau scheint der Spion über die Anwesenheit des Dicken wenig erfreut. »Ich habe auch in der Chefetage verhandelt, Bloch – genau wie Sie!« sagt der dicke Mann. »Aber keine Sorge, es bleiben genug Prozente für Sie übrig.«

»Ihr seid alle tot, wie ihr hier steht!« erklärt Armand.

»Halts Maul!« weist ihn die Blonde zurecht.

Der Dicke sieht ihn an: »Die werden auch Sie umbringen, Armand. Sie sind ein zerbrochenes Schwert. Sie wissen, was mit Leuten wie Ihnen passiert. Ihre einzige Chance besteht darin, uns zu helfen.«

Genau das haben sie Armand im Hotelzimmer eingetrichtert, nachdem die Medizintechniker sein Blut untersucht und verschiedene Teile seines Gehirns als Falschfarben-Aufnahmen in einem Fernsehschirm angeschaut hatten. Alles Lügen. Das Feenvolk wird ihn nicht im Stich lassen.

»Laßt mich mit ihm hineingehen«, sagt Armand hinterlistig und deutet mit der freien Hand auf den Dicken. »Wir holen euch, was ihr braucht.«

»Kein schlechter Gedanke«, stimmt der Dicke zu.

Bloch lacht spöttisch. »Das könnte euch so passen, was?«

»Ich helfe nur ihm«, sagt Armand. »Sonst keinem.«

»Du brauchst das Soma«, entgegnet Bloch. »Ich sehe doch, wie dringend du es brauchst. Sobald du nur einen Hauch davon kriegst, wirst du alles tun, was wir von dir wollen.«

»Nun seid doch endlich mal still!«

Die blonde Frau von der Sicherheits-Patrouille hält die Hand ans linke Ohr. Armand sieht, daß es mit einem fleischfarbenen Mikro-Knopf verschlossen ist.

Sie sagt: »Die Schnecke ist jetzt im System und startklar. Sobald sie aktiviert wird, bleiben uns bestenfalls zehn, vermutlich aber nicht mehr als sechs Minuten Zeit, um die Grenzzone zu überwinden. Die menschlichen Sicherheitskräfte haben sicher alle Hände voll mit den Teilnehmern des Portestmarsches zu tun, aber die KI-Einheiten werden sich davon nicht ablenken lassen. Ihr beide – ihr sitzt jetzt in unserem Boot und folgt unseren Anweisungen. Baut keinen Mist, sonst mache ich euch platt!«

Sie preßt die Maske über Mund und Nase und setzt die Schutzbrille auf. Die beiden Männer folgen ihrem Beispiel. Armand lächelt. Sie sind so schwach, daß sie nicht einmal die Luft des Magic Kingdom frei atmen können!

Die Frau sagt: »Ehe einer von euch auf dumme Gedanken kommt – die Schnecke lenkt den Filmvorschub der Kameras zwar um, aber das Bildmaterial wird dabei nicht zerstört. Irgendwelche Tricks, und ihr seid geliefert!« Sie berührt wieder den Knopf in ihrem Ohr. »Sie ist aktiviert.«

Unter dem Zaun ist eine flache Kuhle, und einer nach dem anderen schiebt und wälzt sich auf die andere Seite durch. Armand läßt sich bewußt von der blonden Frau mitschleifen, auch wenn er sich dabei das Handgelenk wundscheuert. Sobald sie drinnen sind, zieht sie eine Maschinenpistole aus der Innentasche ihrer Lederjacke.

»Hey«, sagt Armand, »die Dinger kenne ich!« Aber keiner achtet auf ihn, weil sie zu sehr damit beschäftigt sind, nach links und nach rechts zu spähen.

Ein breiter Streifen hoher, verdorrter Gräser erstreckt sich vor ihnen, schwach erhellt von fernen Flutlichtern. Bloch befiehlt ihnen, erst mal zu warten, und durchquert das Gras in einem Schlangentanz, der ihm überhaupt nichts nützen würde.

Der Dicke wispert Armand zu: »Wo sind Ihre kleinen Freunde?«

»Überall ringsum. Sie können uns hören. Sie können riechen, wie das Blut durch unsere Körper fließt.«

Armand ist erregt. Er hat eine Erektion. Seine Haut zuckt und kribbelt wie elektrisch. Er will durch das Gras laufen, frei im Magic Kingdom umherstreifen. Vielleicht kann er diesmal die Zwillinge vertreiben. Vielleicht kann er sie so erschrecken, daß sie ihn nie wieder verspotten und nie wieder auf ihn schießen werden. Die Königin ist fortgegangen, und vielleicht kann er die Herrschaft übernehmen. Er könnte König sein. Er wirft den Kopf zurück und heult in die Nacht, und dann ist er unten im trockenen Gras, und die Blonde drückt ihm das Gesicht in die kalte Erde und zischt ihm zu, er solle, verdammt noch mal, die Schnauze halten.

Bloch kommt zurück, und sie gehen weiter, bis sie die unkrautüberwachsenen Schmalspur-Schienen erreichen. Vor ihnen schimmern Wege im Halbdunkel. Der große Berg in der Mitte des Sees reißt einen schwarzen gezackten Fetzen aus dem Neonglanz des Interface. Einen Moment lang rührt sich nichts; dann stiebt eine Wolke kleiner Motten um sie auf, streifen mit papiertrockenen Flügeln die nackte Haut und hinterlassen auf den Schutzbrillen Sprenkelspuren, die an Pollen erinnern. Armand schnappt nach den Motten, weil sie schwach nach Soma riechen, aber dann setzt Bloch eine Spraydose ein, und die Motten verschwinden so plötzlich, wie sie gekommen sind.

»Horcht!« sagt der Dicke. »Ist das ein Helikopter?«

Armand hört ihn ebenfalls.

Bloch meint: »Das kommt von der anderen Seite. Vermutlich ein Fernseh-Team, das den Protestmarsch filmt.«

Armand kichert. »Die suchen nach euch«, sagt er.

Sie beachten ihn nicht. Bloch bildet die Vorhut auf dem Weg zum Bahnhof; er beobachtet unentwegt den Schirm eines tragbaren kleinen Bewegungsmelders. Armand hat so ein Ding in Afrika benutzt, als er von Haus zu Haus ging, um Heckenschützen aufzuspüren.

Der Fahrkartenschalter besteht lediglich aus einem roh gezimmerten Holzrahmen mit einer Ziegelfassade. Drinnen stinkt es nach Pisse und der Asche längst erloschener Feuer. Bloch scharrt mit der Schuhspitze Schmutz vom Deckel des Einstiegs, besprüht die Verschlüsse mit Kriechöl und entriegelt die Querstange. Er und der Dicke heben den Deckel auf.

Rotes Licht flammt in dem schmalen Spalt auf. Aus der Tiefe dringt ein dumpfes Knurren herauf. Dann wird das Licht verdunkelt, und das Knurren verstärkt sich. Etwas klettert den Schacht nach oben.

Armand versucht sich von der blonden Frau loszureißen. Im Schacht lauert ein Beschützer, und Beschützer fragen nicht lange, ob einer zum Feenvolk gehört oder nicht.

Bloch läßt den Deckel fallen und schafft es, zwei der Ösen zu verriegeln, ehe von innen etwas mit einem gewaltigen Klirren gegen das Metall kracht. Staub fliegt auf, und Bloch stolpert rückwärts. »Raus!« ruft er. »Los, raus hier!«

Draußen erklärt die blonde Frau von der Sicherheits-Patrouille: »Noch drei Minuten. Danach gibt es keine Garantie mehr, weil die KI-Einheiten die Schnecke bis dahin wohl enttarnt haben.«

»Die lassen uns nur rein, wenn es ihnen paßt, Bloch«, sagt der Dicke. »Das wissen Sie ganz genau.«

»Im Grenzland«, entgegnet Bloch, »gibt es Dutzende von Schlupflöchern durch die Konzessionsläden.«

»Sie hatten den Auftrag, diesen Einstieg auszuspähen«, faucht die blonde Frau.

»Ich glaube, wir haben zu laut an ihrer Tür geklopft«, meint der Dicke und deutet zum Berg hinüber.

Gestalten, klein und spillerig wie Kinder, wuseln über die Klippen oder zeichnen sich schemenhaft gegen den hellen Schein des Himmels ab.

»Sie wissen, daß wir ihren Werwolf haben«, sagt Bloch. »Sie werden nichts unternehmen.«

Armand riecht seinen eigenen Schweiß.

Bloch fährt fort: »Wir gehen durch die Grenzland-Kulissen.«

Sie setzen sich in Bewegung. Der Weg ist mit Metallsplittern übersät – Teile der Maschinen, die von Spionen und Spinnern eingeschleust wurden. Armand kickt das Zeug beiseite, bis die blonde Frau ungeduldig an seiner Handschelle ruckt. An einer Schmalstelle des Sees schwingt sich eine Brücke von Ufer zu Ufer. Im schwarzen Wasser unter ihrem Bogen driften und kreiseln Inseln aus Schaum, steif wie geschlagenes Eiweiß. Auf der anderen Seite öffnet sich eine Straße, die mit Häusern aus dem Wilden Westen gesäumt ist – eine

Filmkulisse, die dreidimensionale, detailgetreue Nachbildung eines Ideals, das es so niemals gab. Die Bauten schimmern vage, wie mit Silber-Phosphoreszenz überhaucht. Die Zeichen der Feen kriechen wie schwarze Schlangen durch den schwachen Glanz. Feen stehen in jedem Hauseingang, spähen von Veranden, Balkonen und Flachdächern.

»Gehen Sie voraus, Armand«, sagt der dicke Mann. »Führen Sie uns zu ihr!«

Plötzlich fegen zwei Riesen im wilden Galopp die Straße entlang – oder nein, es sind schmächtige Menschenkinder, die rittlings auf den breiten, vorgebeugten Schultern von bulligen, muskelbepackten Puppen kauern. Die Wesen tragen Zaumzeug, und Geifer tropft aus ihren Mäulern mit den krummen Zahnreihen, als die Reiter sie geschickt herumreißen und vor den vier Menschen zum Stehen bringen.

Es sind die Zwillinge. Sie deuten auf Armand und sagen im Chor:

»Mister Mike macht dich fertig, Stück für Stück!«

Die blonde Frau von der Sicherheits-Patrouille tritt vor und zerrt Armand mit. »Wir sind gekommen, um mit euch zu verhandeln«, sagt sie. »Bringt uns nach drinnen. Hier draußen kann jeder mitverfolgen, was geschieht.«

Über ihnen ertönt das Knattern eines Helikopters, und dann dröhnt eine lautsprecherverstärkte Stimme los.

»Andernfalls bringen wir ihn um!« schreit die Blonde über den Lärm hinweg.

»Es ist zu spät …«

»… zu spät zum Verhandeln …«

»… jetzt, da die Barbaren …«

»… die Barbaren vor den Toren stehen.«

Die Zwillinge heben in einer grandiosen Geste die Hände über den Kopf. In den Hauseingängen, auf den Veranden, Balkonen und Flachdächern, treten die Feen zurück und verschmelzen mit dem Dunkel.

»Es geht nicht um den Protestmarsch, stimmt's?« fragt der Dicke. »Ihr habt Angst vor ihr.«

»Du armseliger …«

»… armseliger, blöder …«

»… armseliger, blöder, eingebildeter Mensch …«

»… wir fürchten sie nicht …«

»… nicht so, wie *du* sie fürchtest.«

»Wir haben alles erledigt, was für uns wichtig war …«

»… alles, was für uns gut war …«

»… und jetzt wird es Zeit, von hier wegzugehen.«

Die Zwillinge sehen einander an – ihre Version eines Achselzuckens – dann kichern sie und geben ihren Reittieren die Sporen. Die Monster wirbeln herum, und während sie mit der auf- und abwippenden Fracht auf ihren Schultern davonstampfen, brechen Kobolde aus den Eingängen der Western-Stadt hervor.

Die blonde Frau hebt ihre Maschinenpistole, und Armand wirft sich gegen sie. Die kurze, trockene Garbe aus der Waffe reißt Fetzen aus dem Asphalt zu ihren Füßen. Armand erhält einen Schlag auf den Kopf, und von da an scheint sich alles mit Unterwasser-Trägheit abzuspielen.

Die blonde Frau schreit auf, als sie unter einem Gewusel blauer Leiber verschwindet. Armand wird an Armen und Beinen hochgehoben. Etwas Feuchtes baumelt von seinem Handgelenk; es ist eine abgetrennte Hand in einem Stahlring. Mit dem Kopf nach unten hängend, sieht er Scheinwerfer über den See gleißen. Menschentrauben wälzen sich auf die Brücken zu, aber dann tauchen die Geschöpfe, die ihn mitschleppen, in ein Viereck aus Schwärze, in das vertraute Labyrinth der spärlich von blauen Leuchschwämmen erhellten Korridore. Die Kobolde rennen wieselflink durch die Gänge und verständigen sich untereinander mit leisen Pfiffen und Zurufen. Hitze und ein strenger Geruch geht von ihnen aus. Ihre Klauen bohren sich in Armands Bizepsmuskeln und Waden. Die Kobolde ignorieren Armands Versuche, mit ihnen zu diskutieren, und als er laut und heftig wird, preßt ihm einer die harte, ledrige Hand über Mund und Nase, bis er fast das Bewußtsein verliert. Er hat Kobolde schon immer gehaßt, diese dummen Geschöpfe, die nur deshalb loyal sind, weil sie nicht mehr als einen Gedanken gleichzeitig im Kopf behalten können.

Hastig wird er durch einen langen, breiten Korridor geschleift, den er noch nie zuvor gesehen hat. Kalte Luft umweht ihn, und plötzlich sind sie im Freien, jenseits der Grenze, die das Zauberreich umgibt. Armand dreht mühsam den Kopf und sieht, daß eine Gruppe von Feen sie erwartet. Aber es sind keine Angehörigen des Kleinen Volkes; sie haben die scharfen Blicke und die grausamen, klugen Gesichter der bösen Feen, und sie tragen automatische Waffen.

Einen Moment lang stehen sich die beiden Gruppen abwartend gegenüber. Dann lassen die Kobolde Armand fallen und greifen mit wilden Knurrlauten an. Armand preßt sich flach auf den kalten Boden. Über seinen Kopf hinweg hämmert Gewehrfeuer und verstummt. Während die bösen Feen den Kobolden die Ohren abschneiden und als Trophäen mitnehmen, kommt ihr Anführer auf Armand zu und kauert neben ihm nieder.

Armand dreht den Kopf zur Seite und blickt in die dunklen, feuchten Augen des Feengeschöpfs. Er hat sich damit abgefunden, daß er sterben muß.

»Die Königin verlangt nach dir«, sagt der Elf. »Komm mit uns, wenn du am Leben bleiben willst.«

17 Die Feenkönigin

Als der Jeep an ihr vorbeifährt, sieht Morag, wie Armand sich umdreht und ihr nachstarrt, und sie läuft los und rennt hinter dem Wagen her. Alex Sharkey befindet sich ebenfalls in dem Jeep. Er sitzt neben dieser Frau von der Sicherheits-Patrouille, mit der sie am Perimeter des Magic Kingdom in Streit geriet. Der Jeep biegt um eine Ecke und verschwindet in der Nacht. Morag läuft weiter, locker und gleichmäßig, auf den einzigen Ort zu, den der Jeep zum Ziel haben kann.

Andere Jeeps überholen sie, alle in der gleichen Richtung unterwegs. Morag streckt den Daumen aus, und unmittelbar darauf hält einer der Wagen. Sie ist so verblüfft, daß sie wie erstarrt stehenbleibt. Erst als der Fahrer sie anschreit, klettert sie in den Fond. Zwei Gestalten in den gleichen orangefarbenen Coveralls wie sie rücken zusammen.

Der Jeep fährt über die Gitter des Luftvorhangs und beschleunigt, rast inmitten eines Konvois von Jeeps und Lastwagen die Perimeter-Straße entlang. Die Frau neben dem Fahrer starrt in einen flachen Mini-Fernseher, der auf ihren Knien liegt, und einmal dreht sie sich um und ruft: »Sie haben die Straße verlassen! Sie haben die Straße verlassen und stürmen auf die Grenze zu!«

Dann überquert der Jeep die Eisenbahn-Linie, erreicht eine Anhöhe, und Morag begreift. Menschen marschieren über die sanften Mulden und Hügel der Müllhalden, angeführt von einem halben Dutzend Bulldozern und Baggern mit gleißenden Scheinwerfer-Reihen. Sie bewegen sich auf die flutlichterhellte Grenze des Magic Kingdom zu. Ein Helikopter kreist über der Menge und tastet sie mit einem Laser-Spot ab.

Der Jeep kommt schlitternd neben zwei Trucks zum Stehen, die Heck an Heck geparkt sind, und Morag springt mit den anderen ins Freie. Gestalten in orangefarbenen Coveralls entladen Rollen mit Klett-Draht. Jenseits der Trucks wickeln sich die aktivierten Rollen automatisch ab, verflechten sich zu Schlingen und Spiralen, aus denen Büschel mit rasiermesserscharfen Stacheln ragen. Männer und Frauen mit Tanks auf dem Rücken schwingen Spray-Düsen, die wie Zauberstäbe aussehen, und errichten damit hohe Böschungen aus Klebschaum.

Morag kann den Mob jetzt hören. Die Menschen brüllen harte, rhythmische Parolen, aber noch versteht sie nicht, was sie rufen. Der Helikopter knattert tiefer. Seine Lautsprecher knacken, und dann ertönt eine Stimme, laut und gewaltig wie die Stimme Gottes, und befiehlt der Menge, sich zu zerstreuen.

Der Mob reagiert wie ein einziger Organismus. Ein Wald von Armen reckt sich in die Höhe, und dann drängt die Menge vorwärts. Die Bulldozer speien Rauchwolken, als sie beschleunigen und den Zaun am Rande der Müllkippen durchbrechen. Die erste Maschine erreicht die Klettdraht-Rollen und pflügt sich durch, schleppt ein langes V aus Draht hinter sich her, bis sie in den Perimeter-Wall des Magic Kingdom kracht. Sie ruckt wie betäubt, der Motor stirbt ab, und eine Lawine von Betonbrocken begräbt ihre Schaufel unter sich.

Menschen stürmen los und überschütten mit einer Flüssigkeit die Klebschaum-Barrieren, die sich prompt aufzulösen beginnen, als Fembots das Bindemittel fressen und sich dabei exponentiell vermehren.

Zwei Bagger kippen Berge von Müll auf ein Teilstück des Klettdrahtes, und die ersten Demonstranten erklimmen die provisorische Rampe.

Morag rennt los, der Vorhut entgegen, lacht wie eine Irre und schreit, daß sie zu ihnen gehört, auf ihrer Seite steht. Ein Mann streckt die Arme aus, fängt sie auf und wirbelt sie herum. Es ist Kristoff, einer der Fahrer vom Mobilen Hilfstrupp.

Gemeinsam stürmen sie mitten in die Menge. »Das ist sie!« ruft Kristoff immer wieder den Leuten ringsum zu. »Das ist sie! Das ist Morag Gray! Die Frau aus dem Fernsehen!«

Und die Menschen lächeln und schütteln Morag die Hand. Sie kennen sie. Eine Greisin, die ein halbes Dutzend Pullover übereinander trägt, küßt sie auf die Wange; ein Mann bietet ihr Wein aus einem Karton ohne Etikett an. Kristoff berichtet, daß der Aufruf vor ein paar Stunden in das Web ging – und dann schaltete jemand eine Piratenschleife in die Kabelnetze der meisten lokalen Fernsehstationen. Leute aus den Bidonvilles, Busladungen mit Obdachlosen aus Paris, radikale Randbewohner und ganz normale Bürger: Sie alle sind zusammengeströmt. Es ist ein spontaner Protest, auf den weder die Polizei noch die Sicherheits-Patrouillen des Interface vorbereitet waren. Morag denkt an Max und kommt zu dem Schluß, daß er nicht einmal ein Zehntel dieser Massenbewegung organisiert haben kann.

»Das hat sich ausgebreitet«, sagt Kristoff. »Ganz von selbst, wie ein Lauffeuer!«

Ein großer Jubel klingt auf. Morag begreift, daß die Barrieren des Magic Kingdom gefallen sind. Ein Dutzend Frauen in einer Art Uniform aus weißen Jeans und schwarzen Lederjacken mit Fransen stürmt plötzlich auf eine der Brücken zu, die sich über den See spannen. Menschen verteilen sich in wirren Haufen. Auf einer Seite lodert das Dach eines Hauses in verschnörkelter Carpenter-Gotik plötzlich auf; auf dem schwarzen Wasser des Sees mit seinen Schauminseln liegt der Widerschein der Flammen. Überall sind Menschen, die frei durch die Phantasie-Landschaften des Magic Kingdom streifen.

Auch Morag streift umher. Irgendwo unter dem Magic Kingdom muß der entführte Junge sein, der Wechselbalg der Feen. Sie nähert sich dem Schloß mit seinen spitzen Türmen, das im Zentrum der Anlage steht. Im Flammenzucken der brennenden Häuser scheint Morags Schatten vor ihr her zu taumeln.

Jemand steht auf der Zugbrücke, die in das hohe, abweisende graue Gemäuer hineinführt.

Es ist der Elf, der sich Erste Strahlen der Neu Aufgehenden Sonne nennt.

Er wartet, bis Morag wieder Luft bekommt. Ihr Rücken brennt von den Heizfäden des Coveralls, aber der Rest ihres Körpers ist klamm von Schweiß und Kälte. Endlich stößt sie hervor: »Ich komme den Jungen holen!«

Ray entblößt seine nadelspitzen Zähne. »Ich kann ihn dir nicht geben, weil er nicht mir gehört. Aber komm mit mir! Wir suchen ihn.«

»Wenn das ein Trick ist, breche ich dir das Kreuz!«

»Du nimmst die Sprechweise dieser primitiven Frau an. Vertrau mir! Ich handle die Sache aus.«

»Weshalb sollte ich dir vertrauen?«

»Weshalb nicht?«

Ray faßt sie an der Hand. Seine Haut ist trocken und heiß. Morag folgt ihm durch das Schloßtor. Plötzlich läßt er ihre Hand los und ruft in das Dunkel: »Da ist die Frau!«

Ein anderer Elf springt Morag auf den Rücken. Sie wirbelt herum, aber er klammert sich mit den Beinen an ihrer Taille fest. Kräftige Finger halten ihr die Nase zu, bis sie nach Luft ringt. Sie spürt einen Batzen auf der Zunge, der nach roher Leber schmeckt, und sie versucht ihn auszuspucken, aber er löst sich unversehens rasch in ihrem Mund auf.

»Sie braucht das!« kreischt Ray. »Sie braucht das! Nicht ich!«

Dann wird Morag hochgehoben und über eine muskulöse Schulter geschwungen. Eine Tierschnauze schiebt sich dicht an ihre Wange heran, streift sie mit Stoßzähnen. An den Zähnen sind silberne Schutzkappen befestigt. Klauen dringen scharf durch den Coverall, als das Ding sie fester umklammert und durch verzerrte Perspektiven schleppt, die von Keilen schwacher Phosphoreszenz erhellt werden.

Morag liegt unter dem kahlen Geäst eines großen Baums auf einem weichen Fellteppich, der Tierwärme verströmt und sich schwach bewegt, als sie mühsam auf die Knie kommt und die kalte Luft einatmet. Seltsame blaue Gesichter schwanken im Schein flackernder Lichter, die in einem weiten Ring um den Baum angeordnet sind. Lange, traurige Gesichter mit breiten, lippenlosen Mundschlitzen, mit schartigen, spitzen Zähnen, die wie alte Küchenmesser aussehen, mit starr abstehenden Stachelkrausen. Gesichter mit Schweinsrüsseln oder grämlich herabhängenden Schnauzen, Gesichter so rund wie der Mond, Augen, Nase und Mund in der Mitte zusammengeschoben. Gestalten, kleine, absonderliche, blauhäutige Gestalten.

Feen.

»Na, endlich!« sagt Ray.

Morag dreht sich um. Ray steht neben einer Frau, die auf einem schlichten Stuhl mit hoher Lehne Platz genommen hat. Die Frau trägt einen langen, pelzgesäumten Samtumhang. Das Visier eines Phantasie-Helms, an den Rändern mit Dornen und Hörnern verziert, bedeckt ihr Gesicht. Anstelle von Augenlöchern besitzt es vier untertassengroßen Facetten-Linsen, so daß der Kopf der Frau an eine Gottesanbeterin erinnert. Von der Rückseite des Helms führt ein Kabel in ein Computerdeck, das im vergilbten Gras steht.

»Ich bringe sie her«, sagt Ray. »Ich bin meinem Wort getreu.«

Die Frau hebt die Arme und nimmt den Helm ab. Ihr Gesicht mit dem messerscharfen Profil ist das gleiche Gesicht, das mit seiner Gegenwart Glanz über alle Hütten und Hinterhöfe der Pariser Bidonvilles bringt, das Gesicht, das auf Plakaten und herausgerissenen Zeitschriften-Seiten, auf TV-Schirmen und am Himmel über dem Interface zu sehen ist.

Ein Elf tritt neben die Frau, und sie reicht ihm den Helm. »Wir hätten sie auch ohne dich hierhergebracht«, sagt sie zu Ray.

Ray entblößt seine Zähne. »Dennoch, ich tue so viel für dich. Wir sprechen darüber, du sagst, du hilfst mir, hilfst meinem Volk …«

Die Frau entgegnet kühl, mehr an Morag als an Ray gewandt: »Ich handle nicht mit Elfen. Du hast mir geholfen, weil du weißt, was ich bin. Du solltest keine Gegenleistung erwarten.«

Sie winkt, und ein muskelbepackter, krummbeiniger Elf tritt vor. Er lächelt Ray an. Seine Zähne sind zu zwei gezackten Elfenbein-Balken verschmolzen.

Ray wirft Morag einen flehenden Blick zu, und Morags Herz hämmert. »Ich kann dir nicht helfen, Ray«, sagt sie.

Ray heult auf und stürzt auf den Kreis der Feen zu. Er hat ein Messer in der Hand und stößt die schwarze, krumme Klinge nach links und nach rechts, aber die Feen treten einfach beiseite, und er rennt wimmernd weiter, bis er in der Dunkelheit verschwindet.

Die Frau sagt zu Morag: »Du siehst, daß ich nicht grausam bin.«

»Sie haben Ray benutzt. Und ich denke, Sie haben auch mich und Alex benutzt.«

»Natürlich.«

»Ich maße mir nicht an, ein Urteil über Sie zu fällen. Aber es fällt mir schwer, an Ihren guten Charakter zu glauben.«

»Du willst den Jungen zurück, und du sollst ihn zurück bekommen. Es war nie geplant, ihn ins Magic Kingdom zu holen.«

»Alex erzählte mir, daß Sie sich Milena nennen, aber das ist nicht Ihr echter Name, oder? Er dürfte ebensowenig echt sein wie …«

»Ich habe mich verwandelt, und ich werde mich bald wieder verwandeln. Dann spielt es keine Rolle mehr, wie ich mich nenne. Mir bleibt hier nur noch wenig Zeit, aber diese Zeit reicht, um dir zu zeigen, was dem Jungen entgehen wird. Das ist nur fair, finde ich.«

Die Frau deutet auf eines der Feengeschöpfe, und es tritt vor sie hin, kniet nieder und hebt erwartungsvoll den Kopf. Aus einer kleinen Plastikflasche, die zur Hälfte mit einer dicken, milchigen Flüssigkeit gefüllt ist, träufelt ihm die Frau ein paar Tropfen in den Mund. Das Geschöpf geht zu Morag, nimmt ihr Gesicht zwischen seine heißen, trockenen Hände und küßt sie. Morag schlägt und tritt um sich, und es gelingt ihr, das Ding abzuschütteln, aber nicht, ehe sie seine heiße, süße Zunge auf der ihren fühlt. Und dann spielt die Vergewaltigung keine Rolle mehr, denn Morag sieht.

Die Nacht ist überflutet von Licht, ein Strom von Sternen, getragen von Leuten mit ernsten, schönen, verschlossenen Gesichtern, die ohne Unterlaß aus dem Dunkel auftauchen und wieder darin versinken.

»Begleite mich ein Stück«, sagt die Frau und nimmt einen schlanken Leuchtstab in die Hand. Er wirft einen sanften Butterglanz auf ihre schwarze Haut. Der Baum scheint mit seinen Ästen nach dem Licht zu greifen, wie ein Mensch, der sich die Hände an einem Feuer wärmen will.

Morag spürt die Sehnsucht des Baums nach dem Licht, als sie sich entfernen; einen Moment lang denkt sie, er könnte seine Wurzeln aus dem Boden lösen und ihnen folgen, nicht mehr gewillt, an Ort und Stelle auf die Wärme des Frühlings zu warten.

»Ich habe meine Worte mit dem Wind ausgesandt«, sagt die Frau, »und all jene, die sie verstehen, werden wissen, wohin sie sich begeben sollen.«

»Sie wollen, daß das Magic Kingdom zerstört wird, nicht wahr?«

»Es war ein Fehler, es bestehen zu lassen, nachdem es jeglichen Nutzen für mich verloren hatte. Ich wollte meinen Töchtern einen Gefallen erweisen, und sie verrieten mich. Weißt du, wer hier vor der Zeit der Geschichtsschreibung lebte?«

Morag verneint. Sie hat das schwebende Gefühl, in einem Traum zu wandeln.

»Sie waren behaart, die meisten jedenfalls, und hausten in Erdhöhlen. Als die ersten richtigen Menschen hier auftauchten, mit ihren Äxten aus reinem Kupfer, machten es sich die Haarigen zur Gewohnheit, kleine Kinder zu stehlen. Manchmal wurden die Kinder gerettet, aber sie fanden sich in der Menschenwelt nicht mehr zurecht. Du kannst den Wechselbalg haben, den meine Töchter entführten, aber denke an meine Warnung: Er wird immer bei mir sein.«

Sie sind einen Hügel hinaufgeschlendert und haben nun die Kuppe erreicht. In der Ferne windet sich eine lange Prozession über das Land. Von dieser Anhöhe aus wirkt sie endlos, obwohl Morag weiß, daß das nicht sein kann, denn sonst wäre sie seit Urzeiten unterwegs und hätte kein Ziel, sondern sich selbst zum Zweck, wie eine Schlange, die sich in den Schwanz beißt. Sie entfernt sich von einer brennenden Stadt, über der gigantische, fahl leuchtende Geister schweben und Rieseninsekten summen und brummen. Ein gewaltiges Schloß ragt aus den Flammen auf, seine geborstenen Türme Klauen, die sich am Himmel festzukrallen versuchen.

Morag weiß, daß dies die wahre Zukunft des Magic Kingdom ist. Sie weiß auch, daß dies eine Halluzination ist, aber es stört sie nicht. Sie empfindet eine unheimliche, schwindelerregende Ausgelassenheit über die Umgestaltung der Welt. Sie ist glücklich. Ihre Furcht ist in Freude umgeschlagen, und das ist es, was ihr Entsetzen einjagt.

»Wir gehen in die Zukunft, wie wir es immer getan haben, mit jedem Rucken des Sekundenzeigers, aber die Zeit ist jetzt um soviel reicher, daß jede Sekunde ein ganzes Bündel von Jahren in ihrem Tick oder Tack zusammenpreßt. Das Magic Kingdom ist kein Ort, es ist ein hyperrevolutionäres Potential. Hier können wir uns ins Dasein träumen. Richte das Alex aus, wenn du ihn siehst.« Die Frau deutet in das Dunkel. »Der arme König meiner Kinder ...«

Eine Feengesellschaft, zarte, schöne Geschöpfe, kommen in angeregter Unterhaltung den Hang herauf und verneigen sich tief, als sie an der Frau vorbeiziehen. Ein einäugiger Mann, groß und stämmig, in Lederfetzen und die verbeulten Reste einer Rüstung gehüllt, stolpert hinter ihnen drein. Eine um sein linkes Handgelenk gewickelte Giftschlange hat sich in das wunde, geschwollene Fleisch verbissen. Sein Haar ist mit Efeublättern geschmückt, und das zerstörte Auge weint Tränen aus Blut, von denen Dampf aufsteigt, wenn sie auf den gefrorenen Boden klatschen.

Die Frau befiehlt ihm, vor sie hinzutreten. Er kniet nieder und senkt den Kopf. »Vergib mir! Ich habe versagt.«

»Ich vergebe dir, weil du versagt hast«, entgegnet die Frau. Sie berührt seine blutende Augenhöhle mit langen, weißen Fingern. »Ich kann dich nicht heilen, und vielleicht ist es so am besten.«

»Es waren die Zwillinge«, sagt der Mann. »Sie brachten Mister Mike zum Vorschein.«

»Ja, ja.« Die Stimme der Frau klingt scharf vor Ungeduld.

Morag weiß nun, wer der König ist.

Flehend fährt er fort: »Ich glaubte ihnen nicht, als sie

sagten, sie würden die Welt regieren. Aber vielleicht hat ihnen ja Mister Mike geglaubt, oder?«

»Meine Kinder könnten durchaus eines Tages die Welt regieren – wer weiß? Aber nicht hier und noch nicht jetzt. Und nun halt still!«

Und der König wird zu Stein, bis auf ein dünnes Rinnsal hellrotes Blut, das ihm über die Granitwange läuft und seine graue Brust wie ein Ordensband schmückt.

Die Frau wendet sich wieder Morag zu und fragt: »Kennst du dich mit Dingen wie Urschleim und Schimmel aus?«

Morag schüttelt den Kopf. Sie kann sich kaum entsinnen, wer sie ist; ihr Herz hämmert so heftig in der Brust, daß sie befürchtet, sie könnte jeden Moment von der Macht ihres eigenen Blut überwältigt werden.

»Ich nehme an, daß die Grundlagen der Biologie heute nicht mehr Bestandteil der medizinischen Ausbildung sind. Aber das macht nichts. Es reicht, wenn du Alex sagst, daß die Zukunft ein Zerstreuen in alle Winde und eine noch größere Vereinigung bringen wird. Er wird mir weiterhin unverdrossen folgen, mein armer, treuer Merlin. Vielleicht errät er sogar, was ich vorhabe, aber er wird zu spät kommen. Ich kann alles erreichen, was ich will. Keine noch so mächtige Regierung und kein noch so bedeutender Konzern kann mich aufhalten, und Politik und Wirtschaft werden erst zusammenarbeiten, wenn es ihnen nichts mehr nützt. So war es immer. Niemand von den Großen nimmt die Zukunft ernst, weil niemand die Stimmen der Ungeborenen einfangen und erst recht nicht von ihnen profitieren kann. Und mehr und mehr Menschen ziehen es vor, in der Vergangenheit zu leben, gut geschützt vor den Stürmen der Zukunft. Nun, irgendwann in nicht allzu ferner Zeit werden wir ihre Häuser niederreißen. Darauf gebe ich dir mein Wort.«

»Der Junge!« sagt Morag, und dann läuft sie auf eine

sonnenlichtgetränkte Wiese hinaus. Schneeweiße Häschen – vielleicht sind es auch Mäuse oder Ratten, das Gleißen ist so hell – spitzen aus tauglitzerndem Gras. Blaukehlchen schwingen sich in die Lüfte, von einem tieferen, reineren Blau als der makellose Himmel. Der kleine Junge tollt mit Jubelgeschrei umher.

»Du mußt wissen, er ist mein Enkel«, erklärt die Frau. »Sie alle sind meine Enkel, und als die kleinen Mädchen starben, traf es mich am härtesten.«

Es ist wieder Nacht. Morag sagt bedächtig: »Sie lebten alle ganz in der Nähe des Magic Kingdom. Sie wurden alle nach der Ankunft der Feen geboren.«

»Meine eigenen Kinder fühlten sich berufen, für mehr Schwestern – und durch Zufall auch für einen Bruder – zu sorgen. Ich hätte wissen sollen, was sie taten, aber ich war … beschäftigt. Ich lebte ein anderes Leben, während ich darauf wartete, daß meine Pläne reiften. Ihr Vorgehen war äußerst raffiniert. Sie entnahmen ihren eigenen Eizellen die Kerne und implantierten sie in künstliche Spermatozyten. Mit welcher Schadenfreude sie zusahen, wie die Frauen schwanger wurden, wie ihre Bäuche anschwollen, befruchtet vom liederlichen Wind, und so fort, und so fort. Das war vor vier Jahren, als wir das Königreich gründeten. Und dann sammelten sie ihre Halbgeschwister ein.«

»Sie brachten sie um.«

»Meine Kinder wurden dazu angehalten, ihr Überleben zu sichern. Sie dachten, dies sei der richtige Weg. Sie entnahmen ihren Töchtern die Eierstöcke, und vielleicht hätten sie mit der Zeit ein seltsames, schreckliches Heer gegen mich gesammelt. Ein Teil ihrer Strafe ist, daß ich keine Fragen stellen und mir keine Erklärungen anhören werde. Weißt du nun alles? Das ist gut. Ich bin müde. Ich bin es müde, Fragen zu beantworten.«

Morag hat das Gefühl, daß die Frau immer kleiner wird – als sie die letzten Worte spricht, reichen sie und ihr Gefolge Morag nur noch bis an die Knie. Dann erkennt sie, daß die Feen nicht schrumpfen, sondern davonfliegen. Sie fliegen so schnell, daß ihre Gewänder wie Fahnen im Wind flattern. Nur der graue König rührt sich nicht. Morag geht in die Knie, legt sich flach auf den Bauch, um sie in unermeßlichen Fernen verschwinden zu sehen, und dann ist sie wach.

Sie liegt auf einem kalten, kahlen Hügel, auf einer kleinen Insel aus hartem Gras, und ringsum ist der Boden zertrampelt. Der Baum, der sein Astgeflecht in das schmutziggraue Licht reckt, ist ein ganz normaler Baum. Zwischen seinen Wurzeln, in eine einfache orangefarbene Wohlfahrtsdecke gehüllt, liegt der kleine Junge, tief und fest in Schlaf versunken: Gerettet.

18 Gerettet

Ein halbes Jahr später erhält Morag eine Postkarte von Alex. Sie lebt wieder in Edinburgh bei ihren Eltern, in dem vertrauten Morningside-Haus, der vertrauten stillen, baumbeschatteten Straße. Der kleine Medien-Aufruhr hat sich längst gelegt – die Story von dem verirrten kleinen Jungen versank in der Flut von Spekulationen über das Ende des Magic Kingdom und den Zusammenbruch des Interface.

Sobald Morag ein wenig Zeit fand, formulierte sie eine Nachricht für Alex und hinterließ sie im Web. Falls er sie nicht selbst fand, würde sie vielleicht einer aus dem Verschwörungstheorie-Zirkel an ihn weiterleiten. Die Botschaft enthielt nicht viel mehr als die Botschaft, die ihr die Frau aufgetragen hatte, und Morag erwartete keine Antwort.

Mittlerweile unterzog sie sich einer intensiven Fembot-Therapie, um das Ding loszuwerden, das sich in ihre Zungenmuskeln eingenistet hatte und seine Pseudo-Neuronen in ihr limbisches System ausdehnte. Die Ärzte wollten es testen, ehe sie es entfernten, aber sie bestand darauf, es sofort loszuwerden. Immerhin war der kleine Junge von dem gleichen Fembot befallen, und seinem Vater, der bereits mit mehreren Fernsehsendern um einen Exklusivvertrag für die Story feilschte, machte es sicher Spaß, auch noch die Forschungsrechte meistbietend zu verschachern.

Das ist es, was am meisten schmerzt, wenn Morag sich ihren Gedanken stellt – obwohl sie kaum etwas anderes erwarten konnte. In gewisser Weise ist der Vater des kleinen Jungen im Recht. Niemand hat von ihr verlangt, daß sie seinen Sohn rettet. Also kann sie auch keinen Dank erwarten.

Es war erstaunlich einfach, wieder in das Hilfsprojekt einzusteigen. Ihr linker Arm schmerzt noch von einer Injektion mit einer Auswahl von Anti-Fembots, die speziell die T4-Helferzellen ihres Immunsystems so modifizieren sollen, daß sie ein breites Spektrum ansteckender Viren und Bakterien erkennen. Auch die Einweisung hat sie bereits hinter sich. In einer Woche wird sie in Dschibuti sein, wo zwischen den beiden rivalisierenden Volksgruppen der Afars und Issas wieder einmal ein Bürgerkrieg tobt. Eine Million Menschen mußten bislang die Hauptstadt verlassen und befinden sich auf der Flucht.

Als Morag von Tiso's zurückkommt, wo sie strapazierfähige Buschstiefel, ein Dutzend T-Shirts und einen Hut mit Moskitoschleier erstanden hat, erfährt sie von ihrer Mutter, daß eine Postkarte für sie da ist.

»Jemand hat sie an der Tür abgegeben. Eines dieser jungen Mädchen mit den komischen Haar-Transplantaten.«

Es ist ein Foto von einer weitläufigen Festung – weiße Mauern, die von grauen Kalkstein-Klippen aufragen, und im Hintergrund schneebedeckte Berge. Auf der Rückseite steht in der engen, aber gut leserlichen Handschrift, die so typisch für Alex ist: *Hör genau hin!*

»Eigentlich war es kein richtiges Haar«, fährt ihre Mutter fort. »Eher eine Art Schopf aus bunten Federn. Wie ein Kolibri.«

»Sagte sie etwas?«

»Daß die Karte für dich sei. Sonst nichts. Sie kannte deinen Namen. Dann ging sie wieder. Möchtest du eine Tasse Tee? Ich habe noch einen kleinen Rest Earl Grey.«

Morag aktiviert die winzige Postkarten-Stimme. Sie verrät ihr in Schulenglisch, daß es sich bei der Aufnahme um die Zitadelle von Gjirokastër in Südalbanien handelt, eine der schönsten Festungen byzantinisch-ottomanischen Stils im Balkan.

»… die westliche Besucher in ihren Bann schlägt, seit Byron und Edward Lear diese Gegend im neunzehnten Jahrhundert erstmals bereisten. Auch wenn Kenner behaupten, daß die Festung von Berat ein noch reineres Beispiel ottomanischer Baukunst sei, ist die Lage von Gjirokastër vor der dramatischen Kulisse der Buret-Berge …«

Morag preßt die Postkarte ans Ohr und spielt sie noch einmal ab. Überlagert von dem kratzigen Geleier des Führers hört sie den Londoner Akzent von Alex. Er spricht nur ein paar Worte, und sie muß die Fragen ihrer Mutter abwehren und den Text noch einmal abspielen, ehe sie seine Botschaft versteht.

»Ich suche immer noch nach Feenland«, sagt er.

TEIL DREI

Die Bibliothek der Träume

1 Der flammende Mann

»Wir sind drin«, sagt Max zu Alex. »Da – sieh dir das an!«

Sie unterhalten sich im Home Room von Max, einer Sphäre mit Kristallwänden, die hoch über den schwefelgelben Wolkenbänken des Jupiter schwebt. Das Panorama wird von einem Element der ESA-Sonde *Von Neumann* übermittelt, die Kopien ihrer selbst rund um den Riesenplaneten verteilt. Alex räkelt sich auf einem Diwan. Im richtigen Leben liegt er auf einem Wiesenhang im sonnenwarmen Gras, und die Orientierung in einer virtuellen Umgebung, die nicht mit der Realität übereinstimmt, verschafft ihm meist ein flaues Gefühl in der Magengegend. Während Max in seiner wahren Gestalt anwesend ist, hat er Alex als den wahnsinnigen Römer-Kaiser Caligula abgebildet, mit Purpur-Toga und einem Lorbeerkranz auf der Stirn. Ihre Web-Agenten beäugen sich von entgegengesetzten Polen des kugelförmigen Raums: der scharlachrote Dämon von Alex, gehörnt, mit Gabelschwanz und Dreizack, und die grüne Frau von Max, umrankt von Blättern wie ein Fenster in eine verlorene Welt, ihre Augen Kornblumen, ihre Lippen und Brüste roter Mohn, ihr Haar zarter Farn.

Max öffnet ein Datenfenster. Text scrollt nach oben, gibt den Blick frei auf eine flammende Gestalt, die durch weite Räume mit goldgeädertem Marmorboden flieht. Sie hinterläßt eine Spur schwarzer Fußabdrücke. Dann wieder Text und Reihe um Reihe von Symbolen. Max beobachtet angespannt, wie sie nach oben scrollen. Alex schaut weg. Eine Gewitterfront, groß wie ein Kontinent, flackert am Rand der Riesenwelt.

»Eindeutig das Werk von Feen«, sagt Max und spießt mit dem Zeigefinger ein komplexes Moiré-Muster auf. »Ihre entoptischen Formen unterwandern das Primärbild. Hier wieder! Verdammt, Alex, sieh dir das wenigstens an! Ich habe sechsunddreißig Stunden gebraucht, um die Codes zu entwirren.«

Alex kommt seiner Aufforderung nach. »Wie hast du es geschafft, da einzusteigen?«

Seit Jahren ist es der Traum von Hackern, die von Glass zusammengetragene Bibliothek der Träume zu knacken. »Einer von ein paar Kids, die im Trüben fischten, entdeckte eine Hintertür«, sagt Max vage. Was er gefunden hat, fasziniert ihn weit mehr als das Wie. »Ich frage mich, über welche Computer-Kapazitäten Glass verfügt. Diese Flammen müssen Gigabytes an Iterationen verschlingen, selbst wenn er Parallelbenennungen ausklammert.«

»Er hat sicher eine ganze Menge«, sagt Alex. »Vor allem eine Menge VR-Maschinen. Sonst wäre Milena nicht zu ihm gegangen.«

»Was da an graphischer Power verschwendet wird, um einem einzigen Toten ein Mausoleum zu errichten, in dem er nach Belieben herumspuken kann! Stell dir vor, du schaffst den Hack schlechthin – und sperrst dich in eine Glasflasche, anstatt die ganze Welt zu erforschen!«

»Findest du es nicht ein wenig … verdächtig, daß es dir gerade jetzt gelungen ist, in die Bibliothek der Träume einzudringen?« fragt Alex.

»Natürlich ist es *verdächtig*. Das gehört alles mit zum Spiel. Was mich eher stört, ist die Tatsache, daß dieser flammende Typ Schaden im System anrichtet. Hast du die rauchenden Fußspuren gesehen?«

»Wo war das eigentlich?«

»In der Library of Congress, in einem Foyer zwischen den Regalen. Und es handelt sich nicht um die allgemein zugängliche Handbibliothek, sondern um die voll integrierte Version, die von den Universitäten genutzt wird.«

»Warum sollte Glass etwas tun, das seinem eigenen System schadet?

»Vielleicht handelt es sich um eine Art Wachhund, der alles vernichtet, was durch die Hintertür einloggt. Die Friedenspolizei scheißt sich in die Hosen, wenn das Ding ins Web gelangt!«

»Muß man damit rechnen?«

»Niemand außerhalb des eingeweihten Kreises weiß davon. Noch nicht. Aber nur, weil der Typ, dem der Durchbruch gelang, nicht so recht kapiert hat, wo er da reingestolpert ist. Doch das kriegt er raus, und dann tönt er sicher bei seinen Freunden – und im Nu wird die halbe Welt versuchen, einen Blick auf die Sensation zu werfen. Leider ist das Einstiegloch breit genug dafür.«

»Wir brauchen deine Hilfe, Max«, sagt Alex. »Vergiß das nicht!«

»Der flammende Mann ist nicht irgendein Virus. Nichts kann ihn in Zaum halten, nicht mal sein Hostsystem. Er kann die härtesten Sicherheitsprogramme durchbrennen. Er könnte das ganze Web durchbrennen. Je mehr Leute anfangen, hier drin rumzuschnüffeln, desto eher gerät die Geschichte völlig außer Kontrolle.«

»Du hast bereits die Codes geknackt. Wir brauchen eine Hintertür in sein System, und ich kann nicht warten, Max. Ich lebe hier draußen in der rauhen Wirklichkeit, und ihre Fänge schnappen allmählich zu.«

»Ja. Ja, ich weiß.«

»Du könntest die Sache splitten, in kleine Pakete aufteilen. Da draußen hängen zehn Millionen Möchtegern-Hacker rum, die sich langweilen. Gib ihnen was zu tun!«

»Erzähl du mir nichts von meinem Job, Alex! Ich habe bereits eine Architektur ausgearbeitet, mit der sich das

Problem auf diskrete Weise unter die Leute bringen läßt. Sobald ich auf diesen Knopf hier drücke …« – ein dicker roter Knüppel erscheint in der Luft, direkt unter dem Zeigefinger von Max, zitternd und wippend vor mühsam unterdrücktem Verlangen –, »ist das Ding im Web!«

»Entschuldige, Max!«

»Also – bist du immer noch wild entschlossen?«

»Kat ist im Moment draußen und versucht den Kontakt herzustellen. Außerdem haben wir diesen Einheimischen, der behauptet, er könne uns in die neutrale Zone bringen. Wir trauen ihm nicht, aber wir haben keine andere Möglichkeit, das militärische Sperrgebiet zu überwinden. Bestechung ist bei diesen Leuten nicht so einfach; man muß immer irgendeinen Ehrencodex berücksichtigen. Und dann sind da noch die Söldner, die Glass und seine Leute angeheuert haben …«

»Über die kann ich Erkundigungen einziehen«, wirft Max ungeduldig ein. »Das ist ein Klacks.«

»Vielleicht sind wir auf dem falschen Weg, Max. Vielleicht sollten wir alles nehmen, was wir haben …«

»Yeah, und was dann? Die Friedenspolizei einweihen? Das wäre ein gefundenes Fressen für die Typen! Die perfekte Propaganda für ihre Kampagne, jede Fee bis zum Jahresende durch den Kamin zu jagen!«

»Ich dachte eher an die Vereinten Nationen.«

Max setzt eine verächtliche Miene auf. »Erstens würden sie uns nicht glauben, und zweitens betrachten sie die Kreuzzug-Anhänger als – was?«

»Religiös Verfolgte.«

»Yeah, genau. Hör zu, wir stehen hinter dir, Mann! Auf Schritt und Tritt. Ich verteile das Problem. Ich schätze, daß zwanzigtausend Leute versuchen werden, es zu knacken. Ach was, zwanzigtausend – das ist das absolute *Minimum!* Meine Architektur wird sie alle verbinden, Diskussionen in Gang bringen, ihnen Tips geben. Das Ding wächst praktisch von selbst. Mein Schema ist nach der massiven Parallelverteilungs-Architektur dieser Dreikörper-Lösung aufgebaut, die das Princeton-Team mal vor zehn Jahren organisiert hat. Und da machten eine Million Leute mit! Der Hack *ist unter Kontrolle.*«

»Schön, aber ich befinde mich mitten im Kriegsgebiet, und du …? Wo bist du, Max? Wie geht's deiner Freundin?«

»Ist das nicht scheißegal, solange wir miteinander reden können? Aber wenn es noch mehr von diesen Wichsern gibt …«

Max sticht mit dem Zeigefinger gegen das Datenfenster, und da ist der flammende Mann wieder, kommt aus dem Nichts gerannt, verschwindet im Nichts, und was bleibt, sind seine rauchenden Fußspuren.

»Wenn es *genug* von diesen Dingern gibt, und wenn sie jedesmal durchzischen, sobald ein Spanner es mal wagt, einen Blick in die berühmte Traum-Bibliothek von Glass zu werfen, brennen sie das Web durch, Stück für Stück.«

»Und niemand kann sie mit einem Feuerlöscher aus dem System spritzen?«

»Wenn wir wüßten, wie das geht, wäre das gar kein so schlechter Gedanke. Aber wir arbeiten dran, verlaß dich drauf. Vielleicht haben wir ja Glück und finden die richtige Methode. Aber wenn nicht …«

Blitze zucken am Jupiter-Horizont auf.

»Sehr dramatisch, Max.«

»Ich bin echt gut, oder? Rühr dich, sobald du was Neues erfährst, Sharkey.«

Die grüne Frau breitet die Arme aus. Max stößt sich vom Datenfenster ab, trudelt nach oben und durchdringt die Gestalt seiner Agentin. Einen Moment lang sieht Alex ihn zwischen Bäumen in einem sonnenhellen Wald dahinschlendern, und dann bläst ein Sturm die grüne Frau in einem Blätterwirbel davon. Alex befiehlt seinem Dämon, die Verbindung abzubrechen, nimmt die VR-Brille ab und kehrt in die Wirklichkeit zurück. Er setzt sich auf und blinzelt in das helle Sonnenlicht eines Grashangs, der sanft zu den roten und grauen Dächern von Gjirokastër abfällt.

2 ■ *Billige Ausflüge in das Elend anderer Leute*

Das Holiday Inn von Tirana war einst Albaniens erstes Hochhaus – das bereits 1979 errichtete Hotel Tirana. Trotz kostspieliger Umbauten, einschließlich einer ultramodernen Stromalith-Fassade, dem letzten Schrei an Nanotech-Ausstattung und Räumen mit hochempfindlichem Mikro-Conditioning, besitzt das Hotel immer noch das Betonskelett der grimmig funktionellen sowjetischen Plattenbau-Architektur. Und obwohl das Haus semi-intellent ist und seine eigene Energie durch Winddruck und Temperaturunterschiede erzeugt, stehen die Aufzüge in diesen unruhigen Zeiten meist still, und das Wasser fließt bestenfalls sporadisch.

Todd Hart hat ein Zimmer mit Aussicht auf den Skanderbeg-Platz erhalten – was keineswegs so toll ist, wie es klingt, denn es liegt in direkter Sichtlinie zu den Bergen. Dort haben sich die progriechischen Rebellen verschanzt, und momentan sieht es so aus, als würden sie Albaniens jüngsten Bürgerkrieg für sich entscheiden. Noch vor einer halben Stunde war Todd mit seinem Kameramann Spike Weaver auf dem Dach, um die Bahnen der Leuchtspur-Geschosse zu beobachten, die wie glühende Kolibri-Schwärme auf die dunklen Dächer der Stadt herunterstießen. Das Bombardement schien sich auf die Vororte im Osten zu konzentrieren, ein ausgedehntes Labyrinth unbefestigter Gassen und niedriger Lehmziegel-Häuser mit flachen Dächern. Nichts Besonderes, meinte Spike, und in der Tat hatte es keiner der anderen Journalisten der Mühe wert gefunden, die Bar zu verlassen und mit nach oben zu kommen. Spike sitzt jetzt ebenfalls an der Bar, wo er alte Geschichten über Kriege und Fronteinsätze aufwärmt, die künstlich gebräunten Huren abwimmelt, die billigen Sex und Drogen anbieten, und die Opportunisten ignoriert, die den Reportern an den Fersen kleben, ihnen Drinks spendieren und für ein paar Euro zweifelhafte Tips verkaufen wollen.

Wenn Todd nur einen Funken Vernunft hätte, würde er sich mit den anderen besaufen, seine Schwänke erzählen und in der Gerüchteküche rühren. Schließlich hatte er heute, weiß Gott, keinen Glücksgriff gehabt, weder mit dem amerikanischen Konsul noch mit dem UN-Presseoffizier. Der Konsul war ein junger, erschrekkend naiver Yale-Absolvent mit einem Doktortitel in paläochristlicher Archäologie des südlichen Mittelmeerraums und der Presseoffizier der übliche Schleimscheißer, der nicht einmal den Eindruck zu erwecken versuchte, daß die Vereinten Nationen mehr taten, als den Bürgerkrieg aus sicherer Entfernung zu beobachten. Er gab sich alle Mühe, Todd an der Überfliegung des Kinder-Kreuzzugs zu hindern, und als er das nicht schaffte, versuchte er ihn und seinen Kameramann zumindest hinterher einzubuchten. Todd und Spike verbrachten zwei lange Stunden in einem kahlen Raum auf dem UN-Gelände, ohne Klimaanlage und ohne Zugang zu dem Getränke-Automaten, der direkt vor der Tür summte, ehe jemand mit einem Hauch von PR-Verstand erkannte, daß es sich vielleicht nicht so gut machte, einem akkreditierten Mitglied der US-Medien ans Bein zu pinkeln.

Todd hat nichts dagegen, hier Schiffbruch zu erleiden, aber zuerst will er seinen Bericht abspeichern. Er ist jetzt seit drei Tagen hier, mit einem Kontrakt, der ein paar denkbar ungünstige Klauseln enthält, aber nur so kam er an die Akkreditierung und konnte legal einreisen. Deshalb muß er Wohlverhalten mimen und ein paar Stories abliefern, bis er die Hauptstadt verlassen und im Hinterland auf eigene Faust recherchieren kann.

Also sitzt Todd in seinem Zimmer, das Licht ausgeschaltet und die schweren Vorhänge zugezogen (Heckenschützen haben die schlechte Angewohnheit, auf beleuchtete Hotelfenster zu zielen), den Computer auf den Knien und die harte Lehne eines straff gepolsterten Sessels im Rücken. Das Parasitenkabel, das sich durch ein Loch im Fensterrahmen nach draußen schlängelt (Todd hat für solche Fälle immer einen Handbohrer mit Diamantspitze im Gepäck), hat einen Anschluß zum Hauptstrang gefunden, der an der seitlichen Außenmauer des Hotels zu den Sendeschüsseln auf dem Dach hochklettert. Todd wartet darauf, daß sein Computer das Filmmaterial vom Kinder-Kreuzzug, das er und Spike am Nachmittag geschossen haben, ins Netz schickt. Der Kreuzzug ist kalter Kaffee, der die Einschaltquoten nicht gerade hochtreibt, aber nur wenige Leute schaffen es, gute Nahaufnahmen zu beschaffen, und der Sender soll sehen, daß er sich zumindest Mühe gibt.

Todd erinnert sich an den ersten Anblick der Kinder-Soldaten von seinem gemieteten Helikopter aus. Der Zug wand sich wie eine lange Kolonne von Kriegerameisen über die verdorrte braune Landschaft etwa fünfzig Kilometer südlich von Tirana. Todd erinnert sich an das Sonnenlicht, das plötzlich die Kabine durchflutete, als der Helikopter schräg nach unten auf die Kolonne zuhielt. Er erinnert sich, wie trocken seine Kehle war, als er ins Mikro zu sprechen begann und die Kinder unter ihm vorbeizogen, in Hitze und Staubschwaden, während über ihm ein himmelblauer UN-Kopter knatterte.

Todd benötigte drei Anläufe, um seine kleine Rede ohne Stocken loszuwerden – das Zeug, das der Computer jetzt abspeichert, zusammen mit den Filmmetern von seinen kurzen Schwenks in die Kolonne selbst. Sobald der große Schwall fraktal komprimierter Bilder übertragen ist, streift Todd VR-Helm und -Handschuhe über, und von der anderen Seite des Schreibtisches, der plötzlich im Zimmer steht, fragt ihn sein Chefredakteur, was er so eingefangen hat. Todd berichtet, der Redakteur überlegt kurz und zuckt dann die Achseln.

»Es ist Ihre Show, Kleiner. Aber irgendwie hatte ich gehofft, daß uns der Wilde Mann von Atlanta was Brandheißes servieren würde.«

Das Etikett klebt Todd jetzt seit zwölf Jahren am Hemd, und obwohl er es schamlos ausgenutzt hat, wann immer er konnte, geht es ihm allmählich auf den Geist. Er wird nächstes Jahr vierzig, und allen Legenden zum Trotz kann auch er mit einem Baby auf dem Arm und einer Flasche in der Hand keinen Schlagzeilen nachjagen. Sein tollkühner Ausflug in die Feuerhölle von Atlanta war eine Laune des Schicksals, die seither sein Leben bestimmt hat. »Warten Sie noch ein paar Tage«, sagt er. »Dann habe ich eine ganz und gar unglaubliche Geschichte für Sie.«

»Ich glaube so ziemlich alles, wenn es sich belegen läßt.«

Chefredakteur Barry Fugikawa trägt das typische weiße Hemd mit den hochgerollten Ärmeln, dazu einen grünen Augenschirm und die unvermeidliche Billig-Zigarre, die ihm über die fleischige Unterlippe hängt. Sein faltiges Bulldoggen-Gesicht ist den Zügen Walter Matthaus in *The Front Page* entlehnt. Es ist eines der VR-Standard-Morphos. Alle aus der Branche ziehen solche Standard-Morphos den uncoolen kommerziellen oder maßgeschneiderten Modellen vor. Todd selbst hat sich für Robert Redford entschieden, jung und unverbraucht, wie er in *All the President's Men* erscheint.

Obwohl sie schon ein Dutzendmal im Web zusammengetroffen sind, hat Todd keine Ahnung, wie Fugikawa wirklich aussieht oder wo er sich befindet, wenn er die virtuelle Umgebung dieser Zeitungsredaktion mit ihren endlosen Reihen leerer Schreibtische unter einer niedrigen Decke und den schräg einfallenden Strahlen der Abendsonne ausschaltet. Keiner macht sich je die Mühe, aus den Fenstern zu schauen, die eine Echtzeit-Ansicht von Washington, D.C., zeigen. Hier und da erhellt ein Lichtkreis eine oder zwei Gestalten, die an anderen Schreibtischen arbeiten, mit Bildschirmen, deren Text und Fotos sich von außen manipulieren lassen, mit Papierkorb, Notizblock und einer Reihe von Tools und Icons, die über einem richtig altmodischen Tintenlöscher mit Lederrücken schweben.

»Da ist noch etwas«, sagt Todd. »Fast hätte mich dieses Arschloch von einem UN-Presseoffizier verhaften lassen.«

Fugikawas Schreibtisch entschlüsselt den Code, der bestätigt, daß die Daten, die Todd durchgegeben hat, echt und unverfälscht sind. Heutzutage kann praktisch jeder mit einem Billig-Computer plus Grafikprogramm die perfekte Illusion hacken. Deshalb verändern die Datenaufzeichnungsgeräte von Reportern der akkreditierten Nachrichten-Agenturen einen winzigen Bruchteil der Millionen Acht-Bit-Zahlen, welche die Pixel-Farben definieren, und bauen auf diese Weise einen Prüfcode in die digitalisierten Bilder ein. Die Codes sind so verteilt, daß jede Manipulation durch faule oder übereifrige Außenkorrespondenten aufgedeckt werden kann. Nur die Nachrichten-Agenturen besitzen einen Schlüssel für die Codes, und sie behalten sich das Recht vor, das Rohmaterial zu sichten und notfalls abzulehnen.

Der Schreibtisch meldet mit einem Piepton, daß alles in Ordnung ist. Fugikawa schaut nachdenklich auf und fragt: »Wurden Sie nun verhaftet oder nicht?«

»Nicht direkt.«

»Dann stellen Sie sich in Zukunft etwas geschickter an, und Sie haben Ihre Story! Unterdrückung der Pressefreiheit durch die UN!«

»Genau deshalb durfte ich wohl gehen. Aber wenn Ihnen so viel an Schlagzeilen über das harte Los von Reportern liegt, lasse ich mir das nächste Mal eine Kugel durch den Kopf jagen. Das ist gar nicht so schwer, weil sich die Lage hier ganz schön zuspitzt. Vielleicht hole ich mir auch Aids oder virale TB bei einer der billigen Nutten drunten in der Hotel-Bar und krepiere langsam und qualvoll vor mich hin. Daraus könnten Sie eine ganze Serie machen.«

Fugikawa streift einen Zentimeter weiße Asche in den Abfalleimer. Seine fette Zigarre wird nie kürzer, egal wie lange er daran herumpafft. »Sie verkörpern nun mal das vielzitierte menschliche Element. Der Wilde Mann von Atlanta auf gefährlicher Mission! Das erwartet die Öffentlichkeit von Ihnen! Auf Fakten können die Leute verzichten. Fakten gibt es genug auf dieser Welt.«

Fugikawa übertreibt den Zynismus ein wenig, denkt Todd. Vielleicht gehört das mit zu seinem Morpho-Paket. »Könnte sein, daß ich diesmal einer richtigen Story auf der Spur bin«, sagt er.

»Bilden Sie sich nichts ein«, entgegnet Fugikawa. »Geben Sie mir das Zeug durch, und dann wollen wir mal sehen, was sich daraus machen läßt.«

Der Helikopter setzt Todd und seinen Kameramann ein Stück vor dem Kinder-Kreuzzug ab und macht sich aus dem Staub, ehe die UN-Maschine, die der Kolonne folgt, die Erlaubnis zur Verfolgung einholen kann.

Die Kreuzzug-Teilnehmer marschieren vorbei, eingehüllt in wirbelnde Wolken weißen Staubs. Sie gehören allen Altersgruppen an und sind doch alle Kinder, verwandelt von Feen-Fembots, nicht immer äußerlich, aber zumindest im Geist. Manche halten sich an den Händen. Manche spielen Panflöten, schlagen kleine Trommeln oder schütteln ihre Rasseln in einem holprigen Rhythmus, der anschwillt und abfällt, aber nie verstummt. Manche fahren mit Solar-Trikes oder Rollern, aber die meisten gehen zu Fuß, mit dem Allernotwendigsten an Camping-Ausrüstung, im Rucksack die Kleider und eine auf das Konto der Kreuzzug-Zentrale ausgestellte Kreditkarte der Bank von Lyon – und erfüllt von der Überzeugung, daß sie die Menschheit retten, während sie quer durch Albanien ziehen, mit einem gleichmäßigen Tempo von fünf Kilometern in der Stunde, bis zu achtzehn Stunden täglich.

Bis vor einem Jahr war der Kinder-Kreuzzug nur einer von vielen Fembot-Kulten, die sich in den wahl- und bürgerrechtlosen Gebieten am Rande der Europäischen Union ausbreiteten. Dann wurden fast alle spontan oder bewußt geheilt, und nur ein harter Kern von etwa tausend Anhängern sammelte sich an der albanischen Grenze zu einem Zug in ihr Gelobtes Land.

Sie treten aus weißem Staub in weißen Staub. Das hier war einst gutes Ackerland, aber es wurde beim Rückzug der Regierungstruppen vor den Rebellen mit Viren bombardiert, und seitdem wächst hier überhaupt nichts mehr. Tote Getreidehalme zerfallen wie Aschegeister unter den Füßen der Marschierer.

Nachdem Todd seinen kleinen vorbereiteten Bericht auf Band gesprochen hat, setzt er eine Gesichtsmaske auf und schlendert an das weit auseinandergezogene Kolonnen-Ende. Der UN-Helikopter dröhnt in niedriger Höhe hin und her wie eine zornige Schmeißfliege. Todd befragt etwa ein Dutzend der Kreuzzug-Kinder. Nur eine etwas ältere Frau mit schlaffen, grauen Gesichtszügen antwortet einigermaßen normal, aber auch sie sagt ihm nichts Neues, und dann kommt ihr unvermeidlicher Bekehrungsversuch.

»Ein Kuß!« beschwört sie ihn. »Ein Kuß, und du wirst ewig leben! Frei leben!«

Ein paar andere nehmen ihre Worte auf und wiederholen sie im Chor:

»Frei leben! Frei! Frei leben!«

Todd murmelt ein paar Ausflüchte und tritt den Rückzug an. Sobald er sich aus der Kolonne gelöst hat, winkt er dem Piloten des UN-Helikopters zu, der gerade nach unten taucht, und läuft gemächlich zu Spike, der ihn auf der Hangkuppe erwartet.

»Hast du das im Kasten?«

Spike schiebt die Tele-Brille auf die Stirn. Die Linsen sind mit einem feinen hellen Puder überzogen. »Durch einen Staubschleier«, knurrt er. »Warum verpißt sich der Blödtyp nicht endlich?«

»Er wartet auf die Landegenehmigung. Dann kommt er runter und verhaftet uns.«

»Hoffentlich. Ich habe keine Lust, zu Fuß in die Stadt zurückzulatschen.«

Spike läßt das Playback ablaufen und stellt fest, daß Todd Glück gehabt hat – noch vor einem halben Jahr hätte ihm die Frau die Maske heruntergerissen und ihn mit einem Zungenkuß bekehrt.

»Diese Typen lernen dazu«, meint Spike. »Den Einheimischen mit ihrem orthodoxen Glauben können sie so nicht kommen.«

Todd nimmt seinen Tropenhelm ab und wischt über die klebrige Soße aus Staub und Schweiß, die ihm den Nacken hinunterrinnt. Er ist ein großer, kräftiger Mann mit einem hellen Haarschopf und rauhen, offenen Gesichtszügen. Die Wirkung seines Sonnenblockers läßt allmählich nach, und sein Nasenrücken beginnt sich zu röten. »Die Bauern, die hier in der Gegend leben, sind fast alle Moslems«, erklärt er Spike. »Die Rebellen dagegen gehören zur griechisch-orthodoxen Kirche. Deshalb ist Glass auch zum orthodoxen Glauben übergetreten. Sieh zu, daß du diese Dinge nicht ständig durcheinanderbringst!«

»Glass war vorher Mitglied der amerikanischen Moslem-Bewegung«, sagt Spike, als würde das alles erklären.

Glass ist der Web-Prophet, der geschworen hat, den

Kinder-Kreuzzug zu beschützen. Seine Karriere begann als Professor für Medien-Forschung an einer Kunstakademie im Mittleren Westen, ehe er sich zum Web-Host für ein Dutzend User-Gruppen gleichzeitig entwickelte und deren endloses Chatten in vernünftige Diskussionsbahnen zu lenken versuchte. Dann machte er ein Vermögen mit einer Art Komplexitäts-Forschung, die es ihm gestattete, kurze Fenster der Stabilität auf den brodelnden Weltmärkten zu prognostizieren, verplemperte einen Großteil seines Geldes für alle möglichen Hirngespinste und zog sich schließlich nach Griechenland zurück, wo er unter der Bezeichnung ›Bibliothek der Träume‹ eine legendäre virtuelle Umgebung aufbaute. Vor zwei Monaten veranstaltete er eine öffentliche Traumhochzeit mit Antoinette, einem der begehrtesten VR-Supermodels, und seit neuestem hält er seine Hand über den Kinder-Kreuzzug und verheißt das Goldene Zeitalter.

Todds Agent in Tirana behauptet, er habe Kontaktleute, die Todd mit Glass zusammenbringen können. Ein Interview mit Glass würde Todd genug Kohle einbringen, um die Gläubiger ein paar Monate lang auf Abstand zu halten. Die jüngste Forderung kommt von seiner Tochter, die ihn wegen Entfremdung verklagt. Violetta ist erst sieben, verdammt noch mal, und Todd geht jede Wette ein, daß die Geschichte von seiner dritten Frau ausgeht. Marcy, dieses Luder, hat das Gericht dazu gebracht, ihm das Besuchsrecht zu entziehen – angeblich, weil sein Lebensstil Violettas Sozialisierungs-Lernkurve ungünstig beeinflußt – und es paßt zu ihr, das Messer, das sie ihm in den Rücken gerammt hat, noch einmal in der Wunde umzudrehen. Selbst wenn Todd gewinnt, wird er die Anwälte beider Parteien bezahlen müssen, und er ist noch mit den letzten Prozeßkosten im Verzug.

Todd und Spike beobachten, wie sich der Kinder-Kreuzzug durch die ausgedörrten Felder windet. Jenseits des Ackerlands säumen Pappeln das Ufer eines trägen Flusses, aber trotz der Hitze und trotz des Staubes verläßt niemand die Kolonne.

Todd öffnet ein Diät-Cola, nimmt einen tiefen Zug und reicht den Pappbehälter an Spike weiter. »Da steckt echt ein Knüller drin. Wozu wanzt sich ein hipper Typ wie Glass an einen Haufen verblödeter Heilsapostel ran?«

»Vielleicht ist Glass durchgeknallt. Oder publicitygeil.«

Spike zündet sich eine der lose gerollten einheimischen Zigaretten mit einem klobigen, aus einer Patronenhülse gebastelten Feuerzeug an und reibt die roten Druckstellen, die seine Tele-Brille um die Augen hinterlassen hat. Er kommt aus dem Süden Londons, ist robust, säbelbeinig und unverbesserlich pessimistisch.

»Die sind wie die Chinesen«, sagt Todd in einem Anflug von vager Erinnerung.

Spike blinzelt in die Ferne, wo die Linsen seiner Kamera-Drohne hoch über dem Staub das Sonnenlicht reflektieren. Er hat sie darauf programmiert, dem UN-Helikopter zu folgen, damit ihr KI-System ein wenig Übung bekommt.

»Der Lange Marsch«, fährt Todd fort. »Der Vorsitzende Mao. China.«

»Hatten wir nicht vor ein paar Jahren in China zu tun?«

»Das war Tibet.«

»Ist doch dasselbe.«

»Du weißt genau, daß es nicht dasselbe ist, du Blödmann.«

»Ich weiß nur, daß es da war, wo ich den schlimmsten Dünnpfiff meines Lebens bekam.«

Todd wirft Spike den leeren Cola-Karton an den Kopf. »Du kannst gar keinen Dünnpfiff kriegen, weil du noch nie was anderes als dieses McFutter gefressen hast!«

»Vielleicht hat sich da mal ein Yak-Burger eingeschlichen«, sagt Spike. Nachdenklich fügt er hinzu: »Das war eine gute Story, diese Sache über den buddhistischen Untergrund.«

»Das war eine verdammt traurige Story.«

»Yeah, aber was willst du, Boss? Wir leben nun mal in einer verdammt traurigen Welt.«

Die Kreuzzug-Anhänger trotten im ewig gleichen Tempo durch den Staubschleier an ihnen vorbei. An die tausend Menschen leben in der Denver-Arkologie, wo Todd ein Einzimmer-Apartment bewohnt. Unter falschem Namen, weil drei seiner vier Ex-Frauen praktisch alles pfänden können, was er bis zum Ende des Jahrhunderts verdient. Er hat nie über die Leute in seiner Umgebung nachgedacht, die sich wie Maden in den Zellen eines verrotteten Baumstamms zusammendrängen. Hier sind sie. Grelles Sonnenlicht flammt durch den weißen Staub. In der Ferne zieht ein zweiter himmelblauer UN-Helikopter eine weite Schleife über die virenzerstörten Felder und hält dann auf sie zu.

»Na endlich!« sagt Spike. Er zieht noch einmal an seiner Zigarette, drückt sie aus und verstaut die Kippe sorgsam in der Brusttasche seiner Jacke.

»Was wäre, wenn sich die Kreuzzug-Kinder heimlich im ganzen Land verteilen würden, um die Leute zu bekehren?« meint Todd. »Darüber hat noch keiner nachgedacht, oder? Ich meine, wie viele Albaner könnten sich das volle Impfprogramm denn leisten?«

»Wie die Vampire?« Spike streift die Tele-Brille über die Augen. »Die wurden ausgerottet. An Kreuzwegen und so, mit spitzen Pfählen mitten ins Herz. Warum bringst du diesen Sermon mit dem Langen Marsch übrigens nicht als Einleitung? Macht sich vielleicht ganz gut ...«

Die Kamera-Drohne kreist über der Marschkolonne, wendet und rast vor dem Helikopter her, der in Kürze landen und sie zum Verhör bringen wird.

Todd und Barry Fugikawa leiten den Beitrag mit einer Großaufnahme von Todd und seinem Gleichnis vom Langen Marsch ein, während im Hintergrund die Kolonne vorbeizieht. Es folgen Gesichter aus der Menge, manche mit fast normalen menschlichen Zügen, andere durch Feen-Fembots drastisch verändert. Fugikawa schiebt ein paar Archivbilder ein, Nachzügler, die Frankreich und Deutschland sowie die kleinen Republiken und Monarchien des Balkans durchqueren, und dokumentiert, wie sich die Gruppen in Montenegro sammeln und an der Grenze zu Albanien zu ihrem letzten Kreuzzug formieren. Das kurze Einblenden eines scharfgeschnittenen, blauhäutigen Feengesichts, dann ein Schnitt und wieder Todd, der nach dem Ziel dieser Leute fragt, nach dem Motiv, das sie vorwärtstreibt – und zu dem Schluß kommt, daß es bis jetzt keine Antwort darauf gibt. Ganz zuletzt eine Sequenz des UN-Helikopters, der zur Landung ansetzt, mit einer Laufzeile am unteren Rand, daß Todd Hart wenige Minuten nach dieser Live-Reportage verhaftet wurde.

Zwei Minuten Füllmaterial für den Wiederholungstext des Nachrichten-Kanals *Rolling News*. Kein Mensch wird sich morgen noch dran erinnern, mit Ausnahme von vielleicht zehntausend Anhängern der endlosen Bürgerkriege auf dem Balkan. Dennoch, während Todd mit Datenhelm und -handschuh in seinem Hotelzimmer arbeitet, überläuft ihn ein alberner Schauer des Stolzes. Selbst bei einem Lückenfüller empfindet er es immer noch als erregend, eine Enthüllung aus dem Insider-Lager unter das Volk zu bringen.

Fugikawa sagt, das mit dem Langen Marsch sei ein ausgelutschtes Klischee, aber bitte, warum nicht. »Kein Schwein schert sich um diesen Mist, von den Peepern mal abgesehen, und selbst denen ist er im Grunde scheißegal.«

»Das würde sich mit einem Schlag ändern, wenn die Fembot-Seuche wieder ausbräche«, sagt Todd. Der

Redakteur mustert ihn mit seinem unendlich müden, traurigen Bulldoggen-Blick und fragt, ob er eine heiße Spur habe.

»Vielleicht«, sagt Todd, und sein VR-Morpho blinzelt Fugikawas VR-Morpho kurz zu. Diese Seuchen-Idee ist völlig aus der Luft gegriffen, aber in der Arena der Neuigkeiten sind Lügen oft der Beginn eines verschlungenen Pfades zur Wahrheit.

Das Gesicht der älteren Frau erscheint auf dem Schirm, und Fugikawa läßt die kleine Szene ablaufen, die Spike in den Kasten bekam, als sie Todd zu bekehren versuchte.

»Gehen Sie nicht zu nahe ran!« warnt Fugikawa. »Sonst enden Sie irgendwann so wie diese Alte!«

Einen Moment lang ist er nicht mehr Walter Matthau, sondern ein fetter, kahlköpfiger Buddha, nackt bis auf ein Lendentuch, mit goldener Haut und Hängeohren, einem dritten Auge auf der Stirn und einer weißen Lotosblüte in den gefalteten Händen.

»Laß die Geschichte zu dir kommen!« sagt Buddha, und dann ist da wieder Walter Matthau, der einen Finger auf seine Knollennase legt. »In der guten alten Zeit hätte man Sie als freien Mitarbeiter bezeichnet, und freie Mitarbeiter verbeißen sich nie zu lange in einen Stoff. Nehmen Sie die Sache etwas lockerer! Sie berichten hier nicht vom Ende der Welt, sondern bestenfalls von den letzten Überresten eines Kults, der sich totgelaufen hat.«

»Hey«, meint Todd lässig, »wie lang bin ich schon in diesem Job?«

»Lang genug, um sich einen Namen zu machen, und erzählen Sie mir nicht, daß Ihnen das neu ist! Liefern Sie ein paar Stories mit Lokalkolorit, und überlassen Sie das große Bild der Redaktion!«

»Danke für den guten Rat!«

»Wir sehen es nicht gern, wenn unsere Mitarbeiter auf eigene Faust durch die Gegend rennen. Selbst wenn dieser Mitarbeiter der Wilde Mann von Atlanta ist. Lesen Sie mal Ihren Kontrakt!«

»Meine Agentin hat ihn gelesen. Sie findet ihn beschissen.«

»Aber Sie haben ihn unterschrieben.«

Jemand klopft an der Tür. »Ich muß jetzt Schluß machen«, erklärt Todd. »Vielleicht ist es der Präsident von Albanien, der mich zu einem Abend-Drink einlädt.«

Es ist Spike. »Feen-Jagd«, sagt er. »Alle machen mit. Los, komm schon, eine kleine Abwechslung wird dir guttun!«

Also verbringt Todd die nächste Stunde in schummerigen Korridoren, auf der Suche nach einer Fee, von der die Reuter-Korrespondentin steif und fest behauptet, sie habe den Noteingang betreten. Die anderen Journalisten haben sich zugekifft oder mit einheimischem Brandy vollaufen lassen und vollführen einen Heidenlärm, als sie über das Treppenhaus ins Kellergeschoß vordringen, um die leeren Gänge und längst nicht mehr benutzten Waschküchen zu durchstöbern.

Todd sieht etwas Blaues um die Ecke huschen, hetzt hinterher und kracht voll in eine riesige blaue Gestalt, die in einem Gewirr aus blauen Plastikplanen und Computer-Kabeln über ihm zusammenbricht. Die anderen grölen begeistert, als er sich aus dem Schrott befreit. Eine Kamera-Drohne streift die Decke, als sie versucht, die Szene in allen Details zu filmen.

»Ihr Scheißkerle!« schimpft Todd. »Das kostet eine Runde!«

Drinks werden aufgefahren. Sie spendieren dem Nachtmanager eine Flasche Champagner, um ihn zu besänftigen, und er fragt väterlich, ob er was gegen ihre Einsamkeit tun kann. Die Mädchen und Jungs hier seien alle gesund, darauf achte er höchstpersönlich. Der Champagner stammt aus Bulgarien und schmeckt bitter wie verbranntes Öl.

Todd kehrt spät in sein Zimmer zurück. Der Computer läuft noch, und er wählt die VR-Umgebung der Redaktion. Barry Fugikawa ist längst weg, und der Nachrichtenraum liegt verlassen da – ein Anblick, der Todd befremdet – aber das Material, das er durchgegeben hat, läuft noch über den Bildschirm. Todd betrachtet es mit einem Anflug von Berufsstolz und will eben ausschalten, als er ganz am Ende des leeren Nachrichtenraums eine Bewegung wahrnimmt. Ein brennender Mann steht auf einem Schreibtisch. Flammen hüllen seinen Körper ein und bilden eine flackernde Spektralkrone um seinen Kopf. Er deutet auf Todd, und dann ist er verschwunden.

Todd schickt sein VR-Morpho durch die Redaktion, weil er wieder einen Streich wittert. Der Schreibtisch, auf dem der flammende Mann stand, weist zwei eingebrannte schwarze Fußspuren auf, und über die Ränder des Notizblocks kriechen Funken, die seltsame Hieroglyphenmuster bilden.

»Kein schlechter Trick, Jungs«, sagt Todd in die Leere, wirft den rauchenden Notizblock in den Abfalleimer und geht schlafen.

3 ■ *Frankensteins Bräute*

Alex hört Katrina den Hügel heraufkommen, lange bevor sie ihn erreicht, zuerst ihre schwachen Rufe und dann das Klappern von Holzglocken, als die Schafe erschreckt auseinanderlaufen. Alex döst auf einem sonnenwarmen, steil abfallenden Wiesenhang vor sich hin. Unter ihm liegt die Stadt Gjirokastër, eingebettet in Hügel und Pinien – enge Gassen, weiß gekalkte Häuser mit roten oder grauen Ziegeldächern, eine Gruppe von Betonburgen, die Fassaden noch löchrig von den Feuergefechten des Vorjahres, Moscheen mit Minaretten, die wie startbereite Raketen in den Himmel stechen. Darüber steigen die senkrechten Steinwälle der Zitadelle von Geröllhängen auf. Eine Zeitlang diente sie dem alten kommunistischen Regime als Unterkunft für seine politischen Gefangenen. Heute beherbergt sie Elfen, die auf den Transport ins Weiterverarbeitungs-Camp an der Küste bei Vlorë warten. Alex versucht den Gedanken zu verdrängen, aber es fällt ihm schwer.

Während er auf Kontakt wartet, hat er es sich angewöhnt, täglich hier heraufzukommen, unter dem Vorwand, nach seinen Daten-Ratten zu sehen und das Neueste von Max zu erfahren, in Wahrheit aber, um den Aufmerksamkeiten von Mrs. Powell zu entfliehen, einer schrecklichen Engländerin unbestimmten Alters, die an Feen glaubt, leidenschaftlich, romantisch, *absolut*. Sie kam nach einer Wünschelruten-Séance hierher, ausgerüstet mit einer Europakarte und einem Kristallpendel, aber sie ist weder dumm noch naiv. Sie hat sich beim Kommandanten der Zitadelle über die unwürdige Behandlung der Elfen beschwert und bei den Vereinten Nationen gegen die Ausstellung auf der Kakavia-Straße protestiert, alles vergeblich. Da Alex der einzige Mensch in Gjirokastër ist, der ebenfalls aus England kommt, hat Mrs. Powell ihn als Opfer auserkoren und versucht ihn nun für ihre Sache zu gewinnen.

Alex glaubt allmählich, daß dies alles eine Art Rache des Himmels für sein Mitwirken an der Umwandlung der ersten Fee ist. Er kann nicht sagen, daß er Mrs. Powell haßt – in gewisser Weise erinnert sie ihn sogar an Darlajane B. – aber sie kennt einfach kein Erbarmen. Falls er Milena findet und falls sie sich weigert, ihn von dem Bann zu befreien, den sie ihm vor so langer Zeit auferlegt hat, wird er Mrs. Powell auf sie ansetzen.

Es dauert nicht lange, die Daten-Ratten und das Vorrücken des Kinder-Kreuzzugs zu überprüfen. Das Computerdeck schickt eine Antenne über das Gras, ein spinnwebfeines Gewirr von Monofil-Fäden, und dringt über einen UN-Spionage-Satelliten mit niedrigem Orbit in das Web ein. Durch seinen Dämon erfährt Alex, daß Max zur Zeit offline ist, aber eine Nachricht hinterlassen hat. Es ist keine gute Nachricht. Hacker haben die Hintertür in die Bibliothek der Träume entdeckt, und obwohl das im Moment nur ein kleiner Kreis von Auserwählten weiß, wird sich die Neuigkeit früher oder später im Web verbreiten.

Nachdem er die Verbindung unterbrochen hat, begnügt sich Alex damit, Scharen kleiner brauner Schmetterlinge bei ihrem Flug über die Blumenwiese zu beobachten oder zu den fernen Bergen hinüberzuträumen, die in einem blauen Dunstschleier weit hinter Gjirokastër aufragen. Er sieht den Schafen zu, die weit verstreut auf dem Hügel weiden, und denkt träge über einen Algorithmus nach, der ihr Herdenverhalten beschreiben könnte. Schafe mit kürzeren Beinen auf einer Seite könnten sich auf einem Hang schneller bewegen, allerdings nur in einer Richtung. Immer schräg nach oben, bis sie die Kuppe erreichten. Dann nach unten rollen, geschützt von ihrer dichten Wolle, und das Ganze von vorne beginnen.

Die Schafe hier sind geschoren, dürre Geschöpfe, alle mit dem gleichen erschreckten Gesichtsausdruck. Als Katrina zu ihm heraufsteigt, ergreifen sie mit hastigen, plumpen Sprüngen die Flucht, um gleich darauf den Grund ihrer plötzlichen Panik zu vergessen und weiter an dem trockenen Gras zu rupfen.

Katrina ist außer Atem. Ihr Gesicht glänzt verschwitzt, und die Kopfhaut zu beiden Seiten des Genmod-Leopardenfellstreifens hat einen Sonnenbrand abbekommen. Seine Lady Death. Sie kann ihre plötzlichen Energieausbrüche nur bei ihm abreagieren, für eine Sache, die sie kaum versteht. In ihren Augen ist schon die Idee, sich auf die Suche nach Milena zu begeben, der pure Wahnsinn.

»Laß dich kurieren!« rät sie ihm. »Das ist nicht normal. Das blasen dir irgendwelche Fembots ein.«

Sie haben erst gestern vormittag darüber gestritten, nach der Mitteilung von Avramites, daß es ihm gelungen sei, einen sicheren Weg über die Grenze zu arrangieren. »Jeder hat so was wie eine Lieblingskrankheit, mit der er sich kaputtmacht«, setzte sich Alex gegen ihre Vorwürfe zur Wehr.

»So ein Quatsch! Ich jedenfalls habe die Absicht, ewig zu leben.«

»Dann bist du hier am falschen Ort.«

»Wart's ab!« knurrte Kat und hielt ihm die Faust vor die Nase. Die Stelle an der rechten Hand, wo sie im Kampf gegen das Magic Kingdom zwei Finger verlor – sie hatte den Taser eines Patrouillen-Angehörigen am falschen Ende angefaßt, nachdem sie mit einem Bulldozer durch den Perimeter-Wall gedonnert war –, ist fast verheilt.

Jetzt steht sie hoch aufgerichtet über Alex, verdeckt

die Sonne und schnauft heftig von dem steilen Anstieg. »Du kriegst noch Krebs!« sagt sie. »Eine knallrote Haut und große, blutige Tumore!«

»Es ist das Privileg von uns verrückten Engländern, sich mittags in die pralle Sonne zu legen.«

Katrina versteht die Anspielung nicht. Sie hält ihn wirklich für bescheuert.

»Wie geht es dir, Kat? Wie war es in den Wäldern?«

»Voll von Bäumen«, entgegnet sie trocken. »Wo befindet sich der Kreuzzug?«

»Etwa drei Tage von der früheren Grenze entfernt.«

»Wenn die Typen erst in der neutralen Zone sind, haben wir das Nachsehen. Was gibt es sonst Neues?«

Alex hat einen Schwarm Schnüffelratten ins Netz gesetzt, die sich selbst vermehren. Sie sind darauf programmiert, nach Spuren von Milena zu suchen und zu ihrem Nest zurückzukehren – der Mailbox, die Alex im K-Leben-Bulletinboard der University of Kansas errichtet hat – sobald sie fündig geworden sind. Es müssen jetzt mehr als zehntausend unterwegs sein, aber während der letzten Tage kam kein einziger Bericht herein. Das könnte bedeuten, daß Milena gerade untätig ist oder daß die Leute, die das Web kontrollieren, einen Rattenfänger losgeschickt haben. Alex muß Max bitten, diese Möglichkeit zu überprüfen. Ein derartiger Eingriff könnte ihre übrigen Aktivitäten stören.

»Im Moment ist alles ruhig«, sagt Alex. »Der flammende Mann ist bislang nicht aufgetaucht. Zumindest hat noch niemand seine Spuren entdeckt.«

»Dafür habe ich ein paar echte Neuigkeiten«, erklärt Katrina.

»Der Elf…?«

»Jawohl. Der kleine Mistkerl hat sich an unsere Fersen geheftet.«

Katrina hatte am Tag zuvor eine Erkundungstour durch das Drin-Tal in Richtung Kakavia unternommen. Sie kampierte in den unbewohnten Wäldern ein paar

Kilometer südlich von Gjirokastër, und auf dem Rückweg zur Stadt erzählt sie Alex, daß es irgendwie ein spukhaftes Erlebnis war.

»In der Ferne bellte ständig ein Hund. Einmal wachte ich auf und sah im Mondlicht, wie sich ein riesiges Etwas zwischen den Bäumen entfernte. Und ich fand große runde Fußspuren. Glaubst du, daß es hier Elefanten gibt?«

»Aber sagtest du nicht eben …«

»… daß ich diesen kleinen Mistkerl gesehen habe. Jawohl. Der taucht immer und überall auf.

»Wie der berühmte falsche Fünfziger.«

»Genau. Der Typ ändert sich nicht mehr.«

»Er ist einer der wenigen Überlebenden, und er geht ein großes Risiko ein, wenn er hierherkommt. Außerdem steht er jetzt auf unserer Seite.«

»Aber nur, weil er glaubt, wir wollen seiner Herrin helfen.«

»Sie hat ihn benutzt, Kat, so wie sie uns benutzt hat.«

»Außerdem weiß er, daß es bald überall in Europa Recycling-Camps geben wird. So wie sich die Dinge entwickeln, wird er in Kürze nirgends mehr ein Versteck finden. Er versucht lediglich seinen eigenen Arsch zu retten – was ich ihm gar nicht verdenken kann. Immerhin hat er mir etwas über dieses sogenannte Hilfswerk erzählt, und ich schätze, wir müssen ihm in diesem Punkt glauben.«

»Ich nehme an, daß es sich um kein echtes Hilfswerk handelt. Mir kam es von Anfang an verdächtig vor, daß sie genau in die Gegend wollten, die auch unser Ziel war.«

»Dieser Avramites ist ein ganz mieses Schwein. Habe ich's nicht gleich gesagt?«

»Und habe ich's nicht gleich geglaubt? Aber Mister Avramites ist nun mal ein notwendiges Übel.«

Mister Avramites ist ein Anwalt, der entsprechend der uralten *fis*-Tradition – den verwirrenden, im *Kanun von Lek* codifizierten Stammesgesetzen und -bräuchen – Verhandlungen und Absprachen zwischen den verfeindeten Gruppen der Region arrangiert. Im Moment befindet sich Gjirokastër in der Hand eines progriechischen Kriegsherrn, und obwohl ihn die Bundesregierung von Griechenland nicht offiziell anerkennt, duldet sie doch ein gewisses Maß an inoffiziellem Grenzverkehr. Mister Avramites hat Alex und Katrina mit einem Jeep-Konvoi eingeschleust, der Medikamente in die Stadt brachte. Ganz zufällig, sagt Mister Avramites, hatte früher mal eines der griechischen Unternehmen, die als Sponsoren für den Hilfsgüter-Transport zeichnen, das Team von Glass mit dem Entwurf einer neuen Verteilungsstruktur beauftragt.

»Wir kämen auch so rüber«, beharrt Katrina. »Ich weiß, was du jetzt sagen willst. Daß es an der Grenze von UN-Sensoren und Fallen wimmelt. Und daß Banditen die Gegend unsicher machen. Aber unser kleiner blauhäutiger Freund behauptet, er wüßte einen Schleichweg.«

»Kannst du ihm trauen, Kat? Voll und ganz trauen?«

»Du sagst, er steht auf unserer Seite. Ich sage, ich traue ihm nicht mehr und nicht weniger als diesem Avramites.«

Alex lächelt unwillkürlich. »Sie ist in der Nähe, Kat! Ich weiß es! Und sie braucht mich. Weshalb sonst wäre ich hier?«

»Ich muß mich bei Gelegenheit mal näher mit den Leuten dieses edlen Hilfswerks beschäftigen. Außerdem sollte ich Avramites killen, aber so wie ich dich kenne, wirst du das verhindern. Mußt du wirklich schon wieder verschnaufen? Immerhin schleppe ich deine bescheuerte Elektronik!«

Aber Alex braucht eine kleine Rast. Der Weg nach unten ist lang, und die Sonne brennt erbarmungslos. Katrina, der offensichtlich mehr als das Adrenalin der letzten Nacht zu schaffen macht, kann nicht stillsitzen.

Sie rennt einem Schaf nach, zwingt es zu Boden, rollt es lachend auf den Rücken und läßt es wieder laufen.

»Ein Glück, daß keine Hirten in der Nähe sind«, meint Alex. »Die würden ihre Hunde auf dich hetzen.«

Die Hirtenhunde hier sind kampfbewährt. Sie besitzen Chips, die ihr Jagdverhalten verstärken, dazu genmanipulierte Schnappkiefer und Keramik-Reißzähne, zum Schutz gegen die Wölfe, die hier auf den Bergwiesen die größten Feinde der Schafe sind.

»Laß sie ruhig – ich bin bereit!« Katrina stemmt die Hände angriffslustig in die Hüften. »Das verdammte Warten macht mich völlig fertig«, sagt sie. »Und wenn es meinen Kopf kostet – ich will endlich weg von diesem Arsch der Welt!«

An diesem Abend treffen sie Mister Avramites in einem der wenigen Restaurants von Gjirokastër, die ihren Betrieb noch nicht eingestellt haben. Alex diskutiert eine Stunde lang mit Katrina, ehe sie sich bereiterklärt, ihn zu begleiten. Er nimmt ihr das Versprechen ab, so wenig wie möglich zu sagen und Mister Avramites nicht mit der Gabel zu erstechen.

»Meinetwegen zu einem späteren Zeitpunkt, aber momentan kann er uns noch nützlich sein. Wenn er in letzter Sekunde kneift und nicht mitkommen will, wissen wir ohnehin, daß er uns verkauft hat.«

»Das wissen wir jetzt schon«, sagt Katrina abfällig.

Sie zahlen Kriegspreise für Hammelragout und einfachen roten Landwein. Die Angehörigen der besseren Schichten machen sich immer noch fein, wenn sie abends in Gjirokastër zum Essen gehen – Ärzte, Lehrer und Lokalpolitiker in sauberen, gebügelten Anzügen und ihre Gattinnen in gestärkten Baumwollkleidern. Alex trägt einen verknitterten Samt-Poncho über einem Anzug im Overall-Schnitt, der ihm genau genommen etwas zu eng ist. Katrina hat ihre Lederkluft an und knallt mit ihren Biker-Stiefeln über die Steinfliesen. Die

Hautevolee mustert sie unauffällig und murmelt Bemerkungen, die vermutlich wenig schmeichelhaft sind. Söldner stehen hier nicht hoch im Kurs, und Alex und Katrina sind eindeutig ausländische Söldner, auch wenn sie am Tisch des hiesigen *fis*-Experten sitzen.

Mister Avramites erinnert mehr an einen ergrauten Straßenarbeiter als an einen Rechtsberater, die angehende Glatze mit einer verknautschten Stoffmütze verdeckt, das schwarze Jackett an einem Ellbogen durchgewetzt und ein rotes Tuch um den Hals geknotet. Er setzt eine goldgeränderte Brille auf, um ihnen die Bedingungen des Passierscheins vorzulesen, den er erhalten hat. Das Schriftstück ist in Griechisch und Albanisch verfaßt. Katrina schneidet Alex eine Grimasse, die Alex mit einem gelassenen Lächeln erwidert. Genau genommen mag er Mister Avramites. Die Geldgier des alten Mannes ist offen und ehrlich, und er schätzt seine Geschäftspartner als Freunde, auch wenn er ihnen tief in die Taschen greift oder, wie in diesem Moment, heimlich mit ihren Feinden zusammenarbeitet.

Es ist vereinbart, daß er sie begleitet; Alex hat ihn als Dolmetscher engagiert. Vor zehn Jahren verlor Mister Avramites seine Familie während der Wiederbesetzung Gjirokastërs durch die Regierungstruppen. Er war mit den übrigen albanisch-griechischen Männern geflohen, um den Kampf in den Bergen und Wäldern fortzusetzen. Er bezahlte ein Kellerversteck für seine Frau und seine Töchter, aber die Familie, die ihm den Schutzraum zugesichert hatte, wurde wortbrüchig und zog nach Norden, lange bevor die Griechen die Stadt zurückeroberten. Niemand wußte genau, was Mister Avramites' Familie zugestoßen war, aber vermutlich wurden sie gleich zu Beginn der Besetzung erschossen und in einem der Massengräber außerhalb der Stadt verscharrt. Manchmal verfällt Mister Avramites in ein dumpfes Schweigen, wenn er an diese Dinge denkt, aber jetzt wirkt er eher gut gelaunt – zu gut gelaunt für einen Mann, der sich in Kürze auf eine gefährliche Expedition begeben will, findet Alex.

Mister Avramites hält den Passierschein aus steifem Papier mit dem Hologramm-Siegel hoch und reicht ihn Alex: »Sie werden das hier gut verwahren, Mister Sharkey.«

So ist das also. Alex spürt, daß Katrina ihn anschaut, aber er hält den Blick fest auf Mister Avramites gerichtet. »Wäre es nicht praktischer, wenn Sie ihn gleich bei sich behielten?«

»Äh, leider …« Wenn Mister Avramites die Achseln zuckt, ist sein ganzer Körper an dieser Geste beteiligt. »Wie ich hörte, spricht der Leiter des medizinischen Stabs ein verständliches Englisch, und da ich noch ein paar dringende Geschäfte in der Stadt zu erledigen habe, leider … Ich verzichte natürlich auf die Bezahlung, die Sie mir angeboten haben.«

»Na, das ist doch schon was«, sagt Katrina.

»Kat, sei bitte still!«

»Sie werden sicheres Geleit bekommen, davon bin ich überzeugt«, setzt Mister Avramites hinzu. »Ein alter Mann wie ich würde nur Umstände bereiten.«

»Ich finde es schade, daß Sie es vorziehen, nicht mit uns zu kommen«, sagt Alex.

Einen Moment lang herrscht unbehagliches Schweigen.

»Äh … aber noch sind wir hier«, erklärt Mister Avramites hastig. »Stoßen wir darauf an, daß Sie nach dem langen Warten endlich aufbrechen können!«

Mit dem Geld von Alex kauft Mister Avramites einen Liter Raki – weil es da, wo sie hinwollen, nur Ouzo gibt, wie er erklärt, und weil Ouzo etwas für Weichlinge ist.

Katrina wirft Alex einen finsteren Blick zu. »Vielleicht sollten wir Mister Avramites nicht länger von seinen Geschäften abhalten«, meint sie.

Entweder entgeht Mister Avramites der Sarkasmus in Katrinas Stimme, oder er tut so, als würde er ihn nicht bemerken. »Dafür bleibt noch reichlich Zeit. Heute abend bin ich ganz der Ihre.«

»Kat, warum erzählst du Mister Avramites nicht von dem großen Tier, das du gesehen hast?«

Mister Avramites hört sich die Geschichte an und zuckt dann die Achseln. »Überbleibsel aus dem Krieg. Man sollte sich lieber mit ihnen befassen. Außerdem gibt es da draußen viel unwirkliches Zeug. Gespenster, die sich in den Hügeln herumtreiben. Wer ihnen begegnet, kehrt vielleicht nie mehr zurück. Lamia – Sie kennen die alte Geschichte, nicht wahr? John Keats, ein Zeitgenosse von Byron, schrieb ein bewegendes Gedicht über dieses Thema.«

Byron ist für die Albaner eine Art Held. Obwohl er letztlich auf der Seite der Griechen kämpfte, waren seine Motive edel und vor allem ehrenhaft. Alex weiß inzwischen, daß die Albaner von einem Engländer umfassende Kenntnisse über Byron und seine Werke erwarten, aber Alex kann sich nur vage entsinnen, daß der Typ irgendwas mit *Frankensteins Braut* oder sonst einem alten Schwarzweiß-Horrorfilm zu tun hatte.

Katrina knallt ihren Becher auf den Tisch. Das Paar am Nebentisch, das sich den ganzen Abend im Flüsterton unterhalten hat, fährt hoch und dreht sich erschrocken um. Katrina starrt die beiden herausfordernd an und sagt: »Dieses Ding war kein Gespenst. Es hatte ungefähr die Größe eines Elefanten, verdammt noch mal!«

»Vielleicht war es ein Pferd«, meint Mister Avramites. »Sie haben in diesem Krieg Pferde genommen und verwandelt. Manchmal auch Menschen. So sind sie nun mal, die Feen.«

»Und ich habe Stimmen gehört«, fährt Katrina fort. »Wie ein Flüstern. Hoch in der Luft. Ein richtiger Shakespeare-Spukwald, finden Sie nicht auch?«

»Ich war einen ganzen Winter lang in den Wäldern«, erzählt Mister Avramites mit dem feierlichen Ernst des stark Betrunkenen, »und ich bin keiner einzigen Fee begegnet. In Tirana, da gab es ein paar Puppen. In den Touristen-Hotels. Zum Vergnügen der Geschäftsleute, Sie verstehen. Diese Art eben. Aber letztes Jahr, als die neue Regierung an die Macht kam, da trieben sie alle Huren zusammen und erschossen sie. Das ist ein Punkt, in dem wir Griechen uns mit den Moslems einig sind. Feen und Puppen sind ein echter Gottesfrevel. Diese Feen, die nun bei uns sind, kommen aus anderen Ländern. Aber nehmen Sie nur Ihre Freundin Mistress Powell! Sie begreift einfach nicht, daß wir das Problem auf unsere Weise lösen müssen.«

Alex hat in die Kerzenflamme gestarrt. Etwas scheint darin zu leben und den kühlen Lichtkern zu verzehren, klein und schlangenhaft, um den brennenden Docht gewickelt. Er hat sich in den letzten paar Tagen zu lange im Network rumgetrieben, auf der Suche nach Milenas Spuren, hat Kontakt zu seinen Verbündeten draußen im Web aufgenommen. Hypnogogische Visionen überfallen ihn, wenn er müde ist.

»Mistress Powell ist nicht meine Freundin«, widerspricht er milde. »Sie glaubt zwar an die richtigen Dinge – aber leider aus den falschen Gründen.«

Mister Avramites zuckt die Achseln. »Verlassen Sie sich darauf, Sie werden in den Wäldern vor allem auf Banditen und Guerillas der Nationalisten achten müssen. Feen sind hier bei uns keine Gefahr – nicht mehr. Wir haben die Lösung gefunden.«

Alex hegt den Verdacht, daß der alte Mann noch eine Menge lernen muß. »Da ist Glass aber ganz anderer Meinung«, sagt er.

»Erst müssen wir mal an diesen beschissenen Grenzposten der Nationalisten vorbei«, erklärt Katrina. »Erst müssen wir raus aus diesem beschissenen Land. Ich hab's dir ja gleich gesagt ...« – sie deutet mit der verletzten Hand auf Alex –, »daß wir mit unserer Suche an der falschen Stelle begonnen haben!«

»Sie ist betrunken«, meint Alex entschuldigend. Wie hatte sie es nur geschafft, sich so vollaufen zu lassen?

»Die Nationalisten sind weit weg«, erklärt Mister Avramites. »Sie haben den Süden des Landes verloren. Er befindet sich fest in unserer Hand. Sie brechen mit diesem Konvoi auf, und Sie werden ohne Schwierigkeiten über die Grenze gelangen. Die Banditen wagen sicher keinen Angriff, wenn sie die griechische Flagge sehen.«

»Ich bin überzeugt davon, daß wir uns Ihren griechischen Freunde anvertrauen können«, versichert Alex mit geheuchelter Aufrichtigkeit.

»In der Tat, Sie brauchen mich nicht. Man wird sich um Sie kümmern, das schwöre ich.«

Es gibt nichts mehr zu sagen. Katrina verfällt in ein kampfbereites Schweigen, Mister Avramites zieht sich in sich selbst und seine Vergangenheit zurück, und Alex sinnt über die ungewisse Zukunft nach. Alle wissen, was geschehen ist, Verratene und Verräter. Sie trinken den Raki leer, und am nächsten Morgen, als Alex noch vor Tagesanbruch aufsteht, um den Konvoi aus der alten Gebirgsstadt nicht zu verpassen, hat er einen schrecklichen Kater.

4 ■ Probleme in Tirana

Während Todd Hart auf den Stufen des Holiday Inn darauf wartet, daß sein Kontaktmann aufkreuzt, wird er Zeuge eines Attentats in dem Gebrauchtwagen-Markt auf der Westseite des Skanderbeg-Platzes. Todd sucht nicht nach Ärger. Er hat sich im Friseursalon des Hotels eben rasieren und die Haare schneiden lassen, und er trägt ordentlich gebügelte Leinen-Shorts und ein frisches weißes T-Shirt. Seine leichte Jacke aus Haifischhaut-Imitat, in der Millionen winzige Fembot-Schuppen glitzern, hängt lässig über einer Schulter, beschwert durch das Notepad, das in der Tasche steckt; und der Tropenhut mit dem Band aus falschem Tigerfell sitzt ihm verwegen schief auf dem Kopf. Er fühlt sich echt cool. Die winzige Dosis Serenity, die er droben in seinem Zimmer eingeworfen hat, läßt die Welt gleich viel schöner erscheinen. Nicht einmal die Tatsache, daß sein Kontaktmann längst hier sein müßte, macht ihn nervös.

Es ist früher Abend. Menschen schlendern über den großen Platz und genießen die Kühle. Ein halbes Dutzend Straßen-Cafés haben ihre Tische und Stühle im Schatten des vergammelten Kulturpalasts aufgestellt, und aus ihren Radios dröhnt ein Gemisch aus Polka-Weisen, Opern-Melodien und Thai-Pop.

Um den Sockel, auf dem einst eine vergoldete Kolossalstatue des alten Diktators stand, bieten Händler alles Mögliche feil: Zugang zum Web, Handy-Sprechzeit, Eis mit Früchten, Limonade und Zigaretten. Die Geldwechsler haben Hochkonjunktur: Viele Albaner träumen davon, ein Vermögen durch geschickte Börsenspiele auf dem internationalen Geldmarkt zu machen.

Von seinem erhöhten Platz sieht Todd plötzlich, wie jemand zwischen den Reihen verbeulter Mercedes und Peugeots auf der anderen Seite des Platzes auftaucht. Der Mann läuft in einem verzweifelten Zickzack und schlägt mit den Armen um sich, als müßte er ein lästiges Insekt abwehren. Die Menschen weichen zur Seite – sie wissen, was los ist. Dem Mann folgt eine Hornisse – ein Mikrogeschoß mit Eigenantrieb, das mittels Geruchssensoren auf eine bestimmte Fährte gehetzt wird. Sämtliche Auslands-Journalisten nehmen Pillen, die den Pheromen-Gehalt ihres Schweißes von Tag zu Tag verändern. Hornissen können mit alten Socken oder einer achtlos beiseite gelegten Zeitung scharf gemacht und auf ihr Opfer gelenkt werden. Sie sind erbarmungslose Mordmaschinen, die nicht nur von beiden Bürgerkrieg-Parteien, sondern auch von den Gangsterbossen verwendet werden, die sich um die Vormacht auf dem Schwarzmarkt streiten.

Der Mann bleibt stehen und versucht sich das Hemd vom Leib zu reißen, doch im selben Moment blitzt etwas auf. Er taumelt zu Boden und rührt sich nicht mehr.

»Wieder eine Schuld beglichen«, sagt Eduard Marku.

Marku muß im gleichen Moment gekommen sein, als die Hornisse ihr Ziel erreichte. Keine erfreuliche Verbindung. Er ist ein glatter, hämischer Typ Ende vierzig. Wie immer trägt er einen knittrigen schwarzen Anzug und raucht eine italienische Camel nach der anderen – ein Zeichen, daß er Beziehungen hat, denn Camel, die Lieblingsmarke der Albaner, ist nicht einmal auf dem Schwarzmarkt erhältlich. Todd hat ihn vor drei Jahren kennengelernt. Wie die Stadt ist Marku seither verbittert geworden, verschlossen, gleichgültig gegenüber Drohungen. Todd erinnert sich an die Zeit, als Tirana Besucher noch aufgeschlossen und herzlich empfing.

Polizisten schüttelten ihm die Hand, wenn sie erfuhren, daß er Journalist war; manche luden ihn sogar in ihre Häuser ein. Jetzt hängen sie zu dritt oder viert herum, schikanieren Passanten, verhaften Journalisten und lassen sie nach ein paar Stunden mit der vagen Drohung frei, Ausländer sollten sich auf den Straßen besonders gut in acht nehmen.

Marku hatte als Spitzel für die damalige Regierung gearbeitet, kam nach dem Umsturz ins Gefängnis und wurde entlassen, als der Präsident des neuen Regimes am ersten Jahrestag der Machtübernahme eine Amnestie für politische Häftlinge erließ. (Der Mann war früher mal im MTV-Werbemanagement und versteht sich zumindest auf Rhetorik und große Gesten.) Er ist als Informant weder zuverlässig noch besonders vertrauenswürdig, aber Todd mag seinen Stil und seinen Sinn für das Makabre.

Als Todd in Tirana ankam, berichtete ihm Marku, daß eine knappe Woche zuvor ein Mann in der Hotelhalle regelrecht abgeschlachtet worden war. Ein Fall von Blutrache: Vierzig Jahre zuvor hatte der Vater des Opfers die Schwester des Täters ins Unglück gestürzt, weil er ihren Verlobten tötete. Marku bestand darauf, Todd genau die Stelle zu zeigen, an der sich die Bluttat ereignet hatte.

»Blut übt eine seltsame Anziehungskraft auf Marmor aus.«

Sie mußten einen Lehnstuhl beiseiterücken und einen Teppich umschlagen, unter dem sich der Fleck verbarg. Todd machte ein paar Aufnahmen, um Marku gnädig zu stimmen, aber das Ganze war eher peinlich und mehr als gruselig. Später erfuhr er, daß die meisten albanischen Lokalreporter den ausländischen Journalisten diesen Blutfleck zeigten – die Begleichung einer Ehrenschuld war hier wichtiger als der Bürgerkrieg.

»Wenn Sie über diese Ermordung berichten wollen, finde ich alles Wichtige für Sie heraus«, sagt Marku.

»Wir warten ein paar Minuten, dann kommen seine Verwandten und schreien nach Vergeltung. Sie werden uns alles erzählen. Ein wenig Lokalfarbe für Ihren Bericht.«

Todd lehnt ab. »Soviel Zeit habe ich nicht. Das Treffen ist wichtiger.«

»Warum stehen wir dann noch herum und reden unnützes Zeug?« ereifert sich Marku, als sei das Todds Schuld.

Sie brechen auf, und unterwegs meint Marku: »Sie verstehen, warum Sie Ihren Kameramann nicht mitbringen können. Die trauen keinem. Nicht einmal mir.«

»Sie sympathisieren mit diesen Leuten?« fragt Todd.

Marku hebt die Schultern. »Sie sind Träumer. Wie Ihr Lord Byron. Wie ich höre, haben Sie heute die Stadt verlassen. Das war unvorsichtig.«

»Ich bin als neutraler Beobachter hier.«

»Kritiker könnten sagen, wenn Sie in der Stadt leben, sollten Sie sich nicht mit Leuten von außerhalb unterhalten. Insbesondere nicht mit den Kindern des Kreuzzugs.«

»Glauben Sie so einen Unsinn?«

Marku lächelt. »Ich sorge mich nur um Ihre Sicherheit. Niemand in diesem Staat hat Verständnis für den Kreuzzug. Aber seine Anhänger sind reich und werden protegiert, und deshalb hassen und fürchten meine Landsleute alle Personen, die irgendwie mit dieser Bewegung zu tun haben.«

Todd traut diesem Lächeln nicht. »Schön, ich werde den Kontakt meiden«, sagt er. »Die UN-Soldaten hielten uns eine Weile fest, für den Fall, daß wir den Ernst der Lage nicht kapiert hätten. Außerdem bin ich nun mal hinter der wahren Story her.«

»Immer noch der legendäre Wilde Mann?« meint Marku. »Es ist mir eine Ehre, wieder für Sie zu arbeiten.«

»Sparen Sie sich dieses Gesülze für das Interview,

Eduard. Ich habe das leise Gefühl, daß wir dafür all unseren Charme zusammenkratzen müssen.«

»Keine Sorge. Sie will mit Ihnen sprechen. Sie sagt, Sie sind der einzige Journalist, der bekannt genug ist, um ihre Story rauszubringen.«

»Dann sülzt sie noch mehr als Sie, Mann. Wenn sie will, kann sie jederzeit mit *Vogue* oder *Rolling Stone* plaudern.«

»Ah, aber sie will kein Interview mit einem dieser Online-Magazine, die heute in und morgen wieder vergessen sind. Sie will ein Gespräch mit dem Wilden Mann von Atlanta.«

»Sie geilen sich an dieser Sache richtiggehend auf, Eduard. Ich weiß nicht, ob ich das schmeichelhaft oder beängstigend finden soll.«

»Mir geht es rein ums Geld«, erklärt Marku. »Ich würde lieber heute als morgen das Land verlassen. Ich habe zu viele Feinde.«

Todd und Marku überqueren einen kleinen, regulierten Flußarm, und passieren das Enver-Hodscha-Ehrenmal, ein merkwürdiges Gebilde, das an ein startbereites Riesen-UFO aus Beton erinnert. Obwohl viele Albaner den seit langem toten Diktator immer noch den Häßlichen nennen und seine Schandtaten verfluchen, wünschen ihn in diesen schweren Zeiten auch manche zurück. Allmählich verschmilzt er mit dem früheren Helden Skanderbeg, der die Türken vertrieb und das Land einte. Es heißt, daß er niemals richtig starb, sondern nur darauf wartet, wieder zu den Waffen zu greifen und Albanien zu retten.

Sobald er sich vergewissert hat, daß niemand ihnen folgt, wirft sich Marku in das Verkehrsgewühl, weicht elegant wie ein Stierkämpfer einer Fahrrad-Rikscha aus und winkt ein Mercedes-Taxi herbei. Es ist von Diesel auf Alkohol umgestellt und wird von Fehlzündugen und Aussetzern geschüttelt. Bei dem Tempo, mit dem es über die schlecht instandgehaltenen Straßen rumpelt, blickt Marku wiederholt auf seine altmodische LED-Uhr, aber selbst sein drängender Wortschwall kann den Fahrer nicht aus der Ruhe bringen.

Dieser Teil von Tirana wurde nach dem Erdbeben von 09 nicht wieder aufgebaut; es gibt ganze Straßenzüge mit geborstenen, dachlosen Ruinen. Landbewohner, die beim Näherrücken der progriechischen Rebellen in die Stadt geflohen waren, kampieren in dem unkrautüberwucherten Schutt. Blauer Holzrauch erfüllt die Luft. Fledermäuse, die in den kahlen, abgestorbenen Bäumen am Straßenrand hängen, zucken wie kleine Ledertaschen, die im Begriff sind, sich selbst auszupacken. Eine ausgemergelte Kuh hat sich auf die Straße verirrt und bleibt erschrocken stehen, als der Fahrer ungeduldig hupt, bis sie ein kleiner zerlumpter Junge mit einem Stecken vertreibt.

»Bauer bleibt Bauer, was?« grinst Marku.

Seine Jacke ist hochgerutscht, und Todd sieht die Pistole, die in seinem Hosenbund steckt. »Was ist das für ein Ballermann?« erkundigt er sich.

Marku zieht die Waffe heraus und zeigt sie Todd. Sie hat einen kurzen, dicken Lauf und einen Selbstladeschlitten. Als Marku das Magazin herausnimmt, beobachtet ihn der Fahrer kurz im Rückspiegel und schaut dann wieder weg. »Gefällt sie Ihnen?« fragt Marku. »Russisches Fabrikat. Die stellen gute Automatiks her.«

»Nicht gerade ein Spielzeug, Eduard.«

»Ein Schuß genügt, um einen Gegner außer Gefecht zu setzen. Hülsenlose Hohlspitzgeschosse, versenkbare Laser-Zielvorrichtung. Das Ding leistet ganze Arbeit.« Mit einem Lächeln schiebt Marku das Magazin wieder ein und verstaut die Waffe unter seiner Jacke.

»Haben Sie schon mal einen Menschen erschossen?«

»In dieser Stadt brauchen Sie eine Waffe«, sagt Marku ausweichend. »Daheim habe ich eine Mini-Mac-10.«

Todd kauert in den durchgesessenen Polstern und

starrt durch die staubige Windschutzscheibe auf die Ruinen. Männer stehen in kleinen Gruppen an den Straßenecken, rauchen und trinken. Die meisten tragen halbautomatische Gewehre auf dem Rücken, die mit dem Lauf nach unten hängen. Die untergehende Sonne taucht alles in ein apokalyptisches Licht.

»Keine Sorge«, sagt Marku. »Solange es hell ist, passiert hier nichts.«

»Ich habe in New York schlimmere Straßen gesehen«, sagt Todd. Ein Überfall oder eine Entführung ist die geringste seiner Sorgen. Allmählich überlagert eine nervöse Unrast die milde Serenity-Wärme, die ihn einhüllt. Wer sich auf eigene Faust auf gefährlichen Boden begibt, verstößt gegen eine Grundregel der Berichterstattung in Krisengebieten. »Ich dachte, wir hätten freien Zugang«, setzt er hinzu.

»Bis zu einem gewissen Grad«, entgegnet Marku vage. Er duftet überwältigend nach Kölnischwasser; unter den Armen seiner Leinenjacke haben sich halbmondförmige Schweißflecken gebildet. Todd kommt der Gedanke, daß Marku mehr Angst hat als er selbst.

Das Taxi verläßt die Hauptstraße und biegt in ein Gewirr kleiner Gassen ein; niedrige Lehmhäuser drängen so nahe heran, daß sich ihre überstehenden Dächer fast berühren. Der Taxifahrer schaltet das Licht ein, betätigt seine Hupe in einem unruhigen *arpeggio* und jagt den Mercedes in einer Staubwolke über die Kreuzungen.

Als das Taxi endlich vor einem Haus hält, das sich in nichts von den anderen Gebäuden unterscheidet, beginnt Marku schnell und eindringlich auf den Fahrer einzureden. Nach einer Weile fordert er Todd auf, dem Mann fünfzig Dollar zu bezahlen.

»Ich verspreche ihm, daß er das Dreifache bekommt, wenn er hier wartet. Er ist einverstanden.«

»Hoffentlich lohnt sich der Einsatz.«

»Sie werden staunen«, sagt Marku nur.

Bewaffnete Soldaten lümmeln in einem Torbogen

seitlich des Hauses. Es sind junge Hünen mit Muskelpaketen und glatter Haut – Halbwüchsige, deren Kraft und Reaktionsvermögen mit Wachstumshormonen und fembotgesponnenen Neuronalnetzen gesteigert wurde. Das ist der neueste Trend in den zahllosen Bürgerkriegen und Aufständen rund um die Welt: Man nimmt die Kinder des Feindes gefangen, mit Vorliebe zehn- bis vierzehnjährige Jungen, und verwandelt sie in kurzlebige Killer. Die Behandlung macht die jungen Supermänner anfällig für Knochenmark- und Leberkrebs, Pseudo-Parkinson und epileptische *Grandmal*-Anfälle, aber die meisten sind längst tot, ehe die Nebenwirkungen zum Problem werden können. Sie sind mit Hochgeschwindigkeits-Gewehren ausgerüstet, die aus plumpen Läufen hülsenlose Geschosse abfeuern, in der Regel schmale Nadeln mit intelligenten Suchsystemen, die beim Aufprall expandieren und Widerhaken ausfahren. Einer der Soldaten hält eine Bestie an der Kette, die ursprünglich vielleicht ein Schäferhund war. Jetzt wirkt ihr Kopf mit den überdimensionalen Kiefermuskeln wie eine knorrige, aus dem Boden gerissene Baumwurzel.

Federnd und tänzelnd wie Basketballspieler in einem Zeitraffer-Video kommen die hochgewachsenen Krieger auf Todd und Marku zu und kreisen sie ein. Sie tragen das Totenkopf-Abzeichen der Nationalisten-Regierung. Als Todd seinen Begleiter darauf hinweist, erklärt Marku mit einem Achselzucken, daß es sich um Söldner handelt.

»Es gibt derzeit keine Loyalität mehr in der Hauptstadt. Das macht meinen Job so interessant.«

Todd und Marku werden abgetastet – Todd muß den Soldaten vorführen, wie sein Notepad funktioniert, ehe sie ihm glauben, daß es keine getarnte Bombe ist – mit schwachen Mikrowellen bestrahlt, um eventuell eingeschleppte Fembots außer Gefecht zu setzen, und schließlich in einen gepflasterten Hof geführt. Feenlichter glitzern von den hohen Mauern, die den Platz umschließen, und zwischen Pflanzkübeln mit Zitronen- und Orangenbäumen sind Lampen verteilt. Eine hochgewachsene, schlanke Frau in Uniform und Langschaft-Stiefeln sitzt im Zentrum eines Lichtkreises auf einem Feldhocker aus Segeltuch. Die beiden Soldaten, die hinter ihr Aufstellung genommen haben, sind echt; sie selbst ist es nicht.

Antoinette. Ihr Bild schimmert schwach, wie mit Öl poliert. Sie scheint aus einer perfekten Welt zu kommen, in der selbst das Licht feiner und reiner ist als anderswo.

Todd hat die ständige Begleiterin von Glass auf vielen Fotos und Videos gesehen, aber sie ist weit schöner als all die Aufnahmen. Bis vor einem Jahr war sie ein Supermodel, das den direkten Aufstieg aus einem Bidonville bei Paris in den Himmel der virtuellen Werbung geschafft hatte. Ihre Aschenbrödel-Geschichte hatte sich wie ein Komet durch die informationsübersättigte Medienwelt gebrannt und ihren Höhepunkt in einem Kontrakt mit InScape erreicht, den sie nach einem halben Jahr spektakulär beendete. Nachdem sie auf einem einseitigen Manifest den Abbau männlicher und weiblicher Rollenklischees in der gesamten VR-Reklame gefordert hatte (was einen Kommentator zu dem wenig schmeichelhaften Vergleich mit einer früheren Antoinette veranlaßte, der letzten Königin von Frankreich, die dem Volk wenigstens Kuchen angeboten habe, während diese überhebliche *gamine* nichts als Blabla anbiete), verschwand sie von der Bildfläche und tauchte wenig später in der Festung von Glass auf.

Todd ist sich nicht im klaren darüber, ob sie ein armes reiches Mädchen ist, das nach einer starken Vaterfigur Ausschau hält, oder ob sie nur mit unglaublicher Raffinesse an ihrem Medienbild arbeitet. So oder so – sein Weg führt nur über sie. Und ja, sie ist schön, selbst wenn man in Betracht zieht, daß ihr Morpho leicht idealisiert wirkt. Sie hat die tiefschwarze Haut, die lange Nackenlinie und die hohe Schädelform einer Pharaonen-Prinzessin. Ihr Haar ist zu dichten Ährenzöpfen geflochten und mit Siliziumsplittern geschmückt, die in verschiedenen Mustern aufblitzen. Ihre Augen sind gehämmertes Gold; ihre Augenbrauen bilden einen einzigen Strich über diesen Augen, ein winziger Makel, der sie noch reizvoller erscheinen läßt als bloße Perfektion. Das Lächeln ihrer vollen Lippen wirkt träge und sehr breit. Es ist das Lächeln einer Löwin.

Einer der hünenhaften Soldaten stellt eine Flasche Johnny Walker Black Label und einen Flachmann mit trübem Raki bereit. Todd kann nicht umhin, das schwache Zittern in der Hand des jungen Mannes zu bemerken, den Schweiß, der ihm auf der Stirn steht. Seine Wangen sind infolge der Steroide von Aknepusteln übersät.

Marku stellt Todd vor, schenkt sich Whisky ein und prostet dem Abbild von Antoinette zu. ›*Jete te Gjate.*‹ Auf ein langes Leben. Todd folgt seinem Beispiel, und Marku wiederholt den Trinkspruch, diesmal mit Raki. Auch Todd kippt ein Glas von dem Zeug. Er fühlt sich leicht benebelt, aber wenigstens hat er keine Angst mehr.

Endlich rührt sich Antoinettes Morpho, und ihre Stimme kommt aus der Luft über ihren Köpfen. Sie lobt Todds Beitrag über den Kinder-Kreuzzug. »Es ist immer nützlich, dieses besondere Problem aus einer neuen Perspektive zu betrachten«, sagt sie.

Sie hat einen britischen Akzent. Todd erinnert sich, daß sie behauptet, ihr Englisch aus BBC-Sendungen gelernt zu haben.

»Ich hatte gehofft, von Ihnen mehr über den Kreuzzug zu erfahren«, kontert er.

Antoinette schenkt ihm ihr träges Raubtierlächeln. Ihr Blick ist genau auf Todd gerichtet: Die Fernmeß-

Ausrüstung, die sie benutzt, ist erstklassig, aber das hat er nicht anders erwartet.

»Die Interessen des Kreuzzugs decken sich in manchen Punkten mit unserer Sache«, erklärt sie, »in vielen anderen allerdings nicht. Das entspricht durchaus unseren Vorstellungen. Schließlich ist das Web eine Arena der beschleunigten Diskussion. Wie heißt es so schön? ›Im Web ist alles möglich und zwar in jeder nur erdenklichen Konfiguration.‹« Das ist ein Zitat aus den Phrasen, die Glass zu dreschen pflegt.

»Eine Frau im Kreuzzug versuchte mich für ihre Ziele zu gewinnen.«

Antoinette wischt das mit einer raschen Geste beiseite. Ihre Handflächen sind rot gefärbt. »Das spielt jetzt keine Rolle«, wehrt sie ab.

»Sie zitierten vorhin Glass«, sagt Todd. »Sind Zitate alles, was Sie für mich haben?«

»Unsere Begegnung an sich ist schon eine Story, oder?

»Genau«, wirft Marku ein.

»Nicht ohne meinen Kameramann«, widerspricht Todd.

»Sie erhalten von uns eine Aufzeichnung dieses Treffens.«

»Sie müßte mit einem Copyright-Verzicht versehen sein.«

»Einverstanden.«

»Wie viele Fragen darf ich stellen? Drei?« Todd merkt, daß er mehr als nur beschwipst ist. Vielleicht war es keine so gute Idee, sich diese Serenity-Pillen einzuwerfen. Dennoch sagt ihm sein Bauch, daß er durch aggressive Fragen am ehesten ein paar brauchbare Dinge erfahren kann. Außerdem hat er sich noch nie auf das PR-Gesäusel verstanden, das Medien-Stars von Reportern erwarten.

»Eine seltsame Beschränkung für einen ehrgeizigen Mann«, entgegnet Antoinette.

»Soviel ich weiß, hat das eine lange Tradition«, meint Todd. »Erzählen Sie mir etwas Neues über den Kreuzzug!«

»Der Kinder-Kreuzzug ist gefährlich – nicht aufgrund seiner Dogmen, sondern aufgrund seiner Organisation. In den falschen Händen könnte er alles verändern.«

»Und zwar so, daß Sie Ihre Veränderungspläne bedroht sehen?«

Antoinette antwortet wieder mit einem Zitat von Glass. »›Die Meta-Umgebung des Webs, die alle virtuellen Möglichkeiten einschließt, ist real und unbegrenzt. Staaten sind nur noch Fiktionen, zusammengehalten durch gemeinsame Wahnvorstellungen. Die Demokratie stellt eine Fiktion in der Fiktion dar. Sie ist nicht mehr als ein Sonderfall der menschlichen Erfahrung. Im Web ist alles möglich, weil alles erlaubt ist.‹«

»Das Zeug kann ich aus jedem Archiv abrufen. Warum ist Glass ein Bündnis mit dem Kreuzzug eingegangen?«

»Wir haben den Kindern des Kreuzzugs eine Zuflucht angeboten«, sagt Antoinette. »Sie wissen das, Mister Hart. Jeder weiß das. Wir bieten ihnen nicht mehr als das; es ist alles, was wir für sie tun können. Sie behaupten nun, daß die Bewegung weitere Anhänger um sich scharen möchte, Mister Hart. Ich würde gern mehr darüber erfahren.«

»Die Frau war reichlich alt, und sie sah aus wie ein Elefanten-Arsch. Sie hat versucht, mich zu küssen. Ich schätze, sie wollte mich antörnen. Ich ergriff die Flucht, ehe sie es schaffte.«

»Sie müssen sich deshalb nicht schämen«, sagt Antoinette. »Sexuelle Panik ist eine natürliche Reaktion, wenn Männer das Gefühl bekommen, die Kontrolle über eine Situation verloren zu haben.«

Zorn steigt in Todd auf und brennt sich einen Weg durch die Alkoholhitze in seinem Blut. »Ich berichte die

Dinge so, wie ich sie sehe«, erklärt er. »Sie können hineinlesen, was Sie wollen. Ich weiß nicht einmal ob Sie echt sind.«

»Natürlich bin ich nicht echt.«

»Ich meine, ob Sie die echte Antoinette sind oder nur ein Expertensystem, das ein Morpho manipuliert.«

»Ist Ihnen das so wichtig? Sie könnten uns von Nutzen sein, Mister Hart. Wir könnten Ihnen von Nutzen sein. Würden Sie gern mehr erfahren?«

»Deshalb bin ich hier.«

»Sie sind hier, weil Ihr Hotelzimmer überwacht und jeder Ihrer Schritte verfolgt wird.«

»Im Holiday Inn werden alle Hotelzimmer überwacht.«

»Das Anzapfen der hoteleigenen Multimedia-Kabel war nicht die beste Idee. Sämtliche Gespräche, die Sie führen, werden abgehört.«

»Deshalb möchte ich mit Glass von Angesicht zu Angesicht sprechen. Was halten Sie davon?«

Antoinette lacht, und dann schrumpft ihr Abbild in sich zusammen, verdichtet sich zu einem weißen Lichtpunkt, der einen Moment lang dicht über dem Boden schwebt und dann in die Abenddämmerung über dem kleinen Hof aufsteigt. Die beiden Soldaten treten vor. Sie haben ihre Pistolen gezogen und sind taub gegenüber Todds Protesten.

»Das Geschrei nützt nichts«, sagt Marku, als sie aus dem Hof geführt werden. Er scheint sich mit dieser Wende abgefunden zu haben.

»Ich glaube nicht, daß sie uns umbringen, sonst hätten sie es gleich im Hof getan, oder?«

»So was erledigt man bei uns meist am Fluß«, erklärt Marku mit gepreßter Stimme.

»Vielleicht bringen sie uns zu Glass. Ist es nicht so, Jungs? Nichts lieber als das, aber ich muß zuerst mein Zeug einpacken, und ich brauche meinen Kameramann. Wie wäre es also mit einem kurzen Abstecher zum Hotel? Ihr nehmt einen Drink und eßt eine Kleinigkeit, es dauert wirklich nicht lang. Ich meine ...« Todd zögert einen Moment, als sie ihn zur dunklen Straße hin drängen. »Ich meine, man muß ja nichts überstürzen.«

Das Taxi ist verschwunden. Die beiden Soldaten halten Todd und Marku fest, während einer ihrer Kameraden in ein Funkgerät spricht. Ein zorniger Wortschwall knattert ihm entgegen. Er schließt die Faust über dem Mikro und sagt etwas zu den anderen.

»Sie warten auf jemanden«, erklärt Marku, als Todd ihn fragt, was los ist.

Dann wirbeln die Soldaten herum. Ein Armeelaster rast mit aufgeblendeten Scheinwerfern und heulendem Motor durch die schmale Straße auf sie zu. Die jungen Hünen weichen nicht von der Stelle, sondern beginnen zu schießen. Die Windschutzscheibe des Trucks zersplittert und bricht aus dem Rahmen. Der Motor spuckt einen Geysir heißer Funken, und das Gefährt kommt in einem Schauer von Lehmziegel-Brocken schlingernd zum Stehen. Neue Gewehrsalven, unerträglich laut zwischen den engen Mauern. Schüsse kommen von der Dachlinie. Die Soldaten werfen sich in Hauseingänge und erwidern das Feuer. Marku gerät in die Schußlinie und wird gegen eine Wand geschleudert. Einer der Superkrieger umklammert Todd, reißt ihn herum – und dann bäumt er sich auf, bricht zusammen und begräbt Todd unter sich.

Einen schrecklichen Augenblick lang glaubt Todd, daß er ebenfalls getroffen ist, aber das Blut, das seine Kleidung durchtränkt, ist das Blut des Soldaten. Er verliert seinen Hut und einen Schuh, bis es ihm endlich gelingt, sich unter dem Toten hervorzuwälzen und zurück in den Hof zu rennen. Er entdeckt eine Tür und rammt sie mit Schulter und Hüfte. Sie ist unversperrt.

Todd taumelt durch einen leeren Raum, stößt mit dem Fuß eine weitere Tür auf, stürzt in einen schmalen

Korridor, rappelt sich hoch und rennt dann einfach weiter. Er sieht die Hornisse erst, als sie gegen seine Brust klatscht. Der stechende Schmerz läßt ihn zunächst an einen Herzanfall denken, aber dann erkennt er die winzige Drohne, die sich mit acht dünnen Drahtbeinen an sein T-Shirt klammert. Er schleudert sie weg, aber sie kehrt in einer engen Schleife um und sticht ihn in den Nacken. Es gelingt ihm noch, ein paar Schritte weiterzulaufen, doch dann muß er sich auf eine Türschwelle setzen. Dort finden ihn die überlebenden Soldaten, nachdem sie die Angreifer getötet und den Armeelaster in Brand gesteckt haben.

5 Jenseits der Grenze

Der Leiter des medizinischen Hilfstransports ist alles andere als erfreut, daß Alex ihn allein in der frostigen Dämmerung vor dem Hotel erwartet. Als die beiden Jeeps anhalten und Alex ihnen entgegengeht, läßt der Kommandant die Blicke über den leeren Platz schweifen und fragt streng: »Wo ist die Frau?«

Das würde Alex auch gern wissen. Er und Katrina hatten am Abend zuvor wieder einmal heftig gestritten, aber am Ende war sie mit seinem Plan einverstanden gewesen.

»Unter Vorbehalt«, hatte sie gesagt. »Doch sobald uns die Typen links kommen, garantiere ich für nichts mehr.«

»Das ist im Moment die kleinste unserer Sorgen.«

»Ich kümmere mich um dieses medizinische Einsatz-Team. Aber uns kann ohnehin nichts Schlimmeres passieren, als daß sie uns zu Glass und deiner angebeteten Schwarzen Dame bringen.«

»Ja, aber ich will nicht mit leeren Händen dort eintreffen. Ray sagt, daß er unsere, nicht ihre Hilfe braucht, und ich glaube ihm.«

»Der kleine Stinker! Er hat uns in Paris verkauft, und er wird es wieder tun.«

»Die Lage hat sich geändert«, widersprach Alex, aber Katrina blieb skeptisch. Sie ging zwei Stunden vor Sonnenaufgang, und nun ist der Konvoi da, und sie fehlt.

»Sie mußte noch etwas erledigen«, erklärt Alex dem Kommandanten. »Sie stößt sicher unterwegs zu uns.«

»Das ist gegen die Abmachungen.«

»Nun, Sie können jederzeit ohne mich aufbrechen.«

»Unsinn. Ist das Ihr ganzes Gepäck?«

Alex hat sein Computerdeck und eine kleine Reisetasche mitgenommen. Einer der Männer verstaut die Sachen, und Alex klettert mühsam auf den Sitz neben dem Kommandanten.

Sie nehmen die Straße nach Kakavia. Katrina wartet einen Kilometer vor der Stadt. Sie sitzt inmitten des verdorrten Unkrauts am Wegrand, auf der windabgewandten Seite des Galgens, an dem ein verschrumpelter, von Krähen angefressener Feenleichnam baumelt. Mister Avramites ist nicht bei ihr. Alex hat ein ungutes Gefühl, aber jetzt ist nicht der geeignete Moment für Fragen.

Die beiden Jeeps des medizinischen Einsatz-Teams sind halbintelligente Zahnrad-Modelle, die guten Kontakt mit der zerstörten Straße halten. Der kleine Konvoi schleppt eine Staubfahne hinter sicher, während er mit gleichmäßigen fünfzig Stundenkilometern dem Paß entgegenrollt. Die Sonne sticht aus einem weißen Himmel herunter. Alex klebt das Hemd am Rücken; er ist froh um seinen schwarzen Schlapphut. Hinter ihm hat sich Katrina auf der engen Ladefläche des Jeeps ausgestreckt; sie scheint den entgangenen Schlaf nachzuholen.

Der Kommandant des Einsatztrupps ist ein kräftiger junger Mann mit aufrechter Haltung und einem bleistiftdünnen Schnurrbart. Er versteht immer dann kein Englisch, wenn es ihm zweckdienlich erscheint. Alex erzählt ihm von seiner Gefangenschaft in Makedonien, und er entgegnet achselzuckend, daß die Leute dort oben ein verrücktes wildes Volk sind.

»Sie behaupten, daß sie seit dreitausend Jahren da leben, und warum nicht? Glauben Sie mir, die hätten selbst die Spartaner bezwungen. Sie sind wie Wölfe.«

»Weil sie wissen, daß der Mond vor der Sonne herläuft«, sagt Alex.

Der Kommandant tut so, als hätte er nicht verstanden. Er starrt geradeaus, schwitzt in seinen Blouson mit den unzähligen Taschen und streicht mit einem Finger den Schnurrbart glatt. Die übrigen fünf Mitglieder des Trupps, alles Männer, haben weiße T-Shirts und gebügelte Khaki-Hosen an. Sie könnten ebensogut Uniformen tragen. Alex fragt sich, wann sie die Waffen ziehen werden.

Nach einer Stunde taucht eine kleine schwarze Gestalt vor dem Konvoi auf; ihre Umrisse verschwimmen im Hitzegewaber, das von der Straße aufsteigt. Als sie näher kommen, erkennt Alex Mistress Powell, die im Damensattel auf einem dürren Esel reitet. Sie trägt eine Safari-Jacke und eine derbe Hose und hat einen Rüschen-Schirm aufgespannt, um sich gegen die brutale Sonne zu schützen. Sie winkt Alex zu, als die Jeeps an ihr vorbeirollen, und Katrina wacht auf, während Alex versucht, den Kommandanten zum Anhalten zu bewegen.

»Sie kam an mir vorbei, als ich auf euch wartete«, sagt Katrina. »Sie wirkte glücklich und zufrieden.«

»Aber die Gegend wimmelt von Banditen. Wir können sie hier nicht allein umherstreifen lassen.«

»Wir nehmen nur Sie beide mit«, erklärt der Kommandant.

»Auf einen Passagier mehr oder weniger kommt es doch nicht an«, beharrt Alex, aber der Kommandant zuckt nur die Achseln.

Der Konvoi verläßt die Straße und windet sich im Zickzack steile, überwucherte Almwiesen hinauf, schlägt einen großen Bogen um die Grenzstadt Kakavia. Die Ruinen der Ortschaft schimmern knochenweiß auf dem gegenüberliegenden Hügel. Eine verwunschene Gegend, berichtet der Kommandant. Werwölfe, Riesen, Fangheuschrecken und sonst noch allerlei schlimme Geschöpfe. Alex würde gern mehr erfahren – er ist rein fachlich daran interessiert, wie die Aufständischen und Feen die Gentechnik und Fembot-Gestaltung für ihre Zwecke umgesetzt haben – aber der Kommandant spricht nicht gern über diese Dinge.

»Sie essen Menschenfleisch«, sagt er und berührt seine Lippen mit dem Daumenknöchel, eine abergläubische Geste, die vor Unheil schützen soll. Das bringt Alex auf einen Gedanken, der Katrina sicher gefallen wird.

Sie überqueren die Grenze gegen Mittag und kehren in der Nähe der ausgebrannten albanisch-griechischen Zollstation wieder auf die Straße zurück. Nach einem halben Kilometer stoßen sie auf einen Bunker, halb verdeckt von einer Böschung und überdacht von einem Keramik-Schutzschild, der an einen Schildkröten-Panzer erinnert. Ein Sendemast mit mehreren Relais-Schüsseln im Mikrowellenbereich ragt über die Bäume auf. Ein paar Flüchtlinge kampieren hier, und nackte Kinder wuseln um die Jeeps, als sie vor den Stahltoren im Grenzzaun anhalten. Alex kauft einer alten Frau einen Pappbehälter Cola ab und bemüht sich, nicht auf die Handvoll Nationalisten zu achten, die aus dem Bunker geschlendert kommen. Eine Rangordnung läßt sich nicht erkennen. Einer der Soldaten streift die Passierscheine, die ihm der Kommandant hinhält, mit einem gelangweilten Blick; ein anderer öffnet die Tore. Die beiden Jeeps werden durchgewinkt.

Jenseits der Grenze ist die Straßendecke neu, ein Kohlefaser-Gitter auf geschmolzenem Felsgestein. Sie dröhnt und dröhnt unter den breiten Rädern der Jeeps. Die lichten Eichenwälder sind zu beiden Seiten auf einem Streifen von hundert Metern niedergebrannt. Die Jeeps gehen auf Abstand, für den Fall eines Hinterhalts.

Am Ende einer schmalen Brücke, die sich über eine tiefe Schlucht spannt, halten die beiden Jeeps neben einer ausgedehnten Fläche abgestorbener Bäume an, die irgendeiner Nachwirkung des Klima-Overturns zum Opfer gefallen sind. Um die Jahrhundertwende, ehe die Wettersysteme zu einem neuen Gleichgewicht kälterer, feuchterer Winter und wärmerer, trockener Sommer fanden, regnete es entlang der europäischen Mittelmeerküste drei Jahre lang praktisch ohne Unterbrechung. Die weißen Skelette der Bäume, seit langem ihrer Rinde beraubt, ragen aus staubigen Farninseln.

Einen Moment lang herrscht nervöse Anspannung, als der Kommandant seine Pistole zieht. Alex befürchtet, daß Katrina versuchen könnte, sie dem jungen Mann abzunehmen, aber sie macht keinerlei Anstalten zur Gegenwehr, als ihr die Kunststoff-Handschellen angelegt werden. Der Kommandant erklärt, daß man Alex diese Demütigung ersparen und seine Begleiterin am Leben lassen wolle, solange sie beide kooperieren. Und er bestätigt mehr oder weniger, was Alex und Katrina längst geahnt haben – daß die Mitglieder des medizinischen Hilfstransports in Wahrheit Angehörige der kleinen Sicherheitstruppe sind, die Glass aufgebaut hat.

Katrina gibt eine glaubwürdige Vorstellung, das muß man ihr lassen. Sie überschüttet den Kommandanten mit Flüchen, kommt trotz ihrer auf dem Rücken gefesselten Hände hoch und läuft drohend auf ihn zu. Einer der Männer stellt ihr ein Bein, und sie schlägt der Länge nach hin. »Man sagte uns, wir sollten gut auf den Mann achten«, erklärt der Kommandant lachend. »Von Ihnen war nicht die Rede. Seien Sie friedlich, sonst lassen wir Sie hier!«

Katrina kommt mühsam auf die Knie. Ihre Nase blutet, und ihre Stimme klingt belegt. »Ich kämpfe gegen jeden, der den Mut hat, es allein und ohne Waffen mit mir aufzunehmen. Wenn ich gewinne, laßt ihr uns frei.«

»Halt den Mund, Kat!« Alex spürt, wie sein Blut in Wallung gerät.

»Vielleicht später, wenn wir Zeit zum Spielen haben«, sagt der Kommandant. »Aber jetzt geben Sie bitte Ruhe. Sie bekommen zu essen, zu trinken. Wir haben noch acht Stunden Fahrt vor uns, und die Straßen sind schlecht.«

Die Männer des Sicherheitstrupps öffnen ihre Rationen. Alex bemerkt, daß sie keinen Wachtposten aufstellen. Sie sind keine Soldaten.

Das Essen ist wiederaufbereitet, aber gut. Alex bedient sich reichlich, insbesondere von den klebrig süßen Honigkuchen.

»Noch zwei Minuten«, sagt Katrina.

Es ist sehr heiß. Grillen lärmen im Farnkraut. Einige der Männer dösen. Der Kommandant hat sich eine VR-Maske und -Handschuhe übergestreift und fuchtelt mit beiden Armen in der Luft, während er eine offenbar ziemlich einseitige Unterhaltung führt.

Alex schiebt erst Katrina und dann sich selbst Filter in die Nasenlöcher. Ein dumpfer Schlag ertönt hinter ihnen, als der Gaskanister explodiert. Katrina hatte ihn unter den leeren Leinwandsäcken auf der Ladefläche des vorderen Jeeps versteckt, und diese Säcke, manche in Flammen, fliegen jetzt hoch in die Luft. Der Kommandant kippt nach vorn. Nur ein Mann war außer Reichweite des Narkosegases, aber jetzt rennt er auf seine ohnmächtigen Kumpel zu und bricht ebenfalls zusammen. Das Gas brennt in den Augen. Die Filter verstopfen die Nasenlöcher, und es kostet Alex große Mühe, nicht durch den Mund zu atmen.

»Jetzt sind sie platt«, sagt Katrina, als Alex ihre Handschellen mit einem Schlüssel öffnet, den er dem Kommandanten aus der Brusttasche seines Blousons gefischt hat. Sie nimmt dem Kommandanten das Kreuz ab, das er um den Hals trägt, und hängt es sich selbst um.

»Ich bin nicht ganz sicher, ob sich so etwas gehört«, meint Alex. »Alles in allem betrachtet.«

»Das heißt nicht, daß ich bekehrt bin. Aber vielleicht schützt es mich vor Vampiren.«

»So oder so – von der Semiotik her abzulehnen.«

»Verdammt, Sharkey, du hast einfach keinen Sensor für Witze!«

Katrina sucht eine Maschinenpistole und pustet damit einem der Jeeps das Gehirn aus. Dann beugt sie sich mit Datenhelm und -handschuhen über sein Computerdeck und verhandelt mit dem anderen Jeep. Alex sammelt die restlichen Waffen des Trupps ein und wirft sie in die Schlucht. Dann rollt er die bewußtlosen Männer in Seitenlage, damit sie nicht an ihrem eigenen Erbrochenem ersticken, falls ihnen von dem Gas schlecht wird.

»Du solltest sie der Reihe nach erschießen«, sagt Katrina. Sie hat den Helm abgenommen. Der Jeep verweigert die Kooperation.

»Ich glaube nicht, daß sie uns folgen werden«, meint Alex. »Sie sind nicht als Soldaten ausgebildet. Und wenn sie es doch versuchen, können wir dafür sorgen, daß sie nicht sehr weit kommen.«

Er erläutert Katrina seinen Plan, und sie grinst und entgegnet, das sei die verrückteste Sache, von der sie je gehört hätte.

»Ich dachte mir, daß es dir gefallen würde. Was hast du übrigens mit Mister Avramites angestellt?«

»Na, was wohl?«

»Das war unklug, Kat. Gewöhn dir endlich an, erst zu denken und dann zu handeln! Jetzt können wir nicht mehr zurück.«

»Ein Glück, oder?«

»Wir müssen genau absprechen, was wir tun.«

»Was sollte ich denn machen? Der alte Drecksack hat uns voll verkauft.«

»Klar, was dachtest du? In einem Krieg wird jeder verraten und verkauft. Kannst du dieses Ding nicht dazu bewegen, daß es dir gehorcht?«

»Wir sollten sie der Reihe nach erschießen«, wiederholt Katrina. »Dann wüßten wir sicher, daß sie uns nicht verfolgen.«

»Ob die hier oder ihre Freunde – wo liegt der Unterschied? Sie will mich haben, Kat. Begreif das endlich!«

»Sie will dich in einer Zelle haben – aus dem Weg räumen. Das heißt, wenn diese Arschlöcher tatsächlich für sie arbeiten. Was wir nicht wissen.«

»Der Kommandant hat zugegeben, daß er für Glass arbeitet.«

»Das ist nicht dasselbe.«

»Aber ich hatte recht, nicht wahr? Morag Gray erkannte die Wahrheit, damals im Magic Kingdom. Sie war immer ganz nahe, praktisch in Sichtweite, wo keiner sie vermutete ...«

»Moment mal«, sagt Katrina. »Wer, zum Henker, ist das denn?«

Jemand kommt über die Brücke. Nach einer Schrecksekunde lacht Alex los. Es ist Mistress Powell.

»Shit!« sagt Katrina. »Versprich mir, daß wir sie nicht mitnehmen!«

»Sie muß mitten durch die verwunschene Stadt geritten sein. Offenbar ist sie längst nicht so abergläubisch wie unsere Freunde hier.«

Mistress Powell ruft »Juuhuu!« und schlenkert heftig mit den Zügeln, was den Esel jedoch nicht so weit beeindruckt, daß er seinen schleppenden Gang beschleunigt. Trotz des Sonnenschirms hat ihr feistes Gesicht ein gleichmäßiges Ziegelrot angenommen. Als sie Alex und Katrina erreicht, wirft sie einen Blick auf die herumliegenden Männer und sagt: »Ich sehe, Sie hatten eine Meinungsverschiedenheit.«

»Ich wurde fehlinformiert«, sagt Alex, weil er findet, daß dieses Wort großartig klingt.

»Mein seliger Mann pflegte zu sagen, er würde eher einem Hai als einem Anwalt trauen.«

»Da ist was dran, Mistress Powell.«

»Ich muß zugeben, daß der Passierschein, den mir Mister Avramites verkaufte, durchaus seinen Zweck erfüllte, aber die Bestechungssumme fiel weit höher aus, als er mich glauben machte. Ich überlege gerade, ob Sie mich ein Stück mitnehmen könnten. Dieser Esel ist leider nicht das ideale Reittier.«

»Wir fahren ganz sicher nicht in Ihre Richtung«, erwidert Katrina patzig.

»Ich habe kein bestimmtes Ziel im Sinn«, sagt Mistress Powell. »Deshalb ist Ihr Weg auch der meine.«

Während Katrina den Jeep in Gang zu bringen versucht, teilt Alex den restlichen Proviant des Sicherheitstrupps mit Mistress Powell. Alex kommt zu dem Schluß, daß Mistress Powell trotz ihres verdrehten Glaubens an ein ökologisch und politisch heiles Feenland die Mittel besitzt, die ihnen notfalls weiterhelfen könnten. Vielleicht gehört sie zu den ewigen Hippies, die nie erwachsen werden, aber bis jetzt ist sie ziemlich weit gekommen. Das spricht zumindest für ihr Durchhaltevermögen.

»Sie wissen etwas über die wilden Feen«, sagt sie zu Alex. »Ich spüre, daß es so ist, Mister Sharkey.«

»Ich bin hier, um das herauszufinden.«

»Dann haben wir die gleichen Interessen. Ich wußte es, als ich erfuhr, wer Sie waren. Ghost, nicht wahr?«

Alex ist überrascht und geschmeichelt. »Das liegt eine Ewigkeit zurück.«

»So eine interessante Droge. Es ist jammerschade, daß heute niemand mehr solche Dinge entwickelt. Fembots sind so plump, finden Sie nicht auch?«

»Sie versuchen meine Eitelkeit zu wecken, Mistress Powell.«

»Das liegt mir fern, Mister Sharkey.«

Schließlich läßt Katrina ein Triumphgeheul los, boxt zweimal in die Luft und streift Handschuhe und Datenbrille ab. Sie hat den Jeep besiegt. Als der Keramikmotor losschnurrt, klemmt sie das Computerdeck ab und übernimmt das Steuer.

Sie fahren zwei Kilometer die Straße entlang und stoßen dann, wie vorhergesagt, auf einen schmalen Seitenweg, der in den Wald führt. Er ist lange nicht mehr benutzt worden, und der Jeep hinterläßt eine Spur geknickter Pionier-Schößlinge, der ein Blinder folgen könnte. Nach etwa drei Kilometern halten sie an und laden ihre Sachen aus. Der Jeep vollführt eine sorgfältige Dreipunkt-Wende, ehe er kaum schneller als mit Schrittempo davonrollt.

»Er wird die Idioten etwa bei Einbruch der Dunkelheit erreichen«, erklärt Katrina Mistress Powell. »Den anderen Jeep habe ich lahmgelegt. Ich schätze, die quetschen sich in das Ding und hauen ab, so schnell sie können, damit sie das Werwolf-Land noch vor Mondaufgang weit hinter sich haben.« Sie wirft den Kopf zurück und stößt ein lautes Heulen aus.

»Ich finde, Sie sollten das lassen, meine Liebe«, tadelt Mistress Powell. »Es ist nicht gut, die dunklen Mächte herauszufordern.«

»Ich frage mich schon eine ganze Weile, wie Sie durch Kakavia gekommen sind«, wirft Alex ein. »Unsere Freunde machten einen weiten Bogen um die Stadt.«

»Nun, ich würde die Mächte nicht gerade als bösartig bezeichnen«, antwortet Mistress Powell. »Zumindest tagsüber tun sie uns nichts. Tagsüber sind wir für sie wenig mehr als Träume.«

»Das ist das erste vernünftige Wort, das ich von Ihnen höre«, sagt Katrina. »Und Träume, die können wir ihnen liefern.«

Sie heftet eine kleine Infrarot-Quelle an einen Baumstamm, überquert die Straße und befestigt dort an einem anderen Baum den Sensor und den kleinen Projektor. Das alles dauert nicht länger als eine Minute.

»Jeder, der uns verfolgt, wird ein Hologramm auslösen«, erklärt Alex Mistress Powell. »Einen kleinen Ausschnitt aus einem alten Horrorfilm.«

Ringsum wachsen locker verteilte Eichen in das Licht der Spätnachmittagssonne. Es ist kühl und schattig unter ihrem dichten Laubdach. Ihre moosigen Wurzeln umklammern flechtenbedeckte Felsbrocken. Katrinas Geheul wird von der geschäftigen Stille geschluckt, mit der die Bäume Sonnenlicht trinken, um Wasser und Sauerstoff auszuatmen.

Dann erhebt sich weit weg ein schwaches Antwortheulen.

Mistress Powell überläuft ein Schauder. Katrina grinst und spielt mit dem kleinen Silberkreuz, das sie dem Kommandanten abgenommen hat.

»Ich glaube nicht, daß Ihnen dieses Ding viel nützt«, sagt Mistress Powell. »Die Mächte sind schließlich weit älter als das da. Gehe ich recht in der Annahme, daß wir einen Werwolf aufgescheucht haben?«

»Sie haben selbst gesagt, daß die nur nachts herauskommen.« Katrina streicht über den Lauf der Maschinenpistole, die sie an sich genommen hat. »Außerdem bin ich besser bewaffnet.«

»Nicht unbedingt«, widerspricht Mistress Powell. »Ich glaube, sie wurden von den Moslems mit Waffen versorgt. Als ich durch die Wälder streifte, sah ich viele Dinge. Einmal begegnete ich einem Troll ...«

»Was sind schon Trolle?« unterbrach sie Katrina. »Sie leiden an verwachsenen Gelenken und sind aufgrund ihres hormonellen Ungleichgewichts dumm wie Bohnenstroh.«

»Der, den ich meine, war mit einem Granatwerfer bewaffnet, meine Liebe. Automatik und ein großes Magazin, soviel ich sehen konnte.«

Sie benötigen zwei Stunden, um den Rest des Weges zu Fuß zu bewältigen. Mistress Powell kann Katrinas gleichmäßiges, unerbittliches Tempo leichter mithalten als Alex. Der überwachsene Weg taucht jäh in ein enges Tal, führt in einer scharfen Kurve um einen Felsvorsprung, und dann fällt eine Seite des Tales ins Nichts ab.

Mistress Powell klatscht mit kindlicher Begeisterung in die Hände.

Der verfallene Schrein steht in einer Art Kuhle oder Hain. Was sie sehen, ist nicht mehr als eine Reihe stark verwitterter Säulenstümpfe, dazu kniehohe Mauerreste, ohne Mörtel aus groben Feldsteinen aufgeschichtet und von struppigem Unkraut überwuchert. Kaninchen haben das Gras zwischen den Ruinen kurz gehalten, aber der schwarzweiße Marmor-Fußboden, der das Heiligtum berühmt machte (obwohl sich seit der Jahrhundertwende keine Touristen mehr in diese Gegend gewagt haben) ist jetzt von Kriechpflanzen zugedeckt. An einer Seite ragt eine nackte Felswand auf, an der anderen sinkt ein bewaldeter Steilhang nach unten ab.

Als die drei die Ruinen betreten, schießt etwas jenseits der bröckeligen Säulenreihe davon. Alex erhascht einen Blick auf den weißen Hirsch, der durch einen Sonnenlichtfächer prescht und im nächsten Moment verschwunden ist. Katrina wirft ihren Rucksack ab, doch Alex hindert sie daran, ihre Waffe zu ziehen.

»Es könnte einer der ihren sein. Denk daran, was mit Actaeon geschah!«

»Ich gebe mir alle Mühe, mich nicht mit solchem Schrott zu belasten«, sagt Katrina. »Außerdem brauchen wir eine Art Opfer. Dem kleinen Mistkerl hat es richtig Spaß gemacht, mir genaue Anweisungen zu geben.«

Mistress Powell sieht sie scharf an, sagt aber nichts.

»Betrachte es einfach als Zeichen unserer friedlichen Absichten.« Alex setzt sich auf einen großen Stein.

Er ist von dem Fußmarsch völlig ausgepumpt. Schweiß perlt ihm von der Stirn über die Augenbrauen, und er blinzelt das salzige Naß von den Wimpern. Er spürt eine wäßrige Schwere in den Knien, und sein Puls pocht hinter den Augen. Er ist zu alt und zu fett für diese Art von Abenteuer. Der drahtige, hyperaktive Max sollte hier sein, während er selbst den Lauf der

Ereignisse vom Web aus überwacht. Nur daß Max nie und nimmer sein Immunsystem verändern würde. Bei aller gespielten Verachtung für den Körper, für das Fleisch, das den Geist verankert, sind Hacker in puncto Genmanipulationen überraschend zimperlich.

»Es gibt viel Wild hier in der Gegend, trotz des Krieges«, sagt Katrina. »Oder vielleicht gerade deshalb, weil man jetzt Menschen und nicht Tiere jagt. Es gibt auch Wildschweine und Gemsen.«

»Vielleicht hätten wir doch meinen Esel mitnehmen sollen«, meint Mrs. Powell. »Obwohl ich glaube, daß der selbst für einen Werwolf zu zäh wäre.«

»Irgend etwas brauchen wir«, erklärt Alex. »Und es sollte zumindest größer als ein Kaninchen sein.«

»Alles, was du befiehlst, Boss«, sagt Katrina, und damit stürmt sie den Hang hinunter.

Mistress Powell nimmt ihren Strohhut ab und tupft sich die Stirn sorgfältig mit einem weißen Taschentuch ab. »Es freut mich, daß ich Sie begleiten darf«, meint sie. »Und ich vermute stark, daß ich auch Ihnen behilflich sein kann.«

»Vielleicht«, erwidert Alex knapp.

»Ich sehe mich hier ein wenig um«, sagt Mistress Powell und verschwindet mit ihrem Taschenführer zwischen den unkrautüberwucherten Steinen.

Alex raucht eine Zigarette, während die alte Frau die Überreste des Altars und die kleine Quelle, die aus der Klippe hinter dem Schrein entspringt, in Augenschein nimmt. Er streckt sich auf dem frischen, sonnenwarmen Gras aus, nickt ein und fährt erschrocken hoch, als Mistress Powell zurückkomt.

»In meinem Führer steht, daß dieser Ort einst Asklepios geweiht war, dem Schutzgott der illyrischen Küstenstadt Butrini«, berichtet Mistress Powell. »Eine schöne Stadt, Mister Sharkey. Sie sollten sie einmal besichtigen. Ich war in Butrini, um gegen die Sklavenarbeit auf den Docks zu protestieren.«

Alex zündet sich noch eine Zigarette an und sagt: »Ich bewundere Sie, Mistress Powell.«

»Das waren mal intelligente Geschöpfe«, fährt Mistress Powell fort. »Die Metzger in Butrini verwandeln Feen zurück in Puppen. Schlimmer als Puppen, denn sie leben nicht lange und leiden entsetzlich. Was blieb mir anderes übrig, bei meiner Seele?«

»Was hat Butrini mit diesem Heiligtum zu tun?« fragt Alex.

»Butrini war eine römische Kolonie«, erklärt Mistress Powell, »und vor etwa zweitausend Jahren befand sich hier ein Außenposten dieser Kolonie. Die Schwingungen sind genau die gleichen, wenn Sie verstehen, was ich meine. Schwingungen bleiben erhalten, wenn man sie nicht stört. Sie sind schwach, aber unverkennbar.«

»Noch früher war dieser Ort der Dreifachgöttin geweiht«, sagt Alex. »Sie werden ganz in der Nähe einen Hain mit Lorbeer-Bäumen entdecken, der heiligen Pflanze der Daphne.«

»Sie zeigen Interesse für die alten Sagen.« Mistress Powell fuchtelt mit den Händen, um die Mücken zu verscheuchen, die ihren Kopf umschwirren. »Das tun heutzutage nur noch wenige.«

Alex macht es Spaß, mit den Ergebnissen seiner Nachforschungen zu glänzen. »Ihr richtiger Name war Daphoene, die Blutige. Die Mänaden, ihre Priesterinnen, kauten angeblich Lorbeerblätter, um sich in orgiastische Raserei zu versetzen. In Afrika nannte man sie Ngame, in Libyen Neith. Sie ist außerdem Hekate und Graves' Weiße Göttin von Pelion, Keats' *Belle Dame sans Merci* und die Feenkönigin Mab von Thomas, dem Reimer. Als Apollo ihr nachstellte, verwandelte sie sich in einen Lorbeerbaum, und er wand zum Trost aus ihren Blättern einen Kranz. Wir gedenken ihrer noch heute alle vier Jahre; aber vielleicht vergessen wir, daß sie nie starb.« Er sieht Mistress Powell an. »Ich hoffe, wir stoßen schon bald auf jemanden, der ihren Platz beansprucht.«

»Ich *wußte* es!« sagt Mrs. Powell. »Ich muß schon sagen, Sie enthüllen immer neue Seiten, Mister Sharkey. Wen möchten Sie hier wirklich treffen? Das haben Sie mir nie verraten.«

Alex zuckt die Achseln. »Die Leute, die uns über die Grenze brachten, wollten unbedingt noch vor Einbruch der Nacht weg von hier. Die Gegend hier gehört nur tagsüber den Menschen.«

»Man hat mich vor den Gefahren gewarnt.« Mistress Powell nickt. »Mister Avramites ließ durchblicken, daß Ihr Interesse dem Kinder-Kreuzzug gilt.«

»Mister Avramites ließ viel zuviel durchblicken.«

»Mister Avramites war der Ansicht, man würde den Kinder-Kreuzzug nicht über die Grenze lassen.«

»Ganz im Gegenteil. Das ist ja das Problem. Er wird von Albanien aus in die neutrale Zone vordringen, aber wenn ich recht vermute, wird er es nicht bis zur griechischen Grenze schaffen. Ich denke, die Freundin von Glass hat etwas mit diesen Leuten vor, und ich sehe darin eine Chance, mit ihr in Kontakt zu kommen und zu verhandeln.«

»Dann ist *sie* die Frau, die Sie schon so lange kennen?« Mistress Powell überrascht ihn immer wieder mit ihrem Scharfsinn. »Wollen Sie mir nicht mehr über sie erzählen? Ich sehe Sie als den romantischen Ritter *par excellence*, ein Leben lang auf der Suche nach der verlorenen Liebe.«

Alex lächelt. Ihm ist eben zu Bewußtsein gekommen, daß er sich in diesen stillen, uralten Ruinen glücklich fühlt.

»Wer ist sie?« sagt er versonnen. »Sie behauptet, daß sie in direkter Linie von Daphoene abstammt, der Mondjägerin, der dreifachen Göttin, der Herrscherin über Luft, Erde und die unergründlichen Gewässer des Todes. Es ist symbolisch, daß die Steine hier einen Triumph der Männer über einen Ort darstellen, der ursprünglich Frauen geweiht war. Sie fielen in den Tempel der Göttin ein, töteten ihre Pythons und spannten ihre heiligen Pferde vor ihre Streitwagen. Sie fällten auch die Lorbeerbäume, aber der Lorbeer ist nachgewachsen.«

Mistress Powell hat die Augen halb geschlossen. »Ja«, murmelt sie. »Genau so war es.«

Alex hat sich für das Thema erwärmt. »Das Zeitalter der Vernunft bedeutete um ein Haar das endgültige Aus für die Dreifachgöttin, aber in seinem Ende liegt ihr Neubeginn. Denn das vorige Jahrhundert erlebte die Absetzung des Gottvaters, der so lange die Macht behauptet hatte, den Zeusthron, der eigentlich *ihr* zustand. Das Zeitalter der Theokratie im Westen war bereits im Zerfall begriffen, als in unserem Land Cromwell mit Gewalt die Zeremonien abschaffte, die Gott von den Menschen trennten. Er ahnte nicht, daß das Zeitalter der Vernunft, in dem jedermann das Recht hatte, die Schrift zu lesen und zu deuten, der Todesstoß für den Gottbegriff sein würde. Apollo, der Gott der Wissenschaft und Logik, wurde erhöht, und zu seiner Rechten und Linken standen Pluto und Merkur. Als ich jung war, verehrte ich Apollo und Merkur, aber jetzt steht Pluto im Aszendenten. Pluto, der Schätzesammler, der Gott der alten Knacker, der Gott all der Leute, die sich in den Rand-Arkologien und in der virtuellen Welt verkriechen, voller Neid auf die Jungen und voller Angst vor dem Sterben, weil sie mit dem Tod alles verlieren würden, was sie zusammengerafft haben.

Aber ich denke, daß Apollo seine Rache bekommen wird. Der Endspurt des Technikzeitalters brachte die Puppen hervor, die seelenlosen Sklaven, Tiere in der Maske von Menschen. Die Frau, die ich suche, hat sie erhöht, ihnen Seelen gegeben – obwohl sie damals nur ein verrücktes, neunmalkluges kleines Ding war. Und ich glaube, daß sie sich jetzt zur Göttin dieser Geschöpfe machen will. Sie hält sich für die wiedergekehrte Dreifachgöttin. In katholischen Ländern war die ja nie ganz verschwunden, denn der Marienkult war wenig mehr als eine Verwässerung ihres Kultes. Kreuzfahrer brachten eine Version der Legende aus dem Morgenland mit, obwohl Maria in unserem Land rasch zu Marian wurde, der Gefährtin dieses Waldburschen Robin Hood. Sie wartet wie ein Saatkorn in der bitteren Erde.«

»Manche von uns haben den Glauben nie verloren«, sagt Mistress Powell.

»Natürlich. Gegen Ende des 20. Jahrhunderts schien es, als sei eine neue Göttin erstanden – Gaia, die Erde selbst. Aber Gaia ist die Welt, nicht der Sinn der Welt. Gaia hat vor uns existiert und wird nach uns existieren. Wir müssen sie nicht anbeten, denn wir sind ein Teil von ihr. Die Dreifachgöttin war unsere Fürsprecherin bei Gaia. Sie ordnete das Leben unserer Vorfahren. Ohne sie hätte es keine Opfer der zeitweiligen Könige gegeben; ohne sie keine Jahreszeiten, keine Ernte. Und nun ist sie wieder da, verkörpert in der selbsternannten Feenkönigin. Sie hat einen Bann über mich geworfen, vor langer Zeit, als sie ihre erste Fee schuf. Seitdem versuche ich, die Zusammenhänge zu verstehen. Ich denke, daß ich sie allmählich durchschaue. Ich denke, ich weiß, was sie zurückbringen will, und mir gefällt weder, daß sie es tut, noch wie sie die Sache in Angriff nimmt.

Ich denke, daß der Kinder-Kreuzzug ein erster Schritt war. Ein Test, um herauszufinden, ob sie ein Religions-Virus verbreiten kann. Aber sie besitzt die Feen nicht. Die sind ihrer Kontrolle längst entglitten. Seltsame Dinge leben wieder auf, nicht nur wegen des Krieges, sondern weil es nun alle Möglichkeien gibt. Feen können die Dinge nach Belieben verändern und erneuern. Sie können die Fembots in ihren Blutbahnen direkt steuern. Ich vermute, daß Glass diese Fähigkeit für seine eigenen Zwecke nutzen will. Deshalb hat er dem Kinder-Kreuzzug seinen Schutz angeboten. Aber ich bin nicht so sicher, daß er dies tun sollte. Ich glaube nicht, daß er das Recht dazu hat.«

Mistress Powell nickt. »Wir haben wirklich sehr viel gemeinsam«, sagt sie.

»Eigentlich nicht«, widerspricht Alex. »Sie glauben, daß dies die wortwörtliche Wahrheit ist. Ich glaube, daß es eine Metapher ist, mit der meine Schwarze Dame gespielt hat. Nun ist ihr die Herrschaft entglitten, und sie muß die Dienste dieses Technokraten in Anspruch nehmen.«

»Und werden Sie ganz allein den Kampf gegen den Kinder-Kreuzzug aufnehmen? Ich wäre Ihnen so gern dabei behilflich, denn die Existenz des Kreuzzugs wird als Vorwand benutzt, als Rechtfertigung für die Verfolgung und Vernichtung aller Feen.«

»Ich möchte den Kreuzzug entschärfen, sonst nichts. Es geht nicht um die menschliche Komponente. Wichtig ist, was die Veränderung in den Leuten hervorgerufen hat. Und ich bin nicht allein – ich habe Hilfe von außen. Deshalb sind wir hier. Aber es könnte sein, daß ich auch Ihre Unterstützung benötige.«

»Mir kam es eben so vor, als hätte ich etwas gesehen«, sagt Mrs. Powell. »Es hält sich hinter diesen Säulen versteckt und beobachtet uns.«

Alex starrt angestrengt in die angegebene Richtung, aber das flimmernde Sonnenlicht zwischen den dichtbelaubten Eichenästen blendet ihn. Er gesteht achselzuckend, daß Mistress Powell wohl die schärferen Augen hat.

»Ich habe mir vor fünf Jahren auf dem grauen Markt neue Hornhäute besorgt«, erklärt Mistress Powell. »Bei dem Preis, den ich bezahlte, dürfte ich eigentlich keine Hirngespinste sehen.«

Sie starrt mit zusammengekniffenen Augen in das grelle Sonnenlicht, auf die halbzerfallenen Säulen, die sich zwischen den unkrautüberwucherten Mauerresten erheben. Dann wendet sie sich wieder Alex zu und meint: »Wenn sie die Feenkönigin sein will, Mister Sharkey, was sind dann Sie?«

»Sie nannte mich einmal ihren Merlin. Wir waren damals viel jünger, aber vielleicht steckt ein Körnchen Wahrheit darin. Nun, wenn ich Merlin bin, dann ist sie Nimue. Ich habe ihr meine Geheimnisse verraten, und sie ließ mich eingesperrt in der Leere meines Gehirns zurück. Vielleicht bin ich hier, damit sie mich befreit, aber ich komme nicht als reiner Bittsteller. Ich besitze sowohl Talente als auch Verbündete. Ich habe die volle Absicht, die Geschichte heil zu überstehen – aber es wird gefährlich.«

»Sie versuchen mir klarzumachen, daß ich jetzt noch gehen kann. Das ist gut gemeint, aber ich finde es so aufregend, hier zu sein, Mister Sharkey. Ich werde mein Möglichstes tun. Vielleicht sollte ich zunächst diesen Ort sondieren. Er pulsiert geradezu vor Energie.«

Alex holt seinen Computer hervor, und während das Gerät seine Ferrit-Antenne ausfährt, ißt er eine Tafel Schokolade und raucht noch eine Zigarette. Dann schickt er Max eine Minimal-Botschaft, in der er bestätigt, daß alles nach Plan läuft. Er überprüft, wo sich der Kinder-Kreuzzug im Moment befindet, und stellt fest, daß er genau da ist, wo er sein soll, nördlich von Korovado, keine zwei Tagesmärsche von der Grenze entfernt. Es gibt nur einen Weg, den die Leute jetzt einschlagen können, durch das Vjosë-Tal auf die verlassene Stadt Leskoviku zu und dann über die wilden Grammos-Berge. Katrina wird sauer sein: Ray hat die Wahrheit gesagt.

Mistress Powell läßt sich Zeit damit, ihre Wünschelruten zu verteilen – Drahtstücke, die am oberen Ende gekrümmt und mit einem Faden versehen sind, von dem ein tropfenförmiger Kristall pendelt – und ein Laser-Diffraktometer zu justieren, das die Ausschläge der Kristalle messen soll. Alex döst im warmen Sonnenlicht des Spätnachmittags und träumt von Milena, wie sie früher war, obwohl er sie durch das zerstörte Magic Kingdom verfolgt, während blauhäutige Feen mit roten Augen nach seinen Fersen schnappen. Es ist ein alberner, trivialer Traum, aber der Druck und die klaustrophobische Enge, die er auslöst, haben durchaus etwas Reales. Die Zeit wird knapp.

6 Neue Probleme

Todd Hart erwacht mit Kopfschmerzen und trockenem Mund, in einem stickigen Dunkel, das von Motorenlärm vibriert. Aus dem gequälten Rumpeln und der Schräglage des geriffelten Stahlbodens schließt Todd, daß er in einer Art Fahrzeug liegt, das eine lange Steigung erklimmt. Die Berge – aber welche? Es gibt so viele Berge in und um Albanien. Herrgott, wenn sie ihn über die Grenze bringen, dann sitzt er entweder echt in der Scheiße – oder fährt der größten Story seines Lebens entgegen. So oder so fühlt er sich, als sei er über eine Klippe gefallen.

Todd begeht den schlimmen Fehler, sich aufzusetzen. Offenbar hat ihm jemand den Schädel gespalten und mit spitzen langen Nägeln wieder zusammengefügt. Unwillkürlich stöhnt er. Dicht neben ihm sagt eine vertraute, knurrige Stimme in das dröhnende Dunkel: »Willkommen an Bord des beschissensten Taxidienstes auf der Welt!«

Es ist Spike Weaver. Man habe ihn mit vorgehaltener Waffe aus dem Hotel geholt, berichtet er, und in den Laderaum eines gepanzerten Mannschaftswagens verfrachtet, wo Todd bereits bewußtlos auf dem Boden lag. Er hat seine Uhr mit; es ist kurz nach neun Uhr abends. Sie sind seit zwei Stunden unterwegs.

Todd tastet seine Jackentaschen ab und beginnt sie in einem Anflug von Panik zu durchsuchen, als er merkt, daß seine Brieftasche mit der Akkreditierung ebenso fehlt wie das Notepad, das sämtliche wichtigen Informationen, ein Übersetzungs-Expertensystem, einen Geschichts- und einen Reiseführer enthält. Außerdem hat er seinen Tropenhut und einen Schuh verloren. Er erinnert sich wieder an das Feuergefecht in der engen Gasse und an das Gewicht des toten Soldaten, das ihn zu Boden drückte. Als er Spike erzählt, was sich vor und nach dem Interview mit Antoinette zugetragen hat, entgegnet der nur, daß er sich das meiste davon mittlerweile zusammengereimt hat.

»Das Blöde ist, daß ich nicht mal weiß, ob ich mit ihr selbst gesprochen habe.« Todd muß schreien, um sich über den Motorenlärm verständlich zu machen, was seine Kopfschmerzen nicht gerade verringert. »Es könnte irgendjemand gewesen sein, der sich ein Morpho nach ihrem Bild gebastelt hat. Sieht so aus, als würden wir neue Probleme kriegen.«

Spike knurrt. »Wir stecken schon mittendrin. Das einzige, was mir Mut macht, ist die Tatsache, daß ich meine Drohne dabei habe.«

»Gut. Wenn wir die Ruhe bewahren, schaffen wir es vielleicht, an unsere Story zu kommen. Inzwischen könntest du mal Licht machen.«

»Ich wollte die Batterien schonen«, entgegnet Spike, befiehlt jedoch seiner Drohne, einen Spot im Spargang einzuschalten.

Sie befinden sich in einem Stahltank. Ein geriffelter Stahlboden, Seitenwände aus vernieteten Stahlplatten, eine an Querstreben befestigte Stahldecke etwa anderthalb Meter über dem Boden.

»Scheiße!« sagt Spike mit einem erschrockenen Blick auf Todd. »Hat es dich schlimm erwischt?«

Die Vorderfront von Todds Jackett ist blutverkrustet. »Das stammt nicht von mir«, sagt er und zieht das Ding aus. »Ich wurde von einer Hornisse außer Gefecht gesetzt.«

Spike hat einen Riß oberhalb der Wange und eine Beule auf dem Hinterkopf. Die Männer, die ihn abholten, waren nicht gerade zimperlich. »Auf See passieren noch schlimmere Dinge«, sagt er geheimnisvoll. Er scheint die Situation fast zu genießen. Sie bestätigt seine Ansicht, daß die Welt ein großer Scheißhaufen ist und das Glück darin besteht, daß es Momente gibt, in denen man nicht gerade bis zum Hals darin versinkt.

Als Todd seine Kopfschmerzen erwähnt, zieht Spike zwei Paracetamol-Tabletten aus einer der Reißverschlußtaschen der Bomberjacke, die er zu jeder Tageszeit trägt; Todd hegt sogar den starken Verdacht, daß er sich nicht mal nachts von dem Ding trennt. In der Ecke steht eine Chemietoilette, mit einem Wasserhahn und einem angeketteten Stahlbecher daneben. Das Wasser ist schal, warm und schmeckt nach Metall, aber nach einer Weile wirkt das Paracetamol, und Todd fühlt sich etwas besser, um nicht zu sagen hoffnungsvoll. Vielleicht fährt er ja doch seiner altmodischen Exklusiv-Story entgegen.

Spike ist eher skeptisch, und Todd versucht ihn zu überzeugen. »Sie vertraut mir«, sagt er schließlich. »Das ist es. Sie hat mich auserwählt. Deshalb sind wir in Sicherheit.«

»Du bist der einzige Journalist in der Stadt, der nicht aus Europa kommt, und der einzige, der hinter Glass herschnüffelt. Natürlich hat sie dich auserwählt. Diese Leute glauben immer noch, daß die Staaten was Besonderes sind. Und du bist prominent. Vielleicht ist sie ein Fan von dir.«

»Denk positiv, Spike! Da steckt ein Knüller drin. Ich spüre es einfach.«

Todd bringt Spike dazu, ein paar Filmmeter zu schießen, einen schnellen, impressionistischen Bericht, warum er in diesen Stahlsarg eines Mannschaftswagens eingesperrt ist, der sich über irgendeinen gottverlassenen Berg quält, einem unbekannten Ziel entgegen. Erleuchtet von einem Spot, der sich an brünierten Stahlwänden bricht, unterlegt vom Dröhnen der Motoren und der rumpelnden Fahrt, wirkt das Ganze skizzenhaft und vermutlich gerade dadurch packend realistisch. Um die Spannung zu erhöhen und seine Furcht zu verbergen, beläßt Todd den Bericht in seiner Rohfassung.

»Nicht schlecht«, sagt Spike. Er versucht sich in den Fahrzeug-Computer einzuklinken, und schließlich findet das Parasitenkabel der Drohne eine Schnittstelle zum Inertial-Navigationssystem und von dort den Anschluß zu einem der Navstar-Satelliten. Zehn Sekunden später ist der Bericht im Web, ein verschlüsselter Schnellschuß, der von Knoten zu Knoten saust, bis zum Download im Redaktions-Computer.

Danach schaltet Spike den Spot aus, und sie sitzen im lärmenden, schwankenden Dunkel. Spike steckt sich eine Zigarette an. Der beißende Rauch überfordert die Klimaanlage, und als Todd sich beschwert, meint Spike, er solle auch eine probieren. »Das wird dich beruhigen. Und es ist wichtig, daß du bei diesen überzüchteten, schießwütigen Typen die Ruhe bewahrst.«

»Ich hoffe, wir können mit den Leuten verhandeln, die hier die Befehle erteilen.«

»Wenn es die überhaupt gibt.«

»Jemand will etwas von uns, Spike! Davon können wir ausgehen.«

»Die sollen bloß die Pfoten von meiner Ausrüstung lassen! Das ist alles, was ich verlange.«

Spike zieht an seiner Zigarette. Das glimmende Ende beleuchtet kurz seine schnapsrote Nase, und in jedem seiner Spanielaugen funkelt ein winziger Stern. In das schwarze Dröhnen und Schaukeln hinein erläutert er seine Theorie, daß er unverwundbar ist, solange er hinter einer Kamera steht.

»Der alte Isherwood wußte, wovon er sprach. Du wirst zu einem Geister-Beobachter. Du stehst außerhalb der Szene. Du darfst nur nicht die Konzentration verlieren. Das ist wie bei der Zen-Kontemplation.«

»Gib mir doch eine von deinen Zigaretten!«

»Bitte sehr!« Spike zündet zwei Fluppen auf einmal

an und reicht Todd eine davon. »Das mit dem Krebs sollte man nicht so eng sehen. Wenn du in einer angespannten Situation steckst, mußt du dich irgendwie lockern und damit abfinden.«

Aber es ist schwer, diesen Rat umzusetzen, auf kaltem Stahl, in der lärmenden Finsternis. Als der gepanzerte Mannschaftswagen endlich hält und die Motoren abgestellt sind, setzt sich das Dröhnen in Todds Schädel fort, als sei er zu einem Teil der Maschine geworden, zur Idee einer Maschine, die bis in alle Ewigkeit weiterläuft.

Die Luke wird mit einem hydraulischen Geräusch geöffnet, und drei der hünenhaften Kindsoldaten scheuchen Todd und Spike ins Freie. Spike empfängt sie mit einem Schwall von Flüchen und droht, den Erstbesten umzulegen, der sich an seiner Drohne vergreift. Der gepanzerte Mannschaftswagen kauert wie eine aus lauter Winkeln konstruierte Kröte unter einer Reihe von Bogenlampen. Seine mattschwarze Oberfläche schluckt das Licht und reflektiert nichts. Die Luft kommt in heftigen Böen aus der Nacht und fährt durch knorrige Baumkronen. Ein Tosen dringt auf sie ein, ein endloses Auf und ab, und langsam dämmert Todd, daß sie am Meer sind.

Die knorrigen Kronen gehören zu Olivenbäumen. Der Mannschaftswagen parkt auf einer Straße, die auf der einen Seite von Olivenbaumhainen begrenzt wird und auf der anderen senkrecht zum Meer hin abfällt. Es stehen noch mehr Wagen am Straßenrand, und ihre Scheinwerfer verbreiten gleißende Helle. Ein Halbmond hängt schräg am Himmel. Die hochgewachsenen Soldaten führen Spike und den mit einem Schuh humpelnden Todd vom Mannschaftswagen weg. Sie passieren einen Jeep mit dem UN-Symbol auf der Motorhaube, und dann sieht Todd Soldaten mit hellblauen Feldmützen und ruft ihnen zu:

»Amerikaner! Ich bin Amerikaner!«

Einer der UN-Soldaten, ein Offizier, dreht sich um. Seine Haut schimmert im Licht der Bogenlampen wie Mahagoni.

»Ich bin amerikanischer Reporter! Man hat mich entführt!« Todd windet sich, als ein Soldat ihn mit roher Gewalt wegzerrt. »Amerikanischer Reporter, verdammt noch mal! CNN. ABC. CBS.«

»Soviel ich weiß, handelt es sich hier um eine innere Angelegenheit«, sagt der Offizier.

Ein gerechter Zorn steigt in Todd hoch. Die UN ist hier, um die Leute zu schützen, und er braucht Schutz. »Ich bin Reporter! CNN! Sorgen Sie dafür, daß die mich freilassen!«

Aber der UN-Offizier schüttelt den Kopf und geht weg. Todd schickt ihm ein paar Flüche hinterher, und die Kindsoldaten lachen. Amerikanische Schimpfworte kennen sie. Einer sagt zu Todd: »Dieser Mann nicht gut. Bleib bei uns! Gib uns Zigaretten!«

»Die UN ist lokalen Restriktionen unterworfen«, meint Spike. »Was erwartest du eigentlich?«

»Herrgott, ich bin hier als Außenkorrespondent im Einsatz!«

»Reg dich endlich ab! Die Typen sind auch so nervös genug. Du verschlimmerst die Sache nur.«

»Dieser verdammte Marku! Er hat mich tatsächlich reingelegt!«

»Natürlich hat er dich reingelegt«, sagt Spike. »Aber laß das nicht an mir aus!«

Der Soldat, der ein paar Brocken Englisch versteht, fährt sich mit dem Finger über die Kehle. »Wir machen Marku tot. Will uns verraten. Wir machen ihn tot. Wir kümmern uns um euch.«

Todd schleudert den zweiten Schuh beiseite. »Arbeitet ihr für Antoinette?« fragt er.

Der Soldat zuckt die Achseln.

»Die Frau, mit der ich ein Interview hatte – hat sie euch befohlen, uns zu entführen?«

Spike reicht seine Zigaretten herum. »Wohin bringt ihr uns eigentlich?«

Die Soldaten stoßen sich grinsend an, hocherfreut über die feinen Import-Camels. Sie sind wie übereifrige junge Pferde, ihre Muskeln zucken vor innerer Spannung, ihre Augen rollen bei den leisesten Geräuschen, die Todd nicht hören kann. Ihre Hände verlassen keine Sekunde die Schäfte ihrer Kalaschnikows Mark V. Geschwollene Finger mit abgekauten Nägeln trommeln auf abgewetzten Sicherungsmechanismen herum. Immer wieder starren sie in den schwarzen Nachthimmel.

»He, Leute!« beharrt Todd. »Das ist doch eine harmlose Frage. Wer ist euer Boss?«

Der Soldat, der Englisch spricht, streckt die Hand aus, und Spike gibt ihm seine restlichen Zigaretten. »Reicher Griechen-Ficker uns kaufen. Für einen Tag. Um euch herbringen. Hier ihr seid. Wir *gut*.«

»Glass«, sagt Todd. Er spürt eine gewisse Erleichterung. »Das kann nur Glass sein. Ich wußte es von Anfang an, Spike! War eine Frau bei ihm?«

Aber die Soldaten hören ihm nicht zu. Todd schaut auf und sieht den Helikopter, der aus der Nacht kommt und auf sie zuhält.

7 ■ Die Zornigen

Als Alex aufwacht, ist das Licht am Schwinden, und die Luft hat sich merklich abgekühlt. Sie befinden sich fünfzehnhundert Meter über dem Meeresspiegel, hoch in den uralten Bergen der Region, die einst Illyrien hieß, und die Sommernächte sind kalt. Alex wirft einen Blick auf seine Uhr, einen einzelnen Punkt mit zwei Linien, erzeugt von einem Chip, der unter der Haut seines Handgelenks implantiert ist. Die Wirkung des Narkosegases müßte vor etwa einer Stunde nachgelassen haben, Zeit genug für die Leute von Glass, ihrer Spur zu den Tempelruinen zu folgen. Alex spürt, daß der Druck von ihm weicht. Sie sind nicht gekommen. Vermutlich haben sie sich in den Jeep gesetzt und Hals über Kopf die Flucht ergriffen. Allmählich stellt sich das Gefühl ein, daß sein Plan tatsächlich klappen könnte.

Katrina ist nirgends zu sehen, aber das beunruhigt Alex nicht weiter. Sie kann für sich selbst sorgen. Mistress Powell lehnt mit dem Rücken an einem niedrigen Mauerrest und murmelt in ihren Reiseführer. Das Laser-Diffraktometer tickt zu ihren Füßen und schleudert im steten Wechsel rote Lichtfäden zu den ringsum verteilten Wünschelruten. Sie schaut auf, als Alex sich bewegt, und berichtet, daß der Schrein absolut energiegeladen ist.

»Aber es ist so still hier. Der Ort scheint seit langem völlig ungestört zu sein.«

Alex geht an die Quelle, um sich das Gesicht zu waschen, und in diesem Moment tritt der Elf hinter einer halb eingestürzten Mauer hervor.

Es ist Erste Strahlen der Neu Aufgehenden Sonne, betont elegant wie immer. Er trägt eine Art Tarnjacke mit Reißverschlußtaschen und gleitenden grünbraunen Flecken, die unentwegt ihre Form verändern. Dutzende von Amuletten glitzern darin, und von dem breiten Schlaufengürtel hängt eine große Pistole.

»Lange Zeit nicht gesehen«, sagt Ray.

Alex streckt ihm die Rechte entgegen, und Ray klatscht seine Pfote dagegen. Die scharfen Nägel des Elfs ritzen Alexs Handfläche.

»Du bist diesen Blödtypen entkommen«, sagt Ray. »Ich wußte, daß du es schaffen würdest.«

»Waren das Leute von Glass?«

»Das mußt du selbst herausfinden, dicker Mensch!«

»Vielleicht hätte ich mit dir gehen sollen.«

»Ich war sehr beschäftigt.«

»Wie verlief deine Reise?«

Ray zuckt die Achseln, und seine Talismane klirren. »Wölfe jagen mich, vor ein, zwei Tagen. Ich verstecke mich in einem Baum. Das ist kein Problem. Ich pisse ihnen in die Augen, und sie rennen weg.«

»Echt?«

Ray bleckt seine scharfen, spitzen Zähne. »Es sind Werwölfe, dicker Mensch. Wölfe in Menschengestalt und mit Militär-Chips. Ich verpasse ihnen eine Dosis, die ihre Chips kaputtmacht.«

»Du solltest dich lieber vor den echten Menschen in acht nehmen.« Alex kniet nieder und wäscht sich das Gesicht mit dem kalten Wasser, das über die glitschige Felswand rinnt.

»Du gehst ein Risiko ein, dicker Mensch«, stellt Ray fest. »Das da ist eine heilige Quelle.«

»Die heilige Quelle ist längst versiegt. Ein Erdbeben verschüttete sie, und ein anderes legte die hier frei, nach und nach.«

»Hier ist alles heilig, weil wir auf heiligem Boden stehen. Du solltest aufpassen.« Ray grinst. Seine Zähne sind alle gleich groß und spitz zugefeilt. Er hat nichts von seiner raschen Auffassungsgabe und seinem boshaften Spott eingebüßt. »Wer ist die komische Alte? Das Opfer? Ich sehe sie in den Wäldern von Gjirokastër herumtrampeln. Ich verscheuche einen Troll, der sie gerade fressen will.«

»Sie glaubt an Feen. Sie wird entzückt sein, dich kennenzulernen, aber bilde dir nichts darauf ein. Was hast du die ganze Zeit getrieben, Ray? Wir hatten in Paris keine Gelegenheit mehr, uns richtig zu verabschieden.«

»Ich verarsche dich da«, sagt Ray mit einem Grinsen.

»Allerdings. Du hast beide Seiten gegeneinander ausgespielt.«

»Ich werde auch verarscht. Sie treibt mit mir das gleiche Spiel wie ich mit dir. Sie benutzt mich, und ich laufe weg. Sie macht Sklaven von uns allen, wenn sie kann.«

Eine Frage brennt Alex auf der Zunge, aber das hier ist wohl nicht der rechte Moment. Wenn er sich jetzt nach Milena erkundigt, wird Ray lügen oder einen dummen Witz reißen. Mit ihren starken Überlebensinstinkten und ihrem fragilen Selbstwertgefühl können Feen schon bei der geringsten Provokation Jähzorn- oder Fluchtreaktionen entwickeln. Ihr Bewußtsein läßt sich auf keinen Fall mit dem der Menschen vergleichen. Es ist ein empfindliches Gebilde, das auf partiellen, von implantierten Chips erzeugten Persönlichkeiten basiert, deren Interaktion über ein dicht geknüpftes Neuronennetz erfolgt. Ihr Gedächtnis arbeitet schrittweise und linear – der lange Strick mit den Knoten, den Ray um die Taille geschlungen trägt, ist ein äußeres Symbol für die integrierten Erinnerungen, die seine Ichs binden. Er ist seine Lebenslinie. Feen können Unmengen von Verarbeitungskapazität einsetzen, aber ihnen fehlt die plötzliche Einsicht und Erkenntnis von Menschen, die in ihren Augen beängstigend sprunghafte, ungebundene Geschöpfe sind.

Alex verdrängt seine Frage. Statt dessen meint er: »Und jetzt sehen wir uns also wieder.«

»Wir wußten, womit man dich ködern kann, dicker Mensch.« Eines von Rays großen, spitzen Ohren zuckt. »Sie kommt«, sagt er und ergreift die Flucht.

Einen Augenblick später hört Alex einen schwachen, röchelnden Aufschrei. Mistress Powell hat ihren ersten »wilden« Elf gesehen. Alex folgt Ray durch die Ruinen und stößt auf Mistress Powell, die stocksteif dasitzt, die Hände auf den Mund gepreßt, und Ray mit großen Augen anstarrt. Ihr Reiseführer liegt wie ein verletzter Vogel am Boden und wispert verworren vor sich hin.

Katrina kommt aus dem Wald auf der anderen Seite der Tempelruinen, über der Schulter ein junges Stachelschwein, dem der Kopf fehlt. Rays Gegenwart scheint sie nicht zu überraschen. Sie wirft ihre Beute ins Gras und sagt: »Der kleine blauhäutige Stinker hat sich aus dem Staub gemacht, als er mir helfen sollte, das Ding da zu schleppen!«

»Ohne mich fängst du es nie!« erklärt Ray. Er zieht sich ein paar Schritte zurück und grinst Katrina über die Schulter hinweg an. »Du hast schwere Füße.«

»Was ich habe, ist eine intelligente Glock-Halbautomatik, die hundert Glaser-Geschosse pro Minute durch das Rohr pustet. Die hat den Job erledigt, nicht dein Fährtenlesen oder die Kanone, die in deiner schicken Jacke steckt!«

»Das ist eine gute Waffe!« Ray zerrt sie hervor und fuchtelt damit durch die Gegend.

»Paß bloß auf, daß sie nicht entsichert ist!« faucht Katrina.

»Welches Modell hast du da, Ray?« erkundigt sich Alex.

»Eine gute amerikanische Pistole. Eine Colt Python, Kaliber .357 Magnum.«

Ray zeigt ihm stolz seine Errungenschaft. In den Lauf sind verschlungene entoptische Feen-Muster gestanzt.

»Die feuert Zauberkugeln ab«, erklärt Ray.

»Bei deiner Treffkunst ein absolutes Muß«, spottet Katrina.

»Sie schießt dem Schwein den Kopf ab«, sagt Ray zu Alex. »Wir bluten es aus, damit sie es tragen kann. Das hat doch nichts mit Jagd zu tun. Wir Elfen hetzen das Wild und trinken sein Blut, bis es erschöpft zusammenbricht. So macht Jagen Spaß. Menschen jagen ist am schönsten, aber ich verrate dir nicht, wie das geht. Vielleicht bist du eines Tages meine Beute.«

»Beiß dich in die Zunge und verblute!« rät Katrina dem Elf.

»Keine Sorge, ich töte dich noch schnell, bevor es dazu kommt«, sagt Ray. »Aber dir wird nichts geschehen, dicker Mensch. Dein Blut schmeckt nach Essig und Pisse, und keiner will es trinken.«

»Vielleicht bleibt dir gar keine andere Wahl«, meint Alex.

»Ich weiß. Mein Rat – viel Zucker essen, damit es süßer schmeckt.«

Der kleine Scherz kann Rays tiefes Unbehagen nicht verbergen. Feen trinken beim Sex das Blut ihres Partners, wenn sie Fembotstämme austauschen, oder nach dem Kampf, zum Zeichen ihres Triumphes über den Gegner. Er hätte bei einem Sieg keine andere Wahl, als das Blut von Alex zu trinken, aber schon der Gedanke an diese Perversion bereitet ihm Ekel.

Mistress Powell richtet sich auf und sagt: »Sie müssen uns unbedingt bekanntmachen, Mister Sharkey.«

»Oh, natürlich, Mistress Powell. Darf ich Ihnen Erste Strahlen der Neu Aufgehenden Sonne vorstellen? Ray, leg die Knarre weg und gib Mistress Powell die Hand! Sie hat später vermutlich eine Menge Fragen an dich – wenn die Zeit dazu bleibt.«

»Was mir fraglich erscheint«, wirft Katrina ein.

Alex wendet sich an den Elf. »Dann werden sie uns also holen?«

Ray grinst. Er genießt die Situation. »Vielleicht bald. Vielleicht nicht.«

Katrina hat damit begonnen, das Ferkel bratfertig zu machen. Alex wendet sich an Mistress Powell: »Wir sollten Feuerholz sammeln.«

Sobald sie weit genug gegangen sind, daß Ray mit seinen scharfen Ohren sie nicht mehr hören kann, fügt er hinzu: »Ray ist ein wenig anders als seine Artgenossen.«

»Sie müssen sich nicht entschuldigen«, sagt Mistress Powell.

»Das war eine Warnung, keine Entschuldigung. Ray ist unberechenbar. Ein kleines Arschloch mit einem gewaltigen Ego, das sich einbildet, der coolste freie Agent weit und breit zu sein. Er hat sich böse die Finger verbrannt, als er versuchte, die Seiten zu wechseln, und nun ist er fest entschlossen, diese Demütigung auszulöschen. Wir respektieren seine Eitelkeit, und deshalb hilft er uns, aber andere wilde Feen sind nicht so menschlich wie er. Versetzen Sie niemals einen von ihnen in Zorn! Wenn Ray davon redet, Menschen zu töten, ist das schätzungsweise nicht viel mehr als heiße Luft. Andere Elfen würden das jedoch eiskalt tun, wenn sie das Gefühl hätten, in ihrer Ehre gekränkt zu werden. Die Ehre spielt eine große Rolle bei den wilden Feen. Es dauerte lange, bis sie mir gegenüber zugaben, daß es so ist. Sie brauchen das Gefühl, wichtiger zu sein als wir Menschen.«

»Vielleicht sind sie es ja«, sagt Mistress Powell.

»Es wird bald dunkel, also sollten wir tatsächlich etwas Holz sammeln. Es muß ein Opfer stattfinden. Das erfordert die Höflichkeit. Und mit Höflichkeit kommt man immer noch am weitesten.«

Sie sammeln Armevoll trockener, spröder Äste und schichten sie in eine flache Kuhle, die Katrina mit ihrem Jagdmesser ins Gras gekratzt hat. Ray bringt ein paar Zweige wilden Rosmarin. Katrina legt sie in die Leibeshöhle des ausgenommenen Stachelschweins, ehe sie das Tier mit einer dünnen Lehmschicht umhüllt.

Sobald das Feuer gut brennt, beginnt die Lehmschicht um das Ferkel zu springen. Kleine gelbe Fettsterne prasseln in die Flammen. Alex sprüht einen ganzen Kanister Pheromone in den aufsteigenden Rauch – nur um sicherzugehen. Der Bratenduft läßt Alex das Wasser im Mund zusammenlaufen. Er erzählt den anderen, daß man in Italien Spanferkel mit Rosmarin *Aristo* nennt. »Es wird zum Leichenschmaus serviert.«

»Rosmarin – das Kraut des ewigen Erinnerns«, sagt Mistress Powell.

Sie sitzen am Feuer. Kleine gierige Insekten summen um ihre Köpfe. Mistress Powell reicht ein Abwehr-Spray herum. Ray riecht daran und niest, wie eine Katze. Während Alex schläfrig in die Flammen starrt und an einem eklig süßen Kraftriegel aus dem Notproviant kaut, beobachtet Katrina den dunklen Wald. Sie ist total angespannt, auch wenn sie sich nach außen cool und lässig gibt. Alex hütet sich, sie jetzt anzusprechen. Schweigend warten sie.

Endlich sagt Ray: »Sie kommen!«

Alex hört die wilden Feen, bevor er sie sieht. Sie verständigen sich mit Rufen durch das Dunkel. Schrille Stimmen verschmelzen zu einem Gesang, der das Blut in den Adern erstarren läßt.

Uuan! Uuan! Uuu-oi-oi!

Katrina springt auf und umklammert die Maschinenpistole. Alex befiehlt ihr scharf, das Ding wegzustecken. Sie zögert und schiebt die Waffe dann in die Innentasche ihrer Lederjacke. »Du Mistkerl!« faucht sie Ray an. »Du hast mit keinem Wort gesagt, daß wir es mit den Zornigen zu tun bekämen!«

»Du hast nicht gefragt!« entgegnet Ray und entblößt seine spitzen Zähne zu einem Grinsen.

»Es ist nichts weiter als das Lied der berauschten Ziegenhirten«, sagt Mistress Powell gleichmütig.

»Hoffen wir es«, meint Alex. Er bemüht sich, keine Angst zu zeigen. Ray hatte versprochen, die wilden, in den Bergwäldern umherstreifenden Feen zusammenzuholen. Von den Zornigen war dabei nie die Rede.

»Allerdings«, fährt Mistress Powell zweifelnd fort, »ist es ein sehr *altes* Lied.« Zum ersten Mal scheint ihre unbezähmbare Wißbegier ins Wanken zu geraten.

»Die Elfen nehmen überall ihre Anleihen«, erklärt Alex. »Die Zornigen sind Hedonisten, die in den Tag hineinleben, rein zu ihrem Vergnügen. Sie sind ständig unterwegs. Wenn sie Nachahmer des mythischen Bacchus-Gefolges wären, der wilden Horde, die einst Orpheus tötete, würden sie sich von Wein, mit Efeu gewürztem Bier oder rohen Fliegenpilzen, den *Amanita muscaria* ernähren – je nachdem, an welche der Legenden sie glauben. Die Zornigen infizieren sich mit Nanoware-Effektoren, um die Produktion von psychoaktiven chemischen Substanzen in bestimmten Neuronen anzuregen. Wenn ich ehrlich bin, hege ich nostalgische Gefühle für diese Methode. Ich …«

»Hoffen wir, daß sie von uns gehört haben«, sagt Katrina. »Hoffen wir, daß sie gehört haben, was wir in Amsterdam taten. Wenn ja, dann können wir damit rechnen, daß sie uns respektieren.«

»Keine Toten«, warnt Alex. »Du hast es mir versprochen. Sobald du hier rumballerst, ist alles aus.«

»Ich hatte keine Ahnung, in welchen Scheißhaufen wir geraten würden!« zischt Katrina. »Der Wichser hat uns wieder mal voll angeschmiert!«

Wenn Katrina unter Stress steht, verfällt sie in den Slang der VR-Billigkrimis, mit deren Hilfe sie Englisch gelernt hat. Der Feuerschein schmeichelt ihren Zügen. Mit ihrer schwarzen Lederjacke, den schnallenbewehrten Biker-Stiefeln und den schwarzen Leggins wirkt sie jung, wild und sprungbereit, wie eine legendäre Kriegerkönigin. Alles, was ihr fehlt, ist der blitzende Datenhelm.

»Ich verarsche euch immer«, sagt Ray.

»Diesmal hast du dich selbst verarscht«, entgegnet Katrina grimmig. »Die Zornigen nützen uns bei diesem Unternehmen gar nichts. Wo sind die übrigen wilden Feen? Selbst zwei oder drei würden uns mehr nützen als dieser verrückte Haufen.«

»Das hier ist Feensache.« Ray fletscht die Zähne. »Wir entscheiden.«

Nach und nach lösen sich Gestalten aus den flackernden Schatten am Rande des Feuerscheins. Mistress Powell dreht den Kopf hin und her, als die schrillen Stimmen der Zornigen erst auf einer und dann auf der anderen Seite der Lichtung ertönen. Katrina fixiert Ray mit unversöhnlichen Blicken. Alex starrt geradeaus. Sein Herz hämmert, und seine Finger zittern leicht. Er kann das Zittern nicht abstellen, und schließlich klemmt er die Hände zwischen seine massigen Oberschenkel.

Gesichter tauchen auf und versinken wieder im unruhigen Dunkel. Spitze Fuchsgesichter, Schweineschnauzen-Gesichter, lange, traurige Pferdegesichter. Die wilden Elfen sind maskiert und überwiegend nackt. Echte Elfen verabscheuen Kleidung als Menschen-Marotte, obwohl manche von ihnen Tierfelle tragen, über die Schultern geworfen oder um die Hüften geknotet. Einige haben Efeu in ihre langen Haare gewunden. Andere haben ihre nackte blaue Haut mit Flecken bemalt – Efeusaft und Urin ergeben eine seegrüne Färbetinktur. Im Feuerschein wirken die Flecken schwarz.

Fullerene, denkt Alex. Milena hat sie raffiniert verborgen, aber unter bestimmten Umständen werden sie immer wieder zum Vorschein kommen. Die Elfen sind längst nicht so frei und wild, wie sie es sich selbst vorgaukeln. Die psychoaktiven Fembots setzen die alten, in ihren Schädeln eingesperrten Mythen frei.

Einer der Elfen, der sich eine Menschenmaske mit

tragischen Zügen übergestülpt hat, trägt ein halbblindes Bärenjunges. Er tritt vor die Menschen und betrachtet sie eine Weile, während sich seine Gefährten Schritt für Schritt dem Feuer und dem Braten nähern.

Katrina fährt mit der Hand in die Innentasche ihrer Lederjacke, und Alex wispert: »Sachte!«

Unvermittelt stürzt sich die Horde auf das Stachelschwein, zerbricht den Lehmmantel, zerstückelt das Fleisch mit ihren Messern und zieht sich zurück, um die Beute zu verschlingen. Aus dem Dunkel kommt eine große Silhouette auf sie zu. Es ist ein kleines Mammut, nicht viel höher als ein Pferd, aber breiter und robuster gebaut und mit langem rotem Zottelfell bedeckt. Der Rüssel schaukelt zwischen gebogenen, mit Stahlspitzen versehenen Stoßzähnen hin und her und saugt prüfend die Luft ein. Auf seinem Rücken thront ein Holzgestell mit einer geschnitzten Wurzel als Sitz.

Alex erhebt sich. Mistress Powell hat ihre Kamera gezückt, aber ein Elf entreißt sie ihr. Die anderen beobachten Ray durch ihre Masken, als er auf das Mammut zugeht und ihm einen energischen Klaps auf den Rüssel versetzt. Es kniet nieder und hebt den Rüssel über seinen mächtigen Schädel. Ray dreht sich um. »Es geht los!« sagt er triumphierend zu den drei Menschen.

8 ■ *Die Party*

Die von Bogenlampen erhellten Olivenhaine weichen zurück, als der Helikopter in Richtung Meer abschwenkt. Der Pilot, kaum größer als ein Kind, steckt in einem Effektor-Kokon und verbirgt seine Gesichtszüge hinter einem schwarzen Glashelm. Er will oder kann Todds Fragen nicht beantworten; das gleiche gilt für den einzigen Soldaten, der sie an Bord begleitet hat – ein hochgewachsener Junge, der die Knie bis an die Ohren ziehen muß, damit er halbwegs in einen der Notsitze paßt, die sich in der winzigen Kabine befinden. Der Soldat rollt nervös mit den Augen und streicht immer wieder über den Lauf seiner Kalaschnikow. An seinem Sicherheitsgurt ist ein Teddybär befestigt. Das hier ist ein Kinderkrieg.

Der Helikopter ist schnell, leicht und wendig. Er zieht in einer weiten Schleife über das Meer, kippt den mondhellen Schaumkronen entgegen und hält dann erneut auf das schwarze Ufer zu. Plötzlich sind sie einen knappen Meter über Baumwipfeln, und die Maschine steigt und fällt in einem endlosen Achterbahn-Flug.

»Der Typ kann kein Mensch sein«, sagt Spike mit einem Blick auf den Piloten.

Der schwarze Wald fällt ab. Wie ein glänzender Silberschild taucht ein mondbeschienener See vor ihnen auf, das ferne Ufer mit Lichterketten geschmückt, die an ein achtlos hingeworfenes Collier erinnern. Als der Helikopter tiefergeht, erkennt Todd, daß die Lichter zu einer langgestreckten, niedrigen Häuseranlage gehören – eine Serie verschachtelter einstöckiger Sechseck- und Fünfeck-Bauten, gegossen aus Stromalith und freitragend über den Uferklippen angeordnet, eine Hommage an die Arizona-Häuser aus Frank Lloyd Wrights ungemein kreativer Spätperiode. Aus hundert schmalen Fenstern dringt helles Licht. Durch das Knattern der Rotoren dringt der dünne Beat von Marokko-Pop an Todds Ohr, während sich der Helikopter über einem Flachdach um seine Achse dreht und sanft in ein von roten Lichtpunkten eingerahmtes Kreuz sinkt.

Ein Mann in voller Butler-Montur – schwarzer Frack mit grauer Hose, gestärkte weiße Hemdbrust, Fliege und weiße Handschuhe – öffnet die Ausstiegsluke und klappt die Treppe aus. Der Kindsoldat löst sich aus seinem Sitz, springt ins Freie und richtet sein Gewehr auf Todd und Spike, die nach ihm die Maschine verlassen.

»Das wird nicht nötig sein«, meint der Butler. Der lang aufgeschossene Soldat starrt ihn mit leeren Augen an. Der Butler seufzt und sagt etwas auf Albanisch. Der Junge zuckt die Achseln, lächelt und senkt die Waffe.

»So ist es doch viel besser.« Der Butler ist um die sechzig, mit langem Silberhaar, das ihm in einem Pferdeschwanz auf den Rücken hängt. »Ich hoffe, Sie hatten einen guten Flug«, sagt er, zu Todd gewandt. »Soviel ich höre, sind diese Puppen-Piloten ungemein tüchtig, aber ich persönlich würde mich keinem anvertrauen. Bitte, folgen Sie mir!«

Spike hängt sich die arretierte Kamera-Drohne über die Schulter, und sie gelangen über eine Wendeltreppe auf eine breite, unregelmäßig geformte Terrasse; in großen Pflanztrögen blühen Geranien, die im künstlichen Licht steril und unwirklich aussehen. »Ich bin hier, um Glass kennenzulernen«, erklärt Todd dem Butler.

»Gewiß.«

»Oder Antoinette. Wir hatten bereits eine Begegnung, bei der sie allerdings nicht persönlich anwesend war.«

»Sie ist hier, wenn mich nicht alles täuscht. Um die Wahrheit zu gestehen – wir haben im Moment eine kleine Krise. Lokale Probleme mit ein paar früheren Angestellten.«

»Wir wurden mit Waffengewalt hierhergebracht«, wirft Spike ein. Er scheint sich am herablassenden Tonfall des Butlers zu stören. Todd überlegt, ob das einer Art britischem Klassenhaß entspringt.

»Allerdings, das ist richtig, aber nun besteht keine Notwendigkeit mehr für solche Dinge, da wir uns in einer gut bewachten Sicherheitszone befinden.«

»Ich glaube, Antoinette erwartet mich.« Inzwischen ist Todd nur noch halb überzeugt, daß er in dem staubigen kleinen Innenhof von Tirana mit Antoinette gesprochen hat.

»Dann wird sie gewiß Kontakt zu Ihnen aufnehmen.«

Spike lacht los. »Der Typ ist eine echte Arschloch-Nummer. Wo stammen Sie denn her, Mann? Ich möchte wetten, daß Sie nicht mit dieser idiotisch abgehobenen Sprache auf die Welt gekommen sind.«

»Ich heiße Ralph.« Der Butler verneigt sich.

Stufen führen am Ende der Terrasse zu einem Kiespfad hinunter, der sich durch einen Kakteengarten mit indirekter Beleuchtung schlängelt. Hohe Saguaros und walzenförmige Mammalarien säumen den Weg. Todd tritt vorsichtig auf; er spürt jeden Stein durch das dünne Material seiner Seidensocken. Es ist hier deutlich wärmer als am Meer. Grillen verweben ihren Insektencode mit der Stille der Nacht. Jenseits des Kakteengartens klingt Partylärm auf, lautes Stimmengewirr, unterlegt von dünner Popmusik.

Ralph, der Butler, erklärt: »Dieser Teil der Anlage ist für Gäste frei zugänglich. Vielleicht sollten Sie sich politischer Fragen enthalten. Die Leute hier haben wenig Interesse daran. Ansonsten hoffe ich, daß Sie die Party genießen.«

»Machen Sie sich darüber mal keine Sorgen!« erklärt Spike grinsend.

Er schlendert los, die Kamera-Drohne auf der Schulter, und verschwindet in der Menge. Die meisten der anwesenden Männer und Frauen tragen die bunten Klecksmuster, die dieses Jahr in Mode sind, ein grelles Gewirr ständig wechselnder Rot-, Grün- und Goldtöne, das an den angestrengten Versuch erinnert, die Probleme des Vierfarbendrucks zu lösen. Die meisten Leute sind noch älter als der Butler.

Spike kommt zurück und drückt Todd einen erotisch geformten Behälter Asahi-Bier in die Hand. Todd nimmt einen Schluck von dem eiskalten, schwach nach Himbeere schmeckenden Zeug und sieht sich um. Der kultivierte, silberhaarige Butler und der Kindsoldat sind verschwunden.

»Irgendwie habe ich das Gefühl, daß ich nicht richtig ticke«, sagt Todd zu Spike. »Vielleicht sollten wir das hier in den Kasten holen, sonst glaubt man uns später kein Wort. Mann, wir befinden uns angeblich mitten in der neutralen Zone!«

»Das wäre unhöflich«, widerspricht Spike. »Es ist so eine stilvolle Party. Da drüben gibt's was zu essen.«

Sushi, gelber, roter und schwarzer Kaviar sowie große Fächer mit Räucherlachs sind auf einem Bett aus zerstoßenem Eis um die schmelzende Skulptur eines auf der Schwanzflosse stehenden Fisches angerichtet. Während Spike sich mit Kaviar vollstopft, beobachtet Todd die Menge, die langsam um sich selbst kreist. Es sind die Babyboomer, die Fossilien, die dank Fembot-Therapien, Hormonersatz und Mikrochirurgie nur halb so alt erscheinen, als sie wirklich sind. Todd sieht eine Frau, die ihm vage bekannt vorkommt – aus einem Werbespot oder so. Ein hochgewachsener weißhaariger Mann im Dinnerjacket eskortiert sie durch die Menge; sie selbst trägt eine Art Kaftan, und in ihrem aufgetürmten kohlschwarzen Haar stecken bunte Leuchtnadeln. Auf der anderen Seite der Terrasse stehen große Bildschirme, die ständig die Satellitenkanäle durchzappen, flackernde, wirre Fünfsekunden-Impressionen. Puppen in pfirsichfarbenen Seiden-Uniformen gehen herum und bieten Getränke an; eine von ihnen hat einen haarlosen, amboßförmigen Kopf, und weiße Pulverreihen laufen über den abgeflachten blauen Skalp. Hin und wieder beugt sich jemand zu ihr herunter und zieht sich eine Linie rein. Spike überlegt laut, ob sie die Puppe so gezüchtet oder zu einem chirurgischen Eingriff gezwungen haben.

»Das ist Wahnsinn, Spike«, sagt Todd. »Echter Wahnsinn!«

»Probier mal den Kaviar da! So was Gutes kriegst du so schnell nicht wieder.«

Todd nimmt mit dem Daumen ein Häufchen der weichen Körner auf. Das Zeug schmeckt wirklich gut. »Ich mische mich mal unters Volk und versuche ein paar Fragen loszuwerden«, meint er. »Vielleicht brauche ich später noch die eine oder andere Aufnahme. Heb mir was von dem Kaviar auf!«

»Keine Sorge, es ist genug da.«

Die meisten Leute, die Todd auszuquetschen versucht, wollen oder können ihn nicht verstehen. Irgendwie wirken sie alle erstarrt. Die meisten scheinen nicht mal zu hören, was er sagt, aber schließlich stößt er auf einen Mann, der ihm geduldig zuhört und dann erklärt, daß man all dies für Glass arrangiert habe.

»Wir sind hier, um ihn aufzuheitern. Es ist eine wunderbare Party, nicht wahr?«

»Doch, das kann man sagen.«

Der Mann hat ein zerklüftetes, sonnenverbranntes Gesicht und eine dichte graue Haarmähne. Mit seinem roten, goldbetreßten Abendanzug erinnert er irgendwie an einen Piratenkönig. Er fährt fort: »Es mag altmodisch klingen, ich weiß, aber wir finden es wichtig, persönlich hier zu sein. Das ist es, was bei uns zählt.«

»Ich habe geschäftlich mit Glass zu tun«, sagt Todd. »Und mit Antoinette.«

»Er wird das Fest beobachten und genießen.« Der Mann bemerkt Todds blutdurchtränkte Jacke und die fehlenden Schuhe. »Woher kommen Sie eigentlich, junger Mann?«

»Aus Albanien.«

»Nun, dann schätzen Sie sich sicher glücklich, hier zu sein.«

»Ich wurde mehr oder weniger gekidnapt und hergebracht. Ist Glass tatsächlich anwesend?«

»Wir kamen eigens wegen Glass hierher«, sagt der Mann. Einen Moment lang schweift sein Blick vage in die Ferne, dann versucht er sich wieder zu konzentrieren. »Wovon sprachen wir eben?«

Todd merkt, daß der Mann sich abwenden will. »Was läuft eigentlich zwischen Antoinette und Glass?« fragt er.

Damit hat er wieder die volle Aufmerksamkeit seines Gesprächspartners. »Wenn er John F. Kennedy ist, dann ist sie Marilyn Monroe«, erklärt er mit einem Lächeln.

»Nur daß wir jetzt das einundzwanzigste Jahrhundert haben«, wirft jemand ein. Es ist ein dürrer Typ in Todds Alter mit der ungesund bleichen Haut eines Höhlenbewohners.

»Natürlich«, pflichtet ihm der ältere Mann bei. »Und eine herrliche Zeit, in der wir leben, finden Sie nicht auch? Aber jetzt muß ich ein paar Worte mit einer lieben Freundin wechseln, die es mir niemals verzeihen würde, wenn ich sie unbeachtet ließe. Sie müssen mich entschuldigen, Mister … äh …«

»Hart. Todd Hart.«

Aber der Mann hat sich bereits abgewandt. An seine Stelle ist ein hochgewachsenes, blasses Gespenst getreten, ganz in Schwarz gekleidet, mit wächsernen Zügen und fahlem Haar. Seine Augen sind hinter einer Brille mit kleinen runden Spiegelgläsern verborgen. Die bizarre Erscheinung grinst Todd an und entblößt dabei farblose Zähne, die schief in ebenso farblosen Gaumen sitzen. »Sie müssen entschuldigen, daß wir uns in diese miesen Euro-Netze einklinken«, sagt er und streckt die Hand aus. Er trägt an jedem Finger Memory-Ringe, die Sorte, die über ein fembotgesponnenes Sekundär-Nervensystem in der Epidermis Daten-Zugang bietet. »Ich bin Frodo, Frodo McHale. Ich kann nicht lange sprechen. Die Sicherheitsvorkehrungen hier sind zwar erstaunlich locker, aber irgendwann werden sie mein Morpho-Programm knacken, und dann bin ich nicht mehr der Unsichtbare Mann.«

Todd schüttelt Frodo McHale die Hand. »Glass hat recht seltsame Freunde. Wer sind sie?«

»Machen Sie sich darüber keine Gedanken. Die sind allmählich verbraucht. Waren von Anfang an nicht mehr als ein paar ausgebrannte Prämillenium-Typen, die immer noch glauben, daß Besitz zählt, die immer noch am Fetisch Geld kleben. Sie wollen ewig leben, erstarrt in ihrer Idealgestalt. Sie sind gegen *Veränderung, Abwechslung, Freiheit*. Sie können die Botschaft von Glass nicht begreifen.«

»Wie ist Glass?«

»Er ist ein Mysterium. Ein in Unwägbarkeiten gehülltes Rätsel. Er ist er selbst. Das müssen Sie akzeptieren. Gut, schlecht – das sind Menschenbegriffe. Eine Dualität, geschaffen von Gehirnhälften, die auf der animalischen Stufe zusammengefügt wurden. Unser Werk wird das transzendieren.«

»Ich akzeptiere, daß ich mit Waffengewalt hergebracht wurde. Ich dachte, das sei geschehen, weil ich Antoinette interviewen sollte.«

»Diese verdammte Schlampe!« sagt Frodo McHale ruhig. »Sie haben keine Ahnung, was hier los war! Sie verführte Glass, verhinderte jeden Kontakt zu uns, drängte uns aus dem Projekt. Aber wir lassen uns das nicht bieten. Bleiben Sie in der Nähe, und Sie werden sehen, was ich meine. Schneller, als sie ahnt, werden Sie das sehen. Dann sind ihre Pläne Vergangenheit, glauben Sie mir! Ich bin hergekommen, um Sie zu warnen.«

»Können Sie mir verraten, wo sie ist?« fragt Todd. »Oder wie ich an Glass herankomme? Um es offen zu sagen – mir ist nicht nach einer Diskussion über posthumane Ethik zumute.« Er zerbricht sich seit geraumer Zeit den Kopf darüber, welche Art von Arbeit ein VR-Supermodel hier leisten könnte. Brasilianische Körperverrenkungen für die Soldaten vielleicht oder so was wie Öffentlichtkeitsarbeit. Jede Rebellen- oder Freischärlergruppe, selbst wenn sie so klein und obskur wie die von Glass ist – oder gerade eine Gruppe, die so klein und obskur wie die von Glass ist – hat eine Art Multimedia-Reklame abrufbereit im Netz. Es wäre mal eine Abwechslung zu den todernsten, gestelzten Statements in gebrochenem Englisch und den wackligen Aufnahmen von Kameraden, die mit Halstüchern vor Mund und Nase beim täglichen Drill abgelichtet werden.

Frodo McHale entblößt sein schadhaftes Gebiß. Ein Schneidezahn ist grün verfärbt. »Sprechen Sie einfach, und er wird Sie hören. Der Ort hier ist praktisch seine Haut. Er ist überall präsent. Sie hat ihn mit einem Bann belegt, aber er ist klüger, als sie ahnt. Sehen Sie sich um, solange man Sie nicht daran hindert. Ich melde mich bald wieder. Aber jetzt muß ich zurück, auf unsere Seite der Verbindung. Draußen – stellen Sie sich das mal vor! Nach allem, was wir getan haben! Aber sie kann uns nicht für immer von ihm fernhalten.«

Frodo McHale dreht sich um und verschmilzt mit der Menge. Todd geht in die entgegengesetzte Richtung. Es kann nicht schaden, die Gegend ein wenig zu erkunden. Er nimmt eine Flasche Metaxa mit und schlendert durch eine Reihe offener, ineinander übergehender Räume, alle erlesen möbliert, alle unbewohnt. In einer Ecke entdeckt er auf einem Louis-Quinze-Sekretär eine Computeranlage und in einer der zierlichen Schubladen Wegwerf-Brillen und -Handschuhe.

Todd klinkt sich ein und stellt die Verbindung zur virtuellen Redaktion her. Die Umgebung scrollt herauf, aber die Schreibtische sind leer und dunkel, und als Todd eine Nachricht zu hinterlassen versucht, reagiert weder das Notepad noch das Telefon. Er schickt sein VR-Morpho zum nächsten Schreibtisch – dasselbe Problem. Noch merkwürdiger ist, daß der Computer keine andere Adresse anwählt.

Etwas huscht durch sein Blickfeld, und als Todd herumwirbelt, sieht er den flammenden Mann auf der anderen Seite des Raumes stehen. Zunächst erscheint er von blauem Licht umzüngelt – so als habe ihn jemand mit Brandy übergossen und angezündet. Dann erkennt Todd, daß die Erscheinung transparent ist – nichts anderes als Feuer, eingefangen in der Silhouette eines Menschen. Der flammende Mann steht einfach da und schaut Todd an.

Todds VR-Morpho stürmt quer durch die Redaktion, aber der flammende Mann ist verschwunden. Todd streift Brille und Handschuhe ab und wirft sie in einen Abfallkorb, der die Form eines Elefantenfußes hat. Der große Raum liegt im Halbdunkel da, und der Lärm der Party erreicht ihn wie eine ferne Brandung. Afrikanische Masken an den Wänden, Löwenfelle aus Bottich-Kulturen auf den langgestreckten Sofas, unechte Zebrahäute auf dem Boden. Er nimmt zumindest an, daß die Dinger unecht sind, aber so ganz genau weiß man das bei der Generation der Fossilien nie. Manche dieser Leute trugen früher echte Pelzmäntel. Er nimmt einen langen Zug aus der Metaxaflasche. Ein Schauer überkommt ihn. Er fühlt sich in diesem fremden Land verloren, und es sieht so aus, als sei nun sein unbekannter Gegner am Zug.

9 Die wilde Jagd

Alex schreckt aus dem Schlaf und merkt, daß Ray rittlings auf seiner Brust sitzt. Die kleinen, engstehenden Augen des Elfs sehen im Mondlicht wie die Löcher einer Maske aus. »Sie finden uns!« wispert er.

»Wer, Ray?«

»Große Probleme«, murmelt Ray. Es ist unschwer zu erkennen, daß der Elf Angst hat.

»Laß mich aufstehen«, sagt Alex, aber Ray umklammert sein Gesicht mit beiden Händen. Die scharfen Nägel des Elfs bohren sich in seine Wangen.

In der Ferne des Waldes erklingt ein langgezogenes, melancholisches Hornsignal, das immer höher und leiser wird.

»Es geht los«, sagt der Elf und begibt sich mit langen Sprüngen zu Mistress Powell, um sie zu wecken.

Die Steine der Tempelruine schimmern wie Skelette im hellen Mondlicht. Der Nachthimmel ist sternenübersät. Die Zornigen haben sich zurückgezogen. Das Opferfeuer ist niedergebrannt. Auf der anderen Seite der Lichtung verlagert das Zwerg-Mammut sein Gewicht unruhig von einem Fuß auf den anderen.

Das melancholische Hornsignal ertönt von neuem – und das Zwerg-Mammut hebt den Rüssel und gibt Antwort.

Ray grinst Alex an. »Du glaubst, daß nur einer kommt? Das hier ist die Heimat des ältesten Feenvolkes auf der Welt. Sie sind von Anfang an hier. Viele ihrer seltsamen Kinder leben im Wald.«

Wilde Feen unterscheiden nicht zwischen den Puppen, die sie umprogrammiert haben, und den Geschöpfen, die sie mittels Genmanipulationen entwickeln.

»Hast du Angst, Ray?« fragt Alex. »Ich muß die Wahrheit wissen.«

»Keine Spiele, dicker Mensch!« warnt der Elf. »Wir sind eingekreist. Sie haben die Überzahl und mindestens einen Werwolf. Ich glaube, sie haben auch die Waffen-Überzahl. Die Feen hier nehmen, was sie finden, und sie finden viel, weil ihr Menschen immer kämpft. Aber ihre Munition war wenig, und jetzt bringen diese anderen alles, was fehlt, von draußen mit. Schlechtes Karma.«

Jemand kommt über den Grasstreifen zwischen den Ruinen auf sie zugerannt.

Es ist Katrina. Sie trägt nur ihr T-Shirt und die Leder-Jeans, hat ihr Gesicht und die nackten Arme mit schwarzem Ruß beschmiert und gepolsterte Knie- und Ellbogenschützer übergestreift. Eine winzige Infrarot-Lampe ist unter der Mündung ihrer Maschinenpistole befestigt; ihre Nachtsicht-Brille hat sie auf die Stirn geschoben.

»Sie haben den Durchbruch geschafft«, sagt sie. »Wenn das Glück auf unserer Seite steht, handelt es sich nur um einen Spähtrupp, aber ich weiß nicht, wie viele da draußen lauern. Dieser Blödtyp von einem Avramites! Wetten, daß der uns die Stinker auf den Hals gehetzt hat!«

»Du verpestest die Luft im Umkreis von Meilen«, sagt Ray zu ihr.

Alex wirft Katrina einen fragenden Blick zu. »Wir brauchen einen von ihnen. Tot oder lebendig, das spielt keine Rolle. Nur den Chip und ein paar Milliliter Blut, wenn du das Opfer nicht hierherschleppen kannst – aber der ganze Körper wäre besser.«

»Sie verwandeln uns«, sagt Ray. »Sie haben magische Kräfte.«

»Dich verwandeln sie bestimmt nicht, Ray«, beruhigt

ihn Alex. »Deine magischen Kräfte sind ebenso wirksam wie die ihren.«

»Da hast du recht.« Ray zieht seine Pistole. »Und ich habe meine Zauberkugeln.«

»Wenn ich einen Chip und etwas Blut bekomme, können *wir* sie vielleicht verwandeln«, erklärt Alex. »Oder zumindest abschalten.«

»Sie sind in spätesten zwei Minuten am Perimeter«, sagt Katrina.

Sie läuft geduckt und im Zickzack den Weg zurück, den sie gekommen ist. Sekunden, nachdem sie unter den Bäumen verschwunden ist, knattert eine Automatik los. Die harte, trockene Salve bricht sich an den Klippen hinter der Tempelruine.

»Was kann ich tun, Mister Sharkey?« erkundigt sich Mistress Powell. »Ich bin vielleicht nicht völlig unnütz, wenn es zu einem Kampf kommt. Zumindest besitze ich einen Erste-Hilfe-Koffer. Und ich habe eine Zeitlang bei einem Fliegenden Doktor in Afrika ausgeholfen.«

»Dann richten Sie Verbandszeug her«, sagt Alex.

Er findet sein Gepäck und streift die Nachtsicht-Brille über. Die mondhelle Lichtung verstärkt sich zu einem verblüffenden Chiaroscuro. Kleine Gestalten wuseln auf dem bewaldeten Abhang hin und her, aber selbst mit Falschfarben-Verstärkung kann er die Zornigen nicht von den wahren Angreifern unterscheiden. Es fallen nur wenige Schüsse; Feen bevorzugen den Nahkampf und setzen die Menschenwaffen nur in wirklich verzweifelten Situationen ein. Um so besser, denn die meisten Feen-Kugeln sind Hohlspitzgeschosse, angefüllt mit Fembots, die sich im Blutkreislauf des Opfers ausbreiten und die Hauptadern zerfressen. Die gelegentlichen Feuerstöße stammen vermutlich aus Katrinas Waffe.

Alex holt seine beiden Luftpistolen aus dem Gepäck und lädt sie mit kurzen Hohlspitzpfeilen.

»Ich bin keine schlechte Schützin, Mister Sharkey«, läßt Mistress Powell verlauten.

Alex reicht ihr eine der Pistolen. »Das ist gut, denn ich habe eine lausige Trefferquote. Das hier sind Narkosepfeile. Achten Sie darauf, daß Sie die Spitzen nicht berühren. Einer betäubt einen Elf, zwei werfen einen Menschen oder Werwolf um, ein Dutzend unser kleines Mammut. Ich hätte gern ein lebendes Exemplar, wenn es sich irgendwie bewerkstelligen läßt. Und zielen Sie bitte nicht auf den Kopf! Wenn ich an einen Chip herankomme, kann ich vielleicht den Steuercode entschlüsseln. Der Zugriff auf Chip-Codes erfolgt meist durch visuelle Eingaben – mit der richtigen Kombination von Lichtpulsen kann man ihn ausschalten. Sie bleiben am besten hier, während ich mich nach einer geeigneten Beute umsehe.«

Mistress Powell sieht ihn an. Ein halbes Dutzend Schüsse knattert aus der Schlucht herauf, aber sie zuckt nicht einmal zusammen.

»Sie wären da unten nach einer Minute außer Gefecht«, sagt Alex.

»Ich kenne mich aus mit Feen, Mister Sharkey.«

»Eben nicht. Nicht einmal ich weiß, was uns erwartet. Feen können ihren Fembots befehlen, das Genplasma der infizierten Opfer ganz gezielt zu verändern. Wie das Zwerg-Mammut dort drüben oder den Troll, dem Sie begegneten.«

»Ich weiß alles über ihre Magie. Ich kenne die Geschöpfe der Wälder. Ich habe mich lange Zeit gründlich mit ihnen befaßt. Mir ist beispielsweise bekannt, daß sie echte Drachen entwickelt haben.«

»In einem Kampf wie diesem wären Drachen nur hinderlich. Warum, das erkläre ich Ihnen, wenn alles vorbei ist. Lassen Sie sich durch nichts, was auf Sie zukommt, aus der Fassung bringen, sondern schießen Sie einfach! Und achten Sie auf mein Gepäck! Das enthält all *meine* Zaubermittel.«

Mit Ray im Schlepptau bahnt sich Alex an knorrigen Eichen vorbei vorsichtig einen Weg zum Schauplatz der heftigen, aber kurzen Schußwechsel. Ein Gefühl der Kraft und Schnelligkeit durchströmt ihn, eine sonderbare Erregung, die den Eindruck vermittelt, als würde er durch die frostige Nachtluft schweben. Das Unheimliche an dem Feenangriff ist, daß er sich beinahe lautlos abspielt. Keine Rufe und kein Schmerzgeheul; nur vereinzelte Schüsse, raschelnde Schritte und Schreckenslaute, die noch im Ansatz unterdrückt werden.

Ray zupft ihn am Arm, und als Alex sich umdreht, deutet er auf eine Fee, die leblos unter hohen, trockenen Farnen liegt.

»Einer der Zornigen«, wispert Ray.

Sanft dreht Ray den Toten um. Die Kehle ist aufgerissen, und die Augen sind von dickem Schleim überzogen. Ray späht umher und sagt: »Da drüben sind noch drei.«

Aber auch diese Toten gehören alle zu den Zornigen.

Alex meint, sie könnten auch hier warten, bis sich der Kampf in Richtung Tempel verlagert, und geht zwischen den Wurzeln einer gespaltenen Eiche in Deckung. Die Nachtsicht-Brille enthüllt in Falschfarben Details, die das menschliche Auge niemals wahrnehmen würde. Etwa hundert Meter entfernt jagt ein Schatten einen anderen Schatten durch ein Bromberdickicht. Ein kurzer, heftiger Tumult, und nach etwa einer Minute rennt eine einzelne gebeugte Gestalt davon. Alex legt seine Luftpistole an, aber das Ding ist außer Reichweite, ehe er abdrücken kann, und verschwindet rasch hangabwärts.

Ray erkundet ungeduldig die Umgebung ihres Verstecks. Der Angriff erfolgt, als er von einer Seite auf die andere wechselt.

Etwas Langgestrecktes, Geschmeidiges springt ihn an und wirft ihn zu Boden. Alex feuert einen Pfeil in den

Boden ab. Einen Moment lang ist das Ding abgelenkt, und Ray kann sich losreißen. Er springt auf und drückt seine mächtige Pistole ab. Der Rückschlag bringt ihn ins Taumeln. Das Ding springt ihn erneut an, und diesmal kann Alex einen Treffer landen. Es sackt zusammen, schnappt nach seiner Flanke und rührt sich nicht mehr.

Es ist ein Fuchs, aber ein Fuchs mit Riesenohren und einer runzligen, langgestreckten Schnauze. Von seinem Unterkiefer hängen vergrößerte Drüsen, die an Kehllappen erinnern – Giftsäcke, schätzt Alex, aber Ray schüttelt den Kopf und deutet auf die hohlen Vorderzähne. Das Geschöpf ist ein Vampir, und die Kehlsäcke enthalten Fembots, mit denen er seine Opfer infizieren kann.

»Die Hälfte meines Volkes wird von diesen Wesen verwandelt«, sagt Ray.

Alex streift Einmalhandschuhe über und entnimmt den Drüsensäcken des Fuchses mit einem Aufziehröhrchen eine milchige Flüssigkeit. Er steckt das Röhrchen in einen Tester und nickt, als der rote Fembot-Indikator aufblinkt. Es wäre verschwendete Mühe, die Fullerene näher zu bestimmen; wenn Ray recht hat, ist es ein ähnlicher oder gar der gleiche Stamm, mit dem die Anhänger des Kinder-Kreuzzugs infiziert sind. Der Fuchs hat winzige, mit einer derben Schutzhaut überzogene Augen, und er trägt keinen Chip.

»Zumindest können wir sein Blut verwenden«, meint Alex.

Ray hebt den Kopf, und seine großen Ohren zucken. Alex erspäht etwas, das sich hinter einem dicken Eichenstumpf in Deckung wirft. Etwas anderes schlängelt sich unter einem Tarnumhang näher, der genau die Farbe und Wärmesignatur des Waldbodens hat. Alex schießt einen Pfeil durch die Tarnung, und der Elf hechtet mit einem Aufschrei ins Unterholz. Der zweite Schuß geht daneben, und als Alex sich umwendet, sieht er keine zwanzig Meter entfernt einen neuen Angreifer – hochgewachsen und extrem dünn, mit einem langen Hals, der plötzlich mit einer Pendelbewegung nach vorn schnellt. Ein dicker Spucketropfen landet auf dem Glas der Nachtsicht-Brille, und als Alex ihn wegwischen will, verätzt ihm das Zeug die Finger.

Rays Kanone dröhnt los, während Alex die Brille abstreift. Der Giftspeier ist verschwunden, aber selbst im schwachen Mondschein kann Alex erkennen, daß sich eine ganze Schar von wilden Feen zwischen den Bäumen auf ihn zubewegt. Eine Menschengestalt steht in ihrer Mitte. Sie trägt ein Geweih und ist an die drei Meter groß.

Alex und Ray weichen zurück und lassen den toten Vampir-Fuchs liegen. Alex feuert seine Pfeile ab, wann immer Ray in ein Gebüsch zeigt, aber er scheint nichts zu treffen und hat das Magazin erschöpft, als sie die Tempelruine erreichen.

Katrina und die überlebenden Zornigen erwarten sie bereits. Viele sind es nicht. Mistress Powell verbindet einem der Geschöpfe den Kopf. Als es nach ihr schnappt, gibt sie ihm eine Ohrfeige und beendet gelassen ihr Samariterwerk.

Katrina atmet so heftig, daß sie fast hyperventiliert. Sie stößt hervor, daß sie zwar mindestens zwei Angreifer getötet hat, daß jedoch einer von den Feinden weggezerrt wurde und der andere einen Kopfschuß abbekam.

»Hoffentlich hast du ihn trotzdem mitgebracht«, sagt Alex.

»Er liegt dort drüben.«

Es ist ein unförmiges Ding, nackt und stachelig, mit langen, muskelbepackten Armen, die, als es noch lebte, sicher bis zum Boden reichten und nachschleiften. Seine Haut ist zäh wie ein Dachsbalg, und Alex hat Mühe, eine Ader zu finden. Er macht einen Fembot-Test, entleert dann das restliche Blut in einen kleinen

Plastikbecher und trinkt es in einem Zug. Es ist kalt und schmeckt so widerlich, daß er würgen muß, aber er behält es unten.

»Wie lange?« fragt Ray. »Wie lange, bis wir handeln?«

»Ein halber Tag, vielleicht auch weniger«, erwidert Alex. Er friert und schwitzt zugleich. Jetzt kann er nicht mehr zurück. Die Feen-Fembots werden durch die Schleimmembranen in die Kapillaren vordringen, sich von dort einen Weg in die Adern und dann ins Herz bahnen. Ihre Anwesenheit wird innerhalb von Minuten sein umgebautes Immunsystem aktivieren. Wenn alles nach Plan läuft …

Etwas schießt durch das Blätterdach der dunklen Bäume und detoniert über ihren Köpfen. Ein blauer Schein breitet sich aus, der die Ruinen mit Licht und huschenden Schatten erfüllt. Alle starren nach oben.

»Das ist kein Erkundungstrupp«, sagt Katrina. »Das ist ein Rollkommando.«

Ray läuft zu dem Zweg-Mammut hinüber, flüstert ihm etwas zu und ist in ein paar Sprüngen wieder bei Alex. »Wir gehen, treffen uns später wieder.« Er verhaspelt sich vor Aufregung. »Du reitest, dicker Mensch. Keine Gefahr für dich. Es heißt Hannibal und kennt Menschen. Sag ihm einfach, was zu tun ist.«

Das Mammut bestätigt seine Worte. Als Alex näherkommt, hebt es den Vorderfuß an und bildet damit eine Art Trittleiter. Alex widersteht dem Drang, sich in den langen Zottelhaaren festzukrallen und klettert mühsam in die Holzsänfte auf dem Rücken des Tieres. Auf dem schwankenden Sitz, der mehr Ähnlichkeit mit einem Hocker als mit einem Sattel hat und nur einen dünnen Lederriemen zum Festhalten besitzt, scheint der Boden weit, weit weg zu sein.

Ray reicht Alex sein Gepäck nach oben und sagt: »Stütz die Beine vorne auf, das ist bequemer. Und mach dir keine Sorgen – Hannibal kennt den Weg.« Er kommt ganz nahe und fügt leise hinzu: »Wir lassen die Alte da, eh? Nicht viel Fleisch an ihren Knochen, aber sie sind dankbar für alles, was sie kriegen.«

Der blaue Schein wird schwächer, als er in die Tiefe schwebt. Er verströmt süßlich riechende Rauchschwaden. In ihrem fahlen Licht wirkt Rays Schatten riesengroß.

»Wir bleiben zusammen«, sagt Alex. »Ich habe nicht die Absicht, allein loszureiten.«

»Ray hat recht«, widerspricht Katrina. »Du bist der einzige von uns, der den Kreuzzug entwaffnen kann. Zieh los, Mann, wir kommen nach.«

»Ich soll auf einem haarigen Elefanten dreißig Kilometer über Stock und Stein reiten, während in meinen Adern Feen-Fembots kreisen?«

»Wir treffen uns bei Tagesanbruch«, sagt Katrina mit Entschiedenheit. »Kein Problem. Paß gut auf deinen fetten Hintern auf, Sharkey! Und jetzt mach endlich die Flatter!«

Alex wendet sich an Ray: »Du kümmerst dich um Mistress Powell – und das meine ich ernst!«

»Okay, dicker Mensch! Ich werde sie nicht fressen.«

»Und achte darauf, daß Katrina nicht die Heldin spielt und sich dabei den Tod holt!«

Aus dem Dunkel des Waldes dringt ein Heulen, und ein muskulöser, halbnackter Mann stürmt auf die mondhelle Lichtung. Ein halbes Dutzend der Zornigen versucht ihn zu Fall zu bringen, aber er verscheucht sie mit einem langen Stab, von dessen Metallspitze Blitze zucken. Kleine Feuer züngeln im trockenen Gras.

»Werwolf!« kreischt Ray. Plötzlich kauert er hinter Alex auf dem Rücken des Zwerg-Mammuts.

Der Mann stößt erneut ein lautes Heulen aus und reißt triumphierend die Arme hoch. Katrina tritt einen Schritt vor, zielt in aller Ruhe und schießt ihm eine Kugel in den Kopf. Der Werwolf erstarrt mitten im Lauf und kippt um, aber jetzt kreisen zwei Feen auf breiten

Membranschwingen über der Lichtung. Schüsse peitschen; eines der Fluggeschöpfe stürzt ab, das andere macht einen Looping und verschwindet in den verschwommenen Schatten unter den Bäumen. Ray klatscht mit der flachen Hand auf Hannibals haarige Flanke und springt mit einem Grunzen ab.

Das Zwerg-Mammut setzt sich in Bewegung, mit einer verblüffend schnellen und ruhigen Gangart. Alex fühlt sich wie in einem Boot, das über sanfte Wellen gleitet; die Wellen sind die Muskeln, die unter dem Zottelfell des Mammuts arbeiten. Alex hält sich krampfhaft an den Lederriemen zu beiden Seiten des Sitzes fest, bis Hannibal endlich seine Schritte verlangsamt. Das Tier dünstet Wärme und Moder aus. Alex atmet tief durch und bläst die Backen auf. Puh! Er ist völlig ausgepumpt, als sei er und nicht das Mammut gerannt.

Der Angriff erfolgt plötzlich, als sie unter dem ausladenden Astwerk einer Eiche durchreiten.

Ein Elf springt Alex in den Rücken, reißt seinen Kopf an den Haaren nach hinten und setzt ihm ein Messer an die Kehle. Greifzehen umklammern seine Hüften, ein winziger Schädel pendelt auf einem Schlangenhals hin und her. Das Ding beugt sich von hinten über Alex und grinst ihm ins Gesicht. Es hat zu viele nadelspitze Zähne und Augen, die unter dem Dach der Brauenbogen wie schwarze Höhlen wirken.

»Ergib dich!« sagt es.

»Bring mich zu deinem Anführer!« Alex spricht langsam, denn die Klinge bohrt sich schmerzhaft in seinen Kehlkopf.

Der Elf lacht – ein sprudelnder Laut, der an einen überkochenden Teekessel erinnert. »Böser Mann!« sagt er. »S-s-spion!«

»Nein!« Alex befürchtet, daß dieses unberechenbare Wesen ihm rein zum Spaß die Kehle durchschneiden könnte. Der Elf lacht wieder – und im nächsten Moment ist die ganze Umgebung in grelle Farben getaucht. Ein Mann in Schwarz kommt auf sie zugerannt, die Hände mit den langen Klauen drohend erhoben. Er hat ein kalkweißes Gesicht und glühende Augen. Ein dunkler Umhang mit blutrotem Seidenfutter bauscht sich im Wind. Es ist die Horrorszene, die Katrina vorbereitet hat, um eventuelle Verfolger abzuschrecken.

Hannibal stürmt los, von Panik erfaßt. Alex packt den Elf, der ihm im Nacken sitzt, am Arm. Er ist geschmeidig und stark, aber Alex hat durch sein Gewicht und seine Größe mehr Hebelkraft. Das Messer gleitet zu Boden. Als der Elf mit einem wilden Satz zu Boden springen will, greift Alex blitzschnell um und bricht ihm das Genick.

Der tote Elf hängt wie eine Klette an ihm fest: Das fembotgesponnene Sekundär-Nervensystem hat eine Muskelstarre ausgelöst. Während Alex die Last abzuschütteln versucht, merkt er, daß die in der Lichtung aufgenommenen Fembots zu wirken beginnen. Langsam, wie bei einem alten Fernsehgerät, das sich aufwärmen muß, ergreift eine neue Realitätsschicht von ihm Besitz. Die Luft flimmert von hellen Punkten, die wie Schneeflocken schräg durch die Nacht wirbeln. Jeder Baum, jeder Zweig und jedes Blatt scheint von einem Rauhreif aus Photonen überzogen. Vor ihm erklingt eine herrliche Musik in nicht enden wollenden Harmonien.

»Willkommen in unserem Reich!« krächzt der Elf. Sein Kopf pendelt schlaff am Hals hin und her. Seine Augen sind rote Feuerpunkte. Linien aus goldenem Licht bilden geheimnisvolle Landkarten unter seiner blauen Haut.

Alex hat keine Angst. Es ist, als würde das Kind, das einst mit seiner Mutter auf dem schäbigen Balkon eines Sozial-Hochhauses stand und die Lichterketten von London beobachtete, das Kind, das sich durch eine seltsame und kaum merkliche Verwandlung zu Alex Sharkey entwickelte, wieder durch seine Augen schauen.

Er hört Lexis ganz deutlich »Feenland!« sagen, als Hannibal auf eine Lichtung stapft, die sich gleich hinter einer Biegung des überwachsenen Pfads auftut.

Alles ist so klar, so hell. Eine Flut großer, verschwommener Sterne hüllt ihn ein. Die Strahlen des Halbmonds, der dicht über den Bäumen schwebt, scheinen auf einen schwach schimmernden Tempel in der Mitte des Wegs gerichtet zu sein. In diesem reinen Licht erkennt er Scharen von Feen und anderen Geschöpfen zu Füßen der beiden Gestalten, die auf zwei hochlehnigen, offenbar aus den Gebeinen ausgestorbener Vögel errichteter Sesseln thronen.

Eine Fee läuft ihnen entgegen, wirft einen Silberfaden über einen von Hannibals Stoßzähne und zerrt ihn damit vor die beiden thronenden Gestalten.

»Meine Gebieterinnen«, sagt der Elf hinter Alex mit seiner dünnen, toten Stimme, »hier ist er endlich!«

Dann erschlaffen seine Muskeln endgültig, und er rollt den beiden Herrscherinnen vor die Füße. Sie heben gleichzeitig den Kopf und schauen zu Alex auf. Ihre Gesichter sind blaß wie das Mondlicht. Mit einem Schock erkennt er, daß beide die Züge von Milena tragen – so wie sie damals war, als er sie kennenlernte.

10 Antoinette

Spike findet Todd gegen Morgen schlafend in einem Liegestuhl, am Rand einer dreieckigen Terrasse, die ins Wasser hinausragt. Der See verliert sich in der Ferne und verschmilzt mit dem allmählich heller werdenden Himmel. Ein mit zwei Puppen bemanntes Motorboot schaukelt ein Stück vom Ufer entfernt auf den sanften Wellen.

Als Spike ihn an der Schulter rüttelt, schlägt Todd um sich und erwacht aus Alpträumen, in denen er durch dunkle Straßen gehetzt wird. Sein Schädel brummt, und er nickt dankbar, als Spike ihm ein Bier anbietet.

»Gegen den Kater«, sagt Spike. »Im übrigen hast du ein Loch in deinem linken Socken.«

»Na, so was! Sag Barefoot Joe zu mir!«

Todd trinkt das Bier in zwei langen Zügen, drückt die zerknitterte Packung flach und wirft sie in einen Trog mit Geranien, die bereits in der Morgensonne ihre roten Blüten hängen lassen.

»O Mann! Das nächste bitte mit Salz, einem rohen Ei und einem Schuß Tabasco!« Todd preßt die Handballen gegen die Augen. »Ich habe diese Flasche Metaxa leergemacht und vermutlich den Wurm mit verschluckt.«

»Bier war alles, was ich finden konnte«, sagt Spike. Er lehnt an einem Eisengeländer und schaut auf den See hinaus. »Ich habe mich gestern abend mit diesem Web-Cowboy unterhalten, der behauptet, für Glass zu arbeiten, aber irgendwas an dem Typen ist verdammt komisch. Ich war doch mal in Afghanistan …«

Ralph, der Butler, kommt durch die offene Flügeltür

auf die Terrasse. Er hat seine Butler-Livree mit einer Rauhlederjacke und Bluejeans vertauscht. Eine große Pistole baumelt von seiner Hüfte. Er trägt eine Videobrille und einen Ohrstöpsel. Hinter ihm stehen ein halbes Dutzend Puppen mit plumpen, kurzläufigen M10-Gewehren.

Todd sagt: »Spike ...«

»... und da gab es eine ganze Gruppe solcher Web-Freaks, die versuchten ...«

»Spike, so hör doch! Setz deine ...«

»... die Moskauer Börse lahmzulegen. Die haben ein Elefantengedächtnis, diese Mudschaheddin. Jedenfalls ...«

»... verdammte Drohne in Betrieb, okay?«

»Das ist nicht nötig, meine Herren«, sagt Ralph. »Hier wird ohnehin alles aufgezeichnet.«

Er klatscht in die Hände. Puppen tragen einen Tisch auf die Terrasse. Als nächstes bringen sie Stühle, dekken die Tafel mit schwerem weißem Leinen und arrangieren Silber und Porzellan zu blitzenden Mustern. Ein Fernsehgerät mit Großbildschirm wird an das eine Ende des Tisches gerückt. Die Puppen bieten Obst und Kräutertee an und wirken ratlos, als Todd nach Kaffee fragt. Gepuderte Perücken umrahmen ihre blauen Gesichter. Sie tragen weiße Handschuhe, pfirsichfarbene Satinjacken und Pluderhosen, dazu Schnallenschuhe aus glänzendem Lackleder.

Sobald Spike und Todd Platz genommen haben, erwacht der TV-Schirm zum Leben. »Es tut mir leid, daß ich Sie gestern abend nicht empfangen konnte«, sagt Antoinette. »Aber im Moment scheinen die Dinge zu eskalieren.«

Sie steht in einem weißen Zimmer. Hinter ihr strömt Sonnenlicht durch ein Fenster. Sie trägt ein weißes Seidengewand, das ihre Füße umwallt. Ein heller Blitz durchzieht ihr kohlschwarzes, zu einer asymmetrischen Löckchenfrisur aufgestecktes Haar.

»Hat das Ganze etwas mit einem Typen namens Frodo McHale zu tun?« erkundigt sich Todd.

»He, das ist doch der Cowboy, von dem ich eben sprach«, wirft Spike ein. »Er ...«

»Halt den Mund, Spike!« zischt Todd.

»Als ich Glass kennenlernte«, sagt Antoinette, »wollte er mir durch das Ausrichten einer Art permanenter Cocktail-Party beweisen, daß er in der Lage sei, das Fühlen und Denken anderer Menschen zu beeinflussen. Es ist kein besonders geschmackvoller Scherz, aber da ich ihn tief und innig liebe, habe ich nicht das Herz, diese Leute wegzuschicken. Sie schlafen jetzt, wie so viele Vampire. Nachts beginnen sich ihre Fembot-Persönlichkeiten zu regen, und sie erwachen wieder zu Leben. Der Ort, den Glass als Experiment schuf, ist zu einem Mausoleum geworden ...«

»Eine Art virtuelle Realität in Vollendung«, murmelt Todd.

Auf dem Bildschirm ist zu sehen, wie Antoinette sich umdreht und auf das sonnenhelle Fenster zugeht. Eine Brise umweht sie mit langen weißen Vorhängen. »Glass wollte die Unsterblichkeit«, sagt sie. »Er hatte damals das dritte Herz und das zweite Paar Lungenflügel und war seines Körpers überdrüssig. Er beabsichtigte, als erster Mensch die Barriere zwischen Gehirn und Maschine zu durchbrechen. Aber das wissen Sie, Mister Hart. Sie erhielten die Gelegenheit, diese Dinge herauszufinden.«

»Echt? Hören Sie, wenn das hier eine Art PR-Show werden soll, dann finde ich das, offen gestanden, reichlich geschmacklos. Vielleicht ist es besser ...«

»Setzen Sie sich!« sagt Ralph, der Butler.

»Wie Sie meinen. Sie haben die Kanone und damit das Sagen. Sie und diese kleinen blauen Lakaien. Dürfen Puppen überhaupt Waffen tragen? Soviel ich weiß, gab es da mal irgendein UN-Abkommen ...«

»Wir befinden uns in der neutralen Zone«, erklärt

Ralph. »Außerdem sind sie keine Puppen im engeren Sinn.«

Todd stützt die Ellbogen zwischen Silberbestecken und schimmerndem Porzellan auf. »Erzählen Sie mir mehr über dieses tolle Experiment. Wie ging es aus?«

Das TV-Bild holt Antoinette näher heran. Sie hält Todds Blicken ruhig stand. Ihre Augen haben die Farbe von gehämmertem Kupfer.

»Glass schaffte den Übergang vor sechs Monaten. Seine Funktionen sind aktiv, aber er spricht nicht. Das wird sich noch ändern.«

»Und die Computer befinden sich hier.«

»Das hier ist sein Forschungsinstitut, das Herz der Einrichtung, die er als Bibliothek der Träume bezeichnet – aber Glass selbst ist nicht an diesen Ort gebunden. Er ist überall und nirgends.«

»Haben Sie irgendwelche Streng-Geheim-Parolen ausgegeben?«

Antoinette schaut ihn verständnislos an.

»Ich meine – ich erfahre hier nicht sonderlich viel. Bis jetzt habe ich Sie nicht einmal persönlich kennengelernt.«

»Ich glaube, Sie waren bereits in der Bibliothek der Träume, Mister Hart. Sie haben gestern abend eines der Computerdecks benutzt. Sie haben nur Zugriff auf die Bibliothek.«

»Ich versuchte Kontakt zu meiner Redaktion aufzunehmen. Mein Boss sucht vermutlich nach mir.«

»Er weiß doch, daß Sie vor Ort recherchieren. Was Sie anwählten, war nicht Ihr Netzknoten, sondern eine Simulation. Die Bibliothek der Träume hat unter anderem eine Version des Webs in ihr Archiv integriert – für ihre eigenen Zwecke. Es grenzt an das Web, ist aber topologisch nicht mit ihm verbunden.«

»Eine Web-Simulation? Welche Computer-Kapazität besitzt Glass denn?«

»Die Bibliothek der Träume ist keine Web-Simulation. Sie holt sich, was sie braucht, und erzeugt damit die Welt, in der Glass erwachte. Es ist ein wenig wie ein eigenes kleines Universum.«

»Ich sah dort jemanden«, sagt Todd. »Einen Mann in Flammen. Oder aus Feuer gemacht. War das Glass?«

»Was Sie sahen, war nicht Glass, sondern ein Geschöpf des Kinder-Kreuzzugs. Der Gehörnte König – so würden Sie den flammenden Mann nennen, wenn er in die reale Welt überwechselt. Sein Nervensystem wurde von Frodo McHale und dessen Anhängern umgebaut. Man kann sagen, daß er der erste echte Web-Astronaut ist – oder wäre, wenn er aus der Bibliothek der Träume fliehen könnte. Sie haben Frodo McHale gestern kennengelernt. Ich glaube, ihm liegt daran, daß ich seine Rückkehr zur Kenntnis nehme.«

»Sie mögen ihn nicht.«

»Er will mich töten, Mister Hart.«

»Er hat Söldner angeheuert«, wirft der Butler ein. »Sie erreichten vor zwei Tagen das andere Ufer des Sees.«

»Ich nehme an, daß man Sie beim Frühstück beobachtet«, sagt Antoinette. »Frodo McHale will den Kinder-Kreuzzug für seine eigenen Ziele einsetzen. Glass und ich versuchen die Bewegung zu neutralisieren.«

»Ein Begriff, der vieles enthalten kann. Verstehe ich ihn richtig?«

»Durchaus. Und ich will die Feen vernichten, die den Kinder-Kreuzzug ins Leben riefen. Schockiert Sie das?«

»Ich dachte, die wurden bereits vernichtet. Da war doch diese Sache in der Nähe von Paris …«

»Die Friedenspolizei behauptet, das Feen-Problem sei gelöst, doch obwohl es das Magic Kingdom nicht mehr gibt, hat sich wenig verändert. Frodo McHale will, daß der Kinder-Kreuzzug fortbesteht, und ich will ihn beenden. Er ist längst außer Kontrolle geraten. Geschöpfe wie der flammende Mann zeigen, daß er im Begriff steht, das Web zu erobern. Und das kann ich nicht zulassen.«

Plötzlich weiß Todd, an wen ihn Antoinettes Frisur erinnert – an Elsa Lanchester in *Frankensteins Braut*.

»Das Zeug ist total out«, sagt er. »So eine Story nimmt mir keiner ab. Wer will heute schon Horrorgeschichten über Frankenstein hören?«

»Das Monster«, sagt Spike.

Todd sieht ihn an.

»Das Monster«, wiederholt Spike. Er beißt ein Stück Kuchen ab und nuschelt mit vollem Mund: »Es war nicht Frankenstein, der aus dem Ruder lief, sondern das Monster, das er erschaffen hatte. Es besaß übrigens keinen Namen.«

»Heutzutage gibt es manchmal keinen Unterschied mehr zwischen Geschöpf und Schöpfer, zwischen Monster und Wissenschaftler«, sagt Antoinette. »Begreifen Sie jetzt mein Problem, Mister Hart? Ich weiß nicht, wie man eine Geschichte rüberbringt. Ich habe keine Ahnung vom Journalismus.«

»Sie wollen also, daß ich Ihre Story verbreite. Es ist, nebenbei gesagt, ein ziemlich guter Stoff.«

»Ich versuchte meiner Vergangenheit zu entfliehen und verlor dabei die Kontrolle über meine Werke. Jetzt haben sie den flammenden Mann auf die Bibliothek der Träume losgelassen, und es ist nur eine Frage der Zeit, bis er ins Web überwechselt, er und Hunderte von seinem Zuschnitt. Sie werden das Web mit Feen-Fembots vollstopfen. Vielleicht werden sie uns das Web ganz vorenthalten. Und was dann?«

»Warum ist das alles so wichtig für Sie?«

»Weil ich zu meinem Geliebten gehen und mit ihm die Ewigkeit teilen möchte. Sie sind der einzige amerikanische Journalist, den ich erreichen konnte. Glass hat eine Geschichte zu erzählen, und da er immer noch US-Bürger ist, halte ich es für das beste, sie in den amerikanischen Medien zu verbreiten. Immerhin entfallen siebzig Prozent der Web-Kapazität auf die Vereinigten Staaten.« Der Bildschirm beginnt zu flimmern, und Antoinette wendet sich vom Fenster ab. Sie streckt die Hände aus, als wolle sie durch das Glas greifen, und sagt: »Kann ich Ihnen vertrauen, Mister Hart?«

Spike lacht.

»Reiß dich am Riemen, Spike!« faucht Todd.

Vom anderen Ufer des Sees hört man die dumpfen Schläge eines Granatwerfers.

Todd ist aufgesprungen. Einen Moment lang zögert er, ob er die Flucht ergreifen oder unter dem Tisch in Deckung gehen soll. Das Motorboot kommt im Zickzack auf die Terrasse zu. Es wird von einem kleinen, langsamen Geschoß verfolgt. Die Maschinen heulen auf, als das Boot einen letzten verzweifelten Fluchtversuch macht. Das Geschoß schlägt ein, und das Motorboot verschwindet in einer Säule aus weißer Gischt. Spike packt Todd am Arm und deutet nach vorn. Ein zweiter intelligenter Flugkörper kommt flach über das Wasser geschossen; er hält auf den Südflügel des Komplexes zu. Der schlanke Rumpf und die Stabilisatoren sind mit einem rotweißen Schachmuster markiert, das sich deutlich gegen das blaue Wasser abhebt.

Der Fernsehschirm gibt nur noch statisches Geflimmer von sich. Der Butler steht an der Terrassentür; die Puppen marschieren an ihm vorbei ins Haus. »Mein Kontrakt ist soeben abgelaufen«, sagt er. »Viel Glück, meine Herren!«

Er folgt den Puppen, und die Flügeltür schließt sich hinter ihm.

11 ■ *Fieber*

Im Dunkel, im Käfig des Dunkels, im Käfig des Dunkels unter den Bäumen, weicht das Fembot-Fieber langsam von Alex. Ein kurzer Krieg hat in seinem Körper stattgefunden, doch jetzt ist er so gut wie vorbei.

Sein umgeformtes Immunsystem hat Millionen von mikroskopisch kleinen Freßzellen produziert, die sich bis in die entlegensten Seitenarme seines Blutstroms verteilen, um die Feen-Fembots zu verfolgen und zu verschlingen. Jede dieser Freßzellen besitzt einen ganz spezifischen Satz von Rezeptoren, damit zumindest eine an jeden Fembot-Eindringling andocken und ihn immobilisieren kann. Durch diese Bindung wird ein Signal ausgelöst, das die Produktion weiterer Freßzellen mit den »richtigen« Rezeptoren stimuliert. Doch im Gegensatz zu den totipotenten* Immunsystemen, die auch die Informationen der neuen Zellen schützen, entreißen diese Freßzellen den Eindringlingen ihre Codes und formen sie in den Assembler-Bibliotheken von Alexs Knochenmark um. Alex selbst kann die Codes ebensowenig verändern wie seine eigene DNS. Nur die Elfen sind in der Lage, mit Hilfe der Bibliotheken ein Gegenmittel zu den Kreuzzug-Viren herzustellen.

Langsam werden Kopien der Codes aus der Bibliothek der Feen-Fembots in verknäuelte Buckyball-Strings

* Totipotenz = die Fähigkeit zur Bildung aller Zelltypen und damit eines vollständigen Organismus. – *Anm. d. Übers.*

umgeschrieben und in Protein-Hüllen aus modifizierten HIV-Viren in Alexs T-Lymphozyten eingeschleust.

Langsam wird er vom Feen-Fieber geheilt.

Langsam wird sein Blut zu einem Buch.

Die Käfigstäbe erscheinen nicht mehr wie lebende Schlangen, sondern eher wie grüne Zweige, die mit Hilfe von Gedächtnisfäden zu einer Art Korb verwoben sind. Der Käfig ist kaum größer als Alex, und er hat die Wahl, sich niederzukauern oder gebückt zu stehen, was zur Folge hat, daß er sich ständig krümmt und windet, um einerseits seine armen Gelenke zu entlasten und andererseits den abstehenden Enden der Zweige auszuweichen.

Die strahlenden Geschöpfe, die jenseits des Käfigs auf und ab stolzieren, schrumpfen zu normalen Feen, kaum zu unterscheiden von den Puppen, die sie einst waren. Das sind nicht die wilden Feen mit ihren feingeschnittenen Gesichtern und geschmeidigen Körpern, sondern gedrungene Wesen mit kleinen Äuglein, die unter affenartigen Brauenwülsten hervorblinzeln. Sie sind größtenteils nackt und meist nur mit Messern bewaffnet. Paradoxerweise kann Alex sie im Halblicht der Morgendämmerung immer schlechter erkennen, denn je mehr das Fieber weicht, desto blasser werden die funkelnden Flocken, die sie umwirbeln.

Etwas abseits befindet sich ein Rudel genmanipulierter Wölfe; sie haben lange Krokodilschnauzen mit dreieckigen Haizähnen, dazu Kohlefaser-Mähnen und übertriebene Muskeln, die sie bucklig erscheinen lassen. Die Wölfe sind so angepflockt, daß sie nicht übereinander herfallen können. Sie haben die langen Schnauzen auf die Vorderpfoten gelegt und beobachten ihre Feen-Besitzer aus halbgeschlossenen gelben Augen. Das Zwerg-Mammut Hannibal ist am anderen Ende der Lichtung festgebunden. Sein Rüssel zuckt unruhig, und hin und wieder zerrt es an der Eisenmanschette um seinen rechten Vorderfuß.

Die Lichtpunkte der Tattoo-Uhr zeigen Alex an, daß noch etwa eine Stunde bis Sonnenaufgang bleibt. (Er überlegt, ob er sich noch auf seine Uhr verlassen kann; es gibt Fembot-Stämme, die Biomechanismen umbauen.) Die mechanische Uhr haben ihm die Feen ebenso abgenommen wie alle anderen Metallgegenstände, einschließlich der Reißverschluß-Schlaufen von Hose und Jacke. Selbst seine Mundhöhle wurde untersucht. Vermutlich forschten sie nach fembotgesponnenen Verstärkern des Nervensystems, aber die Assembler sind im Innern seiner Knochenmark-Zellen verborgen, und die Räuber selbst unterscheiden sich kaum von den Fembots, die sich nach einer totipotenten Immunsystem-Behandlung im Blut befinden würden.

Was er jetzt braucht, ist Geduld. Er hat sich in die Hände seiner Feinde begeben. Der Ablauf der Dinge liegt jetzt nicht mehr bei ihm.

Alex döst ein und schreckt hoch, schwindlig vor Schlaf- und Zuckermangel, als er merkt, daß ihn ein Mann anstarrt. Der Mann ist hochgewachsen und stämmig und kauert ein gutes Stück vom Käfig entfernt auf dem Boden. Graue Himmelsfetzen hängen in den Baumkronen. Während der Mann Alex im schwachen Dämmerlicht beobachtet, krault er geistesabwesend einen der genmanipulierten Wölfe an den Ohren. Das Ding genießt sein Streicheln wie eine Katze; seine rote Zunge hängt aus entspannten Kiefern, die einem Menschen mit einem einzigen Biß den Arm abtrennen könnten.

Alex hält dem Blick des Mannes stand. Von den Schläfen des Fremden stehen Fulleren-Datenspeicher in Form von verästelten Drähten ab, im Nacken befinden sich feine Kohlefaser-Antennen, und der Körper ist entweder mit implantiertem Muskelgewebe oder mit subdermalen Platten verstärkt – vielleicht auch beides. Alex überlegt, wozu die enormen extrakranialen Kapazitäten dienen könnten, aber er hütet sich davor, Fragen zu stellen.

Hinter ihm sagt eine Jungmädchen-Stimme: »Wir haben uns bereits kennengelernt.« Alex dreht sich mühsam in seinem Käfig um, erfaßt von einem Gemisch aus Hoffnung und Verzweiflung.

Milena, ist sein erster Gedanke.

Aber die Stimme klingt viel zu jung.

Er muß zweimal hinschauen, um sich zu vergewissern, denn er hat damit gerechnet, seine alte Liebe endlich wiederzusehen. Aber sie ist es nicht. Er würde sie immer und überall erkennen, in jeder Maske und Verkleidung, egal, wie sehr sie sich verändert hätte.

Und dann tritt ein zweites kleines Mädchen hinter dem ersten hervor. Alex hat die beiden bereits vergangene Nacht gesehen und sie für einen Fiebertraum gehalten. Eineiige Zwillinge. Beide tragen abgeschnittene Tarnanzüge. Obwohl beide blauhäutig und völlig kahl sind, besitzen sie eine verblüffende Ähnlichkeit mit Milena – ihre lässige Haltung mit den in die Hüften gestemmten Armen fügt sich nahtlos in die lebhaften Bilder, die sehnsüchtigen Erinnerungen an das geniale, verrückte kleine Mädchen, das sein Leben an sich gerissen und dann weggeworfen hat, das eine bis heute nicht geschlossene Lücke in seinem Gedächtnis hinterließ, das weiße Zimmer, in dem ihm etwas Seltsames und Wunderbares und Schreckliches widerfuhr. Ihm kommt zu Bewußtsein, daß diese kleinen Zwillingsmädchen nicht viel jünger sind, als Milena damals war. Es sind die kleinen Mädchen aus dem Magic Kingdom.

Die Zwillinge mustern Alex mit einer hinterhältigen Mischung aus Spott und Verachtung. Das Blau auf ihren Gesichtern ist eine Art Fettschminke.

»Du hast dabei geholfen …«

»… unsere Brutstätte zu zerstören …«

»… unser Nest kaputtzumachen!«

Die beiden lachen. Es ist kein angenehmer Laut.

»Ich hatte euch eigentlich im Umfeld des Kinder-Kreuzzugs vermutet.«

Alex versucht ruhig zu bleiben. Endlich ist es soweit. Wenn er jetzt die Nerven verliert, setzt er alles aufs Spiel.

»O, der Zug ist unterwegs ...«

»... und in unserer Nähe ...«

»... näher als du denkst!«

»Er löst sich bereits auf«, sagt Alex. »Die ersten Splittergruppen entstehen. Das ist bei jeder Bewegung so – selbst wenn sie durch Feen-Viren zusammengehalten wird.«

Die Zwillinge lächeln plötzlich, verschlagen, spöttisch und wissend – und dann ist das doppelte Lächeln wie weggewischt.

»Du glaubst, die Veränderungen sind schlecht ...«

»... böse und schlecht. Du täuscht dich ...«

»... du täuscht dich gewaltig!«

»Ihr seid wütend über den Zusammenbruch des Magic Kingdom. Das kann ich verstehen.«

Die Zwillinge in ihren viel zu großen Jacken zucken die Achseln. Wie alt sind sie? Acht? Neun? Sicher nicht älter. Milena muß das Wunder der Parthogenese sehr schnell vollbracht haben, gleich nachdem sie mit ihrer ersten Fee geflohen war. Und sie sind so weit gekommen! Die Erinnerungen lasten schwer auf Alex.

Die Zwillinge sagen: »O, das Magic Kingdom hat Spaß gemacht ...«

»... hat eine Weile Spaß gemacht ...«

»... aber wir wußten, daß es nicht von Dauer sein würde. Es war eine exponentielle Sache ...«

»... die wuchs und wuchs. Die Menschen ringsum ...«

»... all jene, die scharf auf unsere kleinen Spielereien waren ...«

»... sie wurden zu gierig.«

»Wißt ihr, weshalb ich hier bin?« wirft Alex dazwischen.

»Du bist ganz allein in deinem Käfig, Alex ...«

»... so heißt du doch, oder? ...«

»… aber wir bringen dir die Köpfe deiner Freunde, einen nach dem anderen …«

»… einen nach dem anderen. Wir spießen sie auf Pfähle …«

»… auf Pfähle rund um deinen Käfig …«

»… und füttern dich mit Manna aus dem Feenland. Dann kannst du mit ihnen reden …«

»… du kannst mit ihnen reden, aber es wird dir nicht gefallen, was sie sagen. Die Toten lügen nicht …«

»… und sie werden mausetot sein.«

»Ich kann euch helfen.«

»Oh, du wirst uns helfen …«

»… du und die Frau, wenn wir sie erwischen …«

»… Katrina nennt sie sich …«

»… Katrina, aber ihr wahrer Name ist Dania …«

»… Dania Hässig. Du hattest keine Ahnung …«

»… *wir* wußten es …«

»… aber *er* wußte es nicht!«

»Namen sind nicht so wichtig. Wo ist Milena?«

»Namen *sind* wichtig, Alex – Mister Alex. Wir müssen wissen, wer ein Mann oder eine Frau ist …«

»… wir müssen ihre *Namen* kennen …«

»… bevor wir sie töten können.«

Die kleinen, blaugeschminkten Mädchen sagen das mit erschreckender Nüchternheit. Eine der beiden setzt heiter hinzu: »Was hältst du von unserem König?«

»Er ist interessant. Auf alle Fälle komplexer als der Werwolf.«

»Mister Mike hatte seine Verwendungsmöglichkeiten …«

»… aber unser König bietet mehr.«

»Er scheint eindrucksvolle Kapazitäten zu besitzen. Ich hoffe, ihr nutzt sie nicht bis an die Grenzen.«

»Seine Zeit wird kommen …«

»… weil wir Pläne haben …«

»… Pläne mit ihm haben.«

»Wo ist Milena? Oder wie immer sie sich heute nennt …«

»Sie hat sich eingemischt«, sagen die Zwillinge im Duett. Ihre Entrüstung klingt echt. »Sie hat uns verlassen …«

»… völlig allein gelassen …«

»… und dann kam sie wieder, um sich einzumischen. Aber wir haben …«

»… haben jetzt andere Freunde …«

»… Freunde, die uns Geschenke machen.«

Die Zwillinge wenden sich ab und gehen. »Hütet euch vor trojanischen Geschenken!« ruft ihnen Alex nach, aber sie drehen sich nicht um. Der gehörnte Mann folgt ihnen in die Tiefe des Waldes.

Lange Zeit bleibt Alex allein.

Allmählich wird es heller. Die Sonne durchdringt die Baumkronen; die heiße, stickige Luft ist erfüllt von Harzgeruch. Alex gibt es bald auf, die Fliegen zu verscheuchen, die von seinem Schweiß angelockt werden. Der Käfig ist eng. Er dreht sich mühsam um, verlagert das Gewicht erst auf das eine und dann auf das andere Bein. Feen kommen und gehen. Eine bringt die Wölfe weg. Eine andere gießt einen Eimer Wasser über den Käfig. Alex wringt sein nasses Hemd aus und trinkt die Flüssigkeit, aber schon bald hat er wieder Durst. Die Angst und der Hunger wirken sich nachteilig auf seine Verdauung aus – es kann nicht mehr lange dauern, bis sich sein Darm von selbst entleert.

Irgendwann kommt Alex zu Bewußtsein, daß ihn jemand beobachtet. Der Mann ist ganz in Schwarz gekleidet. Die Spitzen seiner blankgewichsten Stiefel sind so übertrieben lang und aufgebogen, daß er sie mit Ketten um die Knöchel in Form halten muß. Als er sieht, daß Alex ihn bemerkt hat, kommt er herübergeschlendert. Er ist groß und hager, und das Gesicht unter der wirren, schmutzigblonden Mähne verrät eine ungesunde Blässe. Er trägt eine Spiegelbrille mit kleinen runden Gläsern – die Sorte, die auf Wunsch die Sicht mit Marsdünen oder Korallengrotten überlagert. Er wählt einen sicheren Abstand vom Käfig, kauert sich auf die Fersen und fragt Alex, wie er sich fühlt.

»Nicht besonders. Können Sie mich rauslassen?«

Die Frage scheint den Mann zu amüsieren. »Das ist gut. He, das ist echt gut.«

Alex fährt sich mit der Zunge über die Lippen. Er hat einen höllischen Durst, aber als er um Wasser bittet, schüttelt der Mann nur den Kopf.

»Ich wollte, ich könnte Ihnen helfen. Aber ich darf nicht in den Prozeß eingreifen.«

»Ich kam her, um Milena zu treffen.«

Der Fremde zuckt die Achseln.

»Die Mutter der kleinen Mädchen.«

»Die haben eine Mutter? Kaum zu glauben.«

Der Mann sagt das zu lässig. Er weiß Bescheid. Er ist ein Web-Cowboy, daran gibt es keinen Zweifel, und Alex kennt nur einen Grund, der den Fremden in diese Wildnis gelockt haben könnte.

»Gehören Sie zu Glass?« fragt Alex. »Wann ist der zu den Feen übergelaufen?«

»Niemals. Er wurde verraten. Sein Geist wurde getrübt, sein Denken umgedreht. Aber letztlich spielt das keine Rolle mehr. Er ist jetzt jenseits von Gut und Böse. Er steht nicht mehr auf der einen oder anderen *Seite*. Da, wo er sich befindet, hat das keine Bedeutung.«

»Glauben Sie mir, da, wo ich mich befinde, hat es große Bedeutung. Können Sie mich zu ihm bringen?«

»Keine Chance, Mann. Sehen Sie, wir befinden uns noch hier auf dieser Welt, aber für Glass ist das alles vorbei – die Natur, die Evolution der Materie. Ende. In den letzten fünfzig Jahren sind mehr Arten ausgestorben als damals bei diesem Kometen-Zusammenstoß, der die Dinosaurier vernichtete. Es gibt keinen Fleck auf der Erde, den wir nicht betreten haben. Es gibt keine Natur mehr. Diese Grenze haben wir überschritten. Nun kommt die nächste Stufe.«

»Sagt das Glass?«

»Das sage ich!«

»Ein ziemlicher Schwachsinn.«

Der Mann nickt feierlich. »Sie haben immer noch einen Sinn für Humor. Das ist gut. Sie werden ihn brauchen.«

Alex geht nicht darauf ein. »Wenn Glass nicht verfügbar ist, kann ich dann vielleicht mit Milena sprechen?«

Der Mann legt den Zeigefinger auf die Lippen. Er trägt einen Ring mit einem silbernen Schädel, aus dessen Augenhöhlen kleine Rubine leuchten. »Seien Sie vorsichtig, mein Freund! Der richtige Name am falschen Ort kann Sie in Gefahr bringen. Wenn Sie auf die Schlampe zählen, sitzen Sie tiefer in der Scheiße, als Sie ahnen. Ich habe sie ausgeschaltet. Die Fäden laufen jetzt bei mir zusammen. Wenn Sie auf einen Deal aus sind oder Hilfe brauchen, wenden Sie sich an mich! Außer mir gibt es keine Verhandlungspartner – nicht auf dieser Welt.«

»Wer sind Sie überhaupt?«

»Frodo. Frodo McHale.«

Der Mann richtet sich auf und schlendert davon. Alex bleibt viel Zeit, über das Gespräch nachzudenken. Er fragt sich, was Frodo McHale mit den Feen und mit Milenas Töchtern vorhat. Er fragt sich, was Frodo McHale mit ihm vorhat.

12 Zu Ihrer eigenen Sicherheit

Ehe Todd und Spike zu Hauptmann Spiromilos, dem Anführer der Söldner, gebracht werden, zwingt man sie mit vorgehaltener Waffe, sich splitternackt auszuziehen und zu duschen. Ihr Bewacher ist ein junger Mann mit Bürstenfrisur und einem schwarzen, einteiligen Lederanzug, der über seiner Brust offensteht und seine dreieckige Bodybuilder-Figur betont. Er erklärt, daß Hauptmann Spiromilos panische Angst vor einer Fembot-Verseuchung hat. Dann stochert er mit einem Taschenmesser in den Zähnen herum und sieht zu, wie Todd und Spike in die weiten orangefarbenen Overalls und Badesandalen schlüpfen, die er für sie besorgt hat. Der Mann heißt Kemmel. »Hauptmann Spiromilos glaubt, daß Antoinette die Absicht hat, seinen Verstand radikal zu verändern«, sagt er.

»Das ist uns auch schon zu Ohren gekommen.« Todd streicht sich das nasse Haar aus der Stirn. »Ihr habt ganz schön Schiß vor der Lady, stimmt's? Das verstehe ich nur zu gut. Sie hat echt was Unheimliches.«

»Keineswegs«, widerspricht Kemmel. »Mit der werden wir leicht fertig.«

Er streift Wegwerf-Latexhandschuhe über, piekst Todd und Spike mit einer Lanzette in den Daumenballen und fängt das Blut mit einem Plastikröhrchen auf. Dann schiebt er die Röhrchen in einen Tester und studiert die Analysewerte.

»So was machen wir täglich«, erklärt Kemmel. »Es ist ein Loyalitäts-Test. Ihr seid clean. Jetzt könnt ihr zum Hauptmann.«

Hauptmann Spiromilos hat seine Kommandozentrale in den höchsten Teil des weitläufigen Komplexes verlegt, gleich neben dem Helikopter-Landeplatz. Als Todd und Spike ihrem Bewacher dorthin folgen, sehen sie, daß aus dem beschädigten Südflügel immer noch Rauch aufsteigt. Ein paar Antennenschüsseln hängen über dem geschwärzten Loch, das der Flugkörper in die Fassade gerissen hat. Stromalith-Brocken säumen das Seeufer.

Die Söldner durchkämmen immer noch die Gebäude auf der Suche nach Antoinette. Ihr Angriff ist auf erstaunlich wenig Widerstand gestoßen. Die Leichen von einem halben Dutzend Puppen liegen am Rand des Kakteengartens; etwa zwanzig Bedienstete in pfirsichfarbenen Satin-Uniformen sitzen gehorsam auf einer Terrasse, bewacht von einem einzelnen Posten, der sich sichtlich langweilt.

Hauptmann Spiromilos sitzt auf einem Klappstuhl aus Segelleinen im Schatten des schwarzen Helikopters und läßt den Blick über eine Reihe von Fernsehschirmen schweifen. Er ist ein strenger, steifer Mann Anfang vierzig mit grimmigen, verschlossenen Zügen. Genau der Typ, denkt Todd, der ein Korsett trägt und die Arschbacken so fest zusammenkneift, daß er damit ein Zehnpfennigstück festhalten kann. Er trägt eine Kampfweste über einem makellos gebügelten Blouson und einer roten Krawatte. Die Blousonärmel sind bis zu den Ellbogen hochgerollt; auf dem linken Unterarm hat er einen blauen Adler eintätowiert.

An der Kante des Flachdachs hat sich ein Halbwüchsiger in weiten Bluejeans und verknittertem Sweatshirt in ein VR-Set eingeklinkt, das von seinen knochigen Hüften baumelt. Er bearbeitet die Luft mit heftigen Karatehieben. Seine VR-Brille verbirgt sich unter einer wirren Mähne ungewaschener Haare. Ein zweiter Junge springt aus dem Helikopter und erklärt, er habe den Piloten problemlos umgepolt.

»*Du* gehst hopps, wenn das nicht stimmt«, sagt Hauptmann Spiromilos gleichmütig.

»Hey, Mann, mit meinem Job kenn ich mich aus, okay?« Der Junge trägt ein loses rotes Sweatshirt und knallrote Leggins. Ein Riß an der Seitennaht läßt ein Stück weiße Haut durchblitzen. »Was is'n mit den beiden Fuzzys in Orange? Soll ich die auch in Arbeit nehmen?« Er mustert Todd und Spike von oben bis unten.

»Die sind clean«, erklärt Kemmel.

»Und sie sind meine Gäste«, setzt Hauptmann Spiromilos hinzu.

»Klaro.« Der Junge nickt und klettert wieder in den Helikopter. »Die Journalisten.«

Drinks werden angeboten. Spike nimmt einen Chivas Regal, Todd einen Jack Daniels. Hauptmann Spiromilos äußert sein Bedauern darüber, daß man Todd und Spike stundenlang wie Gefangene behandelt habe.

»Das geschah zu Ihrer eigenen Sicherheit, meine Herren. Aber jetzt ist dieser Ort fest in unserer Hand, und wir können unsere Mission fortsetzen.«

Hauptmann Spiromilos hat eine sanfte Stimme mit der Andeutung eines Lispelns. Sein Englisch ist ausgezeichnet.

Todd nippt an seinem Jack Daniels. Kein Eis, aber man kann in einem Kriegsgebiet nicht alles haben. Er weiß, daß es wenig Sinn hat, sich über das martialische Auftreten der Söldner zu beschweren. Hauptmann Spiromilos wird ihn eine Weile zappeln lassen und dann umfassend aufklären. Diese Typen lieben es, einen hinzuhalten. Sie brauchen das Gefühl der Überlegenheit, auch wenn es ihnen gar nichts nützt.

»Ich hatte eigentlich erwartet, Frodo McHale hier zu treffen«, sagt Todd. »Ich meine – Sie arbeiten doch für ihn?«

»Wir haben einen Vertrag abgeschlossen.«

»Mit dem Inhalt, Antoinette zu ermorden?«

»Wir glauben, daß sie Selbstmord begangen hat.«

»Diesen Glauben kann ich absolut nicht teilen. Ich hatte wenige Minuten vor Ihrem Angriff ein Gespräch mit ihr.«

Der Halbwüchsige am Rand der Landeplattform zerteilt die Luft mit der Handkante und sagt: »Sie ist nicht echt tot, Mann! Nur rübergewechselt. Der ultimative Hack!«

»Genau das sollten die Zivilisten verhindern«, erklärt Hauptmann Spiromilos. »Sie haben versagt.«

Todd begreift erst jetzt, wovon sie sprechen. »Heiland! Sie ist also Glass gefolgt. Sie hat die Grenze überschritten.«

Hauptmann Spiromilos nickt. »Ein kleineres Problem.«

»Aber sicher störend, nicht wahr?«

Der Junge schiebt die VR-Brille hoch und streift die Handschuhe ab. Seine Augen sind milchhell. »Wir kriegen sie, Mann! Sie hält sich versteckt, aber wir scheuchen sie ans Licht. Ein Klacks ist das, mehr nicht.«

»Ich glaube, Sie hat mit Ihnen über Feenland gesprochen.« Hauptmann Spiromilos wirft ihnen einen fragenden Blick zu.

»Eigentlich nicht. Soll das hier etwa ein Verhör sein? Machen Sie sich nicht lächerlich, Hauptmann! Ich weiß über die ganze Geschichte nicht mehr als das, was Sie mir erzählen.«

Aber in Todd regt sich der leise Verdacht, daß Antoinette mit ihm noch nicht fertig ist. Er kann sich nicht vorstellen, daß sie ihn unter beträchtlichem Aufwand hierher bringen ließ, um ihn dann den Söldnern auszuliefern – es sei denn, sie hatte das von Anfang an geplant. Weshalb sonst hätte sie ihn und Spike ohne Fluchtmöglichkeit auf der Terrasse zurückgelassen?

»Wir sind Ihre Freunde«, sagt Hauptmann Spiromilos. »Trinken Sie noch etwas, meine Herren! Entspannen Sie sich! Wir haben eine lange Fahrt vor uns.«

»Sie selbst sind ziemlich enthaltsam, Hauptmann.

Dabei entnehme ich Ihrem Akzent, daß Sie aus der Gegend von Boston stammen – und das ist eine trinkfreudige Stadt!«

»Oh, und ich dachte, mein Akzent hätte sich längst abgeschliffen.«

»Sie sollten auch Ihre Tätowierung abschleifen lassen. Nur Amerikaner dienen bei den Marines.«

»Ich weiß, Sie waren in Atlanta, Mister Hart, nachdem die Glaubensfanatiker ihre Atombombe gezündet hatten«, sagt Hauptmann Spiromilos. »Das hat Sie berühmt gemacht, aber es war nur eine von vielen Greueltaten. Ich befand mich in der Vorhut, die Des Moines zurückeroberte. Wir fanden fünfzigtausend Tote. Massenselbstmord. Die Reporter liefen mit whiskygetränkten Taschentüchern vor Mund und Nase durch die Straßen, um die aufgeblähten Leichen zu filmen. In diesem Augenblick wußte ich, daß Amerika am Ende war. Ich verließ das Land, sobald meine Dienstverpflichtung abgelaufen war – und ich habe es nie bereut.

Mein Großvater wanderte nach Amerika aus, als die Kommunisten im Anschluß an den Zweiten Weltkrieg die Macht in Albanien übernahmen. Er kam aus Himara, einer etwa hundert Kilometer von hier entfernten Kleinstadt. Meine Familie besaß dort großen Einfluß. Ich bin noch heute aufgrund meines Geburtsrechts Archigôs, der Führer des Ältestenrates von Himara. Meine Familie hatte stets die Hoffnung genährt, daß wir unseren Besitz eines Tages zurückgewinnen könnten. Es liegt jetzt an mir, den Traum in die Tat umzusetzen.«

»Sie wollen ein eigenes Land?«

»Ich habe ein eigenes Land«, sagt Hauptmann Spiromilos. »Die Kommunisten nahmen es mir weg, aber ich werde es zurückholen.«

»Das Kaff ist echt cool«, wirft der Junge ein. »Nicht groß. Eine Art Fischerhafen. Aber ein richtiges altmodisches Land wie aus dem Bilderbuch. Ich meine, solche Kleinstaaten sind völlig out, die gehören ins neunzehnte Jahrhundert oder so, aber sie können ein paar Dinge tun, bei denen die internationalen Großkonzerne vor Neid erblassen. Leute zum Tod verurteilen, Geld drucken, Daten-Oasen schaffen – all das.«

»Also versuchen Sie den Kinder-Kreuzzug für Ihre Ziele zu benutzen?«

Hauptmann Spiromilos hebt die Schultern. »Ich bin Christ, und für mich sind Feen seelenlose Geschöpfe, nichts anderes als Tiere. Die Kreuzzügler haben den Feen-Glauben angenommen und deshalb ebenfalls ihre Seelen verloren. Indem wir sie benutzen, wie Sie es ausdrücken, geben wir ihrem Dasein vielleicht wieder einen Sinn.«

»Soviel ich weiß, stehen eine ganze Reihe von Feen in Ihren Diensten.«

»Wir haben sie dekontaminiert – so wie es in Albanien üblich ist. Wir steuern sie jetzt wie Marionetten mit Hilfe von Computer-Befehlen. Sobald wir sie nicht mehr brauchen, werden sie vernichtet. Wir tun hier nichts anderes als die Friedenspolizei in der Europa-Union. Es ist eine Art Alien-Seuche, gegen die wir ankämpfen, und ich habe die Absicht, meinen Beitrag in diesem Kampf zu leisten.«

Der Junge nickt eifrig: »Das ist es, was der Hauptmann will und was wir wollen, und es gibt eine Möglichkeit, die Sache so zu lösen, daß beide Seiten zufrieden sind. Echt cool, Mann.«

»Wir riskieren Kopf und Kragen«, sagt Kapitän Spiromilos, »und sie lungern hier herum und freuen sich an ihrem Spielzeug!«

»So ist das Leben«, erwidert der Junge grinsend. »Und Frodo ...«

»Frodo McHale geht seine eigenen Wege!«

Es ist interessant zu beobachten, wie Hauptmann Spiromilos gegen den natürlichen Wunsch ankämpft, dem vorlauten Kleinen den schmuddeligen, bleistiftdünnen Hals umzudrehen.

Er wendet sich an Todd und sagt: »Sie sollen der erste sein, der über die Wiederherstellung der Unabhängigkeit von Himara berichtet. Dafür werden Sie mir noch dankbar sein, denn sobald Ihre Bilder ins Web gehen, wird die restliche Journalistenmeute ihr Spesen-Hotel verlassen und hier anrücken.«

Todd und Spike bekommen ihre Kleidung zurück, und Spike erhält darüber hinaus seine Kamera-Drohne. Inzwischen ist der Abend hereingebrochen. Flutlichter erhellen den Kakteengarten, wo zwei Söldner Antoinettes Puppen-Bedienstete durch Kopfschüsse töten. Spike tut so, als würde er seine Drohne untersuchen, während er in Wahrheit die Exekution filmt.

»Untauglich für Kampfeinsätze«, erklärt Kemmel die Aktion.

Todd überlegt, was wohl mit den Cocktailparty-Zombies geschehen wird, aber es ist ein ungünstiger Zeitpunkt für heikle Fragen.

Der Helikopter startet in Richtung Norden. Um zwei Komplizen von Antoinette aufzunehmen, wie Hauptmann Spiromilos erklärt. Im Dienstboten-Bereich des Komplexes klettern Feen auf die Ladefläche eines Lasters. Sie sehen aus wie blauhäutige, halbverhungerte Kinder, die man in Uniformen gesteckt hat. Ihre Zähne sind spitz gefeilt – eines der Geschöpfe besitzt sogar Stoßzähne, die durch die Oberlippe wachsen. Die meisten dieser Wesen sind kaum einen Meter groß. Sie tragen kurzläufige Plastikgewehre mit großen Magazinen – die Sorte aus Palästina, die lautlos Hochgeschwindigkeits-Gummigeschosse abfeuert.

»Das waren mal Feen«, erklärt Kemmel. »Jetzt hat man sie …« Der Söldner deutet auf seine Genitalien und zerhackt die Luft mit der Handkante.

Hauptmann Spiromilos versammelt seine Leute zu

einem kurzen Gebet. Die Söldner nehmen die Mützen ab und senken gehorsam den Kopf, ehe sie sich auf die Fahrzeuge verteilen. Todd und Spike besteigen einen Jeep, der von einem Mann mit kahlgeschorenem Schädel gesteuert wird. Er grinst, als er ihre orangefarbenen Overalls sieht. Kemmel röhrt auf einem Motorrad vorbei und setzt sich an die Spitze der Kolonne. Jemand bläst auf einer scheppernden Fanfare. Der Konvoi rollt mit gleißenden Scheinwerfern auf die Straße hinaus, die am Nordufer des Sees entlang in die Wälder führt.

13 Keine Befreiungsaktion

Alex erwacht, weil ihn etwas in den Bauch sticht. Es ist fast dunkel. Er schaut auf, in der Erwartung, eine Fee zu sehen, und eine vertraute Stimme sagt: »Du liebe Güte, Mister Sharkey, Ihre Lage erscheint mir äußerst mißlich!«

»Mistress Powell!«

Alex merkt, daß ihn die Begegnung nicht sonderlich in Erstaunen versetzt. An Mistress Powell kann ihn nichts in Erstaunen versetzen. Sie ist die Unwägbarkeit in Person.

Mistress Powell lächelt. Ihre Frisur wirkt leicht derangiert. Graue Strähnen umflattern das gerötete Gesicht wie Medusalocken. Aber ansonsten sieht sie aus, als käme sie eben von einem kleinen Spaziergang zurück. Sie verströmt eine atemberaubende Jasminwolke, während sie ihren Sonnenschirm – mit dem sie ihn wachgepiekst hat – an ihrem Marschgepäck festschnallt.

»Mistress Powell, Sie verblüffen mich. Ich gehe davon aus, daß Sie sich frei bewegen können. Oder sind Sie zum Feind übergelaufen?«

»Was für eine ungehörige Frage, Mister Sharkey! Zweifellos wirkt sich dieser Käfig negativ auf Ihre Laune aus.«

»Zweifellos. Sie haben nicht zufällig eine Zigarette?«

»Erste Strahlen der Neu Aufgehenden Sonne wußte, wo Sie zu finden sind«, berichtet Mistress Powell. »Wir ritten Ihnen auf Maultieren nach, was nahezu den ganzen Tag in Anspruch nahm. Ich muß gestehen, daß ich ein wenig enttäuscht war. Ich hatte mehr erwartet ...«

»Mehr Exotik?«

»Mehr Romantik. Wir sind nahe der Grenze, Mister Sharkey, und werden bald auf den Kinder-Kreuzzug stoßen. Ich kann mich des Eindrucks nicht erwehren, daß es Ihnen an Bequemlichkeit mangelt. Sie sehen aus wie eingeschweißt, wenn Sie mir diese Bemerkung gestatten.«

»Ich sitze schon seit geraumer Zeit in diesem Käfig, Mistress Powell.«

Alex hat seinem dringenden Bedürfnis bereits vor Stunden nachgegeben; obwohl der Haufen mit Erde und Laub abgedeckt ist, verbreitet er einen bestialischen Gestank. Aber Alex denkt nicht daran, sich deshalb zu schämen. Er hat sich auch nie wegen seines Gewichts oder wegen seines Lebensstils entschuldigt. Außerdem weiß er eines: Wenn er sich einmal bei Mistress Powell entschuldigt, wird sie ihm das immer wieder unter die Nase reiben.

Mistress Powell zieht die Tragriemen ihres Marschgepäcks fest. Der Griff des Sonnenschirms ragt hinter ihrem Kopf auf.

»Es war eine furchtbare Schlacht – und eine Art Schlappe für unsere Seite«, sagt Mistress Powell und setzt verträumt hinzu: »Ich hätte so gern in den Kampf eingegriffen. Aber jemand mußte schließlich die Verwundeten versorgen.«

»Sie stehen unter einem Bann«, stellt Alex fest. Er fragt sich, womit sie infiziert sein könnte. Er besitzt keine Datenbank für die Fembot-Stämme, die von den wilden Feen produziert werden. Niemand besitzt eine – oder hat die Möglichkeit, eine anzulegen. Dafür verändern sich die Viren zu rasch. Ähnlich wie die Anhänger des Kinder-Kreuzzugs entwerfen die Feen ihre Fembots nicht nach bestimmten Erfordernissen, sondern lassen Zufallsentwicklungen freien Lauf. Auf diese Weise ist das Ergebnis selten vorhersehbar, und oft gibt es radikal voneinander abweichende Lösungen für ein und dasselbe Problem.

»Es ist ein herrliches Abenteuer«, schwärmt Mistress Powell.

»Wenn Sie das glauben, stehen Sie mit einem Fuß im Grab«, warnt Alex.

»Ich wollte damit nur zum Ausdruck bringen, daß Ihre Freunde so tapfer gekämpft haben«, erklärt Mistress Powell.

»Die Zornigen und die anderen wilden Feen kämpfen um ihr Überleben – gegen die Mächte, die den Kinder-Kreuzzug schufen. Keine der beiden Seiten denkt dabei an uns. Erwarten Sie weder Einfühlungsvermögen noch Güte oder Großmut. Das sind menschliche Eigenschaften.«

»Sie hätten nicht fortlaufen sollen, Mister Sharkey. Sie haben den Hauptspaß versäumt.«

»Es wäre wirklich hilfreich, wenn Sie mich aus diesem Käfig befreien könnten. Die Zweige sind zwar mit Memory-Kabel verflochten, aber falls Sie irgendwo meinen Rucksack auftreiben, finden Sie in einer der Seitentaschen einen Rubin-Laser. Wenn Sie den Strahl fokussieren, reicht die Batterie für drei oder vier starke Energie-Impulse. Das genügt für eine größere Öffnung.«

»Leider habe ich keine Ahnung, wo ich mit der Suche nach Ihrem Rucksack beginnen soll, Mister Sharkey.«

»Wo ist Kat? Sie hat ebenfalls einen Laser.«

»Ich fürchte, sie mag mich nicht, Mister Sharkey. Obwohl ich sie verbunden habe. Keine Sorge, es war nur eine Fleischwunde.«

»Ein Biß?«

»Nein, ein kleiner Schnitt mit einem Messer. Sie ist nicht infiziert, aber ich lernte bei der Gelegenheit ein paar herrliche Flüche. Sollte ich mich je nach Deutschland begeben, wäre ich nun sicher in der Lage, die braven Bürger zu schockieren.«

»Mistress Powell, ich muß hier weg. Vielleicht ist es Ihnen noch nicht aufgefallen – aber wir befinden uns mitten im Lager der Feinde. Eine Befreiungsaktion ergibt nur dann einen Sinn, wenn Sie wirklich jemanden retten.«

»Die Feinde sind nicht da«, sagt Mistress Powell. »Bis auf einen einzelnen Wachtposten. Aber ich habe immer noch meine Bedenken gegen das Töten. Ein Schlag auf den Kopf würde genügen, aber …«

»Holen Sie mich heraus!«

Mistress Powell deutet mit dem Finger und sagt: »Nur keine Ungeduld! Hilfe ist unterwegs.«

Alex dreht sich mühsam um und streift mit einem Stiefelabsatz seine Exkremente. Im letzten Tageslicht sieht er eine kleine Gestalt den Pfosten ausbuddeln, an dem das Zwerg-Mammut angepflockt ist. Es ist Ray. Der Anblick läßt Alexs Herz höher schlagen. »Wo ist eigentlich Kat?« will er von Mistress Powell wissen.

»Unterwegs zu einem Treffen. Das zumindest habe ich von Ray erfahren. Sie selbst weigert sich, auch nur ein Wort mit mir zu wechseln. Ein unmögliches Benehmen, wenn Sie mir diese Bemerkung gestatten.«

»So ist sie nun mal.«

Ray klettert auf den Rücken von Hannibal, beugt sich vor und wispert ihm etwas ins Ohr. Das kleine Mammut stapft über die Lichtung und schiebt seinen Rüssel vorsichtig durch das Geflecht des Käfigs. Dann stemmt es die Beine in den Boden und legt den Kopf nach hinten. Mit einem Knirschen löst sich der Käfigrand. Erde und Staub hüllen Alex ein.

Ray springt in die Tiefe und will Alex eben durch die Öffnung zerren, als rund um die Lichtung Biolum-Lampen aufflammen. Hunderte von Feen säumen das Lager. Der grünliche Schein der Lichterkette verleiht ihrer blauen Haut ein fahles Aussehen. Hinter der Absperrung wird eine gespenstische Gestalt sichtbar, dreimal so groß wie normale Feen und mit mächtigen Stoßzähnen bewehrt. Hannibal tritt ängstlich von einem Fuß auf den anderen.«

»Ach, du meine Güte!« murmelt Mistress Powell.

Alex blinzelt in das gleißende Grün und wirft Ray einen fragenden Blick zu.

Der Elf zeigt die spitzen Zähne. »Nicht die unseren, dicker Mensch!«

»Ich gehe davon aus, daß es wenig Sinn hat, wenn wir uns den Weg freikämpfen«, zischelt Mistress Powell.

»Ist sie verrückt?« fragt Ray.

»Was denkst du, Ray?«

»Ich denke, ich hätte nicht versuchen sollen, dir zu helfen.«

Mistress Powell wendet sich an Alex: »Ehrlich, Mister Sharkey, wie schlimm ist unsere Lage?«

»Ich wollte, ich könnte Ihnen diese Frage beantworten, Mistress Powell.«

Alex erkennt zu seinem großen Kummer, daß man ihn als Köder verwendet hat. Solange Katrina frei ist, besteht zwar noch die schwache Hoffnung, daß sich der Kinder-Kreuzzug zur Umkehr bewegen läßt, aber ohne die Bibliothek in seinen Knochen und ohne die Verbindung zu Max ist das nicht mehr als ein Strohhalm, an den er sich klammert.

Die Feen bilden eine Gasse, und drei menschliche Gestalten treten in den Lichtkreis. Es sind die Zwillinge und Frodo McHale, der Web-Cowboy. Ihnen folgt der gehörnte König. Die Kohlefaser-Antennen stehen wie eine Dornenkrone von seinem Kopf ab. Eine Speichelspur läuft ihm über das Kinn.

»Ach, du meine Güte!« sagt Mistress Powell noch einmal.

Über ihren Köpfen, irgendwo in der Nacht jenseits der Lichter, kommt das Knattern eines Helikopters näher.

14 ■ *In einem anderen Teil des Waldes*

Das enge kleine Tal mit den hohen Steilwänden, in dem die Feen Hauptmann Spiromilos und seinen Söldnern auflauern, ist übersät von Rosen. Tausende weißer Blüten schimmern in den Dornenhecken, die zu beiden Seiten des Weges dichte Wälle zwischen den Pinien bilden. Die warme Nachtluft verbreitet einen betörenden Duft.

Seit Einbruch der Dunkelheit bewegen sich flakkernde Lichter in der Tiefe der Wälder, die dem Konvoi folgen und gelegentlich über eine längere Strecke begleiten. Als einige der Söldner damit begannen, wahllos Schüsse ins Dunkel abzufeuern, gab Hauptmann Spiromilos die Parole aus, Munition zu sparen; seiner Ansicht nach gehören die Lichter zur Ablenkungstaktik des Feindes. Aber plötzlich, als der Konvoi sich anschickt, die Steigung zu erklimmen, die aus dem rosenerfüllten Tal herausführt, blockiert eine Lichterkette den welligen Hügelkamm.

In dem Jeep, der die Nachhut der Kolonne bildet, späht Todd durch ein geliehenes Nachtglas und sieht, daß die Lichter von einer wuselnden Schar kindhafter Geschöpfe gehalten werden. Alle sind irgendwie mißgestaltet. Manche tragen Hörner, andere Sporne an Ellbogen oder Knien, wieder andere Stoßzähne oder fächergroße Ohren. Ihr Gebaren wirkt weder feindselig, noch scheint es sich gegen den Konvoi zu richten. Todd hat vielmehr den deutlichen und irgendwie beunruhigenden Eindruck, daß die Gestalten tanzen.

Dann erhellt eine Explosion die Nacht vor ihnen. Ein

Hagel von Steinen und Splittern fliegt durch die Luft und prasselt auf die Bäume und Rosenhecken nieder. Hohe Pinien knicken dicht über dem Boden ab und stürzen mit Getöse auf den Weg. Transporter und Jeeps kommen in einer Kette von Bremslichtern zum Stehen.

Einen Moment später eröffnen die Söldner das Feuer und schicken einen Hagel von Leuchtspur-Geschossen zum Hügelkamm – aber die Gestalten stürmen bereits den Hang herunter und dem Konvoi entgegen. Die meisten sind in weniger als fünf Minuten niedergemäht. Projektile zerfetzen die Rosenhecken, und die weißen Blütenblätter wirbeln umher wie Schneeflokken. Ein Gespenst von doppelter Mannshöhe steht auf der Hügelkuppe; es schwenkt in der einen Hand einen Granatwerfer und trommelt sich mit der anderen gegen die Brust. Eine Mini-Lenkdrohne holt die Erscheinung von den Beinen. An der Stelle, wo sie eben noch triumphierte, steigt eine rötliche Rauchwolke auf.

Danach kommt es nur noch vereinzelt zu Gefechtslärm, als Scharfschützen mit Infrarot-Visieren und Bewegungsmeldern die überlebenden Angreifer erledigen. Die Begegnung ist schneller vorbei als der Streit, den Spike mit dem Fahrer des Jeeps anzettelt, weil ihm der die Benutzung der Kamera-Drohne untersagt. Und die Überlegenheit der Soldaten ist so drückend, daß man eher von einem Massaker als von einem Kampf sprechen muß. Was aber am meisten ätzt, ist die Tatsache, daß sich die Söldner an ihrem leichten Sieg regelrecht aufgeilen. Mit Triumphgebrüll reichen sie Flaschen und Quick-Ampullen herum und ballern ihre Leuchtspur-Munition in den Himmel, als müßten sie ein Feuerwerk zum Unabhängigkeitstag veranstalten. Schließlich schaltet Hauptmann Spiromilos sein Mikro ein und blafft in einem Tonfall, der an die Stimme Gottes erinnert, daß sie endlich mit dem Quatsch aufhören und die Straße freiräumen sollen.

Während die Söldner den umgestürzten Bäumen mit

Kettensägen zu Leibe rücken, kommt Hauptmann Spiromilos ans Ende der Kolonne. Besser gesagt – er schreitet die Reihe der Fahrzeuge ab. Er entblödet sich nicht einmal, die Gratulationen seiner Leute entgegenzunehmen. Als er den letzten Jeep erreicht, grinst er wie ein Honigkuchenpferd.

»Wie fanden Sie den Kampf, Mister Hart?«

»Ziemlich einseitig. Wollten Sie deshalb nicht, daß wir ihn aufzeichnen?«

»Sie bekommen noch genug Gelegenheit, Ihre Kamera zu benutzen – aber bitte nicht während des Einsatzes. Man könnte Ihre Drohne mit einer feindlichen Waffe verwechseln.«

»Soll das eine Drohung sein?« erkundigt sich Spike.

»Halt den Mund, Spike«, sagt Todd. Wenn sie Spiromilos verärgern, kommt der Typ noch auf die Idee, ihn und Spike zu erschießen und die Öffentlichkeitsarbeit selbst in die Hand zu nehmen.

»Eher eine sachliche Warnung«, erklärt Hauptmann Spiromilos. »Wir können Sie mit Material versorgen, wenn Sie welches brauchen – aber die Niederlage der Feen ist ein eher unwichtiges Detail.«

»Das ist sehr nett, aber die Agenturen rühren keinen Filmmeter an, der sich nicht mit ihrem Prüfcode verifizieren läßt«, gibt Todd zu bedenken. »Heutzutage kann jedes Kind solche Aufnahmen fälschen.«

Hauptmann Spiromilos ignoriert den Einwand. Er zieht einen Mini-Bildrechner hervor und sagt: »Ich möchte Ihnen zeigen, wo sich unser Ziel befindet. Wir haben es gestern mit unseren Drohnen überflogen.«

Todd betrachtet ein Mosaik von Luftaufnahmen, das eine kleine, halbzerstörte Stadt zeigt. Sie liegt einsam und verlassen inmitten dunkler Wälder und wird an einer Seite von einem breiten, ungleichmäßig geformten See begrenzt, der wie Eis glitzert.

»Wir sind etwa einen Kilometer von dem Ort entfernt«, sagt Hauptmann Spiromilos. »Der Kreuzzug wird am frühen Morgen dort eintreffen. Bis dahin haben wir die Stadt erobert. Es ist ein unchristlicher Ort, voll von Werwölfen und schlimmeren Kreaturen. Aber zum Glück fehlt ihnen jede Disziplin.«

»Bei Ihrer Truppe wundert es mich, daß Sie es nicht mit Exorzismus versuchen.«

»Das werden wir, Mister Hart, wenn der rechte Moment da ist.« In der Stimme des Hauptmanns schwingt ein verschlagener Tonfall mit. »Nach und nach werden wir das ganze Land läutern.«

»Schon wieder dieses Wort!«

»Früher wuchsen an den Hängen dort unten gute Trauben. Die Bewohner machten daraus Wein und Branntwein, den sie am Ende selbst trinken mußten, weil sie ihr Land kurz vor dem Ersten Weltkrieg an die Griechen verloren. Dann begannen sie genmanipulierte Sonnenblumen anzubauen. Die Sonnenblumenkerne waren reich an Opium und deckten etwa die Hälfte des europäischen Heroinbedarfs. Aber im letzten Bürgerkrieg bombardierte ein Konkurrenz-Kartell die Felder, kurz bevor die UN die neutrale Zone errichtete.«

»Die Schäden scheinen sich in Grenzen zu halten.«

»Die Gegner setzten Nanotech-Bomben ein«, sagt Hauptmann Spiromilos. »Sehen Sie den hellen Schimmer im Osten der Stadt? Das waren mal Tausende Hektar von Sonnenblumen. Ihre Zellulose wurde in ein Polymer verwandelt, das sich über die Felder ergoß und einen tiefen See bildete, ehe es erstarrte. Der Feind hat die Stadt seither stark verändert, aber es gibt keine nennenswerten Verteidigungsanlagen. Wir können sie gefahrlos durchqueren. Der Kreuzzug wird die alte Paßstraße heraufkommen, und dort werden wir ihn erwarten.«

Kemmel, der türkische Stellvertreter von Hauptmann Spiromilos, düst mit seinem Motorrad den Konvoi entlang. Sein Beifahrer ist der halbwüchsige Web-Cowboy mit den farblosen Augen. Als Kemmel die

Maschine abgebremst und zum Stehen gebracht hat, sagt der Cowboy: »Da draußen rührt sich nichts.«

Todd wirft Spike einen Blick zu. »Vielleicht sollten wir mal zum Hügelkamm hinaufgehen und ein paar Bilder vom Konvoi schießen.«

»Da droben schwirren über hundert semi-intelligente Sonden herum«, sagt der Cowboy. »Sobald auch nur ein Käfer furzt, zeichnen wir das in Stereo auf.«

Todd kommt noch einmal auf die Sache mit dem Prüfcode zu sprechen.

»Mann«, sagt der Junge, »das ist doch nicht mehr als eine Art Fingerabdruck per Bitmap-Datei. Die hacken wir in Nullkommanichts zurecht und fügen authentische Codes ein, wo immer Sie wollen. Sie sollten die beiden Fuzzys loswerden, Spiro. Was die Ihnen bieten, kriegen Sie auch von mir – aber locker, Mann!«

Hauptmann Spiromilos starrt den Halbwüchsigen lange Zeit wortlos an. »Vielleicht hat der Journalist recht«, sagt er dann. Er wendet sich an Todd: »Machen Sie die Aufnahmen, die Sie für nötig halten. Das hilft Ihnen, und es hilft auch mir. Wir rücken in etwa zwanzig Minuten aus. Kemmel, Sie bringen die beiden mit dem Jeep hier nach oben und achten darauf, daß es keine Schwierigkeiten gibt!«

Der Jeep ist schnell, wendig und mit einer KI-Einheit ausgestattet. Seine großen Segment-Räder besitzen Einzelaufhängung, Einzelfederung und Einzelantrieb; die winzigen Motoren werden über eine Schaltzentrale koordiniert. Kemmel läßt den Jeep seinen eigenen Weg suchen, und das Gefährt krabbelt den felsigen Hang hinauf wie ein Käfer an einem Drahtgitter, im Zickzack an Bäumen vorbei und mitten durch Rosenhecken.

Spike hat bereits die Kamera losgeschickt, die dem Jeep folgt wie ein Lotsenfisch dem Sog eines Wals. Das rote Licht über der Schwenklinse blinkt gleichmäßig. Kemmel grinst und macht das Siegzeichen, stolz darauf, daß er der Star der Stunde ist.

Todd umklammert den Überrollbügel, beugt sich vor und sagt zu Kemmel: »Sie sind glücklich? Obwohl das hier keine richtige Schlacht ist?«

»Keine Sorge, wir bekommen noch genug zu tun«, entgegnet Kemmel. »In der Stadt herrscht Stille, aber das heißt nicht, daß sie unbewohnt ist. Sie erwarten uns, schätze ich.«

»Ich meine – ihr habt mich doch nicht hierhergeschleppt, damit ich irgendein sinnloses Feuergefecht oder ein ebenso sinnloses Massaker aufzeichne«, hakt Todd nach.

»Ihr werdet es trotzdem senden, oder?« sagt Kemmel.

Was Todd nervt, ist die Tatsache, daß der Söldner recht hat, aber das kann er natürlich nicht zugeben. Deshalb versucht er es anders. »Sie sind viel in der Welt herumgekommen, Kemmel, ebenso wie ich. Nun mal ehrlich unter Brüdern – was schaut für Sie bei dieser Sache heraus?«

»Ich werde bezahlt. Ich befinde mich immer da, wo sich was rührt. Ich versuche, von jeder Seite möglichst viel für mich herauszuschlagen. Deshalb bin ich hier.«

»Spielen Sie mir nicht das kleine Arschloch vor, Kemmel! Spiromilos ist ein Verrückter, das wissen wir beide.«

»Mag sein, aber er weiß, wie man Kohle ranschafft.«

»Früher oder später fällt er damit auf die Schnauze.«

Kemmel zuckt die Achseln. »Momentan jedenfalls noch nicht. Ist das hier hoch genug für Sie?«

Der Jeep hat die Waldgrenze hinter sich gelassen und beginnt mit grimmiger Entschlossenheit eine steile Geröllhalde zu erklimmen. Weit unten schimmern die Lichter des Konvois zwischen den Bäumen. Schwach dringt das Kreischen von Kettensägen zu ihnen herauf.

»Komm näher ran, Spike«, sagt Todd.

Die Drohne schert seitlich aus und jagt dann auf den Jeep zu. Kemmel begreift, was los ist, und reißt den

Arm hoch, um sein Gesicht zu schützen, als die Kamera gegen ihn prallt. Sein Kopf schlägt mit solcher Wucht gegen die Windschutzscheibe des Jeeps, daß sich Sprünge im Glas bilden.

Der Jeep registriert den Schaden und hält an. Todd und Spike zerren Kemmel aus dem Wagen und legen ihn auf das Geröll. Das Gesicht des Söldners ist blutverschmiert, aber er atmet noch.

Als Todd herauszufinden versucht, wie sich die KI-Einheit des Jeeps ausschalten läßt, landet etwas auf der Motorhaube und bedroht ihn mit einer Pistole. »Amerikaner!« ruft er. »Amerikanischer Reporter!« Doch dann sieht er, daß er es mit einer Puppe – nein, mit einer Fee – zu tun hat. Sie trägt eine abgeschnittene Uniformhose in Tarnfarben, hat einen nackten Oberkörper, Ringe in den Brustwarzen und eine Doppelreihe nadelspitzer Zähne. Zwei elfenbeingelbe, gekrümmte Stoßzähne wachsen ihr durch die Wangen. Die Enden der Stoßzähne sind mit Stahl verkleidet.

»Kommt mit«, sagt sie mit belegter Stimme, »wenn ihr nicht sterben wollt!«

15 Milenas letztes Geschenk

»Den haben wir Ihrer Schwarzen Dame abgenommen«, sagt Frodo McHale. »Damit Sie nobel in die Schlacht ziehen können – und auf der Seite der Sieger.«

Der Cowboy grinst wie ein Idiot. Er steht im Mittelgang der engen Helikopterkabine und umklammert mit beiden Händen die Kopfstützen der Sitze, in denen Alex und Mistress Powell festgeschnallt sind. Die Landschaftsbrille mit den kleinen runden Gläsern macht zwei schwarze Löcher in sein langes, fahles Gesicht. Ein weiterer Cowboy, ein Teenager in Rot, kauert vorne. Er trägt VR-Schirm und -Handschuhe, und sein Computerdeck ist mit dem Piloten-Kokon verbunden. Ray liegt neben dem Piloten, die Handgelenke an die Fußknöchel gefesselt. Die Augen des Elfs sind offen und starren ins Leere. Er liegt so reglos da, als sei er bereits tot.

Alex beobachtet, wie die grünlich schimmernde Lichtung schrumpft, während der Helikopter über die Baumwipfel aufsteigt und nach Norden fliegt, der verlassenen Stadt Leskoviku entgegen. Der Suchscheinwerfer der Maschine tastet das Dunkel ab. Dort werden sie auf die Söldner stoßen, mit denen Frodo McHales Cowboys ein Bündnis geschlossen haben, und dann gemeinsam den Kinder-Kreuzzug abfangen.

Frodo McHale wendet sich an Alex: »Für Sie ist der Krieg gelaufen, wie Ihre Freundin Katrina jetzt sagen würde, nicht wahr? Aber genau genommen hat er nie richtig angefangen. Unsere kleine Falle war vielleicht nicht perfekt, aber zumindest haben wir den Anführer der wilden Feen.«

»Sie wissen nicht viel über wilde Feen, stimmt's?«

Frodo McHale hört nicht zu. »Wir werden ihn natürlich töten müssen, sobald wir sein Blut gründlich analysiert haben. Ihnen bleibt dieses Schicksal erspart, Alex, wenn Sie bereit sind, mit uns zusammenzuarbeiten.«

»Lassen Sie Mistress Powell frei! Sie hat nichts mit dieser Geschichte zu tun.«

»Die Alte? Warum nicht? Sie ist harmlos. Sie kann gehen, wenn die Sache vorbei ist. Schließlich wollen wir keine öffentlichen Noten von der britischen Botschaft, oder?«

»Junger Mann«, meldet sich Mistress Powell zu Wort, »Sie können sich darauf verlassen, daß ich diesen Vorfall an die Öffentlichkeit bringe!«

Frodo McHale beachtet sie nicht. Er beugt sich zu Alex herunter und flüstert ihm zu: »Übrigens – über Ihre Schwarze Dame habe ich etwas erfahren, das Sie unbedingt wissen sollten, Alex. Sie …«

In diesem Augenblick kippt der Helikopter zur Seite. Ein greller Lichtstrahl fällt auf die Brille des jungen Piloten. Er schreit auf und reißt sie sich vom Gesicht.

Der Helikopter kippt auf die andere Seite. Seine Nase taucht ab, und Frodo McHale fällt nach hinten. Als er sich hochzurappeln versucht, schlägt ihm Mistress Powell mehrmals mit dem geschnitzten Griff ihres Sonnenschirms auf den Kopf. Der Cowboy geht in die Knie und hebt die Hand, um sein Gesicht zu schützen, und Alex hört deutlich, wie zwei seiner Fingerknochen splittern, als Mistress Powell erneut trifft. Dann liegt der Mann platt da wie ein Fisch an Land. Ray schnellt plötzlich herum und beißt dem Mann in die Kehle.

»Laß ihn am Leben!« ruft Alex und öffnet mit einem Ruck den Sitzgurt. Das Deck vibriert und schwankt heftig. Jenseits der Kanzel, im Kegel des Suchscheinwerfers, ist die Luft erfüllt von einem Blizzard aus Holzsplittern, als der Helikopter eine Schneise durch das Laubdach zieht.

Obwohl es sich um eine kontrollierte Bruchlandung handelt, wirft der Aufprall Alex auf den Rücken. Frodo McHale stemmt den Hinterkopf und die Stiefelabsätze gegen den Boden, daß sein Körper eine Art Brücke bildet, und versucht mit einer Hand das Blut zu stillen, das aus seiner Kehle spritzt.

Ray dreht sich um und spuckt aus. »Keine Worte zu finden«, murmelt er.

Frodo zuckt noch einmal und liegt dann still. Seine schwarze Kleidung ist blutgetränkt.

»Ich glaube, wir haben einen Schutzengel an unserer Seite«, sagt Mistress Powell.

Der Kleine in seinem Pilotenkokon preßt sich die Knöchel in die tränenden Augen und wimmert, er sei blind. Sein Gesicht wird von dem hellen Schein eingerahmt, der von der weggeschleuderten Brille ausgeht.

Dann beginnt das Licht zu pulsieren.

»Sie will dich sprechen, dicker Mensch«, sagt Ray.

Da der geblendete Cowboy nicht zu wimmern aufhört, gibt Mistress Powell ihm eine Beruhigungsspritze und schafft ihn nach draußen. Alex verbindet sein eigenes Computerdeck mit dem Pilotenkokon. Er streift Brille und Handschuhe über, holt tief Luft und drückt auf die Leertaste des Keyboards, das vor ihm erscheint.

Und seine Augen sind erfüllt von weißem Licht.

Nach und nach, wie bei einem sich entwickelnden Foto, treten Konturen aus dem Licht hervor. Die Perspektive beginnt sich abzuzeichnen. Es ist ein Zimmer, ein weiß getünchtes Zimmer mit hellen Dielenbrettern. Die weißen Rollos vor den Fenstern halten gleißendes Sonnenlicht ab. Zwischen den Fenstern singt sich ein gelber Kanarienvogel in einem Käfig das Herz aus dem Leib. Obwohl er im richtigen Leben ein mechanisches Spielzeug war, scheint er hier in der Virutalität lebendig zu sein, mit glänzenden Augen und schwellender

Brust, die sich hebt und senkt, wenn er seine Trillerkaskaden zum Besten gibt.

Einen Moment lang ist der Kanarienvogel der einzige Farbfleck im Raum, aber dann bewegt sich etwas gegen die weiße Wand, und Alex sieht eine Frau in einem langen weißen Kleid. Nur ihre dunklen Augen brennen durch das weiße Haar, das ihr Gesicht nahezu verdeckt.

Alex denkt sofort an die virtuellen Geister im Damen-Rauchsalon des Grand Midland Hotel am Bahnhof St. Pancras, denn die Frau *ist* ein Geist. Sie ist Nanny Greystoke. Dann ist sie Milena, wie Alex sie in Erinnerung hat, das kleine Mädchen mit dem ernsten, altklugen Gesicht, das dichte schwarze Haar zu einem Zopf am Hinterkopf geflochten. Sie trägt das gleiche weiße T-Shirt und die grünen Shorts, die sie bei ihrer zweiten Begegnung trug, damals im Pizza-Express von Soho.

Alex steht auf, und Ray fragt ihn, was los ist. Alex ignroiert den Elf. Der widerwärtig warme Geruch von Frodo McHales Blut, der Gestank nach heißem Öl, der vom Helikopter ausgeht, das laute Knirschen beim schrägen Aufsetzen in einem Bett aus gebrochenen Ästen – all das weicht zurück. Alex ist tief in der virtuellen Welt und registriert nur, was er durch den Link sieht und hört.

»Ist es das, was geschah, als ich bei dir klingelte?« fragt er. »Ist es das, was ich vergessen habe?«

»Nein, das ist es nicht, Alex. Aber spielt es denn überhaupt noch eine Rolle?«

»All die Jahre ...«

»Du hast nach mir gesucht, weil ...« Der gerade Strich von Milenas Augenbrauen bekommt in der Mitte einen Knick. Dann lacht sie. »Ach, Alex! Du bist ein solcher Romantiker!«

»Deine Menschenkenntnis war noch nie besonders ausgeprägt.«

»Ich hatte kein Interesse an Details. Nichts geht verloren, Alex, wenn du weißt, wo du suchen mußt.«

Spielsachen liegen überall auf dem Boden verstreut. Zwei Rennautos umkreisen einander und flitzen dann in verschiedene Ecken des Zimmers. Ein Clown trommelt, und ein Soldat mit roter Uniformjacke bläst auf einer winzigen Blechtrompete. Ein Teddybär wackelt auf Milena zu, die plumpen Ärmchen bittend ausgestreckt. Sie nimmt ihn auf den Arm und drückt ihn an sich.

»Du bist zurückgekommen«, sagt der Teddybär mit seiner Brummstimme. »Ich wußte, daß du zurückkommen würdest.«

»Ich fand dieses Zimmer in den Archiven der Gesellschaft, der ich gehörte«, erklärt Milena. »Sie zeichneten die Umstände meines Verschwindens in allen Einzelheiten auf.«

»Daran erinnere ich mich. Ich fand deine Töchter in Paris, Milena, aber du bist mir immer wieder knapp entwischt.«

»Sie sind nicht meine Töchter. Das weißt du ganz genau, Alex.«

»Du hast dich selbst geklont – wann? Es muß bald nach deinem Verschwinden aus London gewesen sein.«

»Dr. Luther half mir dabei. Eigenartigerweise nutzte er die Technik – die ich meiner Gesellschaft gestohlen hatte – nur dazu, seine Sexpuppen zu machen.«

»Ich traf Dr. Luther letztes Jahr, aber davon erzählte er mir nichts.«

Sie sind wie ein altes Liebespaar, das über vergangene Zeiten und verlorene Freunde plaudert.

Milena nickt. »Trotz oder gerade wegen seiner Interessen besitzt Dr. Luther ein geradezu viktorianisches Ehrgefühl. Er versprach mir, sich über diese Dinge nicht in der Öffentlichkeit auszulassen. Ich freue mich, daß er Wort gehalten hat. Aber nun zu dir, Alex. Du enttäuscht mich ein wenig. Du umgibst dich mit unmöglichen Leuten. Diese ordinäre Amazone und die naive alte Frau mit ihren romantischen Ideen! Dein Pakt mit den wilden Feen! Das ist deiner einfach nicht würdig. Ich hätte dich für klüger gehalten.«

»Cleverness ist nicht alles im Leben.«

»Nein?« Milena setzt den Teddybär ab, und er verschwindet mit den übrigen Spielsachen.

»Ich bin hier …«

»Bitte, Alex. Erspar mir die Vorträge. Ich weiß, weshalb du hier bist.«

»Die wilden Feen …«

»Zugegeben, diese Aktion ist aus dem Ruder gelaufen. Aber ich habe Vorkehrungen getroffen …«

Eines der Rollos geht hoch, und Sonnenlicht durchflutet das Zimmer. Es ist so gleißend, daß Milena sich darin aufzulösen scheint. Ihre Stimme sagt: »Ich habe ein Feenland entworfen. Schau!«

Unvermittelt steht Alex am Fenster. Draußen befindet sich nicht die kleine Straße – er hat ihren Namen vergessen, aber er erinnert sich an eine gelbe Doppellinie auf dem hitzeweichen Asphalt, an hohe Backsteinmauern und Lieferanteneingänge –, sondern eine üppige Sommerlandschaft. Grüne Hügelkämme erstrecken sich unter einem strahlend blauen Himmel bis an den Horizont, wo ein Wald wie eine dunkle Gewitterwand oder die Brustwehr einer ummauerten Stadt aufragt. Eichen- und Ulmen-Gehölze wechseln sich mit mohngesprenkelten Wiesen ab. In mittlerer Entfernung ragt ein kleiner Pavillon zwischen Gras und Gänseblümchen auf, mit Stoffbahnen aus heller Seide und einem spitzen rosa Dach. Ein weißes Pferd weidet in der Nähe. Aus seiner Stirn wächst ein langes, gedrehtes Horn.

»Feenland!« sagt Antoinette.

Nicht der Wechsel überrascht Alex, sondern die Tatsache, daß Antoinette nackt ist und frische Wundnähte ihren schön geformten, kahlrasierten Kopf verunstalten. »Irgendwie antiklimaktisch, wenn ich ehrlich sein soll«, sagt er.

Ein Blaukehlchen im Disney-Stil flattert auf das Fensterbrett. Es hat braune Menschenaugen und senkt scheu die langen Wimpern, als es Alex mustert. Nach einem fröhlichen, glockenreinen Lied schießt es über die sonnigen Wiesen davon.

»Es kann alles sein, was dir gefällt«, sagt Antoinette. »Das Fenster ist ein Symbol für einen ganz speziellen Pufferspeicher. Du siehst es mit anderen Augen als die Feen. Mit anderen Augen als ich.«

»Wer hat übrigens deinen Körper entworfen? Doch nicht Dr. Luther?«

»Er übertreibt ein wenig mit den Attributen seiner Sexspielzeuge, nicht wahr? Als glühender Anhänger des lordotischen Reizes neigt er dazu, die sekundären Geschlechtsmerkmale stark hervorzuheben. Aber im Ernst – meine Figur beruht zum Teil auf einem soliden Design aus Thailand und zum Teil auf altmodischer Gymnastik plus Diät. Die Idee stammte von Glass, und wir hatten viel Spaß bei der Planung. Wir erfanden eine völlig neue Person, mogelten uns in die Vorausscheidungen von InScape und manipulierten die Wahlen. Wir schufen sogar einen Agenten, der die geschäftlichen Dinge über Telefonleitungen abwickelte. Es erleichterte mir den Übergang, da InScape die Profilierungskampagne übernahm – und natürlich hatte ich Zugang zu den Hintertüren ihrer Reality-Maschinen. Wir verwendeten viele ihrer Codes für den Aufbau der Bibliothek der Träume.«

»Sind die Nähte eine Modemacke oder wieder eine deiner Metaphern? Bereitest du dich darauf vor, Glass zu folgen? Ich hoffe, du erlebst keine Enttäuschung. Es ist noch nicht vorbei, Milena. Erst muß der Kinder-Kreuzzug die Grenze überqueren.«

»Du kommst zu spät, mein lieber Alex. Du hast eine

ganze Menge herausgefunden, aber du warst zu langsam.«

»Wir können den Zug immer noch aufhalten«, sagt Alex, aber seine Unsicherheit wächst. Er hat das Freie-Fall-Gefühl, daß Milena ihn wieder einmal ausgetrickst hat.

»Natürlich. Aber nur mit meiner Hilfe. Und das ist alles, was ihr tun könnt.«

Alex begreift. Die Wundnähte. Die Ausgelassenheit. Ihm wäre nie in den Sinn gekommen, Milena als ausgelassen zu bezeichnen, nicht in der realen Welt.

»Du hast also den letzten Schritt getan?« sagt er.

»Vor drei Tagen. Frodo McHale suchte sich Bündnispartner, aber ich konnte ihn ausmanövrieren.«

»Er ist tot.«

»Ich weiß. Der Pilot stand immer in meinen Diensten, Alex.«

»Du kannst nicht mehr zurück?«

»Ein Buschroboter mit zehn Millionen fembotgroßen Abtast- und Aufzeichnungsarmen zerlegte meinen Cortex Neuron um Neuron. Das dauerte nicht länger als hundert Sekunden, und danach war mein Original tot. Ich bin keine Kopie, sondern eine Simulation dieses Originals, aufgebaut aus den Daten des Buschroboters sowie der Cortikal-Aktivität, die ein halbes Jahr lang gemessen und registriert wurde. Sämtliche Erinnerungen aus meinem ursprünglichen Leben wurden in ein relationales Datenbanksystem eingebaut, und ein heuristisches Programm versucht die Lücken zu füllen. Das Problem dabei ist, offen gestanden, nicht die Aufzeichnung und Simulation der Gehirnaktivität, sondern das Interface zwischen der Simulation und ihrer Umgebung.«

»Wir könnten dich immer noch abschalten«, gibt Alex zu bedenken.

»Ich bin nicht in der Bibliothek der Träume. Sie war nützlich, aber nur als Ausgangspunkt. Ich bin mittlerweile über das gesamte Web verbreitet, Alex. Ich benutze maximal 0,0005 Prozent seiner Kapazität, aber nur, wenn ich Feenland völlig neu durchrechne – und das geschah zum letzten Mal, als der Vorhang für dich aufging. Wenn du mich außer Gefecht setzen willst, mußt du einen Großteil des Webs lahmlegen. Ich bin nicht mehr an einem bestimmten Ort, Alex, ich bin überall. Du stolperst immer noch mit dieser lächerlichen VR-Brille durch die Gegend. Du mußt dich in das Web einschalten. Aber ich bin *hier* …«

»Was empfindest du jetzt? Ehrlich. Das würde mich interessieren.«

»Schmerzen. Weil so viele Gefühle auf mich einströmen. Ich benutze jeden einzelnen der kartierten Rezeptoren, und die Hälfte davon löst Schmerzreize aus. Aber das vergeht, wie ich höre. Ich werde mich anpassen. Angeblich verändern die Inputs allmählich den Output der Rezeptoren.«

»Und wenn das nicht der Fall ist?«

»Dann kann ich den Schmerz akzeptieren.«

Alex versucht sich das vorzustellen. Das Gefühl, in einem kurzen Moment bei lebendigem Leib gehäutet zu werden – ein Moment, der sich zur Ewigkeit dehnt und dabei nichts von seiner grausamen, weißglühenden Pein verliert.

»Das muß die Hölle sein, Milena«, sagt er.

»Ich werde ewig leben, Alex. Das wiegt jeden Schmerz auf.«

»Du hast dich nicht verändert. Du warst immer … einzigartig.«

»Ich wußte, daß du mich verstehen würdest, Alex. Nach Glass verstehst du mich am besten.«

»Früher hätte ich das als Kompliment betrachtet. Wo ist Glass?«

Antoinette reicht Alex ein kleines Messing-Fernglas. Es ermöglicht ihm einen Blick durch die Seidenwände des Pavillons. Der alte Mann liegt mit geschlossenen Augen in einem gläsernen Sarg.

»Er wechselte hinüber, ehe die Codes, die wir durch den Kinder-Kreuzzug erhielten, zur Verfügung standen. Ich werde ihn bald wecken. Dann können wir für immer zusammen sein.«

»Du liebst ihn.«

»Es ist genau genommen keine Liebe.«

»Es ist mehr als Verständnis.«

»Er ist beinahe so genial wie ich. Und ebenso einsam. Das Schicksal verband uns – entweder als Liebende oder als Todfeinde.«

»Du hast den Kinder-Kreuzzug die ganze Zeit für deine Ziele benutzt, nicht wahr? Selbst dann noch, als sich deine Töchter gegen dich wandten.«

»Ich gebe zu, daß bestimmte Aspekte außer Kontrolle gerieten, aber Nebeneffekte sind bei einem Projekt von dieser Größenordnung unvermeidlich. Meine Töchter mischten sich ein, das stimmt. Sie waren sehr ungezogen, aber im Grunde wußten sie nicht, daß sie etwas Böses taten. Außerdem wird die Welt kaum um ein paar kleine Mädchen trauern, die irgendwann ohnehin ein gewaltsames Ende gefunden hätten oder an einer tödlichen Krankheit zugrunde gegangen wären, nachdem sie mehr von ihrer Art in die Welt gesetzt hatten. In gewisser Hinsicht waren sie doch meine Töchter.«

»Ich weiß, daß du kein Mensch bist, Milena. Doch deshalb mußt du dich noch lange nicht als Monster hinstellen. Das paßt nicht zu dir.«

»Aber ich bin nicht mehr die Milena, die du kanntest. Die Aufzeichnung ist alles andere als perfekt, aber das spielt keine Rolle. Niemand bleibt gleich. Wir verändern uns alle – immer und immer wieder.«

»Ich bin nicht gekommen, um den Kinder-Kreuzzug zu vernichten, Milena. Das war nie meine Absicht.«

»Und genau deshalb bist du ein Narr! Mag sein, daß meine Töchter mit dem Kinder-Kreuzzug die Welt verändern wollen, aber *ich* wollte das nie. Für mich war die Bewegung in erster Linie ein System, das sich selbst organisiert – ein Labor, in dem ich mit Hilfe einer künstlich beschleunigten Evolution die Fembot-Interfaces entwickelte, die ich brauchte, um die entoptischen Feen-Muster so effizient wie möglich zu übertragen. Die Codes, die von den Fembots verwendet werden, sind die einzige Schnittstelle zur Virtualität ...«

Alex dreht sich um, als die Stimme leiser wird. Sie ist wieder Milena, das kleine Mädchen mit dem lackschwarzen Haar, dem weißen T-Shirt und den knielangen grünen Shorts. Sie sagt: »Worauf wartest du noch?«

»Du warst eben dabei, mir dein Vorgehen zu erklären. Deshalb bin ich hier, oder?«

»Ich dachte, ich hätte alles Wesentliche erläutert.«

»Ich bin immer noch ein Mensch, Milena. Ich kann die Informationen nur Bit für Bit verarbeiten.«

»Schneller gehe ich auch nicht vor, Alex. Jedes meiner Sub-Ichs muß parallel umgerechnet werden, damit nicht irgendwann eines die anderen dominiert. In diesem Fall bekäme ich eine Psychose.«

Alex versucht sie wieder zum Thema zu bringen. »Du hast also den Kinder-Kreuzzug für deine Zwecke genutzt«, sagt er.

»Ich habe ihn als Labor genutzt, als Grundlage zur Entwicklung von Fembot-Interfaces. Das ergab sich aus der Notwendigkeit, die entoptischen Feen-Muster zu übertragen. Feen können ungepuffert in der Virtualität existieren. Sie können dort ihre eigenen Welten einrichten, da ihre entoptischen Muster mit denen des Informationsraums übereinstimmen. Ich weiß das – denn ich habe sie so entworfen. Die Kreuzfahrer auf dem Weg in die neutrale Zone sind nur ein winziger Bruchteil der von den Feen infizierten Menschen. Bei ihnen erzielte die pseudogeschlechtliche Kombination und Rekombination der besten Assembler-Codes ein Ergebnis, das meiner Vorstellung noch am ehesten entsprach. Die Tatsache, daß sie meinem Ruf folgten, zeigt, wie nahe die Codes meinem Ideal kommen. Die übrigen – all die anderen Leute, die sich mit Kreuzzug-Fembots angesteckt hatten – befreite ich wieder.

Bei der kleinen Schar der Kreuzfahrer wäre das zu gefährlich, denn was sie in sich tragen, könnte von anderen mißbraucht werden. In ihnen fand ich, was ich suchte, und ich nahm es. Assembler in ihrem Blut stellen sehr schnelle und sehr kompakte Interfaces zwischen dem menschlichen Nervensystem und den künstlichen Realitäten her. Ich nahm Stichproben von mehr als tausend verschiedenen Typen, um eine Quellen-Bibliothek für die Interface-Codes zu errichten, die mir den direkten Zugang zur Virtualität ermöglichen. Ich traf meine Wahl übrigens in Paris, etwa zur gleichen Zeit, als du in den Eingeweiden dieses traurigen kleinen Vergnügungsparks herumirrtest. Glaubst du wirklich, ich würde zulassen, daß eine so kostbare Fracht zu Fuß mitten durch ein Kriegsgebiet befördert wird? Wenn ich ehrlich bin, hatte ich gehofft, sie würden nicht bis hierher vordringen, denn das hätte uns die Mühe erspart, sie zu neutralisieren. Der Kreuzzug erreichte sein Ziel lange, bevor er zu seinem letzten Marsch aufbrach.«

Alex erinnert sich an ihre frühreife Neugier in bezug auf das K-Leben. »Du hast weit vorausgeplant, Milena.«

»Ich will ewig leben und habe mir deshalb schon vor langer Zeit die Geduld der Spinne angeeignet. Als sich unsere Wege zum ersten Mal kreuzten, war meine Flucht längst vorbereitet. Und auch diese Apotheose hatte bereits Gestalt angenommen. Nein, der Begriff ist nicht übertrieben, denn ich werde eine Heilige sein. Die Heilige der Web-Cowboys. Ich habe die Bürde des Fleisches abgeschüttelt, und sie sehnen sich danach, es mir gleichzutun. Die Ärmsten! Sie werden dieses Ziel nie erreichen, es sei denn, sie beginnen mein Werk ganz von vorne.«

»Und um das zu verhindern, willst du die Kinder des Kreuzzugs ebenso vernichten wie die Elfen und Feen, denn in ihrem Blut befinden sich die Codes, mit deren Hilfe dir die Cowboys folgen könnten. Doch dazu hast du nicht das Recht, Milena!«

»Puppen werden von ihren Herstellern tagtäglich vernichtet, zu Tausenden und Abertausenden. In gewisser Hinsicht stehen Feen noch eine Stufe unter den Puppen – sie existieren nur dank radikaler Neurochirurgie. Entferne ihnen die Chips, und sie haben einen weit geringeren Nutzen als die Puppen, die sie einmal waren!«

»Sie sind etwas Neues, Milena. Mag sein, daß du sie erschaffen hast, aber du weißt nicht, *was* du erschaffen hast.«

»Ich weiß genau, was ich getan habe, Alex. Ich wußte immer, was ich tat, auf jedem Abschnitt meines Weges. Meine Töchter waren mir vielleicht eine Spur *zu* ähnlich. Sie fanden eine Möglichkeit, die letzten Überlebenden des Kinder-Kreuzzugs zu steuern. Nun, die Geschichte mit dem flammenden Mann ist dir ja nicht neu – aber selbst diese kleine Panne wird bald behoben sein. Trotz deiner Einmischung, wenn ich das hinzufügen darf.«

»Das zumindest war nicht Teil deiner Pläne.«

Milena lächelt. »Vielleicht, vielleicht nicht. Aber du mußt zugeben, daß wir beide das gleiche Ziel haben: Wir wollen den Kinder-Kreuzzug zum Stillstand bringen. Wir wissen beide, daß es zu gefährlich wäre, ihn in irgendeiner Form fortbestehen zu lassen, insbesondere wenn Frodo McHale und seine Söldner ihn als Machtinstrument mißbrauchen. Du hast keine andere Wahl, als mir zu helfen, wenn du die wilden Feen retten willst.«

»Ich will sie tatsächlich retten. Das ist der Unterschied zwischen dir und mir. Du willst sie ausrotten, weil du befürchtest, sie könnten dir folgen.«

»Den Feen droht die Vernichtung durch Kräfte, die nichts mit mir zu tun haben, Alex. Ihre Zeit ist vorbei, seit die Menschen wissen, daß die Feen sie verwandeln können – so wie sie selbst einst die Puppen in Feen verwandelten. Ich muß kaum eingreifen. Aber ich sehe, du glaubst mir nicht. Du hoffst immer noch auf ihre Rettung.«

»Du hast eine moralische Verantwortung. Nicht nur für die Feen, sondern auch für die Menschen, die du verändert hast. Für die Kreuzfahrer, die du als lebende Inkubationskammern benutzt hast.«

»Die meisten sind bereits von dem Bann befreit, der ihr Handeln steuerte. Die übrigen, eine winzige Minderheit, müssen ausgeschaltet werden. Du weißt, daß es zu riskant wäre, sie am Leben zu lassen. Weil in ihrem Blut ein brisantes Wissen zirkuliert. Weil sie die diejenigen sind, in denen sich die Interface-Codes am besten entwickelten. Selbst die UN stuft sie als gefährlich ein. Du bist übrigens nicht weniger gefährlich, Alex. Wie konntest du dich bewußt so infizieren, dich in eine Brutstätte verwandeln …? Du bist ein Mann mit jeder Menge Fettreserven, ich weiß, aber du solltest keinen derartigen Raubbau mit deinem Körper treiben.«

»Wenn ich ehrlich bin, hatte ich mir mein Leben auch anders vorgestellt.«

»Ich weiß. Manchmal wünsche ich mir, ich könnte mehr Mitgefühl mit dir haben.«

Milena schlendert an das andere Fenster. Ihre Gestalt verschwimmt. Alex kann den weiß getünchten Adams-Kamin durch ihre Silhouette erkennen. »Da ist noch etwas«, sagt sie und öffnet das Rollo mit ihrem Geisterfinger – oder vielleicht löst es sich auch von selbst auf wie ein Nebel. Kaltes gelbes Jupiterlicht fällt durch das Fenster, hinter dem der virtuelle Homeroom von Max sichtbar wird. Die Wolkenlandschaft von Jupiter erscheint realer als das weiße Zimmer, das wie Milena transparent wirkt.

»Komm her«, sagt sie.

Und Alex ist bei ihr.

»Ich mache dir ein letztes Geschenk«, erklärt Milena. »Wenn du es annimmst, wird es dir helfen, den Kreuzzug aufzuhalten.«

Ihre Geisterform schrumpft plötzlich und verdichtet sich, gewinnt an Masse, Kontur und Licht. Abgesehen von Alex und den beiden Fenstern mit Blick auf Jupiter und Feenland, ist sie das einzige reale Ding im Raum. Sie schwebt in der Luft, klein wie ein Schmetterling, mit durchsichtigen Flügeln, einem Kleid wie einer umgestülpten Tulpe und locker aufgestecktem Silberhaar. Sie zieht die freche kleine Nase kraus, wirft Alex eine Handvoll Sternenstaub zu und schießt davon, mitten durch die Geisterscheibe des Fensters nach Feenland. Ein Kondensstreifen aus funkelndem Licht folgt ihr, als sie in den weiten, makellos blauen Himmel entschwebt.

Der Himmel verschwindet. Was bleibt, ist das Fenster zum Jupiter. Ein brodelndes Nichts bedrängt Alex. Er könnte natürlich die VR-Brille abnehmen, aber statt dessen tut er einen Schritt nach vorn und steht plötzlich im Homeroom von Max, der sich umdreht und ihm einen verblüfften Blick zuwirft.

»He, was, zum Henker, soll das denn? Ich dachte, ich sei der einzige, der diese Hintertür kennt.«

»Ich hatte Hilfe.«

»Da besteht nicht zufällig ein Zusammenhang mit den Codes, die eben in meinem Zwischenspeicher auftauchten, oder? So verrückt es klingt – ich habe soeben den Zugang zu unserem flammenden Mann gefunden!«

Max hebt den Arm und pflückt ein Datenfenster aus der Luft.

»Benutze es lieber nicht«, warnt Alex. »Es ist von ihr. Von Milena.«

»Er muß ausgeschaltet werden.«

»Ja, aber erst später. Sie hat den ultimativen Hack geschafft. Sie und Glass. Sie will die Tür in die virtuelle Welt für immer verrammeln, und der flammende Mann ist ein Schlüssel zu dieser Tür. Er kann uns den Zugang zum Kreuzzug verschaffen.«

Max starrt in die ockerfarbenen Jupiter-Wolkenbänke. Der Schimmer der dichten Code-Linien, die im Datenfenster aufleuchten, legt sich wie Messing-Feilspäne auf sein wolliges Haar. Nach einer Weile sagt er: »Entweder das Web oder sie. Es tauchen immer mehr Hacker und Schnüffler an der Hintertür zur Bibliothek der Träume auf. Ich habe einen Löschbefehl auf den Weg gebracht, aber irgendwelche Arschlöcher geben die Adresse schneller durch, als das Programm arbeitet – und gegen mündliche Verbreitung kann ich ohnehin nichts tun. Wir müssen die Tür *schließen*, Alex, bevor jemand es schafft, sie permanent offen zu halten.«

»Du mußt mir in diesem Punkt vertrauen, Max. Wir brauchen den flammenden Mann, um den Kreuzzug aufzuhalten.«

»Was weißt du?« fragt Max, und seine Stimme klingt plötzlich aggressiv. »Sag mir, was du weißt!«

»Ich wurde von Feen gefangengenommen, Max. Von den gleichen, die im Magic Kingdom ihr Unwesen trieben. Sie haben sich offenbar mit ein paar Hackern von Glass verbündet …«

»Ja, ich weiß. Paß auf, ich hatte dir doch versprochen, mehr über diese Söldner herauszufinden …« Max öffnet ein weiteres Datenfenster. »Sie werden von einem gewissen Hauptmann Spiromilos angeführt. War früher mal bei den US-Marines und hält sich für den Archigôs von Himara, was, zum Henker, das immer sein mag. Früher arbeitete er im Auftrag der Peeper – machte vor allem in der Slowakei Jagd auf wilde Elfen. Von dort her stammen die meisten meiner Informationen.«

»Kannst du sie mir übermitteln? Ich meine – jetzt gleich?«

»Schon geschehen. Weshalb sitzt du übrigens in einem Helikopter?«

»Das ist eine lange Geschichte. Das Wesentliche ist, daß Milena uns dazu bringen will, den flammenden Mann gegen den Vormarsch der Kreuzfahrer einzusetzen. Sie behauptet, das sei die einzige Möglichkeit, sie aufzuhalten, und allmählich glaube ich ihr. Also können wir ihn nicht unschädlich machen – oder zumindest nicht sofort. Erst wenn der Zug zum Stillstand kommt, können wir versuchen, seine Anhänger zu kurieren. Und wir müssen sie kurieren, bevor sie die Söldner und Frodo McHales Hacker erreichen.«

»Weißt du, daß ich ihn auf der Stelle vernichten könnte?« sagt Max, und Alex spürt eine Erleichterung, die sich in ihm ausbreitet wie ein Schluck kalten klaren Wassers – denn Max hat ihm eben zu verstehen gegeben, daß er es nicht tun wird. Noch nicht.

»Gib mir noch etwas Zeit – mehr verlange ich nicht.«

»Ich möchte wetten, daß sie Schach spielt. Das hier ist der klassische Angriff mit zwei Springern. Wir müssen ein Opfer bringen, weil wir nicht die Zeit haben, Milena zu verfolgen *und* den Kreuzzug zu stoppen. Und da der Kreuzzug erst mal zum Stillstand kommen muß, ehe wir damit beginnen können, seine Anhänger zu kurieren, stehen wir vor der Entscheidung, den flammenden Mann zu vernichten oder mit seiner Hilfe zu Milena zu gelangen – auch auf die Gefahr hin, daß sich Kopien im Web verbreiten. Viel Zeit steht dir nicht zur Verfügung. Der Kreuzzug hat fast die Grenze erreicht. Die Nachrichtenkanäle sind voll davon.«

Im Datenfenster erscheint eine flackernde Serie von Luftaufnahmen. Sie zeigen eine lange Prozession von Menschen, die einen Waldweg entlang marschiert.

»Die UN läßt sie durch«, sagt Max. »Sie werden morgen die Grenze passieren. Wenn das geschieht, schnappe ich mir unseren Dauerbrenner.«

»Es sind über tausend Kreuzfahrer. Wir können sie nicht dem Tod ausliefern, Max. Wir müssen …«

»Das war es, Alex. Mir geht der Saft aus.«

»Welcher Saft?«

»Den ich für unser VR-Treffen verplempere. Mach's gut, Mann!«

Der Homeroom verschwindet, und Alex sieht und hört nur noch statisches Rauschen. Ihm wird schwindlig, und er kippt fast nach vorn, ehe ihm einfällt, die VR-Brille abzunehmen.

Grünes Licht erfüllt die Kabine des Helikopters. Ray, der in der offenen Luke steht, dreht sich um. »Sie haben uns eingeholt«, sagt er.

Die Zwillinge warten am Rand der Schneise, die der Helikopter bei seiner mißglückten Landung in den Wald gepflügt hat. Der gehörnte Mann steht hinter ihnen. Grüne, von Feen gehaltene Lampen bilden ein weit zerstreutes Sternbild gegen die dunklen Bäume.

Mistress Powell steht unter der Luke des Helikopters, die Hände auf den Schultern des geblendeten Cowboys.

Alex versucht sie zu beruhigen. »Wir haben jetzt eine bessere Verhandlungsbasis.«

Der geblendete Cowboy sagt: »Die machen dich platt, du Fettsack!«

Ray stellt sich vor ihn hin. »Du brauchst nur ein Wort zu sagen, dicker Mensch, und ich trinke sein Blut!«

»Laß ihn«, meint Alex. »Er war nie besonders wichtig und ist jetzt ein Nichts.«

Genau genommen tut ihm der junge Cowboy leid – einer mehr von denen, die Milena betrogen hat. Sie sollten einen Club gründen, und Alex könnte den Vorsitz übernehmen.

Alex geht mit ausgestreckten Händen auf die Zwillinge zu. Sie starren ihn unter verfilzten Ponyfransen hervor böse an. »Sie hat euch hiergelassen«, sagt er schlicht, denn er weiß nicht, wie sie Milena nennen. Auf keinen Fall Mutter, davon ist er überzeugt. »Ich kann euch helfen«, fährt er fort, »aber nur, wenn auch ihr mir helft. Andernfalls trägt sie den Sieg davon, und ihr steht mit leeren Händen da.«

»Wir haben bereits Freunde …«

»… Freunde, die mehr für uns tun können als du.«

»Diese Kinder sind nichts für euch«, sagt Alex. »Sie haben Söldner angeheuert, und die Söldner würden Feen eher töten als ihnen dienen. Ich kann euch das in Kürze beweisen. Vergeßt die Versprechen, die man euch gab. Ihr kennt mich. Ihr wißt, was ich in Amsterdam tat. Ich biete euch ein Bündnis an.«

Die Zwillinge wechseln einen Blick und sehen dann Alex an.

»Du kennst uns nicht …«

»… du *verstehst* uns nicht.«

»Ich weiß. Ich habe auch sie nie ganz verstanden, von Anfang an nicht.«

»Wir wissen alles über dich, Dicker …«

»… wie du sie geliebt hast …«

»… ganz verzweifelt geliebt hast …«

»… und immer wieder der Verlierer warst …«

»… einfach nie gewinnen *konntest*.«

»Ich habe ihr geholfen, ganz am Anfang. Sie ist gegangen. Sie hat euch im Stich gelassen. Ihr wißt das. Nun will ich euch helfen. Sie gab mir eine Waffe, mit der ich euren König vernichten könnte. Bis jetzt habe ich ihn verschont.«

»Laß sie doch in ihr Unglück rennen, dicker Mensch!« sagt Ray.

Alex ignoriert den Elf, selbst als Rays Fingernägel sein Handgelenk umklammern.

Die Zwillinge wechseln wieder einen Blick. »Du willst uns helfen …«

»… um *ihnen* zu helfen …«

»… den wilden Feen?«

»Ihr habt das gleiche vor wie die wilden Feen. Und ihr werdet alle das gleiche verlieren, wenn ihr nicht zusammenarbeitet. Frodo McHale und die anderen Cowboys heuerten Söldner an, die früher auf Feenjagd gingen, um sich ihren Lebensunterhalt zu verdienen. Sie sind nur so lange eure Verbündeten, so lange sie euch brauchen. Danach bringen sie euch um.«

»Kannst du das beweisen?« fragen die Zwillinge, und Alex weiß, daß er gewonnen hat.

16 ▪ Leskoviku

Leuchtmunition steigt auf und zerplatzt am schwarzen Himmel, während Todd und Spike sich hinter ihrem Feen-Führer über den Polymer-See quälen, und plötzlich breiten sich die Ruinen von Leskoviku unter ihrem grellweißen Licht aus. Fembots haben das Städtchen völlig verändert. Phantastische, organisch wirkende Türme wachsen in Gruppen aus Häusern, die zu Stein-Filigranen zerfressen sind. Die Pfeiler und Grate, die überkrusteten Klippen und gekehlten Säulen, in ihrer Formen- und Farbenvielfalt Korallenriffen ähnelnd, beschwören die postapokalyptischen Naturformen Max Ernsts in seinen Dekalkomanie-Gemälden* herauf.

Über ihnen dreht Spikes Kamera-Drohne eine Schleife, um das alles einzufangen. Die Aufzeichnung läuft, seit sie den Hang hinter sich gelassen und den Polymer-See betreten haben. Da Spike Handschuhe und seine Telepräsenz-Brille trägt, um die Drohne zu steuern, muß Todd ihn auf dem glasigen Untergrund stützen.

Die Polymer-Fläche ist voller Rippen und Buckel, wie ein im Schnellfrostverfahren erstarrtes Meer. Sie bricht das Licht um die dunklen Schatten der in der Masse eingeschlossenen Dinge. Manche der Dinge sind Leichname, Bewohner der Stadt, gefangen und festge-

* Dekalkomanie = das sogenannte ›Abklatsch-Verfahren‹, mit dem der Dadaist und Surrealist neben seiner Durchreibe-Technik experimentierte und das er später auf die Ölmalerei übertrug. – *Anm. d. Übers.*

halten in der zähen Woge ihrer umgeformten Ernte. Das Gesicht eines bärtigen Mannes starrt durch wenige Zentimeter Glasmasse zu Todd herauf. Sein Körper ist vollkommen unversehrt, wie ein Käfer in einem Briefbeschwerer aus Gußharz, bis auf einen Arm, der die Fläche durchbrochen hat und nach oben ragt: Die Hand ist verschwunden, an der Wurzel abgetrennt.

»Schneller!« drängt der Elf. »Oder hier sterben!«

Das ist sein ständiger Refrain.

Todd fragt zum ungefähr zwanzigsten Mal: »Auf welcher Seite stehst du eigentlich?« Aber der Elf funkelt ihn nur wütend an und hastet weiter.

Der kombinierte Schein der Leuchtmunition, die an winzigen Fallschirmen in die Tiefe sinkt, wandert über die Türme; die Schatten wandern mit und lassen alles diffus und trügerisch erscheinen. Spike boxt Todd in den Oberarm und deutet nach vorn. Über ihnen schwenkt die Kamera ihr Objektiv in die gleiche Richtung.

Zwei, zehn, zwanzig Gestalten lösen sich von den spitzen Nadeln der höchsten Türme, stürzen durch das grelle Weiß und die wandernden Schatten der Fackeln, spreizen Membranschwingen und gleiten näher. Sie sehen ein wenig wie Fledermäuse aus, müssen aber größer als ein erwachsener Mann sein. Unvermittelt lodern drei von ihnen rot auf und stürzen aus dem Himmel. Ein Turm zerbirst in einer Wolke glühender Tropfen; seine Spitze gräbt sich wie ein Pfeil in brennende Trümmer. Jemand hat soeben einen Fusions-Laser benutzt. Von dem Hügelkamm, der die Stadt überragt, wirbeln Lenkgeschosse auf die restlichen Fluggeschöpfe zu, die zurück in die Ruinen flüchten.

Die Söldner von Hauptmann Spiromilos sind eingetroffen.

Als Todd und Spike stolpernd in die Ausläufer der umgewandelten Stadt vordringen, schießt hinter ihnen ein langgestreckter Flammenvorhang in die Höhe. Hitze und gespenstische Helligkeit hüllen sie ein. Die Flammen lodern zehn Meter hoch; dicker schwarzer Rauch und ein beißender Kerosingestank steigen zum Himmel auf.

Flache Dünen und Wirbel aus bröckeligem Beton, ausgehöhlt von Fembots und so brüchig wie eine Schneekruste oder termitenzerfressenes Holz, knirschen unter Todds Stiefeln. Er und Spike legen eine Fährte von zentimetertiefen Eindrücken.

Der Elf hinterläßt überhaupt keine Fußspuren, wie Todd feststellt. Es sind noch mehr von seiner Sorte in der Ruinenstadt. Sie huschen hierhin und dorthin und feuern aufs Geratewohl durch den Flammenvorhang in die ungefähre Richtung des Söldner-Konvois. Manche johlen und kreischen, turnen auf halbzerfallenen Mauern umher, geben kurze Salven ab und lassen sich zurückfallen, während andere ihren Platz einnehmen. Der Lärm ist gewaltig. Die Feuerwand tost und röhrt; die Hitze und das grelle Licht erreichen ein apokalyptisches Ausmaß.

Todd kauert neben Spike, der die Ereignisse in aller Ruhe aufzeichnet. Die Flammen spiegeln sich in der Goldfolie seiner Telepräsenz-Brille; er zerteilt die Luft mit heftigen Gesten. Die Drohne zieht ihre Kreise und Spiralen über dem Polymer-See und saugt die Bilder in sich hinein.

»Das ist saugut!« schreit Spike begeistert.

»Noch fünf Minuten! Dann gehen wir irgendwo in Deckung.«

»He, du hast sie wohl nicht alle – wenn sich endlich mal was rührt …«

Die Söldner scheinen sich auf dem Hügelkamm oberhalb der Stadt verteilt zu haben, und erwidern das Feuer. Trotz der Hitze, die ihm fast die Haut versengt, spürt Todd einen kalten Schauer. Der Adrenalin-Ausstoß läßt nach. Alles scheint sich in Intervallen abzuspielen: Leuchtspurgeschosse, die mit unheimlicher Präzision breite Kegel in das Dunkel schneiden; eine filigrane Hauswand am Rand der Stadt, die im Zeitlupentempo in sich zusammensinkt; ein gelber Flammenstoß, der am anderen Ende der Feuerwand in die Höhe schießt; eine Fee, die mit langen Sprüngen über den Polymer-See hetzt, bis sie, von einem Geschoß getroffen, unvermittelt zusammenbricht und sich nicht mehr rührt.

»Das ist Action, Herrgott noch mal«, murmelt Spike, doch im nächsten Moment hält er den Atem an, denn überall in den Ruinen flammen Lichter auf. Ketten und Spiralen und Schleifen von Lichtern, gelb und grün und blau und rot, blinkend, flackernd, pulsierend.

Todd reckt den Hals, um das Schauspiel zu betrachten, und plötzlich steht ein Elf vor ihm, nackt und geschmeidig, mit blauer, schweißglänzender Haut, der grinsend eine Kanone auf ihn richtet. Todd hat noch nie so eine Waffe gesehen: ein aufgeblähter Lauf mit einer winzigen Öffnung und darunter eine Art Zylinder mit Druckgas. Der Elf ist nicht größer als ein Kind. Er grinst und entblößt dabei eine Doppelreihe gleich langer, nadeldünn gefeilter Zähne. Seine großen, spitzen Ohren sind mit Goldclips geschmückt.

Todd hebt die Hände und ruft: »Amerikanischer Reporter! Amerikanischer Reporter!«

Eine Frauenstimme mischt sich ein: »Laß ihn in Ruhe, du kleiner Mistköter!«

Der Elf streckt die lange, schwarze Zunge heraus, schneidet eine Grimasse und ist verschwunden. Die Frau steckt sich eine Zigarette an und geht neben Todd in die Hocke. Sie dürfte um die vierzig sein, und ihre Lederkluft betont die geballte Energie, die sie ausstrahlt. Auf ihrem kahlgeschorenen Schädel sitzt in Irokesen-Manier ein schmaler Streifen Leopardenfell. Sie trägt eine Maschinenpistole mit Blitz- und Schalldämpfer.

»Haben Sie hier das Kommando?« fragt Todd. »Ich bin Amerikaner, ein amerikanischer Korrespondent. Das hier ist mein Kameramann. Sie sollten Ihre Soldaten besser unter Kontrolle halten. Der Kleine hätte mich um ein Haar weggeputzt.«

»Jemand wird Ihre Drohne wegputzen, wenn sie noch lange da droben rumschwirrt«, erklärt die Frau. Sie hat einen harten Akzent und eine kräftige Ausdünstung – ein Gemisch aus Holzrauch und altem Schweiß.

»He, was soll der Schwachsinn?« knurrt Spike, ohne sich umzudrehen.

»Wir brauchen diese Bilder – bitte!« sagt Todd. »Haben Sie das Kommando?«

Die Frau lacht. »Das Kommando? Mister, hier hat keiner das Kommando.«

Todd versucht zu erklären, daß er den Söldnern von Hauptmann Spiromilos entkommen ist, aber die Frau fällt ihm ins Wort und fragt: »Hatte dieser Spiromilos noch weitere Gefangene?«

»Nicht daß ich wüßte.«

Die Frau erzählt, daß sie Katrina heißt und bislang das einzige menschliche Wesen in der ganzen Stadt war. »Kommt mit – ich bringe euch an einen sicheren Ort!«

Katrina führt sie durch das Zentrum der Stadt, vorbei an Türmen und Säulen und hoch aufragenden Strebepfeilern. Das alte Pflaster ist so porös wie Bimsstein, ausgehöhlt von Fembots, die das Material zum Wiederaufbau der Ruinen verwendeten. Am anderen Ende des Städtchens erklimmen sie eine Treppe, die noch aus der Zeit vor der Umwandlung zu stammen scheint. Sie betreten einen langgestreckten Raum. Aus dem Boden wachsen Stalagmiten, an den Wänden entlang kriechen verschlungene Muster, die an versteinerte Adern erinnern. Todd kauert neben einem Fenster nieder und entdeckt, daß er über den Feuervorhang hinweg auf den

Polymer-See und den in Terrassen bis zum Waldrand ansteigenden Hang sehen kann, wo sich die Söldner verschanzt haben.

»Lassen Sie die verdammte Drohne unten!« faucht Katrina Spike an. »Die Typen benutzen sie sonst als Zielscheibe!«

Todd hat keine Angst mehr, obwohl sein Mund total trocken ist, sein Herz rast und die großen Oberschenkelmuskeln wie im Krampf zucken. »Laß dich nicht aus dem Geschäft drängen!« sagt er zu Spike.

»Tatsache ist, daß Spiromilos nie und nimmer auf die Drohne schießen würde«, meint Spike, aber er holt die Kamera zurück.

Gewehrfeuer knattert auf dem Hügelkamm oberhalb der Stadt. Dann kommt ein dumpfes Poltern näher, das an die rumpelnden Räder eines Güterzugs erinnert. Todd war oft genug in Kriegsgebieten, um schwere Artillerie zu erkennen, und wirft sich flach auf den Bauch, während ein Bombenteppich zwei der filigranen Türme köpft. Die Spitzen segeln brennend in die Tiefe und zerfallen zu Staub, noch ehe sie den Boden berührt haben.

»TDX«, stellt Katrina fest. »G-polarisierter Sprengstoff.«

»Nicht gerade eine gewaltige Streitmacht«, murmelt Todd, vor allem, um sich selbst zu beruhigen. »Das sind ja weit mehr Feen als Menschen.«

Katrina nickt. »Nur Feen, wenn man es genau nimmt. Seht euch diese Blödtypen nur an ...«

Die Explosion hat die Feen aus ihren Verstecken gescheucht. Einige umrunden die Enden des Feuervorhangs, stürmen bis an den Rand des Polymer-Sees, feuern aufs Geratewohl in Richtung der Söldner und rennen dann zurück zu ihren Gefährten.

»Dabei können einige von ihnen fliegen«, meint Todd.

»Die Flieger sind mehr gegen als für uns«, sagt

Katrina. »Wie die Werwölfe glauben sie, daß diese Stadt ihnen gehört. Man kann sie nicht als Verbündete betrachten. Die Feen haben die Feuerwand unter anderem deshalb errichtet, weil sie verhindern wollen, daß die Werwölfe aus dem Wald zurückkehren und sie hinterrücks angreifen.«

»Dazu kommt, daß die Hitze die Thermal-Suchsysteme stört.«

Katrina zuckt die Achseln. »Ich glaube nicht, daß sie daran gedacht haben.«

»Sie halten nicht viel von den Feen, oder?«

»Das hier sind wilde Feen. Elfen. Die Zornigen. Sie kämpfen um ihr Leben. Sie haben nichts von einem Mann gehört, den Spiromilos in seine Gewalt gebracht hat – oder auch Glass oder diese Freundin von Glass? Sein Name ist Alex Sharkey. Vielleicht befindet sich eine alte Frau in seiner Begleitung – und ein Elf.«

»Spiromilos hat nur uns hierher verschleppt. Niemanden sonst.«

»Dann ist Alex tot, oder die Zwillinge halten ihn fest«, sagt die Frau. »In diesem Fall haben wir verloren. Leider werden die Zornigen mir nicht glauben, sondern weiterkämpfen bis zum bitteren Ende.«

Die nächste Mörserrunde fällt einen großen Turm. Er kippt wie ein Baum schräg nach unten und reißt dabei ein Dutzend kleinerer Türme mit. Das Getöse, mehr ein Splittern als das Knirschen von Stein, ist ohrenbetäubend.

»Die Zornigen haben einen Treibstoffvorrat«, sagt Katrina. »Sie füllten einen Graben mit dem Zeug und steckten es in Brand. Außerdem wuseln in allen Gebäuden bewegliche Lichter umher. Käferartige Dinger, die sich verteilen und aufeinander reagieren. Mit solchen verrückten Ideen erzielen sie hin und wieder einen Überraschungseffekt – aber von richtiger Kriegführung haben sie keine Ahnung.«

»Sie halten wirklich nichts von Feen.«

»Sie besitzen keinen Funken Logik.«

Spike deutet nach vorn und sagt: »Spiromilos schickt seine Puppen nach vorn.«

»Nicht unbedingt Spiromilos«, widerspricht Todd. »Ich glaube, diese Web-Cowboys verfügen über eine Art Telepräsenz-Steuerung. Für sie ist das Ganze nicht mehr als ein Ballerspiel.«

Die Puppen rücken in einer geschlossenen Kette vom Kamm aus vor, aber sie bewegen sich hastig und ohne Disziplin, so daß sich die Gefechtslinie bald in kleinere Gruppen aufsplittert. Sie feuern im Laufen kurze Salven aus ihren Antiterror-Plastikgewehren ab.

Die Feen, die sich zur Verteidigung der Ruinenstadt versammelt haben, stürmen den angreifenden Puppen entgegen. Die beiden wirren Haufen treffen sich in der Mitte des Polymer-Sees und bilden gleich darauf dichte Nahkampf-Knäuel. Todd verfolgt das Geschehen fassungslos vor Staunen. In einem richtigen Krieg bekommt man die andere Seite kaum zu sehen; die Gewehre und Seitenwaffen der Infanterie kommen höchstens gegen Zivilisten zum Einsatz. Selbst in Somalia und Mosambik hatten sie Mörser und Raketen, Panzer- und Helikopter-Kanonen. Hier dagegen gibt es nur die fernen Gestalten, die auf der glatten, glasigen Fläche gegeneinander anrennen. Das erinnert stark an die Kampfspiele in den Arenen von Rotterdam.

Plötzlich machen die Puppen kehrt und ergreifen die Flucht. Die Feen verfolgen sie, bis die Söldner den Rückzug mit einem Sperrfeuer decken, das ebenso viele Puppen wie Feen niedermäht. Die siegreichen Feen führen einen Freudentanz auf, der ihrer Affen-Vorfahren würdig ist. Der grellrote Schein der Flammenwand hinter ihnen wirft ihre zuckenden Schatten weit über den Polymer-See.

»Diese Zornigen sind total durchgeknallte Typen«, sagt Katrina. »Sie haben keinerlei Achtung vor dem

Leben, weder vor ihrem eigenen noch vor unserem. Weil sie in Schmerzen und aus Unverständnis geboren wurden, fürchten sie den Tod nicht.«

»He, merken Sie sich das für später, wenn es hier etwas ruhiger wird«, sagt Todd. »Das könnten wir in einem unserer Streifen verwenden.«

»Glauben Sie echt, daß jemand diesen Wahnsinn sehen will?« fragt Katrina.

»Sie würden sich verdammt wundern!« wirft Spike ein.

»Diese Art von Material läßt sich an fünfzig oder sechzig Gebühren-Kanäle verhökern. Wenn Sie uns helfen, könnten wir Sie mit schätzungsweise zwei oder drei Prozent am Gewinn beteiligen.«

Katrina sieht ihn mit zusammengekniffenen Augen an.

»Okay, okay, sagen wir drei Prozent. Das klingt nach nichts, aber die potentielle Zuschauerquote ist gigantisch.«

»Ich habe das Gefühl, daß Sie nicht so recht checken, weshalb ich hier bin.«

»Wir interviewen Sie später. Keine Sorge, die haben es nicht auf uns abgesehen. Die räumen mit den Feen auf, dafür werden sie bezahlt, aber uns lassen sie am Leben.«

»Da wäre ich nicht so sicher«, sagt Katrina und wendet sich ab, um das Kampfgeschehen zu beobachten.

Spiromilos und seine Leute greifen erneut mit schweren Geschützen an. Ein halbes Dutzend Mörserrunden schlagen ins Zentrum der Ruinenstadt ein. Den Höhepunkt bildet ein Teppich von kleinen Brandbomben, die in weißen Stichflammen detonieren und alles plattwalzen, was noch in den Himmel ragt.

Todd ist auf den Knien, geblendet, halb taub und das Gesicht versengt. Einen Moment lang befindet er sich wieder im Feuersturm von Atlanta. Eigentlich war alles ein blöder Fehler – oder ein blöder Zufall. Sein Fahrer hatte die Karte falsch gelesen, und deshalb landeten sie zwei Kilometer näher als erlaubt an der Feuerhölle. Der Fahrer und der Kameramann wollten umkehren, aber Todd, jung und leichtsinnig wie er war, beschwor sie, daß ihnen damit die Story des Jahrzehnts durch die Lappen gehen würde. Sie streiften Atemmasken und Schutzanzüge über und fuhren so nahe heran, wie es nur ging. Heftige Sturmböen warfen ihren Blazer* hin und her und fachten die Feuer an, die sich von Horizont zu Horizont erstreckten. Die Kamera lief, und Todd gab seinen Kommentar dazu, ohne zu wissen, ob das Zeug überhaupt in den Äther ging. Auf einer Autobahnbrücke hielten sie an, über einem Wohnviertel, das ein einziges Flammenmeer war. Erst als die Reifen des Blazer durch die sengende Hitze zu platzen begannen, kehrten sie um. Sie wurden festgenommen und zur Entgiftung in ein Krankenhaus gebracht. Todd ließ gerade die zweite Blutwäsche innerhalb vierundzwanzig Stunden über sich ergehen, als sein Chefredakteur endlich mit einer Botschaft durchkam. Sein Material über das Sterben von Atlanta war als Sonderbeitrag über fast alle Kanäle gelaufen und hatte zu beträchtlichen Programmverschiebungen geführt. Er war mit einem Schlag berühmt.

Katrina schreit Todd an, fragt, ob er hören kann, ob er sehen kann. Todd schlägt die Augen auf. Staub erfüllt den langgestreckten Raum; ein Teil der Decke ist eingestürzt. Todd, Spike und Katrina ersticken die glimmenden Fragmente, die auf ihre Kleidung gefallen sind. Spike bedient immer noch die Kamera-Drohne; sie befindet sich jetzt in maximaler Höhe am Westrand der Stadt und wartet darauf, den endgültigen Vorstoß von Spiromilos einzufangen.

Aber nach der großen Detonation bleibt alles ruhig.

---

* Blazer = Chevrolet-Geländewagen. – *Anm. d. Übers.*

Graues Licht sickert über den östlichen Horizont. Nur vereinzelt und in unregelmäßigen Abständen dringen Schüsse aus der Stellung der Söldner herüber. Spike holt die Drohne herunter und legt sich schlafen.

Auch Todd muß irgendwann eingeschlafen sein. Als er aufwacht, grinst ihn ein Elf an. Sein Gegenüber wendet sich zu Katrina um und meint: »Sag ihm, wir gewinnen. Sag ihm, sie sollen sich ergeben.«

»Sie wollen, daß ihr euch ergebt«, entgegnet Katrina erschöpft und genervt zugleich. Im schwachen Dämmerlicht sieht Todd, daß sie ein paar blaue Flecken im Gesicht hat.

Der Elf zuckt die Achseln. »Wir machen alle tot. Alle. Sie kommen vom Berg herunter und sind tot.«

Er ist größer und stämmiger als die meisten seiner Artgenossen. Blutige Kratzspuren laufen kreuz und quer über seine Schultern und die unbehaarte Brust. Über seiner rechten Schulter hängt ein Lederriemen, an dem er jede Menge Ohren aufgefädelt hat. Sie sind handtellergroß und haben Ähnlichkeit mit fleischigen Blättern.

»Ihr solltet von hier verschwinden und euch in den Hügeln verstecken!« rät ihm Katrina.

»Wir sind die Zornigen!«

»Was bedeutet das?« will Todd wissen.

»Sie nehmen gemeinsam Drogen«, erklärt Katrina.

»Jeder trinkt das Blut des anderen.« Der Elf tastet über die Knoten des langen Stricks, den er um seine Taille geschlungen hat. »Viele sind einer. Der Feind weiß, wir können nicht besiegt werden. Der Feind will reden.« Er deutet auf Todd. »Mit dir reden.«

Die Feen haben einen Kurzwellen-Sender. Sie haben ihn nach der Explosion benutzt, um den Söldnern ihren Trotz und Hohn entgegenzukreischen, und als sie sich allmählich beruhigten, gelang es Hauptmann Spiromilos, eine Botschaft durchzugeben. Der Elf, der sich Fresser der Sonne nennt, erklärt Todd, daß ihm keinerlei Gefahr droht, daß keiner auf ihn schießen wird, aber ein Kribbeln überläuft Todd, als er mit seinem angesengten orangeroten Coverall und den Badeschlappen auf den Polymer-See hinausgeht, in diskretem Abstand gefolgt von der Kamera-Drohne. Er hat sich eine Serenity-Pille eingeworfen, aber das hilft nicht viel.

Feen und Puppen liegen auf der gewellten Oberfläche des Polymer-Sees verstreut. Einige bewegen sich noch schwach. Eine Puppe, die nur noch einen Arm gebrauchen kann, und eine Fee mit einer klaffenden Wunde in Augenhöhe haben sich ineinander verkeilt und versuchen sich gegenseitig zu erwürgen. Sie winden sich wie Maden in einer flachen, mit ihrem Blut gefüllten Mulde.

Als Todd ihnen ausweicht, spürt er die gleiche innere Distanz wie damals bei seinem ersten Auslandsauftrag, als er die ausgebrannte Kirche jenes kleinen Bergdorfs in Somalia betrat. Sie war angefüllt mit den verkohlten Leichnamen von Kindern. Einige hatte man erschossen, aber die meisten waren bei lebendigem Leib verbrannt. Er stand da, inmitten des Gestanks und der Hitze, umsummt von großen grünschillernden Fliegen und geschüttelt von einem trockenen Würgen, aber er berichtete und berichtete. Das war sein Job. Berichterstatter. Man zeigte der Welt ihre Abgründe, die vergessenen, die verdrängten Toten. Die Morde, begangen von Menschen, denen der Tod nichts bedeutet.

Todd bleibt am anderen Ufer des Polymer-Sees stehen, neben einem Telegrafenmast, der in einem steilen Winkel aus der glasigen Masse ragt. Es ist warm, und eine schwache Morgenbrise bläst vom Osten herüber. Todd hört, wie der Wind durch die Baumkronen fährt, droben am Hügelkamm, wo sich die Söldner verschanzt haben.

Kurz darauf röhrt Kemmels Motorrad aus dem Waldgürtel und pflügt sich einen Weg über die erodierten

Terrassen in die Tiefe. Mit einem eleganten Schwenk, der eine tiefe Furche in die Polymerfläche reißt, bringt Kemmel die Maschine neben Todd zum Stehen. Er hat eine bläulich verfärbte Beule auf der Stirn und einen Verband über dem Nasenrücken.

»Sie stehen auf der falschen Seite, Reporter!« sagt er.

»Ich bin neutral.«

»Das sieht Hauptmann Spiromilos anders.«

»Er war nie ein richtiger Hauptmann, Kemmel. Er hat sich selbst befördert. Macht Ihnen das hier Spaß? Sie mögen es doch, wenn sich was rührt.« Todd deutet auf Kemmels Beule. »Tut mir leid, daß ich Sie außer Gefecht setzen mußte.«

»Unter Spaß verstehe ich was anderes, aber immerhin ist der Feind geschwächt. Nicht mehr viele am Leben, stimmt's?«

»Aber offenbar immer noch so viele, daß Spiromilos keinen Frontalangriff riskieren will. Andernfalls hätte ich wohl nicht die Ehre, mit Ihnen zu sprechen.«

Kemmel mustert Todd mit gut gespielter Geringschätzung. »Wenn Sie auf der anderen Seite bleiben, können Sie sich gleich ein Loch schaufeln. Oder so schnell wie möglich abhauen.«

»Es stimmt also? Spiromilos hat die Feen gründlich unterschätzt.«

»Die Stadt gehört bald uns, keine Sorge.«

»Ist das Ihre Botschaft?«

»O nein.« Kemmel grinst und zeigt dabei eine Menge weißer Zähne. »Sagen Sie diesen blauhäutigen Scheißkerlen, daß sie entweder abziehen oder sich ihren Herstellern ergeben sollen.«

»Ich glaube nicht, daß sie auf Ihren Vorschlag eingehen werden.«

»Wenn sie bleiben, bedeutet das ihr Ende. Mir persönlich wäre das egal, aber wenn sie verschwinden, verspreche ich, daß wir hier nur unsere Aufgabe erledigen – nicht mehr und nicht weniger.«

»Sie freuen sich darauf, Kemmel, geben Sie es zu! Ein Rollhasen-Schießen mit mehr als tausend lebenden Zielen!«

»Wir werden sie nicht erschießen«, erklärt Kemmel. »Wir werden sie veredeln. Das ist etwas anderes. Eine unumgängliche Sache.«

»Das hat Ihnen Spiromilos erzählt? Und Sie glauben es? Es wäre Mord, wie immer Sie es nennen.«

»Nun ergreifen Sie schon wieder Partei«, sagt Kemmel. »Überreden Sie die Feen zum Rückzug, und Hauptmann Spiromilos wird Ihnen mehr Wohlwollen als bisher entgegenbringen.«

»Die Feen werden kaum auf mich hören.«

»Passen Sie auf, Reporter, die Feen unterscheiden sich von den Puppen nur durch ihren Steuerchip. Sie wurden so konstruiert, daß sie den Menschen gehorchen. Wenn Sie die richtigen Worte finden, werden sie Ihren Rat befolgen. Wenn nicht, bekommen sie Probleme – und Sie ebenfalls.«

Kemmel jagt den Motor seines Spielzeugs hoch, zieht eine enge Schleife um Todd und brüllt über den Lärm hinweg: »Sehen Sie zu, daß Sie von hier verschwinden, Sie Wichser! Ich glaube, Spiromilos hat es auf Sie persönlich abgesehen. Und er kann auf mich zählen, wenn er Sie in Stücke reißt!«

Dann verschwindet er in einer blauen Rauchwolke. Das Geländemotorrad hinterläßt tiefe Rillen im Polymer, schlittert ans Ufer und jagt mit vollem Rohr den Hang hinauf.

Todd geht zu Fuß zurück. Die Puppe und die Fee sind immer noch ineinander verkeilt; sie scheinen tiefer in die Polymer-Masse eingesunken zu sein. Getrocknetes Blut bedeckt die Beine der blinden Fee. Sie hat die Zähne in die Kehle ihrer einarmigen Gegnerin geschlagen, ist aber offensichtlich zu schwach, den tödlichen Biß zu vollenden.

Todd hebt mechanisch einen Fuß nach dem anderen,

wirft einen Blick auf seine Badeschlappen, runzelt die Stirn und entfernt sich dann mit schnellen Schritten, gefolgt von der kleinen Kamera-Drohne. Er passiert den Graben mit dem verbrannten Kerosin und wandert durch die geschwärzten Ruinen des Städtchens. Unter seinen Schritten knirscht und bröckelt das fembotzerfressene Pflaster.

Spike, Katrina und die meisten der überlebenden Feen, etwa fünfzig an der Zahl, haben sich ans andere Ende der Stadt zurückgezogen, bis an den Rand der unkrautüberwucherten Felder. Sie sitzen im Kreis um den Einschlagkrater einer Bombe, die es weit über ihr Ziel hinausgetragen hat. Vom Grund des Kraters steigt immer noch Qualm auf, und der beißende Gestank löst bei Todd einen Hustenreiz aus, als er Kemmels Botschaft wiederholt.

»Dann sterben wir alle«, erklärt Fresser der Sonne. Der Elf scheint nicht allzu bekümmert.

Katrina wendet sich an Todd und meint, daß er jederzeit gehen könne. »Keiner hier wird Sie aufhalten.«

»Was meinst du, Spike?« will Todd wissen.

»Du bleibst doch, oder? Dann bleibe ich auch. Einer muß schließlich aufpassen, daß du keinen Blödsinn machst.«

Ein klarer blauer Himmel zeigt sich über der gezackten Linie des Waldes. »Ist dieses Polymer-Zeug hitzebeständig?« erkundigt sich Todd.

Katrina zuckt die Achseln.

»Kemmels Geländemaschine schrammte tiefe Furchen in die Oberfläche. Und ich hinterließ Fußspuren, die sich allmählich wieder füllten.«

Weder Katrina noch Spike hören, was er sagt. Sie blicken angespannt nach Westen, die überwachsene Straße entlang, die aus der Stadt führt. Auch die Feen starren in diese Richtung; ihre großen, spitzen Ohren zucken.

Die Kamera-Drohne steigt auf. Ihre blitzenden Objektive schwenken herum. Spike reicht Todd einen kleinen Flach-Monitor und sagt: »Wir bekommen Besuch. Eine ganze Menge Besuch.«

Jetzt hört auch Todd etwas, schwach, aber unverkennbar. Es ist der Klang vieler Menschenstimmen, die einen Choral singen. Es ist der Kinder-Kreuzzug.

17 Der Gehörnte Mann

Eine Stimme sagt: »Es ist der Kinder-Kreuzzug.« Und eine andere: »Seht euch die Stadt an! Sie machen Feenland kaputt!«

Alex schwankt in der Holzsänfte auf dem Rücken des Zwerg-Mammuts. Er glüht vor Fieber. Wenn er sich nicht zusammennimmt, beginnen die Dinge am Rande seines Sichtfelds zu verschwimmen. Sein Computerdeck hat eine Antenne durch das Zottelfell an Hannibals Flanken geflochten, und das hauchdünne Spinnengewebe scheint zu glitzern und sich zu drehen. Apathisch beobachtet er, wie die Feen davonrennen und sich im Wald verteilen. Der gehörnte Mann trabt hinter ihnen her, obwohl die Zwillinge ihn wütend zurückrufen. Der gehörnte Mann ist nicht vollständig kuriert – Alex muß seine Hardware noch mitbenutzen – aber die Zwillinge können ihn nicht mehr nach Belieben steuern.

Ray, der Hannibal führt, sagt wieder: »Der Kinder-Kreuzzug. Hört ihr? Sie singen.«

Mistress Powell ist neben Ray getreten. Sie weint, aber ihr derbes, sonnengerötetes Gesicht verrät ehrfürchtiges Staunen. »Wie fühlen Sie sich, Mister Sharkey?«

»Beschissen. Ich glaube, ich habe zuviel von diesem Blut getrunken.«

Vom Hügelkamm steigt etwas in hohem Bogen über die Baumwipfel auf, zieht eine dicke weiße Rauchspur hinter sich her und senkt sich auf die Stadt zu. Ein Teil der filigranen Türme zersplittert. Feiner Staub wirbelt auf. Der Staub verdichtet sich zu einem Pilz, als der

Knall der Detonation Alex wie ein fernes Türenschlagen erreicht.

Mistress Powell sagt: »Sie zerstören alles. Wir müssen etwas unternehmen, Mister Sharkey.«

Alex sammelt mühsam seine Gedanken. Er hat das Gefühl, daß in seinem Kopf nur Watte ist. Mund und Nasenschleimhäute sind ausgetrocknet und fiebrig heiß. Nach einer Weile sagt er: »Die Stadt ist nicht wichtig.«

Aber Mistress Powell will sich nicht beruhigen. Sie hat so lange nach Feenland gesucht, und nun, da sie sich dicht vor Leskoviku befindet, dem Fembot-Märchenschloß mit den schimmernden Türmen und spitzenzarten Minaretten, wird es von Spiromilos und seinen Söldnern bombardiert.

Als sich eine Staubwolke über den tiefen Polymer-See ausbreitet, der einst ein Komplex von Drogen-Feldern war, knattern die Handfeuerwaffen der Söldner los.

»Die Feen können die Stadt wieder aufbauen, wenn sie wollen«, sagt Alex zu Mistress Powell. »Lassen Sie Spiromilos ruhig seine Zeit und Munition verschwenden!«

Die Zwillinge kommen zurück. Sie treiben den gehörnten Mann durch die dichten Farngewächse am Waldrand. Der Gehörnte preßt beide Hände gegen die Schläfen. Als er stolpert und der Länge nach hinschlägt, werden die Zwillinge wütend und versuchen ihn durch Tritte zum Aufstehen zu bewegen.

Mistress Powell vertreibt sie mit ihrem Sonnenschirm.

»Ihr bösen, bösen Kinder!«

Die Zwillinge flüchten vor ihrem Zorn, drehen sich aus sicherer Entfernung um und höhnen:

»Du bist ein dummes altes Weib ...«

»... ein total bescheuertes altes Weib ...«

»... du solltest da unten mitmarschieren ...«

»… du solltest brav in den Tod marschieren …«

»… mit einem Lied im Herzen und leerem Kopf …«

»… ganz und gar leerem Kopf!«

Mistress Powell stützt den gehörnten Mann, damit er sich aufsetzen kann. »Diese Frau hat auch Sie verwandelt«, sagt sie und hält seinen Kopf, während er eine dünne Flüssigkeit erbricht.

Der gehörnte Mann heißt Thodhorakis, aber an sehr viel mehr kann er sich nicht erinnern. Die Modifikationen sitzen tief und scheinen ganze Blöcke aus seinem Gedächtnis gelöscht zu haben. Vielleicht wurde er beim Eindringen in die neutrale Zone gefangen genommen. Vielleicht war er Soldat oder Bandit oder irgendein harmloser Schafhirte. Er weiß es nicht. Die Eindrücke von seinen Exkursionen in die Bibliothek der Träume sind lebhafter als die Bilder von seinem Leben aus der Zeit vor der Veränderung.

Der gehörnte Mann, der sich Thodhorakis nennt, hebt den Kopf und sagt: »Ich kann kaum etwas sehen.«

Mistress Powell streicht behutsam über die Kohlefaser-Antennen, die in einem starren Fächer durch die verkrustete Haut in seinem Nacken wachsen. Sie sieht Alex an. »Wenn Sie diese Dinger entfernen können, Mister Sharkey, sollten Sie das auf der Stelle tun.«

»Wir brauchen seine Hardware noch«, erklärt Alex. »Aber er kann mit mir auf dem Mammut reiten.«

»Ich gehe lieber«, sagt Thodhorakis.

»Das wird Ihnen guttun«, pflichtet ihm Mistress Powell bei. Dann wendet sie sich an Alex: »Sie, Mister Sharkey, bedürfen selbst der Schonung.«

»Sie werden bald wieder Blut zapfen müssen«, sagt Alex.

Er hat bereits jedem der Zwillinge und dem gehörnten Mann etwas Blut abgenommen und getrunken. Nachdem sein modifiziertes Immunsystem die exotischen Fembots unschädlich gemacht hatte, zapfte Mistress Powell einen Liter von seinem Blut ab und verteilte es unter den Feen der Zwillinge. Es war eine von ihnen, die mit einem Kuß die Heilung des Gehörnten auf den Weg brachte. Die überlebenden Zornigen werden nun ebenfalls das Blut von Alex brauchen, um die T-Lymphozyten an die Codes der gereinigten Kreuzzug-Fembots anzugleichen und damit Fembot-Vektoren aufzubauen, die sich in das Nervensystem der Kreuzfahrer schleusen lassen.

Die Zwillinge kommen unsicher auf Mistress Powell zu und sehen sie forschend an. Sie schwanken, ob sie ihr vertrauen oder es mit einem Trick versuchen sollen.

»Gib ihn uns ...«

»... wir können ihm helfen ...«

»... wir wissen, wie man ihm helfen kann.«

Alex empfindet Mitleid für die Zwillinge. Milena hat sie brutal ausgenutzt. Obwohl sie ihre Intelligenz besitzen, waren sie immer von ihr abhängig. Sie fand sogar einen Weg, aus ihrer Rebellion Profit zu schlagen. Sie geben nicht zu, daß sie verloren haben, aber sie wissen, daß das Spiel, an dem sie teilnahmen, nach ganz anderen Regeln ablief, als sie ursprünglich gedacht hatten. Das hat ihnen den Mut geraubt.

»Die Sache hier ist bald vorbei, so oder so«, sagt Alex. »Ihr könnt uns helfen, oder ihr könnt von hier verschwinden.«

Die Zwillinge wechseln einen Blick und kauern dann eng umschlungen am Waldrand nieder, mitten in den Farngewächsen. Mehr und mehr ähneln sie zwei ganz normalen, verängstigten kleinen Mädchen.

Das Gewehrfeuer der Söldner ist verstummt. In der Stille, die folgt, beginnt etwas im Unterholz zu singen, schmettert eine Kaskade von kehligen Lauten. Alex schaut in die Tiefe und entdeckt eine kleine Echse auf einem moosüberwachsenen Felsblock. Sie hat einen langen, dünnen Hals, einen prall gespannten Bauch und ein zerrupftes Federkleid. Ray schleicht sich von hinten an, aber sie speit einen kleinen Feuerstrahl, als er die Finger nach ihr ausstreckt, und verschwindet im Farn.

»Das war es, was ich Ihnen über Drachen erzählen wollte«, sagt Alex zu Mistress Powell. »Sie sind in der Regel sehr klein und leben in Erdhöhlen. Sie haben einen Kropf zur Fermentierung ihrer Pflanzennahrung und Kehlsäcke, in denen sie Wasserstoff speichern – um sich notfalls zu verteidigen, wie Sie eben sehen konnten.«

Aber Mistress Powell hört nicht zu. Vielleicht bildet er sich auch nur ein, mit ihr über Drachen gesprochen zu haben, weil er manchmal seine Fieberträume mit der Realität verwechselt. Mistress Powell steht hoch aufgerichtet da und deutet wie eine Siegesstatue auf die kleine Stadt: »Sie kommen! Oh, sie kommen!«

Ray sieht Alex über die Schulter hinweg an und fletscht die Zähne. Er ist zum Äußersten bereit.

Eine weit auseinandergezogene Prozession bewegt sich auf das andere Ende der Stadt zu. Aus der Ferne sieht sie aus wie ein lebendiges Geschöpf, eine ausgemergelte Schlange, die sich unsicher hierhin und dorthin wälzt.

Mit zitternden, fiebergeschwächten Fingern streift Alex eine Brille über und schiebt sich den Schaumstoff-Knopf des Mikros ins Ohr. Weißes Rauschen, graues Licht. Dann sagt Max: »Kannst du mir keine Bilder zuspielen?«

Alex fühlt sich wie im freien Fall. Übelkeit erfaßt ihn, die Angst, jeden Moment durch die Kristallsphäre von Max nach unten zu sacken und in den endlosen Giftwolken-Schichten Jupiters zu versinken.

»Bilder sind jetzt zweitrangig«, sagt Alex. »Der Moment zum Handeln rückt näher.«

»Ich könnte die Bildleitung vielleicht anzapfen«, meint Max. Er schwebt mit überkreuzten Beinen vor dem Datenschirm. Seine Finger bewegen sich über das Geister-Keyboard.

»Der arme Kerl ist jetzt schon total verwirrt. Nimm ihm die Sicht, und er stürzt sich über die nächste Klippe!«

»Ich könnte es so bewerkstelligen, daß er nichts davon merkt.«

»Das versuchst du schon die ganze Zeit, oder?«

»Ich möchte sehen, was sich abspielt. Wir alle möchten es sehen.«

»Zuallererst müssen wir den Kreuzzug stoppen.«

Alex zieht eine Augenbraue hoch, und Max versteht. »Keine Sorge«, sagt er. »Ist schon passiert.«

»Einfach so?«

»Du hast mir dabei zugeschaut. Es war nicht schwer, sobald ich die Verbindung zum Rucksack-Computer dieses Typen hergestellt hatte. Ich habe die Unterstützung von etwa fünfzehnhundert Web-Cowboys und Hackern. Außerdem sind fast alle VR-Labors von MIT zugeschaltet. Wir haben eine gewaltige Bandbreite, um das Problem zu lösen. Wichtig ist nur, daß du die Verbindung aufrechterhältst, sonst muß ich das Netzwerk neu aufbauen, und das kostet Zeit. Funktioniert es?«

Alex nimmt die Brille ab.

»Es funktioniert«, sagt er ins Nichts.

Ray schaut auf. »Jetzt gehören sie uns!« zischt er. »Jetzt sind wir dran!«

Alex versucht ihn zu bremsen. »Überlaß sie uns …«

Die Zwillinge lachen.

Ray stellt sich stur. »Das ist unsere Stadt. Das ist unsere Zeit. Der Ort und der Moment, an dem der Knoten durchgeschlagen wird.«

Und überall auf dem Hügelkamm erhebt sich Motorengeheul und das Knattern von Gewehren.

18 ■ Weises Blut

»Er hat es geschafft!« ruft Katrina. Sie preßt den Flach-Monitor an ihre Brüste und schaukelt auf den Absätzen ihrer Biker-Stiefel hin und her: »Der Dicke hat es tatsächlich geschafft!«

»Was ist los?« fragt Todd. Etwas hat sich verändert, das spürt er, aber er bekommt nicht zu fassen, was es ist.

Fresser der Sonne turnt so schnell an der Fassade eines halbzerfallenen Gebäudes hoch, daß die Trophäen-Ohren, die er an einem Lederriemen über der Schulter trägt, auf und ab flappen. Brüchiges Gemäuer rieselt unter seinen Klauen. Oben angelangt, richtet er sich auf und trommelt sich mit den Fäusten gegen die Brust. Etwas pfeift durch die Luft, und Katrina ruft dem Elf zu, in Deckung zu gehen, aber er bläst nur seine Backen auf und stößt ein lautes Triumphgeheul aus.

Spike läßt seine Kamera weit draußen über dem Kinder-Kreuzzug kreisen. »Heiland, das darf nicht wahr sein!« murmelt er.

»Was ist los?« fragt Todd noch einmal. »Greift Spiromilos …«

»Spiromilos ist nicht mehr wichtig!« unterbricht ihn Katrina.

»… den Kreuzzug an?«

»Eben nicht«, entgegnet Spike. »Der Zug ist zum Stillstand gekommen!«

Todd rennt los. Spike ruft ihm etwas nach, aber er rennt weiter, über ausgedörrte, unkrautüberwucherte Felder, auf die Straße und den Kinder-Kreuzzug zu.

Die Straße, die aus dem Wald kommt, ist ein wenig erhöht angelegt. Sanfte Böschungen fallen links und rechts zu den Feldern hinab. Die lange Prozession hat auf halbem Wege zwischen Wald und Stadt haltgemacht. Sie löst sich auf. Immer mehr Menschen verlassen die Straße und wandern auf die Felder hinaus. Sie bewegen sich mit der langsamen, starren Zielstrebigkeit von Schlafwandlern, und in ihren weit aufgerissenen Augen glänzen ungeweinte Tränen. Manche schlagen sich mit den Fäusten gegen die Stirn; andere pressen die Handballen gegen die Augen; alle lächeln entrückt und verwundert zugleich.

Todd läuft zwischen ihnen umher, fuchtelt mit den Armen und schreit, versucht ihre Aufmerksamkeit zu fesseln. Seit seiner letzten Begegnung mit dem Kreuzzug hat sich der Zustand der Gläubigen drastisch verschlechtert. Sie haben ihre Ausrüstung verloren oder zurückgelassen, die Zelte, die Solar-Trikes, die Roller. Der Nahrungs- und Schlafmangel hat sie in hohlwangige, rotäugige Gespenster verwandelt. Ihre zerlumpten Kleider starren vor Dreck und Staub. Ein junger Mann schleppt eine Greisin auf dem Rücken. Andere tragen kleine Kinder auf den Armen. Manche gehen barfuß; ihre Sohlen sind aufgerissen und hinterlassen blutige Spuren im Unkraut.

Todd wirbelt von einem zum anderen, aber niemand beachtet ihn. Sie horchen auf etwas, das nur sie vernehmen, starren an ihm vorbei in ein fernes, unsichtbares Paradies.

Seine wunderbare Story rinnt ihm durch die Finger, zerschellt wie ein prächtiger Luxus-Liner, der Kurs auf eine Reihe exotischer Häfen nimmt und plötzlich gegen ein unbekanntes Riff läuft. Als ihm ein junges Mädchen, nackt bis auf eine gleichmäßige Staubschicht, in die Arme stolpert, hält er sie fest, schüttelt sie und schreit ihr ins Gesicht: »Was ist los? Sag mir, was du siehst!«

»Feenland«, murmelt sie, immer noch halb in Trance, und plötzlich zieht sie ihn an sich und küßt ihn auf den Mund.

Todd stößt sie weg, elektrisiert vor Furcht. Er spuckt aus, einmal und noch einmal, und würgt an dem Staub, der ihm am Gaumen klebt. Ringsum sind wie auf ein Kommando alle Kreuzfahrer stehengeblieben. Sie schauen alle in die gleiche Richtung, wenden sich dem Hügelkamm oberhalb der Stadt zu, wie ein ganzes Feld von Sonnenblumen, die ihren Kopf dem Licht zuwenden. Sie murmeln alle das gleiche Wort, wieder und immer wieder – *Feenland, Feenland, Feenland*. Eine plötzliche Bewegung geht durch die Schar. Auf der Straße, entlang der Böschung, auf den braunen, verwilderten Feldern – überall setzen sich die Menschen auf den Boden.

Schließlich ist Todd der einzige, der noch aufrecht dasteht. Wütend und verzweifelt macht er kehrt und läuft den Weg zurück, den er gekommen ist.

»Sie denken, daß sie ihr Ziel erreicht haben«, sagt Katrina.

Todd gurgelt mit Wasser und spuckt es aus. Der Gedanke, daß ihn das Mädchen infiziert haben könnte, versetzt ihn in Panik. Seine Haare sind staubbedeckt, und er hat Seitenstechen. Er wischt sich mit dem Handrücken über den Mund. »Welches Ziel denn?« fragt er.

»Feenland. Zumindest glaubten sie, daß ihr Kreuzzug dort enden würde. In Wahrheit marschierten sie dem eigenen Tod entgegen – ahnungslos, wie ich hoffe. Es sei denn, sie ist noch grausamer, als ich sie einschätze. Aber das spielt jetzt keine Rolle mehr. Wir haben sie gerettet.«

»Das hier ist das Werk von Antoinette?«

»So heißt sie heute. Früher nannte sie sich Milena, aber auch das war nicht ihr richtiger Name. Max hat alles versucht, aber er konnte ihre wahre Identität nicht aufspüren …«

»Sind Namen so wichtig?«

»Namen bedeuten Macht. Doch selbst wenn sie den Kinder-Kreuzzug hierher geführt hat – ihre Rechnung ging nicht auf.«

Katrina wendet sich ab und richtet ihr Fernglas auf den Hügelkamm oberhalb der Ruinenstadt. »Ich glaube, irgend etwas hat die Angriffskette der Söldner dort droben infiltriert. Vielleicht läßt sich mit diesem Ding da – mit dieser Kamera-Plattform mehr erkennen.«

»Schick sie mal rüber, Spike!«

»Damit sie abgeschossen wird?«

»Das fällt dir aber reichlich spät ein.«

Spike gibt der Drohne die Maximalhöhe von zweihundert Metern ein. Das Bild auf dem Flach-Monitor ist gestochen scharf. Es zeigt Fahrzeuge, die sich zögernd zu einer Kolonne ordnen. Mündungsblitze zucken und flackern zwischen den Lastern und Jeeps. Ein kurzer, wackliger Zoom, und dann eine Nahaufnahme von nackten, blauhäutigen Gestalten, die zwischen den Bäumen und verdorrten Farndickichten am Waldrand hin und herhuschen.

Todd sieht, wie Kemmels Motorrad den Kamm erklimmt und losprescht. Die Jeeps und dann die Laster folgen in einer gezackten Linie. Einige der Söldner legen eine Rauchbarriere, die übrigen feuern aufs Geratewohl, während sie die Motoren hochjagen und der Ruinenstadt entgegendonnern. Orangerote Mündungsblitze züngeln aus den dichten weißen Schwaden, die sich die Hangterrassen hinunterwälzen. Dann durchbrechen die Fahrzeuge den Rauch, verteilen sich auf dem Polymer-See – und werden langsamer.

Katrina läßt ein Triumphgeheul los, das jedem Elf zur Ehre gereichen würde, und ringsum kreischen und trommeln die wilden Feen.

Die Fahrzeuge der Söldner beginnen einzusinken. Die schweren Truppentransporter kippen nach vorn.

Die Jeeps versuchen umzukehren, aber ihre Ballonreifen wühlen sich nur tiefer in die halbflüssige Masse und kommen nicht vom Fleck. In ein paar Minuten ist alles vorbei. Einige der Söldner schießen bis zuletzt. Einige retten sich auf die Fahrerkabine eines Lasters, aber dann legt er sich zur Seite, und ihnen bleibt keine andere Wahl, als in den zähen Brei zu springen.

Dann ziehen die weißen Rauchschwaden auf den Polymer-See hinaus und lösen sich allmählich auf. Es ist hell geworden. Feen haben sich am Hügelkamm versammelt und winken ihren Gefährten drunten in der Ruinenstadt zu.

Katrina hält Todds Arm wie in einem Schraubstock fest und sagt immer wieder: »Weises Blut! Sie haben weises Blut!«

Spike denkt nicht daran, seine Telepräsenz-Brille abzunehmen. Er ist immer noch dabei, die Ereignisse aufzuzeichnen. »Da kommt jemand auf einem kleinen zotteligen Elefanten den Hang herunter«, sagt er. »Könnte das vielleicht Ihr Freund sein?«

19 ■ *Feenland*

Ray sagt: »Noch diesen Tag und die Nacht danach. Dann geht ihr. Alle.«

»Du bist ein undankbarer kleiner Scheißkerl«, schimpft Katrina.

Ray schaut zu ihr auf und wirft sich in Pose. »Ich kann dich echt schlimm zurichten, aber ich tu's nicht. Du mußt dankbar sein.«

»Alex wäre um ein Haar für dich gestorben. Und ich auch. He, du bist doch bloß hier, weil irgend jemand eine wertlose Arbeitspuppe umgebaut hat!«

»Hast du darum gebeten, auf die Welt zu kommen?«

Ray grinst jetzt, und Katrina tritt einen Schritt zurück.

Alex stützt sich auf einen Ellbogen und sagt: »Ich war meiner Mutter immer dankbar, Ray. Meinen Vater kannte ich nicht, aber meine Mutter, auf die konnte ich mich verlassen.«

Alex liegt auf einer dicken Schicht von Tannenzweigen. Das Fieber, das fast den ganzen Tag in seinem Blut gebrannt hat, läßt allmählich nach. Er fühlt sich matt und schwer, so schwer, als sei er auf Jupiter, und er friert trotz der silbrigen Thermodecke, in die Mistress Powell ihn eingewickelt hat, trotz des heißen, süßen Tees, den sie ihm eingeflößt hat, trotz der kalorienreichen Milchschokolade, von der er nicht weniger als ein halbes Kilo gegessen hat. Sein Herz flattert in der Brust; er hat Angst, daß es irgendwann zerspringt.

Er hat einen weiteren, T-Lymphozyten angereicherten Liter Blut gespendet. Die überlebenden Zornigen kommen einer nach dem anderen vorbei, schöpfen eine

Handvoll seines Blutes aus einer großen Schale, trinken es und lecken sich im Weggehen die langen Finger ab. Trinkt dies, es ist mein Blut. Mein weises, zu eigenem Leben erwecktes Blut. Sie werden die von den T-Lymphozyten abgesonderten Code-Archive benutzen, um Stämme von Anti-Kreuzzug-Vektoren herzustellen, und diese mit einem Kuß an die letzten noch nicht kurierten Prozessionsteilnehmer weitergeben, die in den unkrautüberwucherten Feldern westlich der Ruinenstadt herumsitzen.

Die Feen aus dem Gefolge der Zwillinge haben schnell die Lust an der Umwandlung der Menschen verloren und sich aus dem Staub gemacht. Die Zwillinge selbst verschwanden etwa zur gleichen Zeit. Alex mußte Ray fragen, was aus den beiden kleinen Mädchen geworden war. Plötzlich ist er von Ray abhängig. Sie alle sind von ihm abhängig. Es gibt kaum einen Elf, der mit den Menschen spricht; und die wenigen, die es tun, reden nur Unsinn. Da ist einer, ein bulliger, mit scheußlichen Trophäen behängter Kerl, der so tut, als seien die Menschen seine Haustiere oder Sklaven. Ray konnte Katrina gerade noch davon abhalten, ihn zu erschießen.

Die wenigen überlebenden Zornigen sind noch da; ihre Trommeln dröhnen unentwegt in den ausgehöhlten Ruinen. Auch Einzelgänger, kluge Geschöpfe, die in den Wäldern leben, kommen vorbei. Manche bringen etwas zu essen mit, Hirschkeulen, Wildschweinrücken oder abgehäutete und ausgenommene Kaninchen. Die apathischen Kreuzzug-Anhänger beanspruchen einen Teil der Gaben. Sie rösten das Fleisch über kleinen Feuern, die ihr provisorisches Lager mit blauem Rauch einhüllen.

Ray berichtet Alex, daß die Zwillinge nichts außer Feenland kennen. Es wäre zu grausam, ihnen diese Illusion zu nehmen. Er sagt, daß die Zwillinge seinem Volk helfen wollen. Man wird immer Menschen-Agenten brauchen. Die Gefahr, daß die Zwillinge erneut versuchen könnten, die wilden Feen für ihre Zwecke zu mißbrauchen, scheint Ray nicht bewußt zu sein, aber Alex weiß, daß es wenig Sinn hat, mit Ray oder einem anderen Elf über die Zukunft zu diskutieren. Für sie gibt es nur das, was ist – die Gegenwart, angereichert mit Momenten der Vergangenheit.

Jetzt sagt Ray: »Meine Mutter – eine Zuchtpuppe. Mein Vater – eine Frau, die ein Kind haben will. Ich verlasse sie vor langer Zeit, weit weg.«

»Du erinnerst dich, wer dich zu eigenständigem Leben erweckt hat?« Das Interesse von Alex ist geweckt. Ray hat noch nie über seine Vergangenheit gesprochen.

Ray befingert die um seine Taille geschlungene Schnur, in die der Code seiner Erinnerungen eingeknüpft ist. Nach einer Weile zuckt er die Achseln. »Ich habe den Knoten herausgeschnitten.«

»Sie sollten ausruhen, Mister Sharkey«, sagt Mistress Powell. »Schlafen Sie jetzt, und denken Sie morgen über diese Dinge nach!«

»Ich bin nicht krank, Mistress Powell. Ein wenig erschöpft, das ist alles.«

»Sie sind krank, Mister Sharkey – auch wenn Sie sich das nicht eingestehen wollen.«

Mistress Powell versorgt die einzige Überlebende der Söldnertruppe, eine Frau, die weder Englisch noch Französisch, weder Griechisch noch Deutsch spricht. Sie wurde aus dem hart werdenden Polymer herausgeschnitten und hat an beiden Beinen Mehrfachbrüche davongetragen. Ein paar Klumpen der Polymermasse, die noch an ihrer Haut kleben, müssen wohl operativ entfernt werden. Sie leidet unter starken Schmerzen. Mistress Powell hat ihr Morphium gespritzt und behält sie nun wegen der Schockreaktion im Auge. Die übrigen Söldner sind im See versunken und erstickt, eingeschlossen in dem Polymer-Brei, dessen Aggregatzustand die Feen mit ihrem weisen Blut veränderten.

Ray wiederholt: »Noch diesen Tag und die Nacht danach. Dann geht ihr.«

Alex schläft eine Weile. Als er aufwacht, ist es dunkel. Die Zornigen trommeln immer noch. Er hört das Knistern des Polymer-Sees, der immer noch durchhärtet, und die winzigen, heimlichen Geräusche, das milliardenfache Scharren und Knirschen von unzähligen, mikroskopisch kleinen Arbeitern, die unermüdlich Molekül um Molekül zusammentragen, um Nadeln und Säulen und Bögen der kleinen Stadt wiederaufzubauen. Kleine Lichter umspielen glitzernd die wenigen Türme, die das Bombardement überdauert haben. Die Lichter bewegen sich langsam im Kreis, wie die Fragmente geborstener Monde, die Saturns Ringe bilden.

»Feenland«, sagt Alex und spürt einen Moment reinen, tiefen Glücks, als er den Zugang zu einem schlichten Teil seines Kind-Ichs findet, einem verschollenen Erinnerungssplitter, der mit der kurzen Heftigkeit eines Meteors aufflackert.

Feenland.

Lexis sagt: »Es ist überall, Alex. Du mußt nur die Augen aufmachen, damit du es siehst.«

Der bittersüße Rauch von Hasch steigt ihm in die Nase – aber Lexis ist tot, letztes Jahr gestorben. Er erhielt Leroys Brief ein halbes Jahr nach der Trauerfeier. Postlagernd. Er erinnert sich, wie er im Hauptpostamt von Tirana stand, mit erstarrten Zügen und dem verknitterten blauen Papier in der Hand, die Adresse halb verdeckt unter Stempeln und Briefmarken.

Mistress Powell hält ihm den Joint entgegen, und Alex nimmt einen tiefen Zug.

»Die Schmerzmittel der Natur«, sagt Mistress Powell. »Versuchen Sie wieder zu schlafen, Mister Sharkey.«

»Ich glaube, ich bin seit Gjirokastër nie mehr richtig wach geworden.«

Katrina schläft. Auch der Kamermann hat sich hingelegt. Die Propeller seiner schnittigen schwarzen Drohne, die drei Meter über ihm schwebt, murmeln in die laue Nachtluft. Todd Hart, der amerikanische Journalist, hat Maske und Handschuhe übergestreift. Das Computerdeck von Alex ermöglicht ihm den Zugriff auf den Redaktionsraum seiner Nachrichten-Agentur. Ein Stück entfernt zerrt Hannibal nervös an seiner Kette und peitscht den Rüssel zwischen den aufgebogenen Stoßzähnen hin und her. Das Zwerg-Mammut ist durch das unentwegte Getrommel ebenso irritiert wie durch das schrille Wutgeschrei, mit dem die Feen ihre Streitereien austragen.

»Da!« wispert Mistress Powell. »Einer ihrer Flieger …«

Sie beobachten, wie er an der blassen Mondscheibe vorbei in die Nacht segelt.

»Jetzt kann ich glücklich sterben«, sagt Mistress Powell, »obwohl ich es bedaure, daß ich nicht noch eine Weile hierbleiben kann.«

»Das vergeht, wenn Sie verwandelt sind. Ich kann Ray bitten, daß er Sie sofort heilt.«

»O nein, Mister Sharkey«, widerspricht Mistress Powell. »Das wäre nicht recht. Ich möchte alles voll auskosten, das Wunderbare und die Trauer.«

»Sie setzen mich immer wieder in Erstaunen, Mistress Powell.«

»Ach, ich bin eine ganz gewöhnliche Frau, Mister Sharkey«, wehrt Mistress Powell ab. »Gewiß, ich habe einige Abenteuer erlebt, aber wer hat das nicht, in diesen unruhigen Zeiten?«

»Die meisten Menschen Ihres Alters entscheiden sich für die Abenteuer der Multimedia-Dienste und die Bequemlichkeit ihrer vollautomatischen Arkologie-Apartments.«

»Diese Leute sind längst tot und wissen es nur nicht«, meint Mistress Powell. »Außerdem bilden sie nur einen winzigen Bruchteil der Menschheit. Ich war in Afrika, vergessen Sie das nicht, und obwohl Ägypten und Südafrika ebenfalls ihre Arkologien haben, sind die meisten Menschen dort bisher von der Revolution der Nanotechnik verschont geblieben. Es gibt noch ein paar unberührte Flecken auf der Erde.«

Todd Hart hört ihre Stimmen und kommt zu ihnen herüber. Er muß noch einmal ganz von vorne anfangen. Sämtliche aus dem Hotel von Tirana abgeschickten Dateien wurden in Pseudo-Redaktionen der Bibliothek der Träume umgeleitet, und ihm bleibt keine andere Wahl, als die Texte neu abzufassen. Der erste Teil ist eben ins Netz gegangen, ein Kurzbericht über das plötzliche Ende des Kinder-Kreuzzugs, den nahezu alle Nachrichten-Kanälen der Welt in ihr laufendes Programm übernehmen. Größere Reportagen über die Apotheose von Antoinette und Glass sowie den Sturm auf Leskoviku müssen noch auf die Spezialkanäle abgestimmt werden.

»Ein gefundenes Fressen für die Anhänger der Verschwörungs-Theorien«, sagt Alex zu Todd und denkt dabei an Max.

Todd nimmt einen Zug von Mistress Powells Joint. »Die UN-Soldaten erwarten die Kreuzfahrer an der Grenze zur neutralen Zone. Ich bin sicher, daß ich einen ihrer Offiziere sah, als ich entführt wurde, und deshalb überlege ich natürlich, ob die Friedenstruppe ihre Hand mit im Spiel hatte. In einem Land wie diesem gibt es Verflechtungen, die ein Außenstehender nie ganz durchschaut. Hat Antoinette diese Sache wirklich ganz allein ausgeheckt? Ich bezweifle es allen Ernstes.«

»Nun, mich würde es weniger wundern. Ich glaube, daß sie den Plan schon vor langer Zeit faßte. Wir waren dabei eher nebensächlich, unwichtige Statisten, um die sie sich nicht weiter kümmerte. Das hat den wilden Feen wohl das Leben gerettet. Fest steht, daß sie die Web-Cowboys ebenso manipulierte wie die Söldner – mit Hilfe der Zwillinge.«

»Ich habe meine Kontaktleute in der Web-Verwaltung«, sagt Todd, »aber ihnen ist nichts von einer Störung bekannt. Vielleicht hat sie nur versucht, sich ins Netz einzuschleusen, und dabei den Tod gefunden.«

»Sie hätten es am liebsten, wenn nichts geschehen wäre, weil Sie das Gefühl hassen, daß man Sie als Marionette mißbraucht hat. Wer könnte das besser verstehen als ich! Aber ich glaube nicht, daß sie einfach so ging. Sie hat sich auf der ganzen Welt verteilt – auch wenn das eine unheimliche Vorstellung ist.«

Todd nimmt noch einen Zug von dem Joint und gibt ihn dann Mistress Powell zurück. Er stößt eine gewaltige Rauchwolke aus und sagt: »Würdet ihr es tun? Wenn ihr könntet, meine ich.«

Alex denkt an das weiße Zimmer. Er schüttelt den Kopf.

»Ich ganz sicher nicht«, erklärt Mistress Powell.

»Echt? Auch nicht als Alternative zum Sterben? Ich schätze, die meisten Leute würden darauf abfahren.«

»Die meisten Leute meiner Generation stehen bereits mit einem Fuß drüben«, sagt Mistress Powell, »aber das ist kein triftiger Grund, sich ihnen anzuschließen.«

Todd schüttelt den Kopf. »Ich dachte, der Kinder-Kreuzzug sei ein Knüller, aber das hier … Geben Sie mir ein Interview, Alex – bitte! Die Welt muß das erfahren.«

»Ich bereue jetzt schon, daß ich Sie eingeweiht habe.«

Todd gibt nicht so schnell auf. »Es ist eine Wahnsinns-Story. Sie sind es Ihren Mitmenschen schuldig, daß so etwas an die Öffentlichkeit kommt. Ich kann ein Super-Honorar für Sie aushandeln – oder Sie gehen zu einem Agenten und lassen sich von ihm vertreten. Bis jetzt hatten Sie doch nur Unkosten, oder?«

»Ich bin todmüde.«

»Dann verschieben wir das Ganze auf morgen«, erklärt Todd. »Aber wir müssen noch einmal darüber sprechen – unbedingt.«

Alex dreht sich auf die andere Seite, und nach einer Weile verschwindet Todd.

»Schlafen Sie gut, Mister Sharkey«, sagt Mistress Powell. »Und träumen Sie schön!«

Ray beobachtet die schlafenden Menschen. Große Tiere. Sie wälzen sich hin und her. Sie schnarchen und murmeln. Augäpfel zucken unter den Lidern. Seine Träume sind einfach. Träume von Dingen, von Orten. Gleichgewicht. Keine Hektik, keine Probleme. Er wacht auf und versteht die Dinge ein wenig besser. Die Menschen müssen immer Verbindungen herstellen. Sie spinnen Gedankennetze, und sie verfangen sich in diesen zarten Geweben. Ray dagegen kann die Knoten seiner Erinnerung lösen. Wenn ihn etwas stört, dann merzt er es aus. Er fängt ganz von vorne an.

Viele der Feen wollen genau das tun. Einige von ihnen wollen die Menschen töten, und deshalb bewacht Ray die Menschen. Er hängt an Alex und insbesondere an Katrina. Er mag Katrina. Das würde er nie aussprechen, aber es ist so. Ihren Knoten wird er nie lösen. Er tastet danach und hält ihn fest, während er ihr wettergegerbtes, im Schlaf entspanntes, halb in der Armbeuge vergrabenes Gesicht betrachtet.

Ray wispert leise auf sie ein. Er wandert durch ihre Träume, teilt mit ihr die Stimmen in seinem Blut.

Und später, als es Tag ist und der Aufbruch bevorsteht, läuft Ray zu Katrina hin und sagt eindringlich: »Gib mir deine Hände, als Beweis, daß wir Freunde sind.« Er weiß, daß sie seinem Bitten nicht widerstehen kann.

Sie packt ihn derb und kräftig an den Handgelenken und tut so, als wolle sie ihn von den Beinen reißen. Ray kaschiert sein Stolpern mit einem wilden Tanz, mitten auf dem steinigen Feld, umgeben von der schwarzen, kalten Asche der Lagerfeuer.

Die Kreuzfahrer sind bereits auf dem Weg zur

Grenze, wo sie von den UN-Helfern erwartet werden – keine Gläubigen mehr, sondern verwirrte Männer und Frauen, die in ihr Leben zurückwandern, benommen, als hätten sie jahrelang geschlafen. Was in gewisser Weise den Tatsachen entspricht.

»Alles wird gut«, sagt Ray zu Katrina, und dann klettert er an ihr hoch, gibt ihr einen Kuß und rennt davon.

»Alberner Kindskopf!« murmelt Katrina, als sie sieht, daß Alex die Szene mit einem amüsierten, wissenden Lächeln beobachtet. Aber dann lächelt sie ebenfalls.

Feen laufen vor und neben ihnen her, lautlos und schnell, blaue Gestalten, die hier und da zwischen den Bäumen am Rand der alten Straße auftauchen. Man könnte leicht denken, daß es sich nur um Schatten handelt. Bald achtet niemand mehr auf sie, nicht einmal Mistress Powell.

Alles wird gut. In der Nacht bereiteten die Assembler in Rays Blut den Code auf, den er den Kreuzzug-Fembots entnommen hatte. Ein neues Virus wird sich unter den Menschen verbreiten, und sie werden vergessen. Die Feen werden nur noch in Sagen und Märchen fortleben, in geheimen Nischen des Webs, zusammen mit anderen Mythen und Erscheinungen. Sie werden ein ungelöstes Rätsel sein, das gelegentlich in Träumen auftaucht, aber nie im richtigen Leben.

Das ist Rays Geschenk. Es ist alles, was er seinen Freunden geben kann. Für sich selbst hat er eine Puppe mitgebracht, den ganzen langen Weg von Paris bis hierher. Er entführte sie in den frühen Morgenstunden nach dem Untergang des Magic Kingdom vom Lieferantenausgang eines Fastfood-Restaurants.

Ray hat mehr von den Menschen gelernt, als sie ahnen. Er braucht weder Kontroll-Chips noch Hormon-Cocktails, um eine Puppe umzuwandeln. Die Zeit der Chimären ist vorbei, der aus Sklaven gezüchteten Ungeheuer, für immer abhängig von der menschlichen Führung. Während die Menschen sich in ihre Träume flüchten, werden schöne neue Geschöpfe die Welt erobern.

Ray hat die Puppe in einem verfallenen Bauernhaus versteckt, das längst von der vorrückenden Wildnis vereinnahmt wurde, und während er durch den Wald hüpft, hofft er, daß sie nicht weggelaufen oder einem Werwolf zum Opfer gefallen ist. Aber er hat ihr befohlen, sich zu verstecken, und sie ist dumm genug, ihm zu gehorchen. Er wird sie zu sich rufen und sie von seinem weisen Blut kosten lassen. Myriaden von mikroskopisch kleinen Arbeitern werden ein Neuralnetz durch ihren Cortex spinnen, hormonabsondernde Inseln in ihrer Leber bilden und ihren Lenden Leben spenden.

Es wird das erste seiner Kinder sein.